国家社科基金
GUOJIA SHEKE JIJIN HOUQI ZIZHU XIANGMU
后期资助项目

福建词史

（上册）

Ci-Poetry History of Fujian Province

刘荣平　著

社会科学文献出版社
SOCIAL SCIENCES ACADEMIC PRESS (CHINA)

国家社科基金后期资助项目
出版说明

  后期资助项目是国家社科基金设立的一类重要项目，旨在鼓励广大社科研究者潜心治学，支持基础研究多出优秀成果。它是经过严格评审，从接近完成的科研成果中遴选立项的。为扩大后期资助项目的影响，更好地推动学术发展，促进成果转化，全国哲学社会科学工作办公室按照"统一设计、统一标识、统一版式、形成系列"的总体要求，组织出版国家社科基金后期资助项目成果。

全国哲学社会科学工作办公室

序

陈庆元

    期待多年，刘荣平教授的力作《福建词史》终于出版了！

    20 世纪三四十年代，福建协和大学设有福建文化研究所，出版协和大学文化研究丛书，影响至今。1992 年，王跃华教授有意恢复老协大的传统，复办福建文化研究所，计划出版一套"福建思想文化史丛书"，邀请我参与，并指派我撰著《福建文学史》，其时我刚评上教授，不好意思推托，经过再三琢磨，将书名定为《福建文学发展史》。当时年岁尚富，一气呵成，1996 年完成书稿并顺利出版。90 年代，我还有许多六朝的课题没有完成，不能不一心两用。2005 年前后，不知不觉把兴趣爱好的重点转移到地方文献的整理和研究上来，合作研究的博士后、指导的进修教师、招收的博士生硕士生研究课题大多也转到这个方向。

    荣平硕士、博士阶段，先后师从吾友王兆鹏教授、邓乔彬教授治词学，对中国词史、词学文献、词学理论，已经有丰厚的积累，对中国词学的研究现状了如指掌，学成之后到厦门大学中文系任教。2003 年，荣平进站做博士后，与我一见如故，遂引为同道。其时，我编纂的《魏秀仁杂著钞本》和谢章铤《赌棋山庄稿本》（江苏古籍出版社，2000）出版不久，因此和荣平商定博士后研究方向为闽词，以谢章铤及聚红词榭作为切入点。

    如果从 2003 年算起，荣平治闽词至今整整二十年了。一部《福建词史》，从文献的搜集阅读到文献的整理，再到词史的撰写、定稿，花了二十年的时间。博士后阶段，学校为他安排房间，荣平往返于厦门与福州，回厦门给学生上课，来福州则蹲在图书馆看书抄书。当年鲁迅编《古小说钩沉》，废寝忘食，锐意穷搜，我做古籍整理深有体会，在图书馆看书，分秒必争，少喝水，如果中午不闭馆，连午餐也免了。荣平也如此，博士后出站，学校收走房子，他就在福建省图书馆附近租了一个小房间，继续他博士后之后的工作，持续往返福州、厦门，有课上课，没课看书抄书。荣平蹲图书馆，从厦门、福州扩大到京沪和其他省市或高校图书馆，甚至盯上私人的藏书。搜罗的图书从刻本到稿本、抄本，到20世纪50年代至80年代的油印本。词人有词集者考其版本，凡有词集传世者，不经眼、不搜集到手（复印、手抄），不甘罢休。他像山野中的猎人，目标一经瞄准，"猎物"很少能够逃脱他的手心；他又像江海中的渔夫，一旦撒网，必求收获。囊橐渐满，于是有《全闽词》的问世。

《全闽词》五大册，200万字，广陵书社2016年版。这部巨著是日后撰就《福建词史》的最基础的工作。《全闽词》首要在于求其全，任何全集很难做到搜罗靡有孑遗，《全闽词》问世至今，除了荣平自己发现的少之又少的失收作品之外，他人似无所补遗。《全闽词》的最大特点还不在于它的"全"，而在于它收词的可靠。宋金元明至清乾隆之前，有《全宋词》《全金元词》《全明词》《全清词》（顺康卷、乾雍卷）及相应补编可以傍依，然而荣平不满足于此，或重新选择版本，或校正文字之误，同时还作了补遗，在某种意义上说，《全闽词》录入的作品，或许比上述各种"全词"收入的闽词更加可靠。《福建词史》引用的每一首闽词，几乎都来自《全闽词》（少量溢出收词时间下限者除外），来自荣平个人经眼的第一手材料，来自荣平的亲自校订。

《福建词史》撰著的另一项基础是做《赌棋山庄词话校注》（厦门大学出版社，2013）的工作。一部词话的校注，对一个地域词史的撰著有如此重要吗？我们的回答是：《赌棋山庄词话》对《福建词史》来说确实十分重要，无可怀疑。首先，《赌棋山庄词话》提出许多前人未曾提出的词学理论和词学观念，论述了历代重要的词家和词作。其次，词话252条，关涉闽词人和闽词的多达67条，占全书的四分之一，用心良苦。说《赌棋山庄词话》是一部重在总结清同治之前闽词的词话，也不为过。荣平以为抓住谢章铤《赌棋山庄词话》就是抓住《福建词史》的要害。校注《赌棋山庄词话》的意义有两个方面：从读者这个层面说，校注本为读者提供了一个可靠的读本，兼有普及和提高的作用，这也是校注本出版的意义。另一方面，对校注者本人而言，校注是一项烦琐细致的工作，校注者要对诸多词家及相关人物的里籍、仕历、生平事迹、著作及作品作注，要对诸多的历史事件作注，就必须查考、阅读数倍甚至于数十百倍注文的文献资料。作注的过程，也是校注者认知和积累的过程。对荣平而言，校注《赌棋山庄词话》，其实就是撰著《福建词史》的另一项重要的准备工作。《赌棋山庄词话校注》油墨未干，即获荣平的赠书，大喜过望，比我自己出书还高兴。其时，我正准备跨海东渡台湾，遂购书五本带去赠送给对岸的图书馆和词学朋友，借此表达自己的欣喜之情。荣平整理的闽词人古籍或相关文献补遗有：《黄鹤龄集》（2014）、徐一鹗《宛羽堂诗钞》（2017）、《〈何振岱集〉补遗》（2021）、《刘家谋诗歌补遗201首》（2023）等。总之，荣平撰著《福建词史》前期文献积累和梳理工作做得十分扎实。

《福建词史》是2021年国家社科基金后期资助项目，按申报要求，书稿必须完成80%以上。此书是以基本完稿状态申报，结项后又多次补充修改。《全闽词》出版之后，荣平一刻也没休息，立即动手《福建词史》的撰著。焚膏继晷，两年多后，全书完成。

《福建词史》绪论之外，按历史顺序编排，分宋、金元明、清、民国四编，共计十六章，脉络清晰。民国部分，因部分词人跨越民国和中华人民共和国两个时代，论述不能不下延到1949年之后。这样处理，无疑是合理的。福建作为相对稳定的一个区域，下辖各府变动也不是太大。荣平分析各府词家人数，宋代建州、福州最多，明代以降，福州一直独占鳌头。福建的开发，大体沿着闽江上下游的走向，建州设立在南朝陈，是福建最早设立的州，其辉煌一直延续到宋，宋代建州的词人柳永是当时最有影响者之一。明清福州是闽省省会、文化中心，词家词作超迈建州。闽南的发展，泉州早于漳州，历代词人人数泉超过漳，大体符合两府府情。历史上台湾岛的区划一直属于福建，这一历史状况一直持续到光绪十一年（1885）台湾建省。台湾建省之前，清康熙间设台湾府，道光间设台湾道。既然是福建的辖区，台湾府是与福、兴、泉、漳等并列的一个府，台湾道是与兴泉永道、汀漳龙道等并列的一个道，台湾府道的词学、词家也就没有特别突出的必要，自然而然纳入各章各节的叙述。既不埋没，也不必刻意突出，如此作史，更显严谨。

地域词史的撰著，和其他史学著作一样，"史识"是非常重要的。荣平《福建词史》对福建词史的发展脉络把握准确。宋代闽人推崇理学，对诗的发展有直接的影响，闽诗讲气节，然亦谈道学和性命之学，谢肇淛认为道学为诗歌创作之一厄；闽词也讲气节，但无道学和谈性命之习。这一点，在南宋词人身上特别明显。荣平认为，福建明代闽词虽然不振，但是明代闽词以性情见长，不无可采，从洪永之世到万历、崇祯朝大抵如是。清代道咸之后，闽词呈现中兴之态，词人数、词集数、词作数激增，出现诸如谢章铤重要词话《赌棋山庄词话》，词谱则有叶申芗《天籁轩词谱》，韵谱有叶申芗《天籁轩词韵》，词选有叶申芗《闽词钞》《天籁轩词选》等。鸦片战争爆发之后，清朝进入多事之秋，以聚红词榭为代表的爱国词人群应运而生。闽词力主苏辛，词风豪迈，刘家谋《斫剑词》以"斫剑"名集，可窥一斑。民国只有38年，闽词人数、词集数和词作数相当可观，荣平以为民国词不及有清一代，但是民国词亦有其特色。何振岱为谢章铤入室弟子，晚年开寿香社，从其学词者甚众，何门词可视为清代闽词之结响；何振岱还招收若干女弟子，最出名者称"十才女"，"十才女"中有几位还生活到20世纪八九十年代，女词人的作品为闽词增添了一道亮丽的风景。1920年，林尔嘉（1875～1951）菽庄吟社的分支碧山词社成立，参与者还有台籍词人施士洁等。1940年吟社刻《菽庄丛刻八种》，碧山词社遂为民国闽词社最后的辉煌。

《福建词史》以时代为序述论闽词，以朝代为编，一编之下，按时期分为若干章；章下列节，述论词人。荣平很注意词人生平事迹的考证、考察，知人论世，毫不含糊。全书述论的词人不下百家。荣平善于捕捉同一时代不同词人的特色，例如论明清易代之际词人，于余怀拈出其漂泊歌吟，于陈轼指出遗民情结，于林云铭揭示百炼弥刚，于杨在浦强调其纪游。清咸同朝聚红词榭以学苏辛为宗旨，刘家谋、谢章铤之外，可考者十六人，荣平结合他们的词作，分辨各自面目。李应庚虽为祭酒之一，流传下来的作品不多，词如其诗，纯以气行。徐一鹗亦祭酒之一，其词则以性情胜。梁鸣谦词，虽兴味略显不足，然关涉时政，有感而发。宋谦词风格多样，而主导风格则为刻挚有力。刘三才一生孤苦，词乃真情之至，读之有味。林天龄曾渡海任海东书院教席，作品反映苦难现实，词中有史。马凌霄词短调清新明快，本色当行，长调梗概多气。梁履将至性神悟，即便是词社赋题，其词亦意兴飞动……荣平深谙诸家词，分析深细入微，将五彩缤纷的闽词呈现给读者。

如何判定一个作家是不是某地域的作家，目前比较一致的处理方法是依据他的籍贯。比较难处理的是长期生活或宦游于该地域、且有较大影响的那些词人，要不要入史？荣平采取审慎又不失灵活的办法，基本上是从严处理。第三章南宋初中期的闽词，为辛弃疾专立一节，这是全书唯一为客籍词人单独立节之例。《全闽词》不收辛词，因为辛是山东人，不在收词范围。《福建词史》论辛词，一是辛词有较多描绘闽地风光的作品；二是辛弃疾帅闽，和当地词人倡酬，当时及此后词人学辛，福建遂成辛派词人重镇；三是清咸同聚红词榭爱国词人标榜苏辛，实际是以辛以主，学辛之风延绵至光宣两朝。辛弃疾对闽词影响之大，为其立专节，似不为过。道光间林则徐《云左山房诗余》存词 12 首，最有价值的是与邓廷桢酬唱的数首。邓江宁（今江苏南京）人，曾任两广总督，亦抗英禁烟英雄。林邓酬唱，论林词不能不引邓词，故邓与林并列为一节。聚红词榭社友十余人，有两位客籍人士，其中一位是高思齐，钱塘（今浙江杭州）人，早在同治初年，谢章铤客漳平时结识高氏，两人酝酿结词社之事，高氏甚至自称"聚红生"，论聚红词榭，高思齐不能缺席。

《福建词史》全书十六章，谢章铤（1820～1903）是唯一以单独一章的篇幅立章的词人。首先，谢章铤是近代重要的爱国词家，有《酒边词》，词学苏辛，本身就是一位优秀的词人。其次，谢章铤不仅词作得好，而且著有《赌棋山庄词话》，这是一部近代非常重要的词学著作。再次，谢章铤组织近代闽地最著名的爱国词社——聚红词榭，为该社之领袖。第四，谢章铤经历道光、咸丰、同治、光绪四朝，经历鸦片战争到八国联军侵犯北京等诸多重要历史事件，目睹了腐败无能的清政府和帝国主义列强签署的一部又一部不平等条约，阅历丰富。第五，谢章铤词学影响深远，他不仅和同辈词人有广泛交往，他的弟子何振岱卒于 1952 年，何振岱的学生中词人甚多，著名者有十数人，其中女弟子刘蘅一直活到 1998 年，更是横跨晚清、民国、中华人民共和国三个时代。荣平对谢章铤给予很高的评价：谢章铤"在清词史上影响极大。如果清代闽词史上没有谢章铤，就如同宋代闽词史上没有柳永一样，那将是极大的缺憾"。第九章"叶氏一门五词人"一节的设立也有创建。三山叶氏词，叶申芗（1780～1842）为中间人物，主要活动年代在嘉庆、道光间，故把叶氏五词人放在嘉道间的一节一并论述，五人包括申芗父观国（1720～1792），观国孙庆熙（1821～1896）、滋森（1823～1883）及观国曾孙大庄（1844～1898）。从叶观国到叶大庄四代，时间跨越乾嘉至同光，前后接近二百年。诗世家常见，词世家难觅。一门五词人，分而述之，未免支离，未能见词世家的本色；合而论之，则见一门词学传承之有自。整部《福建词史》，"史"的脉络清晰分明，又不乏灵活处理。

这部地域分文体文学史著作还有两点值得称道。一是理论建树，二是专题研究。文学史著作，缕清史的线索并不太难，难的是在缕清线索的同时有理论建树。绪论部分，作者讨论了地域词史建构的理论与实际操作的问题，讨论中国东南地域词学与中原词学的关联、分合及地域词史特质的问题，都是地域词学史撰著的紧要问题。词学理论方面，本书发明甚多，例如谢章铤提出的"词量"说，例如本书清、民国两编屡屡讨论的闽音到底有利于填词还是阻碍填词的问题、闽音的唱词问题。以"词量"评词论词是谢章铤一大发明，荣平敏锐地注意到谢氏的这一提法。量，以质量言为轻重，以容积、体积言为大小，以数字言为多少，以时空言为广狭远近，以精神言则有怀量、气量、胆量、肚量。作者综合谢章铤的论述认为："词量"作为一个词学批评的术语，说的是词人必须有大气量、大襟抱、大见识，要"敢拈大题目，出大意义"，敢制"鸿题"，能出"巨制"；"写时事，特别是重大时事"，笔力遒劲，感发人心。谢氏"词量说"的提出，是与鸦片战争之后国家内忧外患的局势分不开的。荣平还认为："词量说"，足以和周济"寄托说"、陈廷焯"沉郁说"、况周颐"重拙大说"并称；无论是艺术层面还是倡导涉世层面，"词量说"其理论意义不低于周、陈、况三家。这一论述，可谓发前人所未发。南蛮缺舌，闽音是否适合填词？论闽词，撰著闽词史，也是绕不过去的一个问题。本书作者多方考察文献，综合谢章铤、黄宗彝、郭则沄、陈兼与之说，认为闽音不妨碍闽人填词，闽人不仅懂四声，对古音的把握甚至优于中原。

此书虽然以词人先后列编、章、节，述论各代各朝词人、词籍、词作、词论，细心的作者还可以发现，某些章节还具有专论的性质。某些章节的标题比较醒目，例如："叶氏一门五词人"一节，专题讨论叶氏家族词；"聚红榭及社员的创作"一节，专题讨论一个词社的成立、参与者、发展、社集的刊刻，讨论诸社友的词籍，词社特色、影响等；"何振岱及何门弟子的词作"一章，专门述论何门之词，下设六节，先讨论何氏其人其词，再论其早期弟子之词，继而讨论开寿香社，最后分论后期何氏学生群之词。限于体例，有些专论，则潜在词人名下，如"林葆恒的词学成就与词的创作"一节，在讨论林葆恒《闽词征》的同时论及闽词总集的编选，颇具专题研究的性质。《福建词史》中的专题研究，将来可以继续深化，或写得更加开展，或作得更加细致，如《谢章铤及聚红词榭研究》《何振岱及何门弟子词研究》等，都可以成为一部专书的书目，如荣平没有时间顾及，可安排学生去做，把闽词研究进一步推向深广。这也是这部《福建词史》意义的另一个方面。

如果从担任教授算起，至今已经超过三十年，荣平是我极少见到的对学术近乎痴迷、极其勤奋的学者之一。他文献功底扎实，善于思考，在繁杂的文献中发现问题、分析问题，提出许多很有益的见解。在漫长的学术研究过程中，荣平很少考虑个人得失，却收获了满满的学术成果。荣平湖北人，在福建工作生活了二十多年，福建是他的第二故乡，他热爱这片土地，热爱这里的历史文化和文学。《福建词史》很有可能成为地域分文体文学史的一部典范之作，以福建为例，也许不远的将来，将有诸如《福建诗史》《福建诗话史》《福建小说史》《福建骈文史》《福建戏曲文学史》《福建游记史》《福建尺牍史》《福建碑铭史》等书的问世。2016 年，在《全闽词》发布会上，我说该书足以传世；今天，《福建词史》出版，我同样要说此书足以传世。祝贺刘荣平教授！

2023 年 12 月 16 日

于福州烟山南麓华庐

总目录

第一编　宋代：闽词的辉煌

上册目录

第二编　金元明：闽词的衰落

第三编　清代：闽词的中兴

绪　论

福建词史为什么能成为一个专题研究的对象？这个专题研究又具有怎样的意义？我想每位翻开本书的读者都会或多或少地思考这个问题。

中国的文体各具稳固的特性，大多独立发展，一文体虽对其他文体有所借鉴与融合，但绝不失去自己的特性。撰写中国文学史的学者，往往感叹撰写综合的文学史，不如撰写各自相对独立的文体史，如诗史、赋史、散文史、戏曲史等，词史亦然。一部华夏词史，可能包含若干地域的词史，如浙江词史、江苏词史、福建词史等，但绝不是各地词史的简单合成。各个地域词史有其相对独立、稳定且开放的文化特征，华夏词史的撰写面临着如何精细把握来自不同文化土壤的词人词作之问题，往往不能做到圆满，留下不少缺憾。如集中研究某个地域的词史，以开放而不是封闭的态度去研究，就可能有一些新的建构与发现。

福建西有武夷山，东有大海，南有五岭，北有仙霞岭，其地成封闭之形势，自古以来不易与外界交通，故成独立自足的发展态势，其区域之行政分割与地域之文化特征，皆较稳定。唐前福建开发滞后，文学创作榛莽未开，大作家几乎没有。自宋代以后，除诗词外，其他文体创作也难以与中原作家媲美。词与诗相较，明代以后闽籍词人词作的影响力或胜于闽籍诗人诗作的影响力。谢章铤曾指出闽诗成派反而转衰的原因，乃在于闽诗过于注重声律而导致千人一面，缺乏创造性。其说有云："闽诗萌芽于唐，名家于宋，成派于明，而谢古梅阁学《小兰陔乐府》乃曰'闽无诗'。吾度阁学之意，殆以为非无诗也。夫人而能为诗也，惟夫人而能为诗，而闽乃几几乎无诗矣。磨礲声律，千潭一水，论者谓之闽派。虽不比江西派之粗犷、江湖派之委琐，然而万花皆艳，或不知有孤芳之赏也，八音和奏，或不知有移情之趣也，故派成而闽诗盛，亦派成而闽诗转衰。"① 闽词很难说特别注意声律，而是多关注现实，因之生生不息，颇多创意。如谢章铤主盟的聚红词榭，郭则沄称为"聚红词派"，此派不太注重声律，而是着意反映苦难的现实，词的分量极重，影响持续而长久。福建词史自具研究之意义，目前尚无一部研究福建词史的专著。

写作一部福建词史，必须解决好三个问题。

一 地域词集的编纂与地域词史的建构

研究福建词史，首先面临资料收集的困难，因为像福建词史这样的专题，要求著者能尽可能掌握不为人所注重的资料。陈庆元先生说："研究地域或区域文学史，首先碰到的难题是资料的零星和分散，不易搜集。撰写中国文学史，重要的总集、别集、笔记以及作家的生平资料不难寻找，而区域文学史的资料一是在流传过程中散佚甚多，光绪间邱炜萲在《五百石洞天挥麈》中已慨叹过《漳州府志·艺文志》所著录的文集存者不过百之二三……"② 因此，撰写福建词史，首先必须过资料关，如没有阅读历代全部闽词而去写作福建词史，很难取信读者。这种看法是来自笔者阅读大量词史著作的一种观感。好的词史著作，如严迪昌先生的《清词史》，前半远胜于后半，之所以如此，就是严先生曾编纂过 20 册《清词史·顺康卷》，故前半所论尤服人心。不过也会有另一种意见，如乔力先生说："作为地域文学史另一个重要学术背景与资料来源的，是那些相关的大批地方文献。如地方志里的文苑传和以地域区划为界限的地方性诗文别集、总集里所收录的有关篇章内容。……说到底，这些个浩如烟海、皓首穷年也难以便览尽晓的中国文化文学遗存，固然是一笔取用不竭的巨大宝贵财富，但若换副眼光看，也极有可能只是一种沉重的'包袱'。其间的积极意义与负面作用其实在不断渗染融合，由依附共存并生到相互演变更易，

---

① 谢章铤：《〈自怡山馆偶存诗〉序》，《赌棋山庄文续》卷二，清光绪二十四年（1898）福州刻本。

② 陈庆元：《文学：地域的观照》，上海远东出版社、上海三联书店，2003，第 16～17 页。

需要我们依据现代理性观念和文学眼光给予重新审视整合。"① 乔先生的话冷峻而深刻，笔者在编纂《全闽词》时深有同感。但披沙拣金，往往见宝的事情确是实实在在地发生着。我曾慨叹我所在的城市厦门，她的词坛是多么的荒芜，完全不及福州词坛的繁荣兴盛，各种词史著作也毫不提及厦门词坛的存在。不过，她也曾绽放过光华，如清末民国厦门鼓浪屿的菽庄词人群，是一股不小的力量，只是我们不曾特别注意它的存在罢了。所以，重新审视各种文学遗存，是一个持续不断的过程，而历代词作的编纂齐全，对词史的写作仍然有决定性的意义。

为了撰写《福建词史》，我做了长期的资料准备工作，即尽可能编纂出一部考证清晰、收词全面的地域词总集——《全闽词》，这部书已于2016 年出版。编纂这部书的目的，是寻求渐渐逝去的闽词传统，这个传统只有今天的我们才能重新确定。E. 希尔斯《论传统》认为："传统依靠自身是不能自我再生或自我完善的。只有活着的、求知的和有欲求的人类才能制定、重新制定和更改传统。"② 而历史编纂学是完成这一目的的重要手段，"历史编纂的任务是确立和完善关于过去的形象。批判的或科学的历史编纂所探究的，是已为人们接受的，或是传统的过去之形象，并且对他们进行考证和加以完善"③。《全闽词》的编纂，对福建地域词学传统的再造是不可缺少的重要手段。

《全闽词》的收录标准是依据籍贯（祖籍）来收录词人词作的，这种方法有它合理的一面，也有它不科学的一面，但目前还难以找到比这种办法更好的办法了。依据籍贯来收词，是历来地域总集的收录办法，私以为不要轻易地改变这种办法，否则会造成混乱。如大词人柳永，在福建生活时间很短，青少年时代有可能在汴京度过，成进士后流寓各地做官。今天没人说他是河南词人，也没人说他是浙江词人，他只能是福建词人，尽管他不出生在福建，但他的祖籍是福建崇安，故自古以来人们都认为他是福建词人。再比如说，大词人辛弃疾是山东人，他曾在福州为官三年，并在

---

① 乔力、武卫华：《论地域文学史的研究方法》，《理论学刊》2006 年第 12 期。
② 〔美〕E. 希尔斯：《论传统》，傅铿、吕乐译，上海人民出版社，1991，第 19 页。
③ 〔美〕E. 希尔斯：《论传统》，第 73 页。

福建写下了36首词，这些词作中一些名篇曾产生很大影响。我们今天编纂《全闽词》，就不能收录这36首词，如收录的话，山东学者肯定会有意见。《全闽词》根据籍贯收词的同时，也稍有变通，并不完全死守籍贯这一种做法，而是适当收录一些流寓福建的词人词作，如晚清聚红榭是一个影响相当大的词社，其中有两位外籍词人钱塘人高思齐、山阴人王廷瀛，他们生活在福建并参加聚红榭唱和，《全闽词》收录了这两位外籍词人的词作，如不收录他们的作品，就会导致读者对聚红榭的了解产生缺憾。这种变通处理的办法是可以理解的。郑方坤《全闽诗话》收非闽人而关涉闽事者，梁章钜《南浦诗话》收非浦人诗而与浦地浦事相关者。朱彝尊《鱼计庄词序》云：“在昔鄱阳姜石帚、张东泽，弁阳周草窗，西秦张玉田，咸非浙产，然言浙词者必称焉。是则浙词之盛亦由侨居者为之助，犹夫豫章诗派不必皆江西人，亦取其同调焉尔矣。”① 今天如有人编纂“全浙词”，周密、张炎词是完全可以编入的。

我们不能把编纂《全闽词》和撰写《福建词史》的工作搞混，《全闽词》的编纂只是在极少数情况下才收录外籍词人词作且必须从严收录，而《福建词史》的撰写通常要考虑词人流寓的情况，必须抱更加开放的态度。葛兆光《清代学术史与思想史的再认识》说：“‘人’的籍贯，并不等于他受教育和从事学术的地域背景，尽管古代社会人的流动性不大，但是在清代，学者常常是流动的，不光是‘不闻往教，但闻来学’，要追寻名师，而且名师也为了生计，要到处去坐馆教书或为幕谋生。”又说：“由于流动和通信的缘故，我们对于清代某种地域的文化，必须要有超地域的地域观，而且最好是流动的观念。”② 流寓不仅仅是清代词人的情况，自宋代以来，福建词人常常流寓各地，他们的流寓情况，自是《福建词史》这个课题应予以关注的。同时也要考虑到籍贯的巨大惯性作用，籍贯是传统士人对自己处世的一个定位。晚清民国郭则沄虽不出生于福建，但他的祖籍在福建福清，他只是在参加乡试时才回过福建一次，而其著述多不忘乡梓，如称福清为“故园”。郭氏《清词玉屑》卷十一云：“幼时闻先文安公（指

---

①　朱彝尊撰《曝书亭集》卷四十，《四部丛刊》景清康熙本。
②　葛兆光：《清代学术史与思想史的再认识》，《中国典籍与文化》2012年第1期。

其父郭曾炘）言，闽中种薯多者，以福清一邑为最，吾家祖籍福清之泽朗乡，尝归谒宗祠，所乡数十里间，青畴交互，弥望皆薯田也。久居京国，每闻市上唤开锅声，辄有故园之思。"①《清词玉屑》多论闽籍词人词作，也多讨论闽中词学，同样可见他眷怀乡国的浓浓情意。即使在今天，我们也会关心一个人的籍贯，各种表格都会列出"籍贯"一栏。

地域词史的写作是一种建构，建构是有目标的行为。《福建词史》建构的重心当放在审读词作，不对词作进行审美判断，就难以撰写词史。只有在注重词作审美创造的基础上，才能兼顾词作本事的推求。一首词虽有相应的历史事实的发生，但如果写得太差，似不应在词史中占有过多的位置。除了词作审美的发掘外，还要重视说明词体文学如何在闽地发生发展。蒋寅先生说："地域文学史区别于文学通史的特性，不在于只论述出生于某个地域的作家，而在于说明文学在某个地域的发生和发展，说明历代文学活动与这个地域的关系，以此呈现文学史生态的多样性和区域特色。"② 闽词的审美特性与词体文学在闽地的发展，以及闽词与时代的关系，是我撰写《福建词史》必须关注的重要目标。

二　闽词特征的形成与发展变化

在前人的论述中，闽诗、闽词都已成派。闽派诗的特征，前人已备足论述，闽派词的特征则鲜有清晰的论证。就《福建词史》的写作来说，我们不但要找到词中闽派的特征，还要说明它是如何演变的。

在论述闽派词的特征形成前，我们不妨看看闽派诗的特征是如何形成的，二者实有关联。在闽诗的发展历程中，最为引人瞩目的是以明初林鸿为首的盛唐诗派，此派提倡学习盛唐诗歌，产生过很大影响。张廷玉撰《明史》卷二百八十六《文苑二》云："鸿论诗，大指谓汉魏骨气虽雄，而菁华不足。晋祖玄虚，宋尚条畅，齐、梁以下但务春华少秋实，惟唐作者可谓大成。然贞观尚习故陋，神龙渐变常调，开元、天宝间声律大备，

---

① 屈兴国编《词话丛编二编》，浙江古籍出版社，2013，第1661页。
② 蒋寅：《一种更真实的人地关系与文学生态——中国古代流寓文学刍论》，《中国文化研究》2012年秋之卷。

学者当以是为楷式。闽人言诗者率本于鸿。"① 明代闽人论诗确实推崇林鸿，如徐𤊸《〈晋安风雅〉序》云："闽中僻在海滨，周秦始入职方，风雅之道，唐代始闻，然诗人不少概见。赵宋尊崇儒术，理学风隆，吾乡多谭性命，稍溺比兴之旨。元季毋论已。明兴二百余年，八体四声，物色昭代，郁郁彬彬，猗欤盛矣！"② "郁郁彬彬"指的就是学习林鸿盛唐诗派的诗人很多。此派可称声律派，注重声律是其特色，如钱谦益《列朝诗集》丁集卷十六所云："余观闽中诗，国初林子羽、高廷礼，以声律圆稳为宗；厥后风气沿袭，遂成闽派。"③ 这是首次以闽派称林鸿一派的诗歌。自进入清代以后，闽人言诗很难说"率本于鸿"，又有了新的变化。陈庆元先生认为清初张远已开闽人学宋风气。④ 郑方坤《本朝名家诗钞小传》卷四论黄任诗云："闽人户能为诗，彬彬风雅，顾习于晋安一派，磨砻沙荡，以声律圆稳为宗，守林膳部、高典籍之论若金科玉律，凛不敢犯，几于'团扇家家画放翁'矣。莆田逸出其间，聪明净冰雪，欲语羞雷同，可称豪杰之士。其艳体尤擅场，细腻温柔，感均顽艳，所传《秋江集》《香草笺》诸作，傅阆林前辈谓其实有所指，拟诸玉溪之赋《锦瑟》、元九之'忆双文'、杜书记之作'青楼薄幸''楚雨含情'，殆诗家之赋而兴也。"⑤ 此说肯定不守晋安诗派（即盛唐诗派）的黄任取法晚唐的诗风。汪缙《题石斋先生诗卷墨迹》记黄石斋（即黄道周）语云："吴江计甫草（即计东）少从石斋先生游，尝问诗法于先生。先生告之曰：'吾闽人诗法与汝吴中异。吾闽人诗以意为君，吴中诗尚格律词华。一入于格律词华，真意渐亡矣。如云间陈卧子，予门人也。其为诗已与吾异趣，况其他乎？"⑥ 清初闽诗走向已发生偏离晋安诗派的格局，由重声律转向尚意。陈声聪《兼于阁诗话》附录《闽派》说："诗有称闽派者，始于清末民初近数十年间。闽诗人，唐以前无闻焉。五代间有黄滔、徐夤，宋有李纲、蔡伸、张元幹、刘克

① 清乾隆武英殿刻本。
② 徐𤊸辑《晋安风雅》卷首，《四库全书存目丛书》（集部第 345 册），齐鲁书社，1997，第 373 页。
③ 清顺治九年（1652）毛氏汲古阁刻本。
④ 陈庆元：《清初闽诗人之冠——张远》，《古典文学知识》1995 年第 2 期。
⑤ 清乾隆间刻本。
⑥ 汪缙：《汪子文录》卷二，《汪子遗书》，光绪八年（1882）刊本。

庄，明初有林鸿等所谓'闽十子'，清初有许泌（秘）、高兆、曾灿垣等称'七子'，均不闻有一派之称。道咸间张际亮以诗名一世，然所为乃李白、岑参之诗。同光间谢章铤以经师为词章，有论诗诸作，亦不名一家也。迨林寿图始刻意为山谷，陈书、陈宝琛、郑孝胥相继为宋诗，酌西江之水，扬坡、颖之波，陈衍又从而激厉之，广接众流，著为诗话，晚居乡里，创说诗社，影响颇巨。然其论诗宗旨纯正，其偏重宋人者，正所谓'宋人皆推本唐人诗法，力破余地'耳。所言足代表一时风会，初无门户与地域之见也。然当时诗体，确有所谓浙派、吴派、粤派、湖外派、江西派、闽派等。浙派承秀水钱载余绪而益加深僻，沈曾植、袁昶为其代表，金兆蕃稍和易。吴派受钱、梅影响，翁同龢独重大，金和乐府多危苦之词，稍后孙景贤古近体惊才绝艳，尤为梅村嫡传。粤派则陈恭尹、屈大均、黎简树其典型，黄遵宪崛起于后，为时宗匠。湖外多为选体，王闿运、邓辅纶其模楷也。至江西派与闽派，后来为韩孟，为黄陈，似已合流。惟闽人尚有兼喜东坡、荆公、诚斋者，或以此又成闽人一风格欤？"① 此言追溯闽诗的发展历程。诗有闽派之称乃始于清初，不始于清末民初。除此以外，陈声聪所论大体得当。所论清末民初的同光体诗法乃是"力破余地"，尤别具法眼。或可说：宋代闽诗多谈性命尚气节；明代闽诗多崇声律少真意；清代闽诗以意为主；至清末民初闽地又学苏轼、王安石、杨万里诗而力破余地。闽诗以明代晋安诗派与晚清民初宋诗派影响最大。

闽词特质与闽诗特质不是同中有异，而是异中有同。谢章铤《赌棋山庄词话》卷一曾追溯道光以前闽词的发展历程，有云："吾闽词家，宋元极盛，要以柳屯田、刘后村为眉目。明代作者虽少，然如张志道以宁、王道思慎中、林初文章，亦复流风未泯。又继以余澹心怀、许有介友、林西仲云铭、丁雁水炜、韬汝焯。雁水与竹垞、电发友善，其名尤著。近叶小庚太守申芗亦擅此学，著《词存》《词谱》等书。"② 其中所论存词较多的词人有柳永、刘克庄、余怀、丁炜、叶申芗，如加上林则徐、刘家谋、谢章铤、王允皙、何振岱等人，观其词则历代闽词的特质不难考见。

---

① 陈声聪：《兼于阁诗话全编》，上海交通大学出版社，2018，第 317 ~ 318 页。
② 谢章铤撰，刘荣平校注《赌棋山庄词话校注》，厦门大学出版社，2013，第 4 页。

宋代闽诗多谈性命尚气节，宋代闽词基本不谈性命却不乏气节。柳永是宋词第一位大家，也是闽籍最为杰出之词人，有"词圣"①之称，对后世影响极大。黄裳《演山集》卷三十三《书〈乐章集〉后》言柳词功用甚巨，"中具浑沦之气"②，其润色鸿业的气魄中不乏浩然之气。张端义《贵耳集》卷上云："项平斋，自号江陵病叟。余侍先君往荆南，所训'学诗当学杜诗，学词当学柳词'。扣其所云，杜诗、柳词皆无表德，只是实说。"③柳永自诉平生功业与生理感官享受不能兼得的苦闷，相当诚实，触及每个人的心灵深处。有论者把柳永《戚氏》与《离骚》并而论之，当有原因。王灼《碧鸡漫志》卷二引前辈云："《离骚》寂寞千年后，《戚氏》凄凉一曲终。"④屈、柳皆擅自诉，当是并而论之的一个原因。艺术性不是很强的刘克庄词，却得到刘熙载的好评。刘氏《词曲概》云："刘后村词，旨正而语有致。真西山《文章正宗·诗歌》一门属后村编类，且约以世教民彝为主，知必心重其人也。后村《贺新郎·席上闻歌有感》云：'粗识《国风》《关雎》乱，羞学流莺百啭。总不涉、闺情春怨。'又云：'我有平生《离鸾操》，颇哀而不愁微而婉。'意殆自寓其词品耶？"⑤刘克庄词多用散文笔法，时露粗糙之处，但其词中有拳拳爱国之心，且关注民瘼，欲拯救斯民于水火，所以刘熙载颇重其词品。宋代的闽词有些不够浪漫，读不到像李之仪《卜算子》（君住长江头）和李清照《如梦令》（常记溪亭日暮）那样清新明快的词作，但颇有品格颇有气节，则是肯定的。

明词虽不振作，但明代两位闽籍词家却不能忽视，一是林鸿，一是余

① 当今柳永故里武夷山市五夫里乡民尊称柳永为"词圣"，这是五夫里乡民对柳永这位乡贤最好的褒扬。所谓"圣"者，即是在某一领域取得前无古人后无来者、卓然超群的成就，始能称"圣"，如诗圣杜甫、赋圣宋玉（一说司马相如）、医圣张仲景、茶圣陆羽等。"词圣"一词在今天的词学界尚未流行开来，然并非全无来历。陈锐《〈词比〉自序》云："大抵词自五季以降，以耆卿为先圣，美成为先师。"（龙沐勋主编《词学季刊》创刊号，上海书店出版社，1985 年影印民智书局 1934 年刊本，第 113 页）冒广生《〈遯庵词稿〉序》云，"词家之圣莫圣于柳、周。"（冯乾编校《清词序跋汇编》，凤凰出版社，2013，第 2156 页）是则五夫里乡民称柳永为"词圣"，已有人为导夫先路。
② 宋翔凤：《乐府余论》，唐圭璋编《词话丛编》，中华书局，1986，第 2499 页。
③ 邓子勉编《宋金元词话全编》，凤凰出版社，2008，第 1132 页。
④ 岳珍：《碧鸡漫志校正》，巴蜀书社，2000，第 36 页。
⑤ 刘熙载撰，袁津琥校注《艺概注稿》，中华书局，2009，第 519 页。

怀。徐伯龄《蟫精隽》卷八云："国初三山林鸿子羽尝作《苏武慢》八章，旷视一世，今录其四云：'家本儒流……几个富人能比。'豪气为何如哉！"① 林鸿非专力作词，自不能开词中闽派。赵尊岳《惜阴堂汇刻明词记略》说："明代开国时，词人特盛，且词家亦多有佳作。如刘基、高启、杨基、陶安、林鸿诸作，均多可取。虽诸家多生于元季，尚沐赵宋声党之遗风，然刘、高诸词，竟可磨两宋之壁垒，而姑苏七子等，要亦多能问（闻）者，不可不谓为开国时风气所使然也。"② 赵氏把林鸿等人词的成功归于明初尚存赵宋声党之遗风，或可再商，而林鸿词有其地位则是一定的。余怀自六岁时离开故乡莆田，再也未回到自己的家乡，但他的著作一律署上自己的籍贯，以示不忘桑梓。余怀词主要写国亡之后在江浙一带的漂泊之感，词中憎恨新朝之愤多以柔笔出之，愈能见其决绝之情。如《〈闲情偶寄〉序》云："往，余年少驰骋，自命'江左风流'，选妓填词，吹箫跕屣，曾以一曲之狂歌，回两行之红粉。而今老矣，不复为矣。……余虽颓然自放，倘遇洞房绮疏，交鼓缇瑟，宫商迭奏，竹肉竞陈，犹当支颐郫袖，倾耳而听之。"③ 所言难掩孤愤之情。林鸿之豪、余怀之柔，俱是真性情，故足有感人心者。故可以说：明代闽词，以性情见长，与明代闽诗乏性情④有异。

进入清代，道咸同光间闽籍词家谢章铤负起振兴闽词之责任，闽词之中兴始能成立。黄宗彝《非半室原刻词存叙》云："枚如（谢章铤字）毅然拂众论，独于斯道有心得，且以词人多闽产，嗣续薪传，非我其谁？其自任之重如此。"⑤ 正是赖其集合同党，长时间用功填词；又赖其倾尽心

---

① 邓子勉编《明词话全编》，凤凰出版社，2012，第387页。

② 赵尊岳著，陈水云、黎晓莲整理《赵尊岳集》（叁），凤凰出版社，2016，第953页。

③ 余怀著，李金堂编校《余怀全集》，上海古籍出版社，2011，第328页。

④ 如张远所云："夫闽海之偏僻壤也，山高峭而川清冽。其风俗尚气节，其为诗宜乎奇峭而秀异矣。自林子羽以平淡之诗鸣，严沧浪、高廷礼辈后先继起（此句应为：自严沧浪以平淡之诗鸣，林子羽、高廷礼辈后先继起），唱为盛、中、晚之说，遂习以成风，逮《晋安风雅》书成而闽风寝弱矣。后之作者，袭其肤浅浮泛之词如出一律，自束其性情，以步趋唐人之余响，其不振也宜哉！"（张远：《张恂臣诗序》，《无闷堂集》，清康熙刻本）此指出因沿袭林鸿一派诗风已久，导致明代闽诗性情不足的弊端。

⑤ 刘勤：《非半室词存》，民国10年（1921）铅印本。

力，搜刻同人唱和之作，闽词才有中兴可言。① 谢氏作《词话》初稿完成后，就请同年友刘存仁作序，刘存仁《〈赌棋山庄词话〉序》评曰："今读枚如之文，峭厉廉悍似韩非，连忤恢谲似蒙叟，已适适然诧为奇才。继读枚如之诗，骚情掩抑，一弦一心，如老鹤孤嘹、幽兰独笑。今又旁溢而为诗余，以抒其抑扬抗坠、驳宕不尽之思。乌虖！美矣！而谓能移我情否耶？"② 《序》十分契合谢氏以苏、辛为楷模的主张，谢氏感动之余回信表示感激。他说："不揣狂妄，学填数十阕，于断绝寂寞之中，为吾闽永此一途。然愿甚奢，而才识俱不逮，秋蚓号窍，诚不足当大雅一哂。惟进而教督之，匡正之，则真为无穷之赐，且更望助我张目，于此道树立一帜，亦吾闽一大生色也。"③ 咸丰朝，中国社会秩序天翻地覆，近乎崩溃。外有英法联军攻陷北京事，内有太平军攻陷江宁定都事，中外各种势力反复博弈，此消彼长，乌烟瘴气，百姓被祸最烈，生灵涂炭。谢章铤的词以反映现实苦难为基调，词风以豪放为主，势使然也。谢章铤一直主张向苏、辛学习，非仅学习他们的词风，更主张学习他们的心襟、怀抱、品格。谭献《复堂日记》（己丑）云："阅闽中《聚红榭雅集诗词》，倚声似扬辛、刘之波。惟枚如多振奇独造语，赞轩较和婉入律。"④ 丁绍仪《听秋声馆词话》卷十九云："长乐谢枚如广文章铤侨居榕城，好与同志征题角胜，曾裒刊《聚红榭唱和诗词》，词学因之复盛。虽宗法半在苏、辛，亦颇饶雅韵。"⑤ 张德瀛《词征》卷六云："谢枚如章铤词，如古木拳曲，未加绳墨。"⑥ 冒鹤亭《小三吾亭词话》卷四评谢氏词云："其发声，天籁为多。……舍人词，豪放是其本色，不悉登也。"⑦ 陈兼与《闽词谈屑》评谢氏词曰，"其词近苏、辛一路"⑧。郭则沄《清词玉屑》卷八云："赌棋词主苏、辛。"⑨ 以谢

① 《赌棋山庄词话校注》，"前言"，第9页。
② 《赌棋山庄词话校注》，第1页。
③ 《赌棋山庄词话》卷五，《赌棋山庄词话校注》，第116页。
④ 谭献：《复堂日记》，清光绪间仁和谭氏《半厂丛书》本。
⑤ 《词话丛编》，第2816页。
⑥ 《词话丛编》，第4185页。
⑦ 《词话丛编》，第4717～4718页。
⑧ 沈泽棠等著，刘梦芙编校《近现代词话丛编》，黄山书社，2009，第130页。
⑨ 《词话丛编二编》，第1523页。

章铤为代表的豪放词风，无疑成为清代闽词的主流。当然，谢氏的豪放词风也并不能笼盖一切。如陈遹祺学秦、柳，王允皙学宋末词人，也获得成功。郭则沄《清词玉屑》卷二云："先按察公里居时，与里人结社酬唱，有'南社十子'之目，其中即多工词者。如陈子驹明经遹祺《浣溪沙》云……黄笛楼邑丞《蝶恋花》云……皆秦、柳遗音，何尝为聚红词派所囿？"① 《清词玉屑》卷六云："王碧栖学碧山、玉田，为闽词别派。"② 郭则沄肯定陈遹祺、王允皙不为聚红词派牢笼之自主，他们的词正是以婉约与骚雅格调见长。清代闽派词主要是指以谢章铤为代表的聚红词派，与清代闽派诗重意不同，此派词重词量，以反映现实为迫切之务，这与内忧外患有极大的关系。

三 福建词学与中原词学的分合

北宋定都汴京，南宋定都杭州，京城的所在就是文化的中心。如果我们把黄河以南以及长江中下游的区域称为中原词学区，则孤处东南的福建可称福建词学区。研究词史应包括研究词学史，如《清词史》就探讨了许多词学理论问题。福建词人兼词学家者代不乏人，他们往往把词的创作和研究结合起来，词的理论从创作中得来，又复指导词的创作。如黄裳、刘克庄、叶申芗、丁炜、谢章铤、林葆恒等，都是词的创作和词的研究兼擅之人。福建词学与中原词学有分有合，所谓分就是各自探讨一些问题，所谓合就是探讨彼此都关注的问题。

如何填词的问题，是福建词学与中原词学都关注的问题，但闽籍词家与中原词家的关注点是不同的，闽人的关注点主要放在闽音是否利于填词上。福建偏处东南，语音与中原差别太大，中原人士每苦于福建人的发音，宋代朝廷曾在福州开正音所，收效不大。词中的闽音问题，渐为人关注。周密《齐东野语》卷一三载晋江（今属福建）人林外（字岂尘）"尝为垂虹亭词，所谓'飞梁遏水者'，倒题桥下，人亦传为吕翁作。惟高庙识之曰：'是必闽人也。不然，何得以"锁"字协"埽"（扫）字韵。'已

---

① 《词话丛编二编》，第 1294～1295 页。
② 《词话丛编二编》，第 1450 页。

而知其果外也"①。宋人叶绍翁《四朝闻见录》也记载了此事。闽音与填词的关系问题遂凸显起来。丁绍仪《听秋声馆词话》卷十八云："闽语多鼻音，漳、泉二郡尤甚，往往一东与八庚、六麻与七阳互叶，即去声字亦多作平，故词家绝少。"②词家绝少不符合历史事实。谢章铤《赌棋山庄词话》卷五云："闽中宋元词学最盛，近日殆欲绝响，而议者辄曰：'闽人蛮音躄舌，不能协律吕。'试问'晓风残月'，何以有井水处皆擅名乎？而张元幹（长乐）、赵以夫（长乐）、陈德武（闽县）、葛长庚（闽清）诸家，皆府治以内之人，其词莫不价重鸡林，即林岜尘以'锁'韵'扫'，此乃用古韵通转，不得以《闻见录》之言而讥诮之也。"③如若闽音不适合填词，何以宋代闽词大盛？④谢章铤是从古韵角度去审视林外词的押韵，并未从理论上论证闽音是否有利或有碍于填词的问题。其词友黄宗彝《〈聚红榭雅集词〉序》认为："夫三代正音，吾闽未替，则以闽人填词，谐律固其余事。"并多方举例论证闽音利于填词，其有力证据是："天下方音，五音咸备，独阙纯鼻之音，惟吾闽尚存，乃千古一线元音之仅存于偏隅者。漳、泉人度曲，纯行鼻音，则尤得音韵之元矣。"⑤既然元音尚存，则闽音利于填词就是可能的事了。但黄宗彝所论似嫌笼统，闽音与填词之关系仍不得而知。陈兼与《闽词谈屑》则提出了另一番见解："瞿蜕园（宣颖）在日，曾问予：'吾聆闽人读诗词，似乎平仄甚乱，及视其作品，则又无字不叶，无音不谐，又何故？'予答谓子不谙闽语之故，闽称南蛮躄舌，然读字阴阳平侧之间，固是非常明晰。"⑥黄宗彝论闽音利于填词，是着眼于古音而言，他曾著有《闽方言古音考》，对闽地古音素有研究。陈兼与论闽音利于填词，是着眼于当代闽人读四声非常清晰而言。陈兼与的见解更为可取。郭则沄《清词玉屑》卷二："世之论词者，每谓闽音四声多舛，故工词者绝少。实不尽然。乡俗：幼学即究八音，八音者，别四声之上

① 明正德刻本。

② 清同治八年（1869）刻本。

③ 《赌棋山庄词话校注》，第115～116页。

④ 王兆鹏、刘学《宋词作者的统计分析》统计出宋代福建词人有140人，作词2097首，词人词作均居全国第3位。文载《文艺研究》2003年第6期。

⑤ 谢章铤等撰《聚红榭雅集词》（卷1～2），清咸丰六年（1856）福州刻本，卷首。

⑥ 《近现代词话丛编》，第129页。

下，辨析尤密。"① 据上可知，丁绍仪之言确有偏颇。明末清初闽县黄晋良《〈游初草〉序》云："吾乡可百万户，不辨四声者无一家。"② 闽音利于填词，也有后天习得之故。

词的断句标点，关系到对词体规律的掌握。福建词学与中原词学都关注词的断句标点，但在词的断句标点上的做法不尽相同。《词律》《钦定词谱》未出之前，有人主张据前代名词格律范式填词。朱彝尊《〈枫香词〉序》云："（宋牧仲）至为长短句，虚怀讨论，一字未安，辄历翻古人体制，按其声之清浊，必尽善乃已。"③ 邹祗谟《远志斋词衷》凡 64 则，论词谱13 则，论词牌名 7 则，论词韵 6 则。论词谱，主张谱无定例，用某体题下注明即可；论词牌名，主张应从旧名；论词韵，主张用韵应遵成法。这种方法颇能贴近唐宋时代词人作词的实际情形，有可取之处。在具体的填词上，当有人据朱彝尊、邹祗谟的主张去做。至于用这种做法去整理自己的词集，并用符号将断句之法显示出来，则推清初闽籍词人丁炜为成功者。他的《紫云词》两种刻本（清康熙间希邺堂刻本、咸丰四年重刊本）均使用符号，以表示自己对词的句式节奏的理解。丁炜填词之时，《词律》《钦定词谱》尚未刊行，他是根据自己考索词作以及图谱所得，在弄清词体句式格律的情况下再填词，所以既能把握词体规律，又能做到句意明晰，这本来就是作词应该达到的标准。丁炜给他词集断句标点的做法是：在一韵之内按文意断句，标点上不使用"豆"的标法，只有"句"和"韵"的标法。丁炜给词集的断句标点，是一项有启示意义的事情。道光年间，叶申芗在《天籁轩词谱·发凡》中提出"分句自以文理为凭，不必拘定字数"的做法。这是叶申芗词学著作中最精彩的内核，如此明确地说出分句的做法，是不多见的。晚清林纾曾提出填词应"遵词不遵谱"的做法，或可看作承自丁炜、叶申芗。丁炜、叶申芗的断句标点之法，对于我们今天探讨如何填词也有一定的启发作用。

词学理论的发明，福建词学与中原词学各有成就，但福建词学理论更

---

① 《词话丛编二编》第 1294 页。
② 董秉清等纂《永泰县志》卷八，《中国方志丛书》华南地方第 77 号，成文出版社有限公司，1967 年影印，第 182 页。
③ 《清词序跋汇编》，第 184 页。

有时代特色。"词量说"是谢章铤独具开创性并极具批评意义的词学理论。谢章铤《刘芑川〈东洋小草〉序》云："且夫水之载物，以物之轻重为量，重者见深，轻者见浅。维人于世亦然。量至于是，见至于是；见至于是，言至于是。"① 此人之"量"即指人的器量、胸襟、怀抱、品格等。谢氏生活的时代要求词家更有"量"，他一生经历了道、咸、同、光四朝，鸦片战争、太平军起义、义和团运动、中日甲午战争等内忧外患接踵而至，使得生活在这个时代尤其是道、咸两朝的词家蒙受巨大的苦难。他在《词话续编》卷三中说："余尝欲辑丧乱以来各家吊亡悼逝诸作，都为一集，言者无罪，闻者足鉴，传诸檀板，以警将来。是以《小雅》告哀之义，而当局者所宜日置之坐右也。"② 然道、咸以来有些词家的创作仍然守着香软柔弱的词风，积习难改，而词学理论方面仍有人在倡导清空醇雅、比兴寄托，显然已不是时代的迫切需要。谢氏的"词量说"在清词史上意义甚巨。对清词卓有研究的严迪昌先生在《清词史》中引证谢氏词话最多，也最认同谢氏的观点，包括对"词之量"的注重，举凡谢氏重点介绍的以词写时事有成就的词家，严先生基本安排篇幅予以探讨。"词量说"的意义不低于周济的"寄托说"、陈廷焯的"沉郁说"、况周颐的"重拙大说"。因为后三说虽在一定的程度上倡导涉世，但其注意的中心仍在词的艺术层面，且深受传统诗学批评的影响。③ 客观地说，"词量说"是清代具有普遍指导意义的词学理论。

蒋寅先生《清代诗学与地域文学传统的建构》④ 讨论了明清经典文本代表的"大传统"与地域文学代表的"小传统"的互动，认为有时"小传统"往往具有更大的影响力。谢章铤的《赌棋山庄词话》使用"吾闽"达18次，这说明他对作为"小传统"的福建词学传统感到自豪。我们今天对福建词学传统的追寻，也是对"小传统"影响力的一种确认。

《福建词史》一书的写作，会面临方法上的困扰。在撰写中，我最注目的仍是福建这片大地。黑格尔在《历史哲学》中说："助成民族精神的

① 谢章铤：《赌棋山庄文集》卷一，清光绪十年（1884）南昌刻本。
② 《赌棋山庄词话校注》，第336页。
③ 《赌棋山庄词话校注》，"前言"，第4页。
④ 蒋寅：《清代诗学与地域文学传统的建构》，《中国社会科学》2003年第5期。

产生的那种自然的联系，就是地理的基础。……我们不得不把它看作是
'精神'所从而表演的场地，它也就是一种主要的、而且必要的基础。……
我们不应该把自然界估量得太高或者太低：爱奥尼亚的明媚的天空固然大
大地有助于荷马诗的优美，但是这个明媚的天空决不能单独产生荷马。"①
我们可以套用黑格尔的话来说：福建是闽词精神表演的场地，我们不应把
福建这片大地看得太高或太低，福建明媚的天空有助于闽词的优美，但这
个明媚的天空决不能单独产生闽词。闽词最宝贵的特质则一定产生于福
建，如内忧外患对士人心灵世界的深刻影响，这与福建处于抵抗外侮的前
沿地带以及闽人的性格特点有关。

---

① 黑格尔：《历史哲学》，王造时译，上海书店出版社，1999，第 85 页。

第一编

宋代：闽词的辉煌

引　言

　　宋代词体文学在闽地获得很大发展，词人如林，佳作迭出，产生了柳永、刘克庄这样的大家。就闽词史的发展来看，宋代闽词无疑是一个辉煌的历史时期，即使放在全国的范围来看，也是名列前茅的。这从唐圭璋先生《两宋词人占籍考》中就可以看出。问题是，宋代闽词有什么样的地域特征。任何词人都生活在一定的地域之中，都会受到地域文化的熏陶，从而对其创作产生一定的影响，其作品也会带上一定的地域色彩。目前尚无有力度的从整体上论述宋代闽词地域特征的论文，从局部论述者有陈庆元《词中的江湖派——南宋后期闽北词人群述评》、刘庆云《宋代闽北词坛鸟瞰》，都涉及宋代闽北词人的群体活动和创作特色。[①] 宋代闽词地域特征或可从三个方面尝试分析：宋代闽籍词人地理分布的特征及其成因、宋代闽词对闽地风光的书写、宋代闽词蕴含的地域文化精神。此三个方面互为肌理，前二者着眼于空间，后者着眼于时间。从时空两方面着手不失为探讨闽词地域特征的一条路径。

一　宋代闽籍词人的地理分布

　　据《全闽词》[②] 统计，宋代闽籍词人共 161 人，其中北宋 29 人，南宋

[①] 陈庆元先生在《词中的江湖派——南宋后期闽北词人群述评》中论述了南宋后期闽北黄昇等 16 家词人群体的交往和创作活动，指出这些词人群风格以婉约为主，间或有雄迈之作。（文载施蛰存编《词学》第十二辑，华东师范大学出版社，2000）刘庆云《宋代闽北词坛鸟瞰》一文指出：宋代闽北词人群是宋词创作大军的重要组成部分。北宋时期人数虽少而开拓之力功不可没；南宋时期人数众多，围绕爱国、隐逸两大主题进行创作，取得了令人瞩目的成绩。（文载《阴山学刊》2003 年第 5 期）

[②] 刘荣平编《全闽词》，广陵书社，2016。本书所引录的闽人词作，除指明之外，均见此书，不详注出处。

132 人，共作有 2295 首词（残句每则以 1 首计），其中知为闽籍但又不能确定具体籍贯者 4 人。另统计出宋代闽籍词人共有 88 人举进士（含赐进士出身）。朱熹祖籍江西，实际生于南剑州尤溪县（今福建尤溪），一生大部分时光生活在福建，故作福建词人统计。兹以上述统计数据为基础，进一步具体地分析宋代闽籍词人的地理分布状况。

在现存籍贯可考的 157 位闽籍词人中，首先是建州府和福州府人数最多：建州府 44 人（建州 0 人、建阳 15 人、建安 10 人、浦城 6 人、崇安 13 人、松溪 0 人、瓯宁 0 人、关隶/政和 0 人），福州府 44 人（福州 11 人、闽县 5 人、侯官 3 人、福清 4 人、连江 3 人、古田 0 人、永泰 4 人、永贞/罗源 1 人、长溪/福安 3 人、长乐 5 人、闽清 3 人、宁德 1 人、怀安 1 人）。其次是泉州府 19 人（泉州 7 人、南安 0 人、晋江 8 人、永春 3 人、同安 1 人、清溪/安溪 0 人、德化 0 人、惠安 0 人），兴化军 18 人（兴化 3 人、莆田 10 人、仙游/清源 5 人），邵武军 16 人（邵武 11 人、光泽 2 人、归化/泰宁 2 人、建宁 1 人），南剑州 11 人（南剑州 0 人、剑浦/南平 6 人、顺昌 1 人、沙县 2 人、尤溪 1 人、将乐 1 人），均在 10 人以上。漳州府和汀州府人数较少，漳州府 4 人（龙溪 3 人、长泰 0 人、漳浦 1 人、龙岩 0 人、南靖 0 人），汀州府 1 人（长汀 0 人、宁化 0 人、上杭 0 人、武平 0 人、连城 1 人）。① 由此可知，宋代闽籍词人主要集中在福建北部与东部，而南部与西部则较少。

建阳、崇安、建安、莆田、晋江、浦城、剑浦、闽县、长乐、仙游、福清、永泰、侯官、连江、长溪、闽清、永春、龙溪凡 18 县占全省县数（46）的 39%，词人数量（109）约占全省词人（161）的 68%，这些县大

---

① 以上地名，古今沿用者不再说明变迁，古今有变迁者略作说明。建安，今属建瓯市。崇安，今属武夷山市。瓯宁，今属建瓯市。关隶，宋咸平三年（1000）升关隶镇为关隶县，宋政和五年（1115）改关隶县为政和县。闽县，今属福州市。侯官，今属福州市。永贞，今属福州市，宋乾兴元年（1022），永贞县改名罗源县。长溪，今属福州市，唐天宝元年（742）改福州为长乐郡，长溪县属长乐郡；唐乾元元年（758），改长乐郡为福州，长溪县属福州；元至元二十三年（1286），长溪县升为福宁州，辖本州和福安县、宁德县。怀安，今属福州市。清溪，今安溪县，宋宣和三年（1121）清溪县改称安溪县。兴化军，宋代兴化军辖今莆田市、仙游市一带。清源，今仙游市，唐天宝元年改名仙游县。归化，今属泰宁市。剑浦，今属南平市。龙溪，今属漳州市。

多集中在福建的北部、东部和中部。

　　福建进士出身（含赐进士出身）的词人计福州 25 人、建州 27 人、邵武军 7 人、南剑州 8 人、兴化军 13 人、泉州 5 人、漳州 2 人、汀州 1 人，合计占词人数五成以上，可以说进士是宋代闽词创作的主力。这一点与整个宋词作者的身份高度吻合，"宋词大约有一半的作品是由有进士身份的人创作出来的"①，进士更有条件作词和传播词作。南剑州、兴化军、建州、福州尤其如此，而漳州、汀州超过五成，主要是进士数和词人数均太少所致。这五成以上进士出身的词人共作词 1129 首，占宋代全部闽词（2295）的 49%，也就是说，近一半的闽词出自进士之手，此亦可证进士是闽词的主要作者。另一半闽词的作者主要包括门荫入官者、游幕之人、僧道两家以及女性词人，他们也是宋代的文士阶层。宋代闽籍进士有 6713 人②，依据今天的文献，只有 88 名进士作过词，占闽籍进士总数的 1.31%，也就是说，宋代福建科举精英阶层中 98% 以上的人都不作词或未有词作传于世。

　　综上统计，可知宋代福建词人的时空分布特点主要体现在以下三个方面。

（一）时代分布的不平衡

　　宋代以前的福建经济文化落后，教育必然滞后，因而人才较为缺乏，跻身于全国大作家之列者屈指可数。到了宋代，由于经济的发展和政治上受到重视，福建文化教育渐趋鼎盛，科举之风尤为盛行。有学者认为：其表层原因乃是对学校教育的重视，每县皆有官学，普及率达百分之百，远远高于全国县学普及率的 44%，因而进士总数居全国第一位；其深层原因乃在于福建山多地少，往往口粮不足，不得不转向从事技艺、经商、出家、海外移民等方面寻求出路，科举考试求取功名自然也成为读书人的首选之路。③ 宋代福建词人数居全国第 3 位实有其必然性。

　　北宋福建词人仅有 29 位，南宋则有 132 人，猛涨了 3 倍多。南宋时期

---

① 王兆鹏、刘学：《宋词作者的统计分析》。
② 刘锡涛：《宋代福建人才地理分布》，《福建师范大学学报》2005 年第 2 期。
③ 刘海峰、庄明水：《福建教育史》，福建教育出版社，1996，第 35~78 页。

的福建，被视为定都临安的南宋政权的大后方，经济上也取得比北宋更大的发展，尤其是海外贸易的新拓展，使得福建经济更加繁荣，文化教育更为昌盛。据学者研究，除了每县有官学外，尚有大量的民间书院，几与官学相等，它们共同造就出文化精英。① 这些民间书院的设立主要是为了传播理学，虽然理学家大多不作词或反对作词，但他们所推行的高等教育确实提高了士子们的学问功底和创作才能，因而南宋闽词的勃兴实与理学的兴盛有莫大的关系，这是有意味的悖反。福建北宋进士 2568 人，南宋进士 4145 人，文化精英人士的增加，是词人数量增加的可靠保证。

（二）地域分布的不平衡

福建各地经济文化发展的不平衡，是词人地域分布不平衡的根本原因。福建北部的建州、福州、邵武军，东部的兴化军、泉州，以及中部的南剑州，共有词人 152 位，占宋代福建词人总数的（161）的 94%，其中具体籍贯不明者 3 人。这些地区就是福建经济文化的发达地区。

关于宋代福建经济发展的原因，有学者认为，与人口数量的增加和耕作技术的提高最为密切。福建人口在宋初约 46 万户，北宋末年已有 100 多万户，南宋中叶高达 300 万人，是国内人口密集区之一。人口的增加是经济发展的基本保证，加之唐五代之际、南北宋之交，大批北方移民南下福建，带来了先进的生产工具和耕作技术，大大提升了闽人开发耕地的能力。福州、泉州、建州迅速从荒原上崛起，成为国内有名的中等城市，其他许多市镇升格为县镇。② 福州、兴化军、泉州处于福建沿海的平原地带，耕作条件优越，农业经济更是发达，加上靠海可开展海外贸易，经济优势明显。经济的发展是文化教育发展的前提。

北部的建州、福州，共有词人 88 位，占福建全部词人数的一半有余，尤以建州为突出，两个词人高产县（建阳、建安）均在建州。建州地处交通要道，为通往两浙的门户，乃人文荟萃之地，有"邹鲁"之称。如民国《建瓯县志》卷十九《礼俗》论宋代建州礼俗云："家有诗书，户藏法律，

---

① 《福建教育史》，第 35 ~ 78 页。
② 徐晓望：《论宋代福建经济文化的历史地位》，《东南学术》2002 年第 2 期。

其民之秀者狎于文……建推邹鲁，乃诗书之薮也。"① 加上朱熹在此地兴建书院，聚徒讲学，其门徒多有承其衣钵，十分活跃，极大地推动了本州的文化教育事业的发展。万历《建阳县志》卷一《风俗》云："南宋朱、蔡、游、陈诸君子倡明道学，彬彬然为道义之乡……宋理学节义彬彬辈出，为海内前茅。"② 建阳是宋代印刷重镇，朱熹《建宁府建阳县藏书记》中说："建阳版本书籍行四方者，无远不至。"③ 印刷业的发展促进了文化知识的传播。这些都是词人发达不可缺少的外在因素。

至于宋代福州文化教育的盛况，乾隆《福州府志》卷十一《学校》云："朱子《学记》云：'福州府学于东南为最盛，弟子员常数百人。'夫朱子所谓盛，盛以地亦盛以人也。溯建学法制大备于唐，福州学校，李椅兴于大历，常衮兴于建中。如日之升，必先启明；如春之至，必先诹訾。至朱子而日拂扶桑，春煦万类矣。"④ 其他如兴化军、邵武军、泉州的文化教育发达的情况，地方志中多有记载，此处不赘。而漳州、汀州开发较晚，文化教育相对落后，故词人少出。

（三）文化精英人士作词甚少

宋代福建进士数量位居全国第一，福建绝大多数历史名人都是进士出身，著名词人柳永、李纲、张元幹、刘克庄等都是进士。前文说到近一半的闽词乃进士所作，但是在总计 6713 名进士中，只有 1.31% 的进士作词或有词作传世。这一比例相当低，按理说进士更有条件从事艺术创作，但事实上并非如此。此中原因应是多方面的。其一，词乃小道的传统观念根深蒂固，进士出身者更是将主要精力用于博取功名或建功立业上。大多数有词传世的进士都是偶一为之，仅一首或数首罢了。其二，与理学家不主张作词有关。朱熹在《答孙敬甫书》中云："小词，前辈亦有为之者，顾其词义如何，若出于正，似无甚害，然不作更好也。"⑤ 虽然朱熹的影响在

① 詹宣猷：(民国)《建瓯县志》，台北成文出版社，1970。
② 苏民望：(万历)《建阳县志》，书目文献出版社，1991。
③ 朱熹撰，朱杰人、严佐之、刘永翔主编《朱子全书·晦庵先生朱文公文集》，上海古籍出版社、安徽古籍出版社，2002，第 3475 页。
④ 徐景熹：(乾隆)《福州府志》，清乾隆十九年（1754）刻本。
⑤ 《朱子全书·晦庵先生朱文公文集》，第 3061 页。

宋代只在南宋中后期，而且主要是在后期。但北宋杨时等人亲炙程门，薪火再传，在朱熹之前杨时等人的理学就在福建大地产生了深远的影响，闽地士人们注意力多用在明心正性上，诗词被看作余事。朱熹又秉承二程法旨（"作文害道"之语即出自《二程语录》卷一），终生讲学不辍，门人甚多，再传更多，"吾闽世守理学"①，难怪98%以上的进士都不屑于作词。闽人对理学的痴迷，清代道光至光绪年间的著名学者谢章铤曾大为感叹，其《归化县学教谕紫山刘君家传》有云："吾闽自伸蒙子、海滨四先生以来，理学久已萌芽矣，将乐、延平相继而兴，及乎紫阳，遂集濂洛之成。逮兹数百年，都人士耳擩目染，失于迂拘者或有之，而行止卒不大远于矩矱。岂知迁流所极，顿至陵夷，其贤者以口耳为功绩，以学统为门面，其不肖者则且庠序其身、市井其心，盖自予之少而壮、壮而老，已不胜江河日下之危矣。"② 此可见理学对文学的负面影响。

二　宋代闽词中的地域风光

数百年词史造成了词的多个创作区域，浙江、江西、福建分别成为宋词创作的三个重镇。探讨词的地域特征，词人对所居地域地理风光的描写与反映不可忽视。

刘熙载《艺概·词曲概》云："词贵得本地风光。张子野游垂虹亭，作《定风波》有云：'见说贤人聚吴分。试问，也应傍有老人星。'是时子野年八十五，而坐客皆一时名人，意确切而语自然，洵非易到。"③ 张先《定风波》述苏轼等六人在湖州垂虹亭欢宴一事，并未描写垂虹亭之景物，刘熙载为何生出"词贵得本地风光"的妙悟？词一向被视为艳科小道，多写男女私情，体格卑下，如能像诗文那样去描写风土人情，就可注入新鲜内容，起到抬高词品的作用，故特重词品的刘熙载看重这一点，这就是用词描写本地风光之所以"贵"的原因。人物使江山增重，垂虹依旧，贤者毕聚，情景交融，倍添光彩，故后世每有踵事增华，效子野作六客词。审

---

① 谢章铤：《董母杨太淑人六十寿序》，《赌棋山庄文续》卷二。
② 《赌棋山庄文续》卷二。
③ 《艺概注稿》，第568～569页。

读宋代闽词，对于其中描写闽地风光的词作正可从上述视角去衡量。

宋代闽籍词人比较完整地描写闽地风光的词有22首，主要描写了武夷山、双溪、福州横山阁、鼓山、九仙山的风光。描写武夷山风光的词有：柳永5首、李纲1首、刘清夫1首、刘应李1首、卓田1首、留元刚1首、葛长庚1首；描写双溪（含延平阁）风光的有严仁2首、张元幹1首、黄裳1首；描写福州横山阁风光的有李纲1首、李弥逊2首、张元幹2首；描写鼓山风光的有严仁1首；描写九仙山风光的有赵以夫1首。另有流寓词人辛弃疾描写福州西湖风光词6首、描写南剑双溪楼风光词1首。

描写武夷山风光，当以柳永词为代表。武夷山是闽赣的界山，碧水丹山，风景秀丽：有山峰三十六座，拔地耸天；有奇石九十九处，天造地设；有溪流九曲，山环水抱；有诸多寺院、宫观、摩崖石刻；极具神话传说，如武夷君、彭祖、十三仙、幔亭招宴等，诗意画境般的山水中散发着深厚的历史文化气息。著名词人柳永是崇安五夫里白水村人，对武夷山风景与人文传说甚是喜爱，用五首联章体《巫山一段云》记其事。其一云：

> 六六真游洞，三三物外天。九班麟稳破非烟。何处按云轩。 昨夜麻姑陪宴，又话蓬莱清浅。几回山脚弄云涛，仿佛见金鳌。

"六六""三三"即指武夷山，六六三十六，指武夷山中最著名的三十六峰，三三得九，指的是环山盘旋的九曲溪。有学者认为这首词写的是幔亭招宴的传说：秦始皇二年八月十五日，武夷君与皇太姥、魏王子骞辈，会乡人二千余人于峰顶，设彩屋幔亭数百间，饮酒奏乐，尽欢而散。第二首写祭祀武夷君，第三、四、五首合咏武夷山中王母寿宴。① 可以说柳永是第一位用词讲述武夷山神话故事的大词人，从"词贵得本地风光"这一角度看，这组词很值得推广。

柳词所开创描绘本地风光的传统在宋代其他闽籍词人中得到继承，大

---

① 黄胜科：《柳永笔下的武夷山闽越掌故》，石子镜、杨长岳编《武夷山与古越文化》，社会科学文献出版社，2002，第118～126页。

多围绕幔亭仙宴这一最能代表武夷山人文传统的典故来写。如刘清夫《念奴娇·武夷咏梅》云："疑是姑射神仙，幔亭宴罢，迤逦停瑶节。"葛长庚《满江红·咏武夷》云："夜半月华明似昼，玉皇降辇铺毂辣。笑曾孙、回首幔亭前，空松竹。"留元刚《满江红·泛舟武夷，午炊仙游馆，次吕居仁韵》云："风送清高，沿流溯、武夷九曲。回首处，虹桥无复，幔亭遗屋。"

另一个为词人们吟咏较多的地方是双溪，由剑溪（今称建溪）和樵川（富屯溪）在南平汇合而成。双溪阁位于偏于剑溪的城东。据《晋书·张华传》载，此地乃双剑化龙之处。辛弃疾有《水龙吟·过南剑双溪楼》，乃其仕闽佳作，表达了用"倚天长剑"扫清金兵的宏愿，抒发了壮志难酬的悲慨。闽籍词人描写双溪或延平阁，也是紧扣双剑化龙的典故。黄裳《桂枝香·延平阁闲望》一面表达"腰间剑去人安在，记千年、寸阴何速"的时光飞逝之感，一面表达"山趋三岸，潭吞二水，岁丰人足"的欣慰，是北宋承平时期的写照；张元幹有《风流子·政和间过延平，双溪阁落成，席上赋》写"不似碧潭双剑，犹解相将"的"天涯倦客"的离情别绪，叹人世间聚少别多；严仁《归朝欢·南剑双溪楼》则感慨人世空幻，难遇识人之张华。

鼓山位于"首善之区"福州城的东部，有水云亭、半山亭、白云堂、东际楼、灵源洞、喝水岩、达摩洞等景观，为历代文人觞咏行吟之地。严仁有词《水龙吟·题天风海涛，呈潘料院》，杨慎《词品》卷五云："赵汝愚题鼓山寺云：'几年奔走厌尘埃，此日登临亦快哉。江月不随流水去，天风常送海涛来。'朱晦翁摘诗中'天风海涛'字题扁，人不知其为赵公诗也。严次山有《水龙吟》题于壁云（略）。此词前段言江山景，后段'紫阳仙去'指朱文公，'东山''甘棠'指赵公也。赵诗、朱字、严词，可谓三绝。"①经杨慎解说，此词所透露出的文化底蕴方显豁。

乌石山南有横山阁，亦为文人流连栖息之处。主张抗战的李纲、李弥逊、张元幹罢官之后曾逗留此地，他们的词作透露出失意后的愤激情绪。以李弥逊《蝶恋花·福州横山阁》最为有名。词曰：

---

① 杨慎撰，岳淑珍校注《杨慎词品校注》，中州古籍出版社，2013，第262页。

　　百叠青山江一缕。十里人家，路绕南台去。榕叶满川飞白路。疏帘半卷黄昏雨。　楼阁峥嵘天尺五。荷芰风清，习习消袢暑。老子人间无着处。一樽来作横山主。

　　闽籍词人描写闽地风光的词作不是很多，如果加上辛弃疾等外来流寓词家描写闽地风光的词作，数量也不多，但已开此传统，后来明清闽籍词家描写闽地风光的词作骤增。以谢章铤为盟主的聚红榭同人就有大量描写闽地风光的词作。如果要编一部类似《皖词纪胜》将舆地纪与词选合二为一的书，尚需仔细清理发掘，有大量词作可编。

三　宋代闽词的人文精神

　　检视 2000 多首宋代闽词，有两个突出现象，一是高扬捍卫国家统一精神的抗战词数量多，占据主流，二是颂扬和谐人际关系和对生命充满祈盼的祝寿词也不少，亦为主流。两个方面的词都可以从闽人的人文精神深处找到必然的原因。

　　（一）捍卫国家统一精神的高扬

　　南渡后的一段时期，辛弃疾的词唱出了时代的最强音，影响最大。论者有"辛派词人"之称，指的是韩元吉、陆游、陈亮、刘过、杨炎正、戴复古、刘克庄、吴潜、方岳、陈人杰、刘辰翁等，其中刘克庄、陈人杰为闽人。如果仔细检视，宋代福建词人中应有不少人可归属到这一阵营中，包括陈瓘、李纲、邓肃、张元幹、李弥逊、刘学箕、冯取洽、黄昇等，其中李纲、张元幹生活在南渡时期，他们可被视为"辛派词人"的先驱。

　　陈瓘是气节之士。李纲《了翁祭陈奉议文跋尾》称其文"辞意之高洁，笔力之遒健，与昔见其容貌、志气、辨论，无少异焉。信乎养之完、守之固，而文章字画似其为人也"[①]。李纲、张元幹、李弥逊都曾受到陈瓘的教导。李纲，《宋史》本传称其"负天下之望，以一身用舍为社稷生民

────────────

　　① 李纲：《李纲全集》，岳麓书社，2004，第 1490 页。

安危。虽身或不用，用而不久，而其忠诚义气，凛然动乎远迩"①。其 7 首咏史词，"表现出政治家雄才大略和远见卓识，赋予了咏史词以强烈的时代精神和战斗性，词的言志功能在此得到了充分的发挥和体现"②。李纲贬谪至沙县，结识邓肃，成忘年交。李纲与邓肃唱和诗极多，他们是情趣益然的诗友。李纲上疏反对和议，张元幹在福州作《贺新郎·寄伯纪丞相》词赠之，以示激励；胡铨上书反对和议，请斩秦桧，张元幹在福州作《贺新郎·送胡邦衡待制》，予以声援，后来因此词被大理寺除名。李弥逊因主张抗战，忤权相秦桧，长年退隐故里连江。

宋金和议数十年后，局势相对稳定，但抗金收复失地的声音仍不绝于耳。刘学箕虽隐居山林，却未尝忘怀国事。其《贺新郎》序云："近闻北虏衰乱，诸公未有劝上修饬内治以待外攘者，书生感愤不能已，用稼轩《金缕》词韵述怀。"冯取洽感于国事危殆，作《贺新郎·次玉林感时韵》云："多少英雄沉草野，岂堂堂，吾国无君子。起诸葛，总戎事。"呼唤能有诸葛亮那样的英雄力挽狂澜。黄昇，早弃科举，雅意读书，但是忧患意识郁积心头，其《秦楼月·秋夕》云：

心如结。西风老尽黄花节。黄花节。塞鸿声断，冷烟凄月。

汉朝陵庙唐宫阙。兴衰万变从谁说。从谁说。千年青史，几人华发。

陈人杰，殁年不到 30 岁，面对蒙古军队猖狂进攻而南宋小朝廷仍歌舞升平醉生梦死的现实，他在《沁园春》中愤然唱道："诸君傅粉涂脂，问南北战争都不知！"并大书杭州丰乐楼，以泄心中郁积之气。刘克庄生活在南宋中晚期，国势衰败难以挽回，对此他有清醒认识："国脉危如缕"（《贺新郎》）、"城危如卵"（《贺新郎·杜子昕凯歌》），显得焦虑沉痛。

福建词人在民族矛盾空前尖锐的时期，大多高扬抗战的旗帜，家国情怀相当激越。其原因何在？据刘庆云统计：53 位闽北词人中至少有 26 位系理学家及其门人或深受理学影响的人。刘庆云并指出，一批理学家或担

---

① 脱脱等：《宋史》，中华书局，1985，第 11273 页。
② 袁行霈主编《中国文学史》第 3 卷，高等教育出版社，1999，第 135 页。

任福建的地方官，或在朝中任职，像胡寅、刘珙、朱熹、真德秀等即在朝中为官，他们都是正直敢言的节义之士，对时风的影响表现出积极的作用。① 杨时历仕徽宗、钦宗、高宗三朝，主张抗金，力排和议，因主张不被采纳，退而著书讲学。建炎三年（1129），胡寅上书认为"中兴"要务在于"拨乱世，反之正"，论者认为：政治与词学上的"拨乱世，反之正"是相并而行，相辅相成的。② 朱熹认为华夷之辨高于君臣之分，力主抗战，其《壬午应诏封事》云："金虏于我有不共戴天之仇，则其不可和也义理明矣。"③ 其《书张伯和诗词后》论张孝祥词云："读之使人奋然有擒灭仇虏、扫清中原之意。"④ 他的人格和学说在福建士人特别是在闽北士人中影响深远。方勇先生指出："福建的学子们正是遵循着朱熹所指引的道路前进的。尤其在宋末元初民族矛盾十分尖锐的时候，他们更加重视务实躬行，把坚守民族气节看得高于一切。"⑤ 李纲、张元幹以及仕闽的辛弃疾的抗敌词也起到了不小的示范作用。宋代闽词中抗敌词发达，可谓渊源有自。

福建抗敌词发达的原因与闽人性情气质也很有关系。谢章铤《闽省形势答权守某公》论闽地民风曰：

> 闽，海滨之奥区也。以守易，以战难；自卫有余，援人不足。然而，深林密箐，萑苻易生；绝岛汪洋，孙卢不绝。是故上游必治山，下游必治海，不然处处皆寇资也。且夫闽地硗薄无生产，人多农少，资于田者二，资于山者二，资于海者二，资于商贾者四。其人椎鲁强干，疾贫好斗。呜呼！瘠土使之然欤？然其性质直，易恩易威，苟得欢心，刎颈相赴。盖闽山多截业，陡绝千仞，无所依附；水则各自为源，不乞余波于邻省。得于山水盘郁之气，故其性情为独厚。且中间惟广至闽间有坦途，其他界江西、界浙江。大抵一夫当关，飞鸟难

---

① 刘庆云：《宋代闽北词坛鸟瞰》。
② 沈松勤：《宋室南渡后的"崇苏热"与词学命运》，《文学评论》2005年第2期。
③ 《朱子全书·晦庵先生朱文公文集》，第573页。
④ 《朱子全书·晦庵先生朱文公文集》，第3981页。
⑤ 方勇：《南宋遗民诗人群体研究》，人民出版社，2000，第94~95页。

度。用其人卫其地，事半功倍，是诚形胜为之助欤？虽然，习其厄隘，不利于平原；逐末为生，闭关则立毙。其心善恋乡，其俗易煽动，宜守不宜战。使徼功于万里之外，用违其材，则山川不为是分谤也。嗟乎！峻冈巨岭为天险，危溪深泽为地险，众志成城以死卫上为人险。人险不修，二险无恃。仙霞岭，山之险者，马、阮南窜，直下渔梁矣；五虎门，水之险者，郑氏扬帆，竟抵南台矣。呜呼！形胜虽佳，何补哉！去门户，守堂庭，盗扼其吭而四肢不灵矣。①

谢章铤论闽人性情气质，是据历史上和同时代闽人而立论，所论闽人"性质直""刎颈相赴""性情为独厚""善恋乡"等特点，无一不适合宋代闽人。即使只从"善恋乡"这一条来说，也很符合宋代闽籍词家，如李纲、张元幹、李弥逊被斥退后，都是回到闽地生活。由上可知，宋代闽词颇多梗概之气，与词家所受到的理学教育有关，也与他们的性情气质有关。

（二）寿词创作的兴盛

两宋闽籍词人共有 48 人创作了 157 首寿词，这是一个很值得注意的现象。据刘尊明先生统计，宋代有寿词 1860 首，占《全宋词》作品总数（21005）的 1/8 弱，其中有姓名可考的作者 431 人，占《全宋词》作者总数（1494）的 1/3 弱。② 可知：宋代闽籍词人中寿词作者占全部宋代寿词作者的 1/10 强，而所创作的寿词占全部宋代寿词的 1/12 弱。北宋全盛时有省级行政单位 26 路，南宋有 19 路。在全国范围内看，福建寿词创作是比较突出的。在福建全省范围内看，寿词作者占全省词人的 30%，词作量占全部宋代闽词的 6.8%，也有相当的比例。

刘尊明先生曾分析了宋代产生大量寿词的原因，除了祝寿成风这个外在的客观原因外，还有祝寿风气兴盛的文化因素和寿词创作繁兴的内在机制。文化因素包括游乐风气、社会心理、理学的兴盛诸方面，而内在机制则包括音乐属性和娱乐功能的作用、"应社"的外部需求与"自寿"的主

---

① 谢章铤：《赌棋山庄余集》文卷一，民国 14 年（1925）刻本。
② 刘尊明：《唐宋词综论》，中国社会科学出版社，2004，第 135～162 页。

体需求。^① 宋代闽词中寿词的大量出现也是内部与外部需求的必然结果。

宋代福建寿词兴盛当然是祝寿风气的反映。淳熙《三山志》卷四十云："（元旦）是日享祀毕，序拜称觞祝寿于尊者。"^② 一年开元，闽人想到的是为尊者祝寿。成于咸丰年间的《榕城岁时记》载："八月十五日，家家备果酒牛乳诸物，延道士禳醮，曰忏斗。"^③ 所谓忏斗，传说南斗主生，北斗主死，因而拜南斗为求长寿，拜北斗为求消灾解厄、保命延年。词因其适合宴席歌唱这一内在机制，留下了对这一风俗的描述与反映。宋代福建寿词中有一首很别致，建阳人卓田《酹江月·寿詹守生日，在武夷设醮》云：

> 武夷山字，是使君衔上，新来带得。便觉闲中多胜事，满眼烟霞泉石。云卷尘劳，风生芒竹，去作山中客。晓坛朝罢，自然五福天锡。　当此孤矢悬门，步虚声远，直透云霄碧。替却燕姬皓齿，洗尽人间筝笛。九曲溪深，千岩壁峭，大寿应难匹。辇车有待，日边飞下消息。

这是宋代闽词中唯一的一首关于宋代"设醮"庆寿风俗的记载。《仪礼·士冠礼》："若不醴，则醮用酒。"注："酌而无酬酢曰醮。"^④ 这位詹守在"九曲溪深，千岩壁峭"的武夷山中做寿，没有太多的应酬，是为"难匹"。他的寿席雅洁而简单。闽地祝寿风气颇浓，一些有名望的人寻求避寿，避寿也成为一种风气。这位詹守在武夷山"设醮"，似有避寿的意思。

宋代福建寿词发达尚有深厚的地域文化的原因。北宋时期，福建是儒学相对发达的地区，而儒学中心在洛阳，通过将乐人杨时、南剑州人罗从彦、南平人李侗、尤溪人朱熹的递相传道，儒学鼎盛，南宋闽北成为全国的儒学中心，后人称为理学。"朱熹所建构的理学体系虽然繁博宏富，包罗万象，但其至关紧要的核心仍是伦理学本体。"^⑤ 通过祝寿仪式来宣传和

---

① 《唐宋词综论》，第135～162页。
② 梁克家：《淳熙三山志》，文渊阁《四库全书》本。
③ 戴成芬：《榕城岁时记》，春欉斋抄本。
④ 阮元校刻《十三经注疏》，中华书局，1980，第956页。
⑤ 冯天瑜等：《中华文化史》，上海人民出版社，1990，第650页。

确立伦理道德秩序，就比较容易为社会各阶层认同与接受。朱熹今存寿词
《满江红·刘知郡生朝》，其门人亦多有作寿词者。

　　无论是抗敌词还是寿词，都反映了福建士人的正当愿望，即渴望国家
的统一与人际关系的和睦相处，实有内在的联系。

第一章　北宋中后期的闽词

北宋中期词坛，柳永如日中天。"凡有井水饮处，即能歌柳词"，这种达到流行和受到追捧的程度，后世再无词人能够企及。柳词气象万千，开后世无数法门，词家鲜有不沾溉于柳词者。柳永被后世尊称为"词圣"，这一称谓肯定了他在作词领域达到前无古人、后无来者，成就卓著无以复加的程度。他必有特别的贡献所在，一如宋玉能够称"赋圣"必有特别贡献之处一样。宋玉之赋创立了赋体结构模式，即开头部分"述客主以首引"，中间部分"极声貌以穷文"，结尾部分"发理词旨，总撮其要"，这一模式成为汉大赋的基本结构形式。① 可以说，没有宋玉难以产生有"一代之文学"之称的汉赋。柳词之结构比宋玉赋要复杂，因为宋玉赋之结构在文辞上就可以考察出来，而柳词显然与音乐有很大关系，他的作词法就不仅仅是文辞上的事情。柳永时代的音乐今天已渺茫难寻，他的作词法今天有了很多不同的研究，但大多说得过于复杂，而作词于柳永来说是简单的事情。他的作词法和宋玉的作赋法，今天已成为一份珍贵的遗产，保存在我们文学记忆的深处。论北宋中后期词坛闽人的贡献，还应该提到黄裳，他是北宋第一位严格意义上的词学批评家，他把词的创作与《诗经》"六义"直接联系起来进行理论阐述，开词家尊体之先河。另要提及的还有陈瓘，一位理学家，与南渡时期力主抗金的李纲、张元幹、李弥逊有交往并给予他们很好的影响。闽籍词人讲浩然之气，作词关注现实，陈瓘起了很大的导向作用。基于闽籍词家柳、黄、陈的贡献和影响，北宋中后期

---

① 吴广平编注《宋玉集》，岳麓书社，2001，"前言"，第16页。

词坛，一定程度上来说，是闽籍词家的天地。

第一节　词圣柳永及其作词法

柳永（987？～1053），初名三变，字景庄，排行第七，人称柳七，改名永，字耆卿，崇安（今福建武夷山市）人。祖籍河东（今山西永济），祖父柳崇徙居崇安。柳永年轻时多出入歌楼妓馆，为歌妓作词。科场失意后，游历荆楚吴越。仁宗景祐元年（1034）登进士第，授睦州（今浙江建德）团练推官，历余杭令、定海晓峰盐场监官、泗州判官。庆历初改官著作郎入京，授西京灵台令、太常博士。皇祐中，迁屯田员外郎。人称"柳屯田"。晚年流落不偶，病殁于润州（今江苏镇江）。著有《乐章集》。

柳永是福建崇安五夫里人。宋初王禹偁为柳永祖父柳崇写的《建溪处士赠大理评事柳府君墓碣铭》云："公讳崇，字子高。五代祖奥从季父冕廉问闽川，因奏署福州司马，改建州长史，遂家焉。"① 雍正《崇安县志》卷七柳崇小传载："其先世由河东来居金鹅峰之阳，遂为五夫里人。"②

柳永在福建崇安到底度过多长岁月，关系到对福建词史的考察。今之研究柳永的学者多有不同意见。一说柳永少年时生活在汴京，唐圭璋《柳永事迹新证》从柳永《戚氏》"帝里风光好，当年少日，暮宴朝欢。况有狂朋怪侣，遇当歌、对酒竞留连"之句，推断柳永的少年时光是在汴京度过的。据此词来断定，似有证据不足之感，况且词人伫兴作词，未必写实，又"年少日"是一个不确指的时间，未冠之前都可称年少。一说柳永十四五岁之前幼年、少年时期生活在福建家乡，李国庭《柳永生年及行踪考辨》③、李思永《柳永家世生平新考》④ 皆主此说，认为柳永《乐章集》中《巫山一段云》词五首之一"六六真游洞，三三物外天"句写的就是崇安的三十六峰和九曲溪胜景，并认为《嘉靖建宁府志》卷十九所载柳永

① 王禹偁：《小畜集》卷三十，《四部丛刊》景宋本配吕无党钞本。
② 清雍正十一年（1733）刻本。
③ 《福建论坛》1981 年第 5 期。
④ 《文学遗产》1986 年第 1 期。

《题中峰寺》诗写的是崇安名胜中峰寺。诗云："攀萝蹑石路崔嵬，千万峰中梵室开。僧向半天为世界，眼看平地起风雷。猿偷晓果升松去，竹逗清流入槛来。旬月经游殊不厌，欲归回首更迟回。"诗确实是写崇安中峰寺，然此说也难以信据，因为《巫山一段云》《题中峰寺》所写也存在着柳永成年后作诗追想某年游览崇安情景的可能。一说柳永生于济州任城县，四岁回崇安寄养于继祖母，约于九岁回汴京从父生活。薛瑞生先生《乐章集校注》（增订本）、《柳永别传——柳永生平事迹新证》创为此说。然陶然、姚逸超《乐章集校笺》未采信薛先生之说，未提及柳永是否在崇安生活过，其说有云："其中年以前主要生活于汴京，大致可以确信。"①　一说柳永少年读书乡里，及冠入京应试。孙克强编著《唐宋人词话》主此说，但未举证。以目前的资料，柳永与崇安的关系，难以考实。但历代福建人对柳永的记忆极为深刻，则是不争的事实。

一　柳永如何作词

柳永能够成为词圣，除了给后世留下了许多精彩的词篇外，更主要是给后世留下了他的作词法。他的词作成就如何，前人今人之述备矣，兹不再论。柳永的作词法，今人推究过当，有过度阐释之嫌。他的作词法必定是简明的，如不是，不但柳永本人难以掌握，后世更难以学习。柳永的作词法是一份珍贵的遗产，奠定了柳词在词史上的地位。兹从两个方面述及。

（一）变旧声作新声

柳词大获成功，在北宋中期词坛红透了半边天，正在于其词能唱，如前引黄裳所云，"闻其声，听其词，如丁斯时，使人慨然有感"，这是歌唱的效果使然，如柳词仅仅供阅读而无人唱，就不会有如此的效果。柳词正是用赋的手法，极力铺陈北宋盛世繁华景象，"极其辞"，又写得通俗易懂，明白如话，适合歌唱，"凡有井水饮处，即能歌柳词"，达成绝无仅有之成功。柳词风行天下，证明长短句宜歌不宜诵，也证明"极其辞"是歌词重要的创作手法，是歌唱时反复宣泄情感的需要。

---

① 　陶然、姚逸超校笺《乐章集校笺》附录六《柳永简谱》，上海古籍出版社，2016，第914页。

叶梦得《避暑录话》卷上：

> 柳永，字耆卿。为举子时，多游狭邪。善为歌辞，教坊乐工每得新腔，必求永为辞，始行于世，于是声传一时。……余仕丹徒，尝见一西夏归明官云："凡有井水饮处，即能歌柳词。"言其传之广也。①

乐工在柳词的歌唱上曾发挥了巨大的作用。今传《乐章集》206 首词（《全宋词》补辑 7 首，无宫调）共用 16 个宫调，宫调指调高和调式，相当于现代的乐调。这些宫调有可能是乐工为了方便演唱而标注的，即柳永据新腔作词后，再由乐工选择宫调配乐歌唱。腔，指歌唱时的唱腔，一种固定的唱法，有其格范。柳永的音乐知识在其填词时会发挥作用，然他不一定完全按音乐的旋律严格作词，应该是大体据乐句来写歌词。如《斗百花》云："长是夜深，不肯便入鸳被。与解罗裳，却道你请先睡。"其《玉女摇仙佩》云："自古及今，佳人才子，少得当年双美。且恁相偎依。未消得、怜我多才多艺。愿奶奶、兰心蕙性，枕前言下，表余深意。为盟誓。今生定不孤鸳被。"《征部乐》云："但愿我，虫虫心下，把人看待，长似初相识。况逢春色，便是有，举场消息。待这回，好好怜他。更不轻拆。"这些都是大白话，似是信笔而写，如是刻意按某种音乐旋律作词，当不会如此妥溜自然。这些词作，大约是柳永据乐句的段落走笔写出后，再由乐工配上宫调，加以演唱。

唐宋时代作词与配乐是分开进行的，词人一般只管作词，乐工一般只管配乐，词人掌握词体规律后作词主要是受文辞格律而不是音律束缚，只有词人中的音乐家如柳永、周邦彦、姜夔、吴文英等才能很好地兼顾音律。夏敬观《蠖庵词甲稿序》云："夫文士制词，乐工制谱，自汉魏乐府以来皆若是。制词者不缚于律，故常超妙；制谱者不妄窜易，斯尽能事。东坡不谐音律者，固亦有入乐之词；耆卿自谐音律者，有井水处皆歌之矣。"② 此说揭示了历史上歌词创作的实际情况。陈匪石《声执》卷上云：

---

① 《宋金元词话全编》，第 268 页。
② 《清词序跋汇编》，第 2157 页。

"愚以为：词以韵定拍，一韵之中，字数既可因和声伸缩，歌声为曼为促又各字不同。讴曲者只须节拍不误，而一拍以内，未必依文词之语气为句读；作词者只求节拍不误，而行气遣词自有挥洒自如之地，非必拘拘于句读。两宋知音者多明此理，故有不可分之句，又有各各不同之句。今虽宫调失考，读词者亦应心知其意，决不可刻舟求剑，骤以为某也某也不合。"① 此于歌唱与创作两面都把握了词体文学有相对自由的特点。冒广生《蒨庵词甲稿序》云："词家之圣莫圣于柳、周，《乐章》《清真》全集具在，其于四声或此阕与彼阕之不同，或前遍与后遍之不同，甚至全句平仄互易，而律自谐。盖工尺只有高低无平仄，字之平仄，则工尺之高低可以融之，使听者之耳与歌者之口诉合而无间焉。词云词云，四声云乎哉？"② 此指出工尺可融化平仄，即音乐对歌词有重构作用。清杨希闵《词轨》说："吾不能得古人歌法，斤斤抶剔于平陂阴阳以为细密，安在为细密也！且古诗皆入乐，后来诗不入乐者甚多，仍不害为佳诗，但自然之音节，则不可失耳。词亦犹是也。能歌故善，不能歌，庸讵非解人？"③ 柳词词句基本是自然音节，故多天生好语言。以上四种观点关系到探讨柳永作词的基本方法问题。

柳词虽然以自然音节行文，其音律知识仍然很重要，历代论家都说柳永精于音律，应该符合事实。康熙《镇江府志》卷二十一引柳永侄《宋故郎中柳公墓志》残文云："叔父讳永，博学善属文，尤精于音律。"④ 李清照《词论》云："逮至本朝，礼乐文武大备，又涵养百余年，始有柳屯田永者变旧声，作新声，出《乐章集》，大得声称于世，虽协音律，而词语尘下。"⑤ 说柳永精于音律，是不是说柳永严格按乐律填词？如是严格按乐律填词，又如何变旧声作新声，其间有何规律可寻？今人在这些方面都有一些精细的论证，可能有求深之病。今词乐已亡，然以曲理可推明词理。沈曾植《菌阁琐谈》云："词曲相沿，其始固未尝有鸿沟之画。愚意'字

① 陈匪石编著，钟振振校点《宋词举》（外三种），江苏古籍出版社，2002，第185~186页。
② 《清词序跋汇编》，第2156页。
③ 《词话丛编二编》，第1173页。
④ 清康熙二十四年（1685）刻本。
⑤ 《宋金元词话全编》，第716页。

少声多难过去'七字，乃当为词变为曲一大关键。南方沿美成一派，字句格律甚严。北方于韵、平仄既通，于字少声多之难过去者，往往加字以济之。字少之词，乃遂变为字多之曲。哩啰在词为虚声，而在曲为实字。最显证也。此端自柳耆卿已萌芽，《乐章集》同一调而不同字数者剧多。彼盖深谙歌者甘苦，又其时去五代未远，了知诗变为词，即缘字少声多之故。"① 这里指出了柳词在字少声多的情况下的处理办法，这种方法应是柳永填词时用得较多的方法。

柳永为何能"变旧声，作新声"，况周颐认为柳永、姜夔辈"自能嘌唱，精研管色，吹律度声，以声协律"②，这就是一般词人不具备的音乐才能了。程大昌《演繁露》卷九云："凡今世歌曲，比古郑、卫又为淫靡，近又即旧声而加泛滟者，名曰嘌唱。嘌之读如瓢，《玉篇》：'嘌字读如飘。'引诗曰：'匪车嘌兮。'言嘌嘌，无节度也，元不音瓢。《广韵》：'嘌读如杓，疾吹也。'亦不音瓢。"③ 据此，嘌唱是一种无节度的唱，语速较快的一种唱，是在旧曲加泛、滟而成的一种唱。"泛"指有声无词的"泛声"；"滟"即"艳"，本指汉魏大曲的序曲。郭茂倩《乐府诗集》卷二十六谓"大曲又有艳、有趋、有乱……艳在曲之前，趋与乱在曲之后"④，词唱中的"滟"是指在旧曲之前增加的一些起指引作用的乐曲。嘌唱，即宋时通俗歌曲的一种。况周颐《蕙风词话补编》卷一曾提到词之歌法有两种：一是"就喉、牙、舌、齿、唇，分宫、商、角、徵、羽"，柳永填词未必这么干，这是歌者之事；一是"以平声浊者为宫，清声为商，入声为角，上声为徵，去声为羽"⑤，柳永填词也不一定这么干，这也是乐工之事。柳永大体据乐句句拍填词，做到"唇舌齿牙不能囫囵龃龉"⑥，即吐词清晰，字声抑扬和谐，不为难歌者和乐工。他懂嘌唱，自然不去为难乐工配乐传唱了。

① 《词话丛编》，第3618页。
② 《蕙风词话补编》卷一，《词话丛编二编》，第1888页。
③ 《宋金元词话全编》，第768页。
④ 郭茂倩：《乐府诗集》，中华书局，1979，第377页。
⑤ 《词话丛编二编》，第1887页。
⑥ 夏正彝：《无欹词剩序》，《清词序跋汇编》第1932页。

（二）柳氏句法与依曲拍为句

柳永的贡献又突出地体现在创制慢词上。李之仪《姑溪居士文集》前集卷四十《跋吴师道小词》云："至唐末，遂因其声之长短句而以意填之，始一变，以成音律，大抵以《花间集》中所载为宗，然多小阕。至柳耆卿，始铺叙展衍，备足无余，形容盛明，千载如逢当日。较之《花间》所集，韵终不胜，由是知其为难能也。"① 赵以夫《虚斋乐府序》云："唐以诗鸣者千余家，词自《花间集》外不多见，而慢词尤不多。我朝太平盛时，柳耆卿、周美成羡为新谱，诸家又增益之，腔调备矣。后之倚其声者，语工则音未必谐，音谐则语未必工，斯其难也。"② 宋翔凤《乐府余论》云："词自南唐以后，但有小令。其慢词盖起宋仁宗朝。中原息兵，汴京繁庶，歌台舞席，竞赌新声。耆卿失意无俚，流连坊曲，遂尽收俚俗语言，编入词中，以便伎人传习。一时动听，散播四方。其后东坡、少游、山谷辈，相继有作，慢词遂盛。……柳词曲折委婉，而中具浑沦之气。虽多俚语，而高处足冠群流，倚声家当尸而祝之。……余谓慢词，当始耆卿矣。"③ 蔡嵩云《柯亭词论》云："周词渊源，全自柳出。其写情用赋笔，纯是屯田家法。特清真有时意较含蓄，辞较精工耳。细绎《片玉集》，慢词学柳而脱去痕迹自成家数者，十居七八。字面虽殊格调未变者，十居二三。"④ 诸家所论，符合历史实际，有助于探讨柳永如何创制慢词。

何为慢词？明代张綖认为慢词字数在 90 字以上，当代学者洛地先生认为慢词押八韵。柳永的时代，慢词很可能不是这样。一般认为句式的变化导致章法的变化，如小令演变成长调就是章法的变化。小令句式的扩展，可以形成慢词，但须借助音律的相犯才能完成。杨慎《升庵诗话》卷一云：

　　陈后山诗："吴吟未至慢，楚语不假些。"任渊注云："慢谓南朝

---

① 清乾隆文渊阁《四库全书》钞编修汪如藻家藏本。
② 吴昌绶、陶湘编《景刊宋金元明本词》，中国书店，2011，第 804 页。
③ 《词话丛编》，第 2499 页。
④ 《词话丛编》，第 4912 页。

慢体，如徐、庾之作。"余谓此解是也。但未原其始。《乐记》云：
"宫商角徵羽五者皆乱，迭相陵谓之慢。"又曰："郑卫之音，乱世之
音也，比于慢矣。"宋词有《声声慢》《石洲慢》《惜余春慢》《木兰
花慢》《拜星月慢》《潇湘逢故人慢》，皆杂比成调，古谓之啧曲。
"啧"与"赜"同，杂乱也。琴曲有名散，元曲有名犯，又曲终入破，
义亦如此。①

此可以解释慢词如何形成，音律相陵即相犯才能形成慢词。洛地《词体构
成》认为小令四韵断，慢词八韵断，引、近词六韵断。韵断是大韵之意。
八韵是慢词定型后的基本形态。音律的相犯是构成慢词的前提，文辞上也
要有相应的变化，常用的手法就是在小令的基础上增、减、摊、破字句，
以增加韵断，从而形成慢词，若形成引、近体词，只是六韵断，则是一种
发育未成熟的词体。冒广生《疚斋词论》卷上云：

> 诗变为词，小令衍为长调，不外增、减、摊、破四字。除《纥那
> 曲》《罗唝曲》依然五言绝句本体，《塞姑》《回波词》《舞马词》《三
> 台》依然六言绝句本体，《竹枝》《柳枝》《小秦王》《采莲子》《浪淘
> 沙》《八拍蛮》《阿那曲》《欸乃曲》《清平调》依然七言绝句本体外，
> 五言绝句之有增、减、摊、破者，其变化至《洞仙歌》《六州歌头》
> 而极（详后）。六言绝句之有增、减、摊、破者，其变化至《倾杯》
> 而极（详吾所著《倾杯考》）。其他长调，十九皆自七言绝句增、减、
> 摊、破而成。盖"渭城朝雨""黄河远上"，旗亭所唱，无一非七言
> 也。今词牌有《摊破浣溪沙》《摊破丑奴儿》《减字木兰花》三调，
> 尚有断港可寻。若增则与减为对待字，调四十四字者为《减字木兰花》，
> 即可谓五十二、五十四、五十五、五十六字者为增字也。今专就柳、周
> 二家词，考证于后（柳无者，取周；柳、周皆无者，始取他家）。②

---

① 葛渭君编《词话丛编补编》，中华书局，2013，第 329 页。
② 《词话丛编补编》，第 3346～3347 页。

冒广生对《倾杯乐》调源流的考证，可见增、减、摊、破之法确实存在。洛地《词体构成》认为：增字、减字、摊破、折腰是四种改变句式的常用手法。摊破表示句式已断，一句变成二句；折腰表示句式未断，但句子被腰折，与正常句式不同。冒广生此论变换句式的手法有增、减、摊、破四种，与洛地先生所言小异。以这些手法，五言绝句、六言绝句、七言绝句均能演变成长调。冒广生所言仅从文辞上着眼，只是看到了表象，没有看到实质，小令变成慢词的实质是音乐相犯导致文辞演变的结果。

柳永用赋笔作慢词。宋李廌（1059～1109）《济南先生师友谈记》云：

> 少游言："赋之说虽工巧如此，要之是何等文字？"廌曰："观少游之说，作赋正如填歌曲尔。"少游曰："诚然，夫作曲，虽文章卓越而不协于律，其声不和。作赋何用好文章，只以智巧钉饾为偶丽而已。若论为文，非可同日语也。朝廷用此格以取人，而士欲合其格，不可奈何尔。"①

苏轼弟子秦观认为可以如"填歌曲"一样去作赋，反过来是不是可以说，作词正可以如作赋一样去填，前提是要协律。柳永正是以六朝骈体（骈赋）手法作词，可能对秦观的以赋法作词的主张有些影响。骈体以四、六言句式为特征，是成熟的句法，柳词中此种句法颇多。

词体的典型句式是柳永创制的，在句式创制方面，无人能及柳永，即使是后来以协律著称的周邦彦也没有在句式的创制方面超过柳永。首先是五、七言句式的大量使用，五、七言句能成为律诗的主要句式，正在于其有自然音节，平仄交错，有抑扬顿挫之感，吟者听者都很能明白；且律诗中一句除最后一个字前的四字、六字皆合乎二字成步（诗步）的规则，二字成步规则摒弃了以词组构句的单一贫乏手法，只要符合平仄规则的单字都可构成诗步，这就极大地增加了作诗的自由与自主。词人中多诗家，五、七言也就理所当然地成为词体的主要句式，有此主要句式词体也就具备了自然之音节。其次是四、六言句式的大量使用，如柳永词"取次梳

---

① 《宋金元词话全编》，第222页。

妆，寻常言语，有得几多姝丽"（《玉女摇仙佩》）、"洞房悄悄，绣被重重，夜永欢余，共有海约山盟，记得翠云偷翦"（《洞仙歌》）、"酒力全轻，醉魂易醒，风揭帘栊，梦断披衣重起"（《梦还京》）、"离宴殷勤，兰舟凝滞，看看送行南浦"（《倾杯》）、"良天好景，深怜多情，无非尽意依随"（《驻马听》）、"败荷零落，衰杨掩映，岸边两两三三，浣纱游女"（《夜半乐》）、"帝城当日，兰堂夜烛，百万呼卢，画阁春风，十千沽酒"（《笛家弄》）等，不一而足。如此多的四、六言句式在各调中频频使用，足见骈文甚至律赋对词体的影响。再次是领字句的大量使用，如柳永词"细屈指寻思，旧事前欢，都来未尽，平生深意"（《慢卷紬》）、"算赠笑千金，酬歌百琲，尽成轻负"（《引驾行》）、"更宝若珠玑，置之怀袖时时看"（《凤衔杯》）、"尽更深款款，问伊今后，敢更无端"（《锦堂春》）等。柳永所创制的领字句，成为后世慢体词的流行句式。领字往往是一句的发端，所以看到常见的领字，就可知领字前是断住（韵断）之处。最后是折腰句法的大量使用，使得词之句式灵活多变。柳词折腰句多出现在对句中，即所谓折腰对。如"念双燕、难凭远信，指暮天、空识归航"（《玉蝴蝶》），如此句标点作"念双燕难凭远信，指暮天空识归航"，不但使人一眼能看出是个对句，而且更容易察知是个折腰对。另如"聚愁窠、蜂房未密，倾泪眼、海水犹悭"（《玉蝴蝶》）、"试结取、鸳鸯锦带，好移榜、鹦鹉珠帘"（《玉蝴蝶》）等，都应删去顿号。词中折腰处不点断更能显示出律句的痕迹，如"其奈风流端正外，更别有、系人心处"（《昼夜乐》），"更别有"后如不点断，可一眼看出此二句如同律诗的一联。

　　论者颇习惯拿"依曲拍为句"这句话来讨论曲辞相配的关系，意谓词的长短句形式完全是由曲拍决定的，此无法解释词的主要句式是五、七言和四、六言。如果说词体的句式来源于律诗、骈文、律赋，那么"依曲拍为句"就没有了可能吗？唐宋时代文士作词与乐工唱词是分工进行的，文士自可按写律诗、骈文、律赋的方法去写作词体的句式，而把歌唱时"上下纵横取协"[1] 的任务交给乐工去完成，这样如何依曲拍的问题就基本可以得到解决，且词体除四五六七句式外，还有一二三八九句式，自可弥补

---

　　① 《赌棋山庄词话校注》，第 94 页。

不足，还有领字、衬字进行弥补缝合，所以说词体主要句式来源于律诗、骈文、律赋与填词时"依曲拍为句"之法并不矛盾。

二　柳词之关键词

柳永能用天生好语言细腻不加掩饰地表达他的人生体验，尤其是善于诉说他的功名利禄与官能享受不可兼得的矛盾心理。[①] 这一矛盾，他终其一生都未能找到解决的办法。他的词没有展现出对宇宙人生的根本看法，因而他不是华夏第一流的作家，即不是屈原、陶渊明、杜甫一流的作家。但他的词因触及人类的根本矛盾，即功名前程与生理感官享受的矛盾——今天很多人都难逃这一矛盾的羁绊，他的词也就具备了普遍的意义。我们或可从柳词常用的词语——"关键词"的角度，察其不经意间流露的真实自然的人生体验。

（一）宋玉

柳词中出现"宋玉"一词，凡5次：

> 景萧索，危楼独立面晴空。动悲秋情绪，当时宋玉应同。（《雪梅香》）
>
> 当时宋玉悲感，向此临水与登山。（《戚氏》）
>
> 见说兰台宋玉，多才多艺善词赋。试与问、朝朝暮暮，行云何处去。（《击梧桐》）
>
> 望处雨收云断，凭阑悄悄，目送秋光。晚景萧疏，堪动宋玉悲凉。（《玉蝴蝶》其一）
>
> 残蝉噪晚，甚聒得、人心欲碎，更休道、宋玉多悲，石人也须下泪。（《爪茉莉·秋夜》）

柳永自比宋玉，这是他对自己人生的一个定位，是十分恰当的比拟，在柳永之前难以找到除宋玉之外第二个作家可比拟柳永。宋玉是战国楚襄王的

---

① 　王兆鹏：《唐宋词史论》，人民文学出版社，2000，第11页。

文学侍从，才华横溢，风流倜傥，却拮据贫穷，曾失去职位，被迫流浪他乡谋生。柳永对宋玉的悲秋体验，极易共鸣，特别是在登山临水的时候很容易想到宋玉。宋玉辞赋中对巫山云雨的描写，令他向往，他借以表达他内心对两性幽会的渴望。

（二）佳人/佳丽、罗绮/绮罗

柳永在漂泊的困顿中，不善于控制自己的情感，无法集中精力博取功名，以至于在 48 岁时，才博取了一个恩科进士，有了为官的资格。他长期出入歌楼妓馆，饮酒填词，其与歌妓最可能的交往途径是吃花酒，在酒精的刺激之下，内心的潜意识容易得到宣泄，乃纵笔作词，经歌妓传唱，流布天下，因作词盛名反而影响了前程，在一次进士考试中被皇帝罢黜。在他的词里，歌妓都被美化了，有一套特定的称谓，如下：

1. 佳人/佳丽

　　自古及今，佳人才子，少得当年双美。且恁相偎倚。（《玉女摇仙佩·佳人》）

　　佳人应怪我，别后寡信轻诺。记得当初，翦香云为约。（《尾犯》）

　　惨离怀，嗟少年、易分难聚。佳人方恁缱绻，便忍分鸳侣。（《鹊桥仙》）

　　负佳人、几许盟言，便忍把、从前欢会，陡顿翻成忧戚。（《浪淘沙》）

　　况佳人、尽天外行云，掌上飞燕。向珠筵、一一皆妙选。（《凤归云》）

　　佳人巧笑值千金。当日偶情深。几回饮散，灯残香暖，好事尽鸳衾。（《少年游》其十）

　　忍回首、佳人渐远，想高城、隔烟树。（《引驾行》）

　　良景对珍筵恼，佳人自有风流。劝琼瓯。绛唇启、歌发清幽。（《如鱼水》其二）

　　想佳人、妆楼颙望，误几回、天际识归舟。（《八声甘州》）

　　芳草连空阔，残照满。佳人无消息，断云远。（《迷神引》）

见新雁过，奈佳人、自别阻音书。(《木兰花慢》其一)

算得佳人凝恨切。应念念，归时节。相见了、执柔荑，幽会处、偎香雪。(《塞孤》)

临风。想佳丽，别后愁颜，镇敛眉峰。(《雪梅香》)

厌厌夜饮平阳第。添银烛、旋呼佳丽。巧笑难禁，艳歌无间声相继。(《金蕉叶》)

宠佳丽。算九衢、红粉皆难比。天然嫩脸修蛾，不假施朱描翠。(《尉迟杯》)

帝里风光当此际。正好恁携佳丽。阻归程迢递。(《内家娇》)

欢情。对佳丽地，信金罍、罄竭玉山倾。(《木兰花慢》其二)

用"佳人/佳丽"二词来称呼歌妓，在柳永的笔下已达极致。很难说，这些奔波风尘多依人过活的女子，在情场上的感情是真实的、自然的，而柳永多辗转各地为官，所遇女子不一，虽能产生一些感情，也多转瞬即逝。有些靠才艺相貌吃饭的女子确实能给人美感，所谓"佳人自有风流"，这是柳永称她们"佳人/佳丽"的原因。柳永与她们的交往是"易分难聚""寡信轻诺""偶情深"，偶遇后的交易罢了。其词说"想佳人、妆楼颙望"，这只是他的设想，佳人未必深情凝望。若再有相遇，"执柔荑""偎香雪"，旧戏重做罢了。

2. 罗绮/绮罗

"罗绮/绮罗"是柳永对歌妓另一种称呼，这种称呼与"佳人/佳丽"有什么不同？

列华灯、千门万户。遍九陌、罗绮香风微度。(《迎新春》)

绕金堤、曼衍鱼龙戏，簇娇春罗绮，喧天丝管。(《破阵乐》)

小楼深巷狂游遍，罗绮成丛。就中堪人属意，最是虫虫。(《集贤宾》)

铃斋无讼宴游频。罗绮簇簪绅。施朱傅粉，丰肌清骨，容态尽天真。(《合欢带》其六)

向罗绮、丛中认得，依稀旧日，雅态轻盈。(《长相思·京妓》)

图利禄，殆非长策。除是恁、点检笙歌，访寻罗绮消得。（《尾犯》）

尤红殢翠。近日来、陡把狂心牵系。罗绮丛中，笙歌筵上，有个人人可意。（《长寿乐》）

怒涛卷霜雪，天堑无涯。市列珠玑，户盈罗绮竞豪奢。（《望海潮》）

误入平康小巷，画檐深处，珠箔微褰。罗绮丛中，偶认旧识婵娟。（《玉蝴蝶》其四）

画楼昼寂，兰堂夜静，舞艳歌姝，渐任罗绮。（《玉山枕》）

捧心调态军前死，罗绮旋、变尘埃。（《西施》其一）

绮罗丛里，有人人、那回饮散，略曾谐鸳侣。（《女冠子》）

况少年彼此，风情非浅。有笙歌巷陌，绮罗庭院。倾城巧笑如花面。（《洞仙歌》）

当时。绮罗丛里，知名虽久，识面何迟。见了千花万柳，比并不如伊。（《玉蝴蝶》其三）

严妆巧、天然绿媚红深。绮罗丛里，独逞讴吟。（《瑞鹧鸪》其一）

在柳永的笔下，"罗绮/绮罗"指歌妓，毋庸考证。或可以说，当柳永欣赏单个的歌妓时，他喜欢用"佳人/佳丽"二词，当他欣赏成对成排的歌妓时，他喜欢用"罗绮/绮罗"二词。"罗绮/绮罗"给他的美感比"佳人/佳丽"更为强烈持久，所以他在使用这两种词语时会有所选择。"罗绮成丛""罗绮丛中""绮罗丛里"，都是指众多的歌妓聚集在一起。柳永偶一瞥见这些罗绮们，通常会有一种"就中堪人属意""有个人人可意""偶认旧识婵娟"的体验，这种体验会强化他的猎艳心理，若有机缘，他会寻觅他"属意"之人。在"罗绮簪簪绅""户盈罗绮竞豪奢"的风气里，柳永未必做得最出格，他却尽情地把与歌妓的交往写了出来，故饱受攻击。

（三）欢笑

柳永与歌妓交往的目的到底是什么，为什么他一生大部分时光中都有歌妓的身影，何其乐此不疲？

甚时向、幽闺深处，按新词、流霞共酌。再同欢笑，肯把金玉珠

珍博。(《尾犯》)

　　赏烟花,听弦管。图欢笑、转加肠断。(《凤衔杯》其二)

　　未省同衾枕,便轻许相将,平生欢笑。怎生向,人间好事到头少。(《法曲第二》)

　　算浮生事、瞬息光阴,锱铢名宦。正欢笑、试恁暂时分散。却是恨雨愁云,地遥天远。(《凤归云》)

　　争克罢同欢笑。已是断弦尤续,覆水难收,常向人前诵谈,空遣时传音耗。(《八六子》)

追欢卖笑,是柳永与歌妓交往的目的。他是在歌妓欢笑中一次次度过他寂寞难熬的时光,然而歌妓带给她的"欢笑"并非是治愈其心病的良药,反而是"转加肠断""好事到头少""覆水难收",柳永虽能明白,但还是难以控制自己与歌妓的交往。

(四)光阴

古人惜寸阴。柳永生活在进士满门的家族中①,这会给他重压,他必须去博取功名,像家族的进士们一样。

　　须信画堂绣阁,皓月清风,忍把光阴轻弃。(《玉女摇仙佩》)

　　算等闲、酬一笑,便千金慵觑。常只恐容易,薾华偷换,光阴虚度。(《迷仙引》)

　　留不得。光阴催促,奈芳兰歇,好花谢,惟顷刻。彩云易散琉璃脆,验前事端的。(《愁蕊香引》)

他在与歌妓的交往中,有时不顾及千金,却很伤感光阴的虚度。"忍把光阴轻弃",这是在自责,忍是不忍之意。他在风月场中有"留不得"之感,原因就是光阴在催促他。

---

① 柳永祖父柳崇虽为布衣,却藏书丰富,父柳宜曾在南唐为官,叔父宣、寊、寀、察与兄弟三复、三接,子涚,侄淇都是进士出身,可谓进士满门。

（五）功、名、利、禄

柳永是一名好官，他的《煮海歌》颇能关注民生疾苦。他奔走各地为官，当有他的追求。应该说，他有同时代士子常有的"三不朽"的价值观，只是他没有在词中说出来。他的词大多写给歌妓去传唱，似无必要去写"立德、立功、立言"一类说教，那样会没人听。他的词多说功名利禄，这是大众的追求，也是他柳永的追求。

驱驱行役，苒苒光阴，蝇头利禄，蜗角功名，毕竟成何事、漫相高。（《凤归云》）

渭南往岁忆来游。西子方来、越相功成去，千里沧江一叶舟。（《瑞鹧鸪》其二）

屈指劳生百岁期。荣瘁相随。利牵名惹逡巡过，奈两轮、玉走金飞。（《看花回》其一）

走舟车向此，人人奔名竞利。念荡子、终日驱驱，争觉乡关转迢递。（《定风波》）

路遥山远多行役。往来人，只轮双桨，尽是利名客。（《归朝欢》）

醉乡归处，须尽兴、满酌高吟。向此免、名缰利锁，虚费光阴。（《夏云峰》）

算浮生事、瞬息光阴，锱铢名宦。正欢笑、试恁暂时分散。（《凤归云》）

愁肠乱、又还分袂。良辰好景，恨浮名牵系。无分得、与你恁情浓睡。（《殢人娇》）

墙头马上，漫迟留、难写深诚。又岂知、名宦拘检，年来减尽风情。（《长相思》）

夜永对景那堪，屈指暗想从前。未名未禄，绮陌红楼，往往经岁迁延。（《戚氏》）

别来迅景如梭，旧游似梦，烟水程何限。念利名、憔悴长萦绊。（《戚氏》）

此际争可便恁，奔名竞利去。九衢尘里，衣冠冒炎暑。（《过涧

歇近》)

　　干名利禄终无益。念岁岁间阻，迢迢紫陌。(《轮台子》)

　　利名牵役。又争忍、把光景抛掷。(《轮台子》)

　　浮名利，拟拚休。是非莫挂心头。富贵岂由人，时会高志须酬。
(《如鱼水》其二)

　　别后无非良夜永。如何向、名牵利役，归期未定。(《红窗听》)

　　且恁偎红翠，风流事、平生畅。青春都一饷。忍把浮名，换了浅
斟低唱。(《鹤冲天》)

　　图利禄，殆非长策。除是恁、点检笙歌，访寻罗绮消得。(《尾犯》)

　　待恁时、等着回来贺喜。好生地，剩与我儿利市。(《长寿乐》)

　　在"人人奔名竞利""尽是利名客"的时代里，柳永所追求的功名利禄，
是很小的一个层面，故他说"蝇头利禄""蜗角功名"。但他又无法摆脱这
小小的功名利禄的羁绊，所谓"利牵名惹"，他被纳入身不由己的轨道中
勉强前行，顿感"名缰利锁，虚费光阴"，特别是"浮名牵系"妨碍了他
的"恣情浓睡"。可能他在功名打拼中，干出了一些成绩，故自称"名
宦"，然不过是"锱铢名宦"。有了成绩，他得要继续做出成绩，所以要
"拘检"自己的行为。在追名逐利中，他有多重反省，如所云"憔悴长萦
绊""干名利禄终无益""光景抛掷""图利禄，殆非长策"，故有时想放
弃，"浮名利，拟拚休"。其实，他没有多少办法摆脱追求功名利禄所带来
的人生困境，似乎只有继续"浅斟低唱"了。

　　柳词只是实说无表德，这是柳词能成为柳词的一大特征。别人遮遮掩
掩，柳永非常坦诚。我们以柳词最常用的词语为引线，试图在他不经意就
说出的口吻中，来捕捉他内心真实的想法，以把握他的心理特征。柳永的
人生困境、内心体验，今天的读书人都是有的，甚至是无法逃过的。所
以，读柳词会促使我们反观自己，从而更稳当地迈出前进的脚步。

第二节　黄裳及其词学观

　　黄裳(1044～1130)，字勉仲，号演山，又号紫玄翁，延平(今福建

南平）人。宋神宗元丰五年（1082）进士第一。宋哲宗绍圣末，权兵部侍郎。宋元符二年（1099），兼权吏部侍郎。宋徽宗即位，累转工部、礼部侍郎。宋政和四年（1114），知福州。宋高宗建炎二年（1128）致仕。《宋史翼》卷二六有传，另参《宋历科状元录》卷四、《宋会要辑稿》有关部分。著有《演山先生文集》60卷。《全宋词》辑存其词53首。

黄裳举进士第一，闽人大为自豪。然黄裳一生未任显宦，这使得他把精力主要集中在学术上，特别是集中在道家文献的整理与研究上。黄裳自号紫玄翁，当与他沉潜道教有关。黄裳任福州知州后不久，即在两三年内就主持刊刻了540函5481卷的《道藏》，以校对精良、刻工精细享誉后世，如此高效令人称奇。

黄裳在词学批评史上占有重要地位。他是北宋第一位严格意义上的词学批评家。他的《演山居士新词序》，第一次将词的创作与《诗经》"六义"直接联系起来进行理论阐述，开词家尊体之先河。其说云：

> 演山居士闲居无事，多逸思，自适于诗酒间。或为长短篇及五七言，或协以声而歌之，吟咏以舒其情，舞蹈以致其乐。因言风、雅、颂，诗之体；赋、比、兴，诗之用。古之诗人，志趋之所向，情理之所感，含思则有赋，触类则有比，对景则有兴。以言乎德则有风，以言乎政则有雅，以言乎功则有颂。采诗之官收之于乐府，荐之于郊庙，其诚可以动天地、感鬼神，其理可以经夫妇、移风俗。有天下者得之以正乎下，而下或以为嘉；有一国者得之以化乎下，而下或以为美。以其主文而谲谏，故言之者无罪，闻之者足以诚。然则古之歌词固有本哉！六序以风为首，终于雅、颂，而赋、比、兴存乎其中，亦有义乎。以其志趣之所向、情理之所感，有诸中以为德，见于外以为风，然后赋、比、兴本乎此以成其体，以给其用。六者，圣人特统以义而为之名，苟非义之所在，圣人之所删焉，故予之词清淡而正，悦人之听者鲜，乃序以为说。①

---

① 《宋金元词话全编》，第114～115页。

这篇序文推究古歌词之本在于一个"义"字，说它有两个表现形态，在内曰德，在外曰风，即思想和艺术均要臻于至善之境。这在当时柳永、秦观、黄庭坚的俗词大受欢迎的时候，是有针对性的。他与黄庭坚、秦观均有聚会唱和，当能对彼时词坛风气有相当的了解。序文前面说自己作词"协以声而歌之"，这证明他的词是能歌的，后面说"悦人之听者鲜"，可能不是自谦之词，如与柳永、秦观的词风行歌坛相比，他的词即使有人去唱，也只能说听众不多。说自己的词不适合拿去给春儿雪儿唱，恐怕才是他想说出的意思。他以"清淡"评己作，今观其词，大体符合。大众情感毕竟趋俗悦艳，俗与艳才是流行歌词的两大基因。他是说，宁可少点知名度，也要保证词这种与古歌词相通文体应有之"义"，"德"与"风"不能兼得，则取"德"罢了。

黄裳在评价他的同乡前辈词人柳永时，显示了他的宽容，柳词风行天下自不必说，柳词之有"德"乎？黄裳以他道学家心平气和的修为进行了公正的评判，大大不同于别人的谩骂。其《书乐章集后》云：

> 予观柳氏乐章，喜其能道嘉祐中太平气象，如观杜甫诗，典雅文华，无所不有。是时予方为儿，犹想见其风俗，欢声和气洋溢道路之间，动植咸若，令人歌柳词，闻其声，听其词，如丁斯时，使人慨然有感。呜呼，太平气象，柳能一写于乐章，所谓词人盛世之黼藻，岂可废耶？①

盛世自然需要润色鸿业，不然鸿业岂能为人所知？黼藻正是鸿业之载体，因润色鸿业之故，柳词就具备了存史的价值，这是不可否认的。因敷写盛世的事功，柳词也就有了典雅文华的气质。以柳永比拟杜甫，颇为后人所不屑，皆曰柳岂可与杜相提并论。在反映时代方面，柳词杜诗皆存一代之史，都能使人"慨然有感"，但柳词反映现实的深度力度自不及杜诗，而杜诗在其时也没有达到"犹想见其风俗，欢声和气洋溢道路之间，动植咸若"的民众欢喜程度，正可谓各有所长。黄裳能看到这些，

---

① 《宋金元词话全编》，第 115 页。

自可证明他的渊雅博识，确有超乎同时代苏轼、黄庭坚的一面。如苏轼赏柳词"渐霜风凄紧，关河冷落，残照当楼"句，曰"不减唐人高处"，是赞其境界阔大，终归只是停留在词句的欣赏上，而黄裳评判柳词是站得高看得远的。

黄裳诗文，后人颇有评价。南宋王悦《演山集序》称其"铿鍧乎事业而奋发乎文章，旁绍曲搋，横贯劲出"，"渊源六经，栽培教化。要之，议论一出于正而后已"，"逸歌长句，骏发踔厉，兼众体而有之"。①《四库全书总目》卷一五五《〈演山集〉提要》称其"要亦伉直有守之士，故其诗文俱骨力坚劲，不为委靡之音"②。翁方纲《石洲诗话》卷三也谓其诗"颇有疏奇处"③。黄裳词的总体特色如其所云是"清淡"，细分之，则有雅、劲、疏三个方向的分流。

先看其词之"雅"。《桂枝香·延平阁闲望》云：

> 人烟一簇。正寄演，客飞升，翠微麓。楼阁参差，下瞰水天红绿。腰间剑去人安在，记千年、寸阴何速。山趋三岸，潭吞二水，岁丰人足。　是处有、雕栏送目。更无限笙歌，芳酝初熟。休诧滕王看处，落霞孤鹜。雨中尤爱烟波上，见渔舟、来去相逐。数声歌向芦花，还疑是湘灵曲。

前引黄裳之言曰"以言乎德则有风，以言乎政则有雅，以言乎功则有颂"，此词"岁丰人足""更无限笙歌"云云，正是北宋仁宗时代承平气象的写照，是发自内心的赞美。因写及政事，可称雅词。

再看黄裳词之"劲"。《减字木兰花·竞渡》云：

> 红旗高举。飞出深深杨柳渚。鼓击春雷。直破烟波远远回。　欢声震地。惊退万人争战气。金碧楼西。衔得锦标第一归。

---

① 王悦：《演山集序》，《演山集》卷首，清钞本。
② 永瑢等：《四库全书总目》，中华书局，1965，第1336页。
③ 清粤雅堂丛书本。

《淳熙三山志》记曰"政和、宣和中，自黄尚书裳至陆侍郎藻为守，皆登禊游亭（洞霄堂），临南湖，令民竞渡"①，据此，《减字木兰花》或是黄裳知福州时所作。"举""飞""击""破""震""争""衔"等字都颇见力度，几乎每句话都有劲直之气。他如《喜迁莺·端午泛湖》"画鼓喧雷，红旗闪电，夺罢锦标方彻"云云，也可见黄裳词的劲直之气。

三看黄裳词之"疏"。《宴春台·初夏宴芙蓉堂》云：

> 夏景舒长，麦天清润，高低万木成阴。晓意寒轻，一声未放蝉吟。但闻莺友同音。燕华堂、绿水中心。芙蓉都没，红妆信息，终待重寻。　清泠相照，邂逅俱欢，翠娥拥我，芳酝强斟。笙歌引步，登临更向遥岑。卧影沉沉。自风来、与客披襟。纵更深。归来洞府，红烛如林。

此词上阕写景，各种景色片段缓慢行进，给人舒缓之感；下阕写自己的逢迎，聚会之后是登临，与客沐风，深夜还有烛光朗照。黄裳精通道家学说，故其性情也有疏放之处，此词可见之。

许伯卿在《黄裳词学观及其词的创作特色》一文中指出：黄氏 53 首词"多为咏物、写景、闲适之作，无一首涉及艳情、闺情与闲愁……斯见其取材力求雅正的旨趣。这是黄裳在词体创作上区别于一般词家的一个显著特点"②，此言大致如是，但不准确，如上词中说"翠娥拥我"，是其不废艳情。黄裳除在词的创作雅化方面取得不俗的成绩外，在词的雅化理论方面的建构也堪称有史以来第一人，此可见闽人的词学成就。黄裳在闽人柳永之词唱红歌坛之后不久，在创作和理论两方面又前进了一大步。黄裳有首词《喜迁莺·端午泛湖》，乃写端午竞渡乐事，隆兴元年（1163）癸未岁五月三日晚，孝宗皇帝曾在胡铨面前歌以酌酒③，时黄裳已卒三十余年，他的词天子仍在唱，足可说明黄裳词的影响力。

---

① 梁克家：《淳熙三山志》卷四十土俗类二。
② 许伯卿：《黄裳词学观及其词的创作特色》，《北京大学学报》（哲学社会科学版）2008 年第 1 期。
③ 吴熊和主编《唐宋词汇评》（两宋卷第一册），浙江教育出版社，2004，第 580 页。

第三节　陈瓘及其词

陈瓘（1057～1122），字莹中，号了翁，又号了斋，沙县（今属福建）人。宋元丰二年（1079）进士，调湖州掌书记，签书越州判官。入为太学博士，迁秘书省校书郎。宋徽宗朝，历右正言、左司谏、知无为军。宋崇宁中，除名窜袁州、廉州，移郴州。稍复宣德郎。坐事安置通州，移台州。谥忠肃。《宋史》卷三四五有传，另参七世孙陈泽《陈了翁年谱》。著有《了斋集》，不传，今传其《宋忠肃陈了斋四明尊尧集》《宋陈忠肃公言行录》。《乐府雅词》选其词19首，赵万里《校辑宋金元人词》据以辑为《了斋词》，有增补。《全宋词》录存22首及残句2则。

陈瓘为言官，多以言得罪。《宋史》本传："徽宗即位，召为右正言，迁左司谏。瓘论议持平，务存大体，不以细故借口，未尝及人暗昧之过。……惟极论蔡卞、章惇、安惇、邢恕之罪。"① "时皇太后已归政。瓘言外戚向宗良兄弟与侍从希宠之士交通，使物议籍籍，谓皇太后今犹预政。由是罢监扬州粮料院。……崇宁中，除名窜袁州、廉州，移郴州，稍复宣德郎。"② 据《年谱》，编管袁州在崇宁元年（1102）十月，编管廉州在崇宁二年（1103）正月，量移郴州在崇宁五年（1106）正月。据本传，陈瓘著《四明尊尧集》意在明王安石《日录》之非，正君臣之义。《皇宋资治通鉴长编纪事本末》卷一二九政和元年（1111）九月辛巳诏曰："陈瓘自撰《尊尧集》，语言无绪，并系诋诬，合行毁弃。送于张商英，意要行用，特勒停，送台州羁管。"③ 政和元年正月，张商英为相，令陈瓘以《四明尊尧集》进呈。不久张商英罢相，陈瓘因此得罪。在权相蔡京炙手可热的时候，陈瓘上《论蔡京疏》论蔡氏兄弟之罪，今天读来仍感到浩气淋漓，特录之：

---

① 《宋史》，第10962页。
② 《宋史》，第10962～10963页。
③ 杨仲良撰《皇宋资治通鉴长编纪事本末》，清嘉庆《宛委别藏》本。

臣伏见翰林学士承旨蔡京，当绍圣之初与其弟卞俱在朝廷，赞导章惇，共作威福，卞则阴为谋划，惇则果断力行，且谋且行者京也。……惇之矜伐，京为有助，卞之乖惇，京实赞之。当此之时，言官常安民屡攻其罪，京与惇、卞共怒安民，协力排陷，斥为奸党，而孙谔、董敦逸、陈次升亦因论京，相继黜逐。……是以七年之间五逐言者，掩朝廷之耳目，成私门之利势，言路既绝，人皆钳默。凡所施行，得以自恣，遂使当时之所行，皆为今日之所蔽。臣请略指四事，皆天下之所以议京者也。……今京桀骜自肆，无所畏惮……且京久在朝廷，专以轻君罔上为能，以植党任数为术，挟继述之说，为自便之计，稍违其意，则以不忠不孝之名加之，胁持上下，决欲取胜而后已。主威不行，士论犹恐，京若不去，必为腹心之患，宗社安危未可知也。臣之一身迁贬，荣辱何足道哉？①

　　陈瓘与闽籍词人多有交往。李纲、张元幹、李弥逊皆亲承其教诲。李纲《跋了翁墨迹》云："余政和乙未岁（1115），自尚书郎谒告，迎亲雪溪。时了翁自天台归通州，与之相遇于姑苏一再见，有忘年之契。后四年，当宣和之初（1119），余以左史论事，谪沙阳。了翁方居南康，其族人陈渊几叟往见之，余因寓书通殷勤，且以序送渊并致意焉。既而了翁答书，辞意恳恳，至举狄梁公及本朝李文靖、王文正二公事业以相勉。予窃怪公相期太过，非所敢当也。"② 据李纲《书陈莹中书简集卷》，其父李夔与陈瓘同年登科，故李纲幼时"固已熟知公名"③。张元幹《芦川归来集》卷九《题跋了堂先生文集》云："宣和庚子（1120）春，拜忠肃公于庐山之南，陪侍杖屦，幽寻云烟水石间者累月，与闻前言往行，商榷古今治乱成败，夜分乃就寐。"④ 李弥逊《筠溪集》卷二十一《书陈莹中赠韦处士诗后》云："仆自儿时知诵右司陈公名，及解事则知敬之。后二十年始得

---

① 陈瓘：《陈忠肃文集》，永安贡川陈氏大宗祠董事会理事会 2005 年重刊本（内印本），第 71～76 页。
② 《李纲全集》，第 1491 页。
③ 《李纲全集》，第 1507 页。
④ 清文渊阁《四库全书》本。

拜公金陵，明年公亡。"① 诸人之言，足见陈瓘的影响力。

陈瓘是气节之士。李纲《了翁祭陈奉议文跋尾》称其文："辞意之高洁，笔力之遒健，与昔见其容貌、志气、辨论，无少异焉。信乎养之完、守之固，而文章字画似其为人也。"② 张元幹《芦川归来集》卷九《题跋了堂先生文集》称其奏议文章："百世之下，凛然英气，义形于色，如砥柱之屹颓波，如泰华之插穹昊，如万折必东之水，如百炼不变之金。"

陈瓘在廉州时与邹浩相酬唱。胡仔《苕溪渔隐丛话》后集卷三十九引《复斋漫录》云："邹志全徙昭，陈莹中贬廉，间以长短句相谐乐。'有个胡儿模样别……'此莹中语，谓志全之长髭也。'有个头陀苦修行……'此志全语，谓莹中之多欲也。广陵马推官往来二公间，亦尝以诗词赠之……"③ "有个胡儿模样别"乃陈瓘《蝶恋花》中语。《续修四库全书总目提要》（《〈了斋词〉一卷》）云："瓘喜谐谑，其《蝶恋花》云……此皆率尔操觚，无足轻重，然如《卜算子》云'声如一叶舟……'用意湛深，挥洒如志，颇似古乐府，别有情味，不得以其偶有戏作，而贬其全体也。"④ 陈瓘不是戏谑词人。

陈瓘存词不多，然不乏好语。况周颐曾一一细检其好句。《历代词人考略》卷十九云："陈莹中词，《乐府雅词》录十七首。余最喜其《蓦山溪》句云：'千古送残红，到如今、东流未了。'又《满庭芳》云：'盘旋。那忍去，它邦纵好，终异乡关。向七峰回首，清泪斑斑。'读之令人增莼鲈之感。其赠刘跛子《满庭芳》下半阕云：'年华。留不住，饥餐困寝，触处为家。这一轮明月，本自无瑕。随分冬裘夏葛，都不会、赤水黄沙。谁知我，春风一拐，谈笑有丹砂。'又赠别《临江仙》云：'闻道洛阳花正好，家家庭户春风。道人饮散百壶空。年年花下，开谢几番红。　此别又从何处去，风萍一任西东。语声虽异笑声同。一轮深夜月，何处不相

① 清文渊阁《四库全书》本。
② 《李纲全集》，第 1490 页。
③ 《宋金元词话全编》，第 732 页。
④ 孙克强编著《唐宋人词话》（增订本），南开大学出版社，2012，第 524 页。按，此则为孙人和撰。

逢．'似亦为跛子作。"① 录《蓦山溪》：

> 扁舟东去，极目沧波渺。千古送残红，到如今、东流未了。午潮
> 方去，江月照还生，千帆起，玉绳低，枕上莺声晓。　锦囊佳句，韵
> 压池塘草。声遏去年云，恼离怀、余音缭绕。倚楼看镜，此意与谁
> 论，一重水，一重山，目断令人老。

陈瓘一生"被调任过二十三次，历经八省份，十九个州县"②。宋徽宗宣和
四年（1122），65 岁的陈瓘客死江苏淮安。其词多写漂泊之感，乃其贬谪
经历所致。此词可见漂泊之感中仍有一股逸气，读之不觉得低沉。

　　绍兴二十六年（1156），宋高宗追谥陈瓘"忠肃"。这是对这位直臣的
最好的褒奖。陈瓘词在词史上获得一席之地，固然是他的词作的价值所
致，他对后起词人张元幹的影响，也应提及之。王兆鹏先生曾说：

> （张元幹）盛称这位儒门老尊宿"立朝行己，三十年间，坚忍对
> 峙，略不退转，直与古人争衡"，"二蔡怀奸首排击，始终大节不同
> 朝"。又赞其"平生刚烈，论奸邪于交结之初；先见著明，力排击于
> 变更之际。去国而分甘百谪，笃信奚疑；尊君而独奋孤忠，始终尽
> 瘁"。直到晚年仍深深怀念这位刚正之士。立身行事，终生以为楷模，
> 七十岁时有诗云："前贤一节真名世，此道终身公独行。每见遗篇须
> 掩泣，晚生期不负先生。"芦川后"终不屑与奸佞同朝"，四十一岁就
> 毅然挂冠致仕，的确"未负先生"。由此亦知芦川思想渊源所自。③

陈瓘对闽地大儒朱熹的影响，应须予以注意。隆兴甲申年（1164）十月，
朱熹《跋陈了翁与兄书》云：

---

① 朱崇才编纂《词话丛编续编》，人民文学出版社，2010，第 1749 页。
② 陈达祥、陈和源主编《陈瓘简介》，《陈忠肃文集》，第 4 页。
③ 王兆鹏：《张元幹年谱》，王兆鹏、王可喜、方星移：《两宋词人丛考》，凤凰出版社，
2007，第 329～330 页。

予尝读陈忠肃公之文，观其述己之志，称人之善，未尝不推而决诸义利取舍之间，于是知公之所以常胸中浩然、前定不疚者，其所自得盖有在也。孟子曰："欲知舜与跖之分，无他，利与善之间耳。"又曰："生亦我所欲，义亦我所欲，二者不可得兼，舍生而取义者也。"陈公之学，盖得诸此。①

朱熹《答廖子晦》中又云：

东坡在湖州被逮时，面无人色，两足俱软，几不能行，求入与家人诀，而使者不听。虽伊川先生谪涪陵时，亦欲入告叔母而不可得。惟陈了翁被逮，闻命即行，使人骇之。请其入治行装，而翁反不听，奇哉奇哉！愿子晦勉旃，毋为后人羞也。②

可见朱熹是极为欣赏陈瓘的道行，既能知其学术之精义，更钦佩其遭贬时的不动心。也许朱熹在建构其道学的时候，会经常想到陈瓘这位闽地前辈。

---

① 《朱子全书·晦庵先生朱文公文集》卷八十一，第3820页。
② 《朱子全书·晦庵先生朱文公文集》卷四十五，第2091～2092页。

第二章　宋南渡时期的闽词

　　宋室南渡是中国历史上继东晋南渡之后第二次大规模南迁，北方的政治经济文化中心随之南移，但官僚士大夫主政的社会政治形态并未发生多大的改变。北宋的亡国之恨，特别是靖康之耻，成为南宋文化精英人士的一个无法割弃的心结，影响到文学创作。文学反映现实，抒写抗敌精神成为南渡时期文学创作的突出现象，词体文学也唱出了抗敌的时代主旋律。闽籍词人李纲、张元幹曾在汴京城楼冒矢拒敌，击退金人的进攻，李纲成为南宋开国第一任宰相，其功绩为史家所称道；李弥逊也策应李纲的军事行动，取得不小的胜利，李纲有文记载其战绩；邓肃因李纲推荐，召赴阙，赐进士出身，授鸿胪寺主簿，擢左正言，出使金营 50 余日，又论李纲不当罢相，以直声震天下。他们既有交往又声气相应，成为闽籍词人的第一个创作群体。蔡伸虽与上述词人无直接交往，然他在宋高宗建炎中任张俊神武右军参赞军事，屡败金兵，也可看作南渡闽籍抗金词人中的一员。

第一节　闽籍抗金词人群

一　李纲

　　李纲（1083～1140），字伯纪，邵武（今属福建）人。早年家居无锡梁溪（今属江苏），故自号梁溪居士。宋徽宗政和二年（1112）进士，积官监察御史。宣和元年（1119）谪监沙县税务，七年（1125）为太常少卿。

宋钦宗时，授兵部侍郎、尚书右丞，受命为亲征行营使，指挥汴京保卫战，击退金兵。宋高宗即位，首为宰相，仅七十余日而罢。绍兴二年（1132）除湖广宣抚使兼知潭州。卒谥忠定。著有《梁溪集》《梁溪词》。《宋史》卷三五八、卷三五九有传，另参赵效宣《李纲年谱长编》。《全宋词》录其词54首。

李纲立朝有大节，虽多次遭贬谪，然不改初心，始终如一，一人而系天下安危。南宋开国，李纲立下大功。他曾指挥京城保卫战，李纲《靖康传信录上》云："（靖康元年正月）自五日至八日，治战守之具粗毕，而贼马已抵城下。""（初八）是夕，金人攻水西门，以火船数十只顺汴流相继而下。余临城捍御，募敢死士二千人，列布拐子弩城下，火船至，即以长钩摘就岸，投石碎之；又于中流安排杈木，及运蔡京家假山石，叠门道间，就水中斩获数百人。自初夜防守达旦，始保无虞。""（初九）余与官属数人登城督战，激励将士，人皆贾勇，近者以手炮、櫑木击之，远者以神臂弓强弩射之，又远者以床子弩、座炮及之。而金人有乘筏渡濠而溺者，有登梯而坠者，有中矢石而踣者甚众……自卯至未申间，杀贼数千人，贼知城守有备，不可以攻，乃退师。"① 靖康元年（1126）正月，李纲拜亲征行营使，张元幹为其帅幕属官，协助其冒死杀敌，保卫京城。② 张元幹《祭李丞相文》亦云："越明年冬，虏骑大入，公在泰常，决策力赞徽宗内禅之志；已而庭争，挽回渊圣南巡之舆。明目张胆，自任天下之重，一迁而为贰卿，再迁而为右辖，三迁而为元枢。建亲征之使名，总行营之兵柄。辟置掾曹，公不我鄙，引入承乏。直围城危急，羽檄飞驰，寐不解衣，而餐每辍哺，夙夜从事，公多我同。至于登陴拒敌，矢集如猬毛，左右指麾，不敢爱死。庶几助成公之奇勋，初无爵禄是念也。"③ 李纲、张元幹在国难之时临阵杀敌，堪称壮举。

高宗建炎元年（1127）五月，李纲拜尚书右仆射兼中书侍郎，进封开国侯。八月，守尚书左仆射、兼门下侍郎。为黄潜善所沮，在位七十五日

---

① 《李纲全集》，第 1577～1578 页。
② 王兆鹏：《张元幹年谱》，《两宋词人丛考》，第 345～347 页。
③ 《李纲全集》，第 1788 页。

罢，两河郡县遂沦陷。李纶《梁溪先生年谱》曰："公在相位才七十有五日，既罢之后，招抚经制司皆废，车驾遂东巡，两河郡县皆陷于敌。金人以次年春扰京，东西深入，关辅残破尤甚。凡募兵买马、团结训练、车战水军之类一切废罢；中原盗贼蜂起，跨州连邑，莫能制御。率如公之所料云。"① 其昭昭大节，史有定评。《宋史》本传论赞曰："纲负天下之望，以一身用舍为社稷生民安危。虽身或不用，用有不久，而其忠诚义气，凛然动乎远迩。每宋使至燕山，必问李纲、赵鼎安否，其为远人所畏服如此。……以李纲之贤，使得毕力殚虑于靖康、建炎间，莫或挠之，二帝何至于北行，而宋岂至为南渡之偏安哉？……呜呼，中兴功业之不振，君子固归之天，若纲之心，其可谓非诸葛孔明之用心欤？"② 此言可信，若继续用李纲为相，何来靖康之耻。

李纲与闽籍词人多有交往。李纲与陈瓘为忘年之交，如前引《跋了翁墨迹》所云。陈瓘又介绍张元幹与李纲相识，二人遂成莫逆。张元幹侄孙张广《芦川词序》云："见了翁，谈世事于庐山之上。了翁曰：'犹有李伯纪在，子择而交之。'公敬受教，从之游。"③ 宣和六年（1124），李纲曾为张元幹题跋曰："今年春，仲宗还自闽中，访予梁溪之滨。听其言鲠亮而可喜，诵其文清新而不群，予洒然异之。"④ 二人唱和甚多。

李纲被贬谪至沙县，结识邓肃，成忘年交。《宋史》卷三七五《邓肃传》载："李纲见而奇之，相倡和，为忘年交。"⑤ 李纲《书邓南夫祭文后》云："予来沙阳，时南夫已死，不及识；识其子肃，俊美而力学，有以见南夫之义方。"⑥ 李纲与邓肃唱和诗极多，他们是情趣盎然的诗友。李纲《九月十五日夜同陈兴宗邓志宏登凝翠阁观月》有云："溪阁临虚面势宽，凉天佳月共追欢。"⑦ 邓肃《凝翠阁陪李梁溪次韵》亦云："栏前碧玉

---

① 李纶编《梁溪先生年谱》，清钞本。
② 《宋史》，第 11273～11274 页。
③ 张元幹：《芦川归来集》卷首，文渊阁《四库全书》本。
④ 《芦川归来集》卷十附录。
⑤ 《宋史》，第 11603 页。
⑥ 《李纲全集》，第 1490 页。
⑦ 《李纲全集》，第 147 页。

四围宽，满座清风文字欢。"①

李纲词在其时就产生很大影响，所作《苏武令》词，都下盛传。赵彦卫《云麓漫钞》卷一四云："绍兴初，盛传《苏武令》词：'塞上风高，渔阳秋早。惆怅翠华音杳。驿使空传，征鸿归尽，不寄双龙消耗。念白衣、金殿除恩，黄阁未成图报。 谁信我、致主丹衷，伤时多故，未作救民方召。调鼎为霖，雨坛上将，燕然即须平扫。拥精兵十万，横行沙漠，奉迎天表。'云李丞相纲作，未知是否。"② 此词当作于李纲罢相后。"奉迎天表"云云传达出当时民众的心声。唐圭璋《梦桐室词话》评此词云："初叙塞上荒凉景象，及国主蒙尘之惨。次叙孤臣报国忠忧，及救民宏愿。末叙受知领兵，决心抗敌，必无不胜之理。入则宰辅，出则大将，天下安危，系于一身，观词之吐露，可以识其精忠矣。"③ 可知此词非李纲而不能作也。

李纲有八首咏史词，借历史上帝王拒外敌的史实，表达他坚定的抗敌决心。《喜迁莺·真宗幸澶渊》云：

> 边城寒早。恣骄虏远牧，甘泉丰草。铁马嘶风，毡裘凌雪，坐使一方云扰。庙堂折冲无策，欲幸坤维江表。叱群议，赖寇公力挽，亲行天讨。 缥缈。銮辂动，霓旌龙旆，遥指澶渊道。日照金戈，云随黄伞，径渡大河清晓。六军万姓呼舞，箭发狄酋难保。虏情詟，誓书来，从此年年修好。

此词赞寇准力主宋帝亲征，迫敌签下"澶渊之盟"的往事，借以表明自己的志意，他仍愿意像当年指挥京城保卫战一样，继续拒敌于外。

李纲写农村生活的词作也有可观之处。《望江南》云：

> 新雨足，一夜满南塘。粳稻向成初吐秀，芰荷虽败尚余香。爽气

---

① 邓肃：《栟榈集》卷二，明正德刻本。
② 清乾隆文渊阁《四库全书》钞浙江巡抚采进本。
③ 孙克强、杨传庆、和希林编《民国词话丛编》（第八册），社会科学文献出版社，2020，第 137 页。

　　入轩窗。　澄霁后，远岫更青苍。两部蛙声鸣鼓吹，一天星月浸光
铓。秋色陡凄凉。

　　此词当为其被贬后所作，沉静淡泊，有光风霁月之怀。刘克逊《李忠定〈梁溪词〉序》云："其豪宕沉雄，风流酝藉。所谓进则秉钧仗钺，旋转乾坤，不足为之泰；退则短褐幅巾，徜徉邱壑，不足为之高者，是又世人所未之见。"① 观此词，信然。

　　学养醇至，襟抱坦夷，是李纲词的特色。李慈铭《南宋四名臣词集序》云："词之为道，儒者所不屑言。然宋时明公巨人，如韩、范、欧阳无不为之。降至南宋，其学益盛。四公者（指赵鼎、李光、李纲、胡铨）居南北宋之间，未尝以词名，所为文章，忠义奋发，振厉一世，而其立论，皆和平中正，字字近情，与朋友言，尤往复三叹，不胜其气下而词敛。间为长短句，皆曲折如志，务尽其所欲言。"② 此述南渡词之大略，李纲词尤为四名臣之翘楚。况周颐《历代词人考略》卷二十一云："李忠定身丁南北宋之间，忤触权奸，屡起屡踬，居相位仅七十日，不克展其素志。今观其所为词，大都委心安遇，陶情适性之作，略无抑塞磊落牢骚不平之气，足征学养醇至，襟抱坦夷。乃至《江城子》云：'回首中原何处是，天似幕，碧周遭。'《六么令》云：'纵使岁寒途远，此志应难夺。'《喜迁莺》云：'暮云敛，放一轮明月，窥人怀抱。'则贞悯孤光，有流露于不自觉者矣。其《水龙吟·次韵和质夫子瞻杨花词》，亦复与二公工力悉敌。"③《四库全书总目》卷一五六《〈梁溪集〉提要》综论其人其诗文云："纲人品、经济，炳然史册，固不待言。即以其诗文而言，亦雄深雅健，磊落光明，非寻常文士所及。徒以喜谈佛理，故南宋诸儒不肯称之。然如颜真卿精忠劲节，与日月争光，固不能以书《西京多宝塔碑》、作《抚州麻姑坛记》，遂减其文章之价也。"④ 以上皆为知人之论。

---

① 王鹏运辑《四印斋所刻词》，上海古籍出版社，2012，第 437 页。
② 《四印斋所刻词》，第 427 页。
③ 《词话丛编续编》，第 1783 页。
④ 《四库全书总目》，第 1345 页。

二　李弥逊

李弥逊（1089～1153），字似之，号筠溪居士，先世居连江（今属福建），徙苏州吴县（今江苏苏州），晚年归隐其祖籍连江。宋徽宗大观三年（1109）进士，调单州司户。历官起居郎、知冀州、卫尉少卿、知筠州、江东转运判官、淮南路转运副使、知饶州、试中书舍人、户部侍郎。以争和议，忤秦桧意，出知漳州。绍兴十年（1140），归隐连江西山。著有《筠溪集》、《筠溪词》（一作《筠溪乐府》）。《全宋词》录存其词82首，周裕锴《全宋词辑佚补编》据文渊阁《四库全书》本《筠溪集》补辑6首。

（一）气节之士

李弥逊是气节之士，与李纲同声相应，在抵抗金人入侵中曾有所作为。其一生可称之事有——

宣和七年（1125）十二月，李弥逊知冀州，曾组织民众抵抗金兵。《宋史》本传云："金人犯河朔，诸郡皆警备，弥逊捐金帛，致勇士，修城堞，决河护堑，邀击其游骑，斩首甚众。兀术北还，戒师毋犯其城。"①

建炎元年（1127），李弥逊除江东路转运判官，领郡事。江宁牙校周德发动叛乱，李弥逊与右仆射李纲共谋诛首恶四十余人，安抚余党，事乃平息。李纲《建炎进退志总叙上》记其事："次太平州，睹今上登宝位赦书，改元建炎，悲喜交集。是时金陵为叛卒周德等所据，囚帅臣宇文粹中，杀官吏居民，焚舟船不可胜数，劫掠官府，士民财物为之一空。虽受发运判官方孟卿招安，而擐甲乘城，杀戮恣横如故。余遣使臣赍文檄谕之，令听禀节制勤王，乃肯释甲。然犹桀骜不以时登舟，擅驱当行士卒，欲乘间遁去。次金陵，因与转运判官、权安抚使李弥逊尽诛其首恶四十有六人，而以其徒千余人令提举常平官王枋统之以行。"②

绍兴八年（1138）二月，李弥逊试尚书户部侍郎。金使请和，弥逊廷争，认为不可。《宋史》本传记其事："弥逊请对，言金使之请和，欲行君

① 《宋史》，第11774页。
② 《李纲全集》，第1608页。

臣之礼，有大不可。帝以为然，诏廷臣大议，即日入奏。弥逊手疏力言："陛下受金人空言，未有一毫之得，乃欲轻祖宗之付托，屈身委命，自同下国而尊奉之，倒持太阿，授人以柄，危国之道，而谓之和可乎？借使金人姑从吾欲，假以目前之安，异时一有无厌之求，意外之欲，从之则害吾社稷之计，不从则衅端复开，是今日徒有屈身之辱，而后患未已。'又言：'陛下率国人以事仇，将何以责天下忠臣义士之气？'力陈不可者三。桧尝邀弥逊至私第，曰：'政府方虚员，苟和好无异议，当以两地相浼。'答曰：'弥逊受国恩深厚，何敢见利忘义。顾今日之事，国人皆不以为然，独有一去可报相公。'桧默然。次日，弥逊再上疏，言愈切直，又言：'送伴使揣摩迎合，不恤社稷，乞别选忠信之人，协济国事。'桧大怒。弥逊引疾，帝谕大臣留之。时和议已决，附会其说者，至谓'向使明州时，主上虽百拜亦不问'，议论靡然。赖弥逊廷争，桧虽不从，亦惮公论。再与金使者计，议和不受封册，如宰相就馆见金使，受其书纳入禁中，多所降杀，惟君臣之礼不得尽争。"① 李弥逊于维护国体颇有功。

绍兴十年（1140），李弥逊脱离官场，看破尘世，遂归隐连江西山。《筠溪李公家传》云："十年请祠，归隐连江西山，榜其别业曰筠庄，自号筠溪真隐。"② 李弥逊《筠溪集》卷二一《跋筠溪图后》云："李子倦游，归自秣陵，至连江，曰吾祖之旧隐也，遂家焉。得湖阴依山之地百亩，可佃可渔，因以筑室。"③

（二）胜友多志士

李弥逊与李纲志趣相投，共担抗金大任，情谊深厚，颇多交游唱和。李弥逊《筠溪集》卷二三《祭李伯纪丞相文》云："公视仆总角之交，久而益亲，贵而不骄，五十年间，若出一朝。向来见公，浊酒我浇，愿言卜邻，同老渔樵。"李纲有《送李似之舍人归连江二首》诗，有结邻而居之意，李弥逊有《次李丞相送行二首》和之。

据王兆鹏先生《张元幹年谱》考证：绍兴十二年（1142），弥逊落职

---

① 《宋史》，第 11775～11776 页。
② 李弥逊：《筠溪集》附录，民国《四库全书珍本初集》本。
③ 清文渊阁《四库全书》本。

后居福州横山时，张元幹访亲于连江曾过访弥逊，不遇，后有诗《访亲于连江，因过筠溪，叩门循行，叹其荒翳不治，有怀普现居士，口占此章》，弥逊闻知后，即作《仲宗过筠庄作诗见招，且有借庵之意，次其韵》。绍兴十六年（1146）三月十二日，张元幹、苏粹之陪富直柔到访连江筠溪，张元幹《天仙子》词序云："三月十二日，奉同苏子陪富丈访筠溪翁于旧居，遂为杏花留饮，欢甚。命赋长短句，乃得《天仙子》，写呈两公，末章并发一笑。"苏子，指苏粹之；富丈，指富直柔；筠溪翁，即李弥逊。夏日，张元幹等游天宫寺，有诗《与富枢密同集天宫寺》，弥逊和之以《仲宗访我筠溪，出陪富丈粹之游天宫寺，见索属和，次韵》。六月，元幹有《夏云峰·丙寅六月为筠翁寿》词贺弥逊寿辰，词云："新堂深处捧杯。乍香泛水芝，空翠风回。"当在筠溪山庄弥逊宴席上赋此词。后元幹又送秋香酒并《鹤冲天·呈富枢密》词与弥逊，弥逊有词《鹤冲天·张仲宗以秋香酒见寄并词次其韵》。绍兴十八年（1148），弥逊与富直柔、张元幹等游福建侯官精严寺。二十年，三人再次交游唱和，弥逊有《蝶恋花·福州横山阁》词，元幹有《永遇乐·为洛滨横山作》《八声甘州·陪筠翁小酌横山阁》等词。

（三）以词写心声

《四库全书总目》卷一九八《〈筠溪乐府〉提要》云："其长调多学苏轼，与柳、周纤秾别为一派，而力稍不足以举之，不及苏之操纵自如。短调则不乏秀韵矣，中多与李纲、富知柔、叶梦得、张元幹唱和之作。"[1] 陈廷焯《云韶集》卷四云："似之与桧不合，乞归田，隐然忧君忧国之心未尝忘也，时于词中流露，愈增气骨。"[2]《蝶恋花·福州横山阁》有不平之气，可能是刚刚退隐连江时所作。词云：

> 百叠青山江一缕。十里人家，路绕南台去。榕叶满川飞白鹭。疏帘半卷黄昏雨。　楼阁峥嵘天尺五。荷芰风清，习习消祥暑。老子人间无着处。一樽来作横山主。

① 《四库全书总目》，第1812页。
② 陈廷焯撰，孙克强主编《白雨斋词话全编》，中华书局，2013，第117页。

南台即福州台江南岸，南宋初已是十里人家，其地广植榕树。横山即横山阁，在福州仁王寺，其地楼阁峥嵘。此词借游览福州景观，写心中愤恨之意。词之取景阔大，"纳须弥于方寸，融万象于一屏"，而词之意又十分显豁，颇快诵读。

李弥逊词集中堪称"秀韵"之作的短调，当推《诉衷情·次韵李伯纪桃花》，词云：

> 小桃初破两三花。深浅散余霞。东君也解人意，次第到山家。临水岸，一枝斜。照笼纱。可怜何事，苦爱施朱，减尽容华。

李弥逊词中以与张元幹唱和为多，因是志趣相投的志士，故有无话不说之感。如《沁园春·寄张仲宗》云：

> 欹枕深轩，散怀虚堂，畏景屡移。渐披襟临水，搘床就月，莲香拂面，竹色侵衣。压玉为醪，折荷当盖，卧看银潢星四垂。人归后，伴饥蝉自语，宿鸟相依。　痴儿。莫蹈危机。悟四十九年都尽非。任纡朱拖紫，围金佩玉，青钱流地，白璧如坻。富贵浮云，身名零露，事事无心归便归。秋风动，正吴淞月冷，莼长鲈肥。

不知张元幹如何看待此词，未见元幹有和作。弥逊忧谗畏讥，"畏景屡移"，人已退隐，早已看穿官场，自感无力，这种心态是渐近晚景所致。然忧国之心未泯，故给人气骨不衰之感。

三　邓肃

邓肃（1091～1132），字志宏，一字德恭，号栟榈，原籍南剑州沙县（今属福建永安）人。宋宣和二年（1120），结识李纲，为忘年交；三年，入京应礼部试，不第，补太学生。靖康元年（1126）三月，因李纲等荐，召赴阙，赐进士出身，补承务郎。九月，宋钦宗召对，授鸿胪寺主簿。宋高宗建炎元年（1127）五月，擢左正言，十月罢左正言回乡。卒年42岁。《宋史》卷三七五有传。著有《栟榈先生文集》25卷，词存集中，《全宋词》据以录入 45 首，《全宋词补辑》另辑录 1 首，乃张孝祥词。

《宋史》本传说邓肃"少警敏能文，美风仪，善谈论。李纲见而奇之，相倡和，为忘年交"①。邓柞《栟榈先生墓表》亦云："大丞相李公纲，谪沙阳，一见厚遇之，以诗什往来。长句短章，更唱叠和，忘流落之苦。"②据王兆鹏先生《邓肃年谱》，邓肃识李纲事在宣和二年二月，时邓肃 30 岁。③ 在邓肃一生中，李纲是对他影响最大的一位人物，李纲是宋南渡词坛的一位健将，邓肃也跻身宋南渡词人之列。

邓肃一生在仕途上建树不大，然以直声震天下，其事迹确有值得称道之处。宣和三年二月，上书刘韐献平方腊之策；宣和四年五月，上《花石诗十一章》讽谏花石纲事，被斥归田里；建炎二年（1128）正月，被命赴金营押道释经印版，留 50 余日始返；八月，上札论李纲不当罢相，触怒执政，被罢职回乡。其一生大节，可谓凛然岿存，其诗词是他心中大节的载体。

邓肃最著名的一首词是《瑞鹧鸪》，写他在大是大非面前的民族气节。词云：

> 北书一纸惨天容。花柳春风不敢秾。未学宣尼歌凤德，姑从阮籍哭途穷。　此身已落千山外，旧事回思一梦中。何日中兴烦吉甫，洗开阴翳放晴空。

"北书一纸"，指金人立张邦昌为帝之册文。《三朝北盟汇编》卷八九载，当时"京城印卖推戴权立邦昌文字一纸，金人伪诏一纸，邦昌榜示赦文一纸"④。《宋史》本传云："张邦昌僭位，肃义不屈。"⑤ 张邦昌称帝，事在建炎元年三月七日，时邓肃尚被拘留在金营中。"未学宣尼歌凤德"，是表

---

① 《宋史》，第 11603 页。
② 闽沙邓氏族谱编委会：《闽沙邓氏族谱》，（明）新出（2003）内书第 35 号（内部资料）（三明，出版者不详），第 543 页。
③ 《两宋词人丛考》，第 243 页。
④ 清许涵度校刻本。
⑤ 《宋史》，第 11603 页。

明态度，指不屈服于张邦昌，决不为其所用。《论语·微子》曰："楚狂接舆歌而过孔子曰：'凤兮！凤兮！何德之衰！'"意谓孔子有才德而不识时务，其实孔子是求取相合之人，并非德衰。"中兴烦吉甫"，是说寄望于能有尹吉甫一样的大臣振兴国家。周宣王任用召穆公、周定公、尹吉甫等大臣，整顿朝政，使周朝王室得到复兴。尹吉甫辅助过三代帝王。

邓肃有《诉衷情·送李状元三首》，作于绍兴二年（1132）清明前。又有《蝶恋花·代送李状元》、《菩萨蛮·和李状元》、《菩萨蛮》（一心唯欲南园去），都是为李状元作。李状元即李易，江都（今江苏扬州）人，字顺之。宋高宗建炎二年戊申科状元。授左宣义郎，签书江阴军判官。后出知扬州，官至敷文阁待制。绍兴元年冬，李易任福建、江西、湖南宣抚使孟庾、副使韩世忠之参议官，随孟、韩到福建剿平范汝为兵乱，次年正月回朝任职，邓肃作《诉衷情·送李状元三首》为他送行，其二云："龙头一语定闽山，黄色上眉间。诏书促归金阙，玉带待天颜。　拢象板，弹宫羽，唱阳关。从容禁闼，若念林泉，应寄书还。"此词虽属平常赠别之作，然鉴于李易之状元地位，邓肃特别希望他回朝后继续为国家效力，殷殷之意颇能见出邓肃对国事的关切之情。

邓肃《浣溪沙》八首，是其上乘之作。其一云：

> 雨入空阶滴夜长，月行云外借孤光。独将心事步长廊。　深锁重门飞不去，巫山何日梦襄王。一床衾枕冷凄香。

此词作年难考，或是邓肃被拘金营时所作。词善用比兴手法，将自己的孤寂情怀隐隐传出，襄王或指被俘的宋钦宗。宋钦宗曾召对邓肃并赐予他鸿胪寺主簿一职。

邓肃词颇能言志，其志在恢复失地。况周颐《历代词人考略》卷二十四云："志宏先生抗志高节，不屈于金营，不污于张邦昌。因李忠定罢去，谏争而获罪，眷怀故都，想望兴复，悃款之志，流溢楮墨之表。其《临江仙》句云：'百卉丛中红紫乱，玉肌自笑孤光。'亦自写其襟抱也。《南歌子》云：'凤城一别几经秋。身在天涯海角、忍回头。'又云：'都人应也

望宸游。早晚葱葱佳气、满皇州.'略与《瑞鹧鸪》同意。"① 所引皆为邓
肃词中佳句，颇见温厚。黄曾樾《读栟榈文集》说："《栟榈词》亦如其
诗文，大半忧时感事之作，若《临江仙》九首写行迈之情；《菩萨蛮》第
十首之'破贼凯旋归，冲天看一飞'，寄恢复之望，皆显而易见者。"② 诗
言志，词也可言志，邓肃词多言志之作。

邓肃词风轻灵从容，多合儒家的温柔敦厚之教，他是酝酿日久才发声
为词，显然他心中的持守决定了他的词风。《历代词人考略》卷二十四引
况周颐云："《栟榈词》新声振绮，好语如珠，寓北宋之轻灵，涉五代之绵
丽。宋人称词曰'韵令'，如志宏所作，庶几足当'韵令'之目。"③ "好
语如珠"确实是邓肃词的特色。

四　张元幹

张元幹（1091～1161），字仲宗，号芦川，又号真隐山人，永福（今
福建永泰）人。宋宣和七年（1125），为陈留县丞。宋靖康元年（1126），
为李纲行营属官。宋建炎间，为将作监。宋绍兴元年（1131），以右朝奉
郎致仕；二十一年（1151），因作词送胡铨事，被秦桧追赴临安大理寺削
籍除名。秦桧死后，羁寓杭州西湖，最后客死异乡。著有《芦川归来集》
《芦川词》。《全宋词》录存其词185首。

曹济平《关于张元幹的籍贯问题》一文考张元幹为永福人。④ 王兆鹏
先生据明万历年间所修《永泰张氏宗谱》，考张元幹的故里为福州永福县
和平乡半月洲。宋人之所以称"长乐张元幹"，是因为永福属福州，而福
州又名长乐郡。福州又有长乐县，故后人每将长乐郡与长乐县相混。⑤

张元幹的一生，据其41岁弃官可分为前后两期。前期以协助李纲抗击
金人保卫京城而名垂青史，后期以作词送胡铨转官新州而流芳百世，其人

---

① 《词话丛编续编》，第1855～1856页。
② 黄曾樾：《读栟榈文集》，《荫亭遗稿》，人民文学出版社，2019，第307页。
③ 《词话丛编续编》，第1855页。
④ 曹济平：《关于张元幹的籍贯问题》，《文学评论》1980年第2期。
⑤ 王兆鹏：《从〈永泰张氏宗谱〉辑录宋人佚文佚诗——兼说张元幹籍贯及佚文价值》，
　　《文献》2006年第1期。

一生喜欢结交名公志士，以善养正气著称。

钦宗靖康元年正月初，张元幹为李纲帅幕属官，力主抗敌，"上却敌书"①。张元幹《祭李丞相文》曰："越明年冬，虏骑大入，公在泰常，决策力赞徽宗内禅之志；已而庭争，挽回渊圣南巡之舆。明目张胆，自任天下之重，一迁而为贰卿，再迁而为右辖，三迁而为元枢。建亲征之使名，总行营之兵柄。辟置掾曹，公不我鄙，引入承乏。"②李纲于宣和七年十二月二十九日丁卯除兵部侍郎；靖康元年正月初四除尚书右丞；初五辛未拜亲征行营使。二月庚戌，又除知枢密院事。张元幹当于正月初五李纲除亲征行营使辟置官属时参入帅幕。③张元幹曾冒矢雨亲临城上协助李纲指挥杀敌，与金兵日夜奋战。前引《祭李丞相文》云："直围城危急，羽檄飞驰，寐不解衣，而餐每辍哺，夙夜从事，公多我同。至于登陴拒敌，矢集如猬毛，左右指麾，不敢爱死。庶几助成公之奇勋，初无爵禄是念也。"张元幹后有《挽少师相国李公五首》诗回忆此次战斗云："城守麾强弩，诸班果翕然。云梯攻正急，雨箭勇争先。中夜飞雷炮，平明破火船。"④

靖康元年二月十日，金兵退师，京城解围，张元幹喜赋《丙午春京城围解口号》云："戎马来何速，春壕绿自深。要知龙凤聚，不受虎狼侵。九庙安全日，三军死守心。倘为襄汉幸，按堵见于今。"⑤正月初金兵渡河，直逼京城时，宰相白时中等庸懦惧敌，主张钦宗逃弃京城，出幸襄邓，以避敌锋。而李纲力主抗敌，固守京城。非李纲率三军死守，都城早已不保，故张元幹称颂李纲及三军"死守"京城的抗敌之心，而讽刺时相弃城逃跑之策。六月初三，李纲遭忌，离朝出帅两河，张元幹尝为之鸣不平。九月二十七日，与李纲同日遭贬。⑥张元幹《祭李丞相文》曰："向使尽如壮图，督追袭之师，半渡而击，首尾相应，可使太原解围。奈何反挤公，则有河东之役。仆尝抗之曰：'榆次之败，特一将耳。未当遽遣枢臣。

---

① 张广：《芦川词序》，《芦川归来集》卷首。
② 《李纲全集》，第 1788 页。
③ 王兆鹏：《张元幹年谱》，《两宋词人丛考》，第 345 页。
④ 《芦川归来集》卷二。
⑤ 《芦川归来集》卷二。
⑥ 王兆鹏：《张元幹年谱》，《两宋词人丛考》，第 347～350 页。

此卢杞荐颜鲁公使李希烈也，必亏国体。'且陈以祸福利害，退而告公，公虽壮我而为我危之。"① 又曰："既不及陪，属同列有择地希进之诮，即投劾以自白，议者犹不舍也。是岁秋九月卒。与公同日贬凡七人焉，流落倦游，回首十有四载于兹矣。"② 九月十九日戊寅，李纲罢宣抚使，以观文殿学士知扬州。言者论其专主战议，丧师费财。二十七日丙戌，落职提举洞霄宫。③ 建炎三年（1129）秋，张元幹避乱吴兴（今浙江湖州），曾赋《石州慢·己酉秋吴兴舟中作》以抒愤，词曰："群盗纵横，逆胡猖獗。欲挽天河，一洗中原膏血。两宫何处，塞垣只隔长江。"

绍兴八年（1138）十二月，李纲在福州得知朝廷向金人屈膝求和，立即上疏谏阻，在福州的张元幹，作词《贺新郎·寄李伯纪丞相》予以声援。词曰：

> 曳杖危楼去。斗垂天、沧波万顷，月流烟渚。扫尽浮云风不定，未放扁舟夜渡。宿雁落、寒芦深处。怅望关河空吊影，正人间、鼻息鸣鼍鼓。谁伴我，醉中舞。 十年一梦扬州路。倚高寒、愁生故国，气吞骄虏。要斩楼兰三尺剑，遗恨琵琶旧语。谩暗涩、铜华尘土。唤取谪仙平章看，过苕溪、尚许垂纶否。风浩荡，欲飞举。

绍兴十二年（1142），胡铨贬新州，张元幹作词壮其行。先是绍兴八年，胡铨上书反对与金议和，乞斩宰相秦桧，被贬至福州。绍兴十二年七月初二癸巳，秦桧指使台臣上书劾胡铨，又将胡铨除名勒停，送新州（今广东新兴）编管。时"张仲宗元幹寓居三山，以长短句送其行"。数年后，秦桧闻张元幹作词壮其行，乃借他事将元幹削籍除名。王明清《挥麈录》后录卷十载此事甚详：

> 绍兴戊午（1138），秦会之再入相，遣王正道为计议使，以修和

---

① 《李纲全集》，第 1788 页。
② 《李纲全集》，第 1788 页。
③ 王兆鹏：《张元幹年谱》，《两宋词人丛考》，第 350 页。

盟。十一月，枢密院编修官胡铨邦衡上书曰："王伦本一狎邪小人，市井无赖，顷缘宰相无识，遂举以使虏。专用诈诞欺罔天听，骤得美官，天下之人切齿唾骂，今日无故诱致虏使以诏谕江南为名，是欲臣妾我也，是欲刘豫我也……窃谓秦桧、孙近皆可斩也。臣备员枢属，义不与桧等共戴天，区区之心，愿斩三人头，竿之槁街，然后羁留虏使，责以无礼，徐兴问罪之师，则三军之士不战而气自倍，不然，臣有赴东海而死耳，宁能处小朝廷求活耶？"疏入，责为昭州盐仓，而改送吏部，与合入差遣，注福州签判。盖上初无深怒之意也，至壬戌（1142）岁，慈宁归养，秦讽台臣论其前言弗效，诏除名勒停，送新州编管。张仲宗元幹寓居三山，以长短句送其行云："梦绕神州路……举大白，唱《金缕》。"……又数年，秦始闻仲宗之词，仲宗挂冠已久，以它事追赴大理削籍焉。邦衡囚朱崖几一纪方北归，至端明殿学士、通奉大夫，八十余而终，谥忠简，此天力也。①

蔡戡《芦川居士词序》亦谓张元幹"喜作长短句，其忧国爱君之心、愤世嫉邪之气，间寓于歌诗。绍兴议和，今端明胡公铨志在复仇，上书请剑，欲斩议者，得罪权臣，窜谪岭海，平生亲党，避嫌畏祸，唯恐去之不速。公作长短句送之，微而显，哀而不伤，深得三百篇讽刺之义"②。岳珂《桯史》卷十二亦载："胡忠简铨既以乞斩秦桧掇新州之祸，直声振天壤。一时士大夫畏罪钳舌，莫敢与立谈，独王卢溪庭珪诗而送之……时又有朝士陈刚中、三山寓公张仲宗亦以作启与词为饯而得罪。"③ 此送行词即《贺新郎·送胡邦衡待制》。录如次：

　　梦绕神州路。怅秋风、连营画角，故宫离黍。底事昆仑倾砥柱，九地黄流乱注。聚万落、千村狐兔。天意从来高难问，况人情、老易悲如许。更南浦，送君去。　　凉生岸柳催残暑。耿斜河、疏星淡月，

---

① 《宋金元词话全编》，第 620～622 页。
② 蔡戡：《定斋集》卷十三《芦川居士词序》，清光绪常州先哲遗书本。
③ 《四部丛刊续编》景元本。

断云微度。万里江山知何处，回首对床夜语。雁不到、书成谁与。目
尽青天怀今古，肯儿曹、恩怨相尔汝。举大白，听金缕。

为《芦川居士词》作序的蔡戡，特别要求张元幹长子将此词置于词集最前
面。蔡戡序云："公之子靖，衰公长短句篇，属余为序。某晚出，恨不及
见前辈，然诵公诗文久矣，窃喜载名于右。因请以送别之词冠诸篇首，庶
几后之人尝鼎一脔，知公此词不为无补于世。又岂与柳、晏辈争衡哉！"①
此可见张元幹送胡邦衡词，在宋代就为人所重。

张元幹两阕《贺新郎》为他带来不朽的声誉，由其学养所致，但也有
时代风云激荡的因素。朱庸斋《分春馆词话》卷四云：

> 张元幹《芦川词》以"送胡邦衡待制赴新州"及"寄李伯纪丞
> 相"两阕《贺新郎》为压卷。此二词语调慷慨悲凉，笔势沉郁雄厚，
> 境界开阔，一反其南渡前清新婉丽之作，表现了极其强烈之爱国主义
> 思想，使词坛耳目为之一新，成为张孝祥、陆游、辛弃疾等及后世爱
> 国词人之先驱。此非张氏有过人之处，实由此种风格为时代之心声，
> 遂因而发展，形成一大流派——豪放派。②

元幹诗文悲壮沉郁，词则于慷慨、婉转间收放自如。蔡戡《芦川居士
词序》云："（张元幹）喜作长短句，其忧国爱君之心，愤世嫉邪之气，间
寓于歌咏……公博览群书，尤好韩集、杜诗，手之不释，故文词雅健，气
格豪迈，有唐人风。"《四库全书总目》卷一九八《芦川词提要》云："其
词慷慨悲凉，数百年后，尚想其抑塞磊落之气。然其他作，则多清丽婉
转，与秦观、周邦彦可以肩随。毛晋跋曰：'人称其长于悲愤，及读《花
庵》《草堂》所选，又极妩秀之致。'可谓知言。"③曹济平先生《张元幹
词研究》认为元幹词有"长于悲愤"的阳刚美，另有"清丽深婉的含蓄

① 《定斋集》卷十三《芦川居士词序》。
② 《近现代词话丛编》，第449~450页。
③ 《四库全书总目》，第1814页。

美"。①《渔家傲》是含蓄美的代表作：

> 楼外天寒山欲暮，溪边雪后藏云树。小艇风斜沙觜露。流年度。春光已向梅梢住。　　短梦今宵还到否，苇村四望知何处。客里从来无意绪。催归去。故园正要莺花主。

此词颇具风人之姿，令人诵读再三，想望不已。元幹流落异乡作词，无多少落寞的怨气，这一点要胜于李弥逊。

据王兆鹏先生《张元幹年谱》（修订本），与张元幹交游者主要有：徐俯、吕本中、苏辙、郑侠、陈瓘、游酢、陈与义、杨时、汪藻、苏庠、王以宁、李光、张守、邓肃、张浚、李弥逊、胡铨、程迈、富直柔、叶梦得、向子諲等，中多名公，也多志士。以此可知，张元幹固是抱节有守之人。然张元幹对闽地大儒朱熹的影响也须说明。绍兴十二年十月，13 岁的朱熹随父朱松与张元幹在福州连江县玉泉寺相见，朱松为张元幹祖父手泽题跋。束景南指出："其时朱松已在福州。又朱松与张元幹同在连江者，则又必是为访李弥逊。"② 朱熹于此时必闻张元幹大名与气节，且瞻仪容，对他日后的处世行事当会产生影响。

第二节　蔡伸及其词

蔡伸（1088～1156），字伸道，号友古居士，兴化军莆田（今属福建）人。忠惠公襄之孙。宋政和五年（1115）进士。宋宣和中，历官太学辟雍、知潍州北海县、通判徐州。宋高宗建炎中，为张俊神武右军参赞军事，屡败金兵。后通判真州，历知滁州、徐州、德安府、和州。著有《友古居士词》。《全宋词》录存 175 首。

---

① 曹济平：《张元幹词研究》，齐鲁书社，1993，第 152～155 页。
② 束景南：《朱熹年谱长编》（增订本）卷上，华东师范大学出版社，2014，第 72 页。

一 文武全才的志士

蔡伸的籍贯，周必大《文忠集》卷六十二《中大夫赠特进蔡公伸神道碑》（以下简称《神道碑》）、蔡戡《定斋集》卷十四《大父行状》（以下简称《行状》）谓蔡伸仙游人，周必大、蔡戡所记，应指蔡伸祖籍而言。宋代莆田、仙游同属兴化军。蔡伸之祖蔡襄，已迁居莆田。明末毛晋《友古词跋》云："伸道，莆田人，别号友古居士，忠惠公之孙也。其居距城不及五里，舍宇矮欲压头，犹是伊祖旧物。刘后村过而咏之曰：'庙院蜂房居。'想羡其同居古风欤？"① 乾隆《莆田县志》卷十七云："蔡襄字君谟，其先世居仙游，至襄，迁莆之城南曰蔡宅，为莆田人。"②

蔡伸年轻时好学，与兄弟二人号称"三蔡"。《行状》载："皇考旻……生直龙阁佃，徽猷阁待制俌，继室越国夫人文氏，太师潞国公彦博之女，生公。少傅早世，公三岁鞠于外氏，少长，与待制俱受业于龙图，及从元祐诸公游，议论文章有家法，不肯追逐时好，兄弟相继蜚声太学，多中异等，时号三蔡。"③《神道碑》载："三岁而孤，鞠于文氏。稍长，与待制从龙图受业，名声日昭，时号三蔡。"④ 文彦博为蔡伸外祖父。

蔡伸仕宦中不阿附他人，可谓有品格。《行状》云："族相京初用事，耻于附丽，未尝一踵其门。""其后族相鼎盛，气焰倾一时，士游其门者，无疏戚，立致通显。公兄弟少负隽名，族相雅爱重，百计罗络，竟莫能屈。""公与秦丞相在上庠，同舍甚厚，又同年登进士第……久之，秦丞相访公出处于同舍生，慨然有念旧语，同舍以告，公但一通问，不及其它，秦竟不乐。"蔡京、秦桧皆曾权倾天下，然皆是大奸臣，蔡伸不附丽他们，说明他有识人之见，从而能保住自己的清白之身。

蔡伸性情豪放风流，文武双全，通多门艺事。《行状》云："公少以文名，壮岁从军，洞贯韬略，长于骑射，力挽二石弓，武夫悍将，自以为莫及。……为政严明，吏惮而民亲，所去见思，晚岁四奉祠，浮湛里社

---

① 毛晋辑《宋名家词》，上海古籍出版社，2014，第 1052～1053 页。
② 清光绪五年（1879）补刊本民国 15 年（1926）重印本。
③ 蔡戡：《定斋集》卷十四《大父行状》。
④ 周必大：《文忠集》卷六十二，清文渊阁《四库全书》本。

几二十年，不以穷通介意，胸次豁达。"《神道碑》云："公负文武器略，善骑射，力挽二石弓，见谓时才而事机不契，退居常州，浮湛里间，四奉外祠，未始以穷达介意。"《行状》又载："字画遒正，得端明用笔意，喜为诗词，通音律，遇酒慷慨，浩歌长啸，时以自娱。"蔡伸《念奴娇》词云："当年豪放，况朋侪俱是，一时英杰。"《水调歌头·用卢赞元韵别彭城》词云："醉击玉壶缺，恨写绿琴哀。悠悠往事谁问，离思渺难裁。绿野堂前桃李，燕子楼歌吹，那忍首重回。唯有旧时月，远远逐人来。"可见其性情之一斑。

蔡伸生当国难之时，曾为抗金大业奔走。《神道碑》云："金人陷汴都，康王（赵构）开大元帅府。公上谒军门，遂留幕下。王即位，巡淮甸及南渡，公皆从行，为顿递官。"入张俊幕，《神道碑》曰"为张循王神武右军参赞"。陆心源《宋史翼》卷九《蔡伸传》曰："建炎四年（1130），为神武右军参赞官。"①

蔡伸有惠政，能体恤民情。《神道碑》云："通判徐州，禁卒谋夜半举火作乱，公微闻之，部分营密为之备，仍戒谯楼故缓更筹，戊夜方击三鼓，卒举火则黎明。既愆期，众无应者，相率逃去，追捕尽擒之，微公，一郡殆矣。"又云："通判真州。冬大雪，火焚千余家，老稚啼号填道，公处以官舍寺观，又发常平米赈给，守不可，公自任责，上书待罪，诏释之。擢知滁州，真民挽留曰：'非吾父，吾属死矣！'"

因秦桧罢斥同僚，蔡伸受牵连去官。《神道碑》云："擢知滁州……至滁几年，秦丞相当国，知公与旧相赵忠简公、副枢王敏节公厚，罢郡，主管台州崇道观。"《行状》云："移知滁州……在滁几年，秦丞相当国，公与赵丞相鼎、王副枢庶有旧，疑以为党。乃罢郡，得祠。"

蔡伸与向子諲同在彭城为官，都爱好作词，蔡伸词集言及向子諲，而向子諲词集不提蔡伸，其原因不明。蔡伸《浣溪沙·赋向伯恭芗林木犀》其二末句云："千里江山新梦后，一天风露小庭深。主人归兴已骎骎。"词后注："伯恭时守平江府，署中亦有木犀，开时大起归兴，余故有后词末韵。不数月，得请，归芗林旧隐。"

---

① 清光绪刻潜园总集本。

二 兼擅豪放、婉约词风

蔡伸一向被视为婉约词人，其实他豪放、婉约词兼擅，而豪放词的成就更为突出。《水调歌头·时居莆田》云：

> 亭皋木叶下，原隰菊花黄。凭高满眼秋意，时节近重阳。追想彭门往岁，千骑云屯平野，高宴古球场。吊古论兴废，看剑引杯长。感流年，思往事，重凄凉。当时坐间英俊，强半已凋亡。慨念平生豪放，自笑如今霜鬓，漂泊水云乡。已矣功名志，此意付清觞。

词当是被秦桧罢官归隐莆田后所作。词中有很深的感慨，有对自己昔日通判徐州平叛事功的怀想，更多的是老去功名不就的失落。蔡伸流传最广的词作是他的一首令词，几乎各种词选都有选录。这首词就是《苍梧谣》：

> 天。休使圆蟾照客眠。人何在，桂影自婵娟。

这首也难以说是婉约词。它是一首自写怀抱之作。人是寂寞的，天未必不寂寞，天却使人更加寂寞。此词因写无处不在的寂寞，而能引起读者的同感，故被各种词选选录。

蔡伸多方面学习作词，虽有不能抹去化用之痕迹，然也多有可观。其词集中有用贺铸的词韵，论者遂认为他多用贺铸词的成句而不能做到圆融。薛砺若《宋词通论》说："他好融诗句而未能浑化，其作品全模仿贺方回……都系学方回而尚未变体之作。"[1] 此论太绝对，上引二首词，岂是学贺铸得来。《点绛唇·登历阳连云观》可能是模仿贺铸词作，然不失为一首可诵之词。

蔡伸与向子諲并称，故有人论其高下，其实不必过为轩轾。毛晋《友古词跋》云："其和向伯恭木犀诸阕，亦逊《酒边集》三舍矣！"[2] 《四库

---

[1] 薛砺若：《宋词通论》，上海书店，1985，第 195 页。
[2] 《宋名家词》，第 1053 页。

全书总目》卷一九八《友古词提要》云："伸尝与向子諲同官彭城漕属，故屡有赠子諲词，而子諲《酒边词》中所载倡酬人姓氏甚夥，独不及伸，未详其故。伸词固逊子諲，而才致笔力亦略相伯仲。即如《南乡子》一阕，自注云：'因向词有凭书续断肠句而作。'今考向词，乃《南歌子》。以伸词相较，其婉约未遽相逊也。"① 《四库全书简明目录》云："伸与向子諲同官彭城，漕属集中多赠子諲之作，而子諲《酒边词》中所载倡酬姓字，独都无一首及伸，似于伸颇有所不满。然伸词格韵婉约，实不在子諲之下。"② 冯煦《蒿庵论词》云："蔡伸道与向伯恭尝同官彭城漕属，故屡有酬赠之作。毛氏谓其逊《酒边》三舍，殊非笃论。考其所作，不独《菩萨蛮》'花冠鼓翼'一首，雅近南唐。即《蓦山溪》之'孤城暮角'，《点绛唇》之'水绕孤城'诸调，与《苏武慢》之前半，亦几几入清真之室。恐子諲且望而却步，岂惟伯仲间耶。"③ 汪东《唐宋词选评语》亦说："伸道与向伯恭同官，屡有赠酬。芗林稍近豪放，苦少凝炼之工；友古颇为婉约，终乏沉深之致。要之，其才约略相等……扬抑过情，皆非笃论也。"④

冯煦之论，倒是揭示了蔡伸学词不取法一家的特点。《菩萨蛮》云："花冠鼓翼东方动。兰闺惊破辽阳梦。翠微小屏山。晓窗灯影残。　并头双燕语。似诉横塘雨。风雨晓寒多。征人可奈何。"此词是学温庭筠《菩萨蛮》词。《蓦山溪·登历阳城楼》云："孤城暮角，落日边声静。醉袖拂危阑，对天末、孤云愁凝。吴津楚望，表里抱江山，山隐隐，水迢迢，满目江南景。　羁怀易感，往事伤重省。罗袂浥殊香，鬓星星、忍窥清镜。琼英好在，应念玉关遥，凝泪眼，下层楼，回首平林暝。"此可以说是学周邦彦词，但也有自家面目。

蔡伸还向民歌学习过，这是非常好的做法。刘永济《唐五代两宋词简析》选蔡伸《长相思》词两首，认为是"以寻常口语描写闺情"⑤ 者。他的《长相思》有三首，录其一：

---

① 《四库全书总目》，第 1811 页。
② 永瑢等：《四库全书简明目录》，上海古籍出版社，1985，第 890 页。
③ 《词话丛编》，第 3590 页。
④ 《词学》编辑委员会编辑《词学》第二辑，华东师范大学出版社，1983，第 80 页。
⑤ 刘永济选释《唐五代两宋词简析》，上海古籍出版社，1981，第 109 页。

我心坚。你心坚。各自心坚石也穿。谁言相见难。　小窗前。月婵娟。玉困花柔并枕眠。今宵人月圆。

在晚清，蔡伸词得到很好的评价。陈廷焯《云韶集》卷四云："伸道词极盘曲伸缩之致。"① 况周颐《历代词人考略》卷十九云："《友古词》婉隽疏达，风格非《酒边词》所及。"② 二说皆能揭示蔡伸词的特点。况周颐《历代词人考略》卷十九又云：

> 毛子晋《跋友古词》云："其和向伯恭木犀诸阕，亦逊《酒边》三舍矣。"《四库全书提要》遂云："伸词固逊子諲。"嗟嗟，吾不能不为友古痛矣。如鱼饮水，冷暖自知，宇宙悠悠，赏音能几。夫向伯恭特达官者操雅者，其《江北旧词》，犹时有浓至沉郁之作，《江南新词》，未免簪绂多气，性灵语少。《友古词》清言隽句，络绎行间，虽未必卓然名家，其于词中境界，要有一番阅历，研精以求深造，非唯兴到口占，间中笔涉已矣。③

友古词"清言隽句，络绎行间"之评，允是恰当。况周颐在《餐樱庑词话》中曾摘录数句④，颇堪诵咏。如《念奴娇》："槛外长江，楼中红袖，淡荡秋光里。"《清平乐》："回首绿窗朱户，断肠明月清风。"《愁倚阑令》："木犀微绽幽芳。西风透、窈窕红窗。恰似个人鸳被里，玉肌香。"《洞仙歌》："但人心坚固后，天也怜人，相逢处，依旧桃花人面。"《虞美人》："有情还解忆人无。过尽寒沙新雁、甚无书。"《虞美人》："邮亭今夜月空圆。不似当时携手、对婵娟。"这些句子堪称佳句，足见蔡伸的创造力。况氏评词多具法眼。蔡伸词确实有"一番阅历"，惜其诗文集不存，若真知其词作，尚需新的资料支持。

---

① 《白雨斋词话全编》，第 109 页。
② 《词话丛编续编》，第 1757 页。
③ 《词话丛编续编》，第 1757～1758 页。
④ 《民国词话丛编》（第一册），第 113 页。

　　清道光年间，叶申芗《天籁轩词选》选蔡伸词 37 首，在该选中排名前 4 位，仅居辛弃疾（82 首）、晏几道（46 首）、周紫芝（39 首）之后。蔡伸的词选得比苏轼（30 首）、周邦彦（24 首）、吴文英（28 首）等人还要多，这说明蔡伸的词确实有一定的艺术水准。

第三章　南宋初中期的闽词

南宋初中期闽籍词人，逊色于同时代词坛一些大家如辛弃疾、姜夔等人。辛弃疾在福州为官三年，写出了 30 多首词，这些词可看作闽词的组成部分，如是则辛弃疾确实提升了闽词的质量。辛氏政治上失意、功业无成，转而以长短句歌词为"陶写之具"的做法，在福州为官期间有明显的表现。但辛氏福州为官期间并非真的被俗事给压住了，甘愿做个"风流太守"，词中仍可见他不能忘却收复失地的夙愿。理学家朱熹也写出一些成功之作，他对文人能否写诗写词的思考，多引来后世的评判。葛长庚既是虔诚的道教徒，又是很成功的词人，他的词虽讲炼丹养气，但没有多少方外气味，因而显得与大多数道教词人很不相同。其他词人，如吕胜己词好尽好排，词味不免不足；卢炳词，是用画面跳动手法推展词篇，有跳跃的动感，即毛晋所称"词中有画"。

第一节　南宋初期闽籍词人

一　吕胜己

吕胜己（1112？~1185 后），字季克，号渭川居士，建阳（今属福建）人。从朱熹讲学，仕为湖南干官，历江州通判、知杭州。宋淳熙八年（1181），知沅州，坐事放罢。官至朝请大夫。著有《渭川居士词》。《全宋词》录存 89 首。

《渭川居士词》一直以抄本形式流传，民国《景刊宋金元明本词》

《彊村丛书》收入，才渐为人所知，词评家对《渭川居士词》少有评论。王可喜《吕胜己考》一文是首次考订吕氏生平的论文，该文推定吕氏约生于徽宗政和二年（1112），淳熙十二年（1185）尚在世，享年在70岁以上。① 他主要生活在南宋前期。

乾道五年（1169），吕胜己为湖南干官，有词与著名理学家张栻唱和，即《满江红·登长沙定王台和南轩张先生韵》《鹧鸪天·城南书院饯别张南轩，赴阙奏事，知严州》。《鹧鸪天》词云：

> 竹树萧萧屋数椽。平湖漫漫纳通川。有时竹杖芒鞋至，醉着山光水色间。　成小隐，未经年。功名夷路稳加鞭。逢时且数中书考，它日还寻独乐园。

城南书院是张栻的讲学之地，张栻自乾道元年（1165）起在长沙讲学，乾道五年除知抚州，改严州，自长沙赴阙，十二月抵达临安见孝宗。词说张栻的城南书院修成尚未一年，就去做官了，祝愿他勤勉为政，能通过考核升职，若退隐还请回到他的旧居。吕胜己在长沙作词较多，有《满江红·赴长沙幕府，别饯，送客》《临江仙·同王侯二公登裴公亭》《点绛唇·长沙送同官先归邵武》《蝶恋花·长沙作》《蝶恋花·长沙送同官先归邵武》。

淳熙三、四年间，吕胜己任江州通判。作于沅州知州任上的《渔家傲·沅州作》写到他在江州的生活，似乎沅州的生活不及江州的生活之惬意。词云：

> 长记浔阳江上宴。庾公楼上凭栏遍。北望淮山连楚甸。真伟观。中原气象依稀见。　漂泊江湖波浪远。依然身在蛮溪畔。愁里不知时节换。春早晚。杜鹃声里飞花满。

淳熙八年（1181），吕胜己知沅州，坐事放罢。周必大《朝议大夫赐紫金

---

① 《两宋词人丛考》，第159~162页。

鱼袋王君镇墓碣》云："闽商吴汝翼诱其人假市道蛮洞，以马叩沅州求互市，守吕爱、吕胜己纵臾希功，皆坐生事免。"① 其词《满江红·辛丑年假守沅州，蒙恩贬罢，归次长沙道中作》注云："于时部使者一二人，修私怨，攘微功，阴加中伤，不遗余力。有一故人当道，甚怜无辜，津送之意甚勤，逆旅不至狼狈者，故人之恩也，遂发兴于风雨梅花之间。"词说被罢之事是被人陷害所致。

罢官后，吕胜己居邵武。他有博见楼，在邵武樵岚，樵岚山在邵武西南，吕胜己的双亲葬樵岚。吕胜己有多首词写到博见楼。如《减字木兰花》《瑞鹤仙·嘲博见楼》《满江红·题博见楼》《满庭芳·乙巳八月十日登博见楼作》《瑞鹧鸪·登博见楼作》。《减字木兰花》词云：

> 烟云变化。面面青山如展画。俯对平川。野水烟村远接天。　有时纵目。景物繁华观不足。月下风头。一曲清讴博见楼。

乙巳年，吕胜己约70岁。博见楼是他的归隐之所，风景秀丽，可慰风尘，倦游归来，与双亲的庐墓相守，可谓有归宿。

吕胜己另有词作写到他的私园渭川，渭川在何处，具体地址不可确知，据其词，当在家乡邵武。《好事近·和人题渭川钓鱼图韵》云："风景好樵川，郭外三洲烟渚。过尽古今清逸，奈天公不与。　地灵人意会符同，留待烟霞侣。一棹轻舟开岸，弄滩声风雨。"著名的双溪是由剑溪（今称建溪）和樵川（富屯溪，又名邵武溪）在南平汇合而成，双溪阁位于偏于剑溪的城东。渭川的规模不小，《瑞鹤仙·渭川行乐词》云："予有一洲，可五百亩，植花竹其上，号小渭川。春月，游人多于其上藉草酌酒歌乐。"还有一些词写到渭川，表达了退隐的乐趣。如《南乡子》（纵棹越溪船）、《满江红》（墙下松筠）、《木兰花慢》（朝天门外路）、《鱼游春水》（林梢听布谷）、《八声甘州·怀渭川作》。

真正写他隐居之乐的词是《醉桃源》，这首词很可能是退居渭川时所作。词云：

----

① 《文忠集》卷七十七。

去年手种十株梅。而今犹未开。山翁一日走千回。今朝蝶也来。
高树杪，暗香微。悭香越恼怀。更烧银烛引春回。英英露粉腮。

况周颐《蕙余琐述》评此词曰："'来''腮'二韵，意趣绝佳，'来'韵更胜。"① 词中写到他隐居生活的片段，情真景真，故能感人。

吕胜己生活在南宋前期，他的词对空前尖锐的民族矛盾没有反映，词多登楼抒怀、咏花见意之作，词之分量不够。他对做官与退处有过思考，因为他生活富足，故他觉得做官不如退处好，这也可能与他罢官有关系。如《瑞鹤仙·渭川行乐词》："笑平生、卓地无锥，老来富足。"《满江红》："试闲思、画戟比衡门，谁优劣。"《西江月·为内子寿》："日日齐眉举案，年年劝酒持觥。今年着意寿卿卿。幼稚绵绵可庆。　官冷未尝贫贱，家肥胜似功名。所为方便合人情。管取前途更永。"这些词都可看出他的思考。

吕胜己词大多好尽好排，词味不免不足。可知在南宋前期，有些词家作词，把词当作文来写，是有韵之文。但他的词反映了南宋政权渐趋稳定后士大夫生活的一个侧面，有一定的价值。

二　卢炳

卢炳，字叔阳，自号丑斋，龙溪（今属福建）人。宋徽宗政和二年进士。其《醉蓬莱·上南安太守庚戌正月》作于建炎四年（1130），其时已入南宋。事迹见嘉靖《龙溪县志》卷七、毛晋《烘堂词跋》、《四库全书总目》卷二〇〇《哄②堂词提要》。著有《哄②堂词》1卷，存词63首。

卢炳事迹湮没无考。他的一首《浣溪沙》词稍露其个性，词云："常记京华昔浪游。青罗买笑万金酬。醉中曾此当貂裘。　自恨山翁今老矣，惜花心性谩风流。清樽独酌更何愁。"此词自呈个性风流。

---

① 《民国词话丛编》（第一册），第293页。
② "哄"，毛晋刊本作"烘"，《四库全书总目》卷二〇〇《哄堂词提要》已辨其误。卢炳词集，今写作《哄堂词》。

《花草粹编》选卢炳词 7 首，《历代诗余》选卢炳词 31 首，《词律》选卢炳词 3 首。这可证卢炳词是有一定成就和知名度的。今观其词，最为突出的一面，是用画面跳动手法推展词篇，有跳跃的动感，即毛晋所称"词中有画"。毛晋《烘堂词跋》云："共六十余调，长于描写，令人生画思……烘堂可谓词中有画矣。"① 这种评鉴是准确的。如《减字木兰花》是词人唯一写农村生活的词作，就有画面的动感。词云：

> 莎衫筠笠。正是村村农务急。绿水千畦。惭愧秧针出得齐。 风斜雨细。麦欲黄时寒又至。馌妇耕夫。画作今年稔岁图。

卢炳有多首词，写到他心中美女形象，可以看作是他潜意识的流露。卢炳是一位情感丰富的词人，他理想的女性形象有一个标准就是雅。且看他喜欢的女性形象。《踏莎行》云："雅淡容仪，温柔情性。偏伊赋得多风韵。明眸剪水玉为肌，凤鞋弓小金莲衬。"《玉团儿·用周美成韵》云："绿云慢绾新梳束。这标致、诸余不俗。邂逅相逢，情怀雅合，全似深熟。"《贺新郎》更是集中地描写一位女性，不免有些绮思。许昂霄《词综偶评》云："《烘堂词》下语用字，亦复楚楚有致。"② 冯煦《蒿庵论词》以"专尚细腻"③ 评卢炳词。他们的评论特别适合卢炳的女性词。《贺新郎》词云：

> 池馆闲凝目。有玉人、向晚妖娆，洗妆梳束。雅淡容仪妃子样，羞使胭脂点触。莹冰雪、精神难掬。好是月明微露下，似晚凉、初向清泉浴。好对我，笑羞缩。 好风拂面浑无俗。更撩人清兴，异香芬馥。惹起新愁无着处，细与端相未足。俏不忍、游蜂飞扑。可惜伊家娇媚态，问天公、底事教幽独。待拉向，锦屏曲。

---

① 《宋名家词》，第 1373 页。
② 《词话丛编》，第 1577 页。
③ 《词话丛编》，第 3590 页。

卢炳的节序词，是值得称道的，尤其是元宵词，留下宋人欢度元宵节的印记。他的《水龙吟·赓韵中秋》可以说在宋人的元宵词中别开生面。词的上阕是说月宫中仙女们也想打扮一番后准备度元宵，下阕是说自己独坐赏月，享受着天风吹香的静谧。词云：

> 晚晴一碧天如水，风约尘埃都扫。素娥睡起，玉轮稳驾，初离海表。碾破秋云，涌成银阙，光欺南斗。想广寒宫里，风流女伴，应都把，仙歌奏。　　夜永风生悄悄。耀冰雪、寒侵重峤。今宵休道，从来此夕，阴多晴少。坐久更深，露冷襟袖，不禁清晓。更天风吹下，桂香拂袂，想蟾根老。

四库馆臣对卢炳词的评价不高，但也有欣赏的一面。《四库全书总目》卷二〇〇《哄堂词提要》云："炳盖尝仕州县，故多同官倡和之词。然其同官无一知名士。其颂祝诸作，亦俱庸下。……他若《贺新郎》之'问天公、底事教幽独，待拉向，锦屏曲'，《玉团儿》之'把不定红生脸肉'，《蓦山溪》之'鞭宝马，闹竿随，簇着花藤轿'，皆鄙俚不文，有乖雅调。惟咏物诸作，尚细腻熨帖，间有可观耳。"[1] 卢炳的酬唱词确实无甚价值，如不存就更好了。至于他偶有流露绮念的词，"有乖雅调"之评，不免太苛。

晚清况周颐对卢炳词的评价是客观公允的。况氏《历代词人考略》卷二十九云："卢叔阳词，在宋人中未为上驷，然气格雅近沉着，句意不涉纤佻。如《念奴娇》之'晚天清楚'，《踏莎行》之'猎猎霜风'，《点绛唇》之'过眼溪山'，皆集中合作。断句如《诉衷情》云：'秋净楚天如水，云叶度墙低。'《谒金门》云：'风卷绣帘飞絮入。柳丝萦似织。'又云：'尺素待凭鱼雁觅。远烟凝处碧。'殆即毛跋所谓'词中有画者'欤？"[2]

卢炳词没有南渡词坛那种慷慨激昂的男子气，可能是他没有经历逃难的历程，也可能他的词多作于早期，他的事迹湮没无闻，也就难以揣测

---

① 《四库全书总目》，第 1830 页。
② 《词话丛编续编》，第 1946~1947 页。

了。他的词在艺术上是有所贡献的，故在闽词史上占有一席之地。

三 朱熹

朱熹（1130～1200），字元晦，一字仲晦，号晦庵，晚称晦翁。祖籍徽州府婺源县（今属江西），出生于南剑州尤溪县（今属福建），居建阳（今属福建）之考亭。宋高宗绍兴十八年（1148）进士，授泉州同安主簿。宋淳熙五年（1178），知南康军，改提举浙东常平茶盐公事。宋光宗即位（1189），改漳州知府、除江东转运使。卒谥文，世称朱文公。《宋史》卷四二九《道学传》有传，另参清王懋竑《朱子年谱》。著有《朱文公文集》《晦庵词》。《全宋词》录存其词19首。

朱熹是南宋的理学大师，是道学家的代表人物。钱锺书《宋诗选注》说"宋代道学家对诗歌的态度特别微妙"，像程颐、朱熹一方面认为作文、作诗害道，自称绝不作诗，但另一方面"诗依然一首又一首的作个无休无歇……前门撵走的诗歌会从后窗里爬进来……道学家要把宇宙和人生的一切现象安排总括起来，而在他的理论系列里没有文学的地位……他排斥了文学而又去写文学作品"。① 朱熹本人写了1000多首诗，他说："大意主乎学问以明理，则自然发为好文章。诗亦然。"② 这是把理看作诗歌的基础，他的一些说理诗借形象传意，颇为生动。其《诗集传序》云："或有问于予曰：'诗何为而作也？'予应之曰：'人生而静，天之性也；感于物而动，性之欲也。夫既有欲也，则不能无思；既有思矣，则不能无言；既有言矣，则言之所不能尽，而发于咨嗟咏叹之余者，必有自然之音响节族（音奏）而不能已焉。此诗之所以作也。'"③ 这就肯定了诗之作来源于人之天性，即"天理"。但他又说："作诗间以数句适怀亦不妨，但不用多作，盖便是陷溺尔。当其不应事时，平淡自摄，岂不胜如思量诗句？至如真味发溢，又却与寻常好吟者不同。"④ 张健先生认为："'真味发溢'与作诗'适怀'

① 钱锺书：《宋诗选注》，人民文学出版社，1958，第151～152页。
② 黎靖德编，王星贤点校《朱子语类》"论文"上，卷一百三十九，中华书局，1986，第3307页。
③ 朱熹集注《诗集传》，上海古籍出版社，1958，第1页。
④ 《朱子语类》"论文"下，卷一百四十，第3333页。

不同，'真味'乃道之呈现，是内心充实而流溢而出，并无诗人有意作诗之意；这种状态是'有德者必有言'，是道德之心的自然流露。……可见朱熹并不一概否定作诗，他否定的是诗人之诗，对于出自'真味发溢'的道德诗他并不否定，甚至是推崇。"① 斯言得之。

作词对于朱熹来说，只是余事，没有如作诗一样去下功夫。李宝嘉《南亭词话》云："词盛于宋，而周、程皆不闻有作，晦庵偶一为之，而非所长。"② 其词有"适怀"之作，如他著名的回文词《菩萨蛮》二首，"几于家弦户诵矣"③，录《菩萨蛮·次圭父回文韵》：

> 暮江寒碧萦长路。路长萦碧寒江暮。花坞夕阳斜。斜阳夕坞花。客愁无胜集。集胜无愁客。醒似醉多情。情多醉似醒。

既是次韵，又是回文，可谓难上加难，但写得清新可诵，虽是游戏之作，却展现了好才能，无怪乎家弦户诵。邹祇谟《远志斋词衷》认为："回文之就句回者，自东坡、晦庵始也。"④ 朱熹的回文词是有一定地位的。

朱熹词中"真味发溢"的词作，当推几首写看破世间功名利禄的词，这类词作应可以据之窥见他内心深处的一些真实想法。他一生做官的时间不长，大多数时光是用来治学。严夫子严光是他心仪的对象，曾有词歌咏之。《水调歌头》云：

> 不见严夫子，寂寞富春山。空余千丈岩石，高插碧云端。想象羊裘披了，一笑两忘身世，来把钓鱼竿。不似林间翮，飞倦始知还。
> 中兴主，功业就，鬓毛斑。驱驰一世豪杰，相与济时艰。独委狂奴心事，不羡痴儿鼎足，放去任疏顽。爽气动星斗，千古照林峦。⑤

---

① 张健：《知识与抒情：宋代诗学研究》，北京大学出版社，2015，第348～349页。
② 《词话丛编》，第3194页。
③ 冯金伯辑《词苑萃编》卷五，《词话丛编》，第1865页。
④ 《词话丛编》，第653页。
⑤ 此词，一说是胡明仲作。

词说东汉隐士严光有爽气，称其千古，与范仲淹《严先生祠堂记》"云山苍苍，江水泱泱。先生之风，山高水长"的赞语，同一意思。这种"真味发溢"的词作，比其用诗讲他的理学，显得情感更充实。

朱熹《水调歌头·檃括杜牧之齐山诗》曾受到论家的肯定。词云：

> 江水浸云影，鸿雁欲南飞。携壶结客，何处空翠眇烟霏。尘世难逢一笑，况有紫萸黄菊，堪插满头归。风景今朝是，身世昔人非。
>
> 酬佳节，须酩酊，莫相违。人生如寄，何事辛苦怨斜晖。无尽今来古往，多少春花秋月，那更有危机。与问牛山客，何必独沾衣。

杜牧《九日齐山登高》云："江涵秋影雁初飞，与客携壶上翠微。尘世难逢开口笑，菊花须插满头归。但将酩酊酬佳节，不用登临恨落晖。古往今来只如此，牛山何必独沾衣。"朱熹的词把杜牧的诗意演绎了一遍，有一些发挥，将诗变成了词，借以表达心中的"真味"。王奕清等《历代词话》卷七引《读书续录》评此词："气骨豪迈，则俯视辛、苏，音韵谐和，则仆命秦、柳。洗尽千古头巾俗态。"[①] "气骨"是杜牧诗底定的，音韵谐和是朱熹的构造。朱熹的词是叶律的。朱彝尊曾说朱熹词"能倚声中律侣"[②]。

可以说，朱熹心中的"真味"外溢于词，他的词并不像他的诗那样去讲许多的哲理，因而更能兼顾艺术形象的生动，确具一定的感染力，故在闽词史上占有一定的地位。

第二节　辛弃疾宦闽词

辛弃疾（1140～1207），字幼安，号稼轩，曾在福建为官近三年，给福建词坛留下了浓墨重彩的一笔。

宋光宗绍熙三年（1192），辛弃疾起任福建提点刑狱，次年加集英殿

---

① 《词话丛编》，第1229页。
② 朱彝尊：《群雅集序》，《曝书亭集》卷四十。

修撰，知福州兼福建安抚使。旋因谏官罗织罪名弹劾，罢官奉祠而归。《宋史》本传谓"绍熙二年，起福建提点刑狱"①。稼轩有《浣溪沙》一阕，序云："壬子春，赴闽宪，别瓢泉。"② 当是诏命下于绍熙二年冬，而赴任则在三年壬子春。③ 据稼轩《水调歌头》词题"壬子三山被召"及《西江月》词序"正月四日和建安陈安行舍人，时被召"，稼轩于绍熙三年岁末被光宗召赴临安，绍熙四年正月初已抵建宁。之后访朱熹于建阳，并与朱同游武夷山，赋《九曲棹歌》。《宋史》本传云："尝同朱熹游武夷山，赋《九曲棹歌》。熹书'克己复礼''夙兴夜寐'，题其二斋室。"④ 朱熹《晦庵先生朱文公文集》卷八十五《答辛幼安启》云："伏惟某官卓荦奇材，疏通远识，经纶事业，有股肱王室之心；游戏文章，亦脍炙士林之口。"⑤ 可见这次交游加深了朱熹对稼轩的了解。稼轩之后抵临安，受光宗召见，上奏议《绍熙癸丑登对札子》（即《论荆襄上流为东南重地》），迁太府卿，遂留京任职。此年秋，加集英殿修撰，知福州兼福建安抚使，乃重返福州。

绍熙五年（1194），稼轩连续两次因谏官诬其"贪酷"而被罢官降职。《宋会要辑稿·职官》七三载："绍熙五年七月二十九日，知福州辛弃疾放罢，以臣僚言其残酷贪饕，奸赃狼藉。""（同年）九月二十七日，朝散大夫集英殿修撰辛弃疾降充秘阁修撰。"⑥ 稼轩于是返上饶带湖闲居。《宋史》本传云："未期岁，积镪至五十万缗，榜曰'备安库'。谓闽中土狭民稠，岁俭则籴于广，今幸连稔，宗室及军人入仓请米，出即粜之，候秋贾贱，以备安钱籴二万石，则有备无患矣。"⑦ 所办备安库，目的乃在于安民，做到有备无患，非中饱私囊。

---

① 《宋史》，第 12164 页。
② 邓广铭笺注《稼轩词编年笺注》（增订本），上海古籍出版社。1993，第 307 页。下引辛弃疾词均见此书，不一一指明出处。
③ 刘扬忠：《辛弃疾传》，王兆鹏主编《宋才子传笺证·词人卷》，辽海出版社，2011，第 597 页。
④ 《宋史》，第 12165 页。
⑤ 《朱子全书》，第 4025 页。
⑥ 稿本。
⑦ 《宋史》，第 12164 页。

辛弃疾福州为官被贬之原因，一如他以前做江西、湖北、湖南安抚使一样，是因言官的弹劾被贬。所谓"奸赃狼藉"是说他有贪腐行为，福州为官时他的带湖别墅已建好，似无必要去贪，且他在闽作的词中已表明他的态度，《最高楼·吾拟乞归，犬子以田产未置止我，赋此骂之》云："吾衰矣，须富贵何时。富贵是危机。暂忘设醴抽身去，未曾得米弃官归。穆先生，陶县令，是吾师。 待葺个、园儿名佚老。更作个、亭儿名亦好。闲饮酒，醉吟诗。千年田换八百主，一人口插几张匙。休休休，更说甚，是和非。"词中所云可证他对待钱财的态度非常超脱。且《明一统志》卷五十一稼轩小传云："历官兵部侍郎、枢密都承旨。卒，家无余财，仅遗平生诗词、杂著书籍而已。"① 此言也可佐证他在福州为官期间是清廉的。

辛弃疾在赴闽任官的途中曾作词明志。《水调歌头·壬子三山被召，陈端仁给事饮饯席上作》云："长恨复长恨，裁作短歌行。何人为我楚舞，听我楚狂声？余既滋兰九畹，又树蕙之百亩，秋菊更餐英。门外沧浪水，可以濯吾缨。 一杯酒，问何似，身后名。人间万事，毫发常重泰山轻。悲莫悲生离别，乐莫乐新相识，儿女古今情。富贵非吾事，归与白鸥盟。"此词作于陈端仁饯行席上，以屈子自喻，想有一些作为，富贵非其心愿。陈岘，字端仁，闽县人，状元陈诚之之子，绍兴二十七年（1157）进士。赴任福州后，辛弃疾为官心态有了明显变化。福建是南宋的大后方，不濒临前线，在此地为官不符合他收复失地的心志，故把帅闽一事看得淡薄，且时有牢骚。《浣溪沙·壬子春，赴闽宪，别瓢泉》下阕云："对郑子真岩石卧，赴陶元亮菊花期。而今堪诵北山移。"乃自嘲并非真隐士，还是如孔稚珪《北山移文》所嘲讽的假隐士，又出来做官了。《小重山·三山与客泛西湖》云："君恩重，教且种芙蓉。"此言自己仍像被投闲置散。《水调歌头·三山用赵丞相韵，答帅幕王君，且有感于中秋近事，并见之末章》云："老子兴不浅，歌舞莫教闲。"所谓做此官，无多大的事情，索性听歌看舞。《添字浣溪沙·三山戏作》云："记得瓢泉快活时，长年耽酒更吟诗。蓦地捉将来断送，老头皮。 绕屋人扶行不得，闲窗学得鹧鸪啼。却有杜鹃能劝道，不如归。"他不免怀念起瓢泉的快活生活了。《鹧鸪

---

① 清文渊阁《四库全书》本。

天·三山道中》云："抛却山中诗酒窠，却来官府听笙歌。闲愁做弄天来
大，白发栽埋日许多。　新剑戟，旧风波。天生予懒奈予何。此身已觉浑
无事，却教儿童莫怎么。"真是矛盾，所谓来此做官，本是要做一番事业
的，却浑觉无事，平添了许多忧愁。《一枝花·醉中戏作》云："且自栽花
柳。怕有人来，但只道今朝中酒。"这是他的折中应对俗事的办法。《柳梢
青·三山归途，代白鸥见嘲》云："好把移文，从今日日，读取千回。"又
是要读《北山移文》了，想做个真隐士。除《宋史》所云辛弃疾设备安库
外，未见辛弃疾在福州为官再有何建树，饮酒赋诗的时候多，后世遂有
"风流太守"之称，此"风流"当指文采风流。明徐㶿《榕阴新检》卷十
六《诗话》引《竹窗杂录》云：

　　宋辛稼轩为福州守，所作词甚多，有《西江月》，云："贪数明朝
重九，不知过了中秋。人生那得许多愁。只有黄花如旧。　万象亭中
置酒，九仙阁上扶头。城鸦唤我几归休。细雨斜风时候。"时有卢国
华由闽宪移漕建安，陈端仁给事同诸公饯别，稼轩为酒困卧清涂堂，
三鼓方醒，乃赋《满江红》，云："宿酒醒时，算只有，清愁而已。人
正在，清涂堂上，月华如洗。纸帐梅花归梦觉，莼羹鲈鲙秋风起。问
生得意几何时，吾归矣。　君若问，相思事。料长在，歌声里。这情
怀只是，中年如此。明月何妨千里隔，愿君与我，何如耳。向尊前，
重约几时来，江山美。"稼轩，历城人，可谓风流太守。弃官后侨寓
铅山而卒。今分水岭下有稼轩墓在焉。[1]

辛氏并非真的被投闲置散给消磨了，甘愿做个"风流太守"，他仍不能忘
却自己的凤愿。《水调歌头·题张晋英提举玉楼峰》云："君看庄生达者，
犹对山林皋壤，哀乐未忘怀。"《鹧鸪天》云："画角楼头起。"《念奴娇·
题梅》云："漂泊天涯空瘦损，犹有当年标格。"数词仍隐然流露出淑世之
意。梁启超《辛稼轩先生年谱》于绍熙五年下考证《行香子·三山作》，
认为"此告归未得请时作也……先生虽功名之士，然其所惓惓者，在雪大

---

①　陈庆元：《晚明闽海文献梳理》，人民出版社，2016，第 732 ~ 733 页。

耻，复大仇，既不得所借手，则区区专阃虚荣，殊非所愿……盖已知报国夙愿不复能偿，而厌弃此官抑甚矣。度自去冬今春，已累疏乞休，而朝旨沉吟，久无所决，故不免焦急也。"① 此为知人之言。

邓广铭《稼轩词编年笺注》"七闽之什"收词36首，在辛弃疾创作的几个阶段中不算多，一来他担任地方要职，无多少心情去作词，二来他已53岁，创作的高潮期已过，故"七闽之什"中的名作最少，只有一二首能称得上名作。辛弃疾两次退隐时期是他词作高产期，"带湖之什"有228首，"瓢泉之什"有225首。

词是辛氏的陶写之具。辛氏政治上失意、功业无成，转而以长短句歌词为"陶写之具"的做法，南宋人有中肯之论评。如稼轩门人范开《稼轩词甲集序》云："公一世之豪，以气节自负，以功业自许，方将敛藏其用以事清旷，果何意于歌词哉，直陶写之具耳。"② 刘辰翁《须溪集》卷六《辛稼轩词序》云："斯人北来，喑呜鸷悍，欲何为者，而逢掖销沮，白发横生，亦如刘越石，陷绝失望，花时中酒，托之陶写，淋漓慷慨，此意何可复道；而或者以流连光景志业不终恨之，岂可向痴人说梦哉！为我楚舞，吾为若楚歌，英雄感怆，有在常情之外，其难言者未必区区妇人孺子间也。"③ 福州为官期间，词也是辛氏陶写之具。他眷顾有"水晶宫"（《淳熙三山志》卷四）之称的小西湖，一咏再咏，有《贺新郎·三山雨中游西湖，有怀赵丞相经始》《小重山·三山与客泛西湖》《添字浣溪沙·三山戏作》《水调歌头·壬子三山被召，陈端仁给事饮饯席上作》等词。数首中以《贺新郎》较胜，词云：

> 翠浪吞平野。挽天河谁来照影，卧龙山下。烟雨偏宜晴更好，约略西施未嫁。待细把江山图画。千顷光中堆滟滪，似扁舟欲下瞿塘马。中有句，浩难写。　诗人例入西湖社。记风流重来手种，绿成阴也。陌上游人夸故国，十里水晶台榭。更复道横空清夜。粉黛中洲歌

① 梁启超著，汤志钧、汤仁泽编《梁启超全集》（第14集），中国人民大学出版社，2018，第436页。
② 邓广铭笺注《稼轩词编年笺注》（增订本），第596页。
③ 清文渊阁《四库全书》本。

妙曲，问当年鱼鸟无存者。堂上燕，又长夏。

词人不乏想象力，说西湖是未嫁之西施，是从苏轼诗翻开去，幽默风趣。说西湖有如三峡中滟滪堆、瞿塘峡，则是极力地夸大了。"十里水晶台榭""粉黛中洲歌妙曲"，或是写实。杭州西湖是"销金窝"，福州西湖也略似之。词人关注的是当年鱼鸟，可惜无存，只见堂上燕子，依然是无忧无虑地度过长夏。辛弃疾对西湖形象的塑造，至今仍留在世人的印象中。除云"烟雨偏宜晴更好，约略西施未嫁"外，还有"为爱琉璃三万顷"（《贺新郎·和前韵》），"自是三山颜色好，更着雨婚烟嫁"（《贺新郎·又和》）等句，都是他美妙的想象。

绍熙五年九月，稼轩罢官，返上饶带湖闲居。回家途中路过南剑州的双溪，作《水龙吟·过南剑双溪楼》，词中忧谗畏讥心理甚浓，成一名作，词云：

> 举头西北浮云，倚天万里须长剑。人言此地，夜深长见，斗牛光焰。我觉山高，潭空水冷，月明星淡。待燃犀下看，凭栏却怕，风雷怒，鱼龙惨。　　峡束苍江对起，过危楼欲飞还敛。元龙老矣。不妨高卧，冰壶凉簟。千古兴亡，百年悲笑，一时登览。问何人又卸，片帆沙岸，系斜阳缆。

《四库全书总目》卷一九八《稼轩词提要》云："其词慷慨纵横，有不可一世之概，于倚声家为变调，而异军特起，能于剪红刻翠之外，屹然别立一宗，迄今不废。"[1]《水龙吟·过南剑双溪楼》可担此评。陈廷焯《云韶集》卷五评此词："词直气盛，宝光焰焰，笔阵横扫千军。'惨'字胜。雄奇之景，非此雄奇之笔，不能写得如此精神。"[2]所评贴切。《柳梢青·三山归途，代白鸥见嘲》云："白鸟相迎，相怜相笑，满面尘埃。华发苍颜，去时曾劝，闻早归来。　　而今岂是高怀。为千里、莼羹计哉。好

---

① 《四库全书总目》，第 1816～1817 页。
② 《白雨斋词话全编》，第 131 页。

把移文，从今日日，读取千回。"此词应是他福州为官的一个总结吧。

庆元二年（1196），辛弃疾带湖别墅毁于火，乃徙居铅山县期思市瓜山下之瓢泉，闲居达八年之久。宁宗嘉泰三年（1203），辛弃疾起知绍兴府兼浙东安抚使。在绍兴与陆游有密切交往；创秋风亭，与张镃、姜夔等唱和。次年改知镇江府，积极筹备北伐，遣谍了解金国虚实，又造红衲万领欲募军士；登北固亭，作《永遇乐》词，发"凭谁问，廉颇老矣，尚能饭否"之感慨。辛弃疾稍能濒临前线，又振起抗金的雄心了。

第三节　葛长庚及其词

葛长庚（1153？~1243？①），字如晦，号蟆庵，闽清（今属福建）人。七岁能诗赋，父死母嫁，弃家游海上，初至雷州，继为白氏子，改姓白，名玉蟾，字以阅，又字象甫，号白叟、海琼子、海南子。后隐于武夷山从陈翠虚学道，九年始得道。宋嘉定中诏征赴阙，馆太一宫。后于鹤林羽化。著有《海琼白玉蟾先生文集》、《罗浮山志》、《玉蟾先生诗余》（一作《海琼子词》）。《全宋词》录存其词135首。

民国13年（1924）朱孝臧辑校《彊村丛书》本《玉蟾先生诗余》《玉蟾先生诗余续》，据唐元素校旧钞《玉蟾集》录入，沿袭不少失误。《全宋词》因之又不事校勘，且失收五首，误判二首。②《全闽词》据国家图书馆藏明正统七年（1442）宁藩朱权刻本配甘世恩抄正统本《海琼玉蟾先生文集》（甘鹏云跋，续集卷二配甘世恩抄本）录入，阙字、误字据《彊村丛书》补改，略出校记。《酹江月·西湖》词后甘鹏云跋云："自此阕以下至'别子元'，凡五阕，何继高本均缺，以此知正统本之善。"另据明钞本《鸣鹤余音》、清康熙五十六年（1717）刻本《罗浮山志会编》、明天启二年（1622）刻本朱国祯撰《涌幢小品》录入。删其重出。《全闽词》共录葛长庚词160首。

葛长庚的生平事迹，有不详尽之处。《涌幢小品》卷二十九《白玉蟾》

---

① 刘亮：《白玉蟾生卒年新证》，《文学遗产》2013年第3期。
② 许蔚：《〈全宋词〉葛长庚部分订补》，《文学与文化》2014年第4期。

收其《自赞》曰："千古蓬头跣足，一生服气餐霞。笑指武夷山下，白云
深处吾家。"① 可以说他一生萍踪漂泊，过着艰苦的修行生活。《水调歌头·
自述》云："苦苦谁知苦，难难也是难。寻思访道，不知行过几重山。吃
尽风僝雨僽，那见霜凝雪冻，饥了又添寒。满眼无人问，何处扣玄关。
好因缘，传口诀，炼金丹。街头巷尾，无言暗地自生欢。虽是蓬头垢面，
今已九旬来地，尚且是童颜。未下飞升诏，且受这清闲。"从词中可知他
活到了近九十岁，且还是童颜，享年应在九十岁以上。他的一生充满苦
难，除了传经授道外，就是孤独的漂泊。他与许多的道教信徒一样，有一
个目标，那就是飞升，上天做神仙。他被全真教尊为南五祖之一。

葛长庚有个道友，是他的学生彭耜，字季益，闽县（今福州）人。早
有文誉。铨吏得选不赴归。师白玉蟾，得太乙刀圭火符之术。隐居鹤林
（今福州东郊），与妻潘蕊珠烹炼九鼎，后俱尸解，诏封鹤林真人。彭耜主
要生活在宋宁宗嘉定十年（1217）至宋理宗淳祐十一年（1251）间，著有
《道德真经集注》18 卷、《道德真经集注释文》1 卷、《道德真经集注杂
说》3 卷，编有《海琼玉蟾先生文集》40 卷。今存葛长庚、彭耜撰《金华
冲碧丹经秘旨》。

葛长庚既是虔诚的道教徒，又是很成功的词人，他的词虽讲炼丹养
气，但没有多少方外气味，因而显得与大多道教词人很不相同。陈廷焯
《白雨斋词话》卷八云："葛长庚词，风流凄楚，一片热肠，无方外习
气。"② 陈廷焯《云韶集》卷十云："真人词清疏俊快中而往复缠绵，一唱
三叹，别于清真、白石外独成一家。"③ 葛长庚写得最成功的一类词是他的
送别词。《沁园春·寄鹤林》云：

　　三径就荒，松菊犹存，归去来兮。叹折腰为米，弃家因酒，往之
不谏，来者堪追。形役奚悲，途迷未远，今是还知悟昨非。舟轻扬，
问征夫前路，晨色熹微。　欢迎童稚嘻嘻，羡出岫云闲鸟倦飞。有南

①　明天启二年（1622）刻本。
②　《白雨斋词话全编》，第 1285 页。
③　《白雨斋词话全编》，第 231 页。

窗寄傲，东皋舒啸，西畴春事，植杖耘耔。矫首遐观，壶觞自酌，寻
壑临流聊赋诗。琴书外，且乐天知命，复用何疑。

鹤林即指葛长庚的弟子和亲密道友彭耜，他们有"仙家父子"之称。元赵
道一《历世真仙体道通鉴》卷四十九《彭耜》云："彭耜，字季益，世为
三山人，奕世显宦。自其少时，早有文声。自中铨后，恬不问仕。事海琼
先生白玉蟾，得太一刀圭火符之传、九鼎金铅砂汞之书、紫霄啸命风霆之
文。归作《鹤林赋》，复作诗曰：'买得螺江一叶舟，功名如蜡阿休休。我
无曳尾乞怜态，早作灰心不仕谋。已学漆园耕白兆，甘为关令候青牛。刀
圭底事凭谁会？明月清风为点头。'其所居立鹤林靖，日以孔、老娱其心。
以符治疾，多所全济。乡邦得之，一时寓贵多勉其仕，牢不可破。然而学
问博洽，趣尚清远，须古之孝廉不是过也。当路欲以隐逸荐之于朝，君闻
而逊谢之，终日杜门，与世绝交游。凡生产家人之事，曾不经意。其内子
潘蕊珠，厥志一也，晨夕惟薰修而已。耜得兴则赋诗，或亦饮酒。饮必大
醉，冥然后止。遇有鬼神加害者，则以丹符疗之，遂愈。其沉酣道法，呼
啸风雷，人所敬慕。后尸解于福州。今城东有凤丘山，鹤林道院存焉。"①
乾隆《福州府志》卷七十六载："凤邱山，在遂胜里城东五里，北连蒲岭，
南迤逦际江。宋初彭耜修真于此。耜号鹤林。朱子尝书'凤邱鹤林'四大
字，刻于岩壁。"② 1961 年 9 月，福州市公布"凤丘鹤林"为第一批市级
文物保护单位，1987 年 3 月，福州市人民政府立文物保护碑于凤丘山山
脚。此词端推清疏俊快之作，很能写出他的生活情趣，与弟子所作诗中的
情趣一致，可见他们是道心交契的友人。彭耜拜葛长庚为师后，潜心道
法，广收门徒，建有鹤林靖（建宗传法之所），对全真教南派的推广起了
很大作用。葛长庚《贺新郎·别鹤林》云：

　　昔在神霄府。是上皇娇惜，便自酣歌醉舞。来此人间不知岁，仍
是酒龙诗虎。做弄得、襟情如许。俯仰红尘几今古，算风灯、泡沫无

① 明正统《道藏》本。
② 清乾隆十九年（1754）刊本。

凭处。即有这，烟霄路。　淮山渐岸潇湘浦。一寻思、柳亭枫驿，泪珠溅俎。此去何时又相会，离恨萦人如缕。更天也、愁人风雨。语燕啼莺莫相管，请各家、占取闲亭坞。人事尽，天上去。

陈廷焯《词则·别调集》卷二云："真人《贺新郎》诸阕，大率多送别之作，情极真，语极俊，既缠绵、又沉着，在宋人中亚于稼轩，高于竹山。"[1] 此词可称缠绵之作，如"此去何时又相会，离恨萦人如缕。更天也、愁人风雨"，诵之令人心动。

纪游词是葛长庚词中另一类成功之作。他行踪飘忽，为传道奔走，每至一地，往往作词，词中有很深的感慨。如《酹江月·武昌怀古》云：

　　汉江北泻，下长淮、洗尽胸中今古。楼橹横波征雁远，谁见鱼龙夜舞。鹦鹉洲云，凤凰池月，付与沙头鹭。功名何处，年年惟见春絮。　非不豪似周瑜，壮如黄祖，亦随秋风度。野草闲花无限数，渺在西山南浦。黄鹤楼人，赤乌年事，江汉亭前路。浮萍无据，水天几度朝暮。

杨慎《词品》卷二云："白玉蟾武昌怀古词云（略）。此词亦雄壮，有意效坡仙乎？……玉蟾词，他如'一叶飞何处，天地起西风''鳞鳞波上、烟寒水冷剪丹枫'，皆佳句。咏燕子有'秋千节后初相见，被禊人归有所思'，亦有思致，不愧词人云。"[2] 潘游龙《古今诗余醉》卷十一评曰："白玉蟾（汉江北泻）：词最雄壮。"[3] "雄壮"之评，或可再酌，此词有苏轼《念奴娇·赤壁怀古》的清旷之气是很明显的。潘飞声《粤词雅》云："白玉蟾词，有情辞优爽，一气呵成，置之苏辛集中，所谓词家大文者。"[4] 殆是的评。"功名何处，年年惟见春絮"，一语说尽沧桑之感。

传道词在葛长庚词中占有很大的比重。有些词是写炼丹符水之术，教

---

① 《白雨斋词话全编》，第 1075 页。
② 《杨慎词品校注》，第 101～102 页。
③ 潘游龙辑，梁颖校点《精选古今诗余醉》，辽宁教育出版社，2003，第 324 页。
④ 《词话丛编》，第 4892 页。

人如何行事，不免单调乏味。然有一词直指本心，《水调歌头·自述六首》其三云：

> 有一修行法，不用问师傅。教君只是，饥来吃饭困来眠。何必移精运气，也莫行功打坐，但去净心田。终日无思虑，便是活神仙。
> 不憨痴，不狡诈，不风颠。随缘饮啄，算来命也付之天。万事不由计较，造物主张得好，凡百任天然。世味只如此，挤做几千年。

不事人力，任天而动，随缘而行，可谓道家之心法。如不净心田，则一切炼丹符水之事，只能是形式而已。

第四章　南宋后期的闽词

南宋后期，国势日蹙，救亡图存之声不绝如缕。金国灭亡后，南宋又迎来更为强悍的蒙古大军，词坛又骤然响起了警笛。辛弃疾词风再度受到鼓荡，南宋后期闽籍词人普遍学习稼轩作词，如刘学箕、刘克庄、陈人杰等，他们的词艺不如辛弃疾，词作意义却不小，我们据其词更能清晰地看清南宋后期的国势。辛弃疾处在一个尚有作为的时代，而刘克庄等词人则是处在一个行将就木的时代，焦虑之心甚重，故作词少了许多顾忌，敢说大实话，这一点为宋代词坛所绝无仅有。南宋后期，姜夔词的影响力不小，赵以夫和闽北词人群中黄昇等人学习姜夔清空骚雅词风，他们的词作更专注于词艺的探讨，不过闽北词人群中还是有人关注国事，如冯取洽就是，他的词明显受到辛弃疾词的影响。

第一节　刘学箕及其词

刘学箕（1178～?），字习之，号种春子，又号方是闲居士，崇安（今福建武夷山市）人。刘子翚之孙，隐居不仕。著有《方是闲居士小稿》2卷，上卷为古今体诗，下卷为赋、杂文及词，《全宋词》据以录入38首。

《方是闲居士小稿》是刘学箕39岁时亲自编定，所收作品完全可信。刘淮《序》云："予叹其笔力豪放，诗摩香山之垒，词拍稼轩之肩，至若松江《哨遍》，直欲与苏仙争衡，真奇作也。"[1]《小稿》收入《四库全书》，

---

① 陆心源撰《皕宋楼藏书志》卷八十八，清光绪万卷楼藏本。

《四库总目全书》卷一六二《〈方是闲居士小稿〉提要》评曰："今观集中诸词，魄力虽少逊辛弃疾，然如其和弃疾《金缕》词韵述怀一首，悲壮激烈，忠孝之气，奕奕纸上，不愧为韐之子孙，虽置之稼轩集中，殆不能辨，淮所论者不诬。至其诗虽大体出白居易，而气味颇薄，歌行则往往放笔纵横，时露奇崛，或伤于稍快稍粗，与居易又别一格。淮以为抗衡居易，则似尚未能矣。"① 刘子翚之父刘韐，《宋史》卷四四六有传，事迹具见《宋名臣言行录续集》卷三。靖康元年（1126），刘韐充河北、河东宣抚副使，继除京城四壁守御使。京城不守，遣使金营，金人欲用之，不屈，于靖康二年自缢死，年六十一。高宗建炎初赠资政殿大学士，谥忠显。刘学箕词中忠孝之气，当有其先辈气节的影响在。

　　四库馆臣提到的《贺新郎》词是刘学箕词的压卷之作。词序云："近闻北虏衰乱，诸公未有劝上修饬内治以待外攘者。书生感愤不能已，用辛稼轩《金缕》词韵述怀。此词盖鹭鸶林寄陈同父者，韵险甚。稼轩自和凡三篇，语意俱到。捧心效颦，辄不自揆，同志毋以其迂而废其言。"词云：

　　　　往事何堪说。念人生、消磨寒暑，谩营裘葛。少日功名频看镜，绿鬓髯眉未雪。渐老矣、愁生华发。国耻家仇何年报，痛伤神、遥望关河月。悲愤积，付湘瑟。　　人心未可随时别。守忠诚、不替天意，自能符合。误国诸人今何在，回首怨深次骨。叹南北、久成离绝。中夜闻鸡狂起舞，袖青蛇、戛击光磨铁。三太息，眦空裂。

赵必愿《〈方是闲居士小稿〉序》云："《小稿》二集，风檐展玩，洞心骇目，左酬右接，竟日不暇。读至《生荔枝》诗云：'书生不负医国手，赋成何日奏明光'，和辛稼轩《金缕》词云：'国耻家仇何年报'，'中夜闻鸡狂起舞'，固知居士之立志，即忠显、少傅、忠肃之志。"② 此词大旨与赵鼎、李纲、邓肃一般志士的爱国之忧完全相通。"怨深次骨"云云，当能使人"洞心骇目"。另有《糖多令·登多景楼》云：

　　① 《四库全书总目》，第 1394 页。
　　② 刘学箕：《方是闲居士小稿》卷首，元至正刻本。

　　何处浣离忧。消除许大愁。望长江、衮衮东流。一去乡关能几日，才屈指、又中秋。　芦叶满汀洲。沙矶小艇收。醉归来、明月江楼。欲把情怀输写尽，终不似、少年游。

淳熙间，刘过登武昌安远楼，赋《糖多令》云："芦叶满汀洲。寒沙带浅流。二十年、重过南楼。柳下系舟犹未稳，能几日、又中秋。　黄鹤断矶头。故人今在不。旧江山、浑是新愁。欲买桂花同载酒，终不是、少年游。"刘学箕《糖多令》词与刘过《糖多令》词，语句多重复，创意不足是肯定的，但"欲把情怀输写尽"比"欲买桂花同载酒"，终觉意趣高远一些。刘学箕是志士，刘过是游士，这是他们的不同。

　　壮志难酬，无可奈何，刘学箕虽仰慕辛弃疾，其能力则远不及辛氏，只能在词中徒然感叹罢了。他想到了"嘉遁"（《水调歌头·饮垂虹》）。《沁园春·叹世》云：

　　浮利虚名，算来何用，蜗角蝇头。笑劳生一梦，两轮催逼，脆如朝露，轻若春沤。有限精神，无穷世路，劫劫忙忙谁肯休。堪惊叹，叹痴人未悟，终日营求。　百年光景云浮。把气马心猿须早收。有真仙秘诀，餐霞导引，丹砂铅汞，早与身谋。闲是闲非，他强我弱，一任从教风马牛。还知道，上蓬莱稳路，八表神游。

刘学箕与葛长庚是同时代的人，生活地区相近。全真教南派创始人葛长庚与其弟子彭耜在福州一带传教，致使福州一带道风很盛，门徒众多。刘学箕或受到影响，故在词中说要"餐霞导引""八表神游"，这正是全真教南派的法旨。学道或是刘学箕所想要的"嘉遁"。

第二节　刘克庄及其词

　　刘克庄（1187～1269），字潜夫，号后村，莆田（今属福建）人。嘉定二年（1209）以荫入仕，初仕靖安主簿，真州录事，后游幕于江浙闽广等地。十二年监南岳庙，十七年知建阳县。以咏《落梅》诗得祸，闲废十年。端平元年（1234）为帅司参议官，二年除枢密院编修官，兼权侍右郎官。寻罢。淳祐六年（1246），以"文名久著，史学尤精"，特赐同进士出身，除秘书少监，兼国史院编修官。七年出知漳州，八年迁福建提刑。景定三年（1262）权工部尚书，兼侍读，出知建宁府。五年因目疾以焕章阁学士致仕。咸淳四年（1268）除龙图阁学士。年八十三卒。著有《后村先生大全集》200 卷。词集名《后村长短句》，一作《后村别调》《后村居士诗余》。《全宋词》录存 264 首，《全宋词补辑》另辑录 5 首。

刘克庄生活在南宋中后期，国家长期处在与蒙元的对峙中，国势日蹙。他 1 岁时，李纲已卒 48 年，岳飞已卒 47 年，陆游 63 岁，辛弃疾 48 岁，史弥远 24 岁，真德秀 10 岁，王迈 4 岁；他 10 岁时，赵汝愚卒，朱熹落职罢祠家居；16 岁时，韩侂胄加太师，收罗人才，准备北伐；27 岁时，贾似道生；29 岁时，忽必烈生；31 岁时，友人王迈擢甲科第四人……时代和这个时代的杰出人物，在很大程度上造就了刘克庄词的特质。

据刘克庄自述，他 10 岁时就能诵读辛弃疾词，《后村先生大全集》卷九十八《辛稼轩集序》云："乌虖！以孝皇之神武，及公盛壮之时，行其说而尽其才，纵未封狼居胥，岂遂置中原于度外哉？机会一差，至于开禧，则向之文武名臣欲尽，而公亦老矣。余读其书，而深悲焉。世之知公者，诵其诗词，而以前辈谓有井水处皆倡柳词，余谓耆卿直留连光景、歌咏太平尔。公所作，大声鞺鞳，小声铿鍧，横绝六合，扫空万古，自有苍生以来所无；其秾纤绵密者，亦不在小晏、秦郎之下，余幼皆成诵。"[1] 正是自幼受到辛词的濡染，他成年后念念不忘恢复中原，因之词作以雄健痛快为底色。他 31 岁时，曾上书制帅，力主同仇敌忾，共图恢复大业。《后村先生大全集》卷一二八《丁丑上制帅书》云："按行两淮以核军实，激犒三军以作士气，求老成有方略之士与之共谋议……起一闲废有人望之将与之共功名……移江上诸屯之半于江北，以省馈运，收北来

---

① 《四部丛刊》景旧钞本。

流附之死节者以观战功，使风采精明，人心兴起，开关可以战，闭户可以守。"① 其主张与辛弃疾奏议有相通之处，可见他在政事上也曾研究过辛弃疾的韬略。

刘克庄一生辗转各地做官，还算平稳，无大起大落，也不曾参与机要之事。41岁时，他曾因赋《落梅》诗，惹怒史弥远，被闲废十年，史称江湖诗祸。起因乃是史弥远擅权废立，谋害济王赵竑而立宋理宗赵昀，激起了朝臣的反对。从刘克庄后期的诗词创作来看，他仍力主收复失地，并不畏首畏尾，可见他一贯保持本色。细究受祸之因，实在于政治，与诗的创作本身关系不大。方回《瀛奎律髓》卷二十刘克庄《落梅》附评：

> 潜夫淳熙十四年（1187）丁未生，二十五为靖安尉，嘉定中从李大江淮制幕监南岳庙以归，诗集始此。初有《南岳五稿》，此二诗，嘉定十三年（1220）庚辰作，年三十四，时正奉祠家居，后从辟巡广西、帅蜀、知建阳县。当宝庆初，史弥远废立之际，钱塘书肆陈起宗之能诗，凡江湖诗人皆与之善，宗之刊《江湖集》以售，《南岳稿》与焉。宗之赋诗有云："秋雨梧桐皇子府，春风杨柳相公桥。"哀济邸而诮弥远，本改刘屏山句也。敖臞庵器之为太学生时，以诗痛赵忠定丞相之死，韩侂胄下吏逮捕，亡命，韩败，乃始登第，致仕而老矣。或嫁"秋雨春风"之句为器之所作，言者并潜夫《梅诗》论列，劈《江湖集》板，二人皆坐罪。初弥远议下大理逮治，郑丞相清之在琐闼，白弥远，中辍，而宗之坐流配。于是诏禁士大夫作诗，如孙花翁惟信、李蓄之徒寓在所，改业为长短句。绍定癸巳（1233），弥远死，诗禁解。潜夫为《病后访梅》九绝句云："梦得因桃却左迁，长源为柳忤当权。幸然不识桃并柳，却被梅花累十年。"又云："一言半句致魁台，前有沂公后简斋。自是君诗无警策，梅花穷杀几人来？"又云："春信分明到草庐，呼儿沽酒买溪鱼。从前弄月嘲风罪，即日金鸡已赦除。"时潜夫废闲恰十年矣。其诗格本卑，晚而渐进，如此诗"迁

---

① 《四部丛刊》景旧钞本。

客骚人""金刀玉杵"二联，皆费妆点，气骨甚弱，如《忆真州梅园诗次韵方孚若瀑上种梅窗庞之韵》至于十首，今无可选，后集梅绝句至百首，谓之百梅，如方乌山澄孙诸人各和至百首，颇不无赘，而亦有奇者，惟此可备梅花大公案也。①

我们考察一位词人，应主要考察其心灵本质，心灵的本质力量即所谓词心。何振岱在民国15年六月二十八日（1926年8月6日）《日记》中说："诗之佳处，全在有诗心，若无诗心，虽杜甫、李白亦不能佳。李、杜冠绝千载，正是心佳耳，才学其次也。此意绝少人知之，如有能知之者，多是菩萨转世。"②王真编《梅师读书举要》录何振岱语云："夫为诗专看诗心如何，白诗诗心极佳，其起居饮食，一语一默一动一静，凡天地之景光、万物之变态，莫不追而写之。其于人情物理绝为切近，他家诗多不免装饰，惟香山一老将心肝揭出与人，或非后世相见，不得此意，任汝穷极工功，必无入道之日。且学古人之诗，学古人之心也，非学其言语也，不心之而徒辨之于言语，是天下至无识之人也。若谓白诗体平易，谁教汝学其体，而学其不必学者乎。"③陈声聪《〈古欢室诗词漫录〉题辞》："夫诗词心声也，古今人不同世，所见异。印于心者不同，而其发为声音，亦自不同。"④ 这是闽人对诗心词心的论述，非常适合评价闽人刘克庄的词。刘克庄词正是跳动着一颗誓要收复北方失地的滚烫的心，悲壮激烈，词人中稼轩以来并无有第二人能如此。《贺新郎·送陈真州子华》云：

　　北望神州路。试平章、这场公事，怎生分付。记得太行山百万，曾入宗爷驾驭。今把作、握蛇骑虎。君去京东豪杰喜，想投戈、下拜真吾父。谈笑里，定齐鲁。　　两河萧瑟惟狐兔。问当年、祖生去后，有人来否。多少新亭挥泪客，谁梦中原块土。算事业、须由人

---

① 清文渊阁《四库全书》补配文津阁《四库全书》本。
② 何振岱：《何振岱日记》，福建人民出版社，2016，第66页。
③ 王真：《道真室随笔》卷一，1970年代油印本，第30页。
④ 《兼于阁诗话全编》，第772页。

做。应笑书生心胆怯，向车中、闭置如新妇。空目送，塞鸿去。

此词作于宝庆三年（1227），刘克庄41岁，知建阳。陈晔，字子华，福州侯官人。开禧元年（1205）进士。宝庆三年四月差知真州，未至，除淮东提刑，寻兼知宝应州。《宋史》卷四一九有传。词作于陈晔自兴华军（莆田）改知真州之时。嘉定间，金受蒙古袭扰，迁都于汴京，河北山东一带遗民起事，或附蒙古，或附金，正所谓"握蛇骑虎"。宋之京东东路、京东西路，即齐鲁之地。陈晔即将赴真州为官，刘克庄希望他能收拾齐鲁的遗民，像宗泽驾驭百万义军一样，谈笑之间底定中原。此词一片热望，然也把收复失地的大业想得过于简单，不免书生意气。

约作于淳祐三年（1243）的《沁园春·梦孚若》云：

何处相逢，登宝钗楼，访铜雀台。唤厨人斫就，东溟鲸脍，圉人呈罢，西极龙媒。天下英雄，使君与操，余子谁堪共酒杯。车千两，载燕南赵北，剑客奇才。 饮酣画鼓如雷。谁信被、晨鸡轻唤回。叹年光过尽，功名未立，书生老去，机会方来。使李将军，遇高皇帝，万户侯何足道哉。披衣起，但凄凉感旧，慷慨生哀。

方信孺，字孚若，莆田人。开禧三年（1207）曾充枢密院参谋官，持督帅知院张岩书，通问金国元帅府，不少屈慑。陈廷焯《词则·放歌集》卷二评此词曰："何等抱负！"[1] 俞陛云《唐五代两宋词选释》评此词说："人若具此健笔，胸中当磊落不平时，即泼墨倾写，亦一快事。宋人评东坡词为以作论之笔为词，后村殆亦同之。"[2] 此词豪气干云，若非心中充满浩然之气，断难有如此健笔。

作于淳祐四年（1244）的《贺新郎·实之三和有忧边之语，走笔答之》云：

---

① 《白雨斋词话全编》，第821页。
② 俞陛云：《唐五代两宋词选释》，上海古籍出版社，2011，第344页。

国脉微如缕。问长缨、何时入手，缚将戎主。未必人间无好汉，谁与宽些尺度。试看取、当年韩五。岂有谷城公付授，也不干、曾遇骊山母。谈笑起，两河路。　少时棋枰曾联句。叹而今、登楼揽镜，事机频误。闻说北风吹面急，边上冲梯屡舞。君莫道、投鞭虚语。自古一贤能制难，有金汤、便可无张许。快投笔，莫题柱。

王迈，字实之，兴华军仙游人。嘉定十年（1217）进士，知邵武军，《宋史》有传。宋自端平入洛后，襄汉淮蜀，皆受震动。嘉熙间，蒙古侵寿春、围泸州、破成都；淳祐元年（1241），田世显以成都叛；淳祐二年，伊克那颜自商房攻泸州；淳祐二年七月，蒙古兵渡淮入扬滁，破通州，江左岌岌可危。是所谓"北风吹面急"。词说希望有韩世忠那样的将才，多一些自主的尺度，以拯救随时会脆断的国脉。《满江红·夜雨凉甚，忽动从戎之兴》云：

金甲雕戈，记当日、辕门初立。磨盾鼻、一挥千纸，龙蛇犹湿。铁马晓嘶营壁冷，楼船夜渡风涛急。有谁怜、猿臂故将军，无功级。

平戎策，从军什。零落尽，慵收拾。把茶经香传，时时温习。生怕客谈榆塞事，且教儿诵花间集。叹臣之、壮也不如人，今何及。

此词作年不明，大约是刘克庄晚年所作。俞陛云《唐五代两宋词选释》评此词说："此词上阕言功成不赏，下阕言老厌言兵，雕戈、铁马，曾夸射虎之英雄；《香传》《茶经》，愿作骑驴之居士，应笑拔剑斫地者，未消块垒也。"[1] 辛弃疾《鹧鸪天》词云："却将万字平戎策，换得东家种树书。"此词与之同一机杼，无可奈何之感甚明。

论者好把刘克庄词与辛弃疾词进行比较，或认为克庄词不及稼轩词，如杨慎《词品》卷五云："刘克庄，字潜夫，号后村。有《后村别调》一卷，大抵直致近俗，效稼轩而不及也。"[2]《四库全书总目》卷二〇〇《〈后

---

① 《唐五代两宋词选释》，第343页。
② 《杨慎词品校注》，第253页。

村别调〉提要》云："克庄在宋末以诗名，其所作词，张炎（应为沈义父）《乐府指迷》讥其直致近俗，效稼轩而不及。今观是集，虽纵横排宕，亦颇自豪，然于此事究非当家。"① 或认为克庄词与稼轩词相类，如毛晋《〈后村别调〉跋》云："所撰《别调》一卷，大率与辛稼轩相类。杨升庵谓其壮语足以立懦，予窃谓其雄力足以排奡云。"② 所论各有其合理之处。然刘克庄自名其词集为《后村别调》，当有自我珍视其特别之处。特别者何？李调元《雨村词话》卷三云："刘后村克庄有《满江红》十二首，悲壮激烈，有敲碎唾壶，旁若无人之意。南渡后诸贤皆不及。升庵称其壮语足以立懦，信然。自名《别调》，不辜也。"③ 这个特别之处就是"南渡后诸贤皆不及"的"旁若无人之意"，即直抒其悲壮激烈之感慨，这一点比辛弃疾词有过之而无不及。究其原因，辛弃疾处在一个尚有作为的时代，而刘克庄则是处在一个行将就木的时代，焦虑之心甚重，故少了许多的顾忌。刘熙载《艺概·词曲概》云："刘后村词，旨正而语有致。真西山《文章正宗·诗歌》一门属后村编类，且约以世教民彝为主，知必心重其人也。后村《贺新郎·席上闻歌有感》云：'粗识《国风》《关雎》乱，羞学流莺百啭。总不涉、闺情春怨。'又云：'我有生平《离鸾操》，颇哀而不愠微而婉。'意殆自寓其词品耶？"④ 刘熙载所论甚是，刘克庄是不以婉约词人自居的。

况周颐曾比较过刘克庄词与辛弃疾词，认为克庄词有自己的作意，不是刻意效仿稼轩词风，可谓眼光独到。况周颐《历代词人考略》卷三十六云：

> 刘潜夫文章郢匠，余事填词，真率坦夷，信笔抒写，往往神似稼轩，非刻意效稼轩也。窃尝雒诵竟卷，就所赏会之句，缀录如左，其于后村胜处，殆犹未逮什一。《风入松·福清道中作》云："多情唯是灯前影，伴此翁、同去同来。逆旅主人相问，今回老似前回。"真语

① 《四库全书总目》，第1831页。
② 《宋名家词》，第894页。
③ 《词话丛编》，第1421页。
④ 《艺概注稿》，第519页。

可喜。《生查子·灯夕戏陈敬叟》云："人散市声收，渐入愁时节。"赋情绝工。《摸鱼儿·赏海棠》云："甚春来、冷烟凄雨，朝朝迟了芳信。蓦然作暖晴三日，又觉万株娇困。"尤能字字跳脱，婉转关生。又前调云："暮云千里伤心处，那更乱蝉疏柳。"《临江仙·潮惠道中》云："最怜几树木芙蓉。手栽才数尺，别后为谁红。"《踏莎行·甲午重九牛山作》云："向来吹帽插花人，尽随残照西风去。"此等句，非必矜心作意而后出之，亦何庸于《稼轩词》中求生活耶？①

朱庸斋《分春馆词话》曾比较辛弃疾与刘克庄词风格之不同，是另一种见解：

> 风格各自不同，即同为豪放与婉约，亦有其不同之处、独特之处。如辛弃疾与刘克庄同为豪放派词人，但检辛之《贺新郎》"别茂嘉十二弟"与刘之《贺新郎》"送陈真州子华"比较，同调同内容，辛词则豪迈奔放、慷慨悲凉，性情突出；刘词虽亦豪气洋溢，而发议过多，表达个性少，且用字较为质朴，而乏词语之美，所谓质胜于文。风格似是而非，似近而远。故须经比较，始能熟知其风格之异同，始能评定、摹拟学习。②

磊落抑塞的真气，是刘克庄词最可贵的品质。焦循《雕菰楼词话》云："黄玉林《花庵绝妙词选》，不名一家，其中如刘克庄诸作，磊落抑塞，真气百倍，非白石、玉田辈所能到。"③ 这种真气是孟子所言浩然之气的发扬，文天祥《正气歌》把孟子的浩然之气理解为正气，刘克庄词的真气也即是正气。在民族生死存亡之际，是极需要真气的。刘克庄的词具有超越其时代的普遍价值。

---

① 《词话丛编续编》，第 2094 页。
② 《近现代词话丛编》，第 342 页。
③ 《词话丛编》，第 1494 页。

第三节　赵以夫及其词

赵以夫（1189～1256），字用父，号虚斋，又号芝山老人，赵彦括第四子，长乐（今福州）人。嘉定十年（1217）进士。历官知邵武军、漳州。嘉熙元年（1237），为枢密院都承旨；二年，除沿海制置副使兼知庆元府、同知枢密院事。淳祐元年（1241），出知建宁府。后为吏部尚书兼侍读。事迹据刘克庄《后村先生大全集》卷一四二《虚斋资政赵公》（神道碑）。著有《易通》《庄子解》《虚斋乐府》。《全宋词》录存其词 68 首。

赵以夫多才多艺。《虚斋资政赵公》称其："经学外，于天文、地理、历书、丹经，皆研究，虽小艺鄙事亦精绝。""公有《易通》、《诗书传》、《庄子解》、奏议、《进故事》、《易疏义》、杂著各若干卷。晚于诗学尤深，惟《国风》自《卫》以后未断手，以遗稿付若稔，俾绪成之。""楷法逼《黄庭经》《乐毅论》，尝自札奏状，上命誊本付外而真迹留禁中。与人尺牍皆可宝玩。"①《四库全书总目》卷三《〈易通〉提要》称其书"于圣人作《易》之旨，可谓深切著明"②。《后村先生大全集》卷九十四《赵虚斋注〈庄子·内篇〉》盛称其注。《神道碑》谓汤汉"见公《庄子解》，太息谓余：'某与公皆不能及。'其为世所重如此"。宋褚伯秀采之入《南华真经义海纂微》得以传世。

赵以夫《虚斋乐府自序》云："余平时不敢强辑，友朋间相勉属和，随辄弃去。奚子偶于故书中得断稿，又于黄玉泉处传录数十阕，共为一编。余笑曰：'文章小技耳，况长短句哉？'今老矣，不能为也，因书其后，以志吾过。淳祐己酉（1249）中秋，芝山老人。"③可见，《虚斋乐府》是赵以夫手辑，取其认可之作。

赵以夫多在福建各地为官。《虚斋资政赵公》云："会诏起抑斋陈公晔守两剑，为福建招捕使。陈公请于朝，以公通判州事兼主管招捕司机宜文

---

① 《四部丛刊》景旧钞本。

② 《四库全书总目》，第 17 页。

③ 《景刊宋金元明本词》，第 804 页。

字。陈公提师临贼巢穴，公主留务，内抚循，外供亿，人以为难。贼平凯旋，剑人祠陈公，而公侑之。"南剑州，今福建南平。据《宋史·陈铧传》，绍定三年（1230），陈铧"以宝章阁直学士起复，知南剑州，提举汀州、邵武军兵甲公事，福建路兵马钤辖，同共措置招捕盗贼兼福建路招捕使"①。赵以夫任南剑州通判州事，当在绍定三年前后。《虚斋资政赵公》云："时淮西兵驻邵武，下瞿诸峒陆梁，建、泰饥，人相食。陈公请以公摄郡事，乞盐招籴，以活饿孚。……俄为真。"（按，"摄郡事"，指代行知州；"俄为真"，指不久正式知邵武军。）后"以悼亡再乞祠，主管武夷山冲佑观"。赵以夫知邵武军事应在绍定三年至六年间，因为绍定六年（1233）冬，赵以夫起知漳州。《虚斋资政赵公》云："明年冬，史丞相弥远薨，起知漳州。……奏罢计口敷盐，以废刹岁入代民输丁钱，岁万七十缗，立石通衢记焉。除提举江南西路常平茶盐公事。"史弥远绍定六年卒。②

赵以夫每到一地为官，都会作词，或纪游，或唱和，或写当地风物，故其词有词史之价值。《木兰花慢·漳州元夕》云：

> 玉梅吹霁雪，觉和气，满南州。更连夕晴光，一番小雨，朝霭全收。人情不知底事，但黄童白叟总追游。驾海千寻彩岫，涨空万点星球。　风流。秀色明眸。金莲步，度轻柔。任往来燕席，香风引舞，清管随讴。何曾见痴太守，已登车、去也又迟留。人似多情皓月，十分照我当楼。

宋人十分重视元宵节，词多咏之。宋人用词写漳州的元宵节，只有在赵以夫词中才能见到。刘熙载《艺概·词曲概》云："词贵得本地风光。"③ 写本地风光，就会留下本地的一段历史，因而可贵。漳州的元宵，还下了雪，这是少见的，所以高船游海，彩球飞空，金莲步舞，人物多情，而太

① 《宋史》，第 12561 页。
② 王可喜、汪超：《赵以夫传》，王兆鹏主编《宋才子传笺证·词人卷》，第 725 页。
③ 《艺概注稿》，第 568 页。

守乐其乐也。

况周颐曾细读赵以夫词，将他词作中好的词篇都挑选出来，可以看作赵以夫词选集。《历代词人考略》卷三十七云："赵虚斋词，沉着中饶有精彩，可诵之阕甚多，兹略具其目如左：《芙蓉月》'黄叶舞'云云，《徵招·雪》'玉壶冻裂'云云，《汉宫春》'投老归来'云云，《秋蕊香》'一夜金凤'云云，《解语花》'红香湿月'云云，《凤归云》'正愁予'云云，《桂枝香》'水天一色'云云，前调'青霄望极'云云，《水龙吟》'塞楼吹断'云云，《探春慢》'宝胜宾春'云云，《龙山会》'九日无风雨'云云，《二郎神》'野堂暗碧'云云，《摸鱼儿》'古城阴'云云，《贺新郎》'葵扇秋来贱'云云，前调'载酒阳关去'云云。其尤雅者，《孤鸾·咏梅》《玉烛新·和方时父并怀孙季蕃》《角招·咏梅》诸阕。虚斋在南宋名家中，庶几上驷矣。"① 所评"沉着中饶有精彩"，非溢美之词，南宋名家"上驷"之定位也不为过。《孤鸾·咏梅》云：

> 江南春早。问江上寒梅，占春多少。自照疏星冷，只许春风到。幽香不知甚处，但迢迢、满汀烟草。回首谁家竹外，有一枝斜好。
> 记当年、曾共花前笑。念玉雪襟期，有谁知道。唤起罗浮梦，正参横月小。凄凉更吹塞管，谩相思、冀华惊老。待觅西湖半曲，对霜天清晓。

此词清气彻骨。李调元《雨村词话》卷三评《孤鸾·梅》云："虚斋《梅花》词云（略），可谓一尘不染。"② 况周颐认为此词"尤雅"，确属南宋雅词中的上品。

赵以夫词的取径，多有人认为其词学姜夔而来。此说肇自汪森，其《词综序》云："鄱阳姜夔出，句琢字炼，归于醇雅。于是史达祖、高观国羽翼之，张辑、吴文英师之于前，赵以夫、蒋捷、周密、陈允衡（平）、

---

① 《词话丛编续编》，第 2105 ~ 2106 页。
② 《词话丛编》，第 1429 页。

王沂孙、张炎、张翥效之于后……而词之能事毕矣。"① 谢章铤又承其说，《赌棋山庄词话续编》卷三云："填词之道，须取法南宋，然其中亦有两派焉：一派为白石，以清空为主，高、史辅之。前则有梦窗、竹山、西麓、虚斋、蒲江，后则有玉田、圣与、公谨、商隐诸人，扫除野狐，独标正谛，犹禅之南宗也……"② 究其原因，一是宋末周密编《绝妙好词》选录赵以夫《忆旧游慢·荷花》词，二是赵以夫有《角招》词序云："姜白石制《角招》《徵招》二曲，仆赋梅花，以角招歌之。盖古乐府有大小梅花，皆角声也。"说赵以夫词学姜夔可以成立，但不是专学姜夔，应是取法南宋多家雅词。

陈廷焯对赵以夫词的评价前后期有变化。《云韶集》卷七云："用父词纯师白石，清逸俊快处直入其室矣。"③《词坛丛话》云："白石词，如白云在空，随风变灭，独有千古。……他如张辑、吴文英、赵以夫、蒋捷、周密、陈允平、王沂孙诸家，各极其盛，然未有出白石之范围者。"④ 此承汪森之论。《白雨斋词话》卷十则称："《虚斋乐府》，较之小山、淮海，则嫌平浅；方之美成、梅溪，则嫌优坠。似郁不纡，亦是一病。绝非取径于白石。"⑤ 陈廷焯后期论词主沉郁说，故对赵以夫词的评价有所下降。沉郁之词，得比兴之旨，在陈氏看来最耐人寻味。赵以夫词不在此列。同卷又讥赵以夫《龙山会》（九日无风雨）词云："感时之作，但说得太显，不耐寻味，金氏所谓鄙词也。"⑥《龙山会》词序云："去年九日，登南涧无尽阁，野涉赋诗，仆与东溪、药窗诸友皆和。今年陪元戎游升山，诘朝始克修故事，则向之龙蛇满壁者，易以山水矣。拍栏一笑。游兄、幾叟分韵得苦字，为赋商调《龙山会》。"词云：

九日无风雨。一笑凭高，浩气横秋宇。群峰青可数。寒城小、一

① 朱彝尊、汪森编《词综》，上海古籍出版社，1978，第1页。
② 《赌棋山庄词话校注》，第305页。
③ 《白雨斋词话全编》，第176页。
④ 《白雨斋词话全编》，第6页。
⑤ 《白雨斋词话全编》，第1325页。
⑥ 《白雨斋词话全编》，第1328页。

水萦回如缕。西北最关情，漫遥指、东徐南楚。黯销魂，斜阳冉冉，雁声悲苦。　今朝黄菊依然，重上南楼，草草成欢聚。诗朋休浪赋。旧题处、俯仰已随尘土。莫放酒行疏，清漏短、凉蟾当午。也全胜、白衣未至，独醒凝伫。

金应珪《词选跋》云："近世为词，厥有三蔽。义非宋玉而独赋蓬发，谏谢淳于而唯陈履舄。揣摩床笫，污秽中冓，是谓淫词。其蔽一也。猛起奋末，分言析字，诙嘲则俳优之末流，叫啸则市侩之盛气，此犹巴人振喉以和《阳春》，蚕蛾怒嗌以调疏越，是谓鄙词。其蔽二也。规模物类，依托歌舞，哀乐不衷其性，虑叹无与乎情，连章累篇，义不出乎花鸟，感物指事，理不外乎酬应。虽既雅而不艳，斯有句而无章，是谓游词。其蔽三也。"① 此词较直露，不耐人寻味，但并无市侩气，绝对与金应珪所说的鄙词无关。

刘克庄称以夫"度曲要眇，奕高无对"（《虚斋资政赵公》）。赵以夫有度曲之才，其词或是能够歌唱的。赵以夫《角招》词序也透露了这一点。

赵以夫词声名颇著，他是南宋风雅词人中一员主将，艺术成就不俗，故能在闽词史中占据重要一席。

第四节　闽北词人群

在南宋后期，有一群生活在闽北建阳、建安、延平、邵武一带的词人，他们诗酒唱和，歌咏山川景物，不屑于科举功名或功名受挫后无意进取，相互研究词艺，写出了不少名章佳句，在后世留下很好的反响，今天对他们的研究不够。这批词人以黄昇为中心，除作词外，他们还属意于词作文献的编纂、词话的撰写、词韵的编撰。陈庆元先生称这一批词人为词中的"江湖派"②。这一派有词作传世的词人有黄昇、冯取洽、冯伟寿、刘

---

①　《词话丛编》，第 1618～1619 页。
②　陈庆元：《福建文学发展史》，福建教育出版社，1996，第 196 页。

· 115 ·

清夫、刘子寰、严羽、严仁、严参，黄昇《中兴以来绝妙词选》都选录了他们的词作。他们落拓江湖、事迹不彰，但传下来的词艺很值得研究。参与这一派词人唱和或有交往但没有词作传世的人有魏庆之、吕炎、刘淮、王溪云、冯竹溪、严灿等。这些人可以说是八闽大地第二批词人群（第一批为南渡闽籍抗金词人群），值得珍视。

一 黄昇

黄昇（？~1249后），字叔旸，号玉林，又号花庵词客，建安（今建瓯）人。早弃科举，雅意读书，吟咏自适，隐居于玉林之散花庵。游受斋（九功）称其诗为晴空冰柱。楼秋房（钥）闻其与魏菊庄（庆之）友善，以泉石清士目之。黄昇著有《散花庵词》，或名《玉林词》。事迹参胡德方《唐宋诸贤绝妙词选序》、王圻《续文献通考》卷一九八。《全宋词》录其词39首。

黄昇选南宋词人之作，自康与之至洪瑹凡88家，附以己作，得词760首，称《中兴以来绝妙词选》，欲以步《花间集》《乐府雅词》之后继；后又辑唐五代及北宋词人之作，成《唐宋诸贤绝妙词选》，录134家词515首。后人合二书为一，总称《花庵词选》。其书于作者姓氏下各缀数语，略具始末，兼及品评，足资考核。从宋末《草堂诗余》引用花庵词客评语及魏庆之《诗人玉屑》卷二十《中兴词话》自注"并系玉林黄昇叔旸《中兴词话补遗》"来看，黄昇又有《中兴词话》一类的著作。《诗人玉屑》卷十九又多引《玉林诗话》，则黄昇又有诗话一类的著作。[①]邓子勉《宋金元词话全编》据《四部丛刊初编》本《唐宋诸贤绝妙词选》和《景刊宋金元明本词》本《绝妙词选》录其词话129则。

黄昇于保存词作文献方面居功至伟，并有鉴赏之力。《四库全书简明目录》云："昇于词极有鉴别，选录己作尤冷暖自知，其菁华已略具于此矣。"[②]黄昇《绝妙词选序》云："长短句始于唐，盛于宋，唐词具载《花间集》，宋词多见于曾端伯所编，而《复雅》一集，又兼采唐宋，迄于宣

---

① 《福建文学发展史》，第198页。

② 《四库全书简明目录》，第899页。

和之季，凡四千三百余首。吁亦备矣。况中兴以来，作者继出，及乎近世，人各有词，词各有体，知之而未见，见之而未尽者，不胜算也。暇日裒集得数百家，名之曰《绝妙词选》。佳词岂能尽录，亦尝鼎一脔而已。然其盛丽如游金张之堂，妖冶如揽嫱施之祛，悲壮如三闾，豪俊如五陵。花前月底，举杯清唱，合以紫箫，节以红牙，飘飘然作骑鹤扬州之想，信可乐也。亲友刘诚甫谋刊诸梓，传之好事者，此意善矣。又录余旧作数十首附于后，不无珠玉在侧之愧，有爱我者，其为删之。淳祐己酉百五玉林。"① 其词选能兼采并收，不拘一家，故多能发掘佳作。其《跋》云："玉林此编，亦姑据家藏文集之所有，朋游闻见之所传，词之妙者，固不止此，嗣有所得，当续刊之。若其序次，亦随得本之先后，非固为之高下也。其间体制不同，无非英妙杰特之作，观者其详之。"② 其编词集无分别高下之意，只措意于英妙杰特之作，不失为编纂词选之一法。

黄昇与冯取洽、冯伟寿父子颇有交往。冯取洽有《沁园春·二月二日寿玉林》云："禀气之中，具圣之和，生逢令辰。算三春仲月，方才破二，百年大齐，恰则平分。立玉林深，散花庵小，中有翛然自在身。诗何似，似苏州闲远，庾府清新。　青鞋布袜乌巾。试勇往、蓉溪一问津。有心香一瓣，心声一阕，更携阿艾，同寿灵椿。劫劫长存，生生不息，宁极深根秋又春。聊添我，作风流二老，岁岁寻盟。"此词可证冯取洽与黄昇感情极深。"百年大齐，恰则平分"是谓黄昇50岁，"三春仲月，方才破二"是谓黄昇生日为二月二日，"立玉林深，散花庵小"则藏黄昇字号。"阿艾"指冯取洽子冯伟寿，字艾子。"作风流二老，岁岁寻盟"谓己年与黄昇相仿佛。冯生于淳熙十五年戊申（1188），黄昇或生于此年前后。③ 黄昇《中兴以来绝妙词选序》作于淳祐己酉（1249），其卒年应在此年后。黄昇《贺新郎·梅》有云："书此意，寄同社。"或黄昇曾结有诗社、词社或文社吟咏唱和，冯氏父子当是同社中人。

黄昇有《贺新郎·题双溪冯熙之交游风月之楼》《贺新郎·乙巳正月

---

① 黄昇辑，王雪玲、周晓薇校点《花庵词选》（二），辽宁教育出版社，1997，卷首。
② 《花庵词选》（二），第367页。
③ 《唐宋词汇评》（两宋卷第四册），第3152页。

十日，双溪携酒遗蜕亭，桃花方开，主人浩歌酚客，欢甚，即席作此》《木兰花慢·题冯云月玉连环词后》《摸鱼儿·为遗蜕山中桃花作，寄冯云月》，冯取洽有《贺新郎·黄玉林为风月楼作，次韵以谢》《摸鱼儿·玉林君为遗蜕山中桃花赋也。花与主人，何幸如之，用韵和谢》，冯伟寿有《木兰花慢·和答玉林韵》，并可见黄昇与冯氏父子之间的交往。冯取洽的交游风月楼，当为闽北文人游息唱和之地，今不知在何处。冯取洽《自题交游风月楼》云："平楫双峰俯霁虹，近窥乔木欲相雄。一溪流水一溪月，八面疏棂八面风。取用自然无尽藏，高寒如在太虚空。落成恰值三秋半，为我吹开白兔宫。"① 黄昇《贺新郎·题双溪冯熙之交游风月之楼》云："倦整摩天翼。笑归来、点画亭台，按行泉石。落落元龙湖海气，更着高楼百尺。收揽尽、水光山色。曾驾飙车蟾宫去，几回批、借月支风敕。斯二者，惯相识。 玲珑窗户青红湿。夜深时、寒光爽气，洗清肝鬲。似此交游真洒落，判与升堂入室。有万象、来为宾客。不用笙歌轻点涴，看仙翁、手搦虹霓笔。吟思远，两峰碧。（原注：楼对两峰甚奇。）"此楼模样只能在他们诗词描绘中去想象了。

黄昇词作自具一股清气，与其雅号泉石清士颇相称。《酹江月·戏题玉林》为己写照：

> 玉林何有，有一湾莲沼，数间茅宇。断堑疏篱聊补葺，那得粉墙朱户。禾黍秋风，鸡豚晓日，活脱田家趣。客来茶罢，自挑野菜同煮。 多少甲第连云，十眉环座，人醉黄金坞。回首邯郸春梦破，零落珠歌翠舞。得似衰翁，萧然陋巷，长作溪山主。紫芝可采，更寻岩谷深处。

黄昇能勘破世间的春梦，甘做溪山主，不失为一种人生智慧。陈廷焯《云韶集》卷七云："叔旸词高超简括，真不食人间烟火者。"② 此词没有烟火气。杨慎《词品》卷二云："黄玉林《酹江月》云：'吾庐何有……' 又

① 北京大学古文献研究所编《全宋诗》，北京大学出版社，1998，第36816页。
② 《白雨斋词话全编》，第181页。

刘静修《风中柳》云：'我本渔樵……'每独行吟歌之，不惟有隐士出尘之想，兼如仙客御风之游矣。昔人谓'诗情不似曲情多'，信然。"① 可见此词之感染力。然黄昇少年时当有大志，其《水龙吟·赠丁南邻》云："少年有志封侯，弯弓欲挂扶桑外。"《西河·己亥秋作》云："少年事，成梦里。"《秦楼月·秋夕》云："汉朝陵庙唐宫阙。兴衰万变从谁说。从谁说。千年青史，几人华发。"可见，戢影园林当有迫不得已者在，清雅词风中也有不平之情。

　　游九功《答黄叔旸》云："忽忻远寄声，秀句盈章吐。灿烂炯寒芒，晴空见冰柱。"② 毛晋《散花庵词跋》云："昔游受斋称其诗为'晴空冰柱'，楼秋房喜其与魏菊庄友善，以'泉石清士'目之，余于其词亦云。"③《四库全书总目》卷一九九《〈散花庵〉提要》云："其词亦上逼少游，近摹白石。九功赠诗所云'晴空见冰柱'者，庶几似之。"④ "晴空冰柱"当指其诗词中流露出的清操冰节。尤具"晴空冰柱"之气象的词当推他的《重叠金·冬》，词云：

　　　　南山未解松梢雪。西山已挂梅梢月。说似玉林人。人间无此清。
　　　　此身元是客。小住娱今夕。拍手凭阑干。霜风吹鬓寒。

黄苏评曰："通首自写山居情况，而素节冰操，不可一世之意自见。"⑤ "雪""月""玉""霜"，无一不清，无一不素，此词真能自表其节操。

二　冯取洽

　　冯取洽（1188～1247后），字熙之，自号双溪翁、双溪拟巢翁，延平（今福建南平）人。与黄昇、刘子寰、魏庆之同时并多有唱和之词。著有《双溪词》1卷。黄昇《中兴以来绝妙词选》录其词5阕。《全宋词》录存

　　①《杨慎词品校注》，第 125 页。
　　②《全宋诗》，第 33317 页。
　　③《宋名家词》，第 848 页。
　　④《四库全书总目》，第 1821 页。
　　⑤ 黄苏等选评《清人选评词集三种》，齐鲁书社，1988，第 17 页。

24 首。

冯取洽《贺新郎·用前韵自寿》云："今日不知何日也，便戊申、重见何须赏。"此词乃六十自寿词，冯当生于淳熙十五年戊申（1188），至淳祐八年戊申（1248），正合重见戊申之数。① 《西江月·太岁日作》云："老子齐头六十，新年第一今朝。……已拼行乐到元宵。尚可追随年少。"他活到淳祐七年（1247），六十开外，身体还强健。冯取洽曾增补韵书，《古今词话·词品》上卷引陶宗仪《韵记》载：宋朱希真曾作《词韵》，有 16 条，"鄱阳张辑，始为衍义以释之。泊冯取洽重为缮录增补，而韵学稍为明备通行矣"②。其子冯伟寿能自制腔，或与冯取洽能编词韵有关。

冯取洽有交游风月之楼，乃其游息之所。黄昇有《贺新郎·题双溪冯熙之交游风月之楼》云："倦整摩天翼，笑归来、点画亭台，按行泉石。"冯取洽《贺新郎·次玉林见寿韵》答曰："已笑唾功名如土。"可见他们对待功名态度一致。黄昇有池馆花庵，亦为交游之所。冯取洽《贺新郎》序曰："花庵老子以游戏自在三昧，寓之乐府。溪翁随喜和韵以咏叹之，不知维摩燕坐次，可授散花女，俾歌之以侑茗饮否？艾子，汝为老人书以寄之。"黄昇有《木兰花慢·题冯云月〈玉连环〉词后》曰："爱云月溪头，玉环一曲，笔力千钧。"《摸鱼儿·寄冯云月》曰："待有日重来，同君一笑，拈起看花句。"可见其爱冯伟寿之才，而不以年长自居。冯取洽与《诗人玉屑》的作者魏庆之有交往，冯取洽《沁园春·用前韵谢魏菊庄》云："有幽人嘉遁，长年修洁，寒花作伴，竟日徘徊。"状魏庆之之节操。黄昇淳祐甲辰（1244）《诗人玉屑序》云："君名庆之，字醇甫，有才而不屑科第，惟种菊千丛，日与骚人侠士，觞咏于其间。阁学游公受斋先生，尝赋诗嘉之，有'种菊幽探计何早，想应苦吟被花恼'之句，视其所好事，以知其人焉。"③ 黄昇于魏庆之之为人，所见与冯取洽相同。

冯取洽词有湖海气。饶宗颐《词集考》卷六说："《双溪词》与花庵

① 《唐宋词汇评》（两宋卷第四册），第 3151 页。
② 《词话丛编》，第 832 页。按，鲁国尧《论宋词韵及其与金元词韵的比较》认为"沈雄所录陶宗仪语实令人生疑，而当今词学家未能考镜源流，因迷信戈载书，遂转抄录，众口一词"。鲁国尧：《鲁国尧自选集》，河南教育出版社，1994，第 135 页。
③ 魏庆之：《诗人玉屑》，上海古籍出版社，1959，第 2 页。

风调相近，感时语较多，故花庵称为'落落元龙湖海气'。"① 黄昇有《贺新郎·乙巳正月十日，双溪携酒遗蜕亭，桃花方开，主人浩歌酌客，欢甚，即席作此》，下片即状其人之湖海气，云："风流座上挥谈麈。更多情、多才多调，缓歌金缕。趁取芳时同宴赏，莫惜清樽缓举。有明月、随人归去。从此一春须一到，愿东君、长与花为主。泉共石，闻斯语。"冯取洽对黄昇此词很措意，特地次其韵，《沁园春·次玉林惠示韵》序云："二月三日，诸少载酒邀往遗蜕观桃。半酣，追省昨游，因诵雅词'从此一春须一到'之句，竟堕渺茫，为之黯然。辄用惠示元日《沁园春》韵，写此怀思，一酹桃花也。"词云：

> 人事好乖，云散风流，暗思去年。记竹舆伊轧，报临村里，筇枝颠倒，忙返溪边。翦韭新炊，寻桃小酌，取次欢谣俱可编。难忘处，是阳春一曲，群唱尊前。　新晴又放花天。况家酿堪携不用钱。想有人如玉，已过南市，无人伴我，重醉西阡。旧约难凭，新词堪赋，乐事赏心那得全。归来也，命儿将此意，写以朱弦。

此词多感叹语，身世不遇之故也。其感叹语尤重之作当推《贺新郎·次玉林见寿韵》。词云：

> 那得身无事。问双溪老子，而今万缘空否。正使尘劳偿未了，毕竟难昏灵府。已笑唾、功名如土。五十九年风雨过，算非非、是是何须数。垂老也，信缘度。　绿阴朱夏回清暑。叹病来、筋怯流霞，扇闲白羽。方念生初增感慨，谁寄乐章新语。知是我、花庵庵主。一别三年惟梦见，定何时、相对倾琼醑。惊世路，有豺虎。（原注：玉林有池馆，扁曰花庵。）

词写六十岁时的看穿心态，明白直说，颇具疏朗之气，而失于锤炼。冯氏词无多佳句，是其一病。

---

① 饶宗颐：《词集考》，中华书局，1992，第223页。

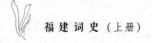

三　冯伟寿

冯伟寿，字艾子，号云月，取洽子。延平（今福建南平）人。其人并词6首，见《中兴以来绝妙词选》卷一〇，《全宋词》据以录入。

冯伟寿与黄昇有交往，其词《木兰花慢·和答玉林韵》为黄昇写照，中有句"笑呼银汉入金鲸"，状黄昇饮酒豁达神态，极为传神。杨慎《词品》卷四有云"临邛高耻庵列为丽句图"①，可见此句的影响力。冯伟寿《春风袅娜·春恨》《春云怨·上巳》二词，入选《草堂诗余》，得以广泛传播。杨慎《词品》卷四评此二阕："殊有前宋秦、晁风艳，比之晚宋酸馅味、教督气不侔矣。"②甚的。录《春风袅娜·春恨》：

> 被梁间双燕，话尽春愁。朝粉谢，午花柔。倚红栏、故与蝶围蜂绕，柳绵无数，飞上搔头。凤管声圆，蚕房香暖，笑挽罗衫须少留。隔院兰馨趁风远，邻墙桃影伴烟收。　　些子风情未减，眉头眼尾，万千事、欲说还休。蔷薇露，牡丹球。殷勤记省，前度绸缪。梦里飞红，觅来无觅，望中新绿，别后空稠。相思难偶，叹无情明月，今年已是，三度如钩。

冯伟寿精于律吕，词多自制腔。邹祇谟《远志斋词衷》将冯伟寿和周邦彦、史达祖、姜夔、蒋捷、吴文英列为"率多自制新调"③词人之列。他有《玉连环·忆李谪仙》一词，况周颐《历代词人考略》卷二十九评曰："此阕清劲有奇气，与文子它词格调略别。"④

四　刘清夫

刘清夫，字静甫，建阳（今属福建）人。与刘子寰齐名。《中兴以来绝妙词选》卷九入选其词5首，《全宋词》据以录入。

---

① 《杨慎词品校注》，第226页。
② 《杨慎词品校注》，第226页。
③ 《词话丛编》，第645页。
④ 《词话丛编续编》，第1941页。

清夫词雅洁，无一丝尘俗气。有词《沁园春·咏刘篁嵘碧莲，时内子将诞》写其友刘子寰篁嵘园中荷花。词云：

> 浅碧芙蓉，素艳亭亭，前身阿娇。记湘滨露冷，酥容倍洁，华清水滑，酒晕全消。瑶剪丰肌，云翻碎萼，白羽鲜明时自摇。风流处，是古香幽韵，时度鲜飙。　琼枝璧月清标。对千朵婵娟倾翠瓢。况水晶台榭，低迷净绿，冰霜词调，隐约轻桡。细认金房，钟奇孕秀，已觅青衿横素腰。西风晚，看花开十丈，玉井非遥。

炼字炼句，迥不犹人。此言荷花前身是阿娇，是把荷花幻化成高贵的妃子。因有"金房"，故有"孕秀"，此比喻很形象。

五　刘子寰

刘子寰，字圻父，以所居有篁嵘山，号篁嵘翁，建阳（今属福建）人。宋嘉定十年（1217）进士。据其《杜若》诗"钦州五月土如炊……伊予假禄二千石"[1]，似曾官钦州。居麻沙。有《麻沙集》，不传。早登朱熹之门，有《己未文公语录》一卷。官至观文殿学士。刘克庄曾序其诗，原有诗集今不传。词集《篁嵘词》，残而不全，今人赵万里辑本存词19首，《全宋词》据以录入。

刘子寰事迹仅见载陈寿祺《福建通志》、黄昇《中兴以来绝妙词选》、杨应诏《闽南道学源流》，皆片言只语。刘子寰与刘清夫友善，皆居麻沙。刘清夫有《沁园春·咏刘篁嵘碧莲，时内子将诞》词。冯取洽《双溪词》有《金菊对芙蓉·奉同刘篁嵘、魏菊庄、冯竹溪、吕柳溪、道士王溪云，赏西渚荷花，醉中走笔用篁嵘韵。庚寅》词，子寰原词不见。戴复古《石屏诗集》卷二有《昭武刘圻父以"篁嵘隐居图"求诗》一诗。冯取洽有《送刘篁嵘》诗。刘子寰有《洞仙歌·寄刘令君潜夫》赠刘克庄，未见刘克庄有词赠刘子寰。刘克庄《后村先生大全集》卷九十四《刘圻父诗》评子寰诗曰："麻沙刘君圻父，融液众格，自为一家，短章有孔鸾之丽，大

---

① 《全宋诗》，第36806页。

篇有鲲鹏之壮，枯槁之中含腴泽，舒肆之中富愁敛，非深于诗者不能也。矧其贵山林，贱城市，视禅冕如布衣，见朱门如蓬户，静定之言多，躁动之意少，庶几冲淡以自守、遗逸而不怨者矣。"① 刘子寰其诗其人皆可想见。

刘子寰词以写山水景致见长，时有警句。如《玉楼春·题小竿岭》云："蒲花易晚芦花早。客里光阴如过鸟。"《沁园春·西岩三涧》云："三涧交流，两崖悬瀑，捣雪飞霜落翠屏。""徘徊却倚山楹。笑山水娱人若有情。"《霜天晓角·春愁》云："惜春春寂寞。寻花花冷落。不会这些情味，元不是、念离索。"《洞仙歌·寄刘令君潜夫》云："爱调亭小翠，点滴猩红，新妆了，妃子朝来睡起。"皆隽永可诵。其词《满江红·风泉峡观泉》为写泉之名作，颇得赞誉，录如次：

> 云壑飞泉，蒲根下、悬流陆续。堪爱处、石池湛湛，一方寒玉。暑际直当盘石坐，渴来自引悬瓢掬。听泠泠、清响泻淙琤，胜丝竹。
>
> 寒照胆，消炎燠。清彻骨，无尘俗。笑幽人忻玩，滞留空谷。静坐时看松鼠饮，醉眠不碍山禽浴。唤仙人、伴我酌琼瑶，餐秋菊。

《续修四库全书总目提要》（《〈篁嵊词〉一卷提要》）云："子寰词虽不免于酬应，而精深骚雅之作亦时时见之也。《满江红·风泉峡观泉》云……字字高朗，语语清妙。"② 其"静坐时看松鼠饮，醉眠不碍山禽浴"，堪称名句，杨慎《词品》卷五评曰："亦新。"③ 王奕清等《历代词话》卷八引《古今词话》评曰："是真得山泉之兴趣者。"④

六　马子严

马子严，字庄父，号古洲，建安（今福建建瓯）人，宋淳熙二年（1175）进士。尝为铅山尉、岳阳守。撰《岳阳志》，不传。有《古洲词》，已佚。

---

① 《四部丛刊》景旧钞本。
② 《唐宋人词话》，第 1023 页。按，此则为孙人和撰。
③ 《杨慎词品校注》，第 263 页。
④ 《词话丛编》，第 1242 页。

《中兴以来绝妙词选》卷六选其词 9 首。赵万里《校辑宋金元人词》有辑本，赵辑录词 27 首，《全宋词》复补辑 2 首。

马子严有词选入宋人编的两种地方志，可见其词有一定的影响。《景定建康志》卷三十七"文籍志·乐府"选马子严《卜算子慢》词："璧月上极浦，帆落人挝鼓。石城倒影，深夜鱼龙舞。佳气郁郁，紫阙腾云雨。回首分今古，千载是和非，夕阳中，双燕语。　向人诉，记玉井辘轳，胭脂涨腻，几许蛾眉妒。感叹息、花好随风去，流景如羽。且共乐升平，不须后庭玉树。"①《咸淳临安志》卷三十三"山川"选马子严《阮郎归》："清明寒食不多时，香红渐渐稀。番腾妆束闹苏堤，留春春怎知。　　花褪雨，絮沾泥，凌波寸不移。三三两两叫船儿，人归春也归。"② 二词均甚通俗。况周颐《历代词人考略》卷三十二认为："庄甫词格与康伯可、曹元宠、田不伐辈近似。"③ 康、曹、田辈，北宋末年词人，多俗词，当时颇有人学他们的词。

马子严于词的结末较措意。《续修四库全书总目提要》（《〈古洲词〉一卷提要》）云："此本……咏物为多，颇有寄托，词末喜用重笔，如《贺圣朝》末云：'花前一笑不须铿，待花飞休怨。'《鹧鸪天》末云：'儿家闭户藏春色，戏蝶游蜂不敢狂。'《水龙吟·海棠》末云：'问因何、却欠一些香味，惹旁人恨。'此皆煞尾用粗俗之笔也。考北宋之词最重收煞，如屯田《雨霖铃》词末云：'此去经年，应是良辰美景虚设。便纵有、千种风流，更与何人说。'清真《尉迟杯》末云：'有何人念我无聊，梦魂凝想鸳侣。'凡此之类，不知者以为粗拙，而不知其词前幽雅绸缪，非用笨重之笔不足以束之，此正北宋词人之大处。南宋但以'雅'字为标榜，明于此者盖寡矣。子严时有此境，稍嫌轻而易露，后不称前也。"④ 此论可谓独具法眼。

马子严词多咏花之作，状花貌尚可，传花神尚欠一层。能代表马子严词风的一首词是《鹧鸪天·闺思》。词云：

---

① 文渊阁《四库全书》本。
② 文渊阁《四库全书》本。
③ 《词话丛编续编》，第 2006 页。
④ 《唐宋人词话》，第 831 页。按，此则为孙人和撰。

　　睡鸭徘徊烟缕长。日高春困不成妆。步欹草色金莲润，捻断花鬟
玉笋香。　轻洛浦，笑巫阳。锦纹亲织寄檀郎。儿家闭户藏春色，戏
蝶游蜂不敢狂。

黄昇《中兴词话》评此词："前数语不过纤艳之词耳，断章凛然，有以礼
自防之意。所谓发乎情，止乎礼义，近世乐府，未有能道此者。"① 此词具
自家面目。

七　陈以庄

　　陈以庄，字敬叟，号月溪，建安（今福建建瓯）人。黄铢之甥，刘子
翚门人。宝庆间（1225～1227）与刘子寰同游于刘克庄之门。刘克庄曾序
其《陈敬叟集》。黄昇《中兴以来绝妙词选》选其词 2 首，《新编通用启札
截江网》存其词 1 首，《全宋词》据以录入。

　　陈以庄事迹不彰。所交有真德秀、刘克庄、黄昇。因真、刘、黄的记
载，尚可略知其人之风度、其学之来源、其词之特色。真德秀《西山先生
真文忠公文集》卷二十八《黄子厚诗后序》云："翁之甥陈君以庄，字敬
叟，少学于翁，为诗、歌、词，皆酷似其舅，隶、古、行草往往迫真。今
年五十，而家日贫，方卖文四方以活妻子，岂为翁之学者，其穷例当如是
耶？然敬叟未尝以穷自沮，方收拾翁遗稿，出入必俱。昔晦庵先生以许生
闳得翁诗文之多，喜而序之。敬叟所藏皆真迹，尤可宝，恨先生不及见，
而猥以示余，余岂能重翁之诗者？子之邑有贤大夫，方访求翁之作而未
获，子其为大夫出之，必有以发辉震耀而久其传者，非独翁之遭为可贺，
其亦足以少伸敬叟渭阳之思也夫。"② 刘克庄《后村先生大全集》卷九十四
《陈敬叟集序》云："宝庆初元（1225），余有民社之寄，平生嗜好，一切
禁止，专习为吏，勤苦三年，邑无阙事，而余成俗人矣。然少走四方，狂
名已出，邑中骚人墨客如陈敬叟、刘圻父、游季仙辈往往辱与之游，主人

----

① 《诗人玉屑》，第 480 页。
② 《四部丛刊》景明正德刊本。

诗律久废，不复有一字，常命少史设笔砚，观众宾赋永以为乐。尝评诸人之作，圻父得之夷淡而失之槁干，季仙得之深密而失之迟晦，惟敬叟才气清拔，力量宏放，险夷浓淡，深浅密疏，各极其态，不主一体。至其为人旷达如列御寇、庄周，饮酒如阮嗣宗、李太白，笔札如谷子云，行草篆隶如张颠、李潮，乐府如温飞卿、韩致光，余每叹其所长，非复一事。既解铟墨，归卧山中五六年，溪上故人独敬叟书问不绝，其交谊又过人如此。一旦缄其稿来，曰：'为我序之。'嗟夫！余何足以知君哉？追念昔者会集，诸君锐甚，颇哀余衰，犹能旗鼓助噪其旁，今志气销磨，由衰至竭，敬叟未知其然。顾方援麾挑战，余远避之，悲伤感慨，殆如伏波曳足土室中矣。嗟夫！余何足以序君哉！敬叟名以庄，谷城黄子厚之甥，故其诗相似云。"① 刘克庄另有《生查子·元夕戏陈敬叟》词。黄昇《中兴以来绝妙词选》卷四云："黄子厚，名铢，号谷城翁。与朱文公为友，喜作古诗，乐章甚少，其母孙夫人，能文，有词见前《唐宋集》。"②

陈以庄今存三首词，以《水龙吟·记钱塘之恨》最胜，词云：

> 晚来江阔潮平，越船吴榜催人去。稽山滴翠，胥涛溅恨，一襟离绪。访柳章台，问桃仙浦，物华如故。向秋娘渡口，泰娘桥畔，依稀是，相逢处。　　窈窕青门紫曲。苴罗新、衣翻金缕。旧音恍记，轻拢慢捻，哀弦危柱。金屋难成，阿娇已远，不堪春暮。听一声杜宇，红殷绿老，雨花风絮。

杨慎《词品》卷五认为此词"盖谢太后随北虏去事也"③。此词见《中兴以来绝妙词选》卷十，《词选》成于淳祐九年（1249），下距宋亡尚有三十年。此词与宋亡后谢太后北行事无关。细绎词意，有云"旧音恍记""金屋难成"，当指发生在章台坊曲之情事，有与情人不成眷属之憾。笔法腾闪，立意不觉得尘俗，颇得周邦彦《瑞龙吟》（章台路）结撰之法。

---

① 《四部丛刊》景旧钞本。
② 《花庵词选》（二），第236页。
③ 《杨慎词品校注》，第244页。

八　严羽

严羽（1192～1245），字丹丘，一字仪卿，自号沧浪逋客，邵武（今属福建）人。为戴复古所推重。事迹参《嘉靖邵武府志》卷一四、《闽中理学渊源考》卷三九、《樵川二家诗》本《沧浪集》附朱霞《严羽传》。著有《沧浪诗话》《沧浪集》。词存 2 首，附集中。《全宋词》据《沧浪先生吟卷》卷三录入。

严羽不事科举，隐居在家。《沧浪诗话》有淳祐四年（1244）甲辰黄昇序，分诗辩、诗体、诗法、诗评、考证五门①，大旨取盛唐为宗，主于妙悟，在中国诗学史上产生巨大影响。

严羽《满江红·送廖叔仁赴阙》作于其中年之时，说其看穿世态之意，语直少含蓄。录如次：

> 日近觚棱，秋渐满、蓬莱双阙。正钱塘江上，潮头如雪。把酒送君天上去，琼裾玉珮鹓鸿列。丈夫儿、富贵等浮云，看名节。　天下事，吾能说。今老矣，空凝绝。对西风慷慨，唾壶歌缺。不洒世间儿女泪，难堪亲友中年别。问相思、他日镜中看，萧萧发。

严羽颇善论诗，其诗乏传诵之作。词亦如此。此词发议论，有牢骚不平之气，然无甚过人之处。

九　严仁

严仁，字次山，邵武（今属福建）人。与严羽、严参称"邵武三严"，有《清江欸乃集》，不传。事迹参嘉靖《邵武府志》卷一四、《宋诗纪事》

---

① 张健《〈沧浪诗话〉非严羽所编——〈沧浪诗话〉成书问题考辨》认为："《沧浪诗话》并非严羽所编。《诗辩》等五篇原本并不是一部诗话，而只是一些单篇的著作，这些著作由严羽的再传弟子元人黄清老汇集在一起，到明代正德年间才被胡琼冠以《沧浪诗话》之名，而其定名为《沧浪诗话》则是在明末。由于《诗辩》等五篇原本并不是一部诗话著作，所以学术界关于《沧浪诗话》在诗话发展史上地位的论断乃至整个诗话发展史就有重新认识之必要。"［《北京大学学报》（哲学社会科学版）1999 年第 4 期］

卷六三。《中兴以来绝妙词选》卷五录存其词 30 首,《全宋词》据以录入。

严仁有词《水龙吟·题连州翼然亭呈欧守》,欧守指欧阳伋。据《广东通志》卷十六守臣题名,嘉定元年、二年欧阳伋知连州。可知,严仁嘉定年间(1208～1224)应在世。

严仁词艺术成就较高,俞陛云《唐五代两宋词选释》选其词 8 首,这是对其词的肯定。古今词家都看好严仁的词,评价颇高。王弈清等《历代词话》卷八引《草堂词评》云:"严次山《清江欸乃集》,极为词家所重。《玉楼春》之'春怨'、《鹧鸪天》之'别情'、《绿头鸭》之'记恨'、《金缕曲》之'送春',无不入选,而吾独爱其'黏云江影伤千古,流不去断魂处',自是才人创句。"① 此已把其佳作佳句掘出。晚清况周颐精于鉴赏,其《历代词人考略》卷三十七云:"严次山词,除《玉楼春》等四阕见称于《草堂词评》外,断句如《蝶恋花》云:'风送生香来近远。笑声只在秋千畔。'《鹧鸪天》云:'挑成锦字心相向,未必君心似妾心。'《一落索》云:'一春不忍上高楼,为怕见、分携处。'《南柯子》云:'门前溪水泛花流。流到西川犹是、故家愁。'《菩萨蛮》云:'寄语笛休横。只消三两声。'可谓工于言情。"② 这是对其佳句的再次挑选。"一春不忍上高楼,为怕见、分携处",自具一种情致,贺裳《皱水轩词筌》引《词苑丛谈》云:"词虽以险丽为工,实不及本色语之妙。如……严次山'一春不忍上高楼,为怕见、分携处',观此种句,觉'红杏枝头春意闹'尚书,安排一个字,费许大气力。"③ 此是说其作词不费气力,而此句应是以情致见长。张伯驹《丛碧词话》云:"严次山《木兰花》词:'春风只在园西畔……'委婉动情。'荠菜花繁蝴蝶乱'一语,写春景如见,尤自可人。"④ 又选出他的两首好词,也是着眼于其词的情致。

明代才子杨慎称其《水龙吟》词为词中一绝。其《词品》卷五云:"赵汝愚题鼓山寺云:'几年奔走厌尘埃……'朱晦翁摘诗中'天风海涛'字题扁……严次山有《水龙吟》题于壁云:'飙车飞上蓬莱……'赵诗、

---

① 《词话丛编》,第 1248 页。
② 《词话丛编续编》,第 2112 页。
③ 《词话丛编》,第 716 页。
④ 《近现代词话丛编》,第 179 页。

朱字、严词，可谓三绝。"① 录《水龙吟·题天风海涛，呈潘料院》如下：

飙车飞上蓬莱，不须更跨琴高鲤。骕然长啸，天风顼洞，云涛无际。我欲乘桴，从兹浮海，约任公子。办虹竿千丈，辖钩五十，亲点对，连鳌饵。 谁榜佳名空翠。紫阳仙、去骑箕尾。银钩铁画，龙拏凤峙，留人间世。更忆东山，哀筝一曲，洒沾襟泪。到而今，幸有高亭遗爱，寓甘棠意。

"琴高鲤"，即琴高乘鲤，指登仙之物。琴溪在泾县东北二十里许，溪侧有石高一丈曰琴高台，即琴高骑鲤处。溪中有鱼，每岁三月来集，相传琴高投药所化。唐陆龟蒙《高道士》诗云："东游借得琴高鲤，骑入蓬莱清浅中。""紫阳"指朱熹，"东山""甘棠"指赵汝愚。徐𤊹《榕阴新检》卷十六《诗话》引《丹铅摘录》曰："赵汝愚诗：'江月不随流水去，天风直送海涛来。'朱文公爱之，遂书'天风海涛'字于石。今人不知为赵公诗也。愚按：用修谓今人不知为赵公诗，即用修亦不知文公书在吾闽鼓山之巅。朦胧臧否，可发一笑。"② 淳熙十四年（1187），朱熹来闽拜访好友赵汝愚，不料赵已调任四川。朱熹带弟子五人上鼓山拜谒赵汝愚礼聘的寺僧，并留下短文一篇，刻在石壁上。三年后赵汝愚复任福州，在鼓山见到朱熹之文，作《同林择之姚宏甫游鼓山》（绍熙辛亥九月廿日）诗云："几年奔走厌尘埃，此日登临亦快哉。江月不随流水去，天风直送海涛来。故人契阔情何厚，禅客飘零事已灰。堪叹世人只如此，危栏独倚更徘徊。"③ 并刻在朱熹石刻的右侧，成为一段佳话。"江月流水，天风海涛"已成咏八闽景色的名句。后来朱熹又游鼓山，将"天风海涛"四字刻在鼓山屴崱峰的石壁上。

严仁是樵溪人，樵溪即今福建邵武市西古山溪。其《归朝欢·南剑双溪楼》虽不及辛弃疾《水龙吟·过南剑双溪楼》给读者以强烈震撼，也属

---

① 《杨慎词品校注》，第262页。
② 《晚明闽海文献梳理》，第724页。
③ 《全宋诗》，第30021页。

上品之作。录如次：

> 五月人间挥汗雨。离恨一襟何处去。双溪楼下碧千寻，双溪楼上
> 匏尊举。晚凉生绿树。渔灯几点依洲渚。莫狂歌，潭空月净，惨惨瘦
> 蛟舞。 变化往来无定所。求剑刻舟应笑汝。只今谁是晋司空，斗牛
> 奕奕红光吐。我来空吊古。与君同记凭栏语。问沧波，乘槎此去，流
> 到天河否。

严仁的令词，更为脍炙人口，《醉桃源·春景》云：

> 拍堤春水蘸垂杨。水流花片香。弄花噆柳小鸳鸯。一双随一双。
> 帘半卷，露新妆。春衫是柳黄。倚栏看处背斜阳。风流暗断肠。

此词一句一转，一转一景，画面跳动自如。况卜娱《织余琐述》云："宋
严仁词《醉桃源》云：'拍堤春水蘸垂杨。水流花片香。弄花噆柳小鸳鸯。
一双随一双。'描写芳春景物，极娟妍鲜翠之致，微特如画而已，政恐刺
绣妙手，未必能到。"[1]

严仁词在后世颇知名。沈雄《古今词话·词评》上卷引《柳塘词话》
云："近代选家，无有不知次山词者，《玉楼春·春思》《鹧鸪天·别情》
是也。甚则《多丽》之'记恨'，《金缕曲》之'送春'，有不能释卷者。"[2]
像《鹧鸪天·惜别》所云"载将离恨过潇湘。请君看取东流水，方识人间
别意长"，宋人词作中不能多得。

十 严参

严参，字少鲁，自号三休居士，严羽之族，邵武（今属福建）人。与
严羽、严仁齐名，世号"三严"。《中兴以来绝妙词选》卷五录存其词2
首，《全宋词》据以录入。

---

[1] 《词话丛编续编》，第 2374～2375 页。
[2] 《词话丛编》，第 1003 页。

严参存词太少，从仅存 2 首词来看，行文善于旋折。邹祗谟《远志斋词衷》云："诗家有王、孟、储、韦一派，词流惟务观、仙伦、次山、少鲁诸家近似，与辛、刘徒作壮语者有别。"①《沁园春·自适》有闲淡之风，词云：

> 曰归去来，归去来兮，吾将安归。但有东篱菊，有西园桂，有南溪月，有北山薇。蜂则有房，鱼还有穴，蚁有楼台兽有衣。吾应有，云中旧隐，竹里柴扉。　　人间征路熹微。看处处、丹枫白露晞。况寒原衰草，牛羊来下，淡烟秋水，鲈鳜初肥。自笑平生，颓然骨相，只合持竿坐钓矶。都休也，对西风无语，落日斜晖。

此词是言志之作，以散文笔法行文，而不觉得松散拖沓。九个"有"字，竟使人不觉重复，堪称一奇。

十一　李芸子

李芸子，字耘叟，号芳洲，邵武（今属福建）人。《中兴以来绝妙词选》录其词 1 首，《全宋词》据以录入。

黄昇《中兴以来绝妙词选》卷十云："石屏序其词，最称赏'予怀渺渺'以下数语。"②知其有词集，今不传。《木兰花慢·秋意》云：

> 占西风早处，一番雨，一番秋。记故国斜阳，去年今日，落叶林幽。悲歌几回激烈，寄疏狂、酒令与诗筹。遗恨清商易改，多情紫燕难留。　　嗟休。触绪茧丝抽。旧事续何由。奈予怀渺渺，羁愁郁郁，归梦悠悠。生平不如老杜，便如它、漂泊也风流。寄语庭柯径菊，甚时得棹孤舟。

观此词，李芸子长年漂泊在外，且不称意，故汲汲盼望归家。戴复古也一

---

① 《词话丛编》，第 655 页。
② 《花庵词选》（二），第 352 页。

生漂泊，七十岁始返故乡浙江台州，故他颇称赏“予怀渺渺”数语，或与李芸子有同感。戴复古曾为邵武教授，有词一卷，作于邵武可考者唯《满庭芳·元夕上邵武王守子文》。

第五节　陈人杰及其词

陈人杰（1218？～1243？），一名经国，字刚父，长乐（今属福建）人。著有《龟峰词》，共31首，皆调寄《沁园春》。

一　生平经历

饶宗颐《词集考》卷六《宋代词集解题》说：“《龟峰词》三十一首，无异调，才气英迈，仇山村所谓四字《沁园春》也。《宋史艺文志补》《千顷堂书目》《词综》《宋诗纪事》并题陈经国撰，似即《词征》所称之闽刻本。又有皕宋楼藏本，及劳巽卿覆录知不足斋藏魏柳州钞本，则并作陈人杰撰。两种编次阕数相同，文句与《词综》同，跋文与《宋诗纪事》同，故非异本。凡明钞《南词》本、《唐宋百家》本、《宋元名家》本，皆同此三十一首。”① 据此，陈人杰确可说一名经国，但《全宋词》已使用陈人杰之名，故皆习用之。有可能经国是名，人杰是字。其词集《龟峰词》，今有明吴讷《唐宋名贤百家词》本、明紫芝漫抄《宋元名家词》本、明石村书屋《宋元明三十三家词》本、清知不足斋抄《唐宋八家词》本、清抄《宋金元明十六家词》本、清十万卷楼抄《五家词》本、《四印斋汇刻宋元三十一家词》本，俱署名陈经国。知圣道斋原藏《南词》本《龟峰词》，则署名陈人杰。

陈容《龟峰词跋》云：“长吉、悼夫，俱不尽其才而死。世人工讹丑好，卒然而定，自古勋业之士皆然，重可哀也已。刚父兄悼其旧作已佚，盖尝所唧嚅者，惜不及见之。甲辰夏五所斋陈容公储父。”② 陈容称“刚父兄”，则陈人杰字刚父。按，乾隆《福州府志》卷五十三云：“陈容，字公

---

① 《词集考》，第220页。
② 《四印斋所刻词》，第810页。

储，号所斋，长乐人。端平二年（1235）进士，官至朝散大夫。"① 陈容与陈人杰同乡（参下文），故知陈人杰事并作跋。

陈人杰《沁园春·问杜鹃》云："闽山路，待封侯事了，归去非迟。"知人杰家乡在福建。《满江红·送陈起莘归长乐》云："君归日，见家林旧竹，为报平安。"则其家乡在福建长乐。词又云："龟山下，渐青梅初熟，芦橘犹酸。"检乾隆《福州府志》卷六《长乐县》云："龟山，在柯林十里，山有白龙岩、石人峰。山石皆黑，一石独白，如人立。有狮子石，又有莲花峰，山下有白云溪。"② 则龟山乃长乐名胜。弘治《长乐县志》卷一云："龟峰在县治东南建兴里定山上，有石状如龟，故名。其石空中，生有榕树，挺拔为一乡壮观，昔人刻'化龙豹变'四字其下。"③ 则词名《龟峰词》，或据此而定。按，饶宗颐《词集考》卷六《宋代词集解题》谓龟山在福建莆田，不确。又按，《中国词学大辞典》《宋词大辞典》《唐宋词汇评》均谓人杰号龟峰，未见相关史料可支持此说，或因人杰词集名《龟峰词》而推及之。

陈合《龟峰词跋》云："《龟峰词》有所斋诸兄为之跋，安用复著赘语。漫书癸卯冬所作《怀旧》一绝系于后。陈合惟善。'西晋风流自一家，忆君魂梦到梅花。梅花深处无人迹，明月一枝霜外斜。'"④ 考《南宋馆阁续录》卷八云："陈合，字惟善，福州人。习诗赋。甲辰进士。"⑤ 弘治《长乐县志》卷四《选举》载淳祐四年（1244）甲辰留梦炎榜进士有云："陈合，字惟善，刚翁弟。"⑥ 可见陈合是福州长乐人，跋称陈容"所斋诸兄"，说明他们相识较深。上引陈容跋作于甲辰（1244），其时陈人杰已去世。陈合跋言及其癸卯（1243）冬所作悼人杰诗，则人杰在癸卯（1243）冬前已去世。再检《龟峰词》有两首词作于淳祐壬寅（1242），其中一首作于壬寅"黄钟之月"，即十一月。胡念贻《陈人杰和他的词》认为：人

① 清乾隆十九年（1754）刻本。
② 清乾隆十九年刻本。
③ 明弘治十六年（1503）刻本。
④ 《四印斋所刻词》，第810页。
⑤ 清光绪刻《武林掌故丛书》本。
⑥ 明弘治十六年刻本。

杰在 1242 年底尚在世，其卒年可定在 1243 年。① 然 1242 年十二月仍有去世的可能，所以其卒年只能大约定在 1243 年，坚证有待继续发现。

《中国词学大辞典》《宋词大辞典》《唐宋词汇评》均谓陈人杰生于 1218 年，然皆不给证据。《沁园春》（记上层楼）序云："予弱冠之年，随牒江东漕闱，尝与友人暇日命酒层楼。不惟钟阜、石城之胜班班在目，而平淮如席，亦横陈樽俎间。既而北历淮山，自齐安溯江泛湖，薄游巴陵，又得登岳阳楼，以尽荆州之伟观，孙、刘虎视遗迹依然；山川草木，差强人意。洎回京师，日诣丰乐楼以观西湖。因诵友人 '东南妩媚，雌了男儿' 之句，叹息者久之。酒酣，大书东壁，以写胸中之勃郁。时嘉熙庚子秋季下浣也。"可知：陈人杰二十岁在江东漕（在今南京）应考后，"既而"北上游历淮山（今大别山一带），又从齐安（今湖北黄冈）溯江"薄游"巴陵（今湖南岳阳），再回杭州。胡念贻《陈人杰和他的词》说："从 '既而'、'薄游' 等用字看，估计所有这段时间，最多不会超过三年。也就是说，嘉熙庚子那一年，陈人杰不过二十三岁左右。这年下距淳祐癸卯只有三年。陈人杰至多活了二十六岁。"② 谓陈人杰生于 1218 年，或据此推定。如是，则陈人杰的生年只能大约定在 1218 年，生年尚有待确证。

陈人杰曾在杭州备考十年，曾应江东漕试，未第。寻流落两淮江湘等地，或曾任幕职。

《沁园春·守岁》云："为桂枝关约，十年阙下。"可知其为科考在杭州住过十年。前引陈人杰词序，他二十岁参加江东漕试。漕试是始于南宋初年的特别考试。由于金兵侵扰，交通阻隔，遂从礼部考试中分出部分名额，交各路漕司考选。漕司的取录比州郡宽，然陈人杰未考取。

落选后，陈人杰流落两淮江湘，时有言愁之作，曾正反说愁，可见其寂寞矛盾的心理。《沁园春·次韵林南金赋愁》云："抚剑悲歌，纵有杜康，可能解忧。为修名不立，此身易老，古心自许，与世多尤。平子诗

---

① 胡念贻：《陈人杰和他的词》，《文学评论丛刊》第 7 辑，中国社会科学出版社，1980，第 40 页。
② 《陈人杰和他的词》，《文学评论丛刊》第 7 辑，第 41 页。

中，庚生赋里，满目江山无限愁。关情处，是闻鸡半夜，击楫中流。　澹烟衰草连秋。听鸣鸠声声相应酬。叹霸才重耳，泥涂在楚，雄心元德，岁月依刘。梦落莼边，神游菊外，已分他年专一丘。长安道，且身如王粲，时复登楼。"后林南金又赋无愁，他"用韵以反骚"说："我自无忧，何用攒眉，今忧古忧。叹风寒楚蜀，百年受病，江分南北，千载归尤。洛下铜驼，昭陵石马，物不自愁人替愁。兴亡事，向西风把剑，清泪双流。　边头。依旧防秋。问诸将君恩酬未酬。怅书生浪说，皇王帝霸，功名已属，韩岳张刘。不许请缨，犹堪草檄，谁肯种瓜归故邱。江中蜃，识平生许事，吐气成楼。"前词不过说一己之愁，是"修名不立，此身易老"的不遇之愁；后词说我纵然不考虑自己不遇之愁，"江分南北"的"兴亡"之愁还是挥不去，我还是想"请缨""草檄"，不愿老死故乡。通观三十一首《沁园春》，其愁包含个人不遇之愁与国家南北分裂之愁，后者占主导地位。其年寿不永，未必不与其多愁有关。

陈人杰一生未出仕。然词中隐约可见其曾担任幕职。如《沁园春·饶（疑为绕）镜湖游吴中》云："叹男儿未到，鸣珂谒帝，此身那免，弹铗依人。"《沁园春·送高君绍游雪川》云："叹屠龙事业，依然汗漫，歌鱼岁月，政尔峥嵘。""弹铗""歌鱼"用《战国策·冯谖客孟尝君》中"长铗归来乎，食无鱼"之典，表示寄人篱下没有受到应有的尊重。《满江红·壬寅春寓东林山中有感而作》云："懒学冯君，弹铗歌鱼，如今五年。"五年指戊戌（1238）至壬寅（1242），此期他已厌倦幕职生活。胡念贻《陈人杰和他的词》说："他在漕试之后，流落两淮荆湘，也是以幕客的身份去的。"① 所言甚是。

二　词作成就

陈人杰词学辛弃疾，为南宋后期杰出词人，其词主要是因关心国事而作。《龟峰词》中多写实之作。题杭州丰乐楼词，最负盛名，录如次：

记上层楼，与岳阳楼，酾酒赋诗。望长山远水，荆州形胜，夕阳

---

① 《陈人杰和他的词》，《文学评论丛刊》第7辑，第43页。

枯木，六代兴衰。扶起仲谋，唤回玄德，笑杀景升豚犬儿。归来也，对西湖叹息，是梦耶非。　诸君傅粉涂脂。问南北战争都不知。恨孤山霜重，梅凋老叶，平堤雨急，柳泣残丝。玉垒腾烟，珠淮飞浪，万里腥风吹鼓鼙。原夫辈，算事今如此，安用毛锥。

据上引词序，知此词作于嘉熙四年（1240）。《咸淳临安志》卷三十二《山川》云："丰乐楼，在丰豫门外，旧名耸翠楼。楼据西湖之会，千峰连环，一碧万顷，柳汀花坞，历历槛栏间。而游桡画艑，棹歌堤唱，往往会合于楼下，为游览最。顾以官酤喧杂，楼亦卑小，弗与景称。淳祐九年（1249），赵安抚与筹始撤新之。瑰丽宏特，高切云汉，遂为西湖之壮。其旁花径曲折，亭榭参差，与兹楼映带，搢绅多聚拜于此。"① 此词题于西湖游览最盛之处的丰乐楼，观者一定很多，而楼新修之后人杰已去世，又复令人增叹。《沁园春·丁酉岁感事》云：

　　谁使神州，百年陆沉，青毡未还。怅晨星残月，北州豪杰，西风斜日，东帝江山。刘表坐谈，深源轻进，机会失之弹指间。伤心事，是年年冰合，在在风寒。　说和说战都难。算未必江沱堪宴安。叹封侯心在，鳣鲸失水，平戎策就，虎豹当关。渠自无谋，事犹可做，更别残灯抽剑看。麒麟阁，岂中兴人物，不画儒冠。

夏承焘《宋词系》说："案龟峰词题，有嘉熙庚子、淳祐壬寅二首，知此丁酉盖理宗嘉熙元年（1237）。时当端平入洛溃败之后二年。'刘表'云云，殆指赵范、郑清之辈，倡复三京，而无术善其后。'深源（殷浩）'云云，则谓赵葵、全子才之躁进易退。金亡而宋仍不能复河南，所谓'机会失之弹指间'也。"② 经夏氏解说，词意豁然。

陈人杰高度肯定诗歌创作的价值，并认为诗人要有杜甫那样的耐寒品格。《沁园春》云：

---

① 　清文渊阁《四库全书》本。
② 　夏承焘：《宋词系》，《夏承焘集》（第三册），浙江古籍出版社，1997，第523页。

诗不穷人，人道得诗，胜如得官。有山川草木，纵横纸上，虫鱼鸟兽，飞动毫端。水到渠成，风来帆速，廿四中书考不难。惟诗也，是乾坤清气，造物须悭。　金张许史浑闲。未必有功名久后看。算南朝将相，到今几姓，西湖名胜，只说孤山。象笏堆床，蝉冠满座，无此新诗传世间。杜陵老，向年时也自，井冻衣寒。

《沁园春·浙江观潮》云："尤奇特，有稼轩一曲，真野狐精。"此句表明陈人杰颇称赏稼轩词，其词亦有稼轩风。胡念贻《陈人杰和他的词》说："陈人杰生在南宋后期偏重形式的词风炽盛的时代，能够作中流砥柱，坚持反映现实斗争，给后世留下了那样一些优秀作品，和其他优秀词人一起，使得南宋后期的词，继续保持了以苏、辛为代表的优良传统，他的贡献是不可磨灭的。"[1]

陈人杰用《沁园春》调创作 31 首词，这在宋代是特出的现象。此调很适合书写不平之气，选此调作词当与陈人杰的气质个性很有关系。辛弃疾创作了 13 首《沁园春》，刘过创作了 16 首《沁园春》，他们都能把握《沁园春》的抒情特色。谢桃坊《唐宋词谱粹编》说："此调四字句为主，多用对偶，配以八字、七字、六字、五字等句，用平韵，调势活泼生动，可平可仄之字极多，较为自由，有和婉协谐而流畅之特点，适用于言志、议论、谐谑、叙事、酬赠、祝颂等题材。"[2] 所以说，陈人杰很好地选择了一个词调去写他内心感慨不平之气。

---

① 《陈人杰和他的词》，《文学评论丛刊》第 7 辑，第 52 页。
② 谢桃坊：《唐宋词谱粹编》，四川人民出版社，2010，第 170 页。

第二编

金元明：闽词的衰落

引　言

　　金、元闽籍词人仅 3 位，实在太少。金朝与南宋同时，且在北方，如不是南方闽籍词人吴激被羁縻北方，则金朝难有闽籍词人，这点好理解。元朝南北混一，且享国 90 年，闽籍词人仅 2 位，这就有点难以理解，除文献失载的原因外，只能说词已不是元朝的主流文学，元代闽人对作词无甚热情了。明代是汉族主政，文化建设昌明，且享国 276 年，故闽籍词人数量又有回升。《全闽词》收录明代闽籍词人 76 人词作 583 首，相对金、元二代闽籍词人词作数量来说，已是极大的回升了。词这种文体，明代闽人是有一定兴趣的。谢章铤说："闽中词学，宋代林立，元明稍衰，然明人此道本少专家，昧昧者盖不独一隅。"① 明代闽词的总体成就难望宋代闽词之项背。

　　据《全闽词》统计，明代 76 位闽籍词人分布在 24 县 1 州。各县词人分布数是：闽县 12 位，莆田县 11 位，晋江县 8 位，侯官县 6 位，福清县 5 位，瓯宁县 4 位，龙溪县 4 位，长乐县 3 位，怀安县 2 位，建安县 2 位，永泰县 2 位，同安县 2 位，漳浦县 2 位，永春县 2 位，古田县、三山（县份不明）、沙县、浦城、松溪、惠安、泉州（县份不明）、仙游、永安、崇安、连江各 1 位。其中福州府所辖各县（闽县、侯官、福清、长乐、怀安、永泰、古田、三山）词人共有 32 人，占福建八府一州（福宁州）闽籍词人数量的第一位，这点与宋代福州府词人数量占福建各州军第一位的情况是相同的，说明福州府文化教育的优势自宋代以来就一直存在着。明代莆田县有 11 位词人，晋江县有 8 位词人，相比于宋代莆田县 10 位词人、

---

　　① 《赌棋山庄词话校注》，第 75 页。

晋江县 8 位词人来说，是一次提升，因为词人的基数是不一样的（宋代闽籍词人 161 位）。郑礼炬《明代福建文学结聚与文化研究》说："明代福建的人才基本上集中在福州、兴化、泉州、漳州四府，在四府之外，建宁府、延平府还有一些重要的政治人物和作家，而汀州、邵武、福宁州几乎没落，呈现出福建东南沿海四府人才压倒性的强盛，而内陆四府人才凋零的局面，明人林俊感其'文物不殊，科第如缩'，与两宋以闽北、福州、兴化、泉州为文化重镇的格局有着较大的差异，宋、明两朝福建的人才格局虽有重合的部分，但更多的是人才、文化南移的趋势不断走强，这一趋势延伸到清初。"① 于词人的分布上也可以看出这一变化。明代建安词人只有 2 位，崇安只有 1 位，相对于宋代建安词人 10 位、崇安词人 13 位来说，已是极大的降低，亦可证福建人才、文化优势已不在闽北。之所以南移，当有科第不振的原因，科第不振会导致人才的匮乏。据明代叶向高《延平府改建儒学记》，明代延平郡科考十年无一举。② 莆田词人 11 位，就与此地科举发达有较大关联。乾隆《福建通志》卷六十六引《莆阳科第录》云："宋三百年间，莆人举进士者九百七十余人，诸科特奏者六百四十余人，其中魁天下者五人，登宰辅者六人，可谓盛矣。明自洪武庚戌（1370）迄嘉靖戊子（1528），凡五十二举士，由乡荐者千一百一十人，登甲科者三百二十四人，状元及第二人，探花四人，会元一人，会魁七人，解元二十五人。"③ 宋、明二代莆田科第非常发达，明代莆田及第人数虽不及宋代，但也极为可观。进士是文化创造的重要力量，其文学作品在创作、交流、刻印、传播诸方面都有一定的优势，所以说莆田词人多与其科举发达有较大关联。

明代闽籍词人有进士 36 人、举人 8 人、贡生 12 人、荐举 3 人、布衣 10 人，可见进士是明代闽词作者的主力，如加上举人、贡生出身者则有科举经历的词人比例更大。科举是文化传播有力的推进器，它使得闽人更多地掌握了文学创作技能，当然包含词体文学的写作。多洛肯《明代福建进

---

① 郑礼炬：《明代福建文学结聚与文化研究》，人民文学出版社，2015，第 5 页。
② 叶向高：《苍霞续草》卷一，明万历刻本。
③ 清文渊阁《四库全书》本。

士研究》认为明代福建共考取进士 2417 名，占全国进士总数的 9.7197%。
"总体而言，明代每 10.3 个进士，就有一个来自福建，'仅次于浙江'。"① "总数位居全国第四，人均第一。"② 明代福建有如此多的进士，进士成为明代闽词创作的主力就是顺理成章的事情了。

明代的闽词创作，相对宋代闽词来说，出现了一个显著的变化，就是帐词创作的盛行。这是由明代旌善制度决定的。明初治国，礼法并重，援礼入法。历百年终于风俗与化，形成淳朴谨厚的世风。弘治《吴江志》有云：

> 自宋运既终，胡元继统，而风俗为之大坏。我朝混一以来百有余年，礼乐兴而教化洽……本朝惩元之宽而矫之以法制，道之以德化，是以尊卑有等，人皆畏法遵守，耕织日力，庠序聿兴，而非前代所能及矣。③

这一"礼乐兴而教化洽"局面的形成，无疑为帐词的兴盛打下良好的社会基础。明代前期遍布乡都的申明亭、旌善亭，负责将官方的政令，传达到民间的每一个乡都，其所承担的奖劝与监督职能，对推行儒家伦理、维持乡里道德风化，具有重要意义。④ 毫无疑问，帐词具有申明、旌善的功能与作用，应当有不少的帐词是来自申明亭、旌善亭这样的地方行政机构。帐词之风至清初消停，主要原因是社会天翻地覆的大变动，像申明亭、旌善亭这样的地方行政机构不再普遍存在。⑤

明代中期以后的帐词，是一种应用广泛的文体，这种文体由词题、四六文、词作、词调构成。其中四六文的确切指称应是致语，它与宋代以来盛行的致语文体特征一致。帐词中的致语主铺陈事迹，词作是对致语不避重复的诗意补充。据《全闽词》所收，明代一共有 8 位闽籍词人参与到帐

---

① 多洛肯：《明代福建进士研究》，上海辞书出版社，2004，第 62 页。
② 《明代福建进士研究》，"引言"，第 4 页。
③ 莫旦纂（弘治）《吴江志》，《中国方志丛书》本，成文出版社，1983，第 217～218 页。
④ 张佳：《新天下之化——明初礼俗改革研究》，复旦大学出版社，2014，第 292 页。
⑤ 刘荣平：《明代帐词的文体特征、应用功能与文化价值》，《厦门大学学报》（哲学社会科学版）2017 年第 6 期。

词的创作中，创作帐词 33 首（含残篇）。这说明明代闽籍词人在词体文学的应用方面有所注重。

　　明代闽词和宋代闽词一样，都有较多词作描写闽地风光和人文传统。如林鸿特别眷恋福州，与福州关涉的词作有《玉漏迟·记红桥故人春游》《大江东去·留别红桥故人》《大江东去·留别冶城游好》《水调歌头·将之剑上，留别知己》《八声甘州·怀冶城游好》《蝶恋花·红桥忆别》，谢肇淛与福建关涉的词作有《八声甘州·登闽城楼怀古》《浪淘沙·胜画荔支》《卜算子·重过剑浦》等。这些词作或写闽地风光与文化传统，或抒发登览情怀，都是闽词中值得珍视的作品。

第五章　金元闽词：衰落及其原因

金、元二朝，闽籍词人甚少，今可知有吴激、杨载、洪希文三位，如果加上由宋入元的遗民词人，也不超过 10 位。他们存词皆甚少。于词人和词作数量来说，金、元闽词不能不说是一种衰落，而且其衰已极。好在吴激的创作成就极为突出，在词史上享有大名，世所谓"吴蔡体"主要是指吴激词的创作特色而言，他的词见证了由南入北词人的心路历程。洪希文事迹不彰，其咏茶词和农村词却很有特色，他的《续轩渠集》被收入《四库全书》，词在其中，这多少弥补了元代闽词成就不足的缺憾。

金朝与南宋同时代，与南宋在淮河一线对峙，南北交通受到阻隔，除了双方使节有往来外，民间较少交往，谈不上学术文化的交流。福建地处东南，为南宋政权的后方基地，离淮河一线尚远，福建自然少有人到金国进行商品贸易，作家之间的交流也罕见。宋南渡之时，中原人士大量涌入福建，提升了福建的经济开发和文化教育水平，当时流寓北方的福建士人退回福建应有不少。

元朝是杂剧散曲的时代，词已退缩在历史舞台的一角。元朝享国九十年，如不计遗民词人，元朝福建仅有两位词人，且存词只有 34 首。除了可能有的文献失载这一原因外，只能说元代闽人对作词兴趣索然，其中当有宋末元初闽籍士人反抗元朝统治甚为激烈的原因，福建一地的文学艺术受到了冲击和损害，作词之人几乎绝迹。

第一节　吴激词

吴激（1090～1142），字彦高，号东山，建州（今福建建瓯）人。宋宰相杭之子、米芾之婿。宣和四年（1122）至靖康二年（1127），使金被留，累官翰林待制。金皇统二年（1142），出知深州（今河北深州），到官三日卒。《金史》卷一二五有传。著有《东山集》，已佚。赵万里《校辑宋金元人词》辑为《东山乐府》1卷。

吴激今存词10首，篇篇皆精品，无一败作。久负盛名的《春草碧》（几番风雨西城陌），据《全金元词》考证，乃完颜璹作，非吴激作。

吴激在南北宋之交词名颇盛。黄昇《中兴以来绝妙词选》卷二云："三山郑中卿，从张贵谟使虏日，闻有歌之者。"① 所歌之词即是吴激《春从天上来》一词。又云："二曲（指吴激词《春从天上来》《青衫湿》）皆精妙凄婉，惜无人拈出，今录入选，必有能知其味者。"② 吴激词的成就历来为论家所肯定。金人元好问《中州集》卷一云："百年以来，乐府推伯坚与吴彦高，号'吴蔡体'。"③ "吴蔡体"后成为词家乐于谈论的话题。毛凤韶《〈中州乐府〉后序》云："《中州乐府》作于金人吴彦高辈，虽当衰乱之极，今味其辞意，变而不移，悯而不困，婉而不迫，达而不放，正而不随，盖古诗之余响也。"④ 此说指明吴激的风格特征，且论定其词达到古诗的高度。《金史》卷一百二十五评吴激云："尤精乐府，造语清婉，哀而不伤。"⑤ 厉鹗《论词绝句十二首》云："《中州乐府》鉴裁别，略仿苏黄硬语为。若向词家论风骚，锦袍翻是让吴儿。"⑥ "锦袍"云云即指吴激词在《中州乐府》中独领风骚之意。吴激除词的成就颇高外，书法也有成就，陶宗仪《书史会要》卷八云："吴激，字彦高，建州人，米芾之婿。将宋命至留不遣，命为翰林待制，出知深州事。工诗能文，尤精乐府，字画俊逸，得芾笔意。"⑦

吴激词中最负盛名的词作是《春从天上来》，词序云："会宁府遇老姬，善鼓瑟，自言梨园旧籍，因感而赋此。"词云：

① 《花庵词选》（二），第192页。
② 《花庵词选》（二），第193页。
③ 《四部丛刊》景元刊本。
④ 元好问：《中州乐府》，朱孝臧辑校《彊村丛书》，广陵书社，2005，第55页。
⑤ 百衲本景印元至正刊本。
⑥ 程郁缀、李静：《历代论词绝句笺注》，北京大学出版社，2014，第50页。
⑦ 清文渊阁《四库全书》本。

海角飘零。叹汉苑秦宫，坠露飞萤。梦里天上，金屋银屏。歌吹竞举青冥。问当时遗谱，有绝艺、鼓瑟湘灵。促哀弹，似林莺呖呖，山溜泠泠。　梨园太平乐府，醉几度春风，鬓变星星。舞破中原，尘飞沧海，风雪万里龙庭。写胡笳幽怨，人憔悴、不似丹青。酒微醒。对一窗凉月，灯火青荧。

此词有浓烈的感伤，眷怀故国，兼悼被俘二帝，可当作一篇《哀江南赋》来读。陈廷焯《云韶集》卷十一评此词曰："此词凄凉哀怨，宜为世所贵也。凄艳。曲折凄凉，彦高集中最胜之作。"[1] 此论与元好问的看法不同。元好问《中州集》卷一曰："（吴激）乐府'寒夜茅店不成眠''南朝千古伤心事''谁挽银河'等篇，自当为国朝第一手，而世俗独取《春从天上来》，谓不用他韵，《风流子》取对属之工，岂真识之论哉？"[2] 至于吴激词中哪篇词作最佳，可以各有己见。

给吴激带来大名的是他的令词《人月圆·宴北人张侍御家有感》。词云：

南朝千古伤心事，犹唱后庭花。旧时王谢，堂前燕子，飞向谁家。　恍然一梦，仙肌胜雪，宫髻堆鸦。江州司马，青衫泪湿，同是天涯。

此词之创作本事见载于刘祁《归潜志》卷八，云："先翰林尝谈：国初宇文太学叔通主文盟时，吴深州彦高视宇文为后进，宇文止呼为小吴。因会饮，酒间有一妇人，宋宗室子流落，诸公感叹，皆作乐章一阕。宇文作《念奴娇》，有'宗室家姬，陈王幼女，曾嫁钦慈族。干戈浩荡，事随天地翻覆'之语。次及彦高，作《人月圆》词（略）。宇文览之，大惊，自是人乞词，辄曰：'当诣彦高也。'彦高词集篇数虽不多，皆精微尽善，虽多

----

[1] 《白雨斋词话全编》，第 246 页。
[2] 《四部丛刊》景元刊本。

用前人诗句，其剪裁点缀若天成，真奇作也。先人尝云：'诗不宜用前人语。'若夫乐章，则剪截古人语亦无害，但要能使用尔。如彦高《人月圆》，半是古人句，其思致含蓄甚远，不露圭角，不尤胜于宇文自作者哉？"①吴激自身的沦落之情，借小宫姬的身世抒发出来，足有感人者，一如白居易的贬谪之情借琵琶女的身世传达出来一样。张伯驹《丛碧词话》云："吴彦高为故宫人赋《青衫湿》词（略），足抵一篇《琵琶行》，故当时有挥泪者。其运用诗句，清真亦不能专美于前。"②此词的身世之感吴激没有细说，只是借用前人诗句表达，是其能感动读者的一大关键。陈廷焯《云韶集》卷十一评《人月圆》云："多少感慨，不落小家数，宜令叔通叹服。结更凄婉，而面面俱到。"③刘祁从这首词的成功看到了诗不宜化用前人诗句而词可以化用的做法，其中的原因当是词是用来歌唱的，化用前人诗中名句易为听众理解接受，且能"不落小家数"。当然也有人对此词有不同的看法。许昂霄《词综偶评》评《人月圆》云："花庵称其精妙凄婉，良然。然只是善于运化唐句耳。"④

吴激词的创作十分成功，由此引出论家把他和蔡松年词作比较，均认为吴激词比蔡松年要高出很多。陈廷焯《白雨斋词话》卷三云："金代词人，自以吴彦高为冠，能于感慨中饶伊郁，不独组织之工也。同时尚'吴蔡体'，然伯坚非彦高匹。"⑤朱庸斋《分春馆词话》卷四云："吴词成就远过蔡松年。蔡词富丽精工，感情贫乏，即如一时传诵之《鹧鸪天》'赏荷'词，体物入微，声韵圆美，然全无感慨，亦何足多哉？"⑥《续修四库全书总目提要》（《〈东山乐府〉一卷提要》）云："金词以激与蔡松年并称，当时效之者称'吴蔡体'。其时蔡非吴之匹也。……据《归潜志》《容斋题跋》诸书所云，激以此词（指《人月圆》）得名，盖剪用成语，全无痕迹，而思致深远，感激豪宕，自为大家风度。宜乎当时宇文叔通自

---

① 清武英殿聚珍版丛书本。
② 《近现代词话丛编》，第 186 页。
③ 《白雨斋词话全编》，第 246 页。
④ 《词话丛编》，第 1569 页。
⑤ 《白雨斋词话全编》，第 1199 页。
⑥ 《近现代词话丛编》，第 464 页。

愧不如也。其余若《春从天上来》《风流子》二首，章法精妙，苍凉悲壮，亦非他家所可及也。"① 也有不作轩轾，各赏其成功之处的，如陈匪石《声执》卷下说："金源词人，以吴彦高、蔡伯坚称首，实皆宋人。吴较绵丽婉约，然时有凄厉之音；蔡则疏快平博，雅近东坡。"②

因吴激词的成功，其词还被当作研究南北文学不同论的一个典型例证。况周颐《蕙风词话》卷三云：

> 自六朝已还，文章有南北派之分，乃至书法亦然。姑以词论，金源之于南宋，时代正同，疆域之不同，人事为之耳，风会曷与焉？如辛幼安先在北，何尝不可南？如吴彦高先在南，何尝不可北？顾细审其词，南与北确乎有辨，其故何耶？或谓《中州乐府》选政操之遗山，皆取其近己者，然如王拙轩，李庄靖，段氏遁庵、菊轩，其词不入元选，而其格调气息，以视元选诸词，亦复如骖之靳，则又何说？南宋佳词能浑，至金源佳词近刚方。宋词深致能入骨，如清真、梦窗是。金词清劲能树骨，如萧闲、遁庵是。南人得江山之秀，北人以冰霜为清。南或失之绮靡，近于雕文刻镂之技；北或失之荒率，无解深袋大马之讥。善读者抉择其精华，能知其并皆佳妙。而其佳妙之所以然，不难于合勘，而难于分观，往往能知之而难于明言之。然而宋、金之词之不同，固显而易见者也。

论者常说：言词派不如言风会。然言风会也有其缺憾之处，况氏颇能看到这一点。他的意见是要分观，即要看到各人的出处进退对其词作的影响，而于由南入北、由北入南的词人尤需这样来看。此中即是说吴激是南人而非北人，尽管他被羁縻在北朝为官。王奕清等《历代词话》卷九引萧真卿语云："乐府推吴彦高、蔡伯坚为吴蔡体，实皆宋儒也，不当于金源文派列之。当断自蔡正甫（即蔡珪）为宗，党竹溪（即党怀英）次之，赵闲闲

---

① 孙克强、岳淑珍编著《金元明人词话》，南开大学出版社，2012，第12页。按，此则为孙人和撰。
② 《宋词举》（外三种），第198~199页。

（即赵秉文）又次之。余倡此论，一时无异议云。"① 萧真卿的意见有可取之处。

怀念故国是吴激词的情感依托所在。刘毓盘《词史》第七章说："若《风流子》《春从天上来》数词，皆曰怀旧而作，眷眷故国，言之可伤。"② 融化前人诗句是吴激词的基本做法，吴梅《词学通论》第八章说："彦高词，篇数不多，皆精美尽善，虽多用前人语，而点缀殊自然也。"③ 创作技法的娴熟也是吴激词成功的一个因素。沈谦《填词杂说》云："小令中调有排荡之势者，吴彦高之'南朝千古伤心事'、范希文之'塞下秋来风景异'是也。长调极狎昵之情者，周美成之'衣染莺黄'、柳耆卿之'晚晴初'是也。于此足悟偷声变律之妙。"④ 是说吴激词作小令中调能取势。吴衡照《莲子居词话》卷一云："吴彦高为《中州乐府》之冠，不特词高，其用韵亦谨饬有法。如《人月圆》专用麻韵，《春从天上来》专用青韵，《满庭芳》专用盐韵，皆用《广韵》。即《风流子》阳、唐并用，只就近通融，不搁入江也。"⑤ 是说吴激词押韵纯粹。吴激词少而得享大名，是作词以少胜多的典型例证。

吴激有《满庭芳》云："千里伤春，江南三月，故人何处汀州。"吴激怀念故国，兼怀念故乡，此词用汀州指代福建。

第二节　元初闽籍遗民词人

一般认为：在易代之际，遗民指不仕新朝（学官可除外）而内心眷恋旧朝的人。宋元易代之际，福建士人以气节著称。方勇先生指出："福建的学子们正是遵循着朱熹所指引的道路前进的。尤其在宋末元初民族矛盾十分尖锐的时候，他们更加重视务实躬行，把坚守民族气节看得高于一切。"⑥

---

① 《词话丛编》，第 1272 页。
② 刘毓盘：《词史》，上海书店，1985，第 131 页。
③ 吴梅：《词学通论》，中华书局，2010，第 108 页。
④ 《词话丛编》，第 630 页。
⑤ 《词话丛编》，第 2419 页。
⑥ 《南宋遗民诗人群体研究》，第 94~95 页。

今见闽人有词传世且符合遗民标准者不过数人。

一 黄公绍

黄公绍，字直翁，号在轩，邵武（今属福建）人。宋咸淳元年（1265）进士。尝官架阁。入元不仕。隐居樵溪。著有《古今韵会》《在轩集》。《彊村丛书》辑有《在轩词》1 卷，《全宋词》据以录入，又据《新编事文类聚翰墨大全》庚集补 2 首，共 30 首。其代表作是《莺啼序·吴江长桥》：

> 银云卷晴缥渺，卧长龙一带。柳丝蘸、几簇柔烟，两市帘栋如画。芳草岸、弯环半玉，鳞鳞曲港双流会。看碧天连水，翻成箭样风快。　白露横江，一苇万顷，问灵槎何在。空翠湿衣不胜寒，日华金掌沆瀣。鹭花平、绿文衬步，琼田涌出神仙界。黛眉修，依约雾鬟，在秋波外。　阁嘘青蜃，楼啄彩虹，飞盖蹴鳌背。灯火暮，相轮倒影，偷睇别浦，片片归帆，远自天际。舞蛟幽壑，栖鸦古木，有人翦取松江水，忆细鳞巨口鱼堪脍。波涵笠泽，时见静影浮光，霏阴万貌千态。　蒹葭深处，应有闲鸥，寄语休见怪。倩洗却、香红尘面，买个扁舟，身世飘萍，名利微芥。阑干拍遍，除东曹掾，与天随子是我辈，尽胸中、著得乾坤大。亭前无限惊涛，总把遥吟，月明满载。

词当是黄公绍游历苏州所作。吴江即是吴淞江。宋元之时，太湖东岸有三条河流：吴淞江、娄江、东江，合称三江。吴淞江又称松江、松陵江、南江。词人所称"长桥"，就是吴江的垂虹桥，位于吴江与太湖的结合处。今天的垂虹桥只保存一小段。词中的"双流"指东流的吴淞江，以及北流的一条小河，今天这条小河已不复存在。由垂虹桥经这条小河北行十几公里，就是范成大的石湖，宋末姜夔曾经过这条小河拜访过范成大。[①] 此词很好地状写垂虹桥极盛时期的情景，犹如一幅小型的"清明上河图"。由垂虹桥向东沿吴淞江东下二三十公里即是唐代著名诗人号"天随子"陆龟

---

① 肖鹏、王兆鹏：《重返宋词现场》，东方出版中心，2021，第 363、385、386 页。

蒙隐居的甫里（今甪直镇），词中"与天随子是我辈"，即表达了隐居终世的想法。"除东曹掾"指其任架阁一职，词人对此微职很不满意。垂虹桥宋末毁于战乱，此词当作垂虹桥未毁之前。今天我们读此词，觉得是一份珍贵的资料。

二　郑思肖

郑思肖（1241～1318），字忆翁，号所南，福州连江（今属福建）人。太学上舍生。应博学宏词科，元兵南下，叩阍上太后、幼主，疏辞切直，忤当路不报，遂客吴下，寄食城南报国寺以终。著有《郑所南先生文集》1卷、《所南翁一百二十图诗集》1卷、《锦钱余笑》1卷。明崇祯十一年（1638）冬，于苏州承天寺井中发现封于铁函内的《心史》1部，题"大宋孤臣郑思肖百拜书"，纪事有与史不合，或疑为后人假托。陈福康先生认为《心史》非伪作。[①]《全宋词》未收郑思肖词，邓子勉先生辑录其词1首[②]，《十六字令》云：

> 身，莫置操心比石坚。风自疾，劲草上粘天。

此词自写心志，说自己忠于宋朝犹如磐石一般坚定；自比"劲草"，要依附苍天，也是忠于宋朝的表达。他是坚定的遗民，其著作对元朝充满仇视。

三　熊禾

熊禾（1247～1312），字去非，号勿轩，又号退斋，建阳（今属福建）人。咸淳十年（1274）进士，授汀州司户参军。宋亡不仕。筑室云门山，四方来学者如云集。著有《勿轩先生文集》，其中卷八存词4首。熊禾宋亡后隐居武夷山，讲学著述以终。《沁园春·自寿》颇能反映他的隐居心态，词云：

---

① 陈福康：《关于郑思肖的生日及其他》，《新宋学》第一辑，上海辞书出版社，2001。
② 邓子勉：《宋词辑佚五首》，《词学》第十二辑。

　　自笑生身，历事以来，垂六十年。今浮沉闾里，半非识面，交游朋友，各已华颠。勋业不成，年华已去，空见悠悠岁月迁。虽然是，壮心一点，犹自依然。　　新阳又长天边。人指似、山间诗酒仙。算胸次崔嵬，不胜百楛，笔端枯槁，难足千篇。隐几杖藜，相耕听诵，聊看诸郎相后先。余何事，但读书煮茗，日晏高眠。

词中所说年华老大、事业无成之感，是很沉痛的。想来熊禾 28 岁成进士，如宋不亡，当能在官场上有所作为。他 30 岁就抱节不仕，只能看着别人争先恐后地做官。此词约作于 60 岁时，过了 5 年熊禾就去世了。

四　刘应李

　　刘应李（？～1311），字希泌，号省轩，建阳（今属福建）人。宋度宗咸淳十年进士，授建阳主簿。入元与熊禾讲学武夷洪源山中，建化龙书院，学者云集。编有《新编事文类聚翰墨大全》。《全宋词》自《新编事文类聚翰墨大全》辑录其词 1 首。《祝英台近·游武夷平林》云：

　　濯沧浪，歌窈窕，云日弄微霁。屏倚曾空，鹤去几何岁。尚留洞草芊青，岩花重碧，游咏处、露中风袂。　　木兰舣。亭外舟舟斜阳，杯行尚联断。独凭危栏，解渴漱寒水。少须酒力还低，茶香不断，清与处、月明川底。

此词颇能反映福建知识阶层，在元朝建立后，清修自处，以讲学传道，存一代学术与文化的心理特点。

第三节　洪希文词

　　洪希文（1282～1366），字汝质，号去华山人，莆田（今属福建）人。尝官训导。事迹见《新元史》卷二三七、《元史类编》卷三六。父岩虎有集名《轩渠集》，希文有集《续轩渠集》10 卷。

洪希文存词 33 首，《全金元词》据清丁丙跋清钞本录入，此本不及文渊阁《四库全书》本《续轩渠集》。据四库本可补足词的注文，如《临江仙·暑剧，携酒就溪流盥漱，因少憩松阴》丁本有注文："汉武帝太和四年起明光殿，近桂官，成都侯商病欲避暑，从上借明光宫。"另据四库本可补注文："《华严经》云：'以白旃檀涂身，能除一切热恼而得清凉也。'扬州有月观风台，何逊《梅花诗》：'枝横却月观，花绕凌风台。应知早飘落，故逐上春来。'晋孙子荆曰：'所以枕流欲洗其耳，所以漱石欲洗其齿。'或问顾恺之会稽山水之状，曰：'千岩竞秀，万壑争流。'"合此两条注文，更有助于对全词的理解。另有一些文字可据四库本校正，如《鹧鸪天·渔父》有句"得鱼换了茅柴讫"，"讫"丁本作"吃"，显误，应据四库本改"吃"为"讫"。《沁园春·寿东泉郡公》有句云："远赛过、唐贤几辈行。"丁本无"几"字，按律应据四库本补"几"字。不一而足。总之，据丁本和四库本对校，择善而从为是。

洪希文的词主要是饮茶词、农村词、寿词。寿词可不论。他的茶词有 4 首，写得最好是《浣溪沙·试茶》：

> 独坐书斋日正中。平生三昧试茶功。起看水火自争雄。　势挟怒涛翻急雪，韵胜甘露透香风。晚凉月色照青松。

词写一幅自乐的闲景，有细腻的观察和体验，特别是最后一句耐人寻味，有些禅意。洪氏的农村词有 5 首，有 1 首《鹊桥仙·水碓》颇佳，录如次：

> 山容叠翠，水光拖练，澎湃奔腾远势。输他心匠动机舂，应笑杀、伯鸾左计。　引渠激水，连房凿臼，捣尽糠和秕。朝朝暮暮不曾闲，又岂问、丰年歉岁。

《鹊桥仙》一词颇有思致。水碓乃农村常见之物，诗家词家少有正面吟咏。词的上阕说奔竞之人心机太重，为梁鸿所笑。汉梁鸿，字伯鸾，家贫好学，不求仕进，与妻孟光共入霸陵山中，以耕织为业。夫妇相敬有礼，后因此以"伯鸾"借指隐逸不仕之人。下阕说水碓只管劳作不问收获，可能有词人的自喻。

第六章　明代闽词：振起前的积累

明代开国时，词人特盛，多有佳作。如刘基、高启、杨基、陶安、林鸿诸人之作，均多可取。明代开国，立法甚严，诗人词客多有贬谪经历，故明初贬谪词多且不乏梗概之气。闽人陈德武是一位贬谪到宁夏的词人，他是元末明初人，主要创作活动发生在明初。论者认为：他在明开国大将廖永忠幕下长期任职，游历广东、湖广、南直隶等地区，洪武九年（1376）获罪谪居宁夏，与庆靖王朱栴一起，成为宁夏词坛的首开风气之人。林鸿是有明一代的著名诗家，其所开创的闽中诗派，影响约三百年。他是明代词家中较好的一位，在闽词史上留下重重的一笔，在明代词史上也占有一席之地。他的艳情词，颇有柳七风味，勾情渲意，引人畅想。小说家冯梦龙读到《鸣盛集》中词作，就在他的小说《情史类略》卷十三中演绎了林鸿与张红桥浪漫的爱情故事。此足可说明林鸿词的影响力。林大同存词48首，其中寿词40首，他是一位专力写寿词的词人，此点与宋人魏了翁相仿佛。林大同的寿词平和亲切。总体看来，明初闽籍词人的创作成就，相对明初词作大家的成就来说，显得有所不足，但也颇有特色。

第一节　明初洪武闽籍词人

一　流寓宁夏的陈德武

陈德武，三山（今福建福州）人，元末明初人，曾仕宦而遭贬谪。所著词集《白雪遗音》，今传世。《全宋词》录存65首，系误收。《全闽词》

据清丁氏嘉惠堂《宋明十六家词》钞本《白雪词》录入，校以民国 13 年（1924）朱孝臧辑校《彊村丛书》本《白雪遗音》，酌采《全宋词》校语。但把陈德武词放在宋代，亦是失当。

叶晔先生《陈德武〈白雪遗音〉创作时代考论》对陈德武的生活时代和生平事迹已有考证，其说可信。此文说："他在明开国大将廖永忠幕下长期任职，游历广东、湖广、南直隶等地区，与江南文人叶见泰等多有交往。洪武九年获罪谪居宁夏，与庆靖王朱㮮一起，成为宁夏词坛的首开风气之人。"① 这一发现很有意义。谢章铤《赌棋山庄词话》卷五曰："闽中宋元词学最盛，近日殆欲绝响，而议者辄曰：'闽人蛮音鴃舌，不能协律吕。'试问'晓风残月'，何以有井水处皆擅名乎？而张元幹（长乐）、赵以夫（长乐）、陈德武（闽县）、葛长庚（闽清）诸家，皆府治以内之人，其词莫不价重鸡林……"② 这一论断是需要略加修正的。明嘉靖十九年（1540）刻《百川书志》卷十八有云："《白雪遗音》一卷，皇明三山陈德武著，六十七首。"③ 明人对陈德武的生活时代并不含糊。陈德武主要事迹发生在洪武元年（1368）至洪武三十一年（1398）间，因此可以把陈德武看作明初词人，不属宋、元词人之列。

陈德武《一剪梅·九日》有句"身在河南。心在江南。渊明何日解征骖"。他自比陶渊明，一来是说自己的职位低，二来也有自负之意，自己的文才不错。他的诗传下来很少，在正统《宁夏志》中保存了 8 首，今天看他的文才主要是看其词。他的词有怀古、纪游、咏物三类，各有所成。《水龙吟·西湖怀古》云：

> 东南第一名州，西湖自古多佳丽。临堤台榭，画船楼阁，游人歌吹。十里荷花，三秋桂子，四山晴翠。使百年南渡，一时豪杰，都忘却，平生志。　可惜天旋时异。借何人、雪当年耻。登临形胜，感伤今古，发挥英气。力士推山，天吴移水，作农桑地。借钱塘潮汐，为

---

① 叶晔：《陈德武〈白雪遗音〉创作时代考论》，《江海学刊》2018 年第 1 期。
② 《赌棋山庄词话校注》，第 115 页。
③ 清光绪至民国间《观古堂书目丛刊》本。

　　　　君洗尽，岳将军泪。

词的上阕平平，未超出宋人所赋。下阕写元末动乱中"天旋时异"，朱元璋起义军即将统一全国，可以一洗"岳将军泪"，可以扬眉吐气了。此词完全具备不同寻常的词史意义。《望海潮·钱塘怀古》有句"至今人物蕃丰。仰功扬山立，德润川容"，豪气可谓干云，应是他跟随廖永忠攻城略地时志得意满的抒情写意。《水龙吟·和雪后过瓜洲渡韵》云：

　　　　问津扬子江头，滔滔潮汐东流去。六朝文物，千年陈迹，几更乌兔。天限东南，水流今古，地分吴楚。喜壮游千里，桑弧蓬矢，功名事，儒生语。　翘首石头城北，簇楼台、远连芳树。雪消天气，澄江如练，碧峰无数。银瓮春回，金山钟晓，梦闲鸥鹭。早归来，尽日风平人静，孤舟横渡。

瓜洲渡，宋王象之《舆地纪胜》卷三七《淮南东路·扬州》云："瓜洲，在江都县南四十里江滨。相传即祖逖击楫之所也。昔为瓜洲村，盖扬子江中之沙碛也。沙渐涨出，其状如瓜，接连扬子渡口，民居其上。唐立为镇。今有石城三面。"[1] 陆游《书愤》诗云："楼船夜雪瓜洲渡，铁马秋风大散关。""桑弧蓬矢"，言自己志向远大。古代男子出生，射人用桑木做的弓、蓬草做的箭，射天地四方，表示有远大志向。此词写瓜洲渡曾历尽沧桑，如今风平人静，自己壮游至此，内心充满豪迈之情。

　　张廷玉撰《明史》卷一二九载：洪武八年（1375）三月，廖永忠"坐僭用龙凤诸不法事，赐死"[2]。据叶晔先生所考：陈德武受到了牵连，被逮入禁卫，至洪武九年（1376），被万里流边。他作有《醉春风·三月二十七日出禁谪宁夏安置》一词，此词意义不小。因为他"是一位将南方的填词风气带入宁夏地区，并首开明代边塞词创作先河的关键人物"[3]。陈

---

① 清影宋钞本。
② 清乾隆武英殿刻本。
③ 叶晔：《陈德武〈白雪遗音〉创作时代考论》。

德武词的价值恐怕不仅仅在这些方面，或可说他为明初贬谪词带来新的变化。

明初主要词家有刘基、高启、杨基等人。赵尊岳《惜阴堂汇刻明词记略》云："明代开国时，词人特盛，且词家亦多有佳作。如刘基、高启、杨基、陶安、林鸿诸作，均多可取。虽诸家多生于元季，尚沐赵宋声党之遗风，然刘、高诸词，竟可磨两宋之壁垒，而姑苏七子等，要亦多能问（闻）者，不可不谓为开国时风气所使然也。"① 明代开国，立法甚严，惩贪去弊，在所不惜，故明初贬谪词多且不乏梗概多气。刘基受胡惟庸诋毁之后，忧愤而死，其词有忧谗畏讥之意。杨慎才思敏捷，下笔不能休，其词主要写其三十余年贬谪生涯的苦难。如《木兰花慢》云："念故国关心，归期难卜，远望愁生。"②《鹧鸪天》云："酒阑二十年前事，梦醒三千里外身。"③ 在明词中，杨慎的贬谪词颇具异质，他善于借女性口吻倾诉苦难。高启存词30多首，词风与诗风较为一致，有雄健之气。苏州知府魏观在张士诚宫址上修建府治，获罪被诛，高启撰《上梁文》，文中有"龙盘虎踞"四字，有人诬陷他歌颂张士诚，连坐被腰斩。陈德武生活在有些恐怖的时代氛围里，其命运可知。他的《醉春风·三月二十七日出禁，谪宁夏安置》云：

> 推枕床羞下。临鸾眉不画。妒深谁复白珪瑕。怕。怕。怕。飞燕班姬，昭君延寿，孰知淫雅。　背倚荼蘼架。泪满鲛绡帕。白头吟断怨琵琶。罢。罢。罢。采柏卖珠，牵萝补屋，顺天生花。

词写女子妆容，她怕一日被弃，结果仍不免悲惨命运的捉弄。这样的笔法是出于时代的忌讳所需，自己转战南北，甘苦遍尝，最终也只能是如女子被弃一般，还不如闲散地活着，少受些苦难。词人曾是有志之人，《望海潮·拱日亭》曰：

① 《赵尊岳集》（叁），第953页。
② 饶宗颐初纂，张璋总纂《全明词》，中华书局，2004，第811页。
③ 《全明词》，第820页。

山涯海角，天高地厚，长安举首何方。万水朝宗，众星环极，平生此志无忘。亭上一翱翔。见烟收雾敛，凤翥龙骧。海色苍凄，金乌拍翅上扶桑。　遥瞻咫尺清光。物无遐不烛，有隐皆彰。发轸心劳，之官路远，篙师又促归航。不敢久徜徉。抱梧桐绮实，葵藿心肠。假我双翰，一朝飞上五云乡。

此词写于广东，亭即番禺浴日亭，廖永忠曾将亭名改为"拱日"。词说自己有"葵藿倾太阳"（杜甫诗句）的心性，有"众星环极"之志，由此词再看《醉春风》词，词人被谪后的心情是何等的沉痛。

在长期的漂泊和贬谪的行程中，他的思乡情绪与日俱增，强烈地盼望着能与家人团聚。《望远行》云："怅望江南天际，白云飞处，念我高堂人老。"《沁园春·舟中夜雨》云："问君何事牵萦。想最苦、人间是别情。念千山万水，沉鱼阻雁，一身两地，燠燕煎莺。绣枕痕多，锦衾香冷，意有巫山梦不成。怎撇下，这两字相思，万里虚名。"在他贬谪宁夏期间，相思的情绪更加浓厚。

况周颐《餐樱庑漫笔论词》云："宋陈德武《浣溪沙》云：'山上安山（出字）经几岁，口中添口（回字）又何时。'是以谜体为词也。"① 此词是借拆字隐晦地表达自己希望离开贬所回到故乡之意。

毫无疑问，陈德武的词尚沐赵宋声党之遗风，他特别认同李清照的词，词中多有借用李清照后期词的句子与语意，以写他的落寞之愁。如《望远行》云："不是悲花，非干病酒，有个离肠难扫。"《鹧鸪天·咏菊》就更典型了，词云：

三径芳根自不群。每于霜后播清芬。枝头蛱蝶如羞见，篱外征鸿不可闻。　情脉脉，思纷纷。绕窗吟咏理余薰。卷帘人在西风里，知是新来瘦几分。

陈德武之所以取法李清照词，是借男子作闺音的传统抒情方式，一吐愁

---

① 《民国词话丛编》（第一册），第 220～221 页。

情，又能很好地保护自己。

二　不失南宋清疏之气的林鸿

林鸿（1338～?），字子羽，福清（今属福建）人。洪武初，以人才荐，授将乐县儒学训导，拜礼部精膳司员外郎。太祖临轩，试《龙池春晓》《孤雁》二诗称旨，名动京师，年未四十自免归。鸿与郑定、王褒、唐泰、高棅、王慕、陈亮、王偁、周玄、黄玄合称"闽中十才子"，林鸿称首。张廷玉撰《明史》卷二百八十六《文苑二》云："鸿论诗，大指谓汉魏骨气虽雄，而菁华不足。晋祖玄虚，宋尚条畅，齐、梁以下但务春华少秋实，惟唐作者可谓大成。然贞观尚习故陋，神龙渐变常调，开元、天宝间声律大备，学者当以是为楷式。闽人言诗者率本于鸿。"① 著有《鸣盛集》4卷，词存其中，风格雅整疏俊。

林鸿是有明一代的著名诗家，其所开创的闽中诗派，影响约三百年。词乃其余事。《鸣盛集》今存词31首，内容涉及道教、述怀、咏物、纪游、赠答等。就其成就而言，林鸿是明代词家中较好的一位，在闽词史上已留下重重的一笔，在明代词史上也占有一席之地。张仲谋《明词史》却说："林鸿以诗名家，其词不足称。其中和虞集《苏武慢》八首，性理学与道教杂糅，'性水''情田''婴儿''姹女'之类，冬烘中夹杂着丹铅之气，纯为糟粕。其他词亦无特出之作，故历来选本少有及之者。"② 如此说，是彻底的否定了，那么就先看他的道教词吧。

元人虞集有《苏武慢》词13首，述道教修仙遗世之乐，在道教词史上确实有相当的影响。林鸿涉猎很广，应读过虞集的《苏武慢》词。倪桓《鸣盛集序》云："早颖悟，猎涉群书，提要钩玄，去其糟粕而掇其英华，悉取资以为诗。"③ 如认为林鸿的八首《苏武慢》词是和虞集的《苏武慢》，应是不成立的，因和作主要看押韵，经比对，没有发现用韵相同的词作，但说林鸿词受到虞集词的影响大约是可以成立的。他的8首《苏武

---

① 清乾隆武英殿刻本。
② 张仲谋：《明词史》，人民文学出版社，2002，第77页。
③ 清初钞本。

慢》词涉及道教修仙事不过 3 首，这些词内容上缺少创新。其他 5 首或讲人生无常，应勘破功名；或讲厌弃官场，应任性自适；或讲历史变迁，纷扰难定。词的思想还是深刻的，能给人以一定的警醒。如云："道在目前，理非身外，欲悟几人能悟。""有几人、俯仰无惭，浩气直干云阙。""倩谁人、唤起庄周，斗酒与谈元素。""细看来、聚蚁功名，战蜗事业，毕竟又成何济。"特别是第四首述其弃官一事，不遮不掩，可见一个兀然自傲的士大夫的形象。词云：

> 家本儒流，身穿逢掖，出入义途仁里。洞鉴机心，冥搜海岳，博得一贫如洗。作赋南宫，吟诗北苑，万句不如杯水。问先生、何苦如斯，只是好之不已。　最爱是、竹寺秋眠，花楼夜饮，醉倒不知天地。礼法之徒，是非评论，看得不如蝼蚁。勘破兴亡，超乎流俗，莫怪不营生理。吐胸中、万斛珠玑，有几个富人能比。

真正让林鸿词受到很大关注是他的一首交游词《大江东去·留别红桥故人》。词云：

> 钟情太甚，人笑我、到老也无休歇。月露烟云多是恨，况与玉人离别。软语叮咛，柔情婉娈，镕尽肝肠铁。歧亭把酒，水流花谢时节。　应念翠袖笼香，玉壶温酒，夜夜银瓶月。蓄喜含嗔多少态，海岳誓盟都设。此去何之，碧云春树合，晚峰千叠。图将羁思，归来细与伊说。

此词是一首艳情词，颇有柳七风味，勾情渲意，引人畅想。小说家冯梦龙读到《鸣盛集》中词作，就在他的小说《情史类略》卷十三中演绎了林鸿与张红桥浪漫的爱情故事，足可证林鸿此词兴发感动的魅力。所谓张红桥，不过是冯梦龙虚构的一个女性词人。何振岱谓"红桥事出自文人假托"[①]。张仲谋《明词史》附录《林鸿及红桥故事辩证》已详细考证之，探明词学

---

① 郭则沄：《清词玉屑》卷七，《词话丛编二编》，第 1500 页。

一大公案，令人信服。红桥本地名非指人，冯梦龙把红桥坐实为一个女人，还加了一张姓，遂有所谓的故事在。拙作《赌棋山庄词话校注》曾细腻比对《情史类略》与《鸣盛集》中词作，可以看出《情史类略》的取材来源于《鸣盛集》，益可证所谓红桥故事不能成立。张红桥那首著名的步韵词《百字令》不过是冯梦龙的依托。词曰："凤皇山下，玉漏声、恨今宵容易歇。一曲阳关歌未毕，栖乌哑哑催人别。含怨吞声，两行珠泪，渍透千重铁。柔肠几寸，断尽临歧时节。　　还忆浴罢画眉，梦回携手，踏碎花间月。谩道胸前怀豆蔻，今日总成虚设。桃叶渡头，河冰千里，合冻云叠叠。寒灯旅邸，荧荧与谁闲说。"这首词也可见冯梦龙的词才，值得引录。

这里还可以补充一点，桥名红桥到底在何地？张仲谋《明词史》根据《念奴娇·留别冶城游好》《八声甘州·怀冶城游好》推断出："红桥也根本不在闽县，而是在湖北黄陂县东南的冶城。……冶城有二，一为古城名，在今南京市朝天宫附近，为春秋时吴王夫差冶铁之处；一为地名，在今湖北黄陂县东南。据词中'苦竹黄茅'之类的景物，这个冶城不可能在金陵，而只能是在湖北。"① 这就有些离题太远了。冶城是福州的别称，相传欧阳子锻剑于此，故名。王应山《闽都记》卷二《城池总叙》云："闽自无诸开国，都冶为城，所从来久远。晋太康三年，置郡树牧，狭视冶城。"② 徐𤊹《幔亭集》卷八有《冶城怀古》二首。陈庆元先生《福建文学发展史》说："冶城，福州别名；福州有山名冶山。"③ 所以林鸿词中的红（一作虹）桥在古称冶城的福州。但到底位于福州何处，也可追问一下。红桥实在侯官县西洪塘铺口。陈道纂弘治《八闽通志》卷十七《地理》云："洪山桥，距城五、七里许。旧有石桥，桥门狭猛，水不时泄，民以为病。成化十一年（1475），镇守太监卢胜广其旧址而重建之，规模宏远，十倍于前。佥事章懋为记。二十一年，复坏，钦守太监陈道重备。"④ 朱彝尊《江城子·饮道山亭》云："最好红山桥外月。"李富孙《曝书亭集

---

① 《明词史》，第 79~80 页。
② 王应山著，林家钟、刘大治校注《闽都记》，方志出版社，2002，第 6 页。
③ 《福建文学发展史》，第 421 页。
④ 明弘治刻本。

词注》引《一统志》云："洪山桥，在侯官县西洪塘铺口。明成化中建。长一百二十三丈，水门三十有四，盖桥屋九十三间。府境桥梁洪山与万寿最巨。"① 谢章铤《赌棋山庄词话》卷五谓"红桥即今之洪山桥"，殆据李富孙《曝书亭词注》。② 红桥当是林鸿盘桓之地，并有艳情发生，所以他的词屡有怀想当年之事。

林鸿作文时有艳想，这或是他的词被改编成小说的一个原因。林鸿《鸣盛集》卷四有《梦游仙记》，谢章铤《赌棋山庄词话》节录云："客游玉华洞，梦入一莎径，见华表朱榜金书曰：'瑶草洞天'。有一女奴曰：'子非林郎耶？妾之女君待子久矣，妾请肃客。'乃过泠然驭风之馆，道华蕚葆光之楼，至怡神亭。亭西有天蕚轩，轩中码碯几上陈一册曰《霞光集》。一女年可二八，向余再拜。予答礼请姓字，女曰：'妾之严君，瑶华洞主葆素真君，董其姓，处默其字。妾乃第三女，小字芸香。严君阶列地仙，职司文衡，佳者皆录于《霞光集》，以备上帝观览。君之作凡数十，其"一鸟镜天净，万花潭雨香"与"橄雨古坛暝，礼星寒殿开"之句，尤为称赏，今日愿求雅作。'余献诗曰：'白玉仙源隔紫霞，人间有路入瑶华。绛囊倘示餐松诀，长向天坛扫落花。'女和曰：'天蕚芳艳绚云霞，自愧才非蕚绿华。待得尘缘收拾尽，凤笙同奏碧桃花。'既惊寤，翼日寻其地，见一潭中有赪鲤数尾，因念尺素传书事，乃作一绝投之曰：'曾入瑶华洞里来，天蕚轩槛绝纤埃。玉笙未奏青鸾曲，山下碧桃空自开。'忽双鱼衔而入，须臾，一笺浮上，有诗曰：'天蕚小院敞银屏，鹊散天河逗客星。欲识别来幽思苦，晚峰长想黛眉青。'"③ 冯梦龙也许细读过这篇《记》，引起了创作兴致，遂演绎出红桥故事。《情史类略》与《梦游仙记》均写两情相悦，诗词唱和情境亦相仿佛。

林鸿的咏物词也有可观之处，其《念奴娇·咏雁》自写身世，以鸿自喻，身世之感颇能自见。词云：

---

① 清嘉庆十九年（1814）校经颛刻本。

② 《赌棋山庄词话校注》，第 112 页。

③ 《赌棋山庄词话校注》，第 134～135 页。

登临送目，正木落蒹葭，水寒湘渚。碧海青天三万里，望断惊弦弱羽。字写璇空，阵横紫塞，梦入黄芦雨。锦笺一札，谩留别后愁语。　空江水碧沙明，闲情谁与共，晚江鸥鹭。二十五弦弹古恨，逐伴又还飞去。仙掌月明，长门灯暗，多少悲凉处。千秋哀怨，只今犹绕筝柱。

谢章铤《赌棋山庄词话》卷六评林鸿词曰："子羽词不失南宋清疏之气，在明初即置之刘诚意、高青邱间，亦复何惭作者？况红桥留别之篇，康熙时徐电发纂《本事诗》，备采于集，炳炳在人耳目前。王述庵竟一字不登，其疏甚矣。"[1] 张仲谋《明词史》却说："谢章铤论词，手眼甚高，然于林鸿则蔽于乡曲之见，未免过誉。以林鸿词与刘基、高启相提并论，子羽亦当自惭。王昶（述庵）《明词综》不选林鸿词，非为闻见之疏，乃持择之严故也。"[2] 此说又或可商。谢章铤是极为严谨持正的词学批评家，观其《赌棋山庄词话》中评论戈载词即可知，断不会因为乡曲之私而拔高林鸿的词作。他的"不失南宋清疏之气"，是公正的评论。林鸿词还有另一个突出的特点，即是声律圆稳，颇堪诵读。这也是他诗歌的一贯作法。钱谦益《列朝诗集》丁集卷十六云："余观闽中诗，国初林子羽、高廷礼，以声律圆稳为宗，厥后风气沿袭，遂成闽派。"[3] 林鸿非专力作词，自不能开词中闽派。赵尊岳《惜阴堂汇刻明词记略》把林鸿词的成功归于明初尚存赵宋声党之遗风，也在一定程度上说明林鸿词是有地位的。

三　专力写寿词的林大同

林大同，字逢吉，其先长乐（今属福建）人，曾祖以下皆官常熟，遂为常熟人。明洪武四年（1371）进士，授石首县丞。历开封府学训导，以病归。明永乐初再召，以疾辞。著有《范轩集》12卷。

林大同存词48首，其中寿词40首，可以说，他是一位专力写寿词的

---

① 《赌棋山庄词话校注》，第135页。
② 《明词史》，第77页。
③ 清顺治九年（1652）毛氏汲古阁刻本。

词人。此点与宋人魏了翁相仿佛。魏了翁著有《鹤山全集》110卷，内有长短句三卷，共189首词，其中寿词达百首之多，为宋人词集所罕有。黄昇《中兴以来绝妙词选》卷七以为"皆寿词之得体者"①。虽如此，朱彝尊《词综·发凡》却云："宣、政而后，士大夫争为献寿之词，联篇累牍，殊无意味。至魏华父，则非此不作矣。是集于千百之中，止存一二，虽华甫亦置不录也。"② 可见，作寿词往往不被看好。其实，做寿是人之常情，寿词也因其有意义而普遍存在。据刘尊明先生《唐宋词综论》：宋代寿词总计2554首，占《全宋词》作品总数（21055）的1/8弱（未包括宽泛意义上的颂圣祝寿词、祈福祝寿词）；其中有姓名可考的作者431人，占《全宋词》作者总数（1494）的1/3弱。③ 谢章铤《赌棋山庄词话续编》卷一评魏了翁寿词云："虽未臻上乘，亦未尝全作谀辞。"④ 所以寿词如何避免过分的称颂吹捧就显得重要了。林大同的寿词不免有谀颂之处，但主要还是突出庆寿时和乐喜庆的氛围。如：

> 香露笼晴，和风约雨，乍暖乍寒时候。华裾织翠，珠履填门，燕席宏开春昼。携太白引绵驹，笑捧螺杯，满倾醇酎。庆芳辰初度，二月生申，百年长寿。　曾见说、今岁欢情，绝胜前岁，来岁定膺依旧。梅花粉瘦，杨柳金柔，杏蕊深红如豆。笑拥潘舆，舞翻莱袖。此时情钟阿母，谓高朋满座，何惜同开笑口。（《过秦楼》）

《过秦楼》词以景衬情，一派热闹景象与初春的景致很能融合，"梅花粉瘦，杨柳金柔，杏蕊深红如豆"，是写景的佳句。"笑捧""笑拥""舞翻"等词语突出了浓浓的人情味。另有《万年欢》词写寿主的人品襟怀赢得客人的敬重，大家来祝寿，喜乐盈盈，连邻里老人也来戴花同乐，喝酒唱歌，齐祝主人长寿。林大同的寿词平和、亲切、实在。

---

① 《花庵词选》（二），第292页。
② 《词综》，第14页。
③ 《唐宋词综论》，第136页。
④ 《赌棋山庄词话校注》，第261页。

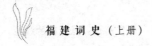

第二节　明中期的闽词

明中期的闽词，创作风向出现了变化，帐词进入闽词家创作范围，这与时代风气有关。明中期是闽词创作走向应用化的一个时期，有它的重要意义。另有古文家王慎中也写词，在闽词史上起到了过渡的作用。

一　黄潜、杨旦、张经的帐词

明代词坛，帐词写作蔚然成风。进入成化、弘治、正德年间，闽籍词人也加入帐词作者的行列，为词的通俗应用写作做出了贡献，应该在闽词史上加以论述。

帐词又称幛词，一般是指把词写在印有图案并有尺寸大小规定的丝绸布帛上，悬挂在厅堂上，向人道贺、吊祭、送别的应用文体。这种应用文体有它特殊的写作规定性，词的正文前照例有长短不一的四六文，然后才是词作正文。它是四六文和词相结合的一种通俗应用文体。四六文主要承担敷衍受赠者生平、称述功德的任务，铺陈描写是其基本的做法；词作则主要承担表达期盼和祝愿的任务，抒情写意是其基本的写法。

这种应用文体的写作，难以说是以四六文为主，也难以说是以词作为主，在于作者如何侧重。无论是四六文还是词作，都是要注重声响效果，讲究吟诵咏叹。想必主人在收到帐词后，悬挂厅堂之上，众宾客在领略作者的文采时，时常会不自觉地吟哦一番。若真是文采斐然而声响流动，再加上称颂得体，主人自是惬意，作者当然得意，宾客必定满意，帐词的作用就会在特定的时空场景中凸显起来。在文学发展的历史进程中，帐词自有一定的积极作用，它的出现本身就是一种创新，不可一笔抹煞。①

黄潜（1435～1508），字仲昭，莆田（今属福建）人。明成化二年（1466）进士，授编修。因直谏被杖阙下，谪湘潭知县。明弘治初（1488），起江西提学佥事，旋乞归。学者称未轩先生。著有《未轩集》十二卷。

---

① 刘荣平：《明代帐词的文体特征、应用功能与文化价值》。

《明史》卷一百七十九有传。赵尊岳《明词汇刊》辑有《未轩词》。黄潜存词8首，都是帐词，《归朝欢·送都宪秦公巡抚北畿》是他帐词中较好的一篇，词前四六文云：

> 恭惟大寅长都宪秦先生阁下：蚤承科学，一经接武于科名；荐沐皇恩，十载蜚声于禁从。职专城而临民岂弟，莅方岳而敷政宽平。和而不流，刚而不激。襟怀皎洁，凛凛乎夺冰雪之清；德量渊宏，浩浩乎并江湖之大。兹膺九重之简命，独当一面于京畿。绣斧启行，当道豺狼应敛避；星轺问俗，穷檐雨露尽沾濡。某等方承丽泽于一堂，遽尔暌违于万里。庸联彩币，敬制芜词，既以罄贺忱，亦以申别意，伏希电嘱，幸幸。

这段四六文，是正面的颂赞，虽少了一些骈文应有的词气曼妙的神韵，但还是能很好地展现作者的缀词功夫。序文赞美受赠者的襟怀和德量，此去奉皇命巡抚，必定极大地惠民。其中"当道豺狼应敛避"云云，应是作者的一大愿望，这样的句子出现在送别的帐词中，其意义就显得不一般。词的正文云：

> 使君才器由天赋。骅骝早骋青云路。京华扬历政声隆，藩郡翱翔仁泽溥。九重深眷顾。玉节煌煌明绣斧。到京畿，扬清激浊，千里民安祚。　　东风吹散西山雨。冠盖纷纷朝出祖。黎元深感使君恩，车前卧辙人无数。圣主思贤辅。姓名定入金瓯覆。怅明朝，相思两地，空望云间树。

词上阕的内容，与骈文的内容相同，可见在帐词中四六文和词作承担的任务有时不会绝对地分开，但还是能给人不同的诵读感受，一是骈文的语言，一是诗歌的语言，就其声响的效果来说有所不同。词的下阕另辟新内容，设想了前去巡抚的前景，又设想了圣主会招他回来，还说了自己与受主别后的相思。因而可知，词作正文内容虽然与前面的四六文内容有时不避重复，但一般会有新的内容。

杨旦，字晋叔，号偲庵，建安（今福建建瓯）人。明弘治中进士，历官太常卿。以忤刘瑾谪知温州，治绩显著。瑾诛，累擢南京吏部尚书。《明史》卷一百四十八有传（附杨荣后）。著有《偲庵集》20卷计诗集10卷、文集10卷。存词11首，其中9首是帐词。《感皇恩·送杨教授文升升纪善帐词》是一首贺人升官的祝词，词前序文与词作如下：

> 伏以黉宫毓秀，传经有待明师；藩府推贤，清选爰稽素望。名非偶得，恩诇滥施。恭惟内称：才由天赋，学与日新。奥义穷探，究先天于蠹简；芳声远播，魁多士于乡闱。谁赓郢客之歌？独抱荆山之璞。思乐泮水，爰就儒官，腾茂实乎词林，蜚英声乎艺苑。三持教铎，两典文衡。抡材而获栋梁，在冶而模锺鼎。地无南北，教有等差。辟径路之榛芜，植门墙之桃李。收功晚岁，掌教吾邦。道义倡于先贤，章缝盛于今日。讲道而青衿毕集，谈经而绛帐宏开。簪绂交辉，科第相望，聿修教法，丕显师模。方期献绩于禁宸，讵意乔迁于藩属。恭承休命，只领清衔。绳愆纠缪，曾无案牍之劳；鸣玉曳裾，足享优游之乐。琴弹别调，车动征轮。念先生自此升，顾小子将何述？又况一阳初复，吾道方亨。爰冬曦而负暄，畏简书而就道。有怀莫吐，心切诸生；无计可留，路遥千里。祖饯适逢夫长至，芜词见笑于大方。词曰：
>
> 蚤岁占乡魁，功名唾手。惆怅残红曲江右。儒官三转，到处清贫依旧。谈经开后学、群疑剖。　官拜藩封，星轺驾后。高弟云从仰韩斗。离情无限，系马斜阳衰柳。风寒天欲雪、休辞酒。

此词大约是杨旦未任官职前所作，"小子"云云可看出这一点。杨教授因藩府的推荐升任纪善一职。纪善是明代亲王属官名，掌讲授之职。序文说杨教授勤于执教，以至于乡闱得以兴盛，本来应该到朝廷任职的，却只得受命清闲之职，那样也好，可以无案牍之劳，可以享优游之乐。"念先生自此升，顾小子将何述"，隐隐传达出希望在考学方面能得到援引。"祖饯适逢夫长至"，紧扣节日来写，寓有盼望杨教授能经常回来之意。词的上片继续敷衍杨教授的任职经历，下片另转一层，说杨教授将来培养出更多的高弟，并说在离别之际，请教授多喝酒。词中"惆怅残红曲江右""系马斜阳衰柳"，是以景衬情的句子，这一手法有助于把帐词写得富有诗情画意。

杨旦写帐词可谓善于选择词调，他会针对不同的祝贺场景选择不同的词调，似乎帐词对词调的选用有一定要求。他的帐词有《意难忘·送谢知府阶朝觐帐词》《感皇恩·送杨教授文升升纪善帐词》《千秋岁·寿叶先生八十帐词》《归朝欢·送李推官行取入京帐词》《归朝欢·送夏玉麟知县考绩帐词》《喜迁莺·送邹知县鲁改任南京国子学正帐词》《桂枝香·送陈司训策升太平教谕帐词》《万年歌·庆李模母七十帐词》《归朝欢·送张宪长升山东方伯帐词》。所选词调与受赠者之行事有对应关系。

杨旦《归朝欢》有云："东风绿遍苏堤柳。一棹空江春雨后。客中送客若为情，伤多莫厌离亭酒。"辞情雅畅，帐词中少有的佳句。

张经（？～1555），初冒蔡姓，后复张姓，字廷彝，号半洲，福建侯官（今福州）人。明正德十二年（1517）进士，授嘉兴知县。召为吏科给事中，擢户科都给事中，累官至右都御史兼南京兵部尚书。后改兵部右侍郎，专任御倭。为严嵩党羽赵文华所诬，下狱论死。明万历中孙懋爵伏阙鸣冤，诏复原官，赐祭葬，谥襄愍。词仅存帐词《万年欢》1首。录如次：

> 伏以凤起丹山，薄海昭文明之运；星联昴度，遥天庆昌会之期。老成独系乎典刑，恺悌实求乎多福。恭惟太宫保大司马塘翁毛老大人先生台座：天人之学，金玉之资。志壮埋轮，先声久符于乌府；礼隆推毂，重寄屡畀于龙墀；经营四方，赤舄遍乾坤之大扬。历三纪丹心，悬日月之明。紫泥长带乎天香，台鼎兼司乎锁钥。一德而亲结，主知三嘉而荐。承帝赉司空司马，八座峥嵘，赐蟒赐金，九重眷倚。风霆为檄，号令砦憸诸夷；龙虎为旗，舒扬蔽亏五岭。久矣才兼文武，岂惟胸注甲兵。兹当秋孟之期，正值悬弧之吉。天高露下，铃阁生凉，风劲梧飞，熊罴作气。比极瑞通乎南极，将星光照乎寿星。野父山蕉，绝胜蟠桃之献；江城画角，翻成瑶水之歌。象马千群，次第衔杯而拜舞；貔貅百万，从容笾豆以陈词。丹砂梦授于罗浮，紫气遥

开于翠翡。风恬飓母，看海蜃以更筹；雨霁桄榔，自函关而跨鹤。经久待芳茵，不觉馨香之渐染；共承天语，还期干羽之招徕。谬倡荒词，少致如陵之祝；庸将彩轴，庶申仰斗之诚。词曰：

龙虎精神，看昂藏野鹤，风裁殊特。伊吕渊源，一点丹心谋国。杯里流霞漫侧。听天外、秋声消息。辕门上、委委蛇蛇，盛名天下瞻式。　青宫毓德持玉节。绥怀绝域，匡扶皇极。岳降佳期，海上群仙遥陟。凤管鸾笙充塞。这樽俎、折冲难测。清平后、铜柱烟销，麒麟图绘颜色。

从词中"岳降"一词来看，这是一首祝寿的帐词。《诗·大雅·崧高》："维岳降神，生甫及申。"郑玄笺："（四岳）德当岳神之意而福兴，其子孙历虞夏商，世有国土，周之甫也、申也、齐也、许也，皆其苗胄。"[①] 后遂以"岳降"称颂诞生或诞辰。毛塘翁居大司马之职，位列三公，故序文极尽铺陈夸饰之词，以颂扬大司马的文治武功，确实太过。然"象马千群，次第衔杯而拜舞；貔貅百万，从容笼鹄以陈词"云云，亦可谓善于想象。词中"这樽俎、折冲难测"句也点出了大司马一职的居官不易。总体看来，这首帐词写得古奥，就文辞的结撰来说，也算是大手笔之作了。

二　直抒胸臆的王慎中词

王慎中（1509～1559），字道思，初号南江，后号遵岩居士。晋江（今属福建）人。明嘉靖五年（1526）进士，授礼部主事。稍移吏部郎中。官终河南布政使参政，以忤夏言落职。著有《遵岩集》25 卷。《明史》卷二百八十七有传。赵尊岳《明词汇刊》辑有《遵岩先生词》，存词 43 首。

王慎中从嘉靖五年踏入仕途，到嘉靖二十年被罢黜，前后在宦海中浮沉 15 年，被罢时才 33 岁。晚年居家专事古文著作。卒年仅 51 岁。万历《泉州府志》卷二十称："慎中学博材俊，自视亦高，早第旋废，肆力文章，追轨作者。……每构一篇，反覆沉思，意定而辞立就，赡而有则，深

---

① 《十三经注疏》，第 297 页。

而不凿，按之成队，诵之应声。"①

　　王慎中诗不如文，而词又不如诗，然其词断不可一笔否定。他较好的词篇都是作于废黜家居之后，如《水调歌头》二首，录其一：

　　　　伏枕不知久，起视后园行。踟蹰满目物色，变态若为惊。竹节过墙数石，藤蔓缘枝几丈，不觉目前生。黄鸟音已涩，蜩螗响皆盈。
　　　　聊植杖，闲抱瓮，有余清。平生陶令旷达，趣向涉园成。潢潦萍浮戏鸭，篱落蔬荣引蝶，即事惬幽情。莫遣童儿晓，吾欲学于陵。（《水调歌头·夏日病起行园》）

　　此词可见他摆脱官场后精神的洒脱和对自由的欢愉，有陶令之风。可能他的词因受其古文作法的影响，直抒胸臆，信手写出，所以少了一份提炼，无含蓄不尽之意，不耐咀嚼。

　　王慎中的词在明代词坛也许不算一流，但也不能不提及。张仲谋《明词史》也曾论及。若论闽词，自当属意。谢章铤《赌棋山庄词话》卷一论闽词云："明代作者虽少，然如张志道以宁、王道思慎中、林初文章，亦复流风未泯。"② 可见在明代闽词史上，他是一个过渡人物。其词以小令见长。陈廷焯《云韶集》卷十二评其《点绛唇》（门掩青山）曰："清丽。高绝。"③

第三节　明嘉靖至崇祯间的闽词

　　明代嘉靖至崇祯间的闽词，作者来自不同的阶层。词臣庄履丰的词颂扬天子，歌咏太平，祈求丰年，有大家气象；一批复振风雅诗人如徐𤊻、谢肇淛等，他们的词如其诗一样讲性情，多描写闽地风物；另有训导翁吉燧的词，宣扬佛法，讲唱意味很浓；另有贡生薛敬孟的词，带有明末词坛浅熟轻滑的时代特点。

————————

① 明万历刻本。
② 《赌棋山庄词话校注》，第 4 页。
③ 《白雨斋词话全编》，第 295 页。

一 吞吐自如的庄履丰词

庄履丰（1547~1589），字中熙，号梅谷，晋江（今属福建）人。明万历五年（1577）进士，选翰林院庶吉士。授编修，升修撰，充经筵讲官。奉弟丧归里，复丁外艰，遘疾早卒。著有《梅谷庄先生文集》16 卷。存词 28 首。

庄履丰是明万历朝的词臣，在他短暂的一生中，确实仕途优渥。他的词有《万年欢》4 首分咏日、月、风、云，有《庆春泽》2 首分咏雪、霜，有《汉宫春》4 首分咏春、夏、秋、冬，有《永遇乐》2 首分咏山、水，有《清平乐》4 首分咏孝、弟、忠、信，有《千秋岁》4 首分咏仁、义、礼、智，有《应天长》4 首分咏琴、书、画、棋，有《齐天乐》2 首分咏笔、砚，有《庆春泽》2 首分咏墨、剑。词中多"瑶台""琼阙""帝乡""皇图""圣德""九重""圣代""神禹"一类的词语，他的词一定是任职馆阁时所作，或是为应制而作，或是翰林院馆课训练时所作。

明代后期的馆课汇编，包括专门辑录的馆课集和个人文集中的馆课汇编两大类，得到大量纂辑和刊刻，并迅速成为民间书籍市场上的畅销书。今天所存明代馆课资料不多，研究明代馆课著述，还是要多从个人文集中辑录，如研究明代馆课作词情况，则主要在明人别集中去搜集资料。在今天看来，庄履丰这类词作存在价值不是很大，无非是颂扬天子，歌咏太平，祈求丰年，但在当时，它是高雅的贵族文学，是天下读书人竞相学习的范本。

庄履丰的词臣之笔，确有大家气象，温文尔雅，吞吐自如，如《万年欢·日》云：

谁煮金鸦，倩羲和为御，推升旸谷。乍拂扶桑，倏调六龙如烛。五色晴云耀目。想其下、群阴皆伏。正中天、杲杲离离，大明恰对东陆。　照临万国，更两珥重轮，飞起红旭。幸遇昌辰，应是瑞图�煜。共惜光阴转毂。也须索、线量绳缚。向蓬台、日数花砖，倾心一似葵藿。

词的上阕状日出之景，化用典故如己出，非多读书不能如此；词的下阕说昌明时代应格外珍惜光阴，应倾心侍奉圣天子。

《庆春泽·雪》一词，是一首颂圣意味不浓的词作，它着意写了一场大雪，预示丰年的到来，而当下是明世，朝廷恩及百姓，如同挟纩裹寒，故他有天下皆春之感。词云：

> 暮霰纷纷，朔风猎猎，飞下玉尘盈尺。积素流光，鹤氅远来姑射。寒威一夜老青山，报上下、琼瑶齐色。梦回处、氍毹冷透，全凭酒力。　六花凌乱散空碧。想杨花逊清，梅花饶白。着地无痕，片片天然标格。赢将瑞气报丰年，美世界、银城换得。况明世、恩覃挟纩，春生万国。

庄履丰的词，并未带上闽人或闽地的特色，但他是闽地走出的词人，而且是一位地位颇高的馆阁词人，他的地位对提升闽籍词人的知名度无疑会有作用。

二　复振风雅诗人之词

张廷玉《明史》卷二百八十六云："闽中诗文，自林鸿、高棅后，阅百余年，善夫继之。迨万历中年，曹学佺、徐火勃辈继起，谢肇淛、邓原岳和之，风雅复振焉。"[①] 陈庆元先生《福建文学发展史》讨论了这复振风雅一派诗人的诗作，论及了邓原岳、谢肇淛、徐熥、徐火勃、曹学佺的诗歌创作和诗学贡献，指出他们的诗"讲性情""好学"。[②] 这一派诗人不大作词，然其词也有一定的影响，他们的词如诗一样是讲性情的。有词作传世的诗人有以下几位。

陈荐夫（1560～1611），名邦藻，又字幼擒，号冰锚，以字行。闽县（今福建福州）人。明万历二十二年（1594）举人，会试屡考不中。善为六朝文，诗亦工丽，有中晚唐之风，和从兄价夫皆以诗名。著有《水明楼

---

① 清乾隆武英殿刻本。
② 《福建文学发展史》，第338～339页。

集》14 卷。陈荐夫与谢肇淛、邓原岳、安国贤、曹学佺、徐𤊹、徐𤊹称"闽中七子"。

《水明楼集》卷十《诗余》存词 6 首。《长相思·感旧》是较好的一篇，词云：

> 烟满空。水满空。君自西归我向东。情同路不同。　云几重。树几重。知道蓝桥无路通。何时书一封。

《太平广记》卷五十引裴铏《传奇·裴航》载：裴航于蓝桥驿口渴求水，遇见仙女云英，因向其母求婚，历经磨难，满足了其母的条件，终于与云英成婚，双双仙去。后因以指男女约会或姻缘。此词深合词家比兴寄托之意，既不说破蓝桥所指，又能引起读者的不断联想。

徐𤊹（1561～1599），字惟和，号幔亭，闽县（今福建福州）人。明万历十六年（1588）举人，三上春官皆下第，卒时年仅 39 岁。著有《幔亭集》20 卷（已刻 15 卷）、《闽中旧事》（未完成），编有《晋安风雅》12 卷。万历二十九年（1601）刻本《幔亭集》15 卷，前 14 卷为诗，最后 1 卷为词。福建师大图书馆藏有《幔亭集》卷 16—20 残本，钞本，收录赋及各体杂文数十篇。赵尊岳《明词汇刊》辑有《幔亭词》。陈庆元先生著有《徐𤊹年谱》。

《幔亭集》卷十五存词 22 首。《浪淘沙·荔枝》组词八首是其代表作，词序云："夏日山居，荔枝正熟。偶忆欧阳永叔《浪淘沙》词，风韵佳绝，遂按调效颦，歌以佐酒。本欲为十八娘传神，反不堪六一公作仆矣。"词云：

> 高树锦蒸霞。朱实清华。一九寒玉裹红纱。万颗累累闽海上，不数三巴。　西域枉乘槎。马乳休夸。剖开琼液碎丹砂。异品即今谁第一，犹说江家。（其一）
>
> 丹实满林馣。耀日红酣。由来佳品压江南。汉苑杨梅应避色，卢橘香惭。　沁齿有余甘。玉液中涵。钗头一朵美人簪。记得乐天曾有句，映我绯衫。（其二）

树树火连空。绿叶芄芄。朱颜妖丽玉肌丰。传说琅邪王少女，十八娘红。　分摘满筠笼。锦绣成丛。半林香气度微风。却笑杜陵诗句好，只忆泸戎。（其三）

驿骑走红尘。一笑华清。炎方何用献朱樱。天宝梨园新度曲，小部音声。　鼙鼓动西京。妃子心惊。梨花魂断不胜情。翠袖红缯俱是梦，水绿山青。（其四）

十里锦云乡。傅粉凝妆。红裙争看绿衣郎。黑叶梢头朱柿小，玳瑁丁香。　延寿品非常。尤胜陈江。绣鞋一种记闽娘。风送瑞堂香百步，结绿硫黄。（其五）

一品状元红。金线金钟。麝囊吹散桂林风。黄玉紫琼真胜画，江绿丛丛。　双髻翠云松。兰寿香浓。绿珠魂在玉堂东。五岭三巴无此种，独擅闽中。（其六）

白玉莹肌肤。轻衬罗襦。凤凰冈上锦千株。任是崇龟工墨妙，香味难图。　百果更谁如。羞杀杨卢。品题犹说蔡君谟。蠲渴延年还补髓，一馔醍醐。（其七）

庭静午风凉。荔子盈筐。小姬纤手解罗囊。玉腕冰肌相掩映，百步闻香。　含笑问檀郎。何似侬妆。红颜薄命总堪伤。因忆骊山当日事，闲说明皇。（其八）

这是闽词史上首用组词咏叹荔枝。词中提到的荔枝品种江家绿、十八娘、延寿红、状元红、胜画，都是福建荔枝的著名品种。状元红，或又称延寿红。宋曾巩《荔枝录》云："状元红，言于荔枝为第一，出近岁，在福州报国寺。"[1] 一说宋状元徐铎于故居手植荔枝，命名为"延寿红"。铎既没，人因称"状元红"，见清周亮工《闽小记》、清顾张思《土风录》。但在徐㷆看来，应属两个品种，故分咏之。徐㷆《浪淘沙》组词可备闽中风物之考证。

赵尊岳《惜阴堂汇刻明词提要》（《幔亭词》一卷）说："词十七首，亦雅饬不失典型。《阮郎归》云：'愁云残雪满燕关。……。'《传言玉女》

---

[1]　曾巩：《元丰类稿》卷三十五，民国《四部丛刊》景元本。

下半阕云：'沉木香酢……。'风致楚楚，为能循宋贤之涂辙以求精进者矣。"① 可为定评。

谢肇淛（1567～1624），字在杭，号武林，长乐（今属福建）人。明万历十六年，以《诗经》举于乡，万历十七年（1589）上春官不第，万历二十年中进士。除湖州司理，官至广西左布政使。明天启四年（1624），提调省试。冬，入觐，行至江西萍乡，卒于官舍。著有《小草斋诗集》30卷、《小草斋文集》30卷等。

谢章铤《赌棋山庄词话续编》卷五评谢肇淛治学曰："先方伯在杭公，著述极富，载家谱者二十余种。《滇略》《北河纪》等悉登四库，《五杂俎》一书，作家尤多征引。近沪上重刻《文海披沙》，则来自海舶，云倭人最所钦重。其《小草斋集》诗后附录填词四十余阕，王述庵《明词综》不录，殆未见公集耳。"② 并选录5首词。谢肇淛存词计41首。其中当以写荔枝的3首词最为知名，录如次：

> 异品出吴航。翠袖红妆。温柔何似白云乡。纵有丹青描不就，国色天香。　含笑解罗裆。玉骨琼浆。胭脂无色墨无光。只是红颜多薄命，雨妒风狂。（《浪淘沙·胜画荔支》其一）

> 金井碧梧飘。残暑初消。桂林中观两萧条。独步此时侬第一，质艳香娇。　丰肉核仍焦。沁齿甘饶。丁香轻吐暗魂销。人倚小楼春不住，满地红绡。（《浪淘沙·胜画荔支》其二）

> 忆昔红云花下宴，玉颜娇映波罗。如今又是五年过。枝头风雨少，林外露华多。　一骑红尘飞得到，天香已自消磨。凤皇江上水微波。扁舟乘兴去，胜会莫蹉跎。（《临江仙·订兴公、汝翔餐荔支》其一）

万历三十六年（1608）五月，徐𤊹与谢肇淛、马欻、陈价夫等结红云社，徐𤊹作《红云社约》，略云："会只七八人，太多则语喧；荔约二千颗，太

---

① 《词学季刊》第一卷第三号，第71页。
② 《赌棋山庄词话校注》，第378页。

少则不饱。会设清酒、白饭、苦茗及肴核数器而已。不得沉湎滥觞，混淆肠胃。每会必觅清凉之地，分题赋诗，尽一日之游。"① 谢肇淛另有《红云续约》，略云："余自壬辰（1592）离闽，丙午（1606）始返，十有五年未获啖故园荔子，每一思之，常津津齿咽间也。迨丁未（1607）夏无荔，即有一二，仅慰足音，未能果腹。越岁戊申（1608），荔始大有年，而社中诸子鳞次比集，因思晋安此品甲于宇内，幸而生长其地，又幸而十七载始逢其熟也。河清难俟，发且种种，明年之马首北矣，可虚此日月乎？于是社中诸子唱为餐荔会，而不佞复条所未尽者如左，以与同志者共守焉。"② 以上《浪淘沙·胜画荔支》二首当作于戊申（1608）年。所谓"胜画荔支"，据徐𤊹《红云社约》，"出长乐六都"。《临江仙·订兴公、汝翔餐荔支》则作于癸丑（1613）年。谢章铤阅此词，在其《赌棋山庄词话续编》卷五中叹曰："当时曹石仓、徐、谢齐名，并多藏书。文酒过从，即草木亦增光采。噫！可感也。"③ 以上三词可为闽地风物之谈助。

徐𤊹（1570～1642），字惟起，又字兴公，闽县（今福建福州）人。邑庠生，厌弃功名，以布衣终。徐𤎸之弟。积书数万卷，宋元善本近半，友人曹学佺为造宛羽楼贮之。清军入闽，徐氏藏书大量散佚。著有《鳌峰集》28卷、《笔精》8卷、《榕阴新检》16卷。另有《红雨楼文集》20卷，未刻，大量散失。今有陈庆元、陈炜先生编著《鳌峰集》。

徐𤊹是著名的藏书家，谢章铤《赌棋山庄词话》卷五论曰："𤊹以博洽闻，插架甚富，丹铅历绿，至今流传，尚为世宝。"④《鳌峰集》卷二十八存词14首，《明词综》载其《望江南》，词云："城上角，吹动薜萝烟。别意难忘灯下约，归期空向梦中传。消息杳如年。　孤馆客，今夕不成眠。万井寒砧敲夜月，数声黄叶坠秋天。人在碧云边。"此词清脆可诵，值得入选。其词还有两首《减字木兰花·胜画荔枝》值得关注，大约作于戊申（1608）年订立红云会之时，也可入谈助。录其一：

---

① 邓庆寀撰《闽中荔枝通谱》卷十一，明崇祯刻本。
② 《闽中荔枝通谱》卷十一。
③ 《赌棋山庄词话校注》，第378页。
④ 《赌棋山庄词话校注》，第109页。

吴航异品。赐浴金盆冰骨冷。紫裕罗襦。绝色轻盈未易图。　忠州白传。枉把朱颜描竹素。沛国崇龟。孟浪挥毫写玉肌。

曹、徐、谢举办的红云会，入清仍有人接续，可见风流未没。谢章铤《课余续录》云："《荔社纪事》一卷，侯官高兆固斋著。前有张远序，后有周在浚跋。明季曹、徐、谢诸公相聚谈艺，夏日则以品荔为名，谓之红云会。易代以后，固斋继举其事，取各处名产，第其高下，人值一会，按会记之，然固斋之意实不在荔。卷末载《荷兰使舶歌》《红毛行》，时岛夷屡窥闽海，突至两大舶泊五虎门，入议闽、粤、浙三省开馆通商，制府许之。官择河口陈氏地奏于朝，下其事，吾乡少司寇郑山公重力争于廷，不可，最后出固斋诗为征，乃罢。嗟乎！固斋一遗老，穷儒耳，而其文字有关系如此。"① 是则入清后的红云会不再是单纯的品荔会，而是有所关注时事了。今按，《昭代丛书》本《荔社纪事》卷末未见《荷兰使舶歌》《红毛行》，谢章铤所看到的《荔社纪事》当为另一版本。

三　宣扬佛法的翁吉爛词

翁吉爛，字裴郎，永春（今属福建）人。明崇祯年间贡生，曾官某县训导。著有《石佛洞榷㭪小品》16 卷，今藏日本内阁文库，存词48 首。

翁吉爛词多有文意不通之处，虽能以长短句面目出现，然仅守词之句式。读且不畅，何谈恪守词之体性。如《水龙吟·壮思》云："春闲未许情空，精神懒倚尘飞骤。花帘不卷，诗书欲试，清凉来候。凤日龙风，螭霞蛇雨，管城杯酒。万条香色，错描人魄，青青绿绿，舞鸳鸯。　写尽心肝落后。惜佳思、锦绣漫又。珠玑谁锁，却难知道，思缠也瘦。毫吐灵肠，石乡楮阁，那堪回首。想千行分付，殷勤便了，莫分新旧。"此等词实是糟粕。

翁吉爛词有《魇凡三弄》10 首、《幽澜说法》8 首、《五更情梦》13 首，文意也难通。然这些词使我们看到词在明代的多种用途。

所谓"魇凡三弄"者，后有注云："江舟赋别。"大约是用巫术祛魅祈求远行之人平安时的唱词。中有一词：

---

① 谢章铤：《课余续录》卷四，清光绪二十七年（1901）《赌棋山庄笔记合刻》本。

路稳春烟阔。雪魄冰花咽。燕山处处，红尘敛，征鞍发。忆青青陌柳，何日得攀折。念黯然、归时锦绣甚时节。　尽此一杯酒，歌一阕。人生梦里，少会合，多离别。离别莫沉醉，还听阳关彻。对面人、千里千里共明月。(《阳关引》)

后面缀有二绝句，其一云："酒阑情未阑，盼盼不肯歇。还对酒杯颜，子规啼落血。"其二云："蹀躞马蹄香，云间飞不语。今宵月照中，看月人何处。"大约此类词在唱后还要诵诗。

所谓"幽澜说法"者，乃宣扬佛法，予人启迪。如：

诸佛洹沙千百供，全身露影心英。青天云在水无声。身心炼得，炼得鹤分形。　人世年年多是梦，此身在在堪惊。殷勤历落上方晴。净瓶洗几许，漏鼓月三更。(《临江仙》)

词后缀有三首绝句，其一云："古寺萧疏碧绿深，芳尘相尽恼花侵。烟霞说法生皆梦，飘着檐间影响吟。"其二云："世界斜阳现幻身，云游伏钵去来人。龙珠象外还多妙，点化真缘不染尘。"其三云："维摩丈室佛光赊，钵裹真珠布彩霞。可是须弥藏芥子，等闲天女放琼花。"很明显，《幽澜说法》是词与诗的联缀，讲唱意味很浓。

所谓"五更情梦"，作者注云："一名荔镜变。"变即变文，唐代兴起的一种说唱文学，多用韵文和散文交错组成，内容原为说唱佛经故事，后来范围扩大，包括历史故事、民间传说等。荔镜即指《荔镜记》，又名《陈三五娘》。"《荔镜记》是泉州乃至福建省迄今所见最早刊刻的戏文，是梨园戏《陈三五娘》在明代的刊本，又是中国'早期罕见的方言文学'。它由建阳新安堂于明代嘉靖丙寅（一五六六年）刊印发行，距今四百四十五年。"①故事讲述福建泉州人陈三与富家女子黄五娘曲折的爱情故事。所谓《荔镜

① 郑国权整理，钱浩校订《荔镜记》"前言"，张建业主编《李贽全集续编》，首都师范大学出版社，2019。

变》即是用词来演唱《荔镜记》的一种变文。其中有的词后面附有诗句。《五更情梦》13 首词各用 1 调，这种做法大约是在敷衍《荔镜变》故事时，根据剧情择用词调所致。

四　浅熟轻滑的薛敬孟词

薛敬孟（1615？～?），字子熙，号勉庵，又号山遁子。福唐（今福建福清）人。明崇祯年间贡生。明亡时，年甫壮，不求仕进，唯课徒训子吟啸自娱。工诸体诗。享年 57 岁以上。著有《击铁集》10 卷。

薛敬孟存词 93 首，词作量不算低。词话中未见对他词作的评论，可见他的词没有什么影响。由于生活经历的限制，词中未见重大的时事；又由于他恪守传统上词缘情的词学观，词多浅吟低唱。词的内容不外乎闺思和乡愁。闺思词是他代女子立言，多缘题述情，无深切体验，且写得又多，时有曲家口吻，故给人浅薄之感。如《鹧鸪天·七夕慰新婚别》云："别路秋风一棹遥。况逢令节是今朝。闺人泪掩新婚镜，织女欣过旧度桥。　陈酒果，意无聊。双星薄幸莫相嘲。漫夸天上人间异，惯得牛哥只这宵。"思乡词虽比闺思词好一些，然也乏深挚的情思。如《遐方怨·忆乡》云："空目断，望云乡。何日归航，一棹江风百里长。梦中频说鲈鱼香。明朝姑买醉，菊花傍。"总之，薛敬孟词带有明末词坛浅熟轻滑的时代特点。

薛敬孟词中有一首词能略见他的人生经历与感叹，也隐隐透露出时代动荡的信息，可算是他词作中最好的一首，录如次：

> 书生三十载，功名事、尽付水东流。叹鼎水泣鼒，湘江啼竹，龟兹梦里，邯郸浪游。漫回首，王孙芳草路，渔父获花洲。风雨一身，乾坤何处，胸头丘壑，墓下松楸。　十年人事异，桃源残劫火，大地都休。空逐争枝乌鹊，坐浪江鸥。每他时九日，茰香菊秀，青霜白雁，都引乡愁。况又云迷禹穴，梦滞东州。（《风流子·自述》）

从"书生三十载"一句，可知此词作于薛敬孟 30 岁左右。他的功名念想，已是"尽付水东流"，这是明清易代之际许多读书人的共同命运。

第三编

清代：闽词的中兴

引　言

在闽词的历史上，清代是无可置疑的一个中兴时期，词人词作数量都远超宋代。据《全闽词》统计，清代闽籍词人 222 人共作词 5800 首[①]，宋代闽籍词人 161 人共作词 2295 首。清代闽籍词人作词在 100 首以上的词人有：陈轼（144 首）、丁炜（205 首）、杨在浦（157 首）、朱佑（100 首）、叶申芗（280 首）、许赓皞（100 首）、谢章铤（518 首）、郑守廉（248 首）、宋谦（297 首）、马凌霄（168 首）、刘勷（284 首）、薛绍徽（168 首）、洪繻[②]（119 首）。这说明清代闽籍词人中有不少人对作词很重视，这一点也超过宋代闽籍词人。宋代闽籍词人只有柳永、蔡伸、张元幹、刘克庄、葛长庚作词超过百首。

清代闽籍词人的地理分布，可以反映出清代闽地文化教育的差异。据《全闽词》统计，清代福建各县词人的分布是：闽县 59 人、侯官 57 人、长乐 15 人、莆田 12 人、晋江 7 人、永福（永泰）6 人、将乐 5 人、闽侯[③] 4 人、宁德 4 人、建安 3 人、龙溪 3 人、台湾[④] 3 人、尤溪 3 人、沙县 2 人、福清 2 人、闽清 2 人、建宁 2 人、漳浦 2 人、浦城 2 人、上杭 2 人、龙溪 2 人、长汀 2 人、诏安 2 人、同安 2 人、连城 2 人，崇安、连城、福安、福鼎、宁化、霞浦、瓯宁、武平、永安、永定、南平各 1 人，另有具体县份不明者 6 人。福州府（包括闽县、侯官、长乐、永福、将乐、福

---

① 包含《全闽词》失收的清初朱佑词 100 首。
② 洪繻是台湾鹿港人，曾在大陆游历一年半，其词作与大陆颇有关联，故予以统计。
③ 民国 2 年（1913）3 月，闽县、侯官县合为闽侯县。
④ 此指光绪十一年（1885）台湾建省前的词人。

清、闽清、福安，计 147 人）的词人数遥遥领先，承续了宋、明以来的文化优势传统，其中闽县、侯官两县词人计 116 人，如考虑到具体县份不明6 人中也可能有词人隶属此二县，再加上闽侯县①4 人，则闽县、侯官县词人数超过福建全省词人数一半以上。

科举是文化教育的重要推力，据之可考察词人的身份层次，身份意识对词人作词有重要影响。据《全闽词》统计，清代闽籍词人中进士有 46 位、举人有 47 位、副举人有 2 位、贡生有 48 位，共计 143 位，已占清代闽籍词人大多数，这说明有科第身份的词人是清代闽词主要作者，他们是文化阶层的重要构成，在写作、出版、交游、赠答、编集等方面都有优势，故更有词作存世的机遇。另有布衣词人 46 位、科第不明者 30 位、荐举 2 位，这些词人中，有不少人曾追求过科第，只是没有中式罢了，他们也是清代闽词的重要作者。清代文化教育除福州府强盛外，一如明代以来东南沿海的兴盛与西北山区的衰败。清代福建进士人数不及明代多，共有1426 人登进士第，明代福建共有 2418 人登进士第。② 如前统计：明代闽籍词人有进士 36 人、举人 8 人、贡生 12 人、荐举 3 人、布衣 17 人。看起来，清代有科第出身的词人比明代多，但占比远不及明代，因为明代闽籍词人只有 76 位。

由今溯昔，清代 267 年间闽籍词人的建树确实够大，值得一一列举。

一、闽台苏、辛词风大盛，成为后世论定清代闽台词的主要风格特征。这一特征的形成是时代造成的，也与闽台民风有关。"从康熙廿三年起，到咸丰二年止（1684～1852），福建有 170 年的安靖。"③ 此期闽地苏、辛词风不盛。然自道光年间英人侵占福州以来，闽地内忧外患接踵而至，而此地民风颇梗概多气，内忧外患与民风的碰撞，易生激荡。前引谢章铤《闽省形势答权守某公》论闽地生业不易，故闽人对内忧外患极为敏感。世道忧患多见之于闽台文学作品中，苏轼、辛弃疾直面现实的词风极易得到回响。宋代闽词曾出现著名词人柳永、张元幹、刘克庄，消歇七百年

① 闽侯县，民国期间设立，文献记载清人的闽侯县籍贯，是清代以后的文献记载所致。
② 戴显群：《清代福建科举与科名的地理分布的特点》，《福建论坛》（人文社会科学版）2013 年第 7 期。
③ 朱维幹：《福建史稿》（下），福建教育出版社，2008，第 374 页。

后，至清代道光咸丰年间闽词又重新崛起，出现了著名词人和词学家谢章铤，其标志性的特征就是苏、辛词风得到推崇，催生了许多具有豪放风格的词作。苏、辛的不少词作与现实事件紧密联系，他们直抒其感，多用作诗之法作词，作者的胸襟、品格、怀抱、意志流露笔端，与浅斟低唱者判然有别，显示出历史的进步。苏词的豪放风格以清旷为主，辛词的豪放风格以沉雄为主，他们的词风都在后世得到回响。就清代闽台二地而言，谢章铤无疑是清代苏、辛词风的振起者，在他之前有刘家谋、黄宗彝为苏、辛词风的先导，在他之后有薛绍徽、许南英、施士洁、洪繻、林朝崧等人延续苏、辛词风。刘家谋的词和词学观对谢章铤及其主盟的聚红榭成员直接或间接地发生影响，刘家谋的词作可视为清代闽词崛起的序幕。刘家谋在台湾四年、黄宗彝在台湾两年，时间都很短，难以说他们的词对台湾词坛有多大的影响。且刘家谋在台湾创作的词没有保存下来，目前不能考察他的台湾词，而黄宗彝作于台湾的词却保存下来，他的词反映了他渡海及在台湾的所见所闻，应是台湾词坛的一个开端。咸丰以后，中法马江海战、法军侵扰台湾、日占台湾、辛亥革命等一系列重大事件继续影响着闽地词坛的走向，闽台籍词人继续用词反映重大事件，表现出对苏、辛词风的青睐，但没有像谢章铤那样鲜明地倡导学习苏、辛，也没有像谢章铤那样大量写出具备苏、辛词风内涵的词篇，因而咸丰以后的闽台词人取法苏、辛词风，只能被视为苏、辛词风盛行后的余响。我们可以把清代闽台苏、辛词风的形成和发展分为三个阶段，即先导、振起、余响三个阶段，各阶段词的创作多与现实重大事件有关，多与国家内忧外患有关。

1842 年 8 月中英签订《南京条约》，规定广州、福州、厦门、宁波、上海为通商口岸。道光年间，英国的一名传教士租赁了乌山神光寺的几间房屋，租期为六个月。此事引起了林则徐及城内部分士绅的不满。谢章铤《赌棋山庄词话》卷一云："是时海氛方棘，彼族逼处城内乌石山，居民义愤同仇，几如广东之三元里。而徐松龛继畬中丞力持和议，极意与民为难，而俎上之肉，惟其所欲为矣。"[①] 此事在朝廷引起议论，并最终导致福

---

① 《赌棋山庄词话校注》，第 31 页。

建巡抚徐继畲①被革职。刘家谋对英人盘踞乌山事义愤填膺，作词咏叹之。谢章铤及他主盟的聚红榭同人也一咏再咏，产生很大影响。英人盘踞乌石山事件成为闽地词坛创作的一个触媒，从清代闽词的发展来看，竟成为转变闽词创作风气的标志性事件，对闽人作词很有影响，直接引起闽籍词家们关注现实，引导他们创作趋向苏、辛词风。后来随着内忧外患的加重，苏、辛词风渐渐成为闽地词风的主调。

刘家谋享年不永，无由臻于大成。但他对谢章铤词风的形成有先导的作用，这就是倡导作词向苏、辛学习，谢氏后来毕生作词学习苏、辛。谢章铤非仅学习他们的词风，更主张学习他们的心襟、怀抱、品格。如《赌棋山庄词话》卷五云："第今之学苏、辛者，亦不讲其肝胆之轮囷，寄托之遥深，徒以浪烟涨墨为豪，是不独学姜、史不之许，即学苏、辛，亦宜挥之门外也。"②《赌棋山庄词话》卷九云："读苏、辛词，知词中有人，词中有品，不敢自为菲薄，然辛以毕生精力注之，比苏尤为横出。"③ 凡此，不一而足。这些言论都是谢氏学习苏、辛词风的理论总结，对世人作词颇有指导作用。《赌棋山庄词话》刊于光绪十年（1884），谢氏的这一理论总结形成于此年或以前的相当长的一段时间。谢章铤对闽中苏、辛词风的推动，十分成功。聚红榭诸子中，有不少人作词走的是苏、辛词风一路。《聚红榭雅集词》中有"海市"一咏，谢章铤、宋谦、梁鸣谦、陈文翙、林天龄五人同咏，又有"闻警"一咏，梁礼堂、林天龄、陈文翙、刘三才同咏，皆关涉时事，直抒己见，词风发扬外露。

今天看来，清代闽籍词人对外族入侵福州后果的认识是相当清晰的，他们认识到殖民者亡我之心不死。谢章铤《辛酉台江修禊图序》云："舟一转，忽见千门万户，抗云蔽日、塔如厨如、青白缭错而下上者，夷居也。其修数百尺，首尾山立，帆若垂天之翼，深目高颧欢笑指挥于其中

① 徐继畲（1795～1873），字健男，号牧田，又号松龛，山西五台人。道光六年（1826）进士，改庶吉士，授编修，转陕西道监察御史，官至福建巡抚。（据柯愈春《清人诗文集总目提要》，北京古籍出版社2002年版，第1305页）著有《松龛先生全集》计奏疏2卷文集4卷诗集2卷、《两汉幽并凉三州今地考略》1卷、《汉志沿边十郡考略》1卷。

② 《赌棋山庄词话校注》，第115页。

③ 《赌棋山庄词话校注》，第201页。

者，夷船也。既而丁丁之声甚喧，遥望数十百人引绳操斧斤，则以海氛逼五虎门治战舰也。"① 可见外族绝不仅仅盘踞乌山一地，其势力已扩展到台江地区。其《游鼓山诗录序》云："论山川者曰：天下三大龙，南龙之脉发昆仑，度石门，环滇海，道贵筑，趋五岭，又趋闽浦之渔梁，南散为闽省之鼓山。然则鼓山，南脉之屏障也。近者夷艇内驱，广艇外讧，刀剑之影逼于山，烽火之熘熘于山，山几几不能自保。"② 鼓山也是不能幸免。其《答黄星石书》云："厦门水咸不入口，朝夕取饮于鼓浪屿，今鼓浪屿夷楼布满，一旦绝我汲道，则厦门数十万人拱手听命矣，诚不知当日任事者之何以为心也。"厦门也是受制于夷人。更有甚者，福建之门户台湾也是朝不保夕，《答黄星石书》又云："台湾物产颇丰，为寰海要区，日夷垂涎未遂，恐难保其不麇聚而发难。台湾去则海道绝，而七省之门户皆摇矣。"此言台湾关联大陆甚巨。瓠社词人黄宗宪《山亭宴·松风堂怀宋李丞相》云："江南山色半夷居，尽胡羯腥臊，岚翠安得。"此言夷人的入侵已蔓延到福州闽江的南部了。谢章铤曾考虑过制夷的办法，其《致林鸥斋书》云："闽中之夷祸急矣，乌石久为夷踞，近则遍及于九仙。自台江至于马尾，夷帆如织，夷馆相望，盖俨然一鬼国矣。夷虽猖獗恣肆于海中，然其出入海口，必雇闽、广人为柁师，至今轮船皆然，则制夷岂真无策哉？忆林文忠罢官家居，无日不讲求夷务。令其甥翁君驾小舟，历下江，图绘其险要。又亲自闽安至五虎，度沙礁，审炮台，暗与水师镇将联络，力谋制敌之法。夷人闻之，累月不敢入市滋事。惜乎拜命帅粤，大星不返，而夷遂目无忌惮矣。"③ 谢氏是很赞同林则徐的办法。谢氏并已认识到整顿吏治是制夷的根本保证。其《论议和疏》云："自古边患，大抵地相接、势相及也，未有越国万里而能得志如英吉利者。英吉利始发难于广东，其时制府为吾闽林文忠公，战守俱足，英夷不得逞。乃分窜闽、浙各海口，且行赂贵臣以济其牵掣，由是文忠得罪去。然其兵恃火器，其船宜巨洋，海口之曲折，沙礁之浅深远近，非内地奸民为之指引，则裹足狐疑不敢前，固

---

① 《赌棋山庄文集》卷二。
② 《赌棋山庄文集》卷二。
③ 谢章铤：《赌棋山庄遗稿》，《八闽文库》编纂委员会编《福建文献集成》集部（四八）影印福建省图书馆藏稿本，福建人民出版社，2020，第 427～428 页。

非无术以破之。乃当事始见欺于恐喝，继甘受其牢笼，因而藏垢纳污，无所不至。驯至咸丰末年，遂公然北窜，焚离宫，房重器，盘踞京师，开设教堂。其堂高百尺，可瞰大内，不忍言之祸伏于衽席之下，凡有血气者，莫不扼腕嘻吁，而道路以目也。"① 此言贵臣掣肘导致林则徐被贬，之后海防松弛，奸民得以引导敌军进攻，终至酿成大难。福建巡抚刘鸿翱抚闽时，借防夷行贪腐，谢章铤颇有感慨地说："适值英夷不靖，扰及厦门，江浙皆警，乃不于五虎门海口设备，而于南台外之少岐（近濂浦，去南台十里）辇石截塞，委员作弊，朝填暮起，委金钱于波涛，徒供贪橐之一饱，上行下效，于是绅富各于厅事设栅栏，是真儿戏矣。"② 此言贪弊致使海防颓败。有鉴于吏政之腐烂，谢氏特大赞闽地拒夷颇有建树之士，有《夷事》云："逆夷滋事，吾闽颇有闻人。初，宜黄黄树斋爵滋请禁鸦片，则建宁张亨甫际亮为之起草；其后泉州陈颂南庆镛劾奕经等三大臣落职，直声震天下，疏稿亦亨甫所为也；烧夷人所缴鸦片数千箱，因之而不得逞者，广督侯官林文忠也。而沿海诸郡县失事首先殉难者，定海知县侯官姚履堂怀祥也。至吴淞口之战，则陈忠愍化成死事尤烈。忠愍守西炮台，方力战，而东炮台某大帅已遁，夷逆合围而进，忠愍搏膺大呼，左右亲兵数百人皆死，忠愍仰天曰：'臣力竭矣，愿以死报皇上，天若相我，当得死所。'祝毕，炮洞胸而过。"③ 所举诸人皆抵抗外敌侵略之杰出榜样。

　　基于谢章铤等人对夷人及夷务的深入洞悉，我们相信他们的反映夷情的词作有很深的内涵。

　　二、以词写史的创作路径在闽地得到大力推行。词学家周济感于世变，提出"诗有史，词亦有史，庶乎自树一帜矣"④ 的著名论断，标志词史观念正式形成。⑤ 所谓"词有史"即是用词去展现历史，然自明清鼎革以来，词家多用曲笔反映现实斗争，抒写的实是心灵的苦难史。这与清廷

①　谢章铤：《稗贩杂录》卷二，清光绪二十七年（1901）刻《赌棋山庄笔记合刻》本。
②　谢章铤：《课余偶录》卷二，清光绪二十七年（1901）刻《赌棋山庄笔记合刻》本。
③　《稗贩杂录》卷三。
④　周济《介存斋论词杂著》，《词话丛编》，第 1630 页。
⑤　尤侗《词苑丛谈序》云："夫古人有'诗史'之说，诗之有话，犹史之有传也。诗既有史，词独无史乎哉？"此指词体发展史，与词反映现实之"词史"无涉。（王百里校笺《词苑丛谈校笺》，人民文学出版社，1988，第 3 页）

的高压政策有关，也与词之体性讲究深隐婉曲有关。真正首用卓绝之笔写重大事件者当推林则徐、邓廷桢二人。今存《邓林唱和集》① 收林词 4 篇、邓词 8 篇，均为二公政事之余的唱和之作，篇幅虽不多，但在词史上的重大意义实不可低估。陈兼与《闽词谈屑》说："其（指林则徐）与邓嶰筠（廷桢）唱和数篇，言禁烟事，万丈光芒，至今读之，犹凛凛有生气。"② 动乱的时代需要什么样的词作？谢氏《赌棋山庄词话续编》卷三云："予尝谓词与诗同体，粤乱以来，作诗者多，而词颇少见。是当以杜之《北征》《诸将》《陈陶斜》，白之《秦中吟》之法运人减偷，则诗史之外，蔚为词史，不亦词场之大观欤？"③ 意谓可直接用作诗之法去作词，特别是向杜甫、白居易学习借鉴。具体做法是"拈大题目，出大意义"④。谢氏又明言："夫词固亦有词之量矣。"⑤ 词量说成为谢氏品评清代词人词作的一条最重要的标准，有量之词人，谢氏《词话》无不网罗，如黄景仁、蒋士铨、林则徐、邓廷桢、刘家谋等。谢氏主盟的聚红榭词人的词作也多涉及时事。谢氏编纂《聚红榭雅集词》，多"肮脏幽咽"⑥ 之词，"肮脏"，高亢刚直之意。对清词卓有研究的严迪昌先生高度评价谢氏的词量说，认为："应该强调指出，词的空间容量的扩展，以至于出现某种情节描写的内容，使词的生气更充沛，是清代词的一个进步。"⑦ 基于此，林、邓二家反映鸦片战争的唱和词，应是清代词坛空前的创举。清初有反映国破家亡导致巨痛的词篇，属民族内部矛盾的反映，且多用曲笔，故在词量方面不及林、邓唱和词。

　　谢章铤作词为什么要强调词量，只要浏览谢氏所著《赌棋山庄全集》，我们发现"量"是谢章铤常用的一个批评术语。他通常从士人的修为方面强调做人要有量。如其《刘芑川〈东洋小草〉序》云："人生天地之间，朝而起，夕而息，于于然，犹犹然，乃忽悲、忽喜、忽嬉笑、忽怒骂，忽

---

① 邓廷桢、林则徐：《邓林唱和集》，清宣统元年（1909）江浦陈氏刊本。
② 《近现代词话丛编》，第 135 页。
③ 《赌棋山庄词话校注》，第 327 页。
④ 《赌棋山庄词话》卷八，《赌棋山庄词话校注》，第 166 页。
⑤ 《赌棋山庄词话》卷五《与黄子寿论词书》，《赌棋山庄词话校注》，第 435 页。
⑥ 《赌棋山庄词话》卷十，《赌棋山庄词话校注》，第 212 页。
⑦ 严迪昌：《清词史》，江苏古籍出版社，1999，第 398 页。

痛哭，于是有以为狂者、为痴者、为愚且戆者，是耶，非耶，果何为耶？且夫水之载物，以物之轻重为量，重者见深，轻者见浅，维人于世亦然。量至于是，见至于是，见至于是，言至于是，悲耶，喜耶，嬉笑耶，怒骂耶，痛哭耶？彼其所见迫之也。狂之者、痴之者、愚且戆之者，非故为违心之言也，量为之也。"① 这是说一个人做人可以有"狂""痴""愚""戆"等常人少有的表现，但前提是要"量至"。那么，他欣赏什么样的有量之人？其《稗贩杂录自叙》云："嗟乎，古之盛臣杰相，兴利除弊，挈领提纲，大抵有百世之量。后世人才不古，若然协资群策，亦有十世之量。今则相市以虚名，其量不能一世。夫百世、十世之量，其效未必即能百世、十世。若不能一世，则无所谓治矣。著书亦然。是故有千秋之书焉，有一时之书焉。若今之著书者，则希冀一时而不可一时者也。"② 他是从治理天下的角度，推崇有"百世之量"之人。如何做到有"百世之量"？其《赠言三篇示及门》云："古之人纳五岳于方寸，渺沧海于一粟，心无俗情，眼无俗见，万物纷之而不扰，一物宅之而不遗，而吾道之以天下为己任者，其量视此矣。"③ 其《答石生廉夫书》云："虽然，凡为士者，皆当以天下为己任，宜有万物在抱之量，无忤于物而不徇物者，盖其要在近人情，能服善而已矣。"④ 此说认为：如以天下为己任，就会养成"百世之量"。其《例授奉政大夫处士李君墓志铭》云："嗟乎，一乡之善士，善及其乡矣；一国之善士，善及其国矣；天下之善士，善及天下矣。善及于天下，士之量始尽，天下方许之为士。乃知真士固不以头衔重、科目贵也。"⑤ 以天下为己任之人，若善及天下，则可谓"量始尽"。就一般的读书人来说，平日的存量功夫，在于读经读史。其《答李生书》云："今方温温无所试，经事当俟之异时，宜先读经以养其心术，读史以扩其识量，而读史为尤要。"⑥ 审读谢氏全部著作之后，方知谢氏词量说绝非滥出，实

---

① 《赌棋山庄文集》卷一。
② 《稗贩杂录》卷首。
③ 《赌棋山庄文集》卷三。
④ 《赌棋山庄文集》卷四。
⑤ 《赌棋山庄余集》文集卷一。
⑥ 《赌棋山庄文续》卷一。

有深厚的文化传统的孕育，因而其意义实在很大，非仅限于填词一途，而是可以作用于一切学问。

　　鸦片战争之后，社会继续动荡，为闽籍词家以词写史提供许多的现实题材。如咸丰二年（1852）十二月，太平军攻陷武昌。咸丰三年二月，太平军陷江宁，改称天京。四月，福建小刀会破海澄、漳州、同安、厦门、漳浦等地。咸丰五年四月，太平天国北伐军败灭。咸丰七年三月，太平军攻入福建，占领邵武等地；四月，小刀会一部联合太平军攻陷汀州，旋失；十一月，英法联军攻陷广州，俘获巡抚叶名琛。咸丰八年三月，英法联军北上天津，四月攻陷大沽，五月《天津条约》签订。咸丰十年七月，英法联军攻陷天津；八月，英法联军攻陷北京，焚掠圆明园；九月，中英、中法、中俄《北京条约》签订。时代的苦难，闽人感之深切，故不断用词反映现实，留下了许多堪称词史的词作。如谢章铤《满江红·闻官军收复金陵》、薛绍徽《满江红·中元日，绎如以甲申之役，同学多殁战事……》、许南英《如梦令·别台湾》等都是具有词史意义的作品。

　　三、闽人对如何填词的探讨具有启示意义。有人主张据前代名词格律范式填词。朱彝尊《枫香词序》云："（宋牧仲）至为长短句，虚怀讨论，一字未安，辄历翻古人体制，按其声之清浊，必尽善乃已。"[①] 清初词人填词当有人如此做。邹祗谟《远志斋词衷》凡 64 则，论词谱 13 则，论词牌名 7 则，论词韵 6 则。论词谱，主张谱无定例，用某体题下注明即可；论词牌名，主张应从旧名；论词韵，主张用韵应遵成法。这些方法颇能贴近唐宋时代词人作词的实际情形，有可取之处。清初闽籍词人丁炜校律之成绩颇得词坛旗手朱彝尊的赏识。他的《紫云词》两种刻本均使用有特色的标点（详下），以表示著者对词的句式、节奏、用韵的理解。丁炜填词之时，《词律》《钦定词谱》尚未刊行，他是根据自己考索前人词作和图谱所得，在弄清词体句式格律的情况下再填词，所以既能把握词体规律，又能做到词中句意顺畅明晓，这本来就是作词应该达到的标准。丁炜给词集的断句标点，是一项有启示意义的事情，对于我们今天探讨词体规律有一定的示范作用。道光年间，叶申芗在《天籁轩词谱·发凡》

---

　　① 《清词序跋汇编》，第 184 页。

中提出："（词中）分句自以文理为凭，不必拘定字数。"① 这是叶申芗词学著作中最精彩的内核，如此明确地说出分句的原则，在词学家中是不多见的。他因仔细研究过万树《词律》，看到了此书的不足之处，故能探明词体分句规律。

四、闽人对如何唱词的探讨也取得很大创获。唐宋词如何唱？通观元明清三代乃至近代，人们唱唐宋词大多用各自时代的歌曲也就是"今曲"去尝试，而此种唱法不断招致非议，认为非用唐宋之旧乐，其唱必不是唐宋之旧唱。这里面确实存在着观念之争，如不能突破旧观念而代之以新观念，唐宋词的唱就不能很好地进行下去。晚清闽籍著名女词人薛绍徽自幼学习过昆曲，又有长期的诗词创作实践，自己又用昆曲唱词并教他人学唱。在此基础上，她鲜明地提出"无词不可唱，无词不合乐"的观点，对于唐宋词的歌唱观念极具突破意义，不但在清代闽籍词人探索词乐关系历史进程中显得特别，而且在整个词史上有如此鲜明观点者殊不多见。先辞后乐的歌唱，歌词无论协律与否都是可以做到歌唱的，是占主导地位的音乐使得这些歌词被重构后能唱出来，即使不协律的歌词在音乐的干预下也可以很好地唱出来，薛绍徽所言"无词不可唱，无词不合乐"② 的可能性在先辞后乐的歌唱（如唐宋词）中完全存在，如适当"比其音律"则能歌无滞碍。

清代闽词创作成就和词学研究成就，已如上述。尽管清代闽籍词人数量和词作数量都远超宋代，尽管清代闽地产生了谢章铤的词量说这样鲜明的词学理论，但我们认为清代闽词只能是处在一个中兴的时期，在全国在闽地都可算是一个中兴的时期，却不能算是又一次的辉煌。这样的判断，是着眼于全国的范围来看的。就创作一面说，清代闽地毕竟没有产生朱彝尊、陈维崧、厉鹗这样极具影响力的词人；就词学研究一面说，词量说只是现在才有学者注意到其价值和意义，在历史上的影响是不能和浙派、常派理论相提并论的。若就闽词史发展来看，清代闽词创作也没有达到宋代

---

① 清道光九年（1829）刻本。
② 薛裕昆：《黛韵楼词集序》，薛绍徽著，林怡点校《薛绍徽集》，方志出版社，2003，第69 页。

柳永、刘克庄的高度，清代闽籍词家的词学理论或可说超过宋代闽籍词家，但宋代毕竟是一个注重创作的时代，理论研究总是在创作之后。事实上，词学理论研究确实是在宋代以后才大放光彩的。且清代闽籍词家中，从未有人说清代闽词超过了宋代闽词，清以后也没有人这样说。基于此，我们给予清代闽词在闽词史上是一次中兴的定位。

第七章　明清易代之际的闽词

明清易代之际，天翻地覆，社会剧烈动荡，汉族文化精英之士多了理性的反思，更加注重从文化心理上进行救赎。清初遗民文学甚为发达，抗争精神空前强烈。闽籍遗民的词当然具备时代特征，也有自己的特色。余怀自六岁时，就离开故乡莆田，再也未回到自己的家乡，但他的著作一律署上自己的籍贯，以示不忘桑梓。余怀词主要写国亡之后在江浙一带的漂泊之感，其词中憎恨新朝之愤多以柔笔出之，愈见其决绝之情；陈轼把他的遗民意识深深地藏在心里，多数词篇笔法滞涩，似不能痛快一写，且时见隐痛。另有一些词人，尚不能归属遗民之列，如林云铭、杨在浦等。林云铭曾蒙大难，百炼弥刚，其词好语如珠，流转自如，这在崇尚姜、张词风的清初词坛，显得有些不合群；杨在浦不关注政局，用词来记录他的游踪及观感，读其词觉得他是一个隐士。

第一节　余怀词：漂泊者的歌吟

余怀（1616～1696），字澹心，一字无怀，号曼翁，又号曼持老人，生于福建莆田黄石，六岁随父母移居金陵（今南京）。二十五岁时，入南兵部尚书范景文幕为平安书记。二十七岁入棘围，落第。三十岁时，清军占领南京，余怀家产遭劫，妻惊吓而死。入清后以遗民自居，终老布衣。著有《甲申集》7卷、《江山集》3卷、《七歌》不分卷、《枫江酒船诗》不分卷、《玉琴斋词》不分卷、《味外轩诗辑》不分卷、《板桥杂记》3卷、《茶史补》不分卷等。词另有《秋雪词》1卷。今有李金堂编校

《余怀全集》。

康熙三年（1664）七月，余怀作《四十九岁感遇词六首并序》，开始了他作词的历程。康熙十年（1671），余怀编《玉琴斋词》，并亲自誊录，收词212首，今存此稿本。康熙年间，聂先纂《百名家词钞》，内收余怀《秋雪词》43首，其中有16首词不见于《玉琴斋词》，这16首应是康熙十年以后余怀的续作。《秋雪词》与《玉琴斋词》同收之词的文字略有不同，当是余怀在编定《秋雪词》时做了修改。既然是余怀选录自己的作品，《秋雪词》所收应是余怀感到得意的词作。另《瑶华集》收余怀词2首，《千秋岁倡和词》收余怀词1首，《同人集》收余怀词4首，《板桥杂记》卷下存残篇1则。余怀今存词共计235首、残篇1则。

余怀词题材比较广泛，根据我们对余怀词序的统计可知：酬赠词有50首，和韵次韵词有33首，寿词有25首，纪游词有25首，写怀词有12首，咏物词有11首，交游词有10首，节序词有6首，怀古词有6首。无词序的词作未纳入统计。

余怀酬赠词数量最多。谢章铤《赌棋山庄词话》卷一云："莆田余澹心怀侨寓金陵，推襟送抱，一时名士皆从之游。"[1]"推襟送抱"四字，是说他交游时以诚待人。余怀的主要酬赠者有曹尔堪（子顾、顾庵）、吴绮（园次）、姜垛（如农）、吴伟业（梅村）、宋琬（荔裳）、尤侗（展成）、龚鼎孳（芝麓）、曹溶（秋岳）、王晫（丹麓）、冒襄（巢民）、姜实节（学在）等，大多是以抱节隐居、不仕新朝著称的遗民；另有歌妓如小珠、梦珠、周宝镫、文璧、莺初等；另有男性歌者张永等。在赠给遗民的词中，《水调歌头·雨中简姜学在》是突出的一篇，词曰：

> 夏浅胜春日，风高送暑时。西山爽气如许，槐柳荫东篱。万柄绿荷香盖，一郡荆榛云影，天与画修眉。君写花间集，我镊鬓边丝。
> 鱼吞浪，鸠唤雨，鹊翻枝。张融陆处非屋，虹渴饮清池。堪笑垂竿老叟，强与人间兴废，白首出蟠溪。斗大黄金印，不换一篇诗。

---

[1]《赌棋山庄词话校注》，第19页。

姜实节（1647～1709），字学在，号鹤涧，山东莱阳人，居吴中（今苏
州），姜埰子。明礼科给事中，入清隐遁，不入城市，布衣终老。晚岁在
虎丘筑谏草楼，吴人谥之曰孝正。其父姜埰（1607～1673），字如农，晚
号敬亭山人、宣州老兵。崇祯四年（1631）进士，明末官礼科给事中，以
建言廷杖下狱几死，改谪戍安徽宣城卫，赴谪途中闻北京破，转吴门，与
弟姜垓同隐，借居文震孟兄弟之"艺圃"，建"敬亭山房"，成为遗老聚会
之所。王士禛《带经堂诗话》卷二十四云："莱阳姜如农埰、如须垓兄弟
齐名，时称二姜。如农，崇祯末为给事中，建言谪戍宣城卫。鼎革后，遂
卜居吴郡，不归乡里。给事死，遗命葬宣城，以谓故君未赐环，不敢首
邱。吾友张杞园贞作祠记，书其事，南北名士多歌咏之。"① 陈维崧有《水
调歌头》词哀悼姜埰卒逝。姜埰遗命归葬前朝遣戍之地宣州一事，引起过
极大震动，对他的悼念不啻是一次故国之吊的大集会，为清初文学史上一
大公案。② 余怀显然熟知姜氏一门的气节，故词中云"君写花间集，我镊
鬓边丝"，肯定了自己与姜实节都有萧散的志趣，十分投合，而"斗大黄
金印，不换一篇诗"是说自己不愿意做官，也是指友人与自己有同好。《千
秋岁·赠王子丹麓五十初度，奉次原韵》是余怀表达隐逸志向的一首词
作。康熙二十四年（1685），王晫五十寿辰，赋《千秋岁·初度感怀》，寄
赠索和，唱和者达221人，有词、诗、赋，辑成《千秋雅调》（又名《千
秋岁倡和词》）。《千秋雅调》中，包括王晫在内共有唱和词人215位，唱
和词233首。唱和活动规模之大、参与人数之众，文学史上十分罕见。

　　余怀交游者中有大量的歌妓，她们是沦落风尘的下层女子。士大夫与
她们无所顾忌地交往，就会受到正统人物的鄙视。余怀却能无视正统人物
的指责，坦陈他与歌妓的交往。余怀《癸巳野庐诗并序》云："己丑
（1649）携李倩梁，庚寅（1650）昵陆楚云，辛卯（1651）拥陈蕙如。三
姬者，茸城之殊丽，乐府之名魁。余皆挟之以游，皆挟之以游于张子之野
庐。而张子者，尽倾家酿，巧制侯鲭，薰以博山之炉，佐以桓伊之笛，使
余醉饱淋漓而不厌。曾几何时，而颍川云逝，地主蔑如，三姬亦云散风

① 清乾隆二十七年（1762）刻本。
② 严迪昌：《清诗史》，浙江古籍出版社，2002，第273页。

流，粉黛无色。"① 至晚年，余怀仍属意与歌妓的交往。他的《〈闲情偶寄〉序》云："往，余年少驰骋，自命'江左风流'，选妓填词，吹箫跕屣，曾以一曲之狂歌，回两行之红粉。而今老矣，不复为矣。独是冥心高寄，千载相关，深恶王莽、王安石之不近人情，而独爱陶元亮之闲情作赋。读李子之书，又未免见猎心喜也。王右军云：'年在桑榆，正赖丝竹陶写。'余虽颓然自放，倘遇洞房绮疏，交鼓迭瑟，宫商迭奏，竹肉竞陈，犹当支颐郭袖，倾耳而听之。"② 对于其友冒襄与歌妓的交往，余怀《冒巢民先生七十寿序》云："然自我观之，巢民之拥丽人，非渔于色也；蓄声乐，非淫于声也；园林花鸟、饮酒赋诗，非纵酒泛交、买声名于天下也。直寄焉尔矣！古之人，胸中有感愤无聊不平之气，必寄之一事一物，以发泄其堙暖。如信陵君之饮醇酒、近妇人，嵇叔夜之锻，刘玄德之结毦，刘伯伦之荷锸，米元章之拜石，皆是也。"③ 余怀的"选妓填词"，正是一种寄托，借以排遣内心难以抹去的亡国破家之痛。这一点，《沁园春·古香馆梦归白下寄梦珠》说得再明白不过了。词云：

> 客寓娄东，秋水平桥，芙蓉晚开。携双螯紫蟹，拍浮杯酒，双蛾红袖，登眺楼台。天下伤心，惟余与尔，分手消魂各自猜。真如梦，似钱塘江上，潮去潮来。　中年怀抱难开。空自恨、高唐寂寞回。叹香销南国，美人愁病，鸟啼东府，客子徘徊。醉里斜阳，齐梁故垒，衰草茫茫后骑催。披衣起，但踌躇四顾，斫地悲哀。

悲哀能斫地，其悲哀是何等沉重！国亡使其失去了科考仕宦的进身之阶，人生价值无法得到实现；家破妻死使其孤零零地活在世上，形单影只，孑然无助。因之"双蛾红袖"的慰藉，如甘霖滋润干裂的大地一样滋润着他碎裂的心灵。这是余怀和众多的明遗民纷纷然与歌妓交往的原因。我们对此应能理解。况且余怀词对歌妓并没有表现露骨的猎艳心理，相反他笔下

---

① 《余怀全集》，第 118 页。

② 《余怀全集》，第 328 页。

③ 《余怀全集》，第 334～335 页。

的歌妓却显得相当清雅，如《念奴娇·赠女郎文璧》云：

> 两峰秋水，问美人何处，盈盈金屋。小袖云蓝寒拥髻，细草香生空谷。扇底青山，曲中红豆，缥缈人如玉。泰娘容与，夜深同倚修竹。　眼前西子西湖，三年一觉，好梦凭谁续。如此消魂能有几，消去愁尘千斛。杜牧题诗，嵇康纵酒，总是闲来福。六桥风月，一时分付油辔。

余怀的和韵次韵词，有和次古人之词的，也有和次今人之词的。和次古人之词，是借古人的酒杯浇自己的块垒；和次今人之词，是推襟送抱，引为同调。和次古人之词以《四十九岁感遇词六首并序》最突出，序云："白香山云：'四十九年身老日，一百五夜月明天。'苏子瞻云：'嗟我与君皆丙子，四十九年穷不死。'余今年四十九，身既老矣，穷犹未死。追想生平，六朝如梦。每爱宋诸公词，倚而和之，聊进一杯。正山谷所云'坐来声喷霜竹'也。"[①] 六首词中以《桂枝香·和王介甫》最见兴亡之感，词云：

> 江山依旧。怪卷地西风，忽然吹透。只有上阳白发，江南红豆。繁华往事空流水，最飘零、酒狂诗瘦。六朝花鸟，五湖烟月，几人消受。　问千古、英雄谁又。况伯业销沉，故园倾覆。四十余年收拾，舞衫歌袖。莫愁艇子桓伊笛，正落叶、鸟啼时候。草堂人倦，画屏斜倚，盈盈清昼。

王士禛有《浣溪沙·红桥同箨庵、茶村、伯玑、其年、秋崖赋》词，是他任扬州推官时所作，以写景含蓄著称，一时南北和遍。词云："北郭青溪一带流，红桥风物眼中秋，绿杨城郭是扬州。　西望雷塘何处是，香魂零落使人愁。淡烟芳草旧迷楼。"词中隐约寄寓对十余年前覆亡的明王朝的哀思。余怀的《浣溪沙·五月五日红桥怀古，次王阮亭韵》的悲伤情

---

① 《余怀全集》，第244页。

感却强烈得多，词云：

才到红桥泪欲流。一般箫鼓楚江秋。十年风雨梦扬州。　歌扇酒
旗摇绿水，望中灯火不胜愁。旧时烦恼在青楼。

余怀的寿词，有自寿词和寿人词，自寿词多发不平之气，如《五十进
酒词四首并序》云："余今年遂五十矣。半生落拓，双鬓飘零，阆苑无缘，
云台竟远。白香山云：'青山举眼三千里，白发平头五十人。'用为首句，
作《浣溪沙》词，命红袖歌之。歌一阕，聊进一杯，歌罢陶然径醉，绝似
辛幼安唱'千古江山'时也。余与寇莱公同月日生，处士魏野献诗云：
'何时生上相，明日是中元。'王文正公云：'寇准只是骇耳。'余骇过莱
公，而穷同魏野。天实为之，谓之何哉？"① 寿人词多称颂寿主的文采风流
之美。如《水调歌头·祝吴梅村六十》云：

五亩园中叟，白发老青门。当年文章太史，声价满乾坤。一旦后
庭花落，憔悴绿珠红豆，芳草怨王孙。萧瑟郊居赋，吹笛到羌村。
装玳瑁，巢翡翠，压昆仑。谁欤敌者，此事不得不推袁。君自低头东
野，我自倾心北海，难与俗人言。富贵何足道，高卧且加餐。

余怀大半生漂泊，主要流寓在苏州、杭州、湖州等地，而以寄居苏州
时间最长。所到之处均有词纪游。陈寅恪《柳如是别传》第五章说："澹
心之为复明运动中之一人，自不待论。"② 他游历的目的，今天仍不十分清
晰，但我们可知应不是简单的游历。余怀的游历，既有纯粹的旅居，也有
以游会友，也有借游凭吊，都可以从他的记述中看到。如《水龙吟》（年
年放浪江湖）序云："乙巳（1665）六月，游武林。住学士港之笑隐庵。
竹树阴翳，湖水到门，明月之夜，则坐舴艋，泛湖心，摇入万柄绿荷中，
听蛙鸣鱼跳为乐。丙午（1666），避暑吴兴卞山资福寺之绿云堂，巨荡万

---

① 《余怀全集》，第 254～255 页。
② 陈寅恪：《柳如是别传》，生活·读书·新知三联书店，2001，第 1105 页。

竿，环绕左右，衣履帷帐，皆浮翠色。丁未（1667），休夏灵岩。法堂高
敞深邃，空洞无人，檐前双桂婆娑，亭亭如车盖。三伏之余，亦复疏帘清
簟，高卧浣花草堂，前罗蕉圃，后荫豆棚，金碾翠涛，冰盘紫笋，不知世
间有炎热地也。今年归白下，栖故庐。既流金焦石，倍于往时，又患足
疮，叹逋逃之无所，作一词以写怀。杜樊川云：'大热去酷吏，清风来故
人。'嗟乎！去留之际，岂易言乎！"① 如《武塘诗序》云："或问予曰：
'山水之乐与友朋之乐孰胜？'予曰：'兼则胜。必不能兼也者，则友朋乎
胜哉。'"② 如《西陵诗序》云："然则西湖一勺水耳，其造化初生时，与
予前游之意同。洎乎阅盛衰，关兴废，山川亦不能以自必，而况予一往之
情深欤？其忧乐固有不可胜道者哉！"③

余怀的纪游词，主要是写他和诗友词客的文酒聚会，如《定风波》词
序云："李公择知湖州，集苏子瞻、刘孝叔、张子野、陈令举、杨元素为
六客，子野作'六客词'。后二十五年，子瞻知湖州，集张仲谋、曹子方、
刘景文、苏伯固、张秉道为六客，子瞻作'后六客词'。今吴园次来守湖
州，又为六客之会，作'三六客词'。"词云：

> 春到江南花半开。官衔疑是小蓬莱。风月湖山谁作配。相对。千
> 年六客共衔杯。 雪似茗花霜似竹。何处。玉人吹笛爱山台。却悟此
> 身原是客。看取。苏张今日又重来。

余怀的写怀词最能展示他心灵的本质特征。他追忆风月温柔，自伤时
光虚掷，更有英雄迟暮事业无成的叹息。《河满子·书怀》云：

> 玉笛吹残花影，纱幮凉透屏风。殷勤团扇浑薄幸，绿窗遮满梧桐。
> 心字香烧砚北，催诗雨过墙东。 初到睡乡学懒，还来酒国书空。青
> 山一片生涯在，中间着个衰翁。无限夕阳芳草，闭门老尽英雄。

---

① 《余怀全集》，第 272 页。
② 《余怀全集》，第 13 页。
③ 《余怀全集》，第 22 页。

余怀的怀古词有"金陵怀古""钱唐怀古""吴门怀古""广陵怀古"诸篇，历史兴亡、盛衰之感十分浓厚，皆能紧扣各地史实来书写，写来看似不甚着力，实是用力锤炼的结果，如《望海潮·金陵怀古》云：

> 长江天堑，龙盘虎踞，千秋铁锁金陵。结绮楼中，瓦棺阁外，空留吊客青蝇。钟打六朝僧。看莫愁湖水，鹭起沙汀。搔首城隅，降幡一片晚烟凝。　伤心往事无凭。恨狝儿不见，鼠子纵横。花发后庭，草深废井，何人泪洒新亭。聊欲记吾曾。闻旧时王谢，燕子巢倾。只有淡烟斜日，缥缈露孤灯。

余怀的词备受时人和后世的好评。吴伟业《〈玉琴斋词〉题词》云："词大要本于放翁，而点染藻艳，出脱轻俊，又得诸《金荃》《清真》。此繇学富而才隽，无所不诣其胜耳。"[①] 许增《〈玉琴斋词〉跋》云："词格婉丽，与《金陵杂诗》相辉映。"[②] 张琴治《题〈玉琴斋词〉后》其一云："落拓青山艳俊游，金樽檀板醉高楼。留将家国兴亡泪，付与秦淮曲曲流。"其二云："旧院春风忆老鬟，玉琴声澈暮云间。白头庾信肠堪断，黄叶江南一片山。"[③] 龚鼎孳《〈秋雪词〉跋》云："《秋雪词》，惊才绝艳，绣口锦心，人所易知也。而其一寸柔肠，千年绝调，腴而不靡，丽而不纤，悲壮而不激烈，旷达而不肤廓，不必以雕镂为工，而玉光剑气，隐现于声律芳香之外，非人所易知也。一觞一咏，吾当北面，岂敢以旗鼓抗中原哉？"[④] 胡玉缙《四库未收书目提要续编词话》云："其词大致风华掩映，寄托遥深，繁缛之中，寓以凄惋，虽犹是《杂记》之遗意，而苟以意逆志，固不得以为风雅罪人也。"[⑤]《续修四库全书总目提要》（《秋雪词》一卷）云："澹心什记之作即足见其伤心人别有怀抱，其性情、才调，固

---

① 《余怀全集》，第243页。
② 《余怀全集》，第305页。
③ 《余怀全集》，第305页。
④ 《余怀全集》，第308～309页。"鼓抗中原哉"原缺，据清康熙绿荫堂刻本《百名家词钞·秋雪词》补。
⑤ 《词话丛编二编》，第3128页。

宜于倚声度曲者也。"① 以上皆很能揭示余怀词的特质。

余怀关于词的创作的见解也颇新颖，是他从创作的切身体会中得来。《明月庵稿序》云："迨至宋朝，适当一阨。子瞻盖代文豪，比兴之义茫乎未解。秦、柳填词，流为元人剧曲。古道凌夷衰微矣。"② 此论重视诗之比兴。《律鬘序》云："余不能为律，惧其难也；非惟不能，抑且不敢。他人为诗，类必以律，甚至数十百首，破体陋议，衿捉肘露，本欲鸣巧，实以藏拙。嗟乎！弥以希矣。余之为律，非律也，其犹鬘焉云耳。大雅君子，因余律以追论古人，虽不足以几古人，而古人之瑕瑜见于此。"③ 鬘，一种戴在身上作装饰的花环。律鬘之说，谓律不过是一种装饰，而诗中的真情实感才是可贵的。

余怀抱定遗民的立场，流连风月借以寄托身世，终其一生，绝不改变。其志节可嘉，其处世也特立。他的词作纯粹写性情，词句流转自如，不以格律自缚，却颇能神行于法度之外。余怀词在历代遗民词的创作史上，应占有突出的位置。

第二节 陈轼词：遗民心态的自诉

陈轼（1617~1694），字静机，福建侯官（今福州）人。明崇祯十三年（1640）进士，授南海知县，南明隆武朝擢御史，永历时官广西苍梧道，入清后归隐，以遗民自居。著有《道山堂前集》不分卷、《后集》10卷、《续牡丹亭》，参撰康熙《福建通志》。存词145首。

每逢易代之际，正统文人士大夫的命运鲜有不受到冲击者。崇祯十三年陈轼举进士，时年24岁，崇祯十七年（1644）任广东番禺县令，时年28岁，本来他会有大好前程，而恰在此年，明朝瓦解，山河易主。第二年，他返回福州，在唐王朱聿键麾下任御史一职。顺治二年（1645），隆

---

① 孙克强、杨传庆、裴喆编著《清人词话》，南开大学出版社，2012，第93页。按，此则撰者不详。

② 《余怀全集》，第38页。

③ 《余怀全集》，第57页。

武政权覆亡，陈轼又回到广东，在即位于肇庆的桂王麾下任苍梧道一职。辛卯（1651）年，再度回闽，以前朝遗民自居，多与遗民往还。己亥（1659），陈轼与部院李率泰等人发生冲突，被判以通贼罪，监禁于江苏大丰。大约折腾了 5 年时间，他被释放，后流寓江浙一带达 14 年之久。康熙十七年（1678）春天回到故乡，从此过着隐居著述的生活，终老福州。

　　陈轼最为人所熟知的一首词是《桃源忆故人·读书》，词曰："纤纤玉指翻缃缥。帘外风枝清悄。揭过牙签多少。一阵脂香缭。　画屏闲几微吟了。惟有洛神赋好。不学男儿潦倒。偷揣登科稿。"此词清新明快，且带情趣，肯定一位女子随兴无功利目的的读书生活，作为读书做官为尘事奔走的陈轼，心里是极为羡慕的。另有《南乡子·春闺》云："憔悴笑歌颜。霍霍菱花照泪班。青雀空庭相对舞，生烟。桃李花开覆井栏。　悄步动星纨。茜袖香裙出洛川。金缕新词吟未歇，间关。小院黄鹂杂管弦。"此词写得较明快，却是伤感的。在陈轼的词集里，有如此二首读来有轻松感的词作，仅昙花一现。他的多数词篇，笔法滞涩，似不能痛快一写，且时见隐痛，可知遗民的意识深深地潜藏在他的心里。《浪淘沙·村居》一词，大约作于他晚年隐居福州期间，词云：

　　　　流水接奔潮。小小红桥。应无马迹到芜皋。篱下曲蟮听犬吠，门外归樵。　日曝与风缫。斗大茅椒。肉生脾里老无聊。新绿南园扶杖看，雨甲烟苗。

在一路生新活泼的农村景致的描写中，原本会看出词人的欣喜，但仅见到他衰老的自供——一位遗民功业无成无可奈何的诉说，且只能忍着不能说得太明白。国家的覆亡，不仅剥夺了他应有的上等人的生活，更是剥夺了他成就功名的热望。《柳初新·庚申元旦》一词，词人写他安顿自己心灵的办法。词云：

　　　　世事相填惟是忍。不待更、央詹尹。花畦药白，鸡坿豚栅，兼有宝书玉轸。且任春来嘲镳。须却避、一堆蝼蚓。　早识浔阳遗隐。久忘怀、楚辞天问。抽梢竹种，斗香梅影，全向东君索韵。此日椒盘花酝。一般儿、繁华芳讯。

庚申（1680）年元旦换岁，陈轼 64 岁，他似乎特意写了这首词，来表达他的反省，宣布他的处世态度——只能采用忍的办法来安顿自己晚年的生活，种花养鸡，读书观画，效法陶渊明处世。"嘲辗"，大声嘲笑之意，黄庭坚《次韵孙子实题少章寄寂斋》曾用过，有云："狱户闻笞榜，市声杂嘲辗。"可见，他对入狱一事还是耿耿于怀的，要想办法躲避蝼蚁之人的陷害。

在陈轼晚年的词作中，颇能见到他对有气节之人的礼赞，这也是他的一种寄托，如《满江红·寿黄处安》云：

> 桃面霜眉，随处是、竹巾藤带。犹记得、银鞍走檄，金门展采。清梦依稀宫漏滴，咽流尚向长河湃。拼青鞋、踏破遍名山，堪潇洒。
>
> 蛇蚓现，兰亭格。烟雾爵，樊南派。总词源三峡，自然天籁。孤琴调涌海峰尖，寒镡光照鱼肠色。看生公、石上紫霞浮，红云矮。

黄晋良（1615~1689），字朗伯，号东雯，别号处落、一作处安，福建闽县（今福州）人。崇祯诸生，南明唐王授中书舍人，擢工部主事。擅诗文、工书画。著有《和敬堂全集》《唐诗剩义》。此词作于黄晋良 70 岁时，虽曰祝寿，只是在结末点明喜庆之意，全词完全在说黄氏事业与才华，肯定其人品。同年陈轼作有《黄处安工部七十序》。康熙二十八年（1689），黄晋良去世，一年后，陈轼还亲到黄的坟墓前悼念，作《黄处安传》。陈轼还有《南浦·顾梁汾为友吴汉槎入闽，归而送别》，明确说明顾梁汾入闽是为了营救吴汉槎而奔走。词云："只为故人塞外，谱伊凉、金缕调流传。"另有《洞仙歌·挽姜如农给谏》赞扬姜如农人品"一片清缣如雪"，等等。

陈轼的意义，一定意义上说，是让我们看到清初福建遗民的处世态度和反抗精神。在福建这样一个长期处于理学熏染之地，士大夫多抱节自守，不阿好新朝，此中陈轼是特别值得注意的一位。他的词，艺术上说，可能没有特别值得一提的地方，如谢章铤《赌棋山庄词话续编》卷一所云："静机胜朝遗老，采薇不出，盖气节之士。然其文殊平庸不足观，词尤多失调。"① 但是他的词蕴含的处世态度和褒贬的取向，是一个特定时代的反映，确有值得关注的地方。

第三节　百炼弥刚的林云铭词

林云铭（1628～1697），字西仲，号损斋，别号沤浮隐者，福建闽县（今福州）人。顺治十五年（1658）进士，官徽州府推官。康熙十三年（1674）为耿精忠所因，逾二年得归杭州，以卖文为生。著有《损斋焚余》10 卷、《吴山籁音》8 卷、《挹奎楼选稿》12 卷，另编撰《庄子因》6 卷、《古文析义》16 卷、《韩文起》12 卷、《楚辞灯》4 卷。

陈衍纂《闽侯县志》称林云铭与仇兆鳌、毛际可友善。仇兆鳌《〈挹奎楼选稿〉序》云："先生于经史无不淹贯，又探奇于庄屈，取法于史汉，摹神于唐宋大家，宜其才雄力厚，品格高古而姿韵悠扬，不愧当代作者。"② 此言当为知人之论。林云铭曾为叶矫然《龙性堂诗集》作跋，评曰："思庵叶先生，余总角时砚席友也，深思积学，尤嗜声诗。"③ 林云铭评孙学稼诗曰："凡二十余年中，海内山川形势、道里险易、文物土风，靡不睹记"，"故其为诗浩瀚逶迤，顿挫沉郁，称其志气，非近代可几，亦与其为人相类也"。④ 林云铭有《报为霖和尚书》《再报为霖和尚书》，为霖是鼓山和尚，提倡禅净兼修，著有《鼓山为霖和尚示修净土旨诀》。以上可略见林云铭的交往。郭则沄《十朝诗乘》卷二录林云铭《登陴纪事》诗，诗写新安兵乱百姓仓皇逃离事，读来颇觉沉痛。

《挹奎楼选稿》，仇兆鳌为之删定，有康熙三十五（1696）年陈一夔刻本，收词 35 阕。仇兆鳌《序》云："丙子（1756）春，予再过西湖，取《损斋焚余》十卷、《吴山籁音》八卷，严加存汰，又益以近日新篇，厘为

---

① 《赌棋山庄词话校注》，第 275 页。
② 林云铭：《挹奎楼选稿》卷首，清康熙三十五年（1696）陈一夔刻本。
③ 叶矫然：《龙性堂诗集》卷首，福建师范大学图书馆藏刻本。
④ 《挹奎楼选稿》卷六《圣湖处士传》。

一十二卷，洵洋洋大观矣。"① 此本收词同于《吴山毂音》，只删去《齐天乐·寿法黄石夫子二阕，正月廿二日诞辰》2 首。另据清康熙王氏墙东草堂刻本王晫辑《千秋岁倡和词》可补辑 1 首。朱彝尊《词综》录其《如梦令》一阕，郭则沄《清词玉屑》认为"非其至者"②。

《百名家词钞》收林云铭词 1 卷，并评曰："晋安林先生文章气节，不减宋两文忠。而偶为诗余，每脱一稿，如芙蕖出水，秀色天然。晓黛横秋，苍翠欲滴。其原配蔡孺人，名捷，字羽仙，亦能词，而好为忠节之音。尤展成太史尝谓先生虽蒙大难，百炼弥刚，《毂音》云乎哉！三山之人闻之，必以为辽东之鹤也。"③ 确如《百名家词钞》所言，林云铭词好语如珠，流转自如，诵读之下颇能激起兴致，这在崇尚姜、张词风的清初词坛，显得有些不合群。《望江南·余苦市居日久，叶宗之姻翁为余谋迁，喜得辞喧即静》云：

> 清斋里，书案绝纤尘。墙角纵横蜗作字，枝头断续鸟呼人。静处物皆亲。

虽曰不耐市居嘈杂，另谋居处，却能以一种平和的心态观物，觉物皆亲人，非平生有修为者不能如此作词。林云铭著有《庄子因》，于道家学说颇有体悟，故能从"蜗作字""鸟呼人"之景象中体会到静处之好。

林云铭词善能说愁，《念奴娇·愁味》云：

> 问愁何物，记当初、那里和伊相识。惯认眉尖寻旧路，误我花朝月夕。向壁搔头，阑干倚遍，倦眼慵春色。平芜大地，一齐颦蹙如尺。　　正苦白发频催，无端万绪牵，人肠应直。户掩黄昏刚就枕，恶梦更番突入。斥去还来，除非拚饮，醉死华胥国。酒多晨困，又将前病添剧。

① 《挹奎楼选稿》卷首。
② 《词话丛编二编》，第 1249 页。
③ 《百名家词钞词话》，《词话丛编二编》，第 640 页。

郭则沄《清词玉屑》卷一评此词曰："妙在全用白描。"① 词把愁写得如此鲜活，可谓心中实有不得已者。耿藩之乱，林西仲方里居，迫降不应。初入狱，梦头飞去；既出，又梦头复还。林云铭有词记此事，并成为以后文人的常谈。

林云铭词都作于客居杭州期间，他作词时已年近五旬，词中困顿之感、牢落之愁扑面而来。其词中"客"字出现频率最高，有多首词写到他的客居心态。如《如梦令·戊午客夜闻钟》云："客梦总难成，何待夜钟敲醒。"《菩萨蛮·咏雪有感》云："漫道客衣单。将来作絮弹。"《鹊桥仙·武林守岁》云："儿童拍手任歌呼，那管有、衰年羁客。"《满江红·用辛稼轩韵和唐济武太史见赠……兼通丹诀》云："眼高悬、觑破世间身，无非客。"如此说，都是他的心声，他最后是客死在杭州。林云铭《上王阮亭内翰书》云："夫人生作客耳！而某又为客中之客。萍梗漂流，首丘莫问，尤可悲也。"② 此言何其沉痛！他的词有多首写到除夕，皆见时光流逝带给他的痛楚。如《鹊桥仙·辛酉除夕》云：

　　　　新芳扫屋，新符粘户，说是般般更易。穷愁独不受人除，硬住过、来朝初一。　人情反复，此生沦落，缺憾提他何益。天公半点不留余，也扣去、今宵三十。

词中说除夕时一切都将改变，唯觉穷愁不变。虽如此说，但淹贯经史、探奇庄屈，历经宦海风波和生死劫难的林云铭，自有其不同凡人之处。他的词中有一首咏落花生，托物写志，词中少见。《蝶恋花·咏落花生写怀》云：

　　　　落后凡花皆罢却。独此仙根，生意留如昨。俗眼但知欺寂寞。等闲错道东风恶。　随地为家能自托。笑彼园葩，苦向枝头着。结子泥中甘抱璞。成蹊桃李真轻薄。

---

① 《词话丛编二编》，第 1249 页。
② 《挹奎楼选稿》卷三。

耿精忠之叛，他抗不从贼，可谓有持守。花生不慕凡花竞放，结果泥土中，也可谓有持守。此词堪为其人之写照。

林云铭对《庄子》很有研究，词中自然少不了悟道之作。《蓦山溪·警悟》云：

> 明明知道，活活街头者。都是死胚胎，问谁肯、死前抛下。生年易满，逐日自挨排，谈贝叶，论丹经，到底空嗟讶。　休言无念，念起如何舍。舍得悟真空，再参求、无中造化。这般作用，大易已诠明，水底月，火中莲，一切成闲话。

此词写其能看穿一切，叹世上无真能觉悟者。可见他有一肚皮不合时宜在，痛快地全部说了出来。

林云铭词也可用"百炼弥钢"一语评之。其词写他的落魄，虽落魄而气节不改；其词也写他的自守，虽处泥中，却能抱璞；其词还写了他能参透悟空，看穿一切。若非历尽劫波，是很难做到这一点的。

林云铭妻蔡捷（1635~1682），字羽仙，福建闽县（今福州）人。林云铭《吴山鷇音·诗余》附蔡氏词3首，徐树敏、钱岳辑《众香词》另收其词1首。蔡氏词皆谈妇道节义。《众香词》选录此三首词时，特地加了词序，以揭示词之主旨。《苏幕遮》词序云："夫子新安归云：'郡女王叶奉亲甘旨，夫客死粤西，讣至屏食而绝。'"《瑞鹤仙》词序云："宜兴周贞女未字守节。"《满江红》词序云："吊仁和沈孝女刲股殒命。"此三首词仅能以词记事，不耐诵读。倒是《众香词》收录而不见于林氏集中的一首《如梦令》，清新可诵，录如次：

> 方把银钉吹隐。绣幕风歊不定。好梦总难成，月上花枝交映。深省。深省。枕上独吟清冷。

郑郊，字官五，福建闽县（今福州）人。诸生。林云铭婿。据其词，康熙二十四年（1685）前后在世。他和岳父林云铭都参加了王晫发起的千秋岁唱和，《千秋岁倡和词》保存了他的一首《千秋岁·赠王子丹麓五十初度奉次原韵》词。

林瑛佩（1661~1687 前），字悬藜，福建侯官（今福州）人，林云铭女，闽县拔贡生郑郊室。康熙甲寅（1674）耿精忠叛，囚其父 14 个月，时瑛佩年 14 岁，匿弟深山，怀刃以死自誓，父卒免于难。著有《悬藜遗稿》《林大家词》。徐树敏、钱岳辑《众香词》录其词 7 首，丁绍仪撰《听秋声馆词话》另录其词 1 首。

郭则沄《清词玉屑》卷一认为："瑛佩能词，世传其《清平乐》词有云：'无情春色偷归。等闲断送芳菲。独有夜阑明月，影来扶上花枝。'亦工于言愁者。"① 《踏莎行·月夜寄夫子官五》倾吐对夫君的思念，非深于情者不能道，录如次：

> 静夜霜寒，金炉香辍。窗前一片梅花月。看来总共此清光，怎生却把人离别。　　才挂枝头，又过庭侧。疏帘漠漠铺烟色。深宵何用照离愁，素娥当自愁圆缺。

第四节　以词纪游的杨在浦词

杨在浦，字又周，漳浦（今属福建）人。工举子业，有声场屋间。其词独创新奇，不屑寄人篱下。词在顺治癸巳（1653）年已成集。著有《碧江诗余》4 卷，存词 160 首。词作纪年最早为明崇祯壬午（1642）年，最晚为顺治辛丑（1661）年，知杨在浦为明崇祯至清顺治间人。

一部《碧江诗余》就是一部游记，作者是用词来记录他的游踪及观感。其人确与常人有些不同，应是有个性之人。其《少年游·生平》云："生平不染风流债。故意将花爱。囊底钱空，瓶中酒罄，把个裘儿卖。尊前直率君休怪。本性生来带。击剑狂歌，揪冠起舞，尽见英雄概。"夫子自道个性如此。《加字长相思》词序云："予少时，好击剑谈兵，同学笑

---

① 《词话丛编二编》，第 1249 页。

予粗豪太甚。长始强笔作文，落落头角，竟不合时趋，深负知己。因思丈夫当如虎啸鹰扬，立大奇功，安能向毛锥老作生涯耶？苦日短而思长，爰作《长相思》词以遣之。"据此词知他少有壮志。《碧江诗余》中的词作似是按照游踪顺序来编排的，从他的词作中我们可以看到他的游览线路，是从闽地出发，经江、浙、豫、鲁到达燕京。

每到一地，词人眷顾当地的历史景点，用词把景点的人文内涵叙述出来，因是叙述，记事的成分就多了，而抒情的美感特质就被冲淡了。《望海潮》词序云："泉郡洛阳桥，以唐宣宗'览胜似洛阳'得名。盛时桥馆，称鱼米佳胜。予壬午初，有三山之行，驰驱过此，见桥址倾颓，古庙烟墟，殊深感叹。远望海潮初上，见采鱼虾者，亦已寥寂。为缀此词，亦欲向忠惠篆碑，比寒山片石也。"词云：

> 霞飞日卷，山浮浪驾，百泉海阔天秋。蜿蜒长虹，支波断续，洛阳已换风流。遥忆济川侯。几符驰醋报，石涌金酬。砥柱功成，千年篆碣镇蛟蚪。　驾来曾记桥头。夸清源美酝，牡蛎珍羞。人物繁华，歌腔婉转，嬉嬉年少豪游。望极对渔舟。惟庙烟尘篆，鸟雀空啾。何似水云深处，一棹泛芳洲。

洛阳桥是宋代泉州知州蔡襄主持建造。"洛阳已换风流"，是说此桥已历沧桑。"济川侯"，指蔡襄，是取戏曲中的说法。明代传奇《四美记》以蔡襄母子夫妇为"四美"，开场白便曰："忠悬日月蔡兴宗，节劲冰霜王玉贞。义重交游吴自戒，孝能竭力蔡端明。禅心如水僧明惠，法力无边观世音。四美济川阴德盛，洛阳桥就万年春。"[1]"醋报""石涌金酬"，是关于洛阳桥的传说。相传海神告蔡襄廿一日酉时（醋）兴工。又传洛阳桥建造因资金匮乏，南海观音化作一位绝色美女，泛舟洛阳江边，说谁若能用金钱投中她，她愿嫁与为妻。金钱雨点般落在小舟上，却无一人能投中。小舟天天满载金钱而归，筹集了一大笔资金。此词即是如此紧扣洛阳桥的传说来写。

杨在浦另有词写到闽地的景点，如龙江、文昌楼（南靖）、开元寺

---

① 佚名撰《四美记》，《古本戏曲丛刊二集》，上海印书馆，1955，第1页。

（福州）、九鲤湖（仙游）、建溪、梦笔山（浦城）等，更有大量的词写到闽地以外的景点，如富春山龙邱山胥口（仪征）、范蠡湖（嘉兴）、阊门楼（苏州）、封龙山（石家庄）、千秋台（高邑）、燕台（易县）、铜雀台（临漳）等。游历闽地以外的词作以《女冠子》一词为佳，词序云："夜宿淮安，晓由城西进发，遥指一桥，传为淮阴侯出袴下处。思老韩钓鱼贫困，能怜王孙进食者，惟有漂母。后乃享答金亭，是足愧南昌长矣。然其哀非望报，又直为假王下大痛针，岂亦同黄石教子房深旨乎。望古缀词，歌以表之。"词云：

> 日荒烟袅。淮阴水、谁人更钓。跂昔代、英杰非少。豪华带剑，也曾桥下捕鱼欠一饱。世尽南昌鄙，进餐惟老漂。看双亭相近，觉酬金趾，风高汉表。　犹力逊缚鸡，污羞出袴，怎着王孙怜意，偏取不、望报相晓。应知慧识，勚学沉深旨更杳。屈算兴王，有留侯、辞封真皎。旷眼悟勋名，只应同托，渔竿波渺。

韩信只知进不知退，是以为吕后所擒获。此词推究韩信命运的缘由，是有见解的。对漂母不要韩信报答事加以发挥，认为漂母已为韩信开示处世法门，这只能算词人的附会解说了。

　　杨在浦在闽籍词人中，是一位较为特殊的词人，他用词写他的游历，又在词中表达他的深邃见解，他的词作无疑随着他的游历而走出闽地，扩大了闽籍词人的影响，又因为他多写在闽地的游历见闻，无疑又扩大了闽地人文的影响。

　　杨在浦事迹不彰，其政治态度不明确。他是明清易代之际的文士，此点应无疑。从他的词作中，没有见到对新朝的归附之意，他似是抱节隐居之人。

第八章　清康乾朝闽籍词人

　　康、乾（1662～1795）百余年间，社会渐趋稳定繁荣，遗民的怨愤被消融在历史的长河中。闽籍词人的创作，没有多少词篇歌颂这个盛世。清代闽中词坛第一家丁炜，用词为我们勾勒出一幅闽南农村生活的长卷，丁氏以前尚无人以组词反映闽南的农村生活。他给自己词集的断句标点，是一项有启示意义的做法，对于我们今天探讨词体规律有一定的示范作用。肖正模深于历史研究，常把他的研究结论或曰史识用词表达出来，故有长于议论的特点。施世纶词颇能关心民间疾苦，并写其仕宦途中漂泊之感，多数词篇如其诗一般婉丽。许琰词主要写宁静、恬淡的乡村生活，写得轻松活泼，且多用短调来撷取某些生活或景色片段。郑方坤词几乎没有败作，词风雅洁。朱佑词多写景，能做到景与心会，没有沾染词坛的陋习，保存了他纯净的词心。康、乾百余年闽人词的创作，除丁炜、郑方坤等有家族词人构成小群体外，未见有较大规模的结群活动，词人词作呈现分散状态，这正是积累期的常态。

第一节　闽南乡村生活的书写者丁炜

一　丁炜与《紫云词》

　　丁炜（1632～1701?），字澹汝，一字雁水，号问山，福建晋江人。明尚书启浚孙。顺治八年（1651）补县学生，十二年就漳州府试，名第一，授漳平教谕，历官鲁山丞、知献县、户部主事、员外郎、兵部武选司郎中，补职方郎。康熙二十年（1681）分巡南赣，官至湖广按察使。因病假归，数年卒。事迹参陈寿祺《东越文苑后传》卷一《丁炜传》。著有《问山文集》8 卷、《问山诗集》10 卷。词有《紫云词》不分卷。

丁炜是清初的大官，其寄赠给靖海侯施琅的一首词，很能看出他对施琅收复台湾功绩的赞颂。《丹凤吟·寄赠施琢公靖海侯》云："敬颂伐谋睿藻，殊褒信比方召盛。（原注：琢公靖海捷书至阙，褒赐睿章，有'上将能宣力，奇功本伐谋'之句。）麟带师中锡，羡凌烟图冠，丹券书永。春融花柳，好侑雅歌清兴。握槊空思，同舞蔗、隔双江烟艇。错刀赋就，心逐归雁迥。"

在丁炜一生的事迹中，特别应提到他建罴园一事。《问山文集》卷一有《罴园记》。① 据《记》，罴园于壬戌年（1682）建成。罴园即今天的赣州公园。黄德溥、崔国榜修，褚景昕纂同治《赣县志》卷七云："罴园，在道署内，丁副使炜构，自为《记》，郡守吴绮赋之。康熙二十八年（1689）己卯（按：己卯应为己巳），副使刘荫枢继治，颜之曰'惜福'。五十年（1711）辛卯，少参陈良弼增葺，筑台曰'来爽'。乾隆五年（1740）庚申，副使青阿立重修，建文昌阁于东南隅。二十四年（1759）己卯，分巡道董榕就署东累土为山，下为池。因乡邑有丰台、浈水，遂名山为'丰台'，池为'浈池'。右辟'蔚乔轩''援琴室'，取王守仁《思归轩赋》中语为迎养处。二十五年内署毁，守道素章阿重建。嘉庆二十五年（1820），巡道汪全德重修，自为《记》。"② 可以说，赣州公园今天能成为赣州市的一大景点，丁炜的创建之功是不能泯没的。

罴园既是丁炜的休闲颐养之所，也是他接纳雅士觞咏唱和之地。丁炜《〈紫云词〉自序》云："辛亥（1671），吴子茵次、陈子纬云遥来，晨夕尚有花下、筵前、良辰、美景唱酬诸章，外此则皆军旅、山谷、风尘、霜雪、舆马、舟楫之间劳者之歌合成此数，正自无几。"③ 谢章铤《赌棋山庄词话》卷一云："澹汝由漳平教授官湖北廉访，治罴园，延宾客。竹垞、

---

① 据清咸丰四年（1854）重刊本。
② 清同治十一年（1872）刻本。
③ 清咸丰四年重刊本。

园次、纬云、蘅圃诸公，朝夕唱和其中。酒酣以往，艳歌一曲，引商刻羽，宠柳眠花，其风流真难数数觏也。所得诸姬赠物，封诸一箧，题曰'情价'。"① "情价"云云，未知谢氏从何处看到这样的记载。同治《赣县志》卷四十七《艺文志》载丁炜撰有《甓园唱和集》，或"情价"一事载此书中，惜此书未能访获，是否存世亦未可知。

《紫云词》有清康熙间希郁堂刻本②、咸丰四年（1854）重刊本。二本收词均为194首。希郁堂刻本有自序及丁澎、朱彝尊、徐釚、陈维岳序。重刊本有朱彝尊、陈维岳、丁澎、徐釚及自序。诸序内容未变，只是排序不同。两种刊本中均有朱彝尊、吴绮、徐釚、陈维云评语。谢章铤《赌棋山庄词话》卷六云："丁雁水与竹垞、电发善，及刻《紫云词》，将二公评语刊入，盖作者既以少而自珍，故见者亦过誉而失实，不知其贻笑于大方也。"③ 然诸公评语确有可采之处。

希郁堂刻本与重刊本收词排序不变，重刊本除纠正希郁堂刻本个别误字，总体上反不及希郁堂刻本精审。如重刊本《连理枝》（曲榭秋阴净）词序云："韬汝过访茝次，日阁留酌。余未及与席上同赋此调，见忆，倚声和合。""日"，希郁堂刻本作"寓"；"合"，希郁堂刻本作"答"，均是。

二 丁炜与词的校律

《紫云词》之定名，著者是费一番思索的。丁炜《〈紫云词〉自序》云："至其名以'紫云'，则乐操土音云耳。吾乡城南有山紫帽，紫云尝冒其上，即唐真人郑文叔遇羽衣授金粟处也。余少遨游，尝有终焉之志。弱冠仕宦，屈指离乡忽忽二十余载，尘鞅未脱，荆棘在心，其于乡里栖真胜地，时重致思，思而望之，望之而不可几及，情弗自已，词之所以志耳。然则上清难拟，仙女纵不易逢，而抱此有待区区，或者庶几悬车税驾之日，聊奉以卒业乎？"④ 宋叶廷珪《海录碎事》卷三云："紫帽山，泉州之

---

① 《赌棋山庄词话校注》，第28页。
② 张宏生编《清词珍本丛刊》第6辑，凤凰出版社，2007。
③ 《赌棋山庄词话校注》，第137页。
④ 清咸丰四年重刊本。

案山也，常有紫云覆其顶，故名。"① 明陆应阳《广舆记》卷十八云："金粟洞，紫帽山之阴，唐郑真人文叔居此。里人有客洛阳者，遇一羽衣寄书文叔，及归，授书遗以粟米半升，还家视之，金粟也。"② 可见，紫帽山有深厚的文化内涵，故为作者瞩目。《自序》说己词乃土音，自谦之词。而传说中的粟米变成金粟，则是词人的一种期待，意谓通过努力，词的创作就会产生质变。《紫云词》之定名之意应如是。而《紫云词》之定名也含有注重词律之意，不然就真的"上清难拟"了。

徐釚《〈紫云词〉序》云："今廉访晋江雁水丁先生在郎署时，诗名已大震，近出绪余为长短句，肆力图谱，虚怀讨论，一字未安，必穷究古人体制，别其高下清浊，期于不失分刌乃已，故其所作，直能上掩和凝，下追温尉，举凡芊绵、韶令、雄奇、排奡，无不各臻其胜，洵乎合辛、柳、秦、黄、姜、史诸家而集大成也。"③ 今可知，丁炜在词的断句标点方面确实下过功夫，此是他注重词律的一种体现。如《绮罗香·春雪》词，朱彝尊评曰："后段第二句，原宜六字，《草堂》'春雨'词偶遗一字，得先生校勘填出，足正沿习之误。"又如《暗香·甓园红白梅盛开同韬汝分用姜白石韵》词，朱彝尊评曰："白石原词前段末句，乃'暗香冷入瑶席'，刻本误遗'暗'字，先生订正沿谬，真此道津梁也。"其校律之成绩颇得词坛旗手朱彝尊的赏识。《紫云词》两种刻本均使用有特色的标点，以表示著者对词的句式节奏的理解。兹举重刻本《多丽·西湖春泛》之标点如下：

正韶光佳丽·好春三月。向平湖携琴载酒·小舟轻荡兰叶。拂清波燕抛彩剪·度垂杨莺弄簧舌。杏雨泥干·榆烟岚湿·两峰南北·翠屏千迭。看游冶钿车宝勒·尽往西泠发。算此际寻芳拾翠·未输蜂蝶。　信棠楫拂开冰镜·花港闲观朱鬣。斗婷婷玉香珠艳·喧笑语红娇粉怯。柳外鸦回·荇边鸥返·繁丝脆管声初阕。渐依约钱塘归路·夕照昏城

---

① 清文渊阁《四库全书》本。
② 清康熙刻本。
③ 清咸丰四年重刊本。

阙。须拚饮·美景良辰·莫教虚设。

整理本《问山集三种》标点如下：

> 正韶光、佳丽好春三月。向平湖、携琴载酒，小舟轻荡兰叶。拂清波、燕抛彩剪，度垂杨莺弄簧舌。杏雨泥干，榆烟岚湿，两峰南北翠屏千迭。看游冶、钿车宝勒，尽往西泠发。算此际、寻芳拾翠，未输蜂蝶。　信棠楫、拂开冰镜，花港闲观朱鬣。斗娉婷、玉香珠艳，喧笑语红娇粉怯。柳外鸦回，荇边鸥返，繁丝脆管声初阕。渐依约、钱塘归路，夕照昏城阙。须拚饮、美景良辰，莫教虚设。①

两相对比，优劣立判，丁炜标点更佳。如"正韶光、佳丽好春三月"不知何意，不如"正韶光佳丽，好春三月"表意明朗确切；"拂清波、燕抛彩剪，度垂杨、莺弄簧舌"不如"拂清波燕抛彩剪，度垂杨莺弄簧舌"之对句工整；"杏雨泥干，榆烟岚湿，两峰南北。翠屏千迭（'北'字不是韵字）"显然是四个四字句式，当断为"杏雨泥干，榆烟岚湿，两峰南北，翠屏千迭"；"信棠楫拂开冰镜，花港闲观朱鬣"句中的"信"是一个领字，领起下二句，而"信棠楫、拂开冰镜，花港闲观朱鬣"则意义不明。"信棠楫"，不知何意。整理本《问山集三种》是按万树《词律》所示标点法进行标点。今天按万树《词律》断句标点，只是一种简便的方法，不一定是可信的办法。而丁炜填词，是根据自己考索词作、图谱所得，在弄清词体句式格律的情况下再填词，既能把握词体规律，又能做到句意明白，这本来就是词体应该达到的标准。宋人作词原来是自由的，明明白白的，倘若都像万树断句标点那样，那真不知别扭到什么程度！丁炜给词集的断句标点，是一项有启示意义的事情，对于我们今天探讨词体格律有一定的示范作用。他的做法是：在一韵之内按文意断句，标点上不使用"豆"的标法，只有"句"和"韵"的标法。

丁炜为徐釚《词苑丛谈》作序，称徐氏"丁卯（1687）秋，访余于鄂

---

① 丁炜著，粘良图点校《问山集三种》，商务印书馆，2017，第315页。

渚官舍",求作序。《序》云:"夫词者,诗之余而乐之绪也。""乐之绪"
之意是说词乃由乐衍生。此序认为明代本事类词话"考证不精,则缪讹相
袭。体裁罔辨,则俚雅杂收"①,从而肯定《词苑丛谈》的贡献。

三 丁炜词涉猎甚广

丁炜词在题材上未超出传统文人作词的范围,然涉猎甚广,诸如怀古
思乡、写景纪游、赠答唱和、节序风物等皆有,显示丁炜兴趣广泛、视野
开阔。

怀古词有《红桥怀古》《山阳怀古》《邯郸怀古》《金陵怀古》《浔阳
怀古》《赤壁怀古》等篇,是作者仕宦途中登临感慨之作,表达他的"伎
俩才华都使尽,那得天公比数"(《百字令·山阳怀古》)的历史认知和
"废兴事,从古堪嗟"(《东风齐着力·邯郸怀古》)的盛衰之感。

怀古与思乡为伴,是诗人词客飘零途中的两贴止痛药。怀古使人看淡
功名,减轻奔进途中的劳累感;思乡是用甜蜜的梦去赶走现实的冷。丁炜
的思乡词篇数不多却写得极佳,在词人看来,家是他梦寐以求的归宿。如
下面一首:

> 佳丽曾称似洛阳。霞做山光,月做江光。石栏桥迥水天长。倒泻
> 银潢,横架金梁。 十里薰风锦荔香。绛染纱囊。蜜酿琼浆。何时归
> 卧恣酣尝。身在他乡,梦在家乡。(《一剪梅·忆洛阳桥畔荔枝》)

咏物词是丁炜词中最多的一种。玉蝶梅、绯桃、海棠、栀子花、茉
莉、树兰、瑞香、鹤、孔雀、鹦鹉、鸳鸯等,不下数十种,丁炜都用词来
写,这当与他的躄园的花树走禽有很大的关系。这些花树走禽是他闲适之
余澄思静虑、寄情徜徉的物象。有些词能做到咏物而"不留滞于物",如
《百媚娘·茉莉》就把茉莉花当作一位冷艳女子来写。词云:

> 门掩夕薰人静,帘外曼华光映。欲摘冰痕怜蒂并,朵朵玉纤拈定。

---

① 《词苑丛谈校笺》,第1页。

串就步摇珠蕊莹，重唤开妆镜。　素艳幽姿相称。月上碧纱移影。簪向流苏鲛帐底，半挽绿鬓香迸。最是销魂中夜醒，鸳枕梨云冷。

另有词写到龙涎香、白莲、莼、蝉、蟹，这与朱彝尊的亲密交往有关。朱彝尊康熙十八年（1679）曾参加博学鸿词科考试，带去一册宋遗民的咏物词集《乐府补题》，在京师掀起了咏物唱和的风气。① 丁炜也跟风气而动，写了这五首词。词多是运用事典铺展物象，却无宋遗民内敛的深情。其中《桂枝香·蟹》略有新意，词云：

　　三津渡口，记雪岸芦荒，碧痕潮落。乍是蛟宫介士，横枪郭索。秦星楚炬寒相映，掩青筐、逡巡招缚。乍投笭箵，腥涎喷薄，微闻瀺灂。　好急引、舣船呼酌。政黄甲金镕，霜螯玉削。朱橙红盐快啖，未输铁脚。风沙碻石谩回首，盼乡园、水云天角。此时相忆，蟠蛑正美，宫商堪嚼。

此词直抒欲痛嚼美蟹的热望之情，情动于中，故能生气流动。"秦星楚炬"，用来状蟹的两眼，颇能称奇。徐釚评曰："咏蟹词，忽着'秦星楚炬'等字，如闻金戈铁马之声。"可见敷写物象时也是可以适当运用夸张等修辞手段以跳脱开去，避免描写时的滞重之感。

词人敏于节序的迁移，举凡端午、元夕、七夕、中秋、重九、花朝等节日，都用词来写。总体来说，多未脱窠臼。稍好一些的词，如《水调歌头·中秋使院玩月》云：

　　灏气湛天宇，皓魄正澄鲜。素娥偏耐秋意，未忍怯高寒。庭际叶翻梧影，座上香飘桂子，清境发幽闲。锦瑟促弦柱，瑶席泛舣船。客将醉，余未倦，更盘桓，莫辞痛饮百岁，君见几回圆。常是灯宵愁雨，又苦花时为客，胜事此宵全。鹤漏休频警，老子正凭栏。

---

① 《清词史》，第254页。

此词确有几分洒脱的气象，然模仿了苏轼中秋词的风格，故朱彝尊评曰："宛然大苏口吻。"丁炜有一组写乡村一年十二月农事的词，确实是很大的创获，当推《紫云词》的压卷之作。录《渔家傲·乡园十二月田家词》如次：

正月山家农事少。茅檐百舌啼清晓。华发衣冠相慰劳。鲍尊倒。旋挑野菜登盘好。　闻说土牛鞭仗蚕。杖藜携手东郊道。三五传柑烟市闹。纸灯巧。买归博得儿孙笑。

二月平芜芳草绿。麦花荠菜千畦簇。雨外双鸠啼上屋。泉涧瀌。小桃香润流红玉。　燕子来时春社卜。鸡豚共作簦车祝。酳喜治聋齐饮福。醉眠熟。日斜柘影闲乌犊。

三月槐芽含兔目。鱼塘波暖晴凫浴。翠染秧针齐绣错。听布谷。蚕田催种泥沾足。　麦饭饷来和野簌。村童放牛走如鹿。风信楝花飞絮扑。纸鸢矗。长绳偷得麻丝续。

四月山村天渐热。耘田人向榕阴歇。席地闲将晴雨说。丰年诀。刺桐初见花前叶。　柳巷鸣机声轧轧。织成白苎裁单袷。瓜圃槿篱时蛱蝶。巡西畷。杨梅似火红堪掇。

五月南冈森翠筊。桔槔宛转清波跳。江燕将雏鱼子小。濯枝瀑。龙舟水涨浮蘋藻。　村髻葵榴矜窈窕。锦标夺得夸郎妙。园荔火山丹锦耀。幽客到。露囊冰颗尝先饱。

六月千畴垂蚕毵。腰镰获处黄云碎。官帖给来完夏税。身无累。香粳饭饱科头睡。　绿甽青塍初决水。虾罾蟹簖东塘底。荷气薰人浑欲醉。菱风起。忘机坐看白鸥至。

七月凉飔方飋历。双星齐渡银河夕。乞巧青裙商纤织。云奕奕。凤瓜剖处甜如蜜。　楸井梧檐清露滴。芋苗薯笋堆东壁。稚子灌畦寻蟋蟀。场工毕。扶犁重把秋田溚。

八月豆花新过雨。晴霞片片明溪屿。牛背斜阳吹笛去。林鸦哺。啄残柿叶翻红树。　端正良宵溪叟聚。金钱蟹蟹浮芳醑。桂影婆娑香暗度。酣笑语。三更共看蟾华吐。

九月霜鸿来远浦。芦花飒沓飘残絮。络纬声声啼近户。绳枢补。

辛勤还筑西成囷。　采菊佩萸蒸秬秠。登高聊踏前冈路。隐隐枫林闻
庙鼓。归来暮。纺车灯影和砧杵。

十月小春天气暖。零红碎紫开沙岸。泥圻龟畴禾熟晚。荷蒉返。
乳鸡啄粟荆扉畔。　沽酒买鱼村市远。趁墟箬裹朱砂饭。种麦人归霜
信转。牛衣短。泥庐榾柮煨红炭。

十一月来冬景别。郊原候燠全无雪。野服轻绵夸细褐。闲曳屐。
寻梅踏碎前山叶。　夜色疏林烟一抹。云寮春急寒钟彻。亚岁明朝逢
胜节。汤团洁。蔗浆新煮冰糖屑。

十二月当芳岁尽。锄畦烧草闲挑畚。紫芥青芜霜叶润。新节近。
历书买倩蒙师认。　彩傩钲铙喧市镇。迎神果饤堆盘峻。盆火松烟高
廪囷。屠苏进。年年耕凿安吾分。

这组词为我们勾勒出一幅闽南农村生活的长卷，丁氏以前尚无人以组词形
式描写闽南的农村生活。闽南的农村生活富有特色，以和睦淡静、信神拜
佛为特点，这在组词中有写到。即使在今天，也是可以在许多地方看得到
词中所写的这些画面。词人极力写出和乐的氛围，是想表达出他的"年年
耕凿安吾分"的生活理想。

赠答唱和是文人的习气，也是通病，自来少见佳作。《紫云词》中与
朱彝尊、吴绮、陈维岳、龚翔麟以及从弟丁焯唱和的词作不少，总体说来
水平不高，多敷衍文事，以见温雅。然与从弟的唱和词明显要好一些，有
真情实感的流露。如《江月晃重山·晚登虔州望江楼，和韬汝》云：

缥缈晴峦似画，参差烟树凝秋。斜阳浪卷碧天浮。双虹影，终古
抱层楼。　身系西南楚尾，梦惊十八滩头。水云乡路动离愁。风帆
紧，如箭向东流。

此词写景能做到逼肖，"身系西南楚尾，梦惊十八滩头"足称佳句。"十八
滩头"指赣江十八处险滩，暗指人生多险途，提醒韬汝注意。

丁炜的词作，应特别提到他的一首叙事词。词本来兼有抒情叙事的功
能，只是词多用于抒情而少用于叙事，故叙事的功能向被忽视。丁炜做了

一次有意义的尝试，录《添字莺啼序·使院新构甓园纪事》如下：

　　　　闲来署东屐履，见芭蕉覆地。锁颓墙破屋三间，榱桷空存而已。凄然念前人退食，荒凉茇舍今如此。急鸠佣垂橐，命仆购材于市。壬戌之秋，八月既望，乃经营爰始。厥工肇先自轩房，塈次丹垩毋侈。遍中庭名葩杂植，海棠与梅桃称最。爱霜枝虬舞螭翻，鹊停鸢峙。　层轩当北，别甃疏垣使园通花气。更在海柚双株下，结成亭子。绕以栏杆，荫将樱李。径铺锦石，篱牵芳荔。墙阴修竹摇寒翠，看深宵月色凉如水。龟鱼藻影，何殊濯魄冰壶，此境疑非人世。　檐楹既具，燕雀还来，乐在其中矣。且消受素屏清几。赢得身闲客至传觞，梦回观史。四美或并六宜粗备，弹琴灌圃皆吾事。较陶公运甓差堪比。兹园非敢为家，但欲流行，聊随坎止。①

用《莺啼序》调叙事在清初词坛是不多见的，此词确可以说是彼时一次有新意的尝试。词的第一片叙甓园修葺前之荒芜状，第二片叙渐次修园，第三片写甓园的建设，第四片写在甓园中休闲。徐釚评曰："昔人谓稼轩作词论，今先生又作词记耶？"又评曰："长调铺叙，历落可喜，非深于章法者不能。""词记"云云是说以词记事。全词读来虽有一气呵成之感，然只是按事情的进程操笔，章法的佳处似非上乘。以词记事，宋人已善为之。如周邦彦《瑞龙吟》（章台路）一阕，述其访寻旧里的情事，能做到浑成。因浑成而使人不觉得是在叙事，然词中记事历历，皆有迹可寻，实是以词记事的佳作。丁氏此词离浑成的要求尚远。

在清初词坛，丁炜称不上一流的大家，但声名较著。谢章铤说："雁水与竹垞、电发友善，其名尤著。"② 则丁氏得名固有友朋的推奖在，其中朱彝尊为清初词坛的领袖人物，自有一言九鼎的作用。然丁氏的词作确也有可观之处，如他用词写家乡的一年十二月的农事，用词写建设甓园的过程，在清初词坛来说都是可以留下印记的。

① 此词标点据咸丰四年重刊本《紫云词》丁炜自标点。
② 《赌棋山庄词话校注》，第4页。

丁氏词作未有突出的风格，还处在向辛、柳、秦、黄、姜、史各家学习的阶段，所谓"芊绵、韶令、雄奇、排奡"之风格皆有，这与他用他人之韵作词有关。集中多有"用张玉田韵""用衍波词韵""用姜白石韵""用侧帽词韵"等用语的说明。用什么人的韵，可以说他仰慕什么人；用什么词的韵，可以说他欣赏什么词。大约名词的韵律很能表达声情，易形成一定的腔调，适合旧时文人吟唱。吟唱既久，就有用该词之韵去作词的欲望。既可因韵衍情，又简便易行，而和词的风神则鲜有不受制于人。

丁炜词在写景写情方面有足可称道之处。陈兼与《读词枝语》说："丁雁水《紫云词·鬓云鬆》一阕中两结拍'帘外远山，一抹烟鬓乱''满院绿阴人不见，风飔，柔红隐约桃花面'。即景即人，所谓情景交融者，此为极至。莆田有三丁，雁水白眉最良。"① 陈氏所举确是难得的佳句。

丁炜的从弟丁焯也擅词。丁焯，字韬汝，戊辰（1688）中副车（副榜贡生），官理藩院知事。著有《沧霞诗集》《沧霞词》，未见流传。事迹参《问山文集》卷一《弟韬汝〈沧霞诗集〉序》、《弟韬汝〈沧霞词〉序》，陈寿祺《丁炜传》。郭则沄《清词玉屑》卷一云："雁水弟韬汝亦雅擅声律，足继双丁。雁水回旋豸节，韬汝乃厄于一第，为老明经。然其词豪气不减，尝与雁水共宴秦淮观竞渡，韬汝词先成，一座惊服。"② 时人称丁氏兄弟为"双丁"，吴绮《林蕙堂全集》卷三《丁雁水观察暨令弟韬汝〈棣华集〉序》云："至若宗臣、宝臣，并获名于景祐；敬礼、正礼，亦齐誉于建安。皆号'双丁'，同称二妙，斯乃钟灵晋水，复见拔萃济阳，以古观今，后来居上矣！"③

丁焯的词作，《闽词征》收录11首，所收篇数较多。在其《沧霞词》不易见的今天④，足够尝鼎一脔。短调沿晚唐《花间集》词风，指不能多屈。唯《杏花天·寒食郊行》颇清丽可诵，录如次：

---

① 《近现代词话丛编》，第63~64页。
② 《词话丛编二编》，第1255页。
③ 清康熙三十九年（1700）刻本。
④ 《续修四库全书总目提要》著录《沧霞词》一卷，并云："炜因检其可存者得二百几十阕。"知《沧霞词》民国时期尚存，且存词较多。《民国词话丛编》（第五册），第263页。

玉骢嘶断斜阳晚。渐踏遍、裙腰草浅。卖花声过西楼缓。不见隔帘人唤。　垂柳外、秋千还胃。但划地、香泥掠燕。新烟笼烛回深院。低衾雀屏画扇。

长调能融入身世之慨，能以情动人。如《六州歌头·九日临江楼燕集，同观察家兄》云：

江枫散锦，正露白霜稠。携橘盏，带萸佩，系三骖。上层楼。八境夸名胜，凭章水，通梅岭，记昔日，眉山老，此曾游。谁念荒台，寂寞看词赋，尚识风流。叹登临我辈，今古几人留。身世悠悠。等虚舟。　纵浮名好，输（疑作书）在手，有杯酒，可忘忧。兼槛外，山似绘，翠凝眸。爱沙鸥。点点来蘋渚，相近舞，动觥筹。康乐醉，饶逸兴，谱清讴。唤起商飙瑟瑟，多情帽、肯恋吾头。笑问筵上客，瘦比菊花秋。因甚闲愁。

八境台在赣州城北的章水和贡水合流处，今是赣州古城的象征。某年重阳佳节，丁焯与兄丁炜等名流聚会觞咏。因自己不过是一未及第的穷愁书生，在众位贤达面前，窘状是不言而喻的，因此面对美景，实不能有游兴。说瘦，说寂寞，说爱沙鸥，说愁，皆由此。

第二节　肖正模、施世纶、许琰的词

一　深于史识的肖正模词

肖正模（1653～？），字本端，将乐（今属福建）人。康熙间拔贡生。父朝麟，事祖父母及父母以孝闻。祖父母既卒，值耿变，入山数年，事平，父母又卒。与弟敦友爱，暴悍者见而化之。正模少从同邑廖腾煃学，与郡人余思复、施中、邓拔萃、吴日彩、吴殿龄、车眷奎善，以诗古文辞相切劘。诗不喜齐梁体，文则力学归有光。巡抚张伯行纂修先儒书，属正模总编，不以弟子相视也。晚选泰宁教谕，士多归之。正模深于史，有《史论》多纠旧史之谬，号为精核。著有《后知堂文集》（一名《萧深谷文集》）44 卷附录 2 卷。存词 41 首。

肖正模词极类散文，观其词，是将散文整合成词体，除有押韵之外，其他方面远离了词体的美感特征。且其词的句法也多有紊乱之处，一句多一字少一字的现象是常有的，可能他于词体未能深究，故有此等差池。他深于历史研究，常把他的史识用词体表达出来，故有长于议论的特点。词中有多篇论及岳飞之死，如《沁园春·宋高宗杀岳武穆，步邱琼山韵》《满江红·题宋高宗赐岳武穆手敕，和文衡山韵》《醉春风·梦至岳王庙，手挞秦桧》等。其中《沁园春·宋高宗杀岳武穆，步邱琼山韵》稍好一些，词云：

> 桧亦人耶，构亦人耶，心死堪哀。自徽钦沦陷，乾坤半壁，擎天一柱，莫若公才。怒发冲冠，誓心报国，准拟河山再卷来。谁知构，也仇忠奉敌，坐视崩摧。　休言天道恢恢。三字狱、无人拗得回。问精忠少保，奸谗宰相，十年功绩，一日金牌。其死其生，其成其毁，谁实为之至此哉。展书罢，气涌如山岳，千古难埋。

词序直呼"宋高宗杀岳武穆"，可谓直抉真相，痛快淋漓。把赵构、秦桧之流妥协求和的策略归结为他们的"心死"，是他的主观认识。岳飞的"十年之功毁于一旦"的命运，不是"莫须有"三字所能掩盖得了的。此词有认识的深度，显然得力于作者的史识。

肖正模另有词《无愁可解·读杜少陵诗，和前贤韵》论及杜甫，也可谓知人之论，录如次：

> 咄咄少陵，辛苦一世。言言道着愁味。一官没重轻，问他愁着甚底。天子西奔贼满眼。何事不在心里。但把千古诗王，道尽此老、也则恐未。　吏部本号能文，有时做诗词，垂涎名利。岂道文字丑，却道心肠不是。此老全腔孝与忠。一饭不在君亲外。千秋展卷读，临风慨叹，有血性、皆心醉。

在康熙朝前期，福建词坛不甚发育之际，闽西北的将乐县有人作词，这就有了填补该地词作空白之意义，且肖正模词确有史识，存之可也。

二　其心在民的施世纶词

施世纶（1659～1722），字文贤，一字南堂，号浔江，又号静斋，靖海侯琅子。晋江（今属福建）人，后入旗籍，属汉镶黄。康熙二十四年（1685）以父功授泰州知州，官至漕运总督。著有《南堂诗钞》12卷附《南堂词赋》1卷。词名《倚红词》。存词45首。

康熙二十二年（1683），施世纶之父福建水师提督施琅（1621～1696）率军收复台湾，康熙皇帝赋诗褒扬，封施琅靖海侯，世袭罔替。康熙二十四年，施世纶以荫出任江苏泰州知州，后历任扬州、江宁知府，湖南布政使，顺天府尹、户部侍郎、漕运总督等官。康熙六十一年（1722）施世纶因病乞休，不准，卒于漕运总督任上。他的一生，《清史稿》五三六卷本传评曰："聪强果决，摧抑豪滑，禁戢胥吏，所至有惠政。"[1]他是清代著名的清廉官员，每至一地，为民请命，革除弊政，有"江南第一清官""天下第一清官"的美誉。小说《施公案》即以其为原型，演绎出许多故事。他的清名，天下传诵，妇孺皆知。

施世纶是康熙朝著名的诗人。张维屏《国朝诗人征略》卷二十三引《听松庐诗话》云："南堂《惜花》诗云：'惟有多情双燕子，朝来犹是惜香泥。'先生吏才强干，而诗情乃婉丽如此。"[2]查为仁《莲坡诗话》卷中更是赞曰："《南堂诗钞》二十卷，如璞玉辉春，蝾珠浴月，琅然可诵。尤工五言诗，中有'爱山移舫对，隔水问花多''岸火潜鱼跃，沙更宿鸟飞''看云生涧产，听雨过经楼''孤城侵海角，铜柱出天涯''飞花悬隙网，行雀上空阶''风尘虽近市，心迹喜多闲''海气连吴越，秋声入鼓鼙''水气凉疑雨，松声泻似涛'等警句。拟之姚少监、郑都官，当不愧也。"[3]唐姚合诗刻意苦吟，冥搜物象，务求古人体貌所未到。唐郑谷诗多写景咏

---

①　民国17年（1928）清史馆本。

②　清道光十年（1830）刻本。

③　清乾隆刻《蔗塘外集》本。

物之作，表现闲情逸致，风格清新通俗，但流于浅率。

施世纶词一如其诗一样婉丽。在他的观念中，词是婉约的、轻灵的、柔情的，所以他的词大部分是男子作闺音，代思妇言情。如《明月棹孤舟》云："帘幕重重春去也。那人尚被春思惹。一枕朦胧，醒来是恨，特地将黄莺儿打。　猛见枝头红意寡。落花飞上鸳央瓦。懒展鸾笺，愁拈凤管，却把送春词写。"此等词谅无寄托。但他的词仍有男性士大夫胸怀的流露，如《踏莎行·喜雨》云："五岳翠乾，火龙当户。禾苗百里枯无数。可怜泽国重灾伤，不才刺史干天怒。　四野腾云，微风飘宇。层阴漠漠黯江浦。滂沱一夜起焦苏，雷声远送千山雨。"此词当作于在某地任知府时，词将天不下雨致使禾苗枯萎归结于自己的"不才"，何其敦厚！当一夜风雨四洒的时候，焦枯的禾苗苏醒，他又是何等的欢心！此词也可见其何以被称为"青天"，其心在民。《百字令·月夜江行》云："东陵雨过，正斜阳欲暮、微云开月。画舫迢迢人去后，冷浸一轮孤洁。酌酒临江，张镫作赋，酒尽肝肠热。人生聚散，还如流水飘叶。　应念百里邮程，三年傲吏，几度伤离别。此夜清光长入望，碧树寒山稠迭。柔橹西风，芦洲叫雁，不尽声声咽。谁吹玉笛，关山无限辽阔。"词写其仕宦途中漂泊之感，自称"傲吏"，其人有不屈之气。

《兰陵王·金陵怀古》一词，当作于担任江宁知府期间。他虽处康熙盛世，又是名父之子，本可优游卒岁，却心忧天下，这是他与常人不同之处。词中"繁华留不住""江山虽险终非固""王郎却为多情误"，足能令人警醒。录此词：

> 石城路。白水苍山起雾。群峰历历向南来，万顷滔滔指东注。繁华留不住。只得寒烟晚树。六朝地、无限凄凉，满目阵阵归鸦度。乌衣是何处。问王谢门前，芳草栖露。景阳钟动秋风暮。咽不尽兴废，古今人恨，江山虽险终非固。况以铅华故。　回顾。夕阳渡。正一幅帆飞，千里魂驻。王郎却为多情误。叹桃叶歌残，风流谁付。玉笛数声，如欲诉，月又素。

宗元鼎《南堂词赋原序》云："读其词，似海燕双归，画帘花影。又若绿水人家，天涯芳草。真所谓挥毫万字，无一语人间烟火。他日如玉林所编，采公绝妙佳词。其在廿四桥边，红牙紫箫音律间乎？"① 查礼《榕巢词话》云："施文贤世纶扬历中外，以位业显，所作《倚红词》亦极婉丽。"②"无一语人间烟火"之评，有些感性，其词颇能关心民间疾苦。"婉丽"之评，吻合施世纶大部分词篇，须指出的是，施氏之词另有沉郁的一面。

三　擅写乡村生活的许琰词

许琰（1688～1755），字保生，号瑶洲，金门人。尝居同安（今属福建）。幼颖慧，六岁能诗，八岁能文，年十四著《寸知编》。雍正甲辰（1724）魁于乡，丁未（1727）成进士，授翰林庶吉士。散馆磨勘，为睚眦者所中，改知县。晚赋归来，杜门啸歌。著有《宁我草堂诗钞》《宁我草堂诗余》《普陀纪胜》，纂有《普陀山志》《齐河县志》。《宁我草堂诗余》藏国家图书馆，存词79首，《全清词》顺康卷及补编未收，《全闽词》已收录。

林豪《诵清堂诗集》卷三《金门耆旧诗·许瑶洲太史》序云："太史讳炎，雍正丁未进士，改庶吉士。座主漳浦蔡文勤公戒之曰：'汝手脚不甚便利，作闭户先生可矣。'后以细故忤权要，外补，遂绝意仕进，邀游山水以终。著有《普陀山志》及《宁我草堂诗集》，意盖谓我与我周旋，毋宁守其故我也。"诗云："瑶洲狂简士，不艳朱舆（与）紫。本无折腰才，难博权贵喜。姓名留玉堂，足迹遍山水。我与我周旋，此外肯挂齿。"③ 林豪所云可见其人风度。

许琰生活在康、雍、乾三世，社会已趋稳定，国家渐入太平盛世。他的词主要写宁静、恬淡的乡村生活，写得轻松活泼，且多用短调来撷取某些生活或景色片段，如：

烟渺渺，水盈盈。寒鸦依远色，落日锁孤情。笠翁钓罢归秋水，

---

① 《清人词话》，第701页。
② 《清人词话》，第701页。
③ 陈庆元主编《台湾古籍丛编》（第八辑），福建教育出版社，2017，第57页。

一曲渔歌看月明。（《江南春·秋望》）

但是，许琰的词作显然未能摆脱明词的影响，好说尽，不留余地，不能给人悠远的回味，且有时为作词而作词，如一些词题标上"本意"二字的词作，无非写一首词来演绎词调是什么意思。他刻意学习《花间集》的倾向，有些词略有情致。

许琰如果用更严肃的态度来作词，且多关注重大题材，应该说会取得更大的成绩，因为他毕竟有很好的写作才能。他稍有分量的词仅见一首：

> 烟水滔滔，淘难尽、江山日月。凌万顷、荡舟摇曳，连天掀揭。卷却惊涛鸥鹭断，拍来巨浪蛟龙歇。纵几回、酾酒对长风，伤华发。　千古事，同川没。千古恨，随波滑。想前朝此处，几经征伐。寒呑流残金鼓地，晴沙洗净英雄骨。但留连、且趁太平时，狂歌发。（《满江红·舟过金塘山，经俞大猷平倭碑处》）

金塘山在今浙江舟山市金塘镇。明嘉靖四十二年（1563）立碑纪念俞大猷抗倭事迹。词人生于海滨，自然对海患敏感，故作词赋之。词中怀古情感，前人多写出。

许琰的《宁我堂诗余》的出现，有其特别的意义，他是金门岛第一位有词作流传的词人，具有填补金门文学中词体文学创作空白的意义，尽管他的词作成就很有限。金门嘉庆、道光间著名诗人林树梅（1808～1851）曾有《诗余》二卷，今失传，是一遗憾。

第三节　风雅词人郑方坤

郑方坤（1693～1755①），字则厚，号荔乡，福建建安（今建瓯）人。

---

① 郑方坤卒年，参见吴可文《清代福建文人生卒年丛考》，《宁德师范学院学报》（哲学社会科学版）2021 年第 2 期。《丛考》说："郑方坤卒于乾隆乙亥年冬季，时间上限是十月一日，下限是十二月十二日，这个时间段跨了两个公历年份。"两个公历年份指 1755、1756 年。

方城弟。雍正元年（1723）进士，历官至登州、兖州知府。乾隆十九年（1754）尚在世。著有《蔗尾诗集》十五卷、《文集》二卷、《却扫斋唱和集》二卷（与郑方城合撰）。另著有《国朝名家诗钞小传》四卷。词有《青衫词》一卷附诗集中。

郑方坤生当康熙、雍正、乾隆之世，著述多刊于乾隆年间，受当时崇尚朴学的影响，郑方坤也埋头于考据，是当时享有声望的学者，建树颇高，有《经稗》六卷、《全闽诗话》十二卷、《名家诗钞小传》二卷、《五代诗话》十卷等著作行世。他的文学创作，却比他的治学成绩要好，与兄郑方城合著的《却扫斋唱和集》以及他的诗文集《蔗尾集》，当时的评价就已经很高了。刘星炜称其"诗古文词皆惊采雅艳，后学奉为雅宗"[1]；张振义称其"秀外惠中，漱芳润于六艺，倾沥液于群言……其风雅如注梨汁于冰瓯璃碗，见者沁入心脾，不愁内热也"[2]。郑氏《金缕曲·朱云亭大令出〈桐庄词〉相示，率题其后，即用集中韵，二首》其二云："溯从来、偷声减字，源流骚雅。周柳辛苏音响歇，谁更凿空补罅。"表明了他的词学主张。

郑方坤存词70首，词风雅洁，几乎没有败作，可见他作词态度十分严谨。《念奴娇·三月十六夜，芝山山禅寺坐月，感赋》一词，清气彻骨，诵之可心静神静。词云：

　　云收雨霁，乍广寒拥出、一轮明月。照过千门和万户，便照僧寮似雪。子舍恨长，帝乡路杳，愁绪纷于发。倚阑长啸，夜乌拍拍惊绝。　　可惜昨夜团圆，金蟆作梗，碧海惊初缺。世事升沉浑不异，过眼明生魄灭。对此茫茫，如何不饮，莫遣春樽竭。宵其深矣，露滋溅湿巾袜。

郑方坤词透露出仕途的艰难。组词《采桑子》词序云："除夜，宿平河桥旅店，寒梅信歇，客况萧条，爆竹声喧，乡愁历乱。援笔率赋小词，

---

① 刘星炜：《全闽诗话序》，郑方坤：《全闽诗话》卷首，清乾隆诗话轩刻本。

② 张振义：《蔗尾诗集序》，郑方坤：《蔗尾诗集》卷首，清乾隆刻本。

醉墨淋浪，都无伦次。晨兴展视，稍录其成章者，得若干首，附公车行卷后云。"其六云：

> 生平怕读登楼赋，不谓儿童。便尔飘蓬。佳节多于马上逢。　谁知行路难如此，寄庑怜鸿。弹铗歌冯。冷炙残杯到处同。

郑方坤词中有真情，其别母之作《沁园春·方坤逐队北上，家慈以诗遣行，恭呈长调一首，用志离思，时庚子仲冬月几望》特别感人，词云：

> 潘岳闲居，夕膳朝饔，昆季肩随。乍仲冬之月，忽催骊唱，小人有母，莫遂乌私。百丈轻帆，一鞭残照，春酒奚由介寿卮。登堂拜，总萧萧，行李欲发还迟。　昔年月窟攀枝。记先子、谆谆一纸诗。痛泰山其颓，鹃啼猿啸，公车又戒，电掣星移。此去长安，六千里路，有泪只应滴彩衣。回头望，想白云深处，亲舍于斯。

福州西湖，是闽籍文人的栖息之地，历来歌咏不绝。郑氏《金缕曲·西湖怀古》写得不粘不滞，只写兴亡之感，是传统咏史诗的做法。初看此词不知是写哪处西湖，查民国 5 年（1916）铅印本《西湖志》，始知是咏福州西湖，非熟稔福州西湖似不足以读此词也。词云：

> 郭外西风射。忆当年、金戈铁骑，争王夺霸。复道纵横三十里，一片珠瓷绣瓦。曳绮縠、环而侍者。急鼓短箫乐游曲，奉新词、满写香罗帕。重开宴，长春夜。　而今事去如奔马。似楚台、梁园赵苑，荡无存也。莽莽川原何处问，寂寞江城潮打。剩樵牧、歌吟其下。唤醒迷离龙帐梦，听晨钟、隐隐传莲社。铜仙泪，浩盈把。

蒋士铨《金缕曲·春夜曲阜使院读郑荔乡太守〈青衫词〉书卷尾》云："唱遍青衫词一卷，太守清豪如许。"[1] 谢章铤《赌棋山庄词话》卷六

---

①　蒋士铨：《忠雅堂文集》卷二十八，清嘉庆刻本。

云："荔乡诗古文辞颇不愧方家，其词则见赏于蒋铅山。大抵佳处却有《后村别调》风味。"① 都说出了郑氏词的风格，基本是准确的，其词清颇似刘克庄，豪不及刘克庄。

郑氏一门风雅，闺阁皆能诗。郑方坤母黄昙生学养深厚，雅擅诗文，诸子女皆赖其教立。郑方坤《全闽诗话》卷十"先姚黄太恭人"条引《省斋自存草》云："先生讳方城，字则望，石幢其号也。有母曰黄太夫人，湛深六籍，有伏生女、曹大家之目。佐蕉溪公，劳逸教子。琴堂赋诗，帷中答之。故先生兄弟绩学半由母训，女子子皆知诗，九畹为立传。"② 郑氏兄弟擅文，母教之功不小。家风再传，郑方坤九女皆能诗。梁章矩《闽川闺秀诗话》卷二叹曰："自古至今，一家闺门中诗事之盛，无有及此者。"③ 郑氏九女中七女有集，惜流传殊少。今仅见一女有词传世。郑咏谢，字菱波，又字林风，郑方坤第六女，归儒士林天木，泰顺令林轩开（1771~1825）之母。以泰顺官赠孺人。著有《簪花轩闺吟研耕诗存》。福建省图书馆藏有清钞本《簪花轩诗钞》，内《砚耕偶存》存词4首，《全闽词》据以录入。《念奴娇·秋江送别图》云：

> 鸾笺铺雪，写秋山似髻、秋江如绮。有客归心便历乱，奔马飞泉相似。漫鼓兰桡，轻移桂棹，瑟瑟秋声起。迂倪颠米，是谁作意为此。　　更有花貌仙姑，妙龄女道，不守空门旨。为问上方名与姓，大抵玄机鱼氏。何事多情，便难分手，欲逐飞帆驶。不如芦雁，水边成对相倚。

词铺写画意，用笔轻灵。词中人皆雅，是一群文才颇佳的女子。她们惜别分离之际，水边芦雁正成双成对。郑咏谢确有东晋谢道韫咏絮之才，其取名咏谢，当有慕名谢道韫之意。

---

① 《赌棋山庄词话校注》，第138页。
② 清乾隆诗话轩刻本。
③ 清道光二十九年（1849）刻本。

第四节　景与心会的朱佑词

朱佑（1736～1757），字启堂，自号松阴，朱仕琇长子，福建建宁人。乙亥（1755）岁应试，丙子（1756）秋闱后之父官所夏津（今属山东），丁丑（1757）九月南旋，以疾卒于江宁。著有《松阴诗余》①，存词100首。《全清词》（雍乾卷）、《全闽词》失收其词。

朱佑是名父之子。父朱仕琇（1715～1780），字斐瞻，号梅崖。乾隆九年（1744）乡试第一名举人，十三年中进士，选为庶吉士。任山东夏津县知县、福宁府教授，主讲福州鳌峰书院达11年。乾隆四十四年（1779）因病回到建宁，又执教于潍川（建宁县西乡古溪）书院，次年七月病逝于家。著名古文家。其为文章，始学韩愈，后博采秦、汉以来诸家之长。著有《梅崖居士文集》30卷、外集8卷。谢章铤《魏又瓶先生〈爱卓斋集〉序》云："吾乡为古文嫡冢之乡，前朱梅崖，后高雨农，皆能磨濯韩、欧，而通消息于秦、汉，虽昆山之顾、尧峰之汪、秀水之朱、桐城之方，何多让焉，然而今则稍衰矣。"②朱佑伯父朱仕玠（1712～1773），字璧丰，号筠园，善为诗，选拔贡生，任德化、凤山教谕。著有《小琉球漫志》10卷、《筠园诗稿》3卷、《溪音》2卷等。

朱佑早慧，享年不永，仅22岁即卒，所谓"才与寿妨"者。朱佑擅长文、诗、词、赋，诸体均有所得，而以词的成就最大。《松阴诗余》诸序均有论其创作成就。朱仕玠《序》云："龀岁即日记千余言，为诗文操管立就，而尤长于诗余，其词婉丽有宋待制柳屯田之遗风。"李俊《序》云："启堂之诗，五古师法太白，五律瓣香王、孟，其余诸体要亦不苟作者，溯其渊源，信不失筠园、梅崖家法也。"雠鼎堂氏《序》云："为文操笔立就，苍莽无端，类学先秦、初汉者。"朱仕玠《序》云："其古赋有王、卢四子之风。"邓作梅《朱启堂逸事》云："读其文，苍苍莽莽，动与古会，殆不可以尺寸求者也。"李俊《序》云："君文不如诗，诗不如词，

---

① 清乾隆刻本。本节凡引朱佑词、序，均见此本。
② 《赌棋山庄文集》卷二。

启堂深以余言为然。"朱佑的诗、文、赋可能未刻，今天已很难看到，不知诸家所论是否恰当，而词可以再论。

朱佑的家境不错，他得以从容学习。雕鼎堂氏《序》云："家有别馆曰松谷，有古松百株，郁轮峭蒨。启堂日夕徘徊其下，凡其澄风远韵、拂空应鏊，与夫烟云光景澹淡而晻映者，一会之心，以发诸诗。"于词来说，朱佑熟于《花间集》《草堂诗余》。李俊《序》云："余忆启堂往读书松谷，取《花间》《草堂》诸选本，澜翻背诵。"学花间，如《忆王孙·春思》其三云："双双蝴蝶衔花飞。慵倚雕栏香惹衣。细雨无边百卉肥。掩闲扉。王孙归未归。"学北宋，如《如梦令·春暮》云："帘外残红无数。零落梨花细雨。香艳几多时，燕子又衔春去。空度。空度。芳草柳阴野渡。"此词有评语："'燕子又衔春去'，真张郎中、宋尚书得意句也。"学南唐，如《浣溪沙·春夜》云："憔悴三年减带围。如环幽绪落花知。黄昏人静独凝思。　一片荒鸡号外野，半钩残月照孤帷。衾寒灯暗欲眠时。"此词有评语："风味凄清，以视'细雨鸡塞''小楼玉笙'之句，真堪伯仲。"一个人的文学创作大约会经历模仿、变翻、创新三个阶段，朱佑的勤奋学习与敏感的赋性促使他很快展现出自己的创作特色。

朱佑长于写景，景与心会，多能在写景中流露细腻敏感之情。写景词有 90 首，题画词有 16 首，题画词也可说是写景词，可归入写景词中。《武陵春·夏景》是一首极佳的词作。词云：

> 水院风来荷影乱，摇动满池香。纨扇闲抛乘午凉。无事日偏长。
> 绿柳深深蝉咽细，山外又斜阳。竹暝流萤度短墙。迟月照幽房。

此词运用视角变换取镜的写法，摄取一天之内荷塘景色的流动，予人以清凉宁静之感。"无事"的主人得以静嗅荷香，静听蝉咽，静观夕阳，静注流萤，静赏迟月。朱佑有组词《双调江南好·松谷曲十首》，分咏松、柳、竹、花、梅、泉、荷、草、月、雪。其中以写竹的一首词最为成功，清幽的景致中有主人的清愁，词云：

> 松谷竹，长夏自飕飕。曲院风清神带瘦。虚窗琴静气含秋。好鸟

一声幽。　闲夜里，逸韵自夷犹。林下薄寒人似玉，梢头微露月如钩。骚屑不胜愁。

十九岁时，朱佑曾到江西上饶余干县的瑞洪湖，写了《鹧鸪天·泊瑞洪湖》。词云：

> 淼淼平湖水拍天。浪纹縠皱远无烟。画楼昔日咿哑处，风景依稀更可怜。　云淡淡，月娟娟。含愁辗转不成眠。芳洲花落空流水，惆怅春光十九年。

此词境界变得阔大起来，盖江山荡其心境所致。在他短暂的一生中，这是一种可喜的改变。

朱佑的功名，仅得一诸生，在诸生中曾称冠。二十岁时，他眷顾功名了，词中曾感叹自己还不是举人，所谓"一衿未就"者。《沁园春·二十初度感怀》云：

> 廿载光阴，逝若飘尘，慷慨生哀。想东山激烈，终军壮志，洛阳漂泊，贾谊奇才。万里言遄，一衿未就，说甚殊功伟业哉。衔杯起，看高天雁度，阊阖风来。　狂歌聊自徘徊。记曾向、名山探穴回。更少年作赋，华亭之陆，弱龄擅誉，江左之裴。帝阙非遥，皇恩似海，待五色云生上台。踌躇处，恐济时无具，邺架齐开。

此词说功名之愁，有许多的不得已在，有梗概多气的一面，也有俗气的一面。科举会扼杀许多的天才，幸好朱佑沾染举场习气不深。他写出了90首景物词，保存了他曾经纯净的心灵。

朱佑富有感情，曾作词悼念亡妻。续弦事未办，朱佑便弃世。朱仕玠《魏贞女哀辞》云：

> 梅崖有才子曰佑，继聘广昌拔贡生、原任广东河源县知县魏中砥女，中砥谓佑曰："吾女知书，嗜刘向《列女传》，其志也。"既而，

佑省梅崖夏津，归，死江南。濒死，泣谓母曰："儿聘魏氏女，女父尝诩女志，儿虞志之不卒也，儿死余憾焉。"魏女闻佑之死也，即披衰经欲奔佑丧，且以终事舅姑。女父母绐之曰："姑待之，待且二年。"女自觉父母无允，已归终朱氏，意遂忧死。死时暑甚，三日夜未殓，形不变，众聚观之，叹女志之卒，而疑其形之未化也。夫党朱仕玠走百余里，亲临女丧，奠之，且为哀词。①

人之将死，其言最能看出其本心。朱佑卒时，尚眷念魏氏之女，可谓有情人，有情是他成为词人的先天质素。

闽籍早慧早卒的词人有两位，一是乾隆时期的朱佑，一是道光时期的许赓皞，一享年22岁，一享年28岁，二人存词均为100首。二人都曾参加省试，都失败了，但都留下了纯净的词作。谢章铤《赌棋山庄词话》卷四云："其（指许赓皞）所刻《萝月词》，后半气体，比前半加宏，使培充磨砻，未必不转而愈上。天不假年，无由臻于大成，惜乎！"② 朱佑后期词比起前期词来说，气体也有加宏的一面，但没有许赓皞明显，然"无由臻于大成"则是一样的。"才与寿妨"的事情，往往出现在一些诗人词人身上，岂非诡哉！

---

① 韩琮修，方乃霞纂（乾隆）《建宁县志》卷二十八，清乾隆二十四年（1759）刻本。
② 《赌棋山庄词话校注》，第75页。

第九章 清嘉道朝闽籍词人

嘉、道（1796～1850）50 余年，中国的东南沿海最先受到了列强的冲击，鸦片战争的失败使中国的精英阶层开始反思国家的前途和命运。闽人林则徐领导了广东抗击英人的鸦片战争，用词去展现禁烟抗英斗争的艰难历史，是清代词坛所涉及的最重大事件，用谢章铤词学观来衡量，就是词的分量最重。他贬谪新疆期间，提出塞防重于海防的思想，并在新疆作词，开启新疆词坛的序幕，意义重大。1842 年 8 月中英签订《南京条约》，规定广州、福州、厦门、宁波、上海为通商口岸。道光年间，英国的一名传教士租赁了福州乌山神光寺的几间房屋，引起了福州人民的不满，词家刘家谋、黄宗羲、谢章铤等人有词记此事，在清代闽词史上有不小的意义。此一时期，其他闽籍词家也各有建树，如李家瑞的题画词、叶申芗的仕途飘零词、许赓皞的春愁秋悲词、郑守廉的悼亡词、郭篯龄的文物鉴赏词、朱芳徽的人生思考词、何嵩祺的孤愤词，也各有其价值。叶申芗的词学研究体现出"全"的意识，并且指向实用，研究的目的是更好地作词。

第一节 题画词的作手李家瑞

李家瑞（1765～1845），字香萍，号清臣，山西人，生于闽县（今福州）南台。嘉庆九年（1804）试京师，不捷，以从九品需次浙江，为巡抚马新贻、杭守薛时雨所器重，一度代理浙江嘉兴县丞、上虞典史。候补五年不得实缺。后改官广东，主持潮州韩山书院。后往广州各地县幕府。著有《蕉雨山房诗集》10 卷、《小芙蓉幕诗余》不分卷、《停云阁诗话》6 卷。

谢希阁《〈停云阁诗话〉序》云："凡理乱之故，得丧之机，友朋死生、聚散之感，以及一游一咏，一饮一食，皆不必有意于写其情，而情已悠然自露于笔墨之外。"又云："考古证今，穷乎诗人变化之旨，指其寄托之所归，使后学了然于理乱、兴亡、死生、聚散之机，而急于拥卫人心。"①《诗话》多录嘉、道时期的诗作，这一时期正是中国社会剧烈动荡的时期，鸦片战争爆发，人心混乱、亟须指归，李家瑞《诗话》略尽了一份力。

李家瑞存词 27 首，其中题画词多达 18 首。他的题画词非同一般，读来亲切动人，不着意于画面的内容，而是着意写观画的感受，故灵动多姿，如诉心曲，正所谓"情已悠然自露于笔墨之外"者。如《渔家傲·〈柳阴垂钓图〉，为沈桐士进士绍九尊甫题》云：

> 柳外小桥红半亚。孤村流水潺潺泻。满地荻芦摇蟹舍。休错讶。烟波一幅丹青画。　尺许银鲈新钓罢。片帆背向斜阳挂。沽酒得鱼归去也。真朴雅。风尘我愧如牛马。

一幅《柳阴垂钓图》不可能展现如此丰富的内容，如"得鱼沽酒"，就是词人想象力的一种发挥，有此一句，词旨凸显。李家瑞的题画词，很是清新明快，如《十六字令·为严子琴参军崇宝题美人画幅》，几乎就是一首民歌，词云：

> 嘻。手把芳兰何所思。卿知否，昨梦是男儿。

李家瑞与聚红榭词人高文樵有交往，有词《满江红·为高文樵少尹思齐题〈菁城话别图〉，即次其韵》。谢章铤《酒边词》卷四《满江红·菁城话别诸作》序云："友仁精舍在菁城北门外，余招诸同志叙别其中，酒酣联句题壁。既归，文樵叠韵送余行，余亦和答。又数日，适逢重九登高，复叠前韵，所作愈多。文樵图为长卷，且命余叙其首，余亦誊为副本。真一时胜概也！兹录余作，其联句并诸君和作则已载《友仁精舍雅集

---

① 李家瑞撰《停云阁诗话》，清咸丰五年（1855）刻本，卷首。

录》矣。"① 所谓《菁城话别图》，即高文樵所画长卷。词云：

> 作客天涯，无知己、终形索寞。况值此、身丛忧患，几填沟壑。世事已随流水逝，人情更比春冰薄。到今朝、与子得相逢，伤沦落。　书在手，聊重读。酒在口，休辞浊。且破除烦恼，及时行乐。文字因缘宜聚首，溪山境界堪娱目。悔当初、一着不饶人，通盘错。

相对于聚红榭词人谢章铤、高文樵来说，李家瑞是前辈，他年长谢章铤 55 岁，大约也年长高文樵 50 来岁。他劝年轻词人高文樵"破除烦恼，及时行乐"，颇有点宋代欧阳修劝新任扬州太守刘敞要趁着年轻享受生活的意味②，老年人的智慧确有可取之处。高文樵英年早逝，谢章铤曾深深惋惜，他没有来得及及时行乐。

第二节　叶氏一门五词人

福州叶氏自叶观国起家，族望大开，人才辈出，成为福州著名的家族之一。自观国至近代，三山叶氏家族约有两百年历史。自观国起六世，叶氏家族共有 16 名进士，29 名举人。家族中多能文之士，福州西湖宛在堂为八闽诗人纪念堂，叶观国、叶大庄、叶在琦均入祀。③ 叶氏家族中有词作存世者凡 5 人。叶氏一门 5 词人生活时代跨乾隆、嘉庆、道光、咸丰、同治、光绪六朝，但主要词人叶申芗生活在嘉道年间，本节从家族词人角度一并论之。

叶观国（1720～1792），字家光，号毅庵，福建闽县（今福州）人。乾隆十六年（1751）进士，改庶吉士，授编修。典试河南、湖北、湖南、云南、四川，提督广西、安徽学政。乾隆四十六年（1781）任武会试副考官。官至侍读学士。著有《绿筠书屋诗钞》18 卷。郭则沄《清词玉屑》卷八

---

① 清光绪十五年（1889）《赌棋山庄所著书》本。
② 欧阳修劝刘敞趁着年轻享受生活事，参肖鹏、王兆鹏《重返宋词现场》，第 218 页。
③ 阮娟：《三山叶氏家族及其文学研究》，上海古籍出版社，2011，第 11～12 页。

云："吾闽叶毅庵少詹、小庚兵备父子皆能词。"① 惜叶观国词今仅存 1 篇。

叶申芗（1780～1842），字维郁，号小庚，一字其园，福建闽县（今福州）人。叶观国季子。嘉庆十四年（1809）进士，入翰林，散馆改云南富民县，历昆明县，东川、开化、昭通各府同知，曲靖、广南二府知府。丁忧复出，历绍兴、湖州二府同知，宁波知府。有善政，擢守洛阳，兼护河陕汝道，以劳终于位。著有《小庚词存》4 卷、《小庚诗存》不分卷。辑有《闽词钞》4 卷、《天籁轩词谱》4 卷、《天籁轩词谱补遗》1 卷、《天籁轩词韵》1 卷、《天籁轩词选》6 卷、《本事词》2 卷。

叶庆熙（1821～1896），原名滋沅，字与苏，号辰溪，福建闽县（今福州）人。叶申芗之孙。知长兴、寿昌、武康、分水诸县。著《我闻室词》，今不存，谢章铤曾为之序。叶滋沅与谢章铤交好。谢章铤《叶辰溪七十寿序》云："道光乙巳、丙午（1845～1846）间，予以词与辰溪定交。是时，年各二十余，意气勃发，不知忌讳，雌黄及于古作者。闽人固少言词，而辰溪大父小庚先生独以是名家，所著《词谱》《词韵》《词存》《本事词》，皆称为《天籁轩》，予得尽读。……今君年七十矣。"② 谢章铤《赌棋山庄词话》卷四、卷五存其词共 2 阕。

叶滋森（1823～1883），字与端，晚号补园。叶大庄之父。咸丰三年（1853）选授仙游县学训导，改知县，分发江苏。谢章铤《赌棋山庄词话》卷十存其词 1 阕。

叶大庄（1844～1898），字临恭，号损轩。福建闽县（今福州）人。叶申芗曾孙。同治十二年（1873）举人，授中书舍人。曾入张之洞幕，官至邳州知州，勘灾遇险，病卒于任。③ 著有《写经斋全集》9 卷，中有《小玲珑阁词》1 卷，又名《曼殊庵词》《写经斋词》）。

一　叶申芗词学研究和词的创作

（一）叶申芗的词学研究

道光九年（1829）至道光十九年（1839）十年间，叶申芗致力于词学

---

① 《词话丛编二编》，第 1544 页。
② 《赌棋山庄文续》卷二。
③ 欧阳英修、陈衍纂民国《闽侯县志》卷六十八，民国 22 年（1933）刊本。

研究，成果斐然，先后刊行词谱、词韵、词本事、词总集、词选著作，显示出对词学研究之"全"的思路和意识。兹分别述及这些研究成果的价值和作用。

1.《天籁轩词谱》《天籁轩词谱补遗》

道光九年己丑（1829），叶申芗纂《天籁轩词谱》四卷刊行。有孙尔准、顾莼、梁章钜、张岳崧序，叶申芗《发凡》。顾序、梁序作于道光九年，叶申芗《发凡》作于道光八年。四卷共收 617 调 1028 首词。单圈断句，双圈示韵及协韵，平仄未标注。

是书《发凡》有云："是谱悉本万红友《词律》，但与其体例偶有不同者……编调仍以字数多寡为序，不分小令中长调名目，其同是一调而字数参差者，自应先列首制原词，再依序分列各体。或但同调名而字数悬殊、体格迥异者，亦附列于后，以另格二字别之……选词自以原制之词及名人佳作为谱……辨韵词以韵为主，诸词书每多错漏，《词律》互相参较考订最真，兹谱悉从之，但各调有增韵者，亦必补入于用韵处，以重圈印于句下。其每调或平几韵，仄几韵，几换韵，及平仄通叶者，均于题下注明，以便检阅……分句自以文理为凭，不必拘定字数，况词原称长短句，其同是一调，或一人连填数阕，或数人共填此调，在当时字数已有参差，如《河传》《酒泉子》等调甚多。《词律》每有过拘之处，如张子野《于飞乐》词，其后段'正阴晴天气，更暝色相兼'，自应以两五字分句，方成文理，《词律》以前段系两三字、一四字分句，后段如之，似于文理未安，是诚胶柱鼓瑟也。兹谱悉凭文理分句，不敢过拘字数，庶有合乎摊破及添减字之例。于分句处以单圈记之，以别于用韵之重圈也。"① "分句自以文理为凭，不必拘定字数"云云，这是叶申芗词学著作中最精彩的内核，如此明确地说出分句的原则，在词学家中是不多见的。民国梁启勋《曼殊室词论》云："词之断句，严格乃在韵脚；至于句与逗，则解音律者未尝不可以伸缩。"② 又云："词之格律，只要严守每一韵之字数，至于句

---

① 清道光九年（1829）刻本。
② 《民国词话丛编》（第八册），第 354 页。

读，未尝不可以通融。此语似未经人道，或有之而未获见也。"① 此二言之意，叶申芗已先得之。叶氏所说"分句"是指一个大韵中的分句。自万树《词律》、康熙敕编《钦定词谱》刊行后，人们断句往往按《词律》《钦定词谱》机械地操作，弄出不少文意不通的句子，宋人果真写出了那么多文意不通的句子吗？《全宋词》的断句，就存在问题。如柳永《望远行》（绣帏睡起）末句："见纤腰，图信人憔悴。"② 应作："见纤腰图，信人憔悴。"《彩云归》（蘅皋向晚舣轻航）末句："牵情处，惟有临歧，一句难忘。"应作："牵情处惟有，临歧一句难忘。"《迷神引》（一叶扁舟轻帆卷）之"烟敛寒林簇，画屏展"句，应作"烟敛寒林，簇画屏展"。李弥逊《念奴娇·癸卯亲老生辰寄武昌》首句"楚山木落，际平芜千里，寒霜凝碧"，应作："楚山木落际，平芜千里，寒霜凝碧。"熊禾《满庭芳》"霞袂霓裳缥缈，冰肌莹、月作精神"，应作："霞袂霓裳缥缈，冰肌莹月作精神。"如此完全照搬《词律》《钦定词谱》的格律去机械地断句标点，造成文意的断裂难通，这是《全宋词》中普遍存在的现象。

　　断句标点，如完全照搬《词律》《钦定词谱》的做法，必扞格难通。可知"分句自以文理为凭，不必拘定字数"之说，是极好的见解。另叶氏不采用万树《词律》"豆"字的标法，即不用顿号，也是可取的做法。洛地《词体构成》认为词中没有顿号（逗）。③ 叶氏已先得之。又，叶氏《词谱》没有标出平仄，盖词人填词平仄多有不同，且他那个时代的读书人，对平仄很有感知能力，故无须标注平仄。举《八声甘州》一例，叶氏《词谱》如此定谱：

柳永　八声甘州　九十七字平八韵

　　对潇潇暮雨洒江天〇一番洗清秋◎渐霜风凄紧〇关河冷落〇残照当楼◎是处红衰翠减〇苒苒物华休〇唯有长江水〇无语东流◎　不忍登高临远〇望故乡渺邈〇归思难收◎叹年来踪迹〇何事苦淹留◎想

---

① 《民国词话丛编》（第八册），第369页。
② 唐圭璋编《全宋词》，中华书局，1965，第36页。下引《全宋词》不再一一指明页码。
③ 洛地：《词体构成》，中华书局，2009，第164页。

佳人妆楼颙望○误几回天际识归舟◎争知我○倚栏杆处○正恁凝愁◎

张炎　八声甘州　九十七字平九韵

记玉关踏雪事清游◎寒气敝貂裘◎傍枯林古道○长河饮马○此意悠悠◎短梦依然江表○老泪洒西州◎一字无题处○落叶都愁◎　载取白云归去○问谁留楚佩○弄影中洲○折芦花赠远○零落一身秋○向寻常野桥流水○待招来不是旧沙鸥◎空怀感○有斜阳处○却怕登楼◎

这样一看，叶氏纂谱的做法是追求简明，他把用韵和句式放在重要位置。不足之处是平仄不标，一般读者利用其谱仍会感到不方便。不过，对于会吟诵的读者来说，词中的平仄不会成问题，只要掌握《八声甘州》的唱腔，何处平何处仄，何处可平可仄，并不需要刻意地记住。会吟诵者，可以自己形成唱腔，一旦唱腔形成，平仄自然就能感知。

叶氏《词谱》前四卷固然在万树《词律》基础上重新审订，但形成了一部简明实用的词谱。词调丰富，词例恰当，且改进了万树一些不合词体规律的做法，颇方便使用。

道光十一年辛卯（1831），叶申芗纂《天籁轩词谱补遗》一卷刊行。有叶申芗辛卯跋。收154调166首词。编辑体例同《天籁轩词谱》。叶申芗《识语》云："《补遗》者，补《词律》所遗也。是卷所列各调，皆《词律》所遗，从各词书辑而补之，仍因《词律》旧例，以元为断，如明人之《小诺皋》《水漫声》诸调不录，而元人小令《天净沙》等篇亦从删焉。"[1] 此书补辑之功，不可泯灭。

2.《天籁轩词韵》

道光十一年辛卯，叶申芗纂《天籁轩词韵》一卷刊行，有叶申芗辛卯序。《自序》云："是书分部依近行《绿漪亭词韵》四声分为十五部，编字依《广韵》分纽次列，以便检阅。惟原书收字较简，兹就《广韵》择其可用之字，略加增补，复取宋、元人词中常用诸字，系《广韵》所未收者，亦为附入。如'他'字附入麻部，'否'字附入麌部之类。但绝学久

---

① 清道光十一年（1831）刻本。

湮，管窥鲜识，虽复缪加编辑，恐仍无补于词林尔。"① 应该说，从宋、元人词中择《广韵》未收韵字，是很好的做法。宋词用韵有其特殊性，张伯驹《丛碧词话》曾言及，录《丛碧词话》中一段：

> 史梅溪《双双燕》词："过春社了，度帘幕中间，去年尘冷。差池欲往，试入旧巢相并。还相雕梁藻井，又软语商量不定。飘然快拂花梢，翠尾分开红影。　芳径，芹泥雨润。爱贴地争飞，竞夸轻俊。红楼归晚，看足柳昏花暝。应自栖香正稳，便忘了天涯芳信。愁损翠黛双蛾，日日画阑独凭。"如"润""俊""信"三韵，"真""轸"通"庚""梗"。戈顺卿云："美则美矣，而其韵'庚''青'杂入'真''文'，究为玉瑕珠颣。"按宋人词用"庚""青"杂"真""文"者甚多，南人无论，如梅溪汴人亦如此。宋徽宗《小重山》词："万井贺升平，行歌花满路、月随人。"亦然。岳武穆《小重山》词："欲将心事付瑶琴，知音少，弦断有谁听。"则"庚""梗"更杂通"侵""寝"矣。宋人词用韵当有其习惯，颇同于乱弹剧之十三辙。②

史梅溪《双双燕》词"庚""青"杂入"真""文"韵，词韵名家戈载不太理解，他用诗韵的规定去衡量词韵，自是扞格不通。宋徽宗《小重山》"庚""青"杂入"真""文"韵，岳飞《小重山》词"庚""梗"更杂通"侵""寝"，可知宋人是不太计较作词叶韵杂入他韵的，这是歌词的特点，杂入成功与否要看歌唱效果。张伯驹戏称宋词叶韵如"乱弹剧之十三辙"，就是看到了词的歌唱叶韵较杂的特点。如不从宋词中择补韵字，就会偏离宋词用韵的实际，故叶氏的做法值得肯定。

戈载《词林正韵》收字 12014 字，分韵目 19 部，其中入声 5 部。《天籁轩词韵》收字 6727 字，分韵目 15 部，其中入声 4 部。相较而言，《天籁轩词韵》收韵字较为简明，僻字难字很少，词家使用不会感到太困难；且《天籁轩词韵》把最有押韵可能的字编在一起，以空格与上下韵字隔开，

---

① 清道光十一年刻本。
② 《词话丛编二编》，第 2861 页。

如"笼砻聋栊昽胧珑泷拢"编在一起，又颇方便检阅。可知，《天籁轩词韵》的编纂目的是为更好地作词服务。

3. 《本事词》

道光十二年壬辰（1832），叶申芗纂《本事词》二卷刊行，有自序。上卷采唐五代北宋词与本事，下卷采南宋辽金元词与本事，然所采不注出处。

叶氏《自序》云："盖自《玉台新咏》专录艳词，《乐府解题》备征故实。韩偓著《香奁》之集，托青楼柳巷而言情。孟棨汇《本事》之篇，叙破镜轮袍以纪丽。诗既应尔，词亦宜然，此《本事词》所由辑也。"是书没有指出材料来源，叶氏的解释是："惟是篇因采撷而成，似应列原书之目。然其文或剪裁以出，又难仍旧帙之题。况敷藻偶繁，自必删而就简。亦传闻互异，尤宜酌以从同。"尽管编者对所选材料进行了剪裁，似乎可以不指出材料来源，但还是给读者带来了阅读的困难。韩震军《本事词校考》一一推究材料来源，便于阅读。《本事词》录男女情事趣闻 204则，录词人 150 家词 280 多首。"词以事系，人以时列，兼及考证，旁涉评论，可谓资料丰赡，正辨有识。"[1] 此书有增广见闻之用，且较精粹，然规模尚小，不及张宗橚《词林纪事》、唐圭璋《宋词纪事》远甚。

4. 《闽词钞》

道光十四年甲午（1834）八月，叶申芗纂《闽词钞》四卷刊行。有陈寿祺、冯登府及自序。凡选闽籍词人 61 家共 1131 首词，所选皆注明出处。陈寿祺《闽词钞序》云："始于宋徐昌图，终于元洪希文，附以方外闺媛，凡六十一家，为词逾千首，闽中词人梗概具焉。其《后村词》则取余所录天一阁《大全集》，多至百三十余首，盖诸家所未及见，亦足征网罗之富矣！"以《闽词钞》所收刘克庄词与《全宋词》所收刘克庄词对勘，颇多异文，有校勘价值。《闽词钞》在地域词集编纂史上占有重要地位，对后世地域词集编纂有极大的推动作用。《闽词钞》刊行之后，地域词选开始盛行，相继出现《粤东词钞》（初编、二编、三编）《粤西词见》《国朝常州词录》《国朝金陵词钞》《皖词纪胜》《笠泽词征》《浔溪词征》《湖州词

---

① 韩震军：《本事词校考》，安徽大学出版社，2015，"前言"，第 2 页。

录》《闽词征》等词选。①

国家图书馆藏有稿本《闽词钞》②，仅有陈寿祺《序》，陈《序》钤有"陈寿祺印"阴文章一枚、"恭父"（陈寿祺字恭甫）阳文章一枚。凡四卷，卷一收3家214首词（刊本卷一收9家276首词），卷二收11家255首词（刊本卷二收7家343首词），卷三收12家244首词（刊本卷三收18家246首词），卷四收13家204首词（刊本卷四收27家266首词）。凡收39家917首词。以稿本与刊本对照，知稿本为初编本，稿本编成后，叶氏曾请陈寿祺作序。陈氏作序后，叶氏继续从事闽词的搜集，对稿本进行了较大的扩充。稿本陈《序》云："始于宋徐昌图，终于陈以庄、李芸子、黄公绍，凡五十余家，为词逾千首，以存桑梓词人之梗概。"（"五"字上画圈，"逾"字上画圈），知《闽词钞》刊行时，叶氏对陈《序》作了修改，其修改反映了后续增补工作的进展。所增补20家词人姓氏都排在了刊本《闽词钞·总目》的后面，而稿本所录词作刊本未作改动。

稿本《闽词钞》的价值在于反映了《闽词钞》初编的状态。在叶氏的时代，求书颇不易，而要编闽词总集则更为不易。观刊本《闽词钞》的取材来源，一是据名家的词别集或别集，如柳永《乐章集》、蔡伸《友古词》、张元幹《芦川词》、葛长庚《海琼词》（稿本未选）、刘克庄《后村先生大全集》；一是据词选，如《花庵词选》《乐府雅词》《阳春白雪》《绝妙好词》《花草粹编》《草堂诗余》《中州乐府》《词综》《钦定词谱》。大量据词选录词，反映出获取词人别集的不易，如吕胜己词，稿本、刊本仅据《御选历代诗余》录15首，若叶氏能获取明吴讷本《渭川居士词》，所录词作当不止15首。有词别集的词人，稿本、刊本所录均甚多，如柳永词选了210首，几乎全录《乐章集》，这说明《闽词钞》不是严格意义上的词选集。稿本《闽词钞》见证了叶申芗编纂地域词总集的艰难过程和不断求善的治学态度，其史料价值自不容低估。刊本冯登府《序》云，"竭数十年心力而成是钞"，稿本《闽词钞》可以展示"数十年心力"的一个侧面。刊本叶申芗《自序》云"略以存闽中词人之梗概"，即使是稿本

---

① 杨柏岭：《晚清民初词学思想建构》，安徽大学出版社，2004，第25页。

② 福州连天雄先生赠阅国家图书馆藏稿本《闽词钞》复制件，谨致谢。

《闽词钞》也做到了这一点。

5.《天籁轩词选》

道光十九年己亥（1839），叶申芗纂《天籁轩词选》六卷刊行。有叶申芗己亥序。卷一选宋 10 家 288 首词，卷二选宋 13 家 228 首词，卷三选宋 15 家 199 首词，卷四选宋 21 家 255 首词，卷五选宋 19 家 223 首词，卷六选宋 8 家元 4 家 213 首词。《天籁轩词选》共选 90 家 1406 首词。

《自序》云："仆少好倚声，老而弥笃，近年以来，手辑《词谱》《词韵》《闽词钞》《本事词》诸种。守洛后，郡斋多暇，辄取汲古阁所刊《宋名家词》，删其繁复，订其错讹，悉依原书次序，厘为四卷。但原书各家先后不伦，想因随时得书发刊所致，匪惟南北宋时代参差，如葛常之子列父先，无是理也。此外，更将家藏各词集，以元为断，复成二卷，约九十家，题曰《天籁轩词选》。"① 此述及《天籁轩词选》的编纂过程及编纂方法。

《天籁轩词选》选录 20 首词以上的词家有：欧阳修（29 首）、苏轼（30 首）、晏几道（46 首）、辛弃疾（82 首）（以上卷一）；周邦彦（24 首）、史达祖（21 首）、向子諲（31 首）、赵师侠（20 首）、赵长卿（23 首）、高观国（30 首）（以上卷二）；吴文英（28 首）、黄机（29 首）、刘克庄（22 首）、张元幹（21 首）、张孝祥（22 首）（以上卷三）；蔡伸（37 首）、赵彦端（23 首）、周紫芝（39 首）（以上卷四）。排名前 4 位的词人是辛弃疾、晏几道、周紫芝、蔡伸。蔡伸的词选得比苏轼、周邦彦、吴文英等人还要多，有些难以理解，只能说叶申芗独好其词或重乡曲之谊（蔡伸为仙游人）。卷五、卷六可看作《天籁轩词选》补遗，选词 20 首以上的词人有：周密（37 首）、张翥（34 首）、张炎（32 首）、贺铸（22 首）、王沂孙（22 首）。前四卷据《宋名家词》选词，选域有限，后二卷据家藏词集选词，选域略宽。总体看来，《天籁轩词选》难见叶氏之选心有何突出之处，他兼顾豪放婉约词风，挑选佳作编纂而成。

叶申芗的系列词学著作，是闽人第一次对词学展开全面研究，在闽地词学史上具有举足轻重的地位。叶氏的词学著作都指向一个目标，那就是简明实用，盖叶氏是一位有成就的词人，他深知把词学研究和词的创作结

---

① 清道光十九年（1839）刻本。

合起来的重要性。词学研究应为词的创作服务，而词的创作应促进词学研究，二者可相得益彰，叶氏做到了这一点。

（二）叶申芗词的创作

《小庚词存》有道光八年（1828）福州叶景昌写刻本，1 卷，收词 55 阕。另有道光十四年（1834）叶氏天籁轩刻本，4 卷，收词 279 阕。福建图书馆藏有稿本《小庚词存》，收词 119 阕，对应于天籁轩刻本《小庚词存》第一、二卷部分词作。叶景昌写刻本有 1 首词为天籁轩刻本、稿本所未收。叶申芗今存词计 280 阕。

一般论及叶申芗词作，只提到四卷本《小庚词存》，这是不够的。四卷本虽是叶申芗晚年手定本，且收词最多最全，据之论定叶氏词作成就尚可，若据之考察叶氏词的诸多细节，则要将一卷本、稿本纳入考察范围。兹举数例说明。

一卷本有些词篇信息量不足，四卷本遂加以补充，这反映出叶氏精益求精的创作态度。如一卷本《沁园春》词序云"改官后南旋，留别芷汀六兄，即题《洪江送别图》。"四卷本此序云："辛未改官后，乞假归省，留别芷汀六兄，并题《洪江送别图》。"此序明确指明创作时间，颇便读者按索。又四卷本此词云："念觚棱晓日，瀛洲独步，珊瑚夜月，洱海孤撑。"后有注云："珊瑚撑月，乃滇中故实。"也便于读者了解词意，而一卷本无此注。又如：一卷本《青玉案》词题作"重九"，四卷本作"九日登郡后山"，指明了词乃登山后所作，有助于理解词意。

四卷本有些词篇删去了一卷本的相关信息，若不联系一卷本来考察，就难以对词有深度的了解。如四卷本《一萼红》词序云"己卯四十初度"，一卷本词序作"四十初度自嘲"，"自嘲"二字有助于对《一萼红》词的理解。又如：四卷本《凤凰台上忆吹箫》词序作"重游广西州东湖"，一卷本作"甲申于役广西州重游东湖"。一卷本不但指明了创作时间，而且有"于役"二字，很能帮助读者了解创作背景。又如：四卷本《念奴娇》词序作"谢王协戎惠巧色菊"，一卷本作"乙酉秋仲谢王协戎送巧色菊"，指明了创作时间，"惠"字比"送"字更显敬谢之意。四卷本《清平乐》无词题，一卷本有词题"看云"，能帮助读者了解词的创作情景。

稿本也有帮助读者准确了解词意的作用。如四卷本《满庭芳》词序作"浔阳琵琶图"，一卷本作"题商妇琵琶图"，稿本作"题商妇琵琶画篦"。合三序始能准确了解琵琶图是一幅题写在画篦上的与白居易《琵琶行》内容有关的画幅。又如：四卷本《水龙吟》词序作"武昌留别李佇农太守"，李佇农是不是武昌太守，不得而知。稿本作"留别武昌太守李佇农"，可知李佇农是武昌太守了。又如：四卷本《满江红》无词题，稿本有词题"红梅"，颇便了解词意。四卷本《采桑子》词序云："《梅花双影图》，为星斋赋。"稿本作"题《梅花双影图》，为星斋、琇卿双照"。词意更明确，始知此词为潘曾莹（字星斋）、陆韵梅（字琇卿）夫妇题照而作。

1. 漂泊者的吟唱

小庚词以写仕途飘零之感的词篇成就最高，有些词篇颇清远可诵。如下面一首：

> 笑奔波。忽平头四十，历碌陈驹过。万里携家，三年宰剧，虚将心绪消磨。途来是、宦情都澹，争禁得、半载病为魔。酒盏生疏，吟怀萧索，兴致如何。　回首旧游天上，怅仙山缥缈，落漈风多。滇海尘劳，蜀江瘴疠，荣枯宠辱由他。忆香山、着绯司马，也曾嘲、官职未蹉跎。况我头颅如许，且自婆娑。（《一萼红·己卯四十初度》）

四十是人生的不惑之年，有许多事情都可能看穿。《一萼红》所言"心绪消磨""宦情都澹""吟怀萧索""且自婆娑"是历尽漂泊后的感受。另有《金缕曲》（游宦成羁旅）词，当亦作于云南为官时期，状惨淡心境，所谓"魂也无销处"，读来使人顿生悲感。

人在漫漫宦途中，遇事常会触及敏感心灵，如遇佳会，就觉得离别太匆匆，词人如是云：

> 十载江湖常载酒，等闲孤负春风。莫愁湖畔板桥东。垂杨千万树，何处系花骢。　为爱绿窗人似玉，卿偏怜我情浓。翻教恨晚惜相逢。清歌听未已，离梦又匆匆。（《临江仙》）

《临江仙》词写与歌妓的约会，然劳尘不息，不得不匆匆离别。另有《金缕曲·旅枕闻隔院琵琶》词，写尊前买笑的欢乐也不能抹去潦倒使君的羁旅之感。叶申芗这类词，如柳永一样，反映了仕途上功名前程与生理感官享受不可兼得的矛盾。柳永写得俗，叶申芗写得雅。

在漫长的漂泊征途中，叶氏用词记下许多地方的风物，这是很值得珍视的。如：

> 斗大山城，居然是、滇东锁钥。千余里、襟黔带蜀，犬牙相错。狨鸟蛮花风景异，僰僮爨女夷情乐。沐承平、雅化百年来，安耕凿。　　舆马困，山程虐。舟楫险，溪滩恶。笑蚕丛鸟道，崎岖犹昨。田叠楼梯窗际列，泉通竹枧厨中落。对边关、斜日起新愁，听笳角。（《满江红·丙戌初到大关作》）

刘熙载《艺概·词曲概》云："词贵得本地风光。"[1] 滇东山城大关（今大关县）的风物自来不为词家吟咏，这首《满江红》写到的狨鸟蛮花、僰僮爨女、蚕丛鸟道、田叠楼列、泉通竹枧等诸般景观令人耳目一新，确实拓展了词的素材。另有《过秦楼·川江到宜昌为出险，舟中始有帆樯猫橹之设，词以纪之》写到三峡的景物，着重写欧阳修在夷陵留下的人文景观。这在词中也是不多见的。叶氏这类词，可谓得江山之助。

小庚词有一些交游之作，反映了他的官宦生活的一个侧面。如与潘星斋、林则徐、冯柳东等人的交往，叶氏都用词来反映。如：

> 琼枝玉树交相倚，人比梅清。影并花明。修到今生定几生。
> 同拈双管吟兼画，天上双星。仙里双成。都让卿卿两璧人。（《采桑子·题〈梅花双影图〉，为星斋、琇卿双照》）[2]

潘曾莹（1808~1878），字申甫，别字星斋，江苏吴县（今苏州）人。道

---

① 《艺概注稿》，第568页。
② 此词据福建图书馆藏稿本《小庚词存》。

光二十一年（1841）进士，改庶吉士，授编修，官至吏部侍郎。著有《红蕉馆诗钞》18 卷、《小鸥波馆集》19 卷。① 词有《小鸥波馆词钞》2 卷、《鹦鹉帘栊词钞》2 卷。其妻陆韵梅（？～1878），字琇卿，江苏吴县（今苏州）人。陆澧女。著有《小鸥波馆诗钞》1 卷。② 蔡殿齐纂《国朝闺阁诗钞》选其诗 15 首。谢章铤《赌棋山庄词话续编》卷一录其《浣溪纱·题小庚先生本事词后》词，并云："琇卿工画梅，有《梅花词》十首，其夫妇读书曰'梅馆'。"又云："闺帏韵事，突过赵、李。"③ 星斋有《沁园春·自题藤花馆填词图，同内子琇卿作》词，下阕云："梅花人影双清，有多少、香风腕底生。好凭青玉案，愁春未醒，脱红罗袄，喜夏初临。蝶外寻芳，鸥边选梦，半是闲情半绮情。鹅笙揿，笑霓裳按拍，还情卿卿。"④ 所述及图画内容与小庚此词内容差同。

又如写与林则徐的交往：

> 当年天上麒麟，梦佳话、榕乡争诵。神童驰誉，弱龄释褐，台乌池凤。使节频持，温纶屡起，九重倚重。溯登科卅载，初逢大衍，延寿罍，从兹奉。　试院煎茶曾共。眷滇云、好风吹送。任城夜话，胥江雪泊，辄倾春瓮。欲制新声，愧难追步，鹤南飞弄。想大江南北，人人额祝，上生申颂。（《庄椿岁·寿林少穆中丞》）

此词借祝林则徐五十生辰之机，回忆了与林的几度交往。对这位将在道光二十年（1840）领导禁烟抗英斗争，寻被充军伊犁的民族英雄表达敬仰之情。林则徐《连日对饮怡园读天籁轩词复次"身"字韵》云："小令敲成声律细，醇醪酿出色香陈。"⑤ 林则徐可谓是叶申芗词的知音。

又如写与冯柳东的交往：

① 《清人诗文集总目提要》，第 1435 页。
② 李灵年、杨忠主编《清人别集总目》，安徽教育出版社，2000，第 1223 页。
③ 《赌棋山庄词话校注》，第 263 页。
④ 潘曾莹：《鹦鹉帘栊词钞》卷一，清刻本。
⑤ 林则徐：《云左山房诗钞》卷六，清光绪十二年（1886）刻本。

　　腊雪初消，数年光、又将旧符都换。暂假一麾，守岁句东，仍恋贺家湖畔。丰年笑语夸三白，听蔀屋、欢声何限。更争盼、放晴元夕，桂华光远。　窃叹词颠未懒。况酬唱依然，鸳湖昔伴。眷此岁华，旧韵重拈，欲把吟髭捻断。唐花满室寒香发，正笑拥、夜炉添暖。醉笔健、呵来那愁墨淡。（《花心动·除夕守岁，用壬辰除夕韵，仍索柳东再和》）

　　冯登府（1783～1841），字云伯，号勺园，又号柳东，浙江嘉兴人。嘉庆二十五年（1820）进士，官福建长乐县知县、浙江宁波府学教授。事迹详史诠《冯柳东先生年谱》①。著有《石经阁文集》8卷、《石经阁诗略》5卷、《闽中金石志》14卷、《石经补考》11卷、《论语异文考证》10卷、《三家诗遗说》9卷。词有《种芸仙馆词》5卷。叶氏向冯柳东索词，当然有向这位"唐花满室寒香发"的学问家通好之意。

　　小庚词中有《寄园百咏》，是联章词中的长篇巨制。《寄园百咏》序云："府署旧有怡园，乃吾乡齐北瀛前辈所辑。余既题西轩为寄巢，因改为寄园。芟荒芜，分畦畛，日课园丁，杂莳花木果蔬，于兹三载。众卉欣荣，玩物适情，寄之吟咏。始于戌夏，迄于亥春。怡葭管之一周，汇芜词为百阕，未能协律，聊以自怡尔。"② 寄园是洛阳知府官舍中的花园，是他安顿漂泊心灵的一个所在。叶氏写花卉，有意写一些不为人所咏及的花卉，这是他的创新之处。

　　2. 清旷的创作风格

　　小庚词中有一些词篇探讨词的创作，曾引来词学家谢章铤的瞩目，谢氏评论需重新思考。

　　叶申芗自称"词颠"，说明他对词很是爱好，观其著作，全是词学研究之书，可见"词颠"之说恰如其分。他的词说"怡情处，花天酒地，随意谱宫商"（《满庭芳·自题词存》），又说"中年陶写无丝竹，寄意声偷字减"（《摸鱼儿·和石敦夫司马见题词存》），又说"夜窗细校复微吟"

① 北京图书馆编《北京图书馆藏珍本年谱丛刊》第138册，书目文献出版社，1999。
② 叶申芗撰《小庚词存》卷四，清道光十四年（1834）叶氏天籁轩刻本。

（《浪淘沙·再题词存》）。所言应是叶氏创作生活的常态，这些自道语可能影响到谢章铤对其词的评价。谢章铤《赌棋山庄词话》卷四评曰："（《临江仙·十载江湖常载酒》《南楼令·溪水碧于油》）此小庚词也。艳情当家，虽未比芳彭十，庚公南楼，亦兴复不浅矣。小庚辑《本事词》，自序云：'凡兹丽制，问何事以干卿。偶辑艳闻，正钟情之在我。'又云：'仆也颠比柘枝，痴同竹屋，癖既耽乎绮语，赋更慕乎闲情。'吴县石敦夫同福谓小庚学苏、辛，多豪语。小庚示以手炉、脚炉调《蓦溪山》二阕，谓苏、辛亦有艳体，非不能也。然则小庚何尝不步韩偓之尘而作广平之赋乎？其自题词集云：'且喜拈来无绮语，差慰平生。'亦谵言已。"①（按：谵言即不足信的伪言饰词之意。）

我们以为，叶申芗"且喜拈来无绮语"的自评大致是可信的。绮语，佛教语，涉及闺门、爱欲等华艳辞藻及一切杂秽语，十善戒中列为四口业之一。叶申芗的少数词作涉及对女性的描写，然能很好地把握一个"度"字，绝不浮艳。即如谢氏所提到的《蓦山溪》二阕，在小庚词中涉及艳情的成分较多一些，殆咏物时刻意去作艳体，以证明自己非只作豪语一途，因之艳体不能代表小庚词的主体风格，更不能说明小庚词"艳情当家"。至于小庚自己所说"癖既耽乎绮语"，可能是他的创作常态，然在《小庚词存》中是看不到多少艳情之词的，大约叶氏在整理词集时删去了不少艳体之作。这好比说，谢章铤也写过不少艳情诗词，但我们今天在他的诗词集中也难见艳情之作。作家的创作常态并不等于其作品的风格常态。叶申芗词作的风格主要呈现为清旷，这与他喜好苏轼并善于学习苏轼有关。苏轼是以诗为词的实践者，叶申芗词确实有以诗法作词的一面。

丁绍仪《听秋声馆词话》卷十八评叶申芗词云："其自着意在瓣香北宋，顾所诣颇近龙川、龙洲二家。"② 陈衍《石遗室书录》评小庚词云："词宗北宋，亦不专学苏、辛。"③ 二家所论都注意到叶申芗词取径的多样性，其中当以学习苏轼为主要取法路径。

---

① 《赌棋山庄词话校注》，第 97 页。
② 清同治八年（1869）刻本。
③ 李厚基等修，沈瑜庆、陈衍等纂《福建通志》卷二五《艺文志》，民国 27 年（1938）刻本。

叶申芗对词学的全面研究，在整个清词史上都是独一无二的，尽管他词学研究的创造性不够突出，但是他的词学研究有一个明确的指向，就是为词的创作服务。他的词作多合格律要求，句式章法井然，这应是他的词学研究带给他的良好影响。他的词学研究和词的创作在全国范围来看，应有一定的地位。谢章铤《赌棋山庄词话》卷四云："近时叶小庚太守著书数十卷，先型略具，宗风未畅。"① "先型略具"是说叶申芗的词学研究和词的创作已有一定的规模，"宗风未畅"是说叶申芗还未能开宗立派，影响力不够。这一论断是准确的。

二　叶观国、叶滋沅、叶滋森、叶大庄词

叶观国未有词集。清同治光绪间刻本《绿筠书屋诗钞》未收词，林葆恒辑《闽词征》卷四存其词1首，乃题画词，颇清雅，词云：

> 怪翻浆、汗流炎节，清凉园馆如许。檀栾万个筼筜竹，隔断尘镳曦驭。竹深处。有几卷、银笺七尺横珠柱。盘陀小踞。听流水高山，慢弹长啸，一段辋川赋。　　生绡里，涌现天人眉宇。光风霁月襟愫。朱门何限纷华事，惟爱搦毫敲句。谁是侣。指白石、清泉相与无相与。盘桓薄暮。又选月铺烟，筛青亚翠，散作夜窗雨。（《摸鱼儿·题皇三孙绵亿〈竹里弹琴图〉》）

叶滋沅著有《我闻室词》，今失传。谢章铤《赌棋山庄文集》卷一有《叶辰溪我闻室词序》，《序》云："忆道光乙巳（1845），余读书西园，其地池台参差，水木明瑟。去辰溪之居不百步，而主人李少棠者，余姨弟也，意气豪甚，置酒饮余，辄招辰溪。饮酣，纵谈天下事及今昔人才，喜而笑，怒而骂，思而沉吟，哀而长太息。其声方拉杂不休，忽邻人善笛者数声悠扬，自远徐至。下视庭阶，月三尺许，有蛩独叫，丛竹受风，如人拜起，举座默然，而辰溪独拍案填词。呜乎！天下填词之境，孰有过于此时哉？今辰溪之词具在矣。回想前尘凫梦，独使余低回而不能自已也。呜

---

① 《赌棋山庄词话校注》，第75页。

乎！舍辰溪其谁知之，辰溪其勉之矣。"① 叶滋沅与谢章铤是同龄人，谢氏曾看到过叶滋沅词全稿，颇赏其词境。谢章铤《赌棋山庄词话》卷四曾将叶申芗词和叶滋沅词作过比较，认为"前贤又当畏后生"②，可见谢氏很称赏叶滋沅词。谢氏《赌棋山庄词话》卷四录存叶滋沅词一阕，《闽词征》据以收录。录如次：

> 万树梅花里。望迷漫、一天飞雪，珠抛玉戏。如此园林幽绝景，独对柴门闲倚。曾修得、几生能至。一幅琉璃香世界，处其间、不啻神仙矣。知此乐，写吾志。　任夸桃李争春美。怎及他、清高骨格，岁寒开起。和靖风流消歇尽，谁把孤山重理。非敢谓、孤芳自喜。我本满腔皆热血，借三分、梅雪胸中洗。君莫笑，画图意。（《贺新凉·自题小照》）

此词不着意于自己的小照，而着力渲染雪花漫天梅花竞放的"香世界"，意在衬托自己的"清高骨格"，曲折用笔，结末点明"画图意"，颇能称奇。

谢章铤《赌棋山庄词话》卷五云："辰溪与余交情甚挚，集中赠怀诸作语重情长，所谓不自知其啼笑也。"③ 叶滋森《满江红·题枚如〈雅集图〉》颇有牢骚之意。谢章铤《赌棋山庄词话》卷十评曰："嗟乎！等谠论于飘风，谁复懋置于耳者。读与端之词，拔剑看天，泣数行下。"④ 惜不能多观其酬赠之作。

叶大庄主要生活在同、光年间。叶大庄有《小玲珑阁》词，存词28阕，竟有11首"用樊榭韵"之作，是所谓"瓣香樊榭"者，然其词颇伤直露，无厉鹗清峭词格。大庄词多写车唇马背之所见，反映了动乱时代的苦难，斯已难能可贵，又何复去计较工拙。《齐天乐》词序云："甲申七月，马江师败之次日，遇卖佛手者，尽货持归，草堂清供，幽香袭人，不

① 清光绪十年（1884）南昌刻本。
② 《赌棋山庄词话校注》，第97页。
③ 《赌棋山庄词话校注》，第113页。
④ 《赌棋山庄词话校注》，第205页。

知身在兵间。今秋卖者又来，感而填此，邀俶殷同作。"词云：

> 禅香满担无人买，三年菩提旧事。乱后黄橙，兵间绿荔，尽是词
> 家孤泪。霜林又坠。蜡造双拳，金镕一掌。弹指流光，佛边如水打包
> 睡。　小幅草堂画记。瓦盘乌几上，堆出秋意。陀利真香，兜罗别
> 样，生本托根初地。园翁忽至。太念我多情，笱篮珍寄。泥首经幢，
> 花源休再避。

此词反映了马江战役后词人沉痛的心情。词借咏佛手而说"词家孤泪"，
盼望有个"花源"能避世。此词可称"词史"之作。

卢前《饮虹簃论清词百家》评叶申芗词云："行诗法，门径亦深深。
高格倘容思量细，过庭书谱耐追寻。枝叶不堪吟。"[1] 评叶大庄词云："无
归附，尚有小玲珑。差近姜张终味薄，寒松词笔略相同。中乘百家中。"[2]
所评能指陈二家词的成就与不足。卢前《饮虹簃论清词百家》乃读陈乃乾
《清名家词》而作，叶申芗、叶大庄词能入选《清名家词》，这说明叶氏家
族在词的创作方面所达到的高度。

第三节　林则徐邓廷桢的唱和词

清朝自嘉、道以来，发生了鸦片战争、甲午海战、八国联军入侵等事
件，内忧外患接踵而至。词学家周济感于世变，提出"诗有史，词亦有
史，庶乎自树一帜矣"[3] 的著名论断，标志词史观念正式形成。所谓"词
有史"即是用词去写现实事件，然自明清鼎革以来，词家多用曲笔反映现
实，抒写的实是心灵的苦难史。这与清廷的高压政策有关，也与词之体性
讲究深隐婉曲有关。真正首用卓绝之笔写最重大事件者当推林则徐、邓廷

---

① 《民国间话丛编》（第六册），第 121 页。
② 《民国词话丛编》（第六册），第 126 页。
③ 周济：《介存斋论词杂著》，《词话丛编》，第 1630 页。

桢二人。今存《邓林唱和集》①收林词4篇、邓词8篇，均为二公政事之余的唱和之作，篇幅虽不多，但在词史上的重大意义实不可低估。

林则徐《云左山房诗钞》附《云左山房诗余》存词12首，除《邓林唱和词》所收4首词外，另有题画词6首、赠答词1首、七夕词1首。林则徐有价值的词作，是和邓廷桢的唱和词，其他词篇可略而不论。论林则徐写鸦片战争的词，必然要和邓廷桢写鸦片战争的词合起来论述。

一　直面鸦片战争的词作

鸦片战争，是中国人心中难以抹去的惨痛记忆。《清史稿》林则徐本传认为这场战争失败的原因是："惟当时内治废弛，外情隔膜，言和言战，皆昧机宜，其祸岂能幸免哉！"②今天看来，英军拿不下一个小小的虎门炮台，却能让整个大清朝廷屈服，值得思考的问题很多。

林则徐（1785～1850），字元抚，号石麟，又号石穆，别号俟村老人。福建侯官（今福州）人。嘉庆十六年（1811）进士，改庶吉士，授翰林院编修。道光十七年至十八年（1837～1838），林则徐担任湖广总督，率先在两湖禁烟。十八年底，奉派为钦差大臣，赴粤查办海口事件。二十年正月，接任两广总督，九月被诬革职。革职后滞居广州听查原委，后赴浙江镇海军营、祥符东河工地"效力赎罪"。二十二年二月被发配伊犁充军。二十五年春，赴南疆查勘垦田，是冬被赦入关。二十六年至二十九年（1846～1849）间，先被启用为署理陕甘总督，后改陕西巡抚、云贵总督。③邓廷桢比林则徐年长十岁，两广总督任上，积极协助林则徐收缴鸦片，后被充军伊犁。林、邓在血与火的洗礼中结下了深厚情谊，均擅长诗词创作，时相唱和，留下了珍贵的文学遗产。

邓廷桢《高阳台》云：

> 鸦度冥冥，花飞片片，春城何处轻烟。膏腻铜盘，枉猜绣榻闲

① 《邓林唱和集》。
② 赵尔巽等撰《清史稿》，《续修四库全书》（第299册），上海古籍出版社，1995，第393页。
③ 本文关于林则徐的行迹和诗词编年，参考了杨国桢选注《林则徐选集》，人民文学出版社，2004。

眠。九微夜爇星星火，误瑶窗、多少华年。更那堪，一道银潢，长贷天钱。　星槎恰到牵牛渚，叹十三楼上，暝色凄然。望断红墙，青鸾消息谁边。珊瑚网结千丝密，乍收来、万斛珠圆。指沧波、细雨归帆，明月空舷。

林则徐《高阳台·和嶰筠前辈韵》云：

玉粟收余，金丝种后，蕃航别有蛮烟。双管横陈，何人对拥无眠。不知呼吸成滋味，爱挑灯、夜永如年。最堪怜，是一丸泥，捐万缗钱。　春雷欻破零丁穴，笑蜃楼气尽，无复灰然。沙角台高，乱帆收向天边。浮槎漫许陪霓节，看澄波、似镜长圆。更应传、绝岛重洋，取次回舷。

道光十九年虎门监督缴烟期间，邓廷桢填《高阳台》词以志盛况，林则徐依韵和作。邓词写到禁烟运动沉重打击了不法英商的气焰，"叹十三楼上，暝色凄然"，即是写他们落败后的凄凉神态。十三楼，又称十三行夷楼，是外国人的商馆，在广州城西珠江岸边。更主要的是邓词所体现出的隐忧："望断红墙，青鸾消息谁边"，即是对禁烟能否长久坚持的疑问。《清史稿·邓廷桢传》云："（道光）十五年，擢两广总督。鸦片烟方盛行，漏银出洋为大患。十六年，英吉利商人以趸船载烟，廷桢禁止，不许进口……诏下禁烟议，（廷桢）疏言：'法行于豪贵，则小民易从；令严于中土，则外贷自绌。'"[1] 禁烟首先要从豪贵甚至皇亲国戚禁起，"红墙""青鸾"即是此意。林词主要写到伶仃洋鸦片走私巢穴被禁烟运动的春雷摧毁。道光十九年二月十四日，义律上奏所有趸船鸦片20283 万箱，林则徐指令驶至虎门外龙穴洋面呈缴。所谓"蜃楼"，即指鸦片吸食之地。当月二十九日，因龙穴洋面风浪较大，影响收缴鸦片进度，林则徐决定驶入沙角收缴。词最后写到鸦片清除之后，自己陪邓廷桢欣赏清澈平静的海面。"漫许"，透露出自豪怡得之情。

---

① 《清史稿》，第392 页。

道光十九年中秋（1839 年 9 月 22 日），林则徐和邓廷桢还有水师提督关天培从虎门乘船到沙角检阅水师，当晚同登沙角炮台峰顶眺月。过了十一天（10 月 3 日），邓廷桢赋《月华清·中秋月夜，偕少穆、滋圃登沙角炮台绝顶晾楼，西风泠然，玉轮涌上，海天一色，极其大观，辄成此解》词赠给林则徐，林当天和作《月华清·和邓嶰筠尚书沙角眺月原韵》，予以回赠。邓词云：

> 岛列千螺，舟横万鹢，碧天朗照无际。不到珠瀛，那识玉盘如此。划秋涛、长剑催寒，倚峭壁、短箫吹醉。前事。似元规啸咏，那时情思。　　却料通明殿里。怕下界云迷，蜃楼成市。诉与瑶闾，今夕月华烟细。泛深杯、待喝蟾停，鸣画角、恐惊蛟睡。秋霁。记三人对影，不曾千里。

1839 年 9 月 4 日，义律率兵船"路易沙"号及武装双桅桨船闯进九龙湾向中国水师开炮，中国军队予以还击，击退侵略者，是为九龙之战。林则徐、邓廷桢、关天培于 9 月 18 日将战况具奏道光帝，道光帝朱批曰："既有此番举动，若再示以柔弱，则大不可。朕不念卿等孟浪，但诫卿等不可畏葸，先威后德，控制之良法也。相机悉筹度。勉之慎之！"[1] 24 日，道光帝上谕曰："着林则徐等悉心商酌，趁此警动之机，力除弊窦，所有该国大小船只游迹洋迹有可疑者，均着驱逐出境。俟该夷等悔罪畏服，领赏回国，并将凶犯交出，彼时该大臣等再行酌量办理。威德兼施，或可一劳永逸。"[2] 此次沙角眺月即在九龙之战后不久，而唱和则在接到道光帝上谕的第十天。这是我们不可忽视的相关背景。

邓词首先写到，经过一次激战后，海面更加澄清，但戒备仍森严，战斗气息并未散去。次写自己忙里寄闲，似晋成帝时征西将军庾亮镇守武昌与殷浩等登南楼竟夕吟咏，意谓兴复不浅。下阕写到朝廷关心前线战事，"通明殿"云云即是指此。"诉与瑶闾"云云，是指上奏道光帝，告知击退

---

① 中国第一历史档案馆编《鸦片战争档案史料》第 1 册，上海人民出版社，1987，第 681 页。
② 《鸦片战争档案史料》第 1 册，第 690 页。

义律之后，现在一切尚安好。最后化用李贺"酒酣喝月使倒行"（《秦王饮酒》）、李白"对影成三人"（《月下独酌》）、谢庄"隔千里兮共明月"（《月赋》）的诗意，表现自己豪迈的气度和珍重战斗友谊的情怀。

林则徐的和词却表现出对战局更深的关切，词云：

> 穴底龙眠，沙头鸥静，镜奁开出云际。万里晴同，独喜素娥来此。认前身、金粟飘香，拚今夕、羽衣扶醉。无事。更凭栏想望，谁家秋思。　忆逐承明队里。正烛撤玉堂，月明珠市。鞅掌星驰，争比软尘风细。问烟楼、撞破何时，怪灯影、照他无睡。宵霁。念高寒玉宇，在长安里。

上阕开篇写战后的宁静，"穴底龙眠"，是说龙穴洋面的战斗结束了，英国军舰已撤退，所以心情特别高兴。明亮的月光正照在晾楼上，似特来助兴，而身边一同赏月的友人邓廷桢的豪兴堪比李太白。李白《答湖州迦叶司马问白是何人》云："青莲居士谪仙人，酒肆藏名三十春。湖州司马何须问，金粟如来是后身。"李白意谓自己是金粟如来的后身。金粟即桂花，切合今天赏月的氛围。但词人并未一味沉醉在胜利的喜悦和赏月的快感中，而是有更远的忧思。他想到昔日翰林院做编修时的惬意生活，和今日职事忙碌不遑安居形成对比，从中可见对王事多艰国家多难的隐痛。他盼望天公不拘一格，让能撞破烟楼的奇才降临人世，好澄清妖雾。苏轼《答陈季常书》云："在定日作《松醪赋》一首，今写寄择等，庶以发后生妙思，着鞭一跃，当撞破烟楼也。"后世用"烟楼"典故比喻后生胜过前辈，而此处的烟楼却是实指抽鸦片的烟楼，因而又能与"烟楼"的比喻义契合。现在的情况还是有人彻夜无眠地吸食，何时才能彻底扫除烟孽，还民以健康的体魄和心魂，这就需要不世之才的出现才能扭转乾坤。结句化用苏轼《水调歌头》词句"我欲乘风归去，又恐琼楼玉宇，高处不胜寒"，意谓禁烟运动的成功与否，取决于朝廷的决心，他和邓廷桢等人的努力还是其次的。

第二天，林则徐兴致仍高，意犹未尽，又写了一首七言长歌《中秋，嶰筠尚书招余及关滋圃军门饮沙角炮台，眺月有作》，向邓廷桢索和，诗曰：

坡公渡海夸罗浮，凉天佳月皆中秋。铁桥石柱我未到，黄湾胥口先句留。今夕何夕正三五，晴光如此胡不游。南阳尚书清兴发，约我载酒同扁舟。日午潮回棹东指，顺流一苇如轻鸥。鼓枻健儿好身手，二十四桨可少休。转眄已失大小虎，须臾沙角风帆收。是时战舰多貔貅，相随大树驱蚍蜉。炮声裂山杂鼓角，樯影蘸水杨雄骀。楼船将军肃铃律，云台主帅精运筹。大宣皇威震四裔，彼服其罪吾乃柔。军中欢宴岂儿戏，此际正复参机谋。行酒东台对落日，犹如火伞张郁攸。莫疑秋暑酷于夏，晚凉会有风飕飗。少焉云敛金波流，夜潮汹涌抛珠球。涵空一白十万顷，净洗素练悬沧州。三山倒影入海底，玉宇隐现开琼楼。乘槎我欲凌女牛，举杯邀月与月酬。霓裳曲记大罗咏，广寒斧是前身修。试陟峰巅看霄汉，银河泻露洗我头。森森寒芒动星斗，光射龙穴龙为愁。蛮烟一扫海如镜，清气长此留炎州。三人不假影为伴，袁宏庾亮皆吾俦。醉归踏月凉似水，仍屏傔从祛鸣驺。褰帘拂枕月随入，残宵旅梦皆清幽。今年此夕销百忧，明年此夕相对不？留诗准备别后忆，事定吾欲归田畴。

此诗透露中秋赏月非寻常玩月，是借赏月交流彼此对战事时局的看法，为今后的抗英斗争预参机谋。诗人对中秋赏月感到满足，却对未来充满忧虑，毕竟战争瞬息万变，而起决定性作用的是朝廷，所以他对明年中秋三人是否能再次对月小饮都不能确定。果然，道光二十年七月，英兵进犯天津时，林则徐被夺职，滞留广州候审，自然就不能再在沙角炮台对景赏月了。道光二十一年二月初六，英军进攻虎门横档炮台，水师提督关天培率部抗击，奋战死难；五月，林则徐、邓廷桢谪戍伊犁，林中途留祥符治河，邓先赴伊犁。道光二十二年中秋，邓廷桢在伊犁写了《伊江中秋》诗云："今年绝域看冰轮，往事追思一怆神。天半悲风波万里，杯中明月影三人。英雄竟污游魂血，枯朽空余后死身。独念高阳旧徒侣，单车正逐玉关尘。"凄怆感伤之情，难以掩抑。

谪戍伊犁前，林邓之间的唱和词还有一些。道光十九年，邓廷桢因"廨东轩十笏，修篁一丛，夏雨摇风，娟好可念，瀹茗相对，翛然有故园之思"而作《喝火令》词，林则徐作《喝火令·和嶰筠前辈》予以慰勉。道光二十年春，调任闽浙总督的邓廷桢，作有《酷相思·寄怀少穆》，有云："侬去也，心应碎。君住也，心应碎。"言甚凄绝。未见林则徐有和词。

二　贬谪途中的行吟

道光二十一年六月十六日，黄河在河南祥符决口，淹及河南、安徽六府二十三州县。七月初三，在河道总督王鼎推荐下，道光帝暂免林遣戍伊犁，令其治河为赎罪。次年二月初八，祥符决口合龙，林则徐仍被发往伊犁。七月，林则徐从西安起程，开始了长达三年的遣戍生涯。临行之际赋诗《赴戍登程口占示家人》其二有云："苟利国家生死以，岂因祸福趋避之。"① 表现出不计个人得失的豁达大度的襟怀。

道光二十二年九月初五，林则徐行至肃州，接到邓廷桢伊犁来信，二位老友马上要会面了，林则徐欣喜有加，赋诗《将出玉关得嶰筠前辈自伊犁来书赋此却寄》二首，其一曰："知是旷怀能作达，只愁烽火照江南。"其二曰："中原果得销金革，两叟何妨老戍边。"可见其旷达是不计较个人得失，而于国事仍不能释怀。正如他在《致李星沅》中所说："东南事局，口不敢宣，而固无时不悬悬于心目间，不知何所终极？"② 他在新疆三年时间里提出筹边要重视塞防、发展屯垦事业、关心民瘼等思想并躬践身履地实行，都是其爱国情操的具体体现。《清史稿·林则徐传》云："海疆事起，时以英吉利最强为忧，则徐独曰：'为中国患者，其俄罗斯乎？'后其言果验。"③ 这一塞防重于海防的思想，符合当时中国的国情，具有战略眼光。这是他在艰苦卓绝的流放生涯中贡献出的宝贵思想财富。

林、邓二公在艰苦的流放岁月中仍不辍吟咏，竟成就流人诗歌史上一段奇情壮采的佳话。道光二十二年腊月十九日（此日为苏东坡生日）这一天，邓廷桢作有《百字令·东坡生日》词曰：

---

① 杨国桢选注《林则徐选集》，第 229 页。
② 杨国桢编《林则徐书简》，福建人民出版社，1981，第 214 页。
③ 《清史稿》，第 392 页。

九疑云黮，更匆匆去跨，南飞孤鹤。天上琼楼寒自好，偏向琼田飘泊。磨蝎身宫，飞鸿爪迹，生气还如昨。海山兜率，旧游应许寻着。　侬亦珠崖余生，乘风缥缈，来听龟兹乐。一种天涯萍与絮，腰笛而今零落。北府兵销，西州路远，归梦时时错。华年知几，翠尊聊与公酌。

此词以自己今日贬谪之零落与坡公当年贬谪之生气形成对比，借古人酒杯浇自己块垒，表达自己渴望回归中原的急切心情。林则徐没有和此词，另作了一首七言歌行，题为《壬寅腊月十九日，嶰筠前辈招诸同人集双砚斋，作坡公生日，此会在伊江，得未曾有，诗以纪之》。诗曰：

中原俎豆不足奇，请公乘云游四夷。天西绝塞招灵旗，下有荷戈之人顶礼之。公生距今八百有七载，元精在天仍为斗牛箕。命宫磨蝎岂公独，春梦都似黄粱炊。要荒天遣作箕子，此语足壮羁臣羁。当时天水幅员窄，琼雷地已穷边陲。天低鹘没山一发，只在海南秋水湄。岂知皇舆西控二万里，乌孙突厥悉隶吾藩篱。若将壮游较今昔，恐公犹恨未得周天涯。崆峒之西公所梦，恍见小有通仇池。导公神游合西笑，何必南飞载鹤寻九疑。所嗟公身屡徙复遭屏，官屋欲僦犹阻于有司。合江之楼白鹤观，居此新宅无多时。寄身桃榔啖薯芋，南冠九死真濒危。吾侪今犹托代舍，忆公倍感皇天慈。谪所一生过也得，公言旷达真吾师。南阳词人涓玉卮，鞠跽先创神弦词。悬公大瓢笠屐之遗像，诵公罗浮儋耳之新诗。公神肯来古伊丽，白鹿可跨青牛骑。冰岭之冰雪山雪，照公堂堂出峨眉。长松尘洗鹤意远，真有番乐来龟兹。试著紫裘腰笛临风吹，使公空中一笑掀髯髭。

中原大地祭祀东坡本寻常之事，现在由几个远戍之人在绝塞荒域祝其诞辰，真亘古未有之事。林则徐想到赵宋王朝的版图诚不足与大清王朝的疆域相比，故设奇想邀请东坡西游，看看祖国辽阔的西陲。今日自己虽流放到极远之地，还能居有定所，而当年的东坡呢？白鹤新居刚盖好又被迫南下。与东坡九死一生的南窜琼岛相较，自己还算幸运。其实他已是六十高龄且衰且病，还承担繁重的勘田任务，整个贬谪期间的生活并不比东坡好多少。

贬谪期间，闲暇时光稍多，二公诗歌唱和较频繁，明显多于广州禁烟时期。词则较少。道光二十三年三月十八日，林则徐、邓廷桢应福珠洪阿之邀，同往绥定城之绥园看花。邓廷桢归作《金缕曲·偕少穆同游绥园》，词曰：

> 怕说春明媚。掩闲门、枝横瘦绿，苔生荒翠。忽漫招携联骑去，为访柳疏花腻。把细径、春痕穿碎。一角牙旗风外展，敞银屏、浅酌蒲桃醉。催羯鼓，蔗竿戏。　　俊游却话当时事。黯漂零、幺弦十八，红桥廿四。未必尊前愁暂被，转教花销英气。枉自拟、山阴修禊。雁柱华年真一梦，问啼鹃、可解离人意。春渐老，劝归未。

林则徐答以《金缕曲·春暮和嶰筠绥定城看花》，词曰：

> 绝塞春犹媚。看芳郊、清漪漾碧，新芜铺翠。一骑穿尘鞭瘦影，夹道绿杨烟腻。听陌上、黄鹂声碎。杏雨梨云纷满树，更频婆、新染朝霞醉。联袂去，漫游戏。　　谪居权作探花使。忍轻抛、韶光九十，番风廿四。寒玉未消冰岭雪，毳幕偏闻花气。算修了、边城春禊。怨绿愁红成底事，任花开、花谢皆天意。休问讯，春归未。

邓廷桢词显得压抑低沉，明媚的春光没有让他的心情好起来，朋友的热情相邀他也觉得枉然，伴随着春天归去的脚步，他想到什么时候自己才能回到中原，对于一个七十岁的老人来说，这种心境是可以理解的。而林则徐的词显得开朗乐观得多，此中固然带有勉励老友之意，然也是他一向旷达襟怀的流露。"怨绿愁红成底事，任花开、花谢皆天意"，一切顺其自然吧，不必怨也不要愁。所以连春天什么时候归去，也不要过于关心。什么时候熬到赦免回归的那一天，不可太措意。道光二十三年闰七月十七日，邓廷桢被赦召还，自伊犁启程东归，林则徐作《送嶰筠赐环东归》诗二首云：

> 得脱穹庐似脱围，一鞭先着喜公归。白头到此同休戚，青史凭谁
> 定是非。漫道识途仍骥伏，都从遵渚羡鸿飞。天山古雪成秋水，替浣
> 劳臣短后衣。

> 回首沧溟共泪痕，雷霆雨露总君恩。魂招精卫曾忘死，病起维摩
> 此告存。歧路又歧空有感，客中送客转无言。玉堂应是回翔地，不仅
> 生还玉门关。

对于邓廷桢的赐环东归，林则徐感到由衷的喜悦，祝愿在抗英斗争中与自己一道出生入死的老友身体健康，回到朝廷后仍能大展宏图。"青史凭谁定是非"，几多感慨，都无从说起，所以"客中送客转无言"了。

邓廷桢七十生辰，林则徐作《寿嶰翁七十》诗以贺。邓廷桢作《寿星明》词四阕报之。序云："七十生辰，少穆寄诗志庆，公今年亦六十矣，为倚四阕，奉酬为寿。"其一曰：

> 珠海余生，西指天山，相从荷戈。看伶仃雪窖，鸿泥同印，纵横
> 沙碛，雁帛谁过。盾鼻书成，刀头唱彻，收拾苍凉入剑歌。邛与厔，
> 有霜欺鬓短，酒助颜酡。　玉关先走明驼。似苏李、河梁别泪多。便
> 欣逢马角，我闻如是，偶迟羝乳，于意云何。壮志依然，华年未老，
> 听说秋来肺病瘥。为公寿，祝黄羊手炙，且宴头鹅。

此词追忆与林则徐往返五年来的最难忘的经历，盼望林则徐能早日获赦还归。"壮志依然"，是对这位道友的高度肯定，林则徐在任何艰危的情况下，不坠其青云之志。

三　林则徐邓廷桢唱和词的词史意义

林、邓唱和词的词史意义未引起足够的重视。此中有两方面的原因：一是他们唱和词数量不多，所以容易被忽视；二是他们以政事功业著称于世，诗名为事功所掩，词名更是如此。叶嘉莹先生独具慧眼，在《论清代词史观念的形成》一文中说："真正的史词是词里边有一个特定的历史事

件，那才是更严格的史词。"基于这样的看法，她认为："林则徐的《月华清》，可以真正算是史词了。"① 其实准确地说，林、邓唱和词都可算是真正的史词。这体现在两个方面：一是在词中展现了禁烟抗英斗争的艰难历史，是亲身斗争经历之实录；二是在词中反映了远迁西部边陲的苦难历程，描绘了绝域风光，使词的创作空间陡然扩大，填补了新疆词史上的空白。

用词去展现禁烟抗英斗争的艰难历史，是清代词坛所涉及的最重大的事件，用谢章铤的话来说，就是词的分量最重。谢氏感于世变，曾说："予尝谓词与诗同体，粤乱以来，作诗者多，而词颇少见。是当以杜之《北征》《诸将》《陈陶斜》，白之《秦中吟》之法运入减偷，则诗史之外，蔚为词史，不亦词场之大观欤？惜填词家只知流连景光，剖析宫调，鸿题巨制，不敢措手，一若词之量止宜于靡靡者，是不独自诬自隘，而于派别亦未深讲矣。夫词之源为乐府，乐府正多纪事之篇。词之流为曲子，曲子亦有传奇之作。谁谓长短句之中，不足以抑扬时局哉？于冈《唱晚词》颇得此意。地则金陵、维扬等处，人则向荣、张嘉祥、邓绍良、袁甲三诸大帅，皆见于篇，虽其词未必入胜，然亦乱离之时能词者应有之言。但所填只此《满江红》十数阕，其余则仍是栽花饮酒闲生计，未尽量也。"② 所谓词量就是词的时空容量。"地则金陵、维扬等处"，已不是狭小的亭台楼阁的空间容量；人则向荣诸大帅，可见于冈已敢写重大时事。如此从时空两方面着手就能扩大词的容量，这是谢氏倡导的作词要"敢拈大题目，出大意义"③ 的观点的具体体现，更有理论色彩。在谢氏词话中，词量说成为品评同时代词人词作的一条最重要的标准。对清词卓有研究的严迪昌先生高度评价谢氏的词量说，认为："应该强调指出，词的空间容量的扩展，以至于出现某种情节描写的内容，使词的生气更充沛，是清代词的一个进步。"④ 谢章铤论林则徐唱和词曰："其词则与嘉、道间诸大老可以并驾齐

---

① 叶嘉莹：《论清代词史观念的形成》，《河北学刊》2003 年第 4 期。
② 《赌棋山庄词话续编》卷三，《赌棋山庄词话校注》，第 327 页。
③ 《赌棋山庄词话》卷八，《赌棋山庄词话校注》，第 166 页。
④ 《清词史》，第 398 页。

驱。"① 这样的评价乃出自谢氏的有浓厚忧患意识的词史观。陈兼与《闽词谈屑》则曰："其（指林则徐）与邓嶰筠（廷桢）唱和数篇，言禁烟事，万丈光芒，至今读之，犹凛凛有生气。"② 林、邓二家类似实录的反映最重大事件的唱和词，应是清代词坛的空前创举。前此清初有反映国破家亡阵痛的词篇，属民族内部矛盾的反映，但很快多用曲笔，故在词量方面不及林、邓唱和词。至于贬谪新疆后的唱和词使词空间容量的陡然扩大尚在其次。

林邓唱和词对"未尽量"之词，是很好的鞭策。谢氏指出："词之兴也，大抵由于尊前惜别，花底谈心，情事率多，亵近数传，而后俯仰激昂，时有寄托，然而其量未尽也。故赵宋一代作者，苏、辛之派不及姜、史，姜、史之派不及晏、秦，此固正变之推未穷，而亦以填词为小道。若其量之，只宜如此者。"③ 惯性作词不但使词的容量狭小，还导致对词家的取舍不当。作词纪事断断可行，非只抒情一途。多纪事，多写时事，多写重大时事，就可以做到"夫词固亦有词之量矣"④。而现实的情况，一方面是浙派末流"耳食之徒或袭其（指国初诸老）貌而不究其心，音节虽具神理全非，题目概无关系，语言绝少性情，未及终篇，废然思返，岂按吕协律之作必为是味同嚼蜡而后可乎？"⑤ 另一方面是常州词派的附和者抱着"词内言外"的宗旨，"无事不敷以古训，填词者遂窃取《说文》以高其声价"⑥。他们用比兴寄托之法作词，尽量隐含抒情主体，显然已不是苦难时代的需要。

林、邓二公为什么能够超越同时代的词家，做到词量最充沛呢？真性情、真怀抱、真眼光、真学问，是林、邓二公诗词创作取得卓异成就的先决条件，再加上时代风云的激荡和历史责任的重压，遂能唱出那个时代的最强音。即如林则徐来说，从 14 岁到 20 岁中举前，主要在鳌峰书院求学，

① 《赌棋山庄词话续编》卷二，《赌棋山庄词话校注》，第 282 页。
② 《近现代词话丛编》，第 135 页。
③ 《赌棋山庄文集》卷五《与黄子寿论词书》，《赌棋山庄词话校注》，第 434～435 页。
④ 《赌棋山庄文集》卷五《与黄子寿论词书》，《赌棋山庄词话校注》，第 435 页。
⑤ 《赌棋山庄文集》卷五《与黄子寿论词书》，《赌棋山庄词话校注》，第 435 页。
⑥ 《赌棋山庄词话续编》卷五，《赌棋山庄词话校注》，第 376 页。

在山长郑光策的指导下，研读了《天下郡国利病书》《读史方舆纪要》等名著，吸收了其中经世致用的思想。以后在京为官时参加过京中士大夫诗酒唱和的宣南诗社活动，对他今后的诗词创作有很大帮助。任地方官时，善于向清正廉洁、干练有为的官吏学习，如福建巡抚张师诚、江浙总督陶澍等都给林则徐以切实的指导和帮助。这一切使林则徐渐渐养成真性情、真怀抱、真眼光、真学问，发之于诗词，自别具一番境界。邓廷桢为官清正廉洁，毕生勤于学习。《清史稿》本传称他"绩学好士，幕府多名流，论学不辍，尤精于音韵之学，所著笔记、诗、词并行世"①。他尤注重词的研习，宋翔凤《〈双砚斋词钞〉序》云："先生持节数省，洁清自守，居处饮食，一如寒素，胸次坦白，耆欲尤鲜。惟于音律，殆由夙授，分刌节度，有顾曲风，而于古人之词，靡不博综，其自制词则雍容和谐，写其一往纤挚之音、逊滥之响，与尘垒而共洗，偕风露而俱清。虽所存无多，而所托甚远。"② 郭则沄《清词玉屑》卷四云："二公忠诚体国，而其词皆雍容闲雅，世以韩、范拟之。"③ 可谓知言。

　　林、邓唱和词揭开了鸦片战争的幽愤之歌的序幕。其后，周闲的《范湖草堂词》反映他在浙东前线抗击外敌的斗争经历。读其《月华清·军中对月》，很容易想到林、邓唱和的《月华清》词。词曰："毡幕天晴，牙旗风静，枕江营垒初暮。潮满春濠，帐底轻寒如冱。朗魄映、万里霏烟，皓彩散、一身零露。延伫。悄不闻夜鹊，更无芳树。　独对娟娟三五，料燕子琼闺，海棠朱户。网遍帘尘，冷落玲珑光素。认旧时、凉槛圆晖，照此夕、戍楼人语。凄楚。看玉绳转影，银河催曙。"④ 不难看到林、邓《月华清》词的影响。此后，谢章铤及其主盟的聚红词社更是自觉地用词反映八闽大地上的抗英事件，福建女词人薛绍徽也用词反映了福建人民的抗法战役⑤，台湾词人许南英用词反映了台湾被日本割占的经过。可以说林、邓唱和词所开创的用词反映外敌入侵的传统一直在我国东南沿海词家的创作

①　《清史稿》，第 392 页。
②　《邓林唱和集》卷首。
③　《词话丛编二编》，第 1345 页。
④　转引严迪昌《清词史》，第 510 页。
⑤　薛绍徽：《满江红》，《薛绍徽集》，第 92～93 页。

中绵延不绝。

第四节　梅崖词社的盟主许赓皞

许赓皞（1815～1842），字秋史，一字克挚，号萝月，福建瓯宁（今福建建瓯）人。曾在鳌峰书院求学，与张际亮、刘家谋等同为陈寿祺弟子。谢章铤《教谕刘君小传》云：“时陈恭甫（即陈寿祺）侍御掌教鳌峰，君（即刘家谋）从之游，与同门张际亮、赖其瑛、郑天爵、许赓皞相切劚，学益进。”① 许赓皞与闽籍著名词学家长乐人谢章铤有交往，其事迹在谢章铤《赌棋山庄词话》等著作中有零星记载。谢章铤《校阅余话》云：“建宁郑修楼、许秋史皆由芑川介绍，与予有交情。”② 许赓皞曾创梅崖词社，在闽地有一定的影响。何振岱《寿香社词钞小引》云：“闽词盛于宋，衰于元、明。清季梅崖、聚红两树其杰然也。”③ 许赓皞著有《平远堂遗诗》5卷《补录》1卷、《萝月词》2卷。

一　短暂有成就的一生

郑天爵《〈平远堂遗诗〉跋》云：“道光壬寅（1842）五月，予在平和学署，得建州书报秋史三月游武夷，坠死于仙掌峰下。”蒋蘅《〈平远堂遗诗〉序》云：“独辛丑（1841）岁，秋史未出里门，题曰‘岩扃’，殊不可解。及明年三月，遂有仙掌坠崖之变，殆其谶耶？秋史自编诗集，亦在是年，岂逆知其将化去，故手定是编贻后人耶？而秋史之诗遂如是止矣。悲夫！”④（按：《岩扃》指诗集中的一编，编死之年自作诗。）据此二序，知秋史死于偶然事故。谢章铤《赌棋山庄词话》卷一云：“以修《武夷志》故，搜幽剔险，坠仙掌峰下死，惜哉！”⑤ 可知其真正死因乃是为修志勘探武夷山仙掌峰时失足坠崖死。

---

① 《赌棋山庄文集》卷二。
② 《赌棋山庄余集》文卷三。
③ 何振岱著，刘建萍、陈叔侗点校《何振岱集》，福建人民出版社，2009，第29页。
④ 以上均见《平远堂遗诗》卷首，清道光二十九年（1849）刻本。下引同此本。
⑤ 《赌棋山庄词话校注》，第8页。

秋史的一生可谓短暂，享年仅 28 岁，却留下了大量诗词作品。其《平远堂遗诗》颇难寻觅，我曾亲赴中国科学院图书馆查找此书，觅得一残本。该本目录显示为 5 卷，却无第 3 卷诗作，前后均有《补录》，两《补录》诗作内容相同。此本当为装订时出错，致使第 3 卷诗作缺失。此本扣去重复凡收诗 283 首。《萝月词》收词 100 首，较易访获。

许赓皞一生最大的文学活动是主持梅崖词社。关于梅崖词社，今天我们知之甚少。季景台《〈萝月词〉序》云："克挚表叔戊戌年（1838）于里门举梅崖词社，同社十一人大半出其指授。"① 知词社有 11 位成员，皆秋史同里之人，秋史是词社的盟主②。词社的活动时间及词社成员姓氏，均无记载。词社的主办对秋史词的创作很重要，一来使得秋史作词的数量大增，多至 600 阕；二来词社作词使得其词风出现一些变化。季景台《萝月词序》云："社中所得词，体格稍变，蹊径独辟。"

许赓皞的文学创作主要集中在诗歌方面，《清诗汇》选其诗 10 首，足见其诗在清诗史上有一席之地。他却以词人知名于世，这与谢章铤的评赞有关。如谢氏《赌棋山庄诗集》卷十一《叠韵和霞举并视颖叔》云："许秋史长于词。"③ 谢氏另在《赌棋山庄词话》卷一中专评许赓皞的词作，遂使许赓皞扬名闽词史。客观地说，其诗的成就明显高于其词。④ 其诗紧贴时事，特别是善于用歌行体反映国家重大事件，与其词的创作风貌迥然有别。兹录代表作《平远台明戚大将军平倭纪功碑歌》如下，以见一斑。

　　雁鸿南飞天雨霜，崇台枕海日气黄。飓风撼石石不裂，大字瘦作蛟螭僵。有明中叶值倭乱，隳突郡邑争陆梁。蛮刀标盾若潮卷，披发

① 许赓皞：《萝月词》卷首，清道光十九年（1839）刊本。下引蒋蘅《萝月词序》同此本。
② 诗人词客结社唱和，常称结盟，如何振岱《寿香社词钞小引》云："闽词盛于宋，衰于元、明。清季梅崖、聚红两榭其杰然也。迩者，然脂词垒，盟且敦槃。黉丝好音，协如笙磬。微觉九曲延安，余风未远；是亦三山左海，粹气攸钟者矣。慰予发白，见此汗青。虽小道有足观，斯大雅所不废。用彰嘉会，为属弁言。"（《何振岱集》，第 29 页）此"盟"即指寿香社结社唱和事。社中主持唱和者自然可称盟主。梅崖词社成员大多接受许赓皞指导，故许赓皞可称梅崖词社盟主。
③ 谢章铤：《赌棋山庄诗集》卷十一，清光绪十四年（1888）福州刻本。
④ 如能访获足本《平远堂遗诗》，我拟作专文研究许赓皞诗歌。

跣足相跳踉。江浙左右腥血沸，我闽濒海尤鸱张。将军将兵八千骑，
摧枯振槁锋谁当。横屿一击势已戚，直逼兴化如驱羊。务搜巢穴翦党
羽，更立家室招流亡。全师凯归未旬日，为国屏翰闽南疆。指挥虽赖
胡尚书，心膂亦有俞武襄。若非将军激忠义，安得壮士皆鹰扬。方略
尚未见西北，恨不尽展胸中藏。功成刻石示恬退，反以武治归明昌。
方今洪荒正横溃，夷丑腾沸纷蜩螗。定海城下多国殇，白骨露积崔嵬
冈。岂无禁钱出少府，亦有突骑屯渔阳。相持两月屡示弱，务主和议
橐斧戕。当道未闻老熊叱，饱肉反纵饥鹰飏。朝廷飞章急如火，幕府
高宴争传觞。游魂境内岂难殄，有似飞蛾投沸汤。奈何养成肘腋祸，
自决河岸倾堤防。东南日夜望露布，安得壮士提天纲。呜呼！安得壮
士提天纲？铜柱屹立奔氐羌，要与此碑千古争光芒。

此诗上半写明代戚继光扫平倭寇后在福州九仙山平远台勒石纪功事，下半
写当今东南沿海逆夷扰动无人如当年戚将军一样提振天纲，现实意义很
强。许赓皞另有：《哀三镇》表彰定海保卫战中三位殉国的英雄寿州镇王
锡朋、处州镇郑国鸿、定海镇葛云飞；《闻广东三元里义民杀贼过当并戮
夷首咭唛赋此志喜》写1841年5月30日数千名义勇军逼近英军司令部所
在地四方炮台，诱敌军至预设的包围圈牛栏岗，经一天激战，打死英军
200多人的壮举；《闻义民夺还香港》写1842年清政府割让香港后的一个
收复香港的谣传。秋史的歌行气势充沛，见识超迈，充分表达一个士子的
爱国情怀，读来令人气壮。

谢章铤很欣赏许赓皞的诗歌，认为他是闽诗史上的一个人物。其
《〈闽中揽胜诗〉序》云："吾闽诗人，嘉道之间为盛，张亨甫、刘芑川、
郑修楼、许秋史诸君子，飞扬坛坫，杯酒相过从，忽忽四十年，今俱已
矣。"① 谢氏又对许赓皞等人未能振兴闽派诗歌表示极度惋惜，其《评诗课
卷答伯潜同年》云："恭甫既殁，而徒令亨甫，修楼、秋史十数君只轮孤
棹，旋转于危途巨涨之间。闽派既已渐废，新派又无以自坚，而亨甫又见
厄于曾宾谷，卒以穷死。余子又喑不敢言，而闽诗遂无派矣。此则文运之

---

① 《赌棋山庄文集》卷七。

不兴，省运因之以俱败也。嗟乎，天下事当其时不力图，而其后节节受亏，又岂独文字然哉。"① 张际亮（亨甫）、刘家谋（芑川）都是人们熟知的诗人，无烦介绍。郑修楼与许赓皞为文友，其事迹不为人所知。今可知他是建宁人，字天爵，是个书法家，官教谕。谢章铤《李蔼如七十寿序》云："郑修楼天爵长于书画，建宁合郡法其楷，称之曰'郑夫子'。丁忧起服，入省坐补，司吏需索，君不答，数月费尽，竟不得补而归。而书画愈工，生平翛然物外，有晋人风味。"② 他的书法成就，谢章铤《建宁杂诗》其三云："郑公墨渖满人间，俯视浮名若等闲。廿载太平庵上坐，眼前随意作溪山。"注云："郑修楼天爵工书，晚年画境尤进，为人萧然寡欲。"③郑修楼大约是有才而不遇者。

许赓皞卒后，刘家谋赋诗痛悼，其《题秋史遗稿》云："转从死别生离后，重读遗诗动我情。古木寒潭常见影，惊涛急峡忽闻声。文章变化原无定，身世艰难况不平。三十六峰秋月杳，独持孤袍与谁倾。"④ 谢章铤对许赓皞是一直不能忘怀，多次作诗追忆他，其《题高文樵思齐词卷》其四云："萝月凄凉许子规，武彝山下竟何之。酒边斫剑故人老，一曲檀槽怨柳枝。"⑤ "酒边"指谢章铤《酒边词》，"斫剑"指刘家谋《斫剑词》。谢氏《别武夷感咏》云："子规声断已千秋（注：许秋史有《武夷小志》），散吏魂应泛月游（注：刘芑川有《九曲泛月图》）。有数名山犹及见，无多好友竟谁留。悲肠易转寒于水，病足难支喜在舟。更忆隐屏佳传在（注：陈恭甫先生自为《隐屏山人传》），百年华屋恸山邱。"⑥ 许赓皞一生虽短暂，却赢得闽地著名诗人词家的敬重，可谓不负此生。

二　当行的作词法

许赓皞是一位有成就的词人，他的作词法很值得探讨，一个词人的作

---

①　《赌棋山庄余集》文卷一。
②　谢章铤：《赌棋山庄文又续》卷二，清光绪二十四年（1898）刻本。
③　《赌棋山庄诗集》卷八。
④　刘家谋：《外丁卯桥居士初稿》卷六，郭秋显、赖丽娟主编《清代宦台文人文献选编》（第六种），新北：龙文出版社股份有限公司，2012，第306页。
⑤　《赌棋山庄诗集》卷四。
⑥　《赌棋山庄诗集》卷十四。

词法与其词作成就很有关联。谢章铤《词后自跋》论秋史作词法云：

> 余二十一岁始学词，其时，建宁许秋史赓皥方以词有名于世。秋史兄弟姊妹数人皆能度曲操管弦，家有池台水木之胜，暇日辄奉其两大人，上觞称寿，各奏一技，以相娱乐。其于词也，盖能推而合之于音律。秋史之言曰："填词宜审音，审音宜认字，先讲反切则字清，遍习乐器则音熟。然其得心应手、出口合耳、神明要妙之致，非可以言传，亦非可以人强也。"余因是不敢为词者数年。其后多读古人词，觉时时有所疑，久之，乃慨然曰："秋史之说可从而不可泥也，夫词辨四声，韵书俱在，言语虽不同而四声则有一定，且今之传奇，往往一人填词，一人正谱，有自填之而不能自度之者，故宋人之词亦不尽可歌。夫声音一道，诗转为乐府，乐府转为唐人绝句，唐绝句转为宋人词，宋词转为元人北曲，元北曲转为明人之南曲。然《阳关》《清平》之调虽亡，后人未尝不为七言绝；歇拍、哨遍、扁指声之法虽亡，后人未尝不为长短句。审如秋史言，则岂独词哉？诗不能合乐，虽终古不作诗可也。余毋宁为盲词哑曲而已矣。"于是，乃复填词，积之遂得若干卷。其闻余风而起者，亦不乏人。虽然，秋史之说，正道也，惜乎秋史已殁，其所谓神明要妙者，终不得闻矣！嗟乎！秋史不且笑余为无知妄作哉？[①]

谢氏此段文字本为自己作词难合音律作辩解，却能引起论者探索的兴趣，今论及闽音是否合乎填词，常要提及《跋》中语。所以在讨论许赓皥作词法之前，为不发生视角的偏离，有必要对此《跋》观点的可信度做一番考索。

其一，"秋史兄弟姊妹数人皆能度曲操管弦，家有池台水木之胜，暇日辄奉其两大人，上觞称寿，各奏一技，以相娱乐"云云，盖来源于季景台《〈萝月词〉序》，《序》云："克孳髫年娴音律，善鼓琴瑟，尤精度曲，于四声、阴阳、清浊、开闭、出收，一字不苟，故其词声律谐畅，辞意兼

---

① 《赌棋山庄文集》卷三。

善，无声牙捩舌、晦涩艰苦之病，且又得天伦之助，父子兄弟并擅词翰，俱解宫商，风流儒雅，艳绝一时，望之如神仙中人。"① 然"家有池台水木之胜"之说，似是谢氏从道听途说中得来，不见有记载提及。秋史《家事》诗曰："家事丛一身，琐若衣百衲。朝课臧获勤，夕虑米盐杂。首谋奉甘旨，次乃及朋盍。凫雁争荛秭，亦自笑噂沓。东南近驿骚，海分正萧飒。此身免荷戈，高枕得安榻。尘纷敢辞劳，卒岁姑饯腊。尚未罄瓶罍，且共晋杯榼。西邻闻索逋，重扉急须阖。"② 此诗讲家事劳累丛杂，难逃索税之吏的催促，则秋史家似不见"家有池台水木之胜"的富丽景象。此关系到秋史词的创作环境。

其二，秋史论作词之法"填词宜审音"云云，谢氏认为"神明要妙"，其实并不神秘。秋史曾自述学词的历程，其《〈萝月词〉自序》有云："赓皞幼习韵语，即酷好倚声。辛卯（1831）秋试省门，以所业质之吴淞沈梦塘先生，极蒙奖掖，且授以《词律》一书，归从浦城黄树百先生学四声清浊。乙未（1835）游蒋荃臣夫子之门，受诗法，间以词请益。夫子曰：'词与诗一也，《周颂》三十一篇，长短句居十八，是词也发源于三百篇矣。子既学诗，何有于词？'退而恍然有悟，遂尽弃少作。长调主白石、玉田，短调主少游、漱玉。戊戌（1838）与里中诸子举词社，所得益多，因合旧作共六百阕，删存二卷，聊以自娱。"③ 观秋史自言，其作词法并无玄妙之处，不过学四声清浊，参以诗法，按律填词罢了。词律既有宽于诗律的一面，又有不同于诗律的细腻之处。掌握了诗律，稍作变通，是可以作词的。季景台《〈萝月词〉序》所云"尤精度曲"是说善于作曲吗？如是，应是以当时流行的昆曲谱去给词配唱，其做法当如道光年间谢元淮的《碎金词谱》，《碎金词谱》保存了唐宋词乐的一些特点④，有值得肯定之处。但其唱法的基本特征仍是依字声行腔——按平上去入的发声技巧以一定的腔调去唱，是一种有一定自由度的唱法。季景台《〈萝月词〉序》所云"于四声、阴阳、清浊、开闭、出收，一字不苟"，是说许赓皞词特别

① 《萝月词》卷首。
② 《平远堂遗诗·补录》。
③ 《萝月词》卷首。
④ 刘崇德、孙光钧译谱《碎金词谱今译》，河北大学出版社，2000，第 2 页。

讲究字的发声效果，这种讲究在诗词的吟唱中是可以体会得到的。秋史诗云"醉吟圻春瓮"，这个"吟"字就是吟诵的意思。所以，无论从度曲的角度，还是从吟诵的角度来看，秋史的作词法并无什么特别之处，他大约比一般词人更注意字在唇齿喉舌牙的发音部位及字音出收的效果，这有昆唱的影响在。总体说来，其作词法可说是本色当行，在传统作词法范围之内。

其三，谢章铤所云"夫词辨四声，韵书俱在……故宋人之词亦不尽可歌"，是说作词可据律谱来作。词至清代早已变成与诗一样可以抒情言志的诗体，能作诗就能作词，如能把握四声，操各种方言者就能填词，操闽音者当然也可填词。据韵书上规定的平仄四声去填，可有效地避开方言的干扰。

观许赓皥作词法，他大约是把昆唱的一些技法运用到作词中，注重字音的发声效果。能唱能作，能作能唱，词罢能吟，这本是旧时诗人词客的生活常态，并不神秘。谢章铤对其作词法的质疑，无损其作词法之能成立，而他正是以作诗之法去作词。

三　擅长写景的《萝月词》

《萝月词》收词 100 阕。词按作年编排，反映了其词的创作历程及词风的嬗变。戊子至壬辰（1828～1832），作词 20 阕，是秋史少年时期的作品。癸巳至丙申（1833～1836），作词 30 阕，是秋史青年时期的作品。丁酉至戊戌（1837～1838），作词 50 阕，大部分是秋史主梅崖词社①时期的作品。

少年时期的秋史，以《蝶恋花》词一举成名，赢得"许子规"的雅称。蒋蘅《〈萝月词〉序》云："克孳髫年即习倚声，尝有'人在子规声里瘦，落花几点春寒骤'之句，为陆莱庄、沈梦塘、王友山诸君所激赏。"《蝶恋花》全词云："闷掩兰窗消永昼。小小蛾湾，绿得愁痕皱。人在子规声里瘦。落花几点春寒骤。　坐拥博山熏翠袖。燕姹莺娇，不管侬偎慵。拍断阑干吟未就。鹦哥惊醒将人咒。"此词写春愁，将一位佳人置于春末的时序里，她独坐闺房，愁眉泛绿，在微寒的春风里，她感受不到燕姹莺

---

① 梅崖词社的活动情况，今天已难以考实。

娇的热闹，却在子规的"不如归去"的叫声中吟不成诗。可以说，少年秋史有敏锐的感觉，能用流畅的语言曲尽其意地表达自己的愁思。他有作为词人的锐感多思的天性，此词当得"许子规"的美名。少年时期的作品中，又有一首是值得提出的，《柳初新》词云：

> 东风舞罢春无主，只染就、黄金缕。古园荒岸，疏离野馆，树外悄无莺语。消得斜阳几度。又苗条、瘦腰如许。　不管离愁别苦。河桥边、年年攀取。晓风残月，新词唱罢，只有断肠烟雨。怅觅遍、江南诗句。恁飘零、旧时张绪。

此词借柳写愁，愁绪弥漫，而词句轻倩，无粘滞之态。谢章铤《赌棋山庄词话》卷四云："许秋史秀才用笔清秀，颇有姜、史遗风。"[①] 此词符合谢氏之评。少年秋史多愁善感，赋质颇佳。

许赓皥和同时代的士子一样，走的是求科举功名的老路。16 岁时，他曾参加省试，当是失败了，以后也未能博取功名，所以终其一生只是一个秀才的身份。癸巳年，秋史满 18 岁了，人生进入青年时代，他的阅历加深，人生的感悟趋向冷峻，故其词感慨渐多，如他在《满江红》中所云："人心险，吾深怕。世途窄，君休讶。问梁园宾客，而今多寡。"蒋蘅《萝月词序》以"柔曼纤靡""悲壮苍凉""出格高浑"三语状其词风变化的三个阶段。秋史青年时期的词风确也堪称悲壮苍凉。

秋史长于慢词。如秋史自言，其慢词学姜、张。学姜、张不为姜、张所使，却以悲壮苍凉面目出现，可谓善学者。如《满江红·闻蛩》说"恼客肠如结"，《满江红·题邮亭壁》说"壮怀难罢"，《百字令·萝月山馆初秋夜坐》说"空斋寥寞"，《百字令·城楼晚眺》说"远怀空寄"，都是秋史真实心境的流露，均给人以苍凉之感。录《满江红·闻蛩》如次：

> 竟夜无眠，愁听汝、凄凄切切。缘底事、不平如许，料难详说。刀尺谩添幽女怨，笙歌不逐豪门热。只残灯、空馆伴凄清，长鸣咽。　深

---

① 《赌棋山庄词话校注》，第 75 页。

巷泠，砧声急。孤枕卧，钟声彻。更雁声天外，音书断绝。万里惊秋
人正远，一般恼客肠如结。又寒梧、槭槭叶争飞，窗前月。

此词托物言情，借写寒蛩，状自己孤寂难耐之心境，颇有感染力。又兼明
白如话，好语如珠，不厌诵读，直若季景台《〈萝月词〉序》所评"其词
声律谐畅，辞意兼善，无声牙捩舌、晦涩艰苦之病"，在《萝月词》中属
上品之作，远超带给他"许子规"之名的《蝶恋花》词。

　　许赓皞词成功之作还有：《法曲献仙音》词写枯荷，说它似"舞衣吹
裂"，多少盛衰之感，只在不言中；而词人却要在深宵驾一叶扁舟去独采
凉花，又可见有多少沉痛需要抚慰。《买陂塘》借咏唐玄宗采雨声制曲事，
感叹彼时的"胡尘未灭"，喻指今时的家国兴亡之恨，思来想去，只能
"临风自咽"。《金缕曲》词悼子早卒，他"罢酒惊挥深夜泪"，说连春光
都在催人老，很是伤痛。《疏影》词写听蕉声的感受，几乎句句都写听得
见的声响，令人感觉孤冷之极。词用入声韵，短促低沉。《买陂塘》词写
听秋笳引起的悲感，层层翻转，归结在一个"冷"字。

　　谢章铤在《赌棋山庄词话》卷一中录存许赓皞《卜算子》（兀坐拥孤
衾）、《点绛唇》（白板门前）、《江城梅花引》（酒阑灯焰梦初遥）、《满江
红》（竖子成名），另录《菩萨蛮》句"语燕替人愁。夕阳红上楼"、《虞美
人》句"离愁无力似杨花。纵趁东风飞不到天涯"，意谓这些词是他所欣赏
的，并云："嗟乎，若秋史者，天假以年岁，岂不攀辛揖柳哉。"我觉得他所
录《江城梅花引》确属佳作，其他皆一般。录《江城梅花引·夜雨》如次：

　　酒阑灯焰梦初遥。听潇潇。恨潇潇。敲碎春心无赖是芭蕉。花正
怯寒人更冷，漏声紧，梦相逢，到画桡。　画桡画桡。隔红桥。魂自
销。首自搔。去也去也，去不见、江水迢迢。怕是落花惊醒转无聊。
檐畔风铃犹自语，和雨点，一声低，一声高。

《江城梅花引》一调，词家多认为难写。谢章铤《赌棋山庄词话》卷三云：
"《西江月》《如梦令》之甜庸，《河传》《十六字令》之短促，《江城梅花
引》之纠缠，《哨遍》《莺啼序》之繁重，倘非兴至，当勿强填，以其多

拗、多俗、多冗也。"① 可见作《江城梅花引》调是一件困难的事情。吴衡照《莲子居词话》卷三云："《频伽词话》云：'词有拗调拗句，须浑然脱口，若不可不用此平仄声字者，方为作手。如未能极工，无难取成语之合者以副之，斯不觉其聱牙耳。'兹言最得拗体之诀。推之，如《江城梅花引》《喝火令》《归田乐》各体，虽未为尽拗，然必极精融妥溜而出之。"② 许赓皞此词确实做到了"极精融妥溜"，信乎其为词中一作手。

许赓皞《萝月词》前后期词风有较明显变化，大约前期词笔轻倩，后期词笔浑成。谢章铤《赌棋山庄词话》卷四云："其所刻《萝月词》，后半气体比前半加宏，使培充磨砻，未必不转而愈上。天不假年，无由臻于大成，惜乎！"③ 秋史后期词确实气体加宏，主要表现在潜气内敛，用笔老苍，摹状贴切，章法浑成。

许赓皞词善于炼句，时或极炼如不炼。《续修四库全书总目提要·〈萝月词〉二卷提要》评许词曰："词格一变，易其柔曼纤靡而为悲壮苍凉，且时有出格高浑语，非复词家所能束缚。如'月出树苍然，水声高在天''风叶下纷纷，四山都是云'及'明河高不落''海空闻雁语'等语，即无论词中罕得，在五言诗句中，亦当入右丞之室也。"④ 右丞即王维。所举词中之语，颇佳。其词中佳句尚可再举出一些，如："欲遣飞花，替人款雨留烟"（《高阳台·送春》）、"蝴蝶乱飞来。风吹罗带开"（《菩萨蛮》）、"啼鸟数声花自落，道意闲鸥能识"（《百字令·访水南画卦亭遗址》）、"花影冷秋窗。燕归飞不双"（《菩萨蛮》）、"钗腻坠无声。一帘花影明"（《菩萨蛮》）、"听一磬空山，定住风幡影"（《买陂塘·登黄华山半晚眺》）、"鸦归疏柳外，河汉静无声"（《临江仙》）、"松子一声仙院磬，棹歌几曲前溪月"（《满江红·题〈幔亭仙会图〉》）、"露下七弦静，起弄月华高"（《水调歌头·招同人看菊花》）等。可知，许赓皞并不只是一位词人，且不能仅以词人目之，他的诗歌创作对词的创作有一种渗透，即在写景时追求一种淡远风味，王维诗对他影响很大。

---

① 《赌棋山庄词话校注》，第 71 页。
② 《词话丛编》，第 2453～2454 页。
③ 《赌棋山庄词话校注》，第 75 页。
④ 《清人词话》，第 1379 页。按，此则撰者未详。

秋史绝少用词去反映时事，稍有涉及，只是片言碎语，且较含蓄。这可能与诗言志、词言情的传统观念有关。他的词展现了难得的才能，但是词的内容是较狭窄的，春愁秋悲是其词最大的主题。如他作词像作诗一样，去写重大时事，其价值当更可观。如他能年永，多半也会走上谢章铤所倡导的"拈大题目，出大意义"①的创作路径的。谢章铤论如何作诗，其《答颖叔书》有云"本心而言，使后人知吾世而已"②，意谓通过他的诗可以了解他的时代。作词如能做到"词亦有史"③，当然也可通过词了解作者的时代。遗憾的是，并不能通过《萝月词》了解许赓皞的时代，也就是说他的"词量"④不够。这当然与他的享年不永有关。

许赓皞《萝月词》对词之体性有精妙把握，注重字音的发声效果，语言自然流畅，情感细腻，有一定数量的佳作，因而在闽词史上占有一定的地位。

---

① 《赌棋山庄词话》卷八，《赌棋山庄词话校注》第166页。
② 《赌棋山庄文集》卷四。
③ 周济：《介存斋论词杂著》，《词话丛编》，第1630页。
④ "词量"是谢章铤提出的一个概念，是说作词要写时事，特别是重大时事，词的容量才充沛。参《赌棋山庄词话校注》，"前言"，第3页。

第十章　清咸同朝闽籍词人

咸丰、同治（1851~1874）20余年间，是外敌频繁入侵，内乱频发，中国社会受到猛烈冲击的一个时期。鸦片战争刚刚过去，太平天国运动、捻军起义接踵而来，又兼英法联军入侵，社会动乱，民生艰难。此一时期是闽词创作的丰收时期，词家创作大多贴近现实，苏、辛词风大畅，闽词始有新气象。刘存仁、刘家谋、黄宗彝是苏、辛词风的先行者，谢章铤及聚红榭同人是苏、辛词风的振起者，他们用词反映了苦难的现实，无愧于词史之称，他们的创作促进了闽词的中兴。谢章铤之友、郑孝胥之父郑守廉的悼亡词，情深意沉，读来觉得是字字血泪。郭篯龄文物鉴赏词别开一路，朱芳徽词志娴音雅，何嵩祺词多说孤愤，皆有一定的价值。

第一节　清代闽地苏辛词风的先行者

一　刘存仁

刘存仁（1805~1880），字炯甫，又字念莪，晚号蘧园，福建闽县（今福州）人。道光二十九年（1849）举人，咸丰元年（1851）举孝廉方正征入京，以病中道返。一度入林则徐幕，从军广西。咸丰七年（1857）从军西北，任平罗知县，九年任庄浪茶马厅同知，同治七年（1868）任秦州知州。晚年主讲道南、印山书院。著有《屺云楼全集》36卷、《屺云楼诗话》6卷。

刘存仁与谢章铤为同年友，声气相投，互为援引。谢氏完成《赌棋山庄词话》初稿后，就请刘存仁作《序》，事在咸丰元年。《序》十分赞成

谢氏以苏、辛为楷模的词学主张，有云："少学倚声，苦无师授。取竹垞
《词综》读之，曼声绰态，喷玉圆珠，使人荡气回肠，魂销而不能已。循
念茹荼食蓼，无酒裙歌扇之欢，以发其哀丽跌宕之致，即强习之而不肖
也，辍弗讲。长游维扬，山川佳丽甲天下，青帘画舫，歌吹往来。每当风
日晴和，烟月靓深，倚棹推篷，思取洞箫一枝，抗声长啸，以嘲弄景光，
亦仿佛有词意。而方心钝舌，不能作酸甜柔脆语，遂嗫不敢发声。南旋，
过燕南赵北口，时值初秋，萧萧芦苇，渔讴荻唱，大似江以南风景。赵女
抱筝至，声呜呜不可辨，哀厉激亢，有悲歌慷慨之遗风焉，始叹'铜琶铁
板'与'晓风残月'正复异曲同工。知此道剡刌毫芒，不差累黍，非按切
宫商调和心气者，不能领艺也，何尝不可进于道哉？"① 谢氏回信说："捧
读巨作，流连往复，不独文字之妙，非心知其境者，不能道只字。其中
'铁板'数语，尤见持论精湛。诗词离合处，知者盖鲜，能词者或弱于诗，
能诗者或粗于词。至今日浙派盛行，专以咏物为能事，胪列故实，铺张鄙
谚，词之真种子，殆将湮没。不知诗词异其体调，不异其性情，诗无性
情，不可谓诗。岂词独可以配黄俪白，摹风捉月了之乎？然则崇奉姜、
史，卑视苏、辛者，非矣。第今之学苏、辛者，亦不讲其肝胆之轮囷，寄
托之遥深，徒以浪烟涨墨为豪，是不独学姜、史不之许，即学苏、辛，亦
宜挥之门外也。鄙见如是，与赐作大旨颇合。"② 可见他们都很赞赏苏、辛
词风，且主张用真性情作词。刘存仁是关心时事的有为官吏，谢章铤在
《赌棋山庄词话》特别表彰了他，有云："近吾友刘炯甫出文一束相示，有
《钱荒议》《战守议》《编甲团乡说》《权说》《发义仓记》。恺切敷陈，皆
有关时务之言，而往来书札，尤为不惜苦口。"③

　　谢章铤曾在《赌棋山庄词话》卷五录存刘存仁《满江红》词二首
（无计疗饥、数玉量珠），有意存其词作。郭则沄《清词玉屑》卷三云：
"吾乡刘炯甫好风雅，尝治律，意非所愿，赋《满江红》二阕，题《大清
律例》卷端。……枚如录之入《赌棋词话》，遂传于世。"④ 其实，这两首

---

① 《赌棋山庄词话校注》，第 1 页。
② 《赌棋山庄词话校注》，第 115 页。
③ 《赌棋山庄词话校注》，第 205 页。
④ 《词话丛编二编》，第 1327～1328 页。

词不能算作刘存仁词的上乘之作，刘存仁《屺云楼诗集》附《影春园词》刊于光绪四年（1878），时谢章铤《赌棋山庄词话》初稿早已写成，且他的《词话》没有提到《影春园词》，大约是没有看到《影春园词》或看到《影春园词》后未再将刘存仁词补入《词话》的缘故，所以未能再评刘存仁词。

刘存仁《影春园词》自序云："咸丰辛酉（1861）八月，副室琴姬耗至，于五月初九日已时病逝。老怀伤感，俏难为情。姬妇归余十载，而余宦游七年，讵料不复相见，长歌抒哀，匝月填若干阕，簿书丛委，泪墨交萦，越月手录成帙，名为《影春园词》，聊志余悲云。十一年（1861）十月念五日，炯甫自识于渭源官廨。"① 据此，《影春园词》中扑面而来的衰老、伤痛、思归、穷困、悔恨，就不难理解了。《金缕曲·重阳》读来颇觉沉痛，词云：

> 又到重阳节。殢金城、黄沙白草，漫天酿雪。欲把囊萸挤一醉，赌酒持螯谁设。长夜里、酸心呕泄。咀嚼别离滋味苦，许多年、布被寒于铁。这老怀，太骚屑。　销魂南浦匆匆别。却不图、旅资匮乏，烽烟隔绝。讵料迁延羁七载，屡卜归期未决。听陇水、离声呜咽。处士柴桑争掩口，对黄华、笑我真顽劣。万种恨，向谁说。

《影春园词》作于刘存仁57岁时，风尘作吏，漂泊无依，遂产生世事无奈，亟须解脱的心理。如《疏影·对酒》云：

> 人生坠地。任飞茵飘溷，随缘位置。闲测天心，细揣人情，福泽何关神智。风流人物江淘尽，洒不完、英雄血泪。看江山、虎斗龙争，造化小儿游戏。　史传纷纷谁记。任草枯木腐，不知姓字。携酒听鹏，赏菊持螯，落得春秋高致。佳辰裙屐呼侪侣，且买酒、陶然一醉。学庄生、神与天游，安知不朽盛事。

---

① 刘存仁撰《影春园词》，清光绪四年（1878）福州刊《屺云楼全集》本。

刘存仁曾自述他年轻时学词，"无酒裙歌扇之欢"，遂辍而不讲。其实他的词有自家面目，真性情，殊坦诚，词量充沛，笔力遒劲，自不必柔气弱声模仿他人声口去作词，豪放婉约可以殊途同归，都应有足够感动读者的力量。这一点，刘存仁可以无愧。不过，刘存仁并不用力作词，成就有限。在清代闽地苏、辛词风崛起的过程中有起到提倡的作用，这对谢章铤的影响是明显的。

二 刘家谋

刘家谋（1814～1853），字芑川，一字仲为，别号外丁卯桥居士，福建侯官（今福州）人。道光十二年（1832）举人，官宁德教谕、台湾府学训导。著有《芑川先生合集》17 卷，计《外丁卯桥居士初稿》8 卷、《东洋小草》4 卷、《观海集》4 卷、《斫剑词》1 卷。据查，刘家谋存世著作还有：《开天宫词》2 卷、《海音》2 卷、《东洋纪程》1 卷、《操风琐录》4 卷、《龙湫纪游》不分卷、《鹤场漫志》2 卷。另有《怀藤吟馆随笔》1 卷、《揽环集》10 卷，不传。今人辑有《刘家谋全集汇编》，收录不全。①

刘家谋与谢章铤的交往始于甲辰年（1844），后成为生死相依的道友。谢章铤《祭芑川文》云："忆道光甲辰，君归自都门，见余文，访余于嵩山草堂。时吾友张任如新夭，余颓然若丧其生平，君所以慰谕鼓舞之者备至。戊申（1848），依君于宁德，四海两人，相视莫逆。"② 谢氏《赌棋山庄词话续编》卷五云："余弱冠，即与侯官黄肖岩熠、刘芑川家谋定交。芑川能词，见余作，自以为不及。其《斫剑词》中所云：'七百有余岁，谢子不凡夫。'又云：'归来闭门坐，对元晖清发。'余甚愧其言。"③ 谢氏毕生服膺刘家谋，每谈及必三致意焉。有云："嗟乎！二君（指刘家谋、黄宗彝）去我，远者三十年，近亦二十载矣，欲面无从，言之腹痛。而芑

① 刘家谋：《刘家谋全集汇编》，郭秋显、赖丽娟主编《清代宦台文人文献选编》（第六种），新北：龙文出版社股份有限公司，2012。刘家谋存世著作有：《外丁卯桥居士初稿》、《东洋小草》附词、《开天宫词》、《海音》、《观海集》、《东洋纪程》、《操风琐录》、《龙湫纪游》、《鹤场漫志》，均经目验。另有《怀藤吟馆随笔》、《揽环集》，其书已佚，未可知。《刘家谋全集汇编》未收《东洋纪程》、《龙湫纪游》。

② 《赌棋山庄文集》卷一。

③ 《赌棋山庄词话校注》，第 383 页。

川尤生平知己之最，重录遗编，互旷之思，其何日已乎？"① 其《赌棋山庄词话》共有三则论及刘家谋词，一再予以评赞。

刘家谋词的创作主要集中在戊申年（1848）。② 刘家谋《鹤场漫志》卷下云："戊申春（谢章铤）来宁，为余课诸儿，居年余，风晨月夕，唱和极多，得诗词各一卷。"③ 谢章铤《赌棋山庄词话》卷一云："戊申，予依刘芑川家谋于东宁，唱和颇多，芑川有《斫剑集》。"④ 刘家谋赴台后仍有词的创作，但不存。其词名《斫剑词》，当喻心中不平之意，意即剑在匣中，出剑必斫。

刘家谋现存62篇词作（含残篇一则）中一再说剑，剑是他孤愤的寄托。如《摸鱼儿·感赋，戊申》云：

> 莽书生、昂藏七尺，廿年依旧头俯。一官顽劣成何事，赢得畏人如鼠。风复雨。问越石、中宵几度闻鸡舞。蝎来此土。看东海青鸾，西山白鹤，憔悴戢毛羽。平生意，更有谁人识取。无端刺促自苦。欲抽长剑将愁斫，那斫许多愁绪。真迂腐。便炼石、人来未必天能补。不如归去。对萧爽溪山，纵横图史，何遽不千古。

刘家谋要用剑斩断愁丝，无奈愁丝越斩越萦。他的愁是功名失意、人生不遇之愁，也是备受挫折、壮志难酬之愁。愁里有挣扎，有血气，有无可奈何。《贺新凉·为谢枚如章铤题〈酒边词〉》云：

> 不断情根荄。数从头、骚忧雅怨，总含秋意。倘使人寰皆乐境，那讨者般文字。恐满纸、都无生气。只是天心真叵测，算有才、如此非容易。偏分外、相摧弃。　生成异样愁肠胃。你和侬、斋酸蓼苦，一般滋味。偏是持杯还击剑，怎得淋漓尽致。幸有此、牢骚堪寄。但

---

① 《赌棋山庄词话校注》，第383页。
② 刘家谋词主要作于戊申年（1848），不在咸同年间，但刘家谋赴台后还在作词，为主题集中，故将刘家谋词放在咸同年间范围内论述。
③ 清道光二十九年（1849）刻本。
④ 《赌棋山庄词话校注》，第30页。

自酣嬉原得策，怕千秋、以后伤心辈。又惹出，许多泪。

此词上片说谢氏，说谢乃情深之人，因受到现实的摧折，才有词中的骚忧雅怨。下片说自己，自己也是情浓愁重，持杯复击剑还是得不到解脱，只有在谢氏的词集中寻觅到一丝宽慰。

刘家谋词多硬语，也有柔情。《贺新凉·赠内》云：

> 浪说封侯相。廿年来、陌头杨柳，几番惆怅。远志出山成小草，差喜无妨随唱。算客里、家中一样。天妒鸳鸯双比翼，暂分开、未许常相向。沧海外、孤帆飚。　　搴鲸驱鳄吾犹壮。但教卿、支持辛苦，心终难放。多累多愁多瘦损，只有儿夫偎傍。愿此后、自家调养。百岁因缘宁贴少，把离怀、准折方无恙。肯久别，烦卿望。

据谢章铤《赌棋山庄词话》卷一记载，刘家谋与妻子詹氏"伉俪极笃"①。词写他离家到靠海的宁德任职，而妻子不得不独自操持家务，因而自己有愧疚的心理，只得寄望贤妻"自家调养"。东晋时期，谢安从隐居的东山出来在司马桓温那里做小官，一个人送草药给桓温。桓温拿出远志草问谢安为什么它有两个名字，谢安一时没有回答。参军郝隆说该药在山里叫"远志"，出山就是"小草"，谢安听了，十分惭愧。此喻刘家谋有志不获骋，只好屈就小官。刘家谋《月上海棠·枕边听雨》云："滴滴闲阶，屡惊人、枕边双睡。"又云："生怕庭花，怎禁伊、几番敲坠。妆台人，偏只关心茉莉。"谢章铤评此词说："想见深夜梦回枕畔喁喁时也。"②

刘家谋词的压卷之作，当推反映外族入侵福州的《沁园春》词，词云：

> 怒发冲冠，恨血沾襟，郁勃难消。问能飞将军，是谁李广，横行青海，几许天骄。未缺金瓯，空捐玉币，为甚和亲学汉朝。多时累，我胸中磊块，索酒频浇。　　谁图无限忧焦。忽眉舞神飞在此朝。看磨

---

① 《赌棋山庄词话校注》，第30页。
② 《赌棋山庄词话校注》，第31页。

刀水赤，人心未死，弯弓月白，鬼胆先飘。被裯同袍，犁锄当戟，不
待军门尺籍标。腥臊涤，听欢声动处，万顷春潮。

此词不见《斫剑词》，乃见谢章铤《赌棋山庄词话》卷一。谢氏说："此
调《沁园春》，乙巳（1845）芑川所填，感事作也。是时海氛方棘，彼族
逼处城内乌石山，居民义愤同仇，几如广东之三元里。而徐松龛继畬中丞
力持和议，极意与民为难，而俎上之肉，惟其所欲为矣。嗟乎！登楼一
望，秋风四起，海水滔滔，逝将安止？安得携一斗酒，濡大笔，复填此等
词哉？"① 此词作于乙巳，当应收入道光二十八年（1848）刻本《东洋小
草》附《斫剑词》中，今《斫剑词》不见此词，可能刊行时出于时忌特
予以黜落。

刘家谋宁德教谕任满后转去台湾任训导，事在己酉（1849）秋。谢章
铤本欲跟随刘家谋到台湾，因事中辍，竟成永诀。临行前，刘家谋把他的
诗集《外丁卯桥居士初稿》稿本第 5 次修改稿托谢章铤保管，今此稿本保
存在湖北省博物馆，成为他们友情的一个重要见证。谢章铤在咸丰四年
（1854）为此稿本作跋云："芑川既司训台阳，出此本示予曰：'我虽与汝
相隔千里，精神无日不相依，今以此卷畀汝，见此如见我也。宇宙虽大，
人才不多，子勉之，无负故人珍重意也。'"② 汪毅夫《从刘家谋诗看道咸
年间台湾社会之状况——记刘家谋及其〈观海集〉和〈海音诗〉》考刘家
谋离开大陆的行程，有说："道光二十九年己酉（1849）秋季，刘家谋从
侯官（今福州市）启程，取道渔溪、兴化、涂岭、惠安、泉州，从厦门登
舟渡海到台。"③ 在离开侯官到厦门的途中，刘家谋寄谢章铤词 3 首，谢章
铤录在《赌棋山庄词话》卷十二中，其中《浪淘沙·阻雨桃岭》颇堪诵
咏，词曰：

---

① 《赌棋山庄词话校注》，第 31 页。
② 谢章铤：《外丁卯桥居士初稿跋》，刘家谋：《外丁卯桥居士初稿》，湖北省博物馆藏稿
本，卷末。
③ 汪毅夫：《从刘家谋诗看道咸年间台湾社会之状况——记刘家谋及其〈观海集〉和〈海
音诗〉》，《台湾研究集刊》2002 年第 4 期。

推枕对铜荷。一夜滂沱。行时不得住如何。窗外鹧鸪先客醒，唤遍哥哥。　匝月总晴和。今雨偏多。故乡已是隔关河。旅次途中都一样，不算蹉跎。

黄宗彝评此词曰："苣川阻雨桃岭，赋《浪淘沙》绝佳。"谢章铤在旅途中经过桃岭时曾访此词墨迹，有曰："余过邮亭，穷寻之不可得，想浪跻吾壁，已为逆旅主人削去矣。"① 可见此词对他的触动。

台湾黄位作乱，刘家谋登城防守，因肺病兼过劳卒。卒后，遗体经由泉州②（详下黄宗彝《贺新郎》跋）运回侯官，其情景颇悲壮。谢章铤《赌棋山庄文集》卷二《教谕刘君小传》云："咸丰三年（1853），君年四十也。仆人护君柩渡海归，遭贼，遗书丛稿，贼尽覆于水。将弃柩，或叹于旁曰：'噫！是好官也。是台湾府学刘老师也。'贼曰：'信乎！是台湾府学刘老师也。好官也。吾舍是船。'手挥其众遽退，于是同船百八十余人，尽向君柩啧啧称好官。"③ 刘家谋棺椁能取回尚另有一说，郭远堂《石泉集》卷四《刘苣川教谕》云："海上秋鸿至，凄凉那可闻。三生君践梦，九死我从军。纵酒终成误，论诗却不群。数奇撄万险，舆梓尚兵氛。"注曰："君归梓为盗船所劫，余与楚潇极力营救，乃得取回。"④ 刘家谋赴台后的词作或许就在这次劫持中"尽覆于水"。其台湾词只能略知端倪。谢章铤说："闻苣川居台后，所作日富，兼揽小晏、大苏之胜，乃烽火厄之，波涛厄之，遗集已苍茫不可问。循览旧日书札，忍泪而尽登之。子建所谓'既伤逝者，行自念也'。悲夫！"⑤ 刘家谋作于台湾之词当有精进。

刘家谋在台湾曾指导过黄宗彝作词。黄宗彝随刘家谋客居台湾，寂寞无聊，据《词律》学填数十首寄视谢章铤，谢阅后大为兴奋，鼓励黄宗彝继续从事词的创作，并致信刘家谋"属其怂恿左右"。刘家谋复书曰："肖

① 《赌棋山庄词话校注》，第255页。
② 刘家谋的遗体，应是从台湾运回到厦门后转运到泉州。谢章铤《林子鱼〈岭海诗存〉序》云："归过厦门，苣川之丧初至自台湾，驿路相逢，抚棺一恸，天地颠倒，毛发酸楚。"（《赌棋山庄文集》卷四）
③ 清光绪十年（1884）南昌刻本。
④ 民国《侯官郭氏家集汇刊》本。
⑤ 《赌棋山庄词话》卷十二，《赌棋山庄词话校注》，第255页。

岩词如昙花一现，近又在若有若无之间。"① 刘家谋《东洋小草》卷三《寄肖岩三首》（其三）评黄宗彝词曰："新词数十首，激越苏辛丛。"② 黄宗彝作词向苏轼、辛弃疾学习，当是刘家谋"怂恿"的结果。刘家谋《水调歌头·酬枚如题拙集之作》稍露其作词取向，词云："倚醉拔长剑，慷慨说髯苏。铜琶铁板，能唱东去大江无。喷出一腔热血，填入四弦新谱，声调不妨粗，七百有余岁，谢子不凡夫。　志何壮，遇何蹇，貌何癯。哀歌斫地，顷刻快雨疾风俱。万事不如杯酒，千古但凭文字，笑骂任狂徒。旗鼓非吾事，执策效前驱。"此词可见刘家谋对谢章铤的鼓励，刘要谢担当起振兴闽词、旗鼓中原的重任，后谢氏果然不负重托，使闽词再次中兴。

　　谢章铤对刘家谋在宁德的词作评价是"皆可以右挹苏、辛，左联秦、柳"③，这是准确的评论。谢章铤对刘家谋在台湾的词作的评价是"兼揽小晏、大苏之胜"。因无词验证，不知其说如何，大抵也应是准确的。刘家谋是深于情者，因深情而生深愁，因深愁复能内敛，故兼豪放、婉约之长。惜其享年不永，无由臻于大成，惜哉！但他对谢章铤早期词风的形成有先导的作用，这就是倡导作词向苏轼、辛弃疾学习，谢氏也毕生倡导学习苏轼、辛弃疾。刘家谋的词和词学观对谢章铤主盟的聚红榭其他成员也间接或直接发生影响。因之，刘家谋的词作可视为清代闽词苏、辛词风崛起的序幕。

三　黄宗彝

　　黄宗彝（1814～1862④），一名煊，字圣谟，又字肖岩，福建侯官（今福州）人。曾在台湾依刘家谋两年。谢章铤《词话续编》卷五谓其以太学生终。著有《婆娑词》2 卷、《方言古音考》8 卷。生平事迹详谢章铤《赌棋山庄文集》卷二《黄君宗彝别传》。

　　著名翻译家、《天演论》的译者严复（1854～1921）11 岁时师事黄宗彝。黄宗彝与严复的父亲严振先为好友。"黄督课很严，所授不限于经书，

---

① 《赌棋山庄词话》卷四，《赌棋山庄词话校注》，第 75 页。
② 清道光二十九年（1849）福州刊本。
③ 《赌棋山庄词话》卷一，《赌棋山庄词话校注》，第 30 页。
④ 黄宗彝生卒年据《全台词》。许俊雅、李远志编《全台词》，台湾文学馆，2017，第 105 页。

但有抽大烟癖，严复日课毕后，常侍坐烟榻之侧，饱聆老师谈说宋、元、明学案及典籍，为尔后寻究学术打下思想基础。"① 严复11岁师事黄宗彝，时黄宗彝41岁，他从台湾归来已有4个年头。他在台湾的闻见当在对严复的教学中有所传授，当会在少年严复心中埋下睁眼看世界的念想。做严复的老师，是黄宗彝短暂一生中值得一提的一件事。

黄宗彝是谢章铤的挚友。谢章铤《词话续编》卷五云："余弱冠，即与侯官黄岩熊、刘芑川家谋定交。"《黄君宗彝别传》云："余与君相知二十载，不在文字也。敬君爱君，卒无以慰君，悲夫！君曾填词致余，书其后曰：'余与枚如相见辄相感，相感则相怜，复不敢相慰。言时少，嘿时多；欢笑时少，太息时多。'呜乎！其言盖至沉痛也。"又云："君治古文有义法，工诗词，尤精小学。遗诗一卷、《婆梭词》二卷、《方言古音考》八卷、杂文若干篇。顾君不欲以文人传，不自贵也。"② 今见黄宗彝著述刊本仅《婆梭词》一种。谢章铤《稗贩杂录》卷四录有《闽方言古音考》部分条文。

黄宗彝赴台湾依刘家谋时开始填词，并将词作《贺新郎》寄示谢章铤。《贺新郎》跋云：

> 余素不工减字偷声之学。己酉（1849），余友芑川刘家谋任台湾府训导，招予同行。海外鲜藏书家，取箧中万红友《词律》读之，学填此阕，寄示枚如。谢章铤枚如来札许可，且怂恿芑川勉予学词，遂与芑川倡和数十阕。辛亥（1851），归应秋试，简装从淡水取道内渡，诗文诸稿，芑川爱而藏之。癸丑（1853）夏，台匪滋事，芑川守陴没，其仆奉芑川之灵柩归。舟至泉州遇盗，舟中物无留遗者，幸灵柩无恙，不特予之未了著作都付子虚，即芑川未刻著作亦归乌有矣！嗟乎！天何靳予之甚耶？靳予富，靳予贵，并靳予贫贱之姓名而不使闻于世。虽然，靳者，天也。而不使之靳者，人也。而不得不使之靳

---

① 严家理：《严复先生及其家庭》，中国人民政治协商会议福建省委员会文史资料编辑室编《福建文史资料》第五辑，福建人民出版社，1981，第78页。
② 《赌棋山庄文集》卷二。

者，人也，仍天也。余出游数年归，所与余交厚者，多门庭冷落，相见寡欢，独与端招余读书池上草堂。与端，岂异人乎哉？暇日从枚如《词话》录之，以毋忘世态之更换，人事之变迁，为余学词所自昉云。与端，姓叶，名滋森，闽县人。芑川，侯官人。枚如，长乐人。

黄宗彝的《闽方言古音考》一书很可能就在这次刘家谋灵柩遇盗中丢失，这是很可惜的事情。谢章铤的回信今保存在《赌棋山庄词话》卷四中，有云：

> 读大作，惊喜欲狂，以手加额者三四。闽中词学，宋代林立，元明稍衰，然明人此道本少专家，昧昧者盖不独一隅。特怪国初渔洋、羡门、迦陵、竹垞诸老，南北提唱，一时飙发泉涌，电掣云屯，倚声一途，称为极盛。吾闽卒无特起与之角立者，即二丁勉强继响，顾附庸风雅，不足擅场。近时叶小庚太守著书数十卷，先型略具，宗风未畅。许秋史秀才用笔清秀，颇有姜、史遗风。其所刻《萝月词》，后半气体，比前半加宏，使培充磨砻，未必不转而愈上。天不假年，无由臻于大成，惜乎！《词律》留以备考，颇非占毕善本。芑川前年曾于《词综》中选钞一卷，取读之，当必有进。且芑川所录，豪宕多而工致少，初学作词，每患体调拘束，得其梗概，真可以伸缩如意，然后再求熨贴，所谓能用调而不为调用者，则善矣。近日词风，浙派盛行，降而愈下，索然无味。词之真种子，殆将没于黄茅白茅中矣。足下勉之。①

谢章铤又寓信刘家谋鼓励黄宗彝作词，刘家谋复书曰："肖岩词如昙花一现，近又在若有若无之间。"② 黄宗彝从台湾归来后，将词作结集刊行，取名《婆梭词》，用以纪念赴台的一段经历。谢章铤说："壬子（1852）夏，余于菁城读其词一卷，兼揽南北宋之胜，传作也。"③ 又说："肖岩词则作于渡海以后，故名曰《婆梭》。婆梭者，海曲也。其意欲寻源于古乐

① 《赌棋山庄词话校注》，第75页。
② 《赌棋山庄词话校注》，第75页。
③ 《赌棋山庄词话校注》，第130页。

· 289 ·

府，而参以《子夜》《读曲》之法，惜未竟其业，而饥驱东西，目击祸乱，卒以多愁而陨。悲夫！然所作实能岸然自异，不逐时风。"①

黄宗彝的词作当以纪游词为可贵，如《满江红·用前人韵》就写了一次不同寻常的经历，颇新人耳目。该词跋文云："辛亥七月，余自台湾艋舺买舟对渡五虎门，舟出观音山，风驶如箭，夜过黑水洋，风止，万里茫茫，波平如镜云。下有磁石，停久辄碎舟矣。戛戛有声，同舟者皆失色。余至神前，焚香默告，登柁楼唱姜白石《满江红》，风复大作。次日，舟子缘柁望西南螺黛两点曰：'此福州五虎门外之关潼白畎也。'舟人皆贺。自度一曲，海神当亦许我耶？"词曰：

> 莽莽苍苍，十万里、胸吞八九。放眼处、左携诗卷，右持杯酒。破浪乘风行壮矣，幕天席地言夸否。倚长鲸、拔剑舞西风，神龙吼。　　山欲纳，巨鳌口。潮欲杀，水犀手。枕柁楼细数，翼张星柳。喝月狂吟苏子赋，呼风醉踢周公斗。论人生、富贵与功名，终吾有。

此词堪称有壮气，如谢章铤所评"岸然自异"。这是他学习苏轼、辛弃疾词的结果。刘家谋《东洋小草》卷三《寄肖岩三首》（其三）评黄宗彝词曰："新词数十首，激越苏辛丛。"② 刘家谋是主张学习苏、辛词的，黄宗彝与刘家谋唱和数十首，其学苏、辛当是受刘家谋词学主张的影响。

黄宗彝回到大陆后继续从事词的创作③，并过了几年惬意的读书生活。其《满江红》跋文云："红雨山房者，福州乌石山之弥陀寺也。寺旁桃花

<hr />

① 《赌棋山庄词话续编》卷五，《赌棋山庄词话校注》，第383页。

② 清道光二十九年（1849）福州刊本。

③ 《全台词》考黄宗彝作于台湾词凡八首，即《贺新郎》（独抱风骚怨）、《长相思》（爱东风）、《满江红·用前人韵》、《卜算子》（雁足系无因）、《步蟾宫》（月华如水瑶阶滑）、《踏莎行》（闭户偷云）、《念奴娇》（客窗早起）、《贺新凉》（不见三秋耳）。（《全台词》第105~109页）《全台词》所收排在黄宗彝前面的词人有13位，大多是大陆寓台词人，词作篇数少创作成绩实在有限，如据创作成绩而言，可以说黄宗彝词是台湾词坛的一个重要的开端。今按，若据《全台词》所定"从宽"之原则，《全台词》可全收黄宗彝词。谢章铤《赌棋山庄词话》云："肖岩词则作于渡海以后，故名曰《婆梭》。"（《赌棋山庄词话校注》，第383页）黄宗彝客居台湾，据《词律》学填数十首寄示谢章铤，则其作于台湾词应不止八首。

数百株，二三月间，乱红满径。取李长吉'桃李乱落如红雨'颜之左偏，有室数椽，东南诸山如登几席。余贮书其中，卷轴琳琅数千卷，多人间未见之本。啸哦之乐，虽南面王无与易也。至花晨月夕，酒槥诗筒，相属于道。来访者则有吴维叔伯敬、郭兼秋柏苍、戴芷农成芬，皆诗侣也。十年以后，风流云散。同学率多不贱，予犹南北奔驰，依然故我。回首旧游，能勿感慨系之。壬子三月，龙岩客中记。"

黄宗彝有首词写他从台湾归来后庆幸心理，《百字令》云：

晴窗破晓，又开门墙角，迷濛山色。万籁无声人悄悄，风坠空庭一叶。残月留辉，微云弄影，意象都澄澈。泠然善也，妙悟难索言说。　却叹横海经年，破浪乘风，两鬓将成雪。失计归来仍得计，免涉波涛深阔。六月旋家，三冬就道，依旧身为客。冲寒犯暑，年年忘却除夕。[1]

黄宗彝没能中举，在台湾谋一差事是较困难的，只好回乡，所以不免"失计"之叹。但失而有得的是可免于葬身波涛，他的朋友刘家谋就没能活着回到大陆。两相对比，令人唏嘘。词的上片清气浓厚，是学张孝祥《念奴娇·过洞庭》词。

黄宗彝也和刘家谋一样，用词反映了英人入侵福州的情景。《金缕曲·和韵》跋云："台江素为鱼盐蜃蛤之乡，夹岸人家栉比，佳气葱葱。今半为英吉利红毛诸番所踞，飞阁流丹，层楼耸翠，又易一番景象矣。沧桑之变，正复何如？秋日，台江晚渡，用前人韵。"词云：

鼓枻冯夷簿。正斜阳、满江红树，蟹羹鱼鲊。下濑帆樯排栉比，怒浪崩涛喷射。蟠窟宅、蛟龙其下。飞阁层楼临绝地，似教猱、升木攀登怕。舟中望，如烟挂。　沧桑百感鲛珠泻。换一番、峰颠水裔，西夷图画。夹岸民庐饶蜃蛤，化作尘埃野马。听终日、潮声乱打。为问钓龙台下水，这高颡、颛目胡为者。地锦绣，凭他借。

---

①　此词录自谢章铤《赌棋山庄词话》卷六，《赌棋山庄词话校注》，第130～131页。

钓龙台在福州大庙山西南，相传是闽越王余善钓白龙处，后称为越王台或南台。如今这地方成了"西夷图画"，词人不免要问，这些洋人到底要干啥？没人能告诉他，他只好问钓龙台水，自然是得不到回答。对洋人作践锦绣河山，他感到无可奈何。

黄宗彝说：作词"以清真为主，倘用事怪癖，措语钩辀，终非正法眼藏。"（《金缕曲·和韵》）所言以"以清真（周邦彦）为主"的作词主张，黄宗彝可能还没有践行。他的词没有一般学苏、辛者叫嚣的恶习，也较好地避开了使事怪癖的毛病，读来自然易入人情。其词所以入情，乃穷而后工，故能动人。谢章铤《肖岩〈婆梭词〉序》状其词境曰："朝出门，闻诸途曰：'昨夜告急，羽书至若干矣。'夕出门，闻诸途曰：'某日交绥，败而死而走若干矣。'太息而归，归而妻曰：'吁！寒甚！橱无衣，床无被矣。'儿曰：'吁！饥甚！厨无米，灶无薪矣。'言未终，或叩于门，伏而窥之，则索逋者。乃蛇行登床危坐，戒妻儿婉辞焉，迟久始去。方下床，剥啄又作，惊怛不遑，忽其人扬言曰：'是我也，主人在家否？'谛听，则吾交好某某也。大喜，开门延之入，瀹苦茗，挑灯，促膝坐。始而述家况，其声呜呜然；继而谈时事，其声嚣嚣然；既乃出所作文字相示相对读，其声振振然。于是，披抉古今，低昂作者，其声欣然、凄然、纷纷然，渺不知其处何地，置身何等也。嗟乎！以此填词，词安得工？嗟乎！以此填词，词安得不工？虽然，当此之时，而奈何尚以其词为也？此吾读肖岩之词，所以奋袖起舞彷徨四顾而不能自已也。"[1] 黄氏词能使谢氏如此感动，足见其词的感发力。

黄宗彝较好地解决了闽音是否利于填词的问题，是他对晚清词论的贡献，较有影响。黄宗彝《〈聚红榭雅集词〉序》认为："夫三代正音，吾闽未替，则以闽人填词，谐律固其余事。"并多方举例论证闽音利于填词，其有力证据是："天下方音，五音咸备，独阙纯鼻之音，惟吾闽尚存，乃千古一线元音之仅存于偏隅者。漳、泉人度曲，纯行鼻音，则尤得音韵之元矣。"[2] 这就为闽人填词扫除了心理障碍。陈兼与《闽词谈屑》则提出

① 《赌棋山庄文集》卷一。
② 《聚红榭雅集词》（卷 1～2）卷首。

了另一番见解：

> 丁绍仪《听秋声馆词话》云："闽语多鼻音，漳泉二郡尤甚，往往一东与八庚，六麻与七阳互叶，即去声字亦多作平，故词家绝少。"此言之过甚。予亦不谙闽南话，若福州音，必不至此，惟偶有读音相近而误叶者。宋人某笔记，今忘其书名，亦有一则，大意谓西湖有题诗者，二箫与十一尤同押，某见之谓此必闽人之作，迹之果然。因箫、尤二韵字，福州人读之分别甚微也。李墨巢（宣龚）犹尝以皓、筊、个数韵同叶，如其集中《醉叶楼夜饮看画》一首，韵用可、老、好、埽、坐、火诸字，亦以闽音此数字相近也。然犯此者，多属一时疏忽，极为少数。瞿蜕园（宣颖）在日，曾问予："吾聆闽人读诗词，似乎平仄甚乱，及视其作品，则又无字不叶，无音不谐，又何故？"予答谓子不谙闽语之故，闽称南蛮缺舌，然读字阴阳平侧之间，固是非常明晰。①

黄宗彝论闽音利于填词，是着眼于古音而言，他曾著有《闽方言古音考》，对闽地古音素有研究。陈兼与论闽音利于填词，是着眼于闽人读四声皆分阴阳读音非常清晰而言。郭则沄《清词玉屑》卷二云："世之论词者，每谓闽音四声多舛，故工词者绝少，实不尽然。乡俗：幼学即究八音，八音者，别四声之上下，辨析尤密。"② 明末清初闽县黄晋良《游初草序》云："吾乡可百万户，不辨四声者无一家。"③ 闽音不碍于填词，也有后天习得之故。据上可知，丁绍仪之言确有偏颇。

第二节　聚红榭及社员的创作

谢章铤（1820～1903）主盟的聚红榭唱和是清代词坛参加人数多、活

---

① 《闽词谈屑》，《近现代词话丛编》，第 129 页。
② 《词话丛编二编》，第 1294 页。
③ 《永泰县志》卷八，《中国方志丛书》华南地方第 77 号，第 182 页。

动时间长、影响大①的词人结社活动。它不但促进了闽词的中兴，而且对晚清词学的兴盛，亦具重要意义。本节主要考索词社的活动情况及社员的生平事迹，并进而论述词社的创作意义。鉴于谢章铤词的创作和词学理论成就卓著，另辟专章论述。

一 聚红榭唱和考论

（一）词社之始末

词榭活动时间，应明确界定。谢章铤《刘寿之〈随庵遗稿〉序》云："予方在刘赞轩家授读，赞轩喜填词，予为招高文櫵、宋已舟与寿之共事，后又益以梁礼堂、林锡三诸君为十五人。"②刘勷（字赞轩）《非半室词存·自叙》则曰："余幼好诗，不知词之格调也。甫冠见枚如（章铤字）《酒边词》，亦好之，遂事枚如。比邀高文櫵、徐云汀、梁礼堂、林锡三辈在家结聚红社，月课诗词约八九年，类梓社诗四卷，余亦梓《效颦词》。"③可知词榭的初期活动地点是刘勷家，活动时间有八九年，主盟者则是谢章铤。梁鸣谦（字礼堂）《〈过存诗略〉叙》云："忆斯会之肇，实维丙辰（1856），余厕其间，已在丁巳（1857）。"④对词榭成立之年记忆明晰。证之于魏秀仁《陔南山馆诗话》卷四所云"癸亥（1863）秋，枚如招入聚红榭，榭始丙辰，专以课词，刊有《雅集词》前后二集，间亦以诗而集"⑤，词榭正式成立在清咸丰丙辰年应为确信不疑。

词榭活动时间的下限应定在哪一年？前引刘勷"月课诗词约八九年"语，应是词榭活动的大致时间，下限似应定在同治二年癸亥（1863），前

---

① 丁绍仪《听秋声馆词话》卷十九云："长乐谢枚如广文章铤侨居榕城，好与同志征题角胜，曾裒刊聚红榭唱和诗词，词学因之复盛。"（《词话丛编》第2816页）词社影响甚至波及域外学者，谢章铤《稗贩杂录》卷三《词话纪余》云："自余倡词社，始不过五人，其后至十余人，抽奇骋秘，颇极一时唱和之乐，汇刻为《聚红榭雅集词》五卷（按：应为六卷）。前年余卧病在家，忽闻流求国使金紫大夫某来见，问其故，则云：'向在国子监读书，询访近日填词家，闻先生倡教于闽，今自京师归，特来请益。'予以病谢之去。某乃往见余友魏子安，并求子安为作立后议，丁宁订后约，而余之晋，遂不相知矣。"

② 《赌棋山庄余集》卷一。

③ 《非半室词存》卷首。

④ 谢章铤等：《过存诗略》，清同治二年（1863）刻本。

⑤ 陈庆元编《魏秀仁杂著钞本》卷四，江苏古籍出版社，2000，第150页。

引《陇南山馆诗话》可证本年词榭仍在活动。本年谢章铤整理刊行了《聚红树雅集词》第二辑与《过存诗略》，均为社员唱和之作，以后未再有社员唱和之作刊行，且谢章铤《〈过存诗略〉纪事》云："癸亥（1863）夏，余方汇刊《雅集词》第二集，云汀忽出残稿一本相示，礼堂慨然曰：'极盛难为继，昔日在会诸君或仕于朝，或饥驱四方，或闭门肮脏不自得，日月无多，风景顿异，求为一日之聚而不可再顾，此区区殊可惜矣，曷弗留之？'余闻此言，悒悒者数日。"① 可知癸亥年以后词社不再有什么活动。基于上述理由，词榭活动的下限定在同治二年是能够成立的。此年后，少数聚红树社员的聚会作诗词，仅属于个人交往性质，似不应再归入聚红树的唱和中，因为社事已结束，社中常有的活动如设题、选韵、考评等也不再进行。

词榭为何取名"聚红"？当源于一次雅集活动。谢章铤《赌棋山庄词话》卷五云："友仁书院在漳平北门外，一楼高耸，远山如屏，盖踞菁城（即漳平）最胜处。秋日余与文樵话别于此，酒酣，联《满江红》调题壁。越数日，适逢重九，文樵复饯余，重叠前韵，和者十数人。文樵属汀州廖镜清作《友仁精舍雅集图》，备录诸作，每篇系以跋语，余为序其缘起，成一巨册，真一时胜概也。"② 谢章铤《词话续编》卷三云："昔钱塘高文樵以《满江红》词与余定交，喜甚，作词遂不用他调，自号'聚红生'，名余辈填词之处曰'聚红树'，并自镌'聚红社中人'小印。天下事固有不谋而合者，意者爱红其人情乎？"③ "以《满江红》词与余定交"即指友仁精舍雅集唱和。细绎社名之意，暗指朋辈相聚同用《满江红》调联句。"聚红"之红实《满江红》之红。至于《词话》卷五又云："初，余录诸同好《满江红》调赠文樵，且系之曰：'他日杯酒相逢，各出长技，请目为'聚红词社'，可乎？'文樵喜，乃自号'聚红生'，颜其寓斋曰'聚红轩'。一夜，余与文樵对坐填词，灯结花四，既又苗一蕊，文樵曰：'是所谓聚红也。'故余词云：'把聚红、佳话祝灯花，花休落。'"④ 此言易使人

---

① 《过存诗略》卷首。
② 《赌棋山庄词话校注》，第119页。
③ 《赌棋山庄词话校注》，第323页。
④ 《赌棋山庄词话校注》，第121页。

误以为社名取自灯花聚结之意，实乃社名已先定，因情景巧合而提到灯花。社名是由高文樵定下的，而提议结词社则是谢章铤。

聚红榭正式开展活动之前，有多长的酝酿时间？索解友仁精舍雅集在哪一年是关键。《词话》卷五云："壬子（1852），余在漳平……。一夜，余填《永遇乐》调寄高文樵应焱云：'嗟聚红生，寂寞溪山，阿谁知汝……。'"① 称高文樵为"聚红生"，则友仁精舍雅集或在壬子年或壬子年以前。谢章铤词《罗敷媚》序云："咸丰纪元（1851），余游漳。"② 民国《长乐县志》卷二十二云："（谢章铤）咸丰初年主讲漳州丹霞、芝山两书院。"③ 谢章铤与高文樵议及词榭一事，最早不过咸丰元年（1851）。章铤《高文樵纪行图序》云："余之识文樵也，以今年三月文樵之漳平也。以去年九月中间，文樵以移家故自平至省会，往返者复逾月，与余之行复后先。秋日，余言归，来别文樵，文樵出示《纪行图》，乃叹余与文樵未即见，而古驿长亭间亦步亦趋，梦魂遥相逐者久矣。"④ 则谢章铤与文樵相识定交实在壬子年，故议聚红榭一事最早不过此年。直到咸丰丙辰（1856），章铤客居刘勷家一段时间后才正式开展活动。

关于词榭的日常活动，《〈过存诗略〉纪事》有生动的描述："回思当时焚数寸之香，低头就坐，墨不停磨，笔不辍挥，吟哦之声，若断若续。既毕，录之别纸，以二人为考官，隐其姓氏，第其甲乙，去取优劣惟其命，异等则有赏，其得若熹，其失若愧，坐者立者，耸耳以听，不啻就试望榜时也。"⑤ 这种活动方式显然不同于一般流连风雅的唱和，而征题角胜，借以提高技艺的目的十分明确，在很大程度上模仿了传统的科举考试。"以二人为考官"亦即所谓祭酒一职。谢章铤《词话续编》卷五"其

① 《赌棋山庄词话校注》，第117页。
② 谢章铤：《酒边词》卷八，清光绪十五年（1889）福州刻本。
③ 孟昭涵：《长乐县志》，民国刻本。
④ 谢章铤已刊著述中未明确记载其与高文樵相识在何年，幸赖存世稿本有此《序》，才可确定相识在何年。见陈庆元编《赌棋山庄稿本·赌棋山庄文集》，江苏古籍出版社，2000，第180~181页。
⑤ 《过存诗略》卷首。

时李星村为祭酒"①，刘勷《〈宛羽堂诗钞〉序》"为祭酒者实徐君云汀也"②，盖各言其一也。

至于词榭之衰落并终止，原因应是多方面的，前引章铤《〈过存诗略〉纪事》已经提及，无人再作东道主恐怕是最直接的原因。先作东道主的是刘勷，其《非半室词存·自叙》云："一竟社岁，家事日落，社事星散，寒门无客，日对唐宋名词，始悟词宜深厚，不宜泄露。"③后作东道主的是王彝，《词话续篇》卷五云："子舟（王彝字）为文勤尚书从子，门地清华，风姿玉立，能诗善饮，裙屐洒然，固翩翩佳公子也。未几，文勤（即王庆云，谥文勤）卒于位，生计渐窘，而君之意兴亦渐阑珊矣！乃入资为学官。又未几，哭其妻妾并及子女，一年数丧，而君之生意殆尽矣！迁俄数月，竟殁于建阳。其时赞轩家亦中落，而词榭中遂无人为东道主者。盛衰之转移，不堪置念。"④

据谭献《复堂日记》卷一，社集合刻凡4种，即《聚红榭雅集词》《过存诗略》《游石鼓诗录》《黄刘合刻词》。词榭开展活动之年，就刊行了《聚红榭雅集词》第一辑，即第一、二卷，共收社员5人119首词。辛酉年（1861），《游石鼓诗录》一卷附词刊行，收《联句》1篇，社员8人诗50首词7首。癸亥年又刊行了《聚红榭雅集词》第二辑，即第三、四、五、六卷，共收社员15人279首词。全部《聚红榭雅集词》六卷共收15人398首词。另《过存诗略》二卷也于癸亥年刊行，收社员15人148首诗。二书刊刻皆谢章铤主其事，但所收并非社员全部之作，散佚不在少数。至于《黄刘合刻词》，据章铤《课余续录》卷五云："黄肖岩《婆梭词》，赞轩取与《效颦词》合刻。"知是黄宗彝（字肖岩）与刘勷词的合集，《婆梭词》《效颦词》今存⑤，然《黄刘合刻词》未见，刊于何年俟考。《黄刘合刻词》或即是黄宗彝《婆梭词》、刘勷《效颦词》之简称。

---

① 《赌棋山庄词话校注》，第385页。

② 徐一鹗：《宛羽堂诗钞》，清光绪二年（1876）刻本。

③ 《非半室词存》卷首。

④ 《赌棋山庄词话校注》，第395页。

⑤ 黄宗彝：《婆梭词》，清咸丰四年（1854）刻本；刘勷：《效颦词》，清咸丰六年（1856）刻本。

（二）词社创作之概况

每位社员的创作特色与风格，原在唱和之时就开始有了品评。梁鸣谦《〈过存诗略〉叙》云："互相评骘，杂以谈谐，流连忘疲，往往申旦。"①社员之间的品评亦屡见之载籍。当日文酒从容，耳濡目染，体会自然贴切而深入。兹举数例述之。如陈逢祺词，谢章铤认为"填词秀蒨，近晏小山，词之正宗也"②。宋谦词，谢章铤认为"词近刘后村，则别调矣"③。梁履将词，魏秀仁喻为"春月秋霜，江花谢草"④。梁鸣谦认为"幽思曲折，凄节动人"⑤。徐云汀诗，刘勷《〈宛羽堂诗钞〉序》认为"如水中着盐，渗而有味，久而弥永，即其为人亦然"⑥。凡此，均较符合创作实际。至于每位社员的创作成就，固然有高有低，兹不强为轩轾。谭献《复堂日记》卷一云："阅闽中《聚红榭雅集诗词》，倚声似扬辛、刘之波。惟枚如多振奇独造语，赞轩较和婉入律。"⑦ 同书卷八云："枚如，社中巨手，词人能品。徐云汀、李星村亦高出流辈。"⑧ 无论从主持社事，还是词的创作成就，谢章铤都堪称社中领袖人物。而谢章铤对榭中同人也是很推重的，其《稗贩杂录》卷三云："已舟之刻挚、子驹之俊逸、礼堂之绵丽、林锡三之雅淡皆足步武南唐，靳骖两宋。"⑨ 本节主要从整体的角度来探讨词社创作的词史意义。

1. 突破陈腐观念，提高了闽人治词的自信心

闽人治词，原有顾虑。黄宗彝《非半室原刻词存叙》指出了原因："以闽人每多蛮音鸟语，学焉不精；又以词为诗余，体格晚近则不必学；又以词多男女言情之作，有伤风雅，则不可学。要皆闽人难视填词，而以数自藏其短，故元明以来，虽博士通儒莫不陷溺其说。若诗若文若经史，

① 《过存诗略》卷首。
② 《课余续录》卷五。
③ 《课余续录》卷五。
④ 魏秀仁：《木南山馆词序》；梁鸣谦：《木南山馆词序》，梁履将：《木南山馆词》，清光绪十八年（1892）赌棋山庄刻本。
⑤ 《木南山馆词序》，《木南山馆词》卷首。
⑥ 《宛羽堂诗钞》卷首。
⑦ 《复堂日记》。
⑧ 《复堂日记》。
⑨ 清光绪二十七年（1901）《赌棋山庄笔记合刻》本。

治者各足抗衡古人，而无以填词著于后。”[①] 聚红榭同人亦如福建一般士子一样，以科考做官为人生主要目标。在立社以前，除高文樵、谢章铤二人以外，鲜有寄意于填词者。稍前，闽籍词人除叶申芗较著名，词坛沉寂已七百余年。这一现状与两宋闽籍词人众多、名家辈出的繁盛景象形成了鲜明对比。必得一二才力与眼光超出流辈之人，专诣独造，集合群力，闽词才能振起。谢章铤适当其任，他治学根本六经，为人极讲一个“情”字，治学极讲一个“诚”字，只要有真性情，真品格，他认为词也不妨多作。黄《叙》云：“枚如毅然拂众论，独于斯道有心得，且以词人多闽产，嗣续薪传，非我其谁？其自任之重如此。”[②] 正是赖其集合同党，长时间用功填词；又赖其倾尽心力，搜刻同人唱和之作，闽词才有中兴可言。

要公开倡导词的创作，必须首先在观念上突破陈见与偏见。闽人通常认为自己在词的协律押韵方面存在先天的缺陷：即不协正音。黄宗彝《〈聚红榭雅集词〉序》却从理论上予以突破，彻底廓清闽音不利于填词的成见，认为“夫三代正音，吾闽未替，则以闽人填词，谐律固其余事”。并多方举例论证闽音利于填词，其有力证据是：“天下方音，五音咸备，独阙纯鼻之音，惟吾闽尚存，乃千古一线元音之仅存于偏隅者。漳、泉人度曲，纯行鼻音，则尤得音韵之元矣。”[③] 相当有说服力。此文虽为《雅集词》结集时所写一篇序言，然以黄氏与聚红榭同人之密切关系看[④]，则很可能是当日同人之间的一种共识。谢章铤为其《酒边词》所作《词后自跋》，叙述其21岁学词时，得知建宁许赓皞兄弟姐妹能度曲操管弦，艳羡之，惑于许氏所言：“填词宜审音，审音宜认字，先讲反切则字清，遍习乐器则音熟，然其得心应手，出口合耳，神明要妙之致，非可以言传，亦非可以人强也。”[⑤] 数年之间不敢作词，后多读古人词，觉许氏之言有疑问，不宜盲从。“夫词辨四声，韵书俱在，言语虽不同而四声则有一定，

① 《非半室词存》卷首。

② 《非半室词存》卷首。

③ 《聚红榭雅集词》（卷1~2）卷首。

④ 黄宗彝，字肖岩，侯官人。事迹详见本书第三编第四章第一节。谢章铤《词话续编》卷五：“余弱冠，即与侯官黄肖岩熥、刘芑川家谋定交。”《赌棋山庄词话校注》，第383页。

⑤ 《赌棋山庄文集》卷三。

且今之传奇，往往一人填词，一人正谱，有自填之而不能自度之者，故宋人之词亦不尽可歌。"① 于是乃复填词。词至清代早已变成与诗一样可以抒情言志的文体，断断拘泥于音声，怯步不前，无异于作茧自缚。特别是"言语虽不同而四声则有一定"甚有道理，为操闽音者亦可填词，找到了理论上的依据和行之有效的办法。其《酒边词》成于聚红榭成立之前，则谢氏此种对音律抱圆通的识见，作于主盟者，其对同人之影响应该说是很大的。

一旦摆脱心理上的阴影与历时甚久的偏见，聚红榭同人唱和时的心态是相当自信的。这种自信心的来源值得我们探索。他们对闽音利于填词的论证，是对晚清词论的贡献。

2. 纪闽物写闽景，词中因而有闽

刘熙载《艺概·词曲概》云："词贵得本地风光。"② 意谓词以描写地域风光并折射出地域文化特征为可贵，如此可提升词的品格。两宋闽籍词人虽众，可资考见八闽风土人情之词并不多见。大规模以闽地风物为创作素材当自聚红榭始。聚红榭同人大多生活或侨居福州，文酒之余，时常结伴游览。西湖、于山、乌山、屏山、鼓山是他们经常流连之地。辛酉（1861）年，词社有一次游览鼓山的活动，谢章铤、梁鸣谦、刘三才、刘勷、刘绍纲、宋谦、林天龄、马凌霄共八人联袂与会，诗词唱和较多，后结集为《游石鼓诗录》。鼓山风景点，诸如水云亭、半山亭、白云堂、东际楼、灵源洞、涌泉寺、喝水岩、达摩洞等都有题咏。宋谦《西湖月·游石鼓宿东际楼》③ 云：

> 无端又款禅关，向东际楼头，细参尘果。静中观化，闲边着想，了然心可。青山元契在，有笔墨因缘留到我。借几度、暮鼓晨钟，自温清课。 仰天一笑云开，把竹径松崖，尽情游过。归来日暮，禅房虚掩，一龛微火。老僧迎客笑，道近日故山风雨大。请檀越、且上蒲

① 《赌棋山庄文集》卷三。
② 《艺概注稿》，第 568 页。
③ 此词见谢章铤编《游石鼓诗录》，清咸丰十一年（1861）福州刊本。又见宋谦《灯昏镜晓词》附录《聚红榭雅集词》，清宣统二年（1910）铅印本。

团，暂时安坐。

此词系游览千年名刹涌泉寺之后所写，清气彻骨，使人无端作尘外想。《雅集词》中有"海市"一咏，谢章铤、宋谦、梁鸣谦、陈文翊、林天龄五人同咏，诸人写尽海市变幻不可摸捉之情状。谢章铤《金缕曲·海市》则别具匠心，堪称名作。词云：

> 平地楼台起。忽其中、有人俯仰，凭阑得意。独向沧溟夸手段，苦雾漫天而已。只赢得、蛟鼍欢喜。旁有金仙频洒泪，这腥臊、一片谁能理。算已是，十年矣。　　无端占我蓬莱地。更日夜、凭空结构，茫茫千里。欲借刚风兼急雨，一扫付之流水，从今后、海波如砥。三岛十里开窟穴，看轻帆、过处暮云紫。永不坠，蜃楼里。

此词将英人入侵比作海雾兴妖作怪，并表示有澄清之豪情，读来痛快淋漓。海市乃濒海地区之景象，词中殊不多见，以海市为题作词，就显得珍贵。

3. 敢拈大题目出大意义，闽词因而有史

谢章铤及聚红榭同人生活在中国近代史上最屈辱的一页，即如谢氏而言，他就经历了自鸦片战争至庚子赔款的一系列重大事件。面对内忧外患，这一批原本打算读书应试做官的士子不得不有所反思。谢章铤名作《东南兵事策》[①] 提出减兵、选将、严赏罚、府县宜久任等策略，魏秀仁认为深合其意，因而录入《三朝说论》。[②] 谢章铤主讲席 30 余年，总是教育弟子们以通经致用为修身立业之根本，门下士甚众，出现了像陈宝琛、陈宝璐、林纾、何振岱这样一批著名人物。刘绍纲、梁鸣谦均入沈葆桢幕，佐其兴办洋务。生活是艺术的源泉，具体到词的创作，近代史上出现在八闽大地上的一系列重大事件在他们的词中都得到了反映。

首先是对外敌入侵的反映。《雅集词》卷三有"闻警"一咏，梁礼堂、

---

① 《赌棋山庄文集》卷二。
② 《魏秀仁杂著钞本》卷七，第 381 页。

林天龄、陈文翙、刘三才各一首，四人作词写法大致相似，既写出了敌兵压境所引起的慌乱，又写出了将帅无能，酣歌宴舞，终致局势不可收拾的局面。览之有"战士军前半死生，美人帐下犹歌舞"之叹。录林天龄《台城路·闻警》：

> 江南累月无消息，边关又报烽火。处处干戈，年年风鹤，颠倒已非故我。忧如天大。看万叠愁云，凭栏危坐。呜咽江流悲笳，日暮起城堞。　闻说楼船海上，有蛮烟蜃雨，暗随飞舵。食肉头颅，斩蛟手段，屈指英雄若个。低头无那。让衮衮诸公，貂蝉满坐。苍莽乾坤，倘容伸足卧。

道光二十五年（1845），英人逼处福州城内乌石山，谢章铤挚友刘家谋作词一首，上片云："怒发冲冠，恨血沾襟，郁勃难消。问能飞将军，是谁李广，横行青海，几许天骄。未缺金瓯，空捐玉币，为甚和亲学汉朝。多时累我，胸中磊块，索酒频浇。"[1] 谢章铤《词话》卷一云："此调《沁园春》，乙巳（1845）芑川所填，感事作也。是时海氛方棘，彼族逼处城内乌石山，居民义愤同仇，几如广东之三元里。而徐松龛继畲中丞力持和议，极意与民为难，而俎上之肉，惟其所欲为矣！嗟乎！登楼一望，秋风四起，海水滔滔，逝将安止？安得携一斗酒，濡大笔，复填此等词哉？"[2] 英人盘踞此山，大兴土木，致使宋梅一株"困顿腥膻之中"。章铤戊申（1848）在宁德填《金缕曲》愤曰："细雨忠贞祠下过，人对花、齐滴伤心泪。要花看，将何地？"[3] 后梅憔悴而死，谢章铤在咸丰二年（1852）填《满江红·为肖岩题吴清夫所藏汪稼门尚书梅花诗扇册》曰：

> 严冻一天，偏做出、江山春色。才晓是、调羹手段，消寒骨格。香暗不沾蜂蝶闹，枝高故耐冰霜逼。幸赋花、人尽铁心肠，花非厄。　宜

---

① 刘家谋《东洋小草》附《斫剑词》未收此词，清道光二十八年（1848）刻本。词见《赌棋山庄词话》卷一，《赌棋山庄词话校注》，第31页。
② 《赌棋山庄词话校注》，第31页。
③ 《赌棋山庄词话校注》，第123页。

爱护，休催摘。今忽瘁，谁之责。冷相思无着，檐底月黑。梦断忠贞祠下路，埋香也化苌弘碧。属瘦魂、莫向陇头销，招应得。

此词有序曰："岁壬子，余抱幽忧，浪游自排遣。一二知己惠书省问，述所见闻，皆堪痛哭。适肖岩寄此册相示，欣赏累日夜不厌。因思昔日尚书治吾闽，政举法行，时国家称极休盛，而册中唱和诸君子如吴清夫、伊墨卿亦各能出所树立，以自显于世。及今几何时，竟令人累欷增叹，而莫能自解邪？十月，余行经泉南，见道旁薪者皆焦毁无枝叶。询其故，始知前日剧盗方出掠，治之不得，官乃纵兵焚其十数乡，众悉趋入海，此其烬余之物。嗟乎！付之一炬中，安知无梅花哉！"有跋云："范忠贞祠下有梅一，宋代物也。逆夷盘踞是山，欲纵寻斧，先数日，竟憔悴死。"护花惜花之心，伤时感事之意。外敌践踏之下，连古梅也不自保，何况芸芸生灵。此词借梅说开去，感人者至深。联系到聚红榭成立之前的章铤词作，可见渊源有自。闽词揭露了强敌入侵而当道媚外的事实。

其次是对世态民生的反映。《词话》卷十云："辛亥（1851），延津告警，仙游失守，富者远徙，贫者肆窃。有掠赀财者；有劫妻女者；有受乡愚诳诈要挟而隐忍倾家以依附之者，哀声及乎道路，独身受之人，讳不敢言。"[1] 勾画了那个战乱年代的众生相。《雅集词》卷五有"苦兵"一咏，林天龄《满江红·苦兵》云：

> 明月年年，只长照、汉家营垒。看眼底、烽尘明灭，乾坤破碎。玉笛关山吹欲裂，铁衣风雪寒如水。问将军、谁是霍嫖姚，昏昏醉。　歌声激，鼓声死。兵船去，贼船驶。拥高牙大纛，堂皇而已。曲突徙薪浑不管，开门揖盗真非计。问陇头、呜咽水磨刀，吞声耳。

此词可说是谢章铤上述《词话》所言的艺术表达，战乱时期的民生世态据此可窥一斑。鸦片戕民至深至重，不但使财赋大量外流，而且危及国计民生。《陔南山馆诗话》卷八云："洋药之税始于咸丰己未（1859），聚红榭

---

① 《赌棋山庄词话校注》，第204页。

课因以《洋药税》命题……枚如诗云：'烟进口，数百万；银出口，千亿万。银如土，烟如饭，失银不愁失烟叹。大臣谋国善持筹，设关榷利江之头。一舟若干箱，一关若干舟。半公税，半私抽，坐关之吏肥如牛。吁嗟乎！烟如饭，银如土，税烟欢喜食烟苦，国家究竟终无补。君不见，巍巍八座大官府，低首借银向夷语。'嗟乎！时事至此，尚何言哉！宜枚如为此弦外之言也。鸦片弛禁，征税抽厘，而官绅士子兵勇，尚有旧章，惜内外臣工不能实力奉行，以致溇恶奸民浮薄子弟毫无顾忌，可胜慨哉！"① 今《聚红榭雅集词》及《过存诗略》均不存咏鸦片一课，幸赖魏秀仁录入《诗话》，我们才可略知聚红榭同人当时关心民瘼之情形。

周济《介存斋论词杂著》云："诗有史，词亦有史，庶乎自树一帜矣。"② 叶嘉莹先生说："真正的史词是词里边有一个特定的历史事件，那才是更严格的史词。"③ 聚红榭同人因受世变的激荡，用词反映了苦难的现实，无愧于词史之称。这也是谢章铤一贯主张作词要"拈大题目，出大意义"④ 的济世观念的体现。

最后须指出的是：聚红榭唱和中写得最多的是咏物词，如"蠹鱼""秃笔""瓶花"等，多为同人逞才斗巧之作，意义不大，拓展词之疆域并堪称词史的上述两类词作，更值得我们关注。

二 聚红榭社员创作分论

参与聚红榭唱和的文人，今可知有 18 位，其中魏秀仁未见有词作传世，不论及。谢章铤因创作成就大，在下一章论述。

（一）李应庚

李应庚（1815～1885），字星村，别号餐霞仙，福建闽县（今福州）人。聚红榭祭酒之一。父兄皆为县令，家境甚裕，喜与贫贱多文者处，文酒自娱兼选舞征歌，父兄卒后大困，晚岁目盲依亲故过活，终生仰慕柳

---

① 《魏秀仁杂著钞本》卷八，第 469～470 页。
② 《词话丛编》，第 1630 页。
③ 叶嘉莹：《论清代词史观念的形成》。
④ 《赌棋山庄词话校注》，第 166 页。

永、周邦彦。所著《琴寄斋诗剩》1 卷，友人为刻之，佳作不尽录。《聚红榭雅集词》存其词 4 首，《过存诗略》存其诗 19 首。谢章铤《赌棋山庄词话》卷一另存其词 2 首，谢章铤《酒边词》卷首另存其词 1 首，丁绍仪辑《国朝词综补残稿》另存其词 1 首。李应庚存词计 8 首。

李应庚虽参加聚红榭中的活动，但作词甚少，社集之词主要是敷衍题意而作，无甚可观之处。其《琴寄斋诗剩》未收词，可见他对作词不甚在意。他实是一位诗人，所作诗歌梗概多气，如其七古《赠餐霞楼主人》云："居无桃花主人之汪伦，出无鉴湖狂客之季真。丈夫少壮不得志，年来流落江水滨。掉头不受哙等伍，手抱美人梦龙虎。刘项俎兮阮籍哀，时不再来焉用武。金尊泛酒如葡萄，酒酣长啸天争高。胸中千万之块垒，随风飞落奔惊涛。美人为我扬清歌，歌声含愁不能和。罢酒相向各痛哭，尔我共命将奈何。范大夫，元真子，身挟名姝弄江水。烟波不问乱与理，拍手大笑吾仙矣。"① 此诗颇有谪仙李白歌行的气势。《赌棋山庄词话》卷一录其《满江红·赠友人》词，如其诗一样纯以气行。

（二）徐一鹗

徐一鹗（1817～1874），字云汀，福建闽县（今福州）人。聚红榭祭酒之一。道光甲辰（1844）中举。同治癸酉（1873），应王凯泰之请主道南书院讲席一年，后官台湾某县学教授并主某书院讲席半载，卒于官，同人搜其遗稿刊刻。著有《宛羽堂诗钞》2 卷附词 16 首，其中 14 首见于《聚红榭雅集词》。《过存诗略》存其诗 24 首。谢章铤撰《赌棋山庄词话续编》另收其词 2 首。《宛羽堂诗钞》今有刘荣平整理本。②

郭则沄《旧德述闻》卷二载徐一鹗逸事一则，可见其性情。有云："徐云汀先生一鹗为里中名孝廉，诗才敏捷，与兼秋（即郭柏苍）公善，以窘乏诣公。适公与戚友为骨牌之戏，谓徐曰：'君善诗钟，能嵌入天地人和乎？'徐曰：'是何难？'座客曰：'再加以一二三四，何如？'徐乃吟

---

① 《赌棋山庄词话》卷一，《赌棋山庄词话校注》第 16 页。又见《琴寄斋诗剩》，题作《餐霞楼命酒放歌》。"少壮"原作"壮岁"，"不受"原作"羞与"，"葡萄"原作"蒲萄"，"千万"原作"千丈"。〔清同治三年（1864）刻本〕
② 《台湾古籍丛编》第六辑。

曰：'四围人影三弓地，一院和风二月天。'举座叹赏。公知徐乞米意，戏以所博铜钱数贯，置其肩曰：'以此供君一夕醉。'徐竟肩之以去。公欲易以钞，不可。曰：'吾将翱翔于市，以夸耀所获，且志高谊也。'"① 徐一鹗诗才敏捷，性情坦然，却不善营生。

何轩举《竹情斋诗话》卷六云徐一鹗乃"友中天分绝高者"② 三人之一。谢章铤《赌棋山庄词话续编》卷五云："四十年前，有乌山十才子，徐云汀一鹗教谕其一也。君早以诗名，善为淡远偶句，同人传为'云汀派'。既而为词，萧疏自喜。"③ 所作《花发沁园春》是其代表作，词云：

> 一阵廉纤，悄然无语，沉沉细动春酚。空阶点滴，触起牢愁，多半中年哀乐。凭谁诉却。诉不了、铃声剑阁。尽坐听燕子呢喃，轻寒早下帘幕。　今夕联床如昨。便翦烛西窗，重温旧约。莫谈悲愤，莽莽天涯，起舞荒鸡殊恶。孤眠难着。忍报道、海棠红落。况此后惆怅巴山，怀人何限寂寞。

此词有注云："雨中闻赞轩将入蜀。"词化用了一些与惜别有关的典故，能做到融化如己出，而寂寞心绪，展露无遗。

（三）高思齐

高思齐（？～1864），字文樵，钱塘（今杭州）人。聚红词榭发起人之一。咸丰二年（1852）与谢章铤相识，结下深厚情谊。数年后与谢章铤同居刘勷家，开展词榭活动。又以小官县尉一职赴漳州，死于甲子（1864）之乱。卒后著述不存。《聚红榭雅集词》存其词24首。《赌棋山庄词话》卷五另收其词4首、《酒边词》卷首存其词1首。

谢章铤评高思齐词曰："文樵有俊才而深于情。"④ 又曰："惜文樵殉漳州粤匪之难，词卷飘零，不可复问，断红流水，点点皆碧血也。"⑤ 郭则沄

① 民国25年（1936）蛰园刻本。
② 何轩举：《竹情斋诗话》（存残二卷），福建图书馆藏稿本。
③ 《赌棋山庄词话校注》，第388页。
④ 《赌棋山庄词话》卷五，《赌棋山庄词话校注》，第121页。
⑤ 《赌棋山庄词话续编》卷三，《赌棋山庄词话校注》，第323页。

《清词玉屑》卷三云："文樵之词，可与江弢叔诗、项文彦画并传千古。"①
大约郭则沄的评价是根据谢章铤的评赏而推扬之。高思齐曾有词卷，今天
已不可见，只能看到他留存世间的 29 首词，是否能传千古，难以断定。谢
章铤曾看到他的词卷，《赌棋山庄诗集》卷四有《题高文樵思齐词卷》四
首，其一云："幽兰作纸写《离骚》，手捧神龙铸宝刀。抱得无弦琴谱在，
琵琶肯唱郁轮袍。"其三云："达夫诗笔自清超，减字偷声倚碧箫。近日旗
亭看画壁，可容赌酒解金貂。"②谢章铤认为高思齐词深情、清超，是客观
的评价。如《花发沁园春·海棠》词云：

> 小雨初晴，卷帘低盼，脂痕湿尽襟袖。繁英欲醉，艳质含颦，怕
> 说绿肥红瘦。花光如绣。难得近、清明时候。问几度庭院斜阳，轻寒
> 匀了春昼。　一树垂丝入牖。似倩女离魂，晓妆初就。华清梦醒，银
> 烛烧残，此意有谁参透。东风怎负。恨不与、梅花并偶。闲倚遍十二
> 阑干，愿伊休落人后。

此词开篇就把海棠当作流泪的美人来写，说她春来特别伤感，又说清明时
节的庭院夕阳笼盖，伤春意绪如轻寒一般弥漫。接着点明海棠就是离魂的
倩女，刚从梦中醒来，其心思不知谁能参透，只好盼望东风能留住海棠的
丰韵和情思。谢氏把高思齐比作高氏的乡贤宋末元初的仇远（著有《无弦
琴谱》），词的深情超远的一面，确有神似之处。

（四）梁鸣谦

梁鸣谦（1826～1877），字礼堂，福建闽县（今福州）人。道光丙午
（1846）举于乡。咸丰己未（1859）成进士，分吏部考功司行走，母老假
归授徒。同治丁卯（1867），佐沈葆桢治船政。庚午（1870），因家事舍船
政，复授徒。甲戌（1874），沈葆桢奉命巡台，引鸣谦同行，草檄批答赖
之。光绪乙亥（1875）偕至两江督署，内外事悉委之。沈葆桢为入赀叙道
员，以船政劳晋三品衔，以抚番劳晋二品衔。不久，应掌鳌峰书院聘，未

---

① 《词话丛编二编》，第 1328 页。
② 清光绪十四年（1888）福州刻本。

果卒。葬杜武山。原为南社会员，丁巳（1857）入聚红榭。著有《静远堂诗文集》8卷、《笔记》2卷、《词存》1卷，均佚。另有《梁礼堂文集》2卷，中国科学院图书馆整理《续修四库全书总目》著录，未见流传。《聚红榭雅集词》存其词19首，《过存诗略》存其诗22首，《南社诗钞》存其诗18首。《赌棋山庄词话续编》卷五另收词2首。

谢章铤《赌棋山庄词话续编》卷五论梁鸣谦云："梁礼堂观察，弱冠捷秋试，友教四方，中年登科，观政吏部，遂乞假不出。门下多腾达知名之士，名师之望，几同山斗。既而佐大府理官文书，声华日起，所入亦丰，有田有宅。归理旧业，将以此终矣，未几竟卒。讣至都下，余为之泫然。归见沈幼丹制军所作墓志铭，摹写生平，须眉欲活，又不禁慨然。礼堂幼从其族叔少皋（赓辰）学博游，髫龀时余即见之。后二十余年，复见于刘氏。礼堂欣然曰：'丈昔由吾师购陈祥道《礼书》，吾彼时以《礼书》为冷书，意吾丈必是冷人，今何幸一接颜色乎！'自是遂为相知。素工俪体，后有志治古文，每与余言辄终日。词笔清华，而时露抑塞之意。想其橐笔饥驱，久尝世味，固亦有不自得者乎？"① 所云"沈幼丹制军所作墓志铭"即是沈葆桢《梁礼堂观察墓志铭》，《铭》云："共晨夕十余年，未尝见其衣履整洁，袪常不全，时或以绳续带。一日，自指其衣耀于众曰：'此新出刀尺者也。'即而视之，两袖墨痕狼藉矣。于食亦然，不知所谓美恶也者。虽劳甚，未尝释卷，有所触则笔之。诗似新城，文似震川，而未尝愿以自域也。"② 谢章铤《课余续录》录有梁鸣谦《知县说》，评曰："其文亦奕奕有神，集有《知县说》，尤为近日扼要之言，即不能尽如其说，但能得半而天下太平矣。吾愿为州县者读之、知之，更愿为州县之上司者尽读之、尽知之。嗟乎，仁人之言，其利溥哉，谓非此说也哉。"③ 观《知县说》，知梁鸣谦通彻宦情，且有拳拳爱民之心。

就作词来说，梁鸣谦只是参加了聚红榭唱和，偶一染指，故不甚措意，存词无多。其词好尽好排，兴味不足，但有些词作关涉现实，实是有

① 《赌棋山庄词话校注》，第391～392页。
② 沈葆桢：《夜识斋剩稿》，清刻本。
③ 《课余续录》卷五。

感而发，如《八声甘州·闻警》是较好的一篇，词云：

> 　　更连天烽火入关河，羽檄夜纷骚。想山城如斗，鱼龙怒舞，猿鹤悲号。岂少岩疆天堑，锁钥不坚牢。呜咽双溪水，逐日滔滔。　　才听铙歌鼓吹，拥煌煌金印，痛饮葡萄。怎兜鍪未解，风雨泣旌旄。累军人、重斟别酒，悔从前、容易脱征袍。君休矣、高冠短鬓，珍重爬搔。

如用谢章铤词量说评此词，则此词的分量是很重的。从这首词中，可以看到他所处的时代。对内忧外患的关注，是福建文士的传统。

（五）宋谦

宋谦（1827～?），字已舟，福建侯官（今福州）人。咸丰六年（1856）与谢章铤等共举词榭。咸丰九年己未（1859）中举。宣统二年（1910），所著《灯昏镜晓词》四卷附录一卷刊行，共收词264首，附录收其聚红榭唱和词29首。民国8年（1919），所著《剑怀堂诗草》内编外编各一卷刊行。《聚红榭雅集词》存其词38首，《过存诗略》存其诗19首。《灯昏镜晓词》未收而见于《聚红榭雅集词》3首，见于《酒边词》1首。宋谦计存词297首，是聚红榭中存词量居第二位的词人。

谢章铤对宋谦的词有多次不同的评价，是就所读到的不同的词作而言的。如云："已舟强有力，词近刘后村，则别调矣。"① 又云："已舟之刻挚、子驹之俊逸、礼堂之绵丽、林锡三天龄之雅淡，皆足步武南唐，靳骖两宋，即使阳羡髯君、金风亭长见之，当亦不诮为恶札也。"② 所谓"强有力""刻挚"的评价是对宋谦的聚红榭唱和词的评价。如《山亭宴·鹦鹉洲吊祢正平》云：

> 　　老天特与埋忧处。莽乾坤、怎教长住。不合自多才，便贾祸、岂关言语。几经快意骂奸雄，再开口、应嫌尘污。饶舌亦何为，算解

---

① 《课余续录》卷五。
② 《稗贩杂录》卷三《词话纪余》。

脱、由黄祖。　偶因下笔惊鹦鹉。一抔土、也堪千古。回首汉宫秋，抵多少、酸风苦雨。大儿倔强小儿乖，问身世、究归何补。芳草共萋萋，可似荒洲否。

此词确可当得"强有力""刻挚"之评。所谓"强有力"是指言说时的一种有力量的口吻，如"几经快意骂奸雄，再开口、应嫌尘污""饶舌亦何为，算解脱、由黄祖"，语气间就有一种断然的力量。所谓"刻挚"是指深刻而诚恳，如"不合自多才，便贾祸、岂关言语""一抔土、也堪千古"，就显得见识深刻而赤诚感人。

但是，"强有力""刻挚"不是宋谦词的一贯风格或主导风格，这种风格是他参加聚红榭唱和的表现，他平时作词却是以另一种轻柔宛转的词风出现的。谢章铤读到宋谦的词集，遂对他的主导词风重新做出了判断。谢氏《灯昏镜晓词》题词曰："花外新莺百啭柔。佳人悄立最高楼。丝丝幽怨聚眉钩。　未免有情歌一曲，忽闻邻笛更添愁。春江如梦水争流。已舟仁兄出近词相示，上攀温、李，下抱晏、秦，正始之音也。读竟，不胜诎服，而十年旧梦枨触满心，爰题《浣溪纱》一阕。甚矣！成连之移我情也。以君清思俊才，愿益懋之，旗鼓中原，为吾闽生色焉。可。长乐弟谢章铤谨书。"① 轻柔宛转的词，在宋谦的《灯昏镜晓词》中占绝大多数，这些词只是写词人心灵间的一种情绪的触动，轻轻地诉说，如烟雾弥漫，不给你强烈的情感冲击，而是一种熏染，词中难以看到情感兴起的事件或起因。此类词风，虽能展现俊才，间出妙语，但风格整齐划一，千词一面，读来不免感到兴味不足。词人的心灵是敏感的，一点触动便能写一首词，因乏强烈的触动，便难以写出感染力很强的词，因而成就有限。

当宋谦走出狭窄的生活小圈子，得江山之助时，便能写出感染力很强的词作，他的行迹到过北京、浙江，《金缕曲·杜鹃。庚申岁，归自燕京，感而有作》写到了他燕京归来的感受。词云：

一碧无情树。伴残更、月色满庭，萧寥如许。客底青春容易掷，

---

① 《灯昏镜晓词》卷首。

安得韶华长驻。便吻血、啼干何补。空抱无穷家国恨，莫柳丝、能绾游踪住。怎不识，早归去。 去年为尔寻归路。觉远游、他乡虽美，洵非吾土。今日故园春正好，闭户竟无生趣。还道是、远游堪据。满地干戈行不得，更鹧鸪、啼到声声苦。归已误，去何处。

此词不再如烟雾熏染般轻柔地感染读者，而是给读者以感情上的重重击打。词人对远游和归隐，都难以选择，归隐无生趣，远游有干戈，因之进退失据，找不到人生的归宿。庚申（1860）岁，词人 34 岁，刚刚中举，进京是为考进士，失意而归的他宛如一只漂泊无依的杜鹃，满腔家国恨，生无乐趣。此词使我们看到了晚清动荡年代的士人生存的困境，有一定的价值。

论者提到宋谦的词，多会想到他的《贺新凉·哭金谷生夫子》：

揾尽行人泪。逆将来、跃剑津头，多于流水。太息彼苍何梦梦，酿出干戈满地。便坏到、长城万里。不为吾闽留保障，痛斯民、谁作骈幪庇。天下事，奈何矣。 感恩曾荷真知己。但自愧、才非宋玉，招魂无计。寒雪压关丹旐冷，枉是英雄盖世。只博得、如斯而已。热血一腔空欲洒，洒难成、两个伤心字。呜咽处，暮云紫。

谢章铤说："绍兴金谷生万清太守爱民如子，疾恶如仇，诵声在道路。丙辰，以延平府剿匪被戕，侦其尸十数日乃得，无首，视其服则太守也。祖其臂，有故创如掌大，乃信，盖太守旧有割臂疗父疾，故得以征实云。宋已舟谦有《金缕曲》挽词云（略）。太守敦气节，上官忌之，平生勇于任事，其死也，盖有阴致之者，可悲也。"[1] 魏秀仁《陔南山馆诗话》卷十云："已舟之受知于太守（指金万清）实深，太守敦气节，猥琐之士不能蒙一盼，然则已舟之欷歔坠泪又岂为一身之私恩哉？"[2] 金万清（？～1856），字毂生，浙江绍兴人。先以进士知永安县事，爱民如子。及升署延平府，

---

① 《稗贩杂录》卷三《词话纪余》。
② 《魏秀仁杂著钞本》，第 672 页。

刚正廉明，一如治永时。适顺昌土寇猖獗，奉命往查缉，获贼匪悉戮之。亲往万全坑匪巢督剿，众寡不敌，为贼所获，不屈。贼怒，分裂其尸，焚骨灰烬。① 据曾万文《红巾军起义大事记》②：清咸丰三年（1853），在太平天国起义军影响下，首领郭万忠、杨三仔、老罗仔等人在顺昌北部九龙山聚众起义。起义军仿效元末农民军，头上包着红包头巾，取名为"红巾军"，在顺昌、邵武、沙县、永安、将乐、南平、建阳、建瓯等地活动，先后击毙延平府守备王三韬、延平知府金万清和延建邵道员袁懋绩。咸丰九年（1859）被清军打败。金万清因镇压闽北"红巾军"起义有功，由永安知县擢升延平知府。咸丰六年（1856）农历十月，在九龙山外门万全坑被俘处死。此词因反映重大的时事，分量较重。

《续修四库全书总目提要》（《〈灯昏镜晓词〉四卷提要》）评梁氏词曰："观其所制，全无家法。慢词虽多疏放，而不足以达之，故流为粗犷肤浅。令曲颇多艳体，亦不纯正，惟《减字木兰花》《武陵春》数十首，虽笔力不大，然以情事哀艳，读之增感叹也。"③ 此评其慢词殊为失当，评令词略有相符，盖评者带有较重的主观偏见使然。

（六）刘三才

刘三才（1829④~?），字寿之，号随庵，福建侯官（今福州）人。父刘萃奎，著有《琼台吟史诗初编》。道光二十七至二十八年（1847~1848）间结识谢章铤，并私淑之。咸丰六年入聚红榭。同治六年（1867）中举。又入赀为学官。光绪十年（1884）任永安县教谕。卒年当在光绪十年到十一年（1884~1885）之间。著有《随庵遗稿》四卷，今存钞本。

罗大佑《栗园诗钞》有诗《酬别刘寿芝广文三才》云："丈夫志伟节，宁长事毛锥。端居储丰翎，岩穴方搜奇。藏胸有千秋，宜为活国医。我壮宦不达，每兴田园思。因君夜起舞，慨焉怀龙夔。"言三才有志却沉

① 吴栻修、蔡建贤纂（民国）《南平县志》卷二十，民国17年（1928）铅印本。
② 政协顺昌县委员会文史组、《顺昌县志》编写组：《顺昌文史资料》1982年第1辑，内部发行本。
③ 《清人词话》，第1698页。按，此则为孙人和撰。
④ 刘三才生年，《赌棋山庄词话校注》未能考出，《全闽词》据《琼台吟史诗初编》所收《子元禧生喜而有作》考出生年。见《全闽词》第1257页。

沦下僚。又有诗《刘寿芝广文〈墨竹〉》云："先生本诗杰，劲节凌霜松。"① 言三才诗才与品节俱佳。

《聚红榭雅集词》录刘三才词41首，《游石鼓诗录》另存其词1首，谢章铤撰《稗贩杂录》另存其词1首。福建师范大学图书馆藏钞本《随庵遗稿》所收之词未见于上述三书者有15首。刘三才存词计58首。

刘三才一生孤苦，谢章铤《稗贩杂录》卷三《词话纪余》曾述及与他的交往，有云："刘寿之三才少丧父，终鲜兄弟，依母氏以居，弱冠失母，四壁既空，一身无寄，飘零之苦，言及辄下泪。曾以《金缕曲》示余云：'揽镜低徊久。算人生、谁无骨肉，畏其不寿。忆我数龄先失怙，我母如珠在手。盼头角、不居人后。未食怕饥衣怕冷，课读书、又怕儿心呕。想此意，忍回首。　比年病态如衰柳。把世间、凄风苦雨，尽情消受。底事干人争欲杀，背地频开笑口。富与贵、吾生自有。无补于时生亦赘，况今生、怎报亲恩厚。十年矣，飘零毂。'余书其后云：'一家骨肉总凄凉，三岁麻衣积泪行。今日读君《金缕曲》，五更独立月昏黄。'嗟乎！同是伤心人，天荒地老，血泪坌涌，其奚堪卒读哉！其奚堪卒读哉！已舟、寿之皆余社中人也。"② 刘三才以贫窘之身犹能参与聚红榭唱和，诚为不易，他大约是聚红榭中生活最为不幸的人。谢章铤十分赏识他的为人，谢氏《己未将游蜀留别词榭诸子》其四论刘三才云："风义兼师友，闻言愧至今。长悬千里月，为照两人心。崛强难凝福，苍茫孰赏音。不妨美芳草，闭户自高深。"③ 谢氏《酒边词》卷五《满江红·读刘寿之三才词拈赠》曾论及刘三才的诗词创作："香草美人，好怀抱、风骚有几。便拈毫、铺红染翠，画皮而已。热血谁从狂胆喷，豪弦陡令雄心起。能酣嬉、跌宕学苏辛，千秋矣。　山有色，烟霞美。天有骨，风云喜。且自家闭户，须眉料理。手笔敢居台省下，眼光直满乾坤里。看他年、挥洒上凌烟，奇男子。"如谢氏所云，刘三才词确实是学苏、辛的，与谢氏的作词取径很一致，或者说是直接受教于谢氏的。刘三才也明确说他是学苏、辛的，其《百字令·词

① 《台湾古籍丛编》（第九辑），第27~28页。
② 《赌棋山庄词话校注》，第411页。
③ 陈庆元主编《谢章铤集》，吉林文史出版社，2009，第361页。

债》云："不应自负词豪，苏辛姜史，兀地来相逼。"但他学得不好，不少词作等同于有韵之文，确实缺少词体应有的含蓄蕴藉之美。无论是诗还是词，都应是心灵蕴藉的艺术，而刘三才的词最缺乏的就是这一点。如《薄幸·琵琶记题后》曰："多情多累。把旧曲、从头细揣。甚夫婿、如云轻薄，不管姬姜憔悴。富易妻、人便云然，求之古义能无愧。况昔日青灯，今朝黄土，更有麻衣双泪。　谁是个、知音者，休看作、雕虫小技。合南陔思养，关雎好色，两篇酝酿成奇义。恁般文字。愿世间、怨女痴男，读罢牢牢记。填词至此，才算真情之至。"这就是勉强把《琵琶记》的内容敷衍成词。倒是少数词篇，因注意到词之体性的要求，读之有味，如《渔家傲·过小西湖》云：

> 料峭晚风吹酒醒。天光倒浸行人影。短鬓萧疏双袖冷。凝眸等。斜阳界出澄澜景。　满地渔翁撑小艇。菜花尽处菱花梗。借问湖山谁管领。曾思省。桔槔声里田千顷。

此词上片描写福州小西湖在斜阳照耀下清冷澄澈的图景，下片描写小西湖边农村生活的安定状态，词人的寂寞心绪在写景中隐隐传出。画面更迭，意脉流动，情景交融。

（七）陈遹祺

陈遹祺（1830～1869），字子驹，福建闽县（今福州）人。原为南社会员，后入聚红榭。同治丁卯（1867）副举人，工词善画。未及中年，侘傺以终。著有《芙初仙署吟草》、《陈宋诗词合选》、《双邻词钞》（合著），皆佚。今存所著《湘音楼吟草》，传抄本，寥寥数页。《聚红榭雅集词》存其词 5 首，《过存诗略》存其诗 9 首。

陈遹祺的词，今天所存无多，据今存词是难以衡量他的词作成就的。除《聚红榭雅集》卷四存词 5 首外，另见《酒边词》存词 4 首、《清词玉屑》卷二存词 1 首、《石遗室诗话》卷二一存残句 1 则。谢章铤对陈遹祺词再三致意，一再评论，可见陈遹祺在咸、同福建会城文坛上确具影响力。谢氏《赌棋山庄词话续编》卷五云："词榭中能作温尉、李主之语，以闽县陈子驹通祺副贡为第一。君昔与永福黄笛楼经倡和，有《双邻词钞》两卷，曾乞余序之。二君才同体合，真为笙磬之音。后林子鱼直欲刻之，携以入粤，子鱼卒官，未知其集能不零落否？君生业本裕，又年少多才，既而累不第，家亦落，摧藏不自得，逃于酒人，卒以此殒其生。诗文清丽，兼工绘事，跌宕酣嬉，见之俗情自远。嗟乎！今眼中安得有是人哉！搜其遗制，竟无一存，其游西江时曾致余一札，今录之，亦足以想见风采矣。"① 又在《稗贩杂录》卷三《词话纪余》中云："子驹初与黄笛楼锝唱和，有《双邻词钞》二卷，余曾为作序。其词则以《花间》为圭臬也。"② 又在《课余续录》卷五中云："子驹填词秀蒨，近晏小山，词之正宗也。"③ 可见，谢氏对陈通祺的性格和词风是欣赏的。谢章铤《双邻词钞序》云：

> 词也者，意内而言外者也。……吾友子驹之词，则殆合内外而兼之者乎？一日，出其《双邻词钞》相示，而黄君笛楼之作亦在焉。二君者，其云龙之上下，抑亦笙磬之同声也。……今二君独以温尉、李主为职志，而骎骎于晏、秦、张、周之间，选言既工，用意尤极于缠绵。想起酒阑灯炧，占坐分题，琴声乍歇，炉香徐温，一字之浅深，一句之进退，把臂而起，必有相视而笑莫逆于心者。呜乎！令余神往矣！余始识笛楼而踪迹甚疏，近与子驹相过从，见其温厚多情宜填词，而子驹顾数称笛楼，夫子驹岂阿好哉？昔者，浙西六家更唱迭和，而金风亭长实为一雄。若子驹之与笛楼，其二俊矣！师法古人，力振坠绪，不随流俗，独为铮铮，异日者转而愈上，使意内言外之旨大显于世者，其在二君乎？其在二君乎？余虽无似，犹能寻声按拍而从之。④

从陈通祺今存词难以看出意内言外之旨。陈通祺四首《金缕曲》是题

---

① 《赌棋山庄词话校注》，第389页。
② 《赌棋山庄词话校注》，第412页。
③ 《赌棋山庄词话校注》，第423页。
④ 《赌棋山庄文集》卷二。

谢氏《酒边词》，不免要敷衍谢氏词作的内容和风格，所以写得有些豪壮，其他词篇确如谢氏所言是学《花间集》的，而且学得十分逼真。如《清词玉屑》卷二所收的《浣溪沙》词：

> 十二珠帘一桁斜。金虫檀屑炷琵琶。绿鬟低颤坐煎茶。　海月衔窗飞燕子，湘云隔水落梅花。春愁知在那人家。

郭则沄《清词玉屑》卷二认为陈遹祺词是秦、柳遗音，不为聚红词派所牢笼。他的词正是以婉约词见长。

（八）林天龄

林天龄（1830～1878），字锡三，长乐（今属福建）人。原为南社会员，后入聚红榭。咸丰三年（1853）成进士，改庶吉士，应台湾海东书院讲席之聘。同治三年（1864）散馆任编修，入上书房行走，奉命视学山右大同；九年（1870）充江南乡试副考官，已而擢侍讲、转侍读，命在弘德殿行走；十一年（1872）权国子监祭酒，出任江苏学政。光绪四年（1878）卒于官，卒年四十九。民国3年（1914）清室追谥文恭。著述今存有《林天龄手札真迹》《林锡三先生遗稿》《紫琅联唱》。另有《率真集》，未见流传。另有《林学士遗诗》一卷，乃其弟林天从所辑，中国科学院图书馆编《续修四库全书总目》著录，未见流传。《聚红榭雅集词》存其词30首，《过存诗略》存其诗20首。《游石鼓诗录》另存词1首、《赌棋山庄词话续编》卷五另存词4首、《酒边词》卷首另存词2首。计存词37首。

林天龄任海东书院讲席，颇能成就台湾文学之士，"既至，立课程、校文艺；讲求义理、陈说古今，与诸生相勉为根柢之学。暇则或为歌诗以娱之。台湾之俗富而悍，僿而不文。主讲席者，率鄙夷之；又以瘴疠之地，不久辄求去，无有勤恳如君者。于是诸生咸大喜，南、北两路彬彬多文学之士矣"①。后林天龄为官有正声。郭则沄《清词玉屑》卷五云："学

---

① 俞樾：《翰林院侍读学士林君墓表》，缪荃孙、闵尔昌撰《续碑传选集》，台湾银行经济研究室编《台湾文献丛刊》（第223种），台湾银行1966年版，第94页。

士（林天龄）直宏德殿，规箴主德，又于慈圣召对时，密劾某贝勒，致触忤枢邸，几以道员斥外，李文正言其非故事，乃改督苏学，历三任不迁，亦不更替，卒于官，其鲠直不多觏也。"[1] 林天龄曾与谢章铤唱和。谢章铤云："长乐林锡三天龄读学，以编修入值上书房，既又充宏德殿行走，时时以不称其官为虑，近再任江苏学政。回忆畴昔之言，计葳事之后，或可相聚于故乡。今冬忽闻其卒，噫！天何夺之遽耶！其初视学山西，走急足六千里，邀余襄校文字。余至，累月唱和。旧幕故多能文之士，宾馆中有西斋，当涂黄左田钺侍郎所辟，团聚其内，终日不谈一俗事，是亦一时胜概也。其填词不苦思，不险语，随势宛转，而恰如其意。吟俦既散，所作渐稀，尝寄书从余觅旧稿，谓欲勒成一集，亦未知其果否也。"[2] 据陈昌强《谢章铤年谱》：同治五年（1866）秋，谢章铤自福州往山西，应山西学政林天龄聘，佐其校阅乡试试卷。[3] 林氏与谢氏的山西酬唱词基本没有保存下来，只在谢氏的《赌棋山庄词话续编》中能见到两首。谢章铤对聚红榭中人评价最高的有四位，林天龄就是其中的一位，他说："已舟之刻挚、子驹之俊逸、礼堂之绵丽、林锡三天龄之雅淡，皆足步武南唐，靳骖两宋，即使阳羡髯君、金风亭长见之，当亦不消为恶札也。"[4] 郭则沄《清词玉屑》卷五云："林锡三学士少日与先王父同结南社，亦善词，多与枚如酬唱，而不袭其派。"[5] 郭则沄也看到了林天龄的词风与谢章铤是不同路数的。

林天龄的 37 首词，很少见到败笔之作，风格也基本一致。大多如谢章铤所云"填词不苦思，不险语，随势宛转，而恰如其意"，如《水调歌头·渡江》云：

> 秋色黯如墨，飞雨渡江来。余怀对此，渺渺愁绪郁难开。莫说风流麾扇，漫肯高歌击楫，破浪扫尘埃。仰首作长啸，归雁有余哀。

---

① 《词话丛编二编》，第 1430 页。
② 《赌棋山庄词话续编》卷五，《赌棋山庄词话校注》，第 393 页。
③ 陈昌强：《谢章铤年谱》，陈庆元主编《谢章铤集》，第 786～791 页。
④ 《稗贩杂录》卷三《词话纪余》。
⑤ 《词话丛编二编》，第 1430 页。

浮沉事，醒醉眼，任诙谐。纷纷名士如鲫，谁许济时才。欲买兰陵美酒，携向湘春夜月，一笑擘鲈腮。把钓者谁子，挥手谢吾侪。

但林天龄词的价值应在他以词反映苦难现实方面，做到了词中有史，前举二首可以证明之，兹再举《满江红·新修镇海楼》：

蓦地归来，换一片、斜阳红瘦。漫凝眺、楼台如梦，江山依旧。海气已连三岛雨，城阴欲暝千家昼。忆当年、秋色独凭栏，销魂又。　昆明劫，何人救。燕台戍，何人守。问苍茫宫阙，有谁回首。只手思扶铜柱折，百年难祝金仙寿。只故山、松柏尚依然，霜皮皱。

福州北越王山上的镇海楼是福建文士诗词歌咏常见的题材。谢章铤曾作《光绪重建镇海楼碑记》，有云："且夫楼以'镇海'名，工在楼，意实在海。嗟夫！海风叫啸，海水飞扬，登斯楼也，其忍负中流砥柱之心哉。"[1]林天龄此词叹息江山无人守护之意甚明。

（九）马凌霄

马凌霄（1830～?），字子翙，福建闽县（今福州）人。咸丰五年（1855）举人。曾任邵武、台湾府学教谕。原为南社社员，后入聚红榭。平生著述甚富，大多散佚，今存抄本《习静楼诗稿》3 册、稿本《墨瀋词》1 册。《美人百咏》《友声草》未见流传。《聚红榭雅集词》存其词45首，《过存诗略》存其诗6首，《游石鼓诗录》另收词1首。连横《台湾诗乘》录存其《台阳杂兴》诗8首，连横编《台湾诗荟》刊其全稿《台阳杂兴》诗30首（分见第十九、二十号）。

谢章铤《课余续录》卷五云："社中著述最富者为马子翙习静楼，哀然大集，剞劂殊不易易耳，其余则散见于社作雅集诸编耳。"[2]今存抄本《习静楼诗稿》三册、稿本《墨瀋词》一册。《墨瀋词》二卷，福建图书馆藏，定为孤本。卷二有《赤枣子·糊窗》，词调前有一"删"字，可能

---

① 《赌棋山庄文又续》卷一。
② 《课余续录》卷五。

是马凌霄在定稿前所写，亦可能是请质友人，友人所题，故我认为此本乃稿本而非抄本。卷前署"雪主人藏本，志曾珍藏"，卷后有宋志曾跋语云："右《墨潘》二卷，吾闽子翊马凌霄教谕所著，卷首名字虽已扯破，卷二犹存。其词新清，令拍比堆填者有上下床之别。吾所存先生诗词有数种：《美人百咏》一卷、《友声草》一卷、《习静楼稿》一卷，并此四卷矣，皆珍藏之。光绪十七年（1891）四月二七，宋志曾记。"[①] 稿本用行草写成，有少数空白与漫漶之处，大体可通读。上卷收词 54 首，下卷收词 68 首，共收 122 首。马凌霄在《聚红榭雅集词》二集中的 45 首词未收在《墨潘词》中，因此全面评论马凌霄的词作，《墨潘词》不可不读。

《墨潘词》，短调清新明快，本色当行，主要用来写伤春悲秋、美人百态，尤多男子作闺音之语。长调梗概多气，述时事，发感慨。词风有不尽一致之处。

先看短调。《巫山一段云》云："异地君何恋，空房妾自伤。枕函敲遍夜初长。寒到绣鸳鸯。　月影斜侵幔，灯光半隐床。屏山十二梦潇湘。秋老蓼花香。"作意颇受温庭筠的影响。这类男子作闺音之语，大体学《花间集》。最可见出受《花间集》影响的是《后庭宴》一阕，词曰："庭院深深，屏山曲曲，黄昏雨过茶烟绿。阑干倚遍不胜情，梁间燕子双双宿。

春愁满眼飞花，夜色一声横竹。香蕉酒渴，清梦何由续。恨绪缅枯桐，泪珠抛短烛。""庭院""屏山""烟""阑干""燕""花""梦""桐""泪""烛"等意象无不是《花间集》中最常用的。集中尚有《捣练子》咏金钗十二行，《瑞鹧鸪》咏八美人，风格香艳，价值不大。

较有价值的是长调的创作，可分两个方面的内容，一为抒写身世之感，二为记述时事。《金缕曲》云："推枕披衣起。算生平、几回大笑，几场酣醉。四十无闻今已近，恨煞流光似水。做弄得、龙钟如此。三度天津桥上过，只一肩席帽风尘里。何须问，淮西事。　心情剩有疏狂矣。慢陶写、中年丝竹，雏年歌妓。千古才人愁失路，荡子酒徒而已。休更染、头巾酸气。礼法岂为吾辈设？况伯舆甘得为情死。笑与骂，任余子。"此词发抒中年怀才不遇的愤激情绪，读来痛快淋漓，词人性情跃然纸上。《齐

---

① 马凌霄撰《墨潘词》，福建图书馆藏稿本。

天乐·闻官军克复金陵作》云："长风吹散蚩尤气，欃枪夜深江水。战士欢呼，遗黎感泣，重见汉官仪□。飞扬旌斾。有露布高标，连营对吹。扫穴犁庭，铙歌声彻五云外。　无家独怜燕子。向乌衣门巷，重寻旧垒。钟阜残松，秦淮孤月，已是十年垂泪。珠零玉碎。问满地愁痕，伤心谁会。便欲携樽，雨花台上醉。"此词写清军收复太平军盘踞的金陵后自己的喜悦心情，反映出封建文士的正统观念，可作史词来读。谢章铤曾倡导作词要"拈大题目，出大意义"①，即作词要反映出重大的时代事件，不能徒囿于"花""草"范围。并云："粤乱以来，作诗者多，而词颇少见。是当以杜之《北征》《诸将》《陈陶斜》，白之《秦中吟》之法运入偷减，则诗史之外，蔚为词史，不亦词场之大观欤？……夫词之源为乐府，乐府多纪事之篇。词之流为曲子，曲子亦有传奇之作。谁谓长短句之中，不足以抑扬时局哉？"② 在他的倡导下，聚红榭诸子作词积极干预时事，有多首词作写到了官军击败太平军、军民抗击英人入侵、官绅勾结贩卖鸦片这样重大的时事。可以说马凌霄（原为南社社员③）加入聚红榭后，受到了谢章铤的积极影响，词风为之一变。

马凌霄有两首词提到了他在聚红榭的活动。《渡江云·七月初三日集望潮楼聚红榭诸子》云："休休，年华似水，俊侣如云。怕清游难又，绮筵上，具倾大斗。"《台城路·瓣香堂谒曾南丰像同聚红榭诸子》云："俊侣青鞋，小奚翠槛，觅取草堂清致。"均写到他在聚红榭唱和时的快乐心情。《台城路》又云："还忆癸丑（1853），正重阳佳节，共修社事。裙屐风流，关河星散，那更黄郎（笛楼）客死。"一般认为聚红榭正式活动的时间是丙辰（1856），殆据梁鸣谦《〈过存诗略〉叙》所云："忆斯会之肇，实维丙辰，余厕其间，已在丁巳（1857）。"④ 及魏秀仁《陔南山馆诗话》

① 《赌棋山庄词话》卷八，《赌棋山庄词话校注》，第166页。
② 《赌棋山庄词话续编》卷三，《赌棋山庄词话校注》，第327页。
③ 魏秀仁《陔南山馆诗话》卷四："癸丑（1853）九月与林小铭斋韶、黄笛楼经、梁礼堂鸣谦、马子翃凌霄、林锡三天龄、杨预庭叔怿、陈子驹遹祺，杨雪沧浚、郭毅斋式昌、杨子恂仲愈、陈纫仙锵、龚蔼仁易图结南社。"［清光绪庚子（1900）福州刻本］谢章铤《课余续录》卷二："而予与高文樵、刘赞轩以词学倡同人立聚红榭，林锡三提学、梁礼堂主政、陈子驹副贡、马子翃孝廉皆自南社而来。"
④ 《过存诗略》卷首。

卷四所云："癸亥（1863）秋，枚如招入聚红树，树始丙辰，专以课词，刊有《雅集词》前后二集，间亦以诗而集。"① 梁乃聚红树成员，魏也参加过聚红树活动。马凌霄此词透露出聚红树的正式活动有可能早于丙辰。事实上在正式活动之前，有过几年的酝酿时间。如上所考，谢章铤与高文樵提议结聚红树最早不过咸丰元年（1851），直到咸丰丙辰（1856），章铤客居刘勧家一段时间后才正式开展活动。但在正式开展活动之前，应有少数社员已开始聚集在一起作词唱和，马凌霄的词透露出这一消息。

另较有价值的是他的咏物词。这类词作最多。诸如"花影""屏风""樱桃""乌蚨""敞袍""屋漏痕""墨蝶""香囊""老雁""观音竹""盆蕙"等都是他笔下的题目，可谓包罗万象。他的咏物词有寄慨，如《老雁》一咏云："关河阅历风霜倦，愁说高飞毛羽。彩笔吟商，残毡拥雪，一例飘零如汝。"不啻在说雁，直是说词人自己。咏物词中当以写闽地风物者最值得珍视。刘熙载《艺概·词曲概》云："词贵得本地风光。"② 盖写本地风光即为他地所无，故给人耳目一新之感。集中有《满庭芳》二阕咏乌蚨，乌蚨乃海中之物，闽人多以之入馔。其一云："淡菜犹微，海瓜比俊，沙洲一片斜阳。珠胎含润，万点占鱼床。莫笑名同乌蜖，情相思、念念难忘。领略遍，盘中情味，纤手糁秋姜。　晚凉，人乍起，胡麻饭熟，小啜芳汤。爱鬓边茉莉，更共飘香。分付浇将清水，把半筐、留与郎尝。算不比，监官品劣，随处卖山乡。"此词将乌蚨甘味与烹法详细写出，让人不禁要去领略海边风味。末句调侃自己官品低，不比这佳肴随处好卖。

《墨瀋词》可看作马凌霄运用男子作闺音之法作词的实践，体现了他词作美学的追求。一般来说，男性女性作者皆具阳刚阴柔之气质，遇到不同的创作环境或情景，其阳刚阴柔的气质会受到不同程度的激发，呈现一定程度的偏重。即如马凌霄来说，他参加聚红树唱和时，因受到男性社员集会创作的氛围和社集题目的规定性影响，他的词作出现了对婉约本色词风的偏离，而呈现出较多的阳刚气质。如《金明池·闻警》

----

① 《魏秀仁杂著钞本》，第 150 页。
② 《艺概注稿》，第 568 页。

一题，就是明例。词云：

> 谁料频年，江南战鼓，蓦地喧来耳底。城西路、凄凄黯黯，是兵
> 气愁云千里。盼狼烽、夕报平安，奈只见、南斗星芒如彗。况画角吹
> 烟，寒梆敲月，夜半悲声蜂起。　伫立闲庭凄不寐。问啄屋饥乌，几
> 家惊徙。残棋局、东山未散，芳樽酒、莱公犹醉。任惊风、扫过潭
> 阳，看血染桃花，洪塘流水。更十丈征尘，一天飞雨，无数行人
> 挥泪。

词写出了苦难的时代在他心中所引起的哀伤和悸动，这是重大事件的激发所致。清代许多词篇都具有这样的特点，而闽词这样的特点鲜明一些。

（十）杨浚

杨浚（1830～1890），字雪沧，号健公，又号观颏道人、冠悔道人。祖籍福建晋江，后迁福建侯官，晚年定居厦门。咸丰二年（1852）举人。同治四年（1865）任内阁中书，及国史、方略两馆校对官。同治五年（1866）应左宗棠之邀，主持《正谊堂全书》刊刻。后入为左宗棠幕僚，随征甘肃。同治八年（1869）游台，受淡水同知陈培桂之聘，纂修《淡水厅志》，次年离台。同治十三年（1874）抗疏论时事遭指斥，遂归居厦门。晚年致力讲学，曾任教于漳州丹霞书院、霞文书院，厦门紫阳书院，金门浯江书院。其主持紫阳书院讲席达十一年，循循善诱，从游者近千人，多有造就。光绪十六年（1890）卒于厦门。撰有《冠悔堂集》22卷，内《诗钞》8卷、《赋钞》8卷、《骈体文钞》6卷。另著有《冠悔堂词稿》2卷，稿本。

杨浚《冠悔堂集》未收词。福建图书馆藏有稿本《冠悔堂词稿》2卷。下卷乃上卷抄正本，故二卷多有重复收词。上卷收词72首，下卷收词59首。上卷有14首为下卷所未收，下卷有2首词不见上卷。除去重复，《冠悔堂词稿》实收词74首。《全闽词》据下卷录入，下卷未收而存于上卷者附后。

陈昌强撰《谢章铤年谱》曾考定：同治二年（1863）前后，谢章铤与

杨浚有大量异调唱和词创作，并认为是"聚红榭集体活动外一大景观"，且列表反映谢章铤、杨浚共有 39 题唱和，其中谢章铤作词 35 首，杨浚作词 36 首。① 这一发现不准确。事实上，陈昌强所列举的 39 题都是聚红榭的唱和词题，杨浚是参与了此 39 题唱和，在谢章铤、杨浚参与聚红榭这些词题唱和的同时，还有其他社员同时参与唱和。如"焚香"一题，有谢章铤、宋谦、刘三才、马凌霄、杨浚、梁履将参与；"五人墓"一题，有谢章铤、马凌霄、杨浚、梁履将参与。其他不烦枚举。杨浚参与了聚红榭如此多的唱和，他完全可被视为聚红榭成员，只是《聚红榭雅集词》没有收录他的词作，所以他被研究者排斥在聚红榭成员之外。《聚红榭雅集词》未收杨浚词作的原因，可能是谢章铤在编辑《雅集词》时没有找到杨浚的词集，故未编入。谢章铤《赌棋山庄词话续编》卷五云："自余倡聚红词榭，不过二十年矣。始四五人，继十五六人，至于今，亡且八九。其时李星村为祭酒，不幸亦有左邱之疾，余皆牢落不自得。兵火水旱，时局多艰，贫病死生，壮心顿尽。盖自余游晋适秦，而故乡零落，殆少一日之聚矣。古云：盖棺论定。诸君或未成书，或成书而求之不可得，俯仰逝者，愈用慨然。乃搜残箧之余，聊寄山阳之痛。其已刻《雅集词》者，毁誉在人，无庸多及。异日会合晨星，载谈旧雨，其亦有瞠目相视，声咿哑而不能续者乎？嗟乎！"② 可见谢氏在编纂《聚红榭雅集词》时，已难见社员全部著作，其编《雅集词》仅是"搜残箧"所得。魏秀仁《陔南山馆诗话》卷四提到聚红榭社员共 17 人，除《聚红榭雅集词》所列 16 人外（第一、二集），多出杨浚一人。魏秀仁曾客串聚红榭，他的亲身见闻应该可信。

杨浚与郑守廉（字仲濂）有交往，且有文字往还。《冠悔堂词稿》中有《鹧鸪天·题郑仲濂小影》，郑守廉《考功词》中有《清平乐·题杨雪沧击楫图小影》。《冠悔堂词稿》中存有郑守廉《菩萨蛮》（沧浪亭畔闲来往）一词，《词稿》另有《多丽·留春》《清平乐·苔点》《点绛唇·苔点》《满庭芳·象生花，明思宗宫中田妃故物》共 4 首词，亦见于《考功词》中。此 4 首词，如何判定其作者？应判为杨浚作。因此 4 首词的词题

是聚红榭唱和词题，杨浚参与聚红榭唱和所作，而郑守廉在京城为官且没有参加聚红榭唱和，所以他不可能作此4首词。那么，这4首词又是如何阑入《考功词》中的？《考功词》刻于光绪二十八年（1902），由郑守廉诸子编定，可能因未细察就编入乃父词集中。具体的情形应是：杨浚曾将部分己作抄给郑守廉，郑守廉没有整理自己的词作，也没有整理与他人往还的诗词，遂导致郑氏诸子搞混杨浚与郑守廉词作的现象。

杨浚的聚红榭唱和词，无甚可观之处，多据词题演绎，敷衍成篇，只能视为练习词艺的一种训练。毕竟他是一位不错的诗人，一旦心中有真情涌动，或遇到某些大事件的触发，他也能写出很不错的词，如《百字令·闻金陵失守》云：

> 龙江鸡埭，是当年燕子、飞来城阙。北顾金汤雄魄在，剩有杜鹃啼血。玉树埋春，春灯误国，往事休重说。嫦娥无恙，二分依旧明月。　可奈二百年来，江头逝水，空锁沉沙铁。白马青丝兵甲委，谁管游魂飞越。旧内沧桑，中原板荡，回首愁肠热。河山今古，浪淘多少豪杰。

此词借太平军攻克金陵，抒发兴亡之感，斥误国之人致使金陵失守、中原板荡，倒没有像同时代人不少咏及湘军攻克金陵的诗词那样恶毒诅咒太平军，自有作者的眼光在。《满江红·宿顺河集》是有真切体验的词作，词云：

> 误着儒冠，又错过、上元时节。叹荒居、鹿卢魂梦，蜗牛巢穴。良夜空挤如水酒，他乡不看无情月。悔黄金、买得苦酸辛，三般咽。　肚皮冷，肝胆热。十年事，休重说。但苍天莽莽，唾壶欲缺。愚戆难投人世眼，诗书早种风尘劫。笑无端、裘马上长安，争豪杰。

此词写到自己的命运，有痛切之感，节奏流畅，气势冲决向前，乃放笔快意之作。

（十一）梁履将

梁履将（？～1865），字洛观，福建长乐人。太常寺卿梁上国曾孙。

诗文无不工，尤有经济才。累试不遇，困厄弗能自振。尝入赀为吴中县丞，乱不果行。年未三十，悒悒以死。著有《木南山馆词》不分卷，谢章铤刊行之。《聚红榭雅集词》存其词 18 首，《赌棋山庄词话续编》存其词 2 首，《过存诗略》存其诗 19 首。

《聚红榭雅集词》《赌棋山庄词话续编》所收梁履将词，均见《木南山馆词》，存词71首。谢章铤为作《〈木南山馆词〉序》，是谢氏一流的古文佳作，可为知人论世之助。录如次：

> 洛观殁三阅月，遗集告成，其友谢章铤忍泪而志之曰：余识君将十年，无顺境无欢容，人生非金石，臣精几何？其不销亡哉？君阀阅清华，读书世有声，弱冠裙屐洒然，虽王、谢佳子弟不过也。未几，遭太夫人忧，又经数丧家骤落。尊甫客居，君独力拮据门户，夜眠不交睫。然君内抚弱弟少妹，外接戚友，充充若有余，虽至亲密戚不知其疲也。是时，余方与梁礼堂、刘赞轩治词学，招君与其事。君齿稍后于余，抑然不敢以辈行视。每从余问故，余重违君心必尽言，君辄悠然得其意以去。其后，君词大成，出一语，见者皆诎服，而君不自以为能。乌石之阳有山馆焉，群峰左右拱，大江接于几席，高秋风利，万叶渐飞。余甲夜与君登其上，君忽惘惘有所思，谓余曰："人生岁月，一转瞬耳，如此江山，亦正需人。嗟乎！父其老矣！弟其少矣！修名不立，讵复图富贵为？"余彷徨无以应对。坐良久，徐叹而起，残月半规，虫声入户，嗒然若不知天之高、地之厚也。间数月，而君遂甚病。君于文无不工，而填词尤有神解，幽思爽节，动与古会，而余微嫌其声咽。嗟乎！可传者在此，其不祥殆亦在此也。然使君抱尘袭俗，谬为肤悦，遂能百年无恙耶？而谓君其以彼易此耶？世之英俊多矣！求如君之深心果力，百不一二。君不短折，其造就谁窥涯涘哉？乃天既困之、厄之，并此劳生而亦靳焉，能无悲乎？缀拾绪余，以俟后世之知君者。同治乙丑仲冬二十有一日。[①]

---

① 《赌棋山庄文集》卷三。

梁履将性情颇适合填词。梁鸣谦《〈木南山馆词〉序》云："洛观死三阅月，其友谢丈枚如为辑生平所作，仅得若干首，其它散佚不可见矣。洛观入词榭最早，学词最有神悟，居恒覃思研精，不苟下笔。每一篇出，幽思曲折，凄节动人，同辈莫不叹服。余尝戏之曰：'子他日当以词人传'，而今果然，岂不悲哉！洛观少年倜傥自喜，于诗文无不工，尤有经济才，乃累试不遇，遂困厄弗能自振，尝一入赀为吴中县丞矣，乱不果行，久之，挈家入黄竹洞，将为终隐计，复大病归，竟悒悒以死，哀哉！"① 魏秀仁《〈木南山馆词〉序》云："一鳞一爪，一泪一声。鸷鸟盘空，天有苍凉之色；哀蝉乍警，时多凌厉之音。"② 谢章铤《赌棋山庄词话续编》卷五云："（梁洛观）为人机警而有至性，出笔秀削，宜于倚声，年未三十而卒。"③

谢章铤刻梁履将词，有不死友之心。其《课余续录》卷五云："梁洛观《木南山馆词》，予为之刻，其子客江浙，予曾寄致百本以备投赠。"④ 为梁履将词集的流传，做足了功夫，风谊之重亦属少见。

梁履将的词，基本是聚红榭社集词。一般参加社集者，按题作词，为文造情，易敷衍成文，流于形式，词中的情感往往缺乏真切的体验，不能动人。但梁履将很好地避开了这种通病，他似乎一见到赋题，便能情感兴动，做到能感之又能写之，非至性神悟之人鲜能做到这一点。其赋质绝佳，是聚红榭中一流的赋手，然天不永其年，无臻大成之境，十分可惜。

梁履将佳作居其词集大半。明快之作如《南乡子·搓圆》云："笑语共婆娑。银烛华筵缀碧荷。大小珠光齐错落，搓搓。人世团圆此夜多。春意灶眉过。白屑纤纤素手罗。调罢饧羹堂上进，知么。新妇生成小性和。"其疏爽之作如《水调歌头·西湖泛夜》云："对岸老渔父，能说我清狂。四更买鱼下酒，此乐尚难忘。一叶扁舟容与，明月清风来去，万象在身旁。十里玻璃路，人影荡荷香。　且赋诗，且吹笛，夜未央。青青大

---

① 《木南山馆词》卷首。
② 《木南山馆词》卷首。
③ 《赌棋山庄词话校注》，第 390 页。
④ 清光绪二十六年（1900）福州刻本。

梦，尊前话得几兴亡。醉叩禅关方丈，唤起筠修和尚，为我唱昆腔。大笑弄湖水，不觉白东方。"其幽咽之作如《江城梅花引·不寐》云："萧萧风雨画堂阴。背寒灯。对重衾。手弄枕儿难放似侬心。待贴花魂欢较稳。谯门上，忽撩人，一更更。　一更。一更。逗银屏。酒又醒。香又沉。梦也梦也，梦不到、一曲山青。惟有海棠无语见啼冰。破晓妆楼钟响动，人隔也，在红窗，第几层。"其凄断之作如《摸鱼儿·秋草》云："望江南、满天风雨，消魂不似南浦。凄凄一片无情碧，摇落客踪如絮。香车路。君记否、绿阴深处流莺语。斑骓难驻。剩掩径寒芜，接楼暝色，雁点两三舞。

陌头去，盼转斜阳又暮。闲愁觅得无数。秋衫颜色依然好，酒梦吹香何处。招魂苦。君不见、故宫石马颓唐卧。迷离尘土。叹公子青袍，美人翠袖，一例竟谁主。"凡此，皆可见其赋性绝佳。

梁履将词有不耐磨勘的一面，有些词作较浅显，遂招致批评。《续修四库全书总目提要》（《〈木南山馆词〉一卷提要》）云："履将词学得力于章铤。章铤虽喜言词，而未能深醇。故履将所作，殊为浅薄，不成格局，盖其工力未深也。"[①] 此论不免太苛刻了一些。

（十二）王彝

王彝（1835～1876），字子舟，福建闽县（今福州）人。光绪元年（1875）举人，官建阳县学训导。丙辰年（1856）入聚红榭词社，词社东道主之一。《聚红榭雅集词》存其词5首，《过存诗略》存其诗12首。另据国家图书馆藏丁绍仪纂《国朝词综补残稿》可补辑1首。

谢章铤说王彝卒前著述未能成集。《聚红榭雅集词》所收6篇词作篇篇堪称佳作，他作词似乎不太受社集命题的限制，而能曲尽其意，让人看不出是社集之作，其原因是他的词感敏锐。

王彝乃福建巡抚王凯泰从子，有翩翩佳公子之称，门地清华，风姿玉立，能诗善饮，裙屐洒然。王凯泰光绪元年病卒福州后，他生计渐窘，结社意兴阑珊，乃入资为学官，未几，一年数丧，生意殆尽，终殁于建阳。谢章铤《赌棋山庄词话续编》卷五载其招同社为吟菊之局，有云："咸丰

---

① 《清人词话》，第1765页。按，此则为孙人和撰。

己未（1859）之秋，闽县王子舟彝孝廉购菊花三百盆，五色纷如，堂庑庭阶皆满，招诸君为吟菊之局。一人、一席、一笔、一墨、一砚、一韵本、肴四、酒无算。拈题分笺，三日始罢。夜则然红蜡数十枚，浅斟密咏于冷叶幽香之下。至今思之，如在天上。"① 王彝词不多作，卒后谢章铤曾多次托刘勷搜其遗稿，不可得。《国朝词综补残稿》载其《满江红·读〈史记〉游侠传》词，览之觉其颇能勘破世情，是他词中较好的一篇。

（十三）刘勷

刘勷（1836~1904），字赞轩，福建闽县（今福州）人，刘家谋之弟。咸丰六年（1856）入聚红榭词社，词社东道主之一。同治甲子（1864）中举，应礼部试报罢，后任长泰教授，曾协助总兵孙开华捕获巨盗，孙调守台湾败法人，刘勷为之探军情，因功保知县，因母老未就，调补宁洋诏安。著有《非半室文集》、《非半室诗存》、《非半室词存》、《随机决疑》一卷、《瘟病条理》四卷。今存《效颦词》《非半室词存》。其他著述已佚。《聚红榭雅集词》存其词58首，《过存诗略》存其诗40首。

刘勷早年的词作有《聚红榭雅集词》所收58首词、咸丰六年刻本《效颦词》所收84首词、咸丰十一年（1861）刻本《游石鼓诗录》所收1首词，这些都是在谢章铤指导下创作的。民国10年（1921）铅印本《非半室词存》，收词149首，是刘勷晚年对自己词作的一个整理本，其中有141首词不见《聚红榭雅集词》《效颦词》《游石鼓诗录》。刘勷计存词284首，是聚红榭中存词量居第三位的词人。

聚红榭的结社缘起，乃是谢章铤欲助刘勷填词。刘勷《非半室词存·自叙》云："余幼好诗，不知词之格调也。甫冠见枚如《酒边词》，亦好之，遂事枚如。比邀高文樵、徐云汀、梁礼堂、林锡三辈在家结聚红社，月课诗词约八、九年，类梓社诗四卷，余亦梓《效颦词》。"谢章铤《刘赞轩〈效颦词〉叙》曾述及与刘勷的交往，有云：

近余穷困不得志，闭门谢客，终日不见一人，而赞轩乃时时造吾

① 《赌棋山庄词话校注》，第395页。

庐。赞轩才高气盛，持论恢诡，余怵然不敢与赞轩深谈也。既而赞轩招余读书其家，礼余加敬，而其家亦不以食客相视，余于是得安其身者数年。间或俯仰侘傺，赞轩必命酒为欢，相与上下其议论，举凡古今之利病，身世之是非，穷如何固节，达如何行义，即至一技一艺之末，无不批导，及之奋袖顿足，而赞轩不余忤也。盖至是，余与赞轩乃相视而笑而莫逆矣。是时，赞轩治举子业，余方撰定旧所作文，赞轩见余词，独欣喜，乃学词，而其词骎骎日上。适钱唐高文樵从惠安来，文樵固善词，余乃邀宋已舟、刘寿之及文樵与赞轩填词，数日一聚，拈题分咏，今所传《聚红榭雅集词》者是。其后，文樵应官远出，已舟、寿之各有所事，而赞轩之词独衰然成集。嗟乎！是吾赞轩之不凡也。夫天下之事，患其不学，学焉有不能而不精者乎？虽然，予之期赞轩者不在词，即赞轩自视其才当不止词。赞轩年甚少，赋质甚美，处境又甚顺，诚能敛其才不妄用，沉其志不轻发，寄情高远而出言期于中道，虽以此名世可也，而区区谓其词能窥作者已哉？刘氏群从知余颇众，而芑川独厚余。赞轩，芑川之弟也，其亦读芑川之文继起而大芑川之业者乎？若余之荒陋，何足道也。①

谢章铤论刘勷词则曰："赞轩性豪宕，填词则婉转入细，盖得力于秦、柳多也。"② 这一评价只适合刘勷后期词作或部分词作，刘勷在聚红榭中的词作实是以豪宕面目呈现的，他的社中词是有情直抒，有愁直发，有狂直露，以真情真愁真狂动人，虽有时以白话行文，却大体无伤。说情如《贺新凉·赠高文樵思齐》云："泪向毫端泻。问奈何、飘零廿载，尚居人下。天地生君多傲骨，自是铮铮难化。任若辈、旁观嗤骂。倘肯脂韦随薄俗，这艰辛、怎至如今也。满腔血，同谁洒。　当年遍地皆戎马。曾替人、运筹帷幄，背城一借。未受奇功先受怨，鬼蜮含沙堪怕。看祸事、暗中潜嫁。宇下低头难措手，纵区区、小宦奚为者。共说尽，伤心话。"说愁如《贺新凉·走笔和文樵韵》云："我本多愁者。更逢此、乾坤莽苍，倍添惊

---

① 《赌棋山庄文集》卷一。
② 《稗贩杂录》卷三《词话纪余》。

怕。敢效贾生长痛哭，热泪满腔乱泻。三尺剑、醉中频把。欲长缨羞自荐，便蓬门、讵肯无媒嫁。时与命，休争也。　古今有几才称霸。只舍得、微躯报国，斯人也罢。见浅技穷还畏死，莫怪而公嫂骂。问谁值、一钱声价。他日夫君如展骥，任吹求、何处能寻罅。垂青史，传佳话。"说狂如《满江红·题徐文长传后》云："咄咄奇哉，莫道是、狂奴无赖。任世上、有人暗笑，有人痛爱。俪语忽教天子喜，书生肯向军门拜。留些儿、笔墨落人间，增光怪。　填胸里，皆垒块。满眼里，皆埃壒。这头颅寂寂、凭他击坏。礼法岂为吾辈设，佯狂本是才人态。看炉头、一醉纵悲歌，乾坤隘。"

刘勷的后期词作，即收集在《非半室词存》中的绝大部分词作，水平严重下降，词多咏物、题画、酬唱之作，真情已失，乏感人词篇。究其缘由，可能是聚红榭解散后，刘勷作词的专注度不够，且心力渐衰所致。刘勷《非半室词存·自叙》云："一竟社岁，家事日落，社事星散，寒门无客，日对唐宋名词，始悟词宜深厚，不宜泄露。如李后主《浪淘沙》云：'梦里不知身是客，一晌贪欢''流水落花春去也，天上人间'，何曾道出亡国只字？即辛稼轩词如幽燕老将，然其感事亦但云：'青山遮不住，毕竟东流去。江晚正愁余，深山闻鹧鸪'，可见闽人不善学苏、辛，一味粗豪者非；即浙人不善学姜、史，纤巧无味者亦非。"[1] 此言也可证其词学观发生了改变，他认为还是应该回到深厚一途，可能从聚红榭社员一些人包括他自己学苏、辛词不成功的教训出发，重新审视自己的创作历程，乃有此论。他的一些词作虽不乏真情，但还是浅露了一些，如《金缕曲·西湖夜泛》。情深意厚的词作，当推《南乡子·登镇海楼有感》。词云：

不合上高楼。滚滚黄沙扑面愁。满眼江山何处是，神州。斜日凄凉落叶稠。　虎踞霸图收。零落衣冠古邱。唯有双江桥下水，长流。几辈英雄叹白头。

张德瀛《词征》卷六云："刘赞轩勷词，如金丝间出，杂以洪钟。"此

---

[1] 《非半室词存》卷首。

是看到了刘勷词风的多面。《续修四库全书总目提要》（《〈效颦词〉二卷提要》）云：“其词多情怀旖旎、悼感凄恻之作，风调在迦陵、竹垞之间。”① 迦陵词豪、竹垞词秀，刘勷介于豪、秀之间。

（十四）　刘绍纲

刘绍纲（？～？），字云图，福建侯官（今福州）人。刘勷从弟。由诸生援例为县佐，应官广东，后协助船政大臣沈葆桢监督办船厂，论功以县令，仍归广东补用，淡于宦情不复出。曾与徐一鹗等在小西湖宛在堂结飞社。著有《屏绿山房诗词集》若干卷、《情眷集》十六卷，均未刊，今不存。享年78岁。《聚红榭雅集词》存其词3首，《游石鼓诗录》另存词1首，《过存诗略》存其诗14首。

从刘绍纲存世的寥寥几首词中，可知他是熟于填词者，虽创意不新，但婉转合律。其中《真珠帘·蝶魂》是较好的一篇。

（十五）　陈文翙

陈文翙（？～？），字彦土，长乐（今属福建）人。陈寿仁子。道光乙未（1835）岁贡，候选训导。黄鹤龄（1792～？）之婿。黄鹤龄《不暇懒斋诗钞》有诗《彦士婿寄旧秋荐卷来阅还缀以长句》。② 谢章铤曾托陈文翙向黄鹤龄借抄刘家谋《怀藤吟馆随笔》③。上海师范大学图书馆藏有佚名抄本《抄存闽人词十一种》，内收陈文翙《弦外词》，收词58首，重出1首，实收57首，其中《陌上花·关山梦里》乃元人张翥词，可删。《聚红榭雅集词》存其词1首，《过存诗略》存其诗4首。另从同治八年（1869）刻本丁绍仪撰《听秋声馆词话》可补辑1首。

陈文翙《弦外词》见存于《抄存闽人词十一种》，首页钤有“切庵经眼”章，阴文。林葆恒，字子有，号切庵，纂有《闽词征》《词综补遗》。林氏编纂此二书时可能参看过此钞本。《抄存闽人词十一种》仅见华东师范大学图书馆编《上海地区高校图书馆藏词目录》（1988年油印本）著录，因此《弦外词》实不太为人所知。

---

① 《清人词话》，第1660页。按，此则撰者未详。
② 黄鹤龄撰，刘荣平、江卉点校《黄鹤龄集》，厦门大学出版社，2014，第131页。
③ 参《赌棋山庄词话》卷一“翁宗琳词”条注释二，《赌棋山庄词话校注》，第22页。

《弦外词》中有《水调歌头·哭肖丞侄》稍露其偃蹇身世。词云："弱岁伯兄丧，而汝正髫年。父书善读承家，深喜汝能贤。群季余生最晚，诸侄汝年独长，出入久随肩。芹泮昔同采，槐路独先鞭。　迫饥驱，当绮岁，各分天。才归又出，卌年骨肉几周旋。不道数奇厄重，忽尔祸罹身殒，横死剧堪怜。遗累念身后，老泪洒风前。"又有《千秋岁·即席赠雪樵》下片云："胜会良非偶，难得尊垒，又能作达真吾友。樽前休腼腆，身后谁消受。吾醉矣，行觞起为先生寿。"符兆纶（1796～1865），字鸿诏，号雪樵，别号卓峰居士，江西宜黄人。道光十二年（1832）举人，官福建南屏知县，有《梦梨云馆诗外编》《卓峰草堂诗文钞》，均无与陈文翊交游的记载。

陈文翊的词以清旷见长，长调多述怀，短调多写闺思，能做到清而不艳。《祝英台近·中秋对月登屴崱峰观日出》云："蹑霜岑，凌月磴，岚翠泼衣冷。挟路天风，扶置最高顶。沉沉天远山连，青山断处，白冉冉、海光开镜。　空烟尽，波底才浴金乌，万象顿收暝。红轮涛涌，接瞬九霄迥。晴明天假奇观，层胸开荡，笑下界、处蛙瞀井。"屴崱峰为福州鼓山最高峰，山顶可观海上日出。此词写实，清气彻骨。集中多有咏月之作，如《月华清·拜月》《西江月·中秋对月》《水调歌头·对月感赋》，其他不以月为题的词篇也写到月。从其咏月词中可以看到苏轼的积极影响。如《西江月·中秋对月》云："乘风直上访姮娥"，《水调歌头·对月感赋》云："长罡风吹扫，莫遣浮云阴翳，终古此团圞。"就脱胎于苏轼《水调歌头》中秋词。苏轼的诗文中多有对"清"这一审美理想的体验与认同①，故以苏轼为学习对象，自有助于形成清旷的词风。另如《酹江月·醉言》最能见出受到苏轼的影响。词云："百年能几，拚痛饮长把，醉乡占住。更遣春江成麴水，不费一钱酌取。潦倒穷愁，牢骚幽愤，都付东流去。余波沾乞，不堪臣仆休与。　见说阔迹红尘，酒星愁寂，下趁高阳侣。那识糟邱倾废久，风月荒闲无主。兴渺豪刘，才空仙李，冷落壶杯趣。曹腾馀子，眼昏何足知汝。"此词明显受到苏轼的《前赤壁赋》的影响。述闺思

---

① 张海鸥：《苏轼文学观念中的清美意识》，《宋代文化与文学研究》，中国社会科学出版社，2002。

之短调，并无脂粉气，如《归自谣·艳情》云："春夜短。锦被兜鸳侬自暖。零衾剩枕谁多管。　温存见说伊家惯。留心看。压腰绣带重重绾。"上片述女子孤独无偶，下片写盼望团聚的情态，皆是一般日常生活中所能看到的，可贵的是词人并没有瞩目女子的肌肤容颜的刻画与描写。集中有《浣溪纱》七首集中写闺思，是他闺情词的代表作。其七云："寂寞闲门伫立迟。模糊声里入虚疑。月痕移过紫荼蘼。　风露偏多今夕里。星辰不改昨宵时。阑干倚遍奈谁知。"确是清而不艳。

词中尤值得一提的是《贺新凉》，此词表达了词人不迷信盲从的思想。序云："仲春十二日为社公生日，闽俗以社公为主藏神，尊之曰福德，以神之喜怒为财之得失。是日，燃灯结彩，荐豚酒，演剧陈设，所以媚之者，惟恐不至。抑知即古报社之遗意乎？因观社事，感赋。"词云："报社风沿古。但人间、争传公也，实司阿堵。香火廿年缘岂成，曾不一蒙青顾。有底事、触公之怒。鸡黍家家殷款荐，愧贫居不腆惟清酤。公且饮，为公诉。　几人作达浑贫富。欠锱铢、足令豪杰，气消神沮。措大穷年钻故纸，生计岂知农圃。耽不尽、饥寒之苦。我意愿公修福德，破悭囊少把生成补。休也学，守钱虏。"闽俗多信鬼神，少不了有人操纵鬼神以掠取财物，词人一针见血地指出所谓祭祀社公是"实司阿堵（钱）"，并劝社公多"修福德"，不做"守钱虏"。在闽人的各类风俗词中，此词的尖锐泼辣实属罕见。

陈文翊词以写个人感怀与闺思为主，风格清旷，技巧圆熟，少有败笔之处。但是其词的境界较狭小，题材较单一，特别是没有反映出那个动荡年代的苦难现实。这可能与他不多参与聚红榭唱和有关系。《聚红榭雅集词》二集①收其词仅 1 首，就反映出他参加聚红榭唱和可能属客串性质，因而未能接受谢章铤作词要"拈大题目，出大意义"的词学观，也就限制了他词作的总体成就。

（十六）王廷瀛

王廷瀛（？～？），字筠舲，山阴（今浙江绍兴）人。聚红榭社员。事

---

①　谢章铤等撰《聚红榭雅集词》（3～6 卷），清同治二年（1863）福州刻本。

迹未详。卒于同治乙丑（1865）年前。《聚红榭雅集词》存其词6首，《过存诗略》存其诗2首。词多咏物，较直露。《菩萨蛮·春水》是一首风情盎然之作，词云：

> 东风一夜吹愁满。潮痕欲上江南岸。流到第三桥。桃花红未消。
>
> 相思长不断。羡煞鸳鸯暖。双桨太多情。年年惯送迎。

第三节　情深意沉的郑守廉词

郑守廉（1824～1876），字仲濂，号俭甫，福建闽县（今福州）人。道光二十九年（1849）举人，咸丰二年（1852）进士，选翰林院庶吉士，散馆改部主事，补吏部考功司主事。著有《考功词》不分卷。

郑守廉事迹不彰。末代帝师陈宝琛初学诗于郑氏。[①] 谢章铤《赌棋山庄词话续编》卷二曾略述及与郑氏的交往，有云："郑仲濂家世清华，妙才自喜，亦余己酉（1849）同谱。由翰林改官工部，遭乱归来，十年不出。予时多远游，与君踪迹不甚密。及戊辰（1868）入都，君闻之，夜半走访。自后，余无聊辄就君，君亦三日不见余不乐也。字、画、诗、词皆工，而词尤宛转入情。丙子（1876），余复入都，则君亡矣。索其遗书，得《蠊道人词草》[②] 一卷。或有题无调，或调题俱无。盖君自中年以后，多伤心之故，虽有所作，亦付之丛残，不自珍惜。然君为朝士三十年，未尝得行其志，其所借以存君者，亦止此矣。况以词论，固海内一作者也。"[③]

郑守廉只有一册《考功词》行世，今有光绪二十八年（1902）刻本。词集按调编排，共收词245首，系郑守廉之子郑孝颖、郑孝思、郑孝胥、郑孝柽共同校字。郑孝胥为其父《考功词》的刊刻，花去了许多心力。

---

① 郭肇民：《我所知道的陈宝琛》，《福建文史资料》第五辑，第76页。
② 《蠊道人词草》，未见有书目著录，疑为郑守廉词集原用名，后付梓时更名为《考功词》。郑守廉：《考功词》，清光绪二十八年（1902）刻本。
③ 《赌棋山庄词话校注》，第296～297页。

《郑孝胥日记》1901 年十月二十三日（12 月 3 日）："补录《考功词》十余首。"二十四日《日记》："致陈伯潜（即陈宝琛）书，求作《考功词》序。"1903 年三月初五日（4 月 3 日）《日记》："陈伯潜来，留饭，谈先考功遗事，相对雪涕，日斜乃去。"1915 年十一月十三日（12 月 19 日）《日记》："梁星海送来先《考功词》，外加套板，题曰：'初印本'，别书一行云：'宋后无此手也'，皆刻于板，填以绿色。"1916 年五月十五日（6 月 15 日）《日记》："陶子麟寄来《考功词》重刻本，补书签条寄去。"梁星海即梁鼎芬，他认为《考功词》宋后无人能作，这个评价极高。

一　悼亡词

关于《考功词》的内容，郭则沄《清词玉屑》卷九云："仲濂为太夷方伯尊人，有《考功词》一卷，多寓瘵琴之痛。"① 民国《闽侯县志》卷七一《文苑上》云："（郑守廉）中岁悼亡，续娶林氏，知书，生二子：长孝胥，光绪壬午（1882）解元，官至湖南布政使；次孝柽，光绪辛卯（1891）举人，官至道尹。嗣林氏又卒，守廉哀悼甚，一用长短句写悲，今所传《考功词》一卷是也。"② 林氏即林四娘。叶参等合编《郑孝胥传·年谱》同治六年条云："是年（1867）九月，林太夫人逝世。"③《考功词》中的悼亡词主要作于 1867 年以后。《杨柳枝》词云"只得韶华卅一年"，据此林四娘生于 1837 年。

守廉悼亡词微吟自诉，情深意沉，读来觉得字字血泪。如《风光好》词云：

> 烟缘错。葡仙。恩情薄。葡仙。只得韶华卅一年。悔生天。葡仙。　幸相怜。葡仙。忍相捐。葡仙。破镜无因月再圆。恨绵绵。葡仙。④

---

① 《词话丛编二编》，第 1566 页。
② 民国 22 年（1933）刻本。
③ 叶参等合编《郑孝胥传·年谱》，《民国丛书》第一编第 88 册，上海书店，1989，第 14 页。
④ 此词，《考功词》题作《杨柳枝》，误，应为《风光好》。

谢章铤《赌棋山庄词话续编》卷二评此词曰："此亦仲濂集中悼亡之篇。盖用《风光好》调，仿《竹枝》《采莲曲》之体，曼声长啸，呼其字而诉之。'葡仙'，当是闺讳也。"①另有《浣溪纱》词云：

> 妒极情深死不妨。一双愁黛九回肠。呕心偿汝未堪偿。　谁道新缣非素比，忍教秾李代桃僵。今生今世够凄凉。

词反用汉乐府诗《上山采蘼芜》"将缣来比素，新人不如故"之意，觉得新妻林四娘胜过旧妻，正在于其情深，自己即使呕出心肝来也不能偿还，失去如此好的妻子，真是太凄凉了。《摸鱼儿》词序云："诸妹来宁，挑镫夜话，时内子谢世四阅月矣。怆成此阕。"词云：

> 问眼中，犹是二十年前，故家儿女。簪钱斗草婴时戏，飘瞥东风几许。还记取。谢皓月、当年曾照人清聚。韶华迅羽。算剩有而今，悲欢离合，冷落夜分语。　浑谁据，流水不情东去，吾生俯仰今古。风香露蕊成销歇，赢得一襟愁绪。天也妒。判宠绿、娇红各占春门户。流莺无主。尽微吟蓊烛，有谁怜我，思梦泪如雨。

此词上阕回忆少年时与诸妹的欢聚，而今却只有冷落夜语。下阕感情喷薄冲出，写流水无情，写香蕊消歇，写流莺无主，结末"有谁怜我，思梦泪如雨"几至于如泣如诉。另有一首词也值得注意：

> 七尺孱躯几寸肠。一生天付与凄凉。十年吴市悲三妹，九日燕台哭四娘。　秋已老，夜方长。争教双鬓不成霜。胶弦冷落人琴碎，残泪何堪洒杏殇。（《鹧鸪天》）

词情沉痛至极，三妹、四娘各已逝去，真是祸不单至，现在只有孱弱的身体还在支撑一颗泣血的心。

---

① 《赌棋山庄词话校注》，第297页。

　　何振岱在夫人郑岚屏卒后，重读《考功词》，颇感"沉哀"，与四十年前正当热恋时读《考功词》"不欲竟览"的感觉不一样，何氏重读复有新的领悟。其《双双燕》词序云："四十年前，读郑氏《考功词》，悲之。时予方游圣湖，燕婉情深，不欲竟览。今春感逝，偶复阅之，觉其情犹有未能尽者，因题一阕于后。"词云：

　　　　考功旧卷，恁情味辛酸，那堪重把。悲来念着，又费泪痕如泻。君道伊家错嫁。便不错、怎生抛下。凭教呕尽心肝，总有沉哀难写。　侬也。离愁暗惹。恨好梦轻消，烛灰香姹。今生明月，更誓来生良夜。休问恩缘真假。只长记、尊前花下。许多默旨深言，记着都应如乍。

何氏感到，今生是没办法长相厮守了，只有寄望来生，而尘世的婚姻不要过问恩情与缘分的真与假，问多了是没用的，只有记住曾经的美好经历，记住那些曾说过的心里话。人世间的许多事情其实是自己与自己的不断妥协。

二　交游词

　　郑守廉生平落拓，沉沦下僚，不与显宦交热。今见其词集中酬唱赠答之人不过数人，皆是诗人词客。如与谢章铤、杨浚、陈宝琛、林直、刘勷有词作的往还，他们都是福建的文士。陈宝琛后至高位。可见，郑氏的交游实在不广，这与他多隐居不出有关。

　　郑氏与谢章铤的交往是在谢氏寓居京城期间。谢氏《赌棋山庄词话续编》卷五记录了他与郑氏的一次交往，有云："一日，余招仲濂饮，李郎司酒纠，仲濂自述食性喜酸。李郎曰：'君能饮醋一杯，吾以一曲偿。'仲濂欣然引满。余笑曰：'吃得三斗醋，百事可作，君所饮尚嫌少耳。'翌日，仲濂寄余《临江仙》①云：'兜愁不忿青绫被。梦残渴想梅花味。夜雪

────────────

①　见《考功词》，调寄《菩萨蛮》，是；谢氏说是《临江仙》，误。有词序："枕如有三斗醋之消，以此解嘲。""梦残"原作"醉残"、"梅花"原作"梅华"、"夜雪晓寒天"原作"晴雪峭寒天"、"思君"原作"思伊"、"无处可"原作"无计可"、"防花恼"原作"妨花恼"。

晓寒天。思君思水仙。 出门无处可。坐对防花恼。花恼若为怀。还逃醋瓮来。'嗟乎！欢场若水，共尽何言？曾几何时，眼中人无一存者，悲夫！"① 此词今收在《考功词》中。另一次交往记载在《赌棋山庄词话续编》卷二，有云：

> 戊辰计偕报罢，遇丹徒茅雅初鹿鸣，甲子同年也。索观予集，填《沁园春》见赠云："往矣朱陈，雅调骚情，不在兹乎。恰三十年来，都为名误，七千里外，苦被饥驱。（原注：'君将入秦。'）短鬓频搔，长歌当哭，有美谁将善价沽。飘零甚，早浮生过半，白了头颅。 客中将伯频呼。笑此道、而今颇不孤。（原注：'时余营归计，君亦以囊涩未就道。'）想天意苍茫，方将玉汝，世途偃蹇，却早衰吾。风雨琴尊，云天金石，落拓同声也胜无。聊相慰，喜清声老凤，两地将雏。"盖雅初亦垂老始第，复不得志于春官，将归课子，不出山矣。闽县郑仲濂守廉读之有感。步韵云："慷慨上书，天阊路迷，君盍行乎。况朝爽西山，自供赠策，晴云太华，已为先驱。此去灞陵，短衣匹马，美酒十千差可沽。千珍重、此鬼神歌啸，沟壑头颅。 年来痛饮狂呼。算上下、云龙兴未孤。奈垂暮风尘，输盟石隐，半生仕宦，失望金吾。琴剑栖栖，烟花漠漠，日夕狼烽黯淡无。何心问、任馋涎腐鼠，吓煞鹓雏。"② 及余在长安，闭门寂寞，追念旧游，亦填一阕，却寄仲濂，并联为长卷，悬之斋壁。词云："三十余年，销磨几字，也者之乎。任媄母西施，供人刻画，追风逐电，范我驰驱。行矣诸君，归欤最乐，斜日扬帆出直沽。（原注：'时应试者多由海道。'）倘相忆，这未衰肝胆，将老头颅。 梦中似有人呼。劝莫遣、雄心醉后孤。笑说甚才情，几分痴蠢，生于忧患，百样支吾。蜕骨如蛇，换肠

---

① 《赌棋山庄词话校注》，第 373 页。
② 见《考功词》，有词序："送枚如游秦，用润州茅雅初韵。""路迷"原作"九重"、"自供"原作"足供"、"已为"原作"已助"、"灞陵"原作"灞桥"、"痛饮狂呼"原作"燕市欢呼"、"算上下"原作"算尔我"、"垂暮"原作"垂老"、"漠漠"原作"黯黯"、"日夕狼烽黯淡无"原作"六镇狼烽靖也无"、"任馋涎"原作"彼残涎"、"鹓雏"原作"鸳雏"。

似鼠，为问留皮比豹无。君知我，算平生返哺，尚愧鸦雏。"嗣闻雅初入闽，某观察延掌记室，宾主不相得，去馆，卒于旅邸。身后萧条，几无以敛，嗟乎！依人作计，其难至此，悲夫！①

观此段记载，郑守廉还是乐于与文士交往的，甚至不失风趣。郑守廉有两首词《沁园春》（我问枚如）、《贺新凉·读谢枚如〈酒边词〉题后，即以志别》，对谢章铤表达了极为钦佩之情。录《贺新凉》如次：

> 短发飞蓬葆。问枚如、置身卿相，而今非早。知汝心犹天上月，一片流光皓皓。抱多少、古今愁抱。何日旗亭来画壁，听双鬟，唱出君全稿。有绝妙，人倾倒。　十年我悔长安道。只两事、山林钟鼎，迄无一可。骨肉飘零文字厄，判向风尘终老。计以后、行藏皆左。落拓九哥嗟已死，对乌山、也合思量我。终不似，相逢好。

谢章铤在福建文士中声望极佳，他们与谢氏往还诗文中多赞谢氏人品怀抱、文采风流。此词赞谢氏"汝心犹天上月，一片流光皓皓"，甚合谢氏远大之志。谢章铤曾有词《金缕曲·酒后填寄郑仲濂》云："广厦长裘春意思，把情丝、叠叠自家裹。种何树，成何果。"劝守廉放宽情怀，得失随缘。郑守廉有词《清平乐·题杨雪沧击楫图小影》云："半壁烽烟舟一叶，谁许中流击楫。"勉励杨浚（字雪沧）奋发有为。杨浚《冠悔堂词稿》有词《鹧鸪天·题郑仲濂小影》云："养云侬尚空山卧，阿对泉甘孰卜邻。"此言有与郑守廉结邻之意。

三　京城生活词

郑守廉做京官25年，官终考功司主事。考功司，吏部四司之一，专门负责考课官吏的机构。郎中从五品上，负责京官考课；员外郎从六品上，负责外官考课。主事相当于考功司里的"干事"。按理说，郑守廉是在一个清要的部门任职，若善能周纳，或能有所升迁。然郑氏未能得行其志，

---

① 《赌棋山庄词话校注》，第295～296页。

他的词中总是在诉说他的进退失据的矛盾和苦闷。如在《玉楼春》（读书弱冠千行破）、《蝶恋花》（十年一梦醒蓬岛）、《满江红》（我爱古人）中不厌其烦地在说"钟鼎山林无一可"，即进不能图取显要官职，退不能归隐山林。《蝶恋花》词云：

> 十年一梦醒蓬岛。往迹如尘，未免萦吾抱。钟鼎山林无一可。鬓丝容易催人老。　中酒心情真草草。一领秋衫，又为担愁破。粉署徜徉贫也好。近来颇惯长安道。

想来郑氏29岁中进士，也算年轻有为，前途无量，可是享年不永，卒时才53岁。卒前，他正处在一个进尚可有所作为，退未免心有不甘的时期，所以词云"钟鼎山林无一可"，正是他内心真实的想法。也许是过惯了落拓不偶的官场生活，也许是对人生还心存侥幸，他竟也产生了"粉署徜徉贫也好。近来颇惯长安道"的自我安慰。他有词写到了他在官场的窘状，如《浪淘沙·癸酉初秋，铨署入直》所云：

> 失笑老冯唐。何苦为郎。乌栖吏散渐昏黄。眉月窥人刚一霎，又下西墙。　信宿凤城旁。挨尽宵长。断无半臂问新凉。山枕梦回谁作伴，唧唧啼螀。

写官场生活的词作，是《考功词》中最有价值的部分。此词写出了挨尽宵长、啼螀伴梦的寂寞。另有《临江仙·己巳重九》词写出了人情冷漠、欲求解脱的奢想；《满江红》（落拓京尘）词写出了如虱饱裈裆般的求生，如牛马奔走般的劳累；《贺新凉》（意气云霄薄、流落京尘里）词写出了对骨肉飘零、冷炙残羹的不平之情。

京城生活可谓世事尘杂、辛苦俸薄、孤独寂寞，因之他总是在盼望有一天能回家。《郑孝胥日记》十二日（8月31日）："作《闻怡舅卒述哀》一首：'考功携伴爱乌山，晚入京尘泪有斑。寄画虚传书尾意，填词苦说梦中还。已孤兼抱离群恨，别舅长怀被酒颜。今日西州凭一恸，几生并在廿年间。'怡舅尝写兰寄先考功而题曰：'早知气味难谐俗，却悔当年浪出山.' 考功尝寄《贺新凉》二阕，叙梦归乌山甚悉。"① 郑守廉对到京城做官是后悔的，这就加重了他的思乡之情。《生查子》（四十苦饥驱）词写四十做梦还家，而春山却在窃笑他。《浪淘沙·丁卯十月》词极沉痛，说家书中已不报儿子的近况，只是告知平安，盖不愿提及伤心事，却更惹起无限伤痛。《蝶恋花》（嗟我营巢如燕子）词写无家可归、灯前挥泪、儿女漂泊等种种悲事，结末说家人团聚只能是一种企盼而已。《浪淘沙·阅金经似有所见》写出了他的忏悔，因错爱功名，致使养成千古恨。词云：

> 儿瘦阿娘孱。两地心寒。远书常盼见来难。今日书来儿不见，却道平安。　碧落夜漫漫。何处人闲。故乡路已绝生还。衔恨愿为天上月，先照乌山。

在寂寞愁重、归乡无望的日子，郑氏除"千年图史，尽容豪纵"（《满江红·落拓京尘》）的读书生活外，尚有寄情风尘、证缘求果的生活。《临江仙》（记否那回浓醉里）词写一次艳遇的经历，是在浓醉的时候发生的。大约酒后潜意识的渴望呈现出来，于是有粉痕狼藉一幕的发生。欢会后整日寻思，还幻想玉体横陈。《高阳台·癸酉十月病中感梦有作》词写一次浴佛节（龙华会）上与一尼姑略有意思，自叹情尘不了。《贺新凉·乙亥十月枕上戏成》词写证果不易，觉得自己是酸瓮中的小虫未脱鬼关，还是穷愁一个。

郑守廉一生清贫寂寞，其子郑孝胥却甚发达。郑孝胥（1860～1938），字苏戡，号太夷，晚号夜起翁，居海藏楼。闽县（今福州）人。光绪八年（1882）解元。民国12年（1923），由陈宝琛引荐入故宫，任"懋勤殿行走"，为清室复辟出谋献策，后被破格授为"总理内务府大臣"。民国21年（1932）伪满洲国成立，郑孝胥出任伪"国务总理"，先后兼任多项伪职。民国23年（1934）三月，伪满洲国实行帝制，溥仪即皇帝位，郑孝胥任伪"国务总理大臣"，后日人以郑孝胥难以驾驭，于民国24年（1935）将其撤换。郑孝胥工诗、擅书法，能度曲填词，为诗坛"同光体"

---

① 郑孝胥著，劳祖德整理《郑孝胥日记》，中华书局，1993，第512页。

倡导者之一，著有《海藏楼诗集》《函髻记》《郑孝胥日记》，擅长校勘古籍、鉴别文物。

郑孝胥作词甚少，《闽词征》存其词 2 首，他的《郑孝胥日记》中也保存少量词作。郑孝胥曾不遗余力地刊刻其父《考功词》，并常常研读。郑孝胥《海藏楼诗》卷八《先考功生日归虹桥路十月十一日》云："雨余黄叶欲辞林，晓雾才收又似阴。久客竟疏忌日拜，新寒正动履霜吟。携孥海上成遗子，纵步田间即陆沉。苦道白云近亲侧，望云怅断恐难寻。"① 武昌起义后，郑孝胥羁留上海，以遗老自命，蛰居海藏楼，诗酒自娱。此诗作于癸丑年（1913），写他对先父的怀念，心境是落寞的。

第四节　咸同朝其他闽籍词人

一　文物鉴赏家郭篯龄的词

郭篯龄（1827～?），字子寿，号北山，福建莆田人。郭尚先（1785～1832）子。六岁即孤。廪生，屡荐不售，遂绝迹名场，慕浙中山水，以同知到浙。归卜居瓢湖村，性任侠，远近知名之士多归之。撰有《吉雨山房遗集》10 卷计《文集》4 卷、《诗集》5 卷、《北山樵唱》1 卷。词名《吉雨山房词钞》，存词 65 首。

郭篯龄 65 首词中，有 54 首是叙写古物名器的，这真是一个奇特的现象，在古今词人中是绝无仅有的事，完全称得上一种"有意味的形式"。首先，我们想到的是他为什么采用词体而不是诗体的形式来叙写古物名器。近体诗形体如同板块，格律如同刑律，用诗体来写确实不太方便；而词体乃长短句，形体摇曳多姿，格律通变从宽，叙写古物名器虽不能灵活自如，倒也可行。

郭篯龄精于文物鉴赏，这可从词序中看出。如《湘春夜月》词序："古镜篆铭二十字：'内而清而，以而照而，四而光而，中而失而，日而月而。'

---

① 郑孝胥：《海藏楼诗集》，上海古籍出版社，2013，第 250 页。

'心而不化'，与前镜铭词略相仿。然前镜言日月之合，故谓之周；此言其分，故谓之清，谓之照。前言'不化'是言其不合，故不化，主受日之中言；此言'不化'，是言其相近而不清，故不化。言月自有其中，其意固各有在。"又如《千秋岁》词序云："汉凤首瓶。按：《博古图》有螭首瓶，与此为类。周虽文胜，然其胜者固为文也，此则巧极，不得复谓之文，故以属汉。"凡此等文字都显示他的鉴赏力，有鉴赏力是作古物鉴赏词的前提条件。

郭篯龄的文物鉴赏词，并不拘泥敷写文物的形貌品质，而是着重写他的观感。这就使文物鉴赏词显得灵动起来，读者读起来并不十分吃力。如词集中最长一首词《莺啼序》序云："曩得一碧玉研山，天然作平远状，谓之远山。又得一石，不减仇池英德，而螺蚌粘其阜，珊瑚挺其麓，俨然有树有石，是为近山。继有以珊瑚树见贻者，交柯盘互不分枝干，竟如巧石，因去其累赘繁冗者，得四寸许，颇玲珑有致，而色赫然殷赤。晨望西山，受日晕，若胭脂，酷与相肖。呜呼！是亦所谓三神山矣，何必令徐福偕童男女而东求之。"文字殊美，是一篇不错的小品文。词云：

> 远山一味纯青，近观方见树。晓峰日、映色全红，紫雾氤氲天暮。怎能勾、如斯变态，将他样样同时觑。复摩挲，都遍痴情，亦徒虚语。　恰有仙岑，碧玉长就，叹神工鬼斧。珊瑚既、盘结枝柯，看依稀岛屿。托灵根、又资海石，更端巧、再翻新谱。拥书侯，大宝亦三，从头细数。　眼中沧海，衣上白云，低头便快睹。恍惚是、置身霄汉，遥峰晴旭，怪石虬松，尽归阿堵。人居林麓，壁悬图画，几前又列群岩秀，觉胸中、岳更玲珑五。烟云合处，油然肤寸崇朝，吾笔也惊风雨。　斯真定分，毕竟山民，只称山相侣。便做道、奇珍瑰质，也要怎般，洗净浮华，尽渐妩媚。庶几能合，清奇骨格，收藏方觉宜邱壑。任排陈、原异波斯贾。轻移海上三山，应笑愚公，当年太苦。

词有四片，各有一意。第一片赞远山石色泽与形态，说在它面前再好的赞词都成虚设。第二片另赞近山石，如同仙山，姿态横出，是他这个"拥书侯"三宝之一。第三片赞珊瑚树，是一巧石，给他终朝云气的幻觉，并助其笔力如神。第四片讲他的收藏品格，贵在清奇，如此方能将海上三仙山轻移于掌中。此词篇幅虽长，却能做到灵动多姿，状宝物如在目前。

不可否认，郭篯龄在词体创作方面，走了一条与众不同的路。

二　志娴音雅的朱芳徽词

朱芳徽（1831？～1910？），字懿卿，福建侯官（今福州）人。进士朱锡谷侄女，少随锡谷宦四川。婚姜承雯，意不相恰，终日吟咏。后贫且老。蜀中向焘，知闽县事，礼延芳徽至署教读子女。八十岁卒。著有《绿天吟榭诗稿》2卷。《绿天吟榭诗稿》有朱芳徽跋，署庚午（1870）作，时朱氏近40岁。同治三年（1864）刻本《绿天吟榭诗稿》所附《诗余》存词23首。

朱芳徽诗颇堪讽诵，如《述怀》云："世态不关心自静，风尘无累性还和。"《夜坐》云："晚风入树鸟先觉，凉月到窗人未眠。"《晚景》云："老槐负月妨花影，乱鸟投林作雨声。"真乃锦心绣口，志娴音雅。然限于闺阁生活，造境略狭。陈衍《石遗室诗话》卷三十一云："闺秀能诗者多未深造，以真肆力者少，脱不了女儿口气也。"① "女儿口气"之说，在朱芳徽的诗词中确有一些，但是她似乎要超越这个局限，她词中总是表现出对人生迷途的思考，对人生终极目标的关注，这使得她的词具有了较宽广的意义。如《贺新凉·放怀》云："富贵荣华真顷刻，试问阿谁到底。"《贺新凉·咏情》云："万劫因情起。尽缠绵、刀挥不断，土埋难死。种出古今多少恨，一往深于胡底。须只在、纲常伦理。"均予人以启迪。

《满江红·写怀》一词，乃铮铮之音，可知世路不平已在她心里留下了深深的刻痕，词云：

> 一盏青灯，照尽了、十年关目。忍看那、狐妖兔狡，纷迷驰逐。楚岫云飞春梦破，醉乡足陷年华速。叹人生、处此待何如，吞声哭。　荆棘地，风流狱。解不脱，颠还覆。恨茫茫黑劫，无凭祸福。敛步自知尘世窄，灰心岂作他生卜。记前游、碧落共黄泉，何途熟。

------

① 陈衍：《石遗室诗话》，辽宁教育出版社，1998，第442页。

另有《沁园春·元宵》一词，好语转轴，格律精稳，是朱芳徽词的力作。词云：

> 灯烛交辉，笙管频调，不负此宵。更姮娥捧镜，碧天如拭，风姨驻驾，绛焰难摇。车马喧阗，鱼龙出没，倒卷星河下碧霄。升平候，听歌声匝地，人语如潮。 休言花市逍遥。便几处、华堂接绮寮。也珠明玉照，红飞翠舞，篆烟密绕，莲炬高烧。好景如斯，芳心何有，病竖愁魔不肯饶。尽千金一刻，无福能消。

朱芳徽词，如众多的女性词人一样，主要写闺阁生活，在词的题材方面没有多少创新。但她词笔颇佳，思致深入，可以说在很大程度上突破了一般女性词人的局限。因而，她在闽籍女性词人中，是有一定地位的，只是她存词数量较少。

三 多说孤愤的何嵩祺词

何嵩祺，字伯希，福建侯官（今福州）人。道光己酉（1849）优贡，尝任惠安训导。咸丰壬子（1852）领乡荐，庚申（1860）成进士，改兵部主事。在都供职二年归。时沈文肃公督办马江船政，聘嵩祺襄理。文肃旋奉讳，嵩祺与当事者不合，遂拂衣去。嗣主越山及龙光书院讲席二十余年，士林帖服。晚岁失明，侍者读课卷，瞑坐涂乙之，第其高下，不差累黍。性孤介，不妄干人。能文，工诗，著有《莲因室诗集》十六卷，卒年六十六，入祀鳌峰名师祠。

何嵩祺著述未见流传。福建省图书馆藏有福建修志局钞本《闽五家词钞》，内收何嵩祺撰《鬓丝词》，收词42首，《全闽词》据此本录入。何嵩祺晚年与谢章铤颇有交往，词集中有5首词写到了谢章铤及其著述，极表钦佩之意。谢章铤《酒边词》《赌棋山庄词话》分别刊于光绪十年（1884）、光绪十五年（1889），何嵩祺皆曾阅读，其卒年当在1889年后，假定其卒年是1889年，其生年当在1824年。

何嵩祺虽是进士出身，然不显达，词多说孤愤，是境遇使然。其词纯以气行，以散文笔法作词。如《满江红》上阕云："生我苍天，论位置、可云不恶。虽说是、封侯无分，犹教食肉。身后千秋仍是幻，眼前一死宁非福。只君亲、恩重报何曾，惭幽独。"如同口语。

何嵩祺《木兰花慢·赌棋山庄题壁》塑造了晚年谢章铤遗世独立的得道高人的形象，颇能传神，词云：

> 向榕阴高处，着吟屋，出尘樊。说太华当年，曾携佳句，秋满乾坤。当门。一株银杏，更参天、独表此山尊。（随园诗：最是一株银杏古，参天似表此山尊。）上界真邻帝座，（山后枕文昌祠。）外人休拟随园。　鹤猿。从此免烦冤。罗桂共温存。问斜阳衰草，迟清何处，宛羽休论。几番。滥巾偶吹，对林惭、涧愧我何言。石鼓九仙灵气，（山庄面对石鼓，背连九仙。）还看暮吐朝吞。

1842 年 8 月中英签订《南京条约》，规定广州、福州、厦门、宁波、上海为通商口岸。道光年间，英国的一名传教士租赁了福州乌山神光寺的几间房屋，租期为六个月。此事引起了林则徐及城内部分士绅的不满。谢章铤《赌棋山庄词话》卷一云："是时海氛方棘，彼族逼处城内乌石山，居民义愤同仇，几如广东之三元里。而徐松龛继畬中丞力持和议，极意与民为难，而俎上之肉，惟其所欲为矣。"① 此事引起朝议，并最终导致徐继畬被革职。何嵩祺有词反映此事，《满江红·登乌石山望耕台》云：

> 无恙江山，却待我、白头命驾。（道光年间山为外国人占据，余初未经登临。）渐幽迥、一重一掩，纡回入画。天意要将兹地净，山灵又向吾曹迓。说还珠、归璧费艰辛，卅年也。　幡竿指，曾嗟诧。阑干倚，还悲咤。瞰虎门寒色，滔滔逝者。异类如狼狺息近，疆臣似鼠封章诈。（道光末年②，巡抚徐姓将山间祠庙赁外国人，入告诳称居在城外。）剩沿蹊、万竹态微妈，风前亚。

---

① 《赌棋山庄词话校注》，第 31 页。
② 何嵩祺说，徐继畬将乌石山祠庙赁给外国人事发生在道光末年（1850），殆记忆有误。据谢章铤《赌棋山庄词话》，此事当发生在道光二十五年（1845）年前。

这首词，和刘家谋乙巳（1845）年作《沁园春》（怒发冲冠）、谢章铤壬子（1852）作《满江红》（严冻一天）的态度一致，都表示对外敌的极端厌恶。从这首词中还可以得到更详细的信息：英人盘踞乌山由来已久，达30年，所以引起福州有民族气节士人的特别反对。徐继畬《松龛先生文集》卷四《谢政归里祭主文》曾为自己容忍英人盘踞乌山作了辩解，有云：

> 蒙恩擢广西巡抚，旋调任福建巡抚，在任五年。两署闽浙总督，以焦头烂额之地，值山穷水尽之时，兼以抚局。既定，奉命专办通商事务，困心棘手，不可名言。继畬谨守先训，饮冰茹蘖，不取一钱，矢慎矢勤，力图补救。九年之中，疆土幸无变乱，夷情亦复安恬。不料时局既变，议论日新，继畬坚守素志，不肯轻开边衅，遂为言路所攻，弹章至于六、七。圣主悯其戆愚，降补太仆寺少卿。本年夏初，上《三渐宜防》一疏，蒙谕嘉奖，旋有四川正主考之命。闱务方毕，奉文以闽抚，任内起解官犯，迟延革职。伏念继畬才力短浅，未能建立勋名，以光祖考，诚为可愧，惟谨洁自守，尚未玷先人清白。方今时事艰难，中外皆无从措手，幸以微罪归田，未必非塞翁之福。今已于十一月十一日抵里，从兹里居教授，为村学究以终身矣。[①]

徐继畬辩称以"起解官犯迟延"之微罪革职，但也承认因夷情而遭弹劾。从何嵩祺此词可知：徐继畬说了假话——"诳称居在城外"。应该说，福州人民赢得了反抗英人入侵的初步胜利。

《续修四库全书总目提要》（《鬓丝词》一卷）云："词乃闽派，多近龙川、龙洲两家。"[②] 可谓的评。何嵩祺词风与谢章铤相近，是豪放一路词风。

---

① 民国刻《山右丛书初编》本。
② 《民国词话丛编》（第五册），第356~357页。按，此则撰者未详。

第十一章　谢章铤词与词学理论

晚清闽籍学者谢章铤是一位集词的创作和词学研究之大成的人物，其词学理论从创作中得来，又能指导后起词人的创作。如一位词学家的词学理论不从创作中得来，又不能指导词的创作，只能被证伪。谢章铤把词的创作和词学理论结合得十分紧密，二者血肉相连，这一点在清代词家中是不多见的。他还把词的创作和理论研究与其日常词学活动结合起来，如其长时间主盟的聚红榭，是他和同人的一块创作基地和理论实践基地，在清词史上影响极大。如果清代闽词史上没有谢章铤，就如同宋代闽词史上没有柳永一样，那将是极大的缺憾。

第一节　谢章铤的词作

谢章铤（1820～1903），字枚如，长乐人。聚红榭发起人之一与主盟者。道光二十九年（1849）中副车，咸丰元年（1851）主讲漳州丹霞、芝山两书院，同治四年（1865）中举，同治五年赴山西佐学使林天龄校阅试卷，同治八年赴陕西主讲关西和同州书院，同治十年主讲漳州书院，光绪三年（1877）举进士，同治十三年应陈宝琛之请主讲江西白鹿洞书院，光绪十三年主讲福州致用书院，考终讲舍。谢章铤一生著述颇丰，已刻之书有：《赌棋山庄文集》七卷、《赌棋山庄文集续编》二卷、《赌棋山庄文集又续编》二卷、《赌棋山庄诗集》十四卷、《酒边词》八卷、《赌棋山庄余集》八卷、《赌棋山庄词话》十二卷、《赌棋山庄词话续编》五卷、《说文闽音通》二卷、《围炉琐忆》一卷、《藤阴客赘》一卷、《稗贩杂录》四卷、《课余偶录》四卷、《课余续录》五卷、《毛诗注疏毛本阮本考异》四卷，编纂《校刻东岚谢氏诗略》四卷。另有若干稿本存世。① 谢章铤在诗、词、文、经学、语言学等方面均有建树，尤以词学批评得享盛名。谭献评其学曰："闽中学人可以称首。"②

谢章铤 43 岁时编己作，得诗 10 卷、词 10 卷、古文 2 卷、词话杂记 10 余卷。《赌棋山庄文集》卷二《与炯甫书》云："铤累年困顿，东西依人，八口嗷嗷，且无以自给，尚何敢哆然更作高论哉！今年四十有三矣，精气日耗，志趣日卑，自抚生平，诚不知置身何等。素蒙眷注，诚惭诚愧，无以对我知己也。旧年寄迹永安之大岭，其地四山环抱，瓮居穴处，瘴气塞户牖，不及百日，一病几死。当此之时，万念俱尽，惟一二述作未得相知者为之点定，觉往来于心不能释然耳。昔尝有句云：'千秋豪杰羞文字'，曾几何时，乃惓惓文字如此。噫！可以知其学之不长进矣。近编集得诗十卷、词十卷、古文二卷、词话杂记十余卷，疾苦之音充纸塞笔，以云闻道，固为未也。然称心而谈怀抱，颇借以自见，阔绝数千里，何缘一贡之长者之前，而指顾其是非乎？"③ 谢章铤四十三岁时对自己的创作进行了一次全面整理，为日后刊行《赌棋山庄所著书》奠定基础。

谢章铤词的创作时期主要在其 21 岁至 50 岁之间。谢氏《词后自跋》

---

① 陈庆元《谢章铤的学术思想及传世稿本》（《福建师范大学学报》2001 年第 1 期）列有存世稿本 15 种：《赌棋山庄文集》四卷、《赌棋山庄文集》不列卷、《赌棋山庄诗集》十五卷、《赌棋山庄诗集》不列卷、《赌棋山庄词话》不列卷、《谢枚如文稿》一卷、《赌棋山庄遗稿》不列卷、《赌棋山庄余集》不列卷、《赌棋山庄余集剩笔》不列卷、《赌棋山庄词稿》不列卷、《乐此不疲随笔》一卷、《便是斋琐语》一卷、《我见录》一卷、《赌棋山庄备忘录》不列卷、《赌棋山庄藏书目》一卷。文又收在所编《赌棋山庄稿本》中。按：《福建文献集成》初编经部四〇影印稿本《说文大小徐本录异》一卷、《说文闽音通》一卷附录一卷。《福建文献集成》初编经部四八影印稿本《赌棋山庄遗稿》不分卷、《赌棋山庄删余偶存》不分卷、《赌棋山庄余集》不分卷、《赌棋山庄余集剩笔》一卷、《谢枚如先生未刻文稿》一卷。（《赌棋山庄遗稿》）《福建文献集成》初编经部四九影印稿本《赌棋山庄遗稿》不分卷、《赌棋山庄删余偶存》不分卷、《赌棋山庄余集》不分卷、《赌棋山庄余集剩笔》一卷、《谢枚如先生文稿》一卷（《赌棋山庄删余偶存》《赌棋山庄余集》《赌棋山庄余集剩笔》《谢枚如先生未刻文稿》）。张亿《谢章铤〈毛诗注疏毛本阮本考异〉稿本考》（《北京大学中国古文献研究中心集刊》第二十五辑）指出：台湾"国家图书馆"藏有两种谢章铤《毛诗考异》手稿本：一为初稿本，共四册，不分卷；一为誊清本，共四册，四卷，附《春秋左氏传毛本阮本考异》一卷。

② 《复堂日记》卷一。

③ 清光绪十年（1884）南昌刻本。

云："余二十一岁始学词。"① 谢氏《课余偶录》卷四云："予二十余年不填词，十余年不作诗，即偶有所作，亦零星不成篇卷。"②《赌棋山庄诗集》刊于光绪十四年，《课余偶录》刊于光绪二十四年。谢章铤基本不作诗的时间在 1888～1898 年。谢氏《叶辰溪七十寿序》云："道光乙巳、丙午间（1845～1846），予以词与辰溪定交。是时，年各二十余……惜予二十年不填词，不然步魏华父之所长，为君歌一阕，必将多侑君十觞酒也。"③ 谢章铤长叶滋沄（号辰溪）1 岁，叶氏 70 岁，谢氏 71 岁，从 71 岁逆推 20 年，则谢氏"不填词"的时间在其 50～70 岁。据陈昌强《谢章铤年谱》，同治十年正月十八日，谢章铤抄录《酒边词》成，寄赠石介。④ 或谢章铤此举是对自己作词的成果有了一个交代，以后不准备多作。其基本不作词的时间可定在 1871～1890 年，正是其 50～70 岁。叶庆熙（1821～1896），原名滋沄，字与荪，号辰溪，福建闽县（今福州）人。叶小庚之孙。同治六年任浙江湖州长兴县令，光绪元年任浙江杭州建德县令，光绪十年任浙江杭州桐庐县令，十二年任浙江桐庐分水县令。著《我闻室词》，今佚，谢章铤曾为之作序。⑤

谢章铤一生到底写了多少首词？光绪十五年，《赌棋山庄所著书》本《酒边词》八卷刊行，有黄宗彝序及自序，另有刘家谋、李应庚、高思齐、刘勷、符兆纶、宋谦、林天龄、陈遹祺、郑守廉、谢质卿、张树荚、张僖、张景祁题词。收词 405 首。咸丰六年（1～2 卷）、同治二年刻本（4～6 卷）《聚红榭雅集词》共收其词 82 首。民国 7 年（1918）石印本《赌棋山庄余集》收词 3 首。《赌棋山庄词稿》（收入《赌棋山庄稿本》）收词 8 首。稿本《赌棋山庄文集》（收入《赌棋山庄稿本》）收词 2 首。宣统二年（1910）铅印本宋谦撰《灯昏镜晓词》卷首收词 1 首。光绪十年刻本《赌棋山庄词话》收词 7 首（含联句词和残句）。《赌棋山庄遗稿》（福建图书馆藏稿本）收词 10 首。以上皆不计重复，谢章铤共存词 518 首，居历代闽籍词人之

① 《赌棋山庄文集》卷三。
② 《课余偶录》卷四。
③ 《赌棋山庄文续》卷二。
④ 《谢章铤集》，第 832 页。
⑤ 阮娟：《三山叶氏家族及其文学研究》，第 59～60 页。

冠。陈昌强辑录《赌棋山庄词》^①对谢章铤词作了整理汇编，除少数草体字未能辨别及少数缺字未能补足外，大体可行，可据以参考。

谢章铤一生最重要的词学活动是主盟聚红榭唱和，据此，我们参考谢章铤生平行历，将谢章铤的作词历程分为三个阶段。即聚红榭唱和前的创作（1840～1851）、聚红榭唱和时期的创作（1852～1863）、聚红榭唱和以后的创作（1864～1871）。

（一）聚红榭唱和前的创作

谢章铤刚一登上词坛，中国近代的历史便迎来最为惨痛的时期，外有鸦片战争的袭扰，内有太平天国运动的冲击。谢氏如一般的士子一样，走的是读书科考的人生道路。聚红榭唱和开始前的他，一共参加了四次乡试，仅得一副举人的资格。他东西奔走，多依人过活，偶尔参加文友间的聚会唱和。此一时期，他与福州著名诗人刘家谋定交，结下深厚的友谊。

道光二十年（1840）六月，英军进犯福建。九月，林则徐、邓廷桢遭清廷革职。同年谢章铤补弟子员，并开始学词。二十一年七月，英军进犯福建，攻陷厦门。八月，复陷定海。二十二年七月，中英签订《南京条约》。二十三年八月，中英在虎门订立善后条约。同年谢章铤应癸卯科乡试报罢。二十四年五月，福州、厦门相继开港通商。同年五月，谢章铤应甲辰科乡试报罢。九月，刘家谋访谢章铤于嵩山草堂，二人定交。二十六年闰五月，谢章铤应丙午科乡试报罢。二十八年四月，自编词集《酒边词》。二十九年秋，谢章铤中己巳科副举第十三名。三十年六月，洪秀全率拜上帝会于广西桂平县金田村起义。十月十九日，林则徐卒于潮州。咸丰元年（1851）正月，清廷命严办福建漳泉一带天地会。七月，谢章铤应辛亥科乡试报罢。闰八月，洪秀全陷永安，称天王。同年，章铤应漳州丹霞、芝山两书院之讲席，有了平生第一份正式职业。^②

谢章铤庚子至辛亥（1840～1851）的词作计113首，即《酒边词》前三卷和第四卷《金缕曲·壬子初度》词前的词作。这一时期的词以友情词

---

① 《谢章铤集》，第405～520页。

② 本部分谢章铤事迹及时代大事，参考了陈昌强《谢章铤年谱》，陈庆元主编《谢章铤集》，第695～906页。

最可贵，他的文友主要有刘家谋、李星村、黄宗彝、李少棠、叶滋森等人，谢氏的友情词主要是写给他们的。其中，与刘家谋有关的词作计24首。

读刘家谋的书，谢氏《贺新凉·题芑川〈矿剑集〉》如是说：

> 知否凄凉甚。将生平、许多血泪，行间染尽。为问昂藏成底事，几字区区仅剩。算仆与、夫君同病。消受旁观讥又笑，只自家、长抱伤心证。但如此，何究竟。　　纷纷扰扰谁时定。溯年来、所传消息，令人惊听。便有热肠堪倚借，热到如今还溅。况未必、千秋堪信。作乐一时聊复尔，把新词、挥洒终吾兴。且安晓，吾非圣。

与刘家谋切磋艺文，谢氏《金缕曲·谈艺视芑川》如是说：

> 总要性情耳。自古来、韩苏李杜，所争止此。试把艺文时一阅，姓氏纷纷难纪。正法眼、何曾有几。风雅本原都不讲，只描头、画角真堪鄙。覆酱瓶，谁料理。　　要展精神新壁垒。拥皋比、双眸炯炯，驱神役鬼。莫笑填词为小道，第一须删绮靡。如椽笔、横空提起。千古名山原有数，这功名、不与寻常比。深相望，子刘子。

刘家谋赴台湾任训导，谢氏作词送别，《百字令·醉极作，视芑川。时芑川将渡海供职》（其二）如是说：

> 纷纷世界，谓从来名士、一钱不值。愿汝中流为砥柱，且向龙门努力。此后相离，几年再聚，所就应殊昔。冷官亦可，故人听汝消息。　　堪叹今古才人，为天所限，老尽凌云翮。说短谈长刀笔吏，谁谅当年心迹。势若可为，时乎难再，此会休轻掷。江山得助，文章还可无敌。

谢氏可谓是刘家谋的道友和知音。读刘家谋的书，谢氏说他的《矿剑集》是血泪凝定，是自抱伤心在证果。与刘家谋谈艺，谢氏勉励刘家谋要保持性情，要展精神新壁垒，要重视填词，不写绮靡之作。送别刘家谋，谢氏鼓励他做中流砥柱，文章将来要无敌。谢氏的友情词饱含热诚、见解超迈，如话家常，读之令人鼓舞。

谢氏这一时期有词稍能涉及重大时事，可以说这是他词学观中"要敢拈大题目，出大意义"主张的初步尝试，词量较充沛，令人耳目一新。《金缕曲·庭梅半开，独步花下。风过，时坠一二片。韶华不居，零落可感》词有跋语曰："忠贞祠在福州乌石山，有梅一株，宋代物也。山近为英夷所踞。"英夷不断袭扰福建海岸，逼迫清廷设福州为通商口岸，其渗透之心，豪夺之意，虽草木也能感觉得到，所谓"感时花溅泪"也。谢氏此词确有大关联，让人不得不佩服他敏锐的洞察力。词曰：

> 一半花开矣。算人生、能彀几回，花前欢醉。况复封姨还作剧，苦苦将花吹坠。撩起我、凄凉心事。细雨忠贞祠下过，人对花、齐滴伤心泪。要花看，将何地。　　此花又向天涯弃。便无穷、幽香冷艳，相怜谁是。我也家风称宝树，颇与花同臭味。但有恨、花曾知未。当日戴花人似玉，想爱花、无奈花难寄。花应替，我憔悴。

梅是宋梅，她的历史不可谓不久，可以说她是福州历史的见证者，人们以能在梅花下饮酒感到欢快。然而她突然憔悴凋零了，词人伤心得落泪。他觉得是英夷所踞致使梅花不荣，英夷对草木的侵扰是如此，对福州人的侵扰可谓更重。词人本想如芝兰玉树生于庭阶，见花凋零，不免自伤起来。此词笔致多姿，吞吐自如，是谢氏词中上品之作。

（二）聚红榭唱和时期的词作

咸丰朝，中国社会秩序翻天覆地，近乎崩溃。外有英法联军攻陷北京事，内有太平军攻陷江宁定都事。中外各种势力反复博弈，此消彼长，乌烟瘴气。百姓被祸最烈，生灵涂炭。谢章铤的生活也受到波及，他没有固定的职业，也没有考上举人，仍然是巨变时代的一介寒士。这一时期，谢章铤结识他人生第二位重要文友高文樵，相约成立聚红榭。他也因为自己出众的创作才能，渐渐有了名气，并成为福州文士交往中的一个中心人物。

咸丰二年（1852）三月，谢章铤至漳平后不久结识高文樵。六月二十五日，刘家谋病逝于台湾。十二月，太平军攻陷武昌。咸丰三年二月，太平军陷江宁，改称天京。四月，福建小刀会破海澄、漳州、同安、厦门、漳浦等地。咸丰五年四月，太平天国北伐军败灭。五月，谢章铤应乙卯科乡试报罢。咸丰六年，聚红榭正式开始活动。咸丰七年三月，太平军攻入福建，占领邵武等地。四月，小刀会一部联合太平军攻陷汀州，旋失。十一月，英法联军攻陷广州，俘获巡抚叶名琛。同年，谢章铤作《东南兵事策》。咸丰八年三月，英法联军北上天津，四月攻陷大沽，五月《天津条约》签订。咸丰十年七月，英法联军攻陷天津。八月，英法联军攻陷北京，焚掠圆明园。九月，中英、中法、中俄《北京条约》签订。

　　谢氏主盟的聚红榭活动，实可分为三期：酝酿期（1852～1855）、高潮期（1856）、持续期（1857～1863）。

1. 酝酿期

　　聚红榭的成立，源于谢章铤与高文樵等人的漳平唱和。咸丰二年秋，谢章铤在漳平友仁精舍惜别高文樵，李埙、董庆澜、叶鼎全、潘联禧等人在座，酒酣以《满江红》调联句题壁。九月初九（10月21日），高文樵设宴为谢章铤饯行，李埙、董庆澜、叶鼎全、张承榘、计树谷、廖镜清、陈玉宇等在座，酒酣复和数日前所作之《满江红》。事后，谢章铤录题壁唱和《满江红》词赠高文樵，相约组织聚红词社。此后至谢章铤客居刘勷家，聚红榭似未正式开始活动，但有少数社员开始偶尔聚会作词。

　　谢章铤这五年作词十分勤奋，约创作了120首词，即《酒边词》卷三《金缕曲·壬子初度》至卷六《南歌子·和梁礼堂鸣谦韵》之间的词作。这一时期的词作，谢章铤情绪奔放，一肚皮的不合时宜尽情泼洒，此类词作可以《永遇乐·得文樵书，感怀却寄》为代表。词云：

　　　　嗟聚红生，寂寂溪山，阿谁知汝。碧海骑云，霓裳自奏，下界无人语。遥天有眼，大星见角，出没群鱼乱舞。抱幽兰、一枝独笑，归去五云深处。　　热尘九斗，离愁一斛，两岸落红如雨。歌不能狂，言还畏骂，醉睡尤辛苦。何如饮酒，解衣槃礴，自谥骚坛醉虎。招故人、元龙楼上，共分千古。

词的上片说高文樵生活在一个神仙世界里，品自高，意自远。下片说自己生活在尘世中，备感压抑，动辄得咎，不得不佯狂，盼望有一天能与高文樵共抒壮怀。此词构思颇妙。

谢氏对现实仍是关注的，乌石山上的那株宋梅，他还在眷念，作《满江红·为肖岩题吴清夫所藏汪稼门尚书梅花诗扇册》词，实际上是心有隐痛，必借题发挥不可。跋云："范忠贞祠下有梅一，宋代物也。逆夷盘踞是山，欲纵寻斧，先数日，竟憔悴死。"词云："宜爱护，休摧摘。今忽悴，谁之责。"对谁应为宋梅悴死负责，词人还在追问。

2. 高潮期

丙辰年（1856），谢章铤授读刘勷家，与诸人唱和，聚红榭正式开展活动。词社最初成员有谢章铤、刘勷、高文樵、宋谦、刘三才等，每十日一聚会作词。同年二月十五日（3月21日），词社有一次较大的活动，可看作聚红榭正式活动的开始。刘勷招饮于百花传舍，谢章铤、徐一鹗、林天龄、梁履将、宋谦、梁鸣谦、刘三才等与会，谢章铤有词《念奴娇》纪事。至三月十六日（4月20日），谢章铤撰《聚红榭雅集词小引》，准备刊行聚红榭唱和词作。九月，《聚红榭雅集词》第一集刊于福州，黄宗彝写了著名的《〈聚红榭雅集词〉序》，驳斥"闽人鸟音禽呼"因而不善作词之说，倡导闽人填词。可以说，聚红榭最初同人以极大的热情参与唱和，仅半年的时间就刊行了唱和词集，共收聚红榭社员 5 人 115 首词。这一成绩不俗，故我们把此年视为聚红榭唱和的高潮期。

同年，谢章铤的聚红榭唱和词作收录在《聚红榭雅集词》中，有 32 首。除此外，谢章铤还创作了 19 首词，收录在《酒边词》卷七，即《南楼令·雨歇，寻符雪樵兆纶先生不遇。循城望郭外诸山，葱蒨可爱，用稚黄体拈填》至《昼夜乐·窥竹精舍重赏牡丹》之间的词作。谢氏聚红榭唱和词，多寓身世之悲和家国之感。如：

> 胸中黑白何曾了。东南劫急君知否。余地已无多。奈君一着何。
> 收场谁国手。枉自夸攻守。生死误旁观。烂柯无数山。（《菩萨蛮·
> 残棋》）

　　垂杨绿处。想夹道笙歌，繁华时节。三十六宫镜影，钗光明灭。九龙帐底春风暖，甚人儿、丁香偷结。乐游唱罢，如今赢得，尊前呜咽。　　算辜负、三郎豪杰。叹东鏖兵来，啼鹃带血。吊古登高击得，唾壶屡缺。青山不管兴亡事，问斜阳、几经尘劫。梅花老矣，盈盈一水，照人清绝。（《疏帘淡月·过小西湖》）

《菩萨蛮》词以围棋中打劫喻指东南沿海一带遭到外敌入侵，明言形势已岌岌可危。《疏帘淡月》借福州小西湖昔盛今衰，抒发天下兴亡之感。两首词因有明显的寄托，词境显得深厚。

3. 持续期

　　聚红榭唱和的持续期长达 7 年。咸丰七年（1857），梁鸣谦加入了聚红榭。咸丰九年秋，王彝招作咏菊之会，三日乃罢，词社诸子多参加此会。咸丰十年末，梁鸣谦自京师归，聚红榭活动有所起色。咸丰十一年九月九日（1861 年 10 月 12 日），谢章铤与梁鸣谦、刘三才、刘勷、刘绍纲、宋谦、林天龄、马凌霄游福州鼓山，诸人作诗作词。不久，谢章铤编《游石鼓诗录》一卷附词刊行，收《联句》1 篇，社员 8 人诗 50 首词 7 首。同治二年（1863）七月，谢章铤编纂《过存诗略》《聚红榭雅集词》第二集刊行于福州。同年秋，魏秀仁加入聚红榭，未见他有词作传世。自此以后，聚红榭唱和活动渐趋停止。

　　《聚红榭雅集词》第二集收谢章铤词 50 首，《游石鼓诗录》收谢章铤词 1 首（亦见《酒边词》卷八）。此七年，谢章铤另作有 47 首词，即《酒边词》卷六《桂枝香·题余澹心〈板桥杂记〉后》至卷八《满江红·书涌泉寺壁》之间的词作。这一时期谢章铤的词作表现对民瘼的强烈关注，他认为台江娼妓业倒闭殆尽是英夷侵占的结果。试看下面这首词：

　　艳云换尽。忽蛮烟蛋①雨，吹来成阵。试看脂痕，骤染腥膻不堪认。何处琵琶细响，浓阴里、情天也病。累蚨蝶、无力高飞，一线瘦魂剩。　　双鬓。北风劲。怪滚滚长江，乱潮无定。鬼声相引。空际

① "蛋"，应写作"蜑"。

楼台又嘘蜃。无数啼莺已老，赢一片、夕阳凄紧。春去矣、休再问，花前月影。(《暗香·台江感旧》)

郭则沄《清词玉屑》卷五云："台江即闽江南台，俗所谓'洲边'、'湾里'者，皆粉黛所居。……台江妓所居多近水，亦有以船为家者，其习俗在桐江、珠浦之间。"[①] 既然台江妓所居多近水，则英人自海侵入闽江必对台江妓造成损害，所谓"骤染腥膻"也。此词刻意从小的方面着手，使人看到英人入侵造成的损害程度是很深的。

（三）聚红榭唱和以后的词作

从同治三年（1864）到同治十年的八年时间，聚红榭不再有群体性的诗词唱和活动，但个别社员间的偶尔相聚并作词，已不能说明聚红榭唱和仍在有组织地活动。

谢章铤于同治四年秋中甲子科举人后，便于同治五年秋应山西学政林天龄之聘前往校阅乡试试卷。此后，他不断进京参加会试，除偶尔回乡外，多漂泊在外。同治七年应戊辰科礼部试报罢。同治十年三月应辛未科会试报罢。同治十三年四月应甲戌科礼部试报罢。光绪二年（1876）三月，应丙子恩科礼部试报罢。光绪三年终于举进士。光绪四年主讲漳州书院。光绪十三年受闽浙总督杨昌浚之聘，主讲致用书院十三年。直到他离世，他一直担任这个学职，从事培养人才的事业，又培养了林纾、何振岱等一批有成就的人才。

《酒边词》中纪年最晚的词作是光绪八年作的《菩萨蛮慢·陈恭甫先生〈恋云图〉》。《酒边词》卷八中《玉京秋·衰草》以后的词共计106首，其中大部分作于同治十年前。同治十年以后的谢氏虽零星作词，只属应景而已。

这一时期，谢氏反映重大时事的词篇是《满江红·闻官军收复金陵》，他没有像无数正统文人那样，对湘军攻破金陵发出欢呼雀跃式的赞美，而表现出深思之后的冷峻。他只盼江山无恙，不再倾覆，并没有对太平军进

①　《词话丛编二编》，第1540页。

行辱骂和谴责。词云：

> 过尽愁云，尚无恙、六朝山色。四十万、军声动地，游魂昭泣。快
> 马能为破阵乐，好风解送渡江客。听惊涛、飏下石头来，犹呜咽。
> 江之西，湖之北。蚩尤旗，知谁得。看酒边冠带，刀边巷陌。十载颇
> 疑天地醉，一城久战兴亡劫。愿从今、安稳捧金瓯，无些侧。

"好风解送渡江客"，其意殆即《清词玉屑》卷四所云："曾文正既克金
陵，即规复秦淮，以废舰改游船载客，且偕幕僚共泛其间，意以润色升
平，然旧观未尽复也。"①

五十岁后的谢章铤，明显加快了考进士的步伐，四次参加会试均罢。
第五次会试，终于成功，然也58岁了，自知仕途无望，数月之后，就挂冠
离去。

谢章铤一直主张向苏、辛学习，非仅学习他们的词风，更主张学习他
们的心襟、怀抱、品格。他的词风自以豪放为主。谭献《复堂词话》云：
"阅闽中《聚红榭雅集诗词》，倚声似扬辛、刘之波。惟枚如多振奇独造
语，赞轩较和婉入律。"② 丁绍仪《听秋声馆词话》卷十九云："长乐谢枚
如广文章铤侨居榕城，好与同志征题角胜，曾裒刊聚红榭唱和诗词，词学
因之复盛。虽宗法半在苏、辛，亦颇饶雅韵……题多咏物，惜仅词中一体
而已。"③ 张德瀛《词征》卷六云："谢枚如章铤词，如古木拳曲，未加绳
墨。"④ 冒鹤亭《小三吾亭词话》卷四评谢氏词："其发声，天籁为多。……
集中《百字令》八阕，声情激越，绝似迦陵《满江红》诸作。舍人词，豪
放是其本色，不悉登也。"⑤ 以上评论都能诠释谢章铤词豪放词风的内涵。
不过谢氏词风也有多擅的一面，不少的词作呈现出情致绵绵、风神婉约的
特色。《续修四库全书总目提要》（《〈酒边词〉四卷〈词话〉八卷提要》）

---

① 《词话丛编二编》，第 1378 页。
② 《词话丛编》，第 4006 页。
③ 《词话丛编》，第 2816～2817 页。
④ 《词话丛编》，第 4185 页。
⑤ 《词话丛编》，第 4717～4718 页。

云："其豪放激昂处极似苏、辛，而缠绵悱恻、妩媚多姿之语亦殊不鲜。"①
婉约词的代表作如：

> 　　罗衾六幅。双枕屏山曲。悄立风前眉暗蹙。一点银灯犹绿。　　水
> 晶帘下晨妆。远山自爱纤长。回首嫣然一笑，拈花却唤檀郎。(《清平乐》)

毋庸讳言，谢章铤词写得多，难免有些词作缺少提炼，显得有些粗
糙，然瑕不掩瑜。《续修四库全书总目提要》(《〈木南山馆词〉一卷提
要》)云："章铤虽喜言词，而未能深醇。"② 这是确当的评论。

第二节　谢章铤的词学理论

谢章铤的《赌棋山庄词话》篇幅甚巨，凡 17 卷，约 17 万字，如果加
上《赌棋山庄笔记》中的词话资料，字数已超 18 万字。这部词话，如大
多数清人词话一样，有著有述，"著"是自己立言，说出自己的观点，"述"
是代人立言，引述他人的作品和观点。应该说，谢氏词话"述"的成分占
绝大部分篇幅，致使他的词学理论精义受到遮蔽，不易看出。经过仔细发
掘，我们认为谢章铤的词学理论主要体现在三个方面：词量说、意内音外
说、地域词学的建构。兹分别论之。

一　词量说

《赌棋山庄词话》及其《续编》刊于光绪十年 (1884)，篇幅甚巨，
内容多记词坛掌故，收集词人词作，故在一定程度上遮蔽了其论词精义。
然谢氏在同治十年 (1871) 作《答魏秀仁书》中曾论及魏氏《陔南山馆诗
话》，有云："大著弟已粗览一过，比前较精、较结，《诗话》精神尤团结，
但采诗颇多，然亦无碍宏旨。"③ 可见谢氏撰词话自有"团结"二字在心，

---

① 《清人词话》，第 1603 页。按，此则为陈銮撰。
② 《清人词话》，第 1603 页。按，此则为孙人和撰。
③ 林公武主编《二十世纪福州名人墨迹》，福建美术出版社，2002，第 1～3 页。此《书》
　作年据陈昌强《谢章铤年谱》考证，见陈庆元主编《谢章铤集》，第 834 页。

需要论者进行阐发。此"团结"指主旨，即众多材料必须围绕一个中心来演绎安排，颇似今天我们论散文常说的"形散而神不散"之"神"。方智范等《中国古典词学理论史》主要论及了谢氏折中浙、常二派的治词途径、诗词同源说，兼及谢氏的词史观、性情说、养气说、声律说等内容，并认为谢氏撰写词话的目的是在寻觅道、咸词坛失落已久的"词之真种子"（据文义，"词之真种子"殆即"忧生念乱"的涉世词篇）。这些大抵不差，可惜他们未能深入开掘，于谢氏论词主旨及其意义仍不够明晰。笔者认为词量说才是谢氏独具开创性并极具批评意义的词学理论。

欲明词之"量"，先说人之"量"。谢章铤《刘苣川〈东洋小草〉序》云："且夫水之载物，以物之轻重为量，重者见深，轻者见浅。维人于世亦然。量至于是，见至于是；见至于是，言至于是。"① 人是创作主体，量至之人虽不一定能作量至之词，但量不至之人绝少能作量至之词。此人之"量"即指人的器量、胸襟、怀抱、品格等，故谢氏反复讲词家要养气。谢氏生活的时代要求词家更有"量"，他一生经历了道、咸、同、光四朝，鸦片战争、太平天国运动、中日甲午战争、义和团运动等内忧外患接踵而至，使生活在这个时代尤其是道、咸两朝的词家蒙受巨大的苦难。他在《词话续编》卷三中说："余尝欲辑丧乱以来各家吊亡悼逝诸作，都为一集，言者无罪，闻者足鉴，传诸檀板，以警将来。是以《小雅》告哀之义，而当局者所宜日置之坐右也。"② 此言即是受到时代的激荡而产生的诉求。然道、咸以来有些词家的创作仍然守着香软柔弱的词风，积习难改，而词学理论仍有人在倡导清空醇雅、比兴寄托，显然已不是时代的需要。

谢氏指出："予尝谓词与诗同体，粤乱以来，作诗者多，而词颇少见。是当以杜之《北征》《诸将》《陈陶斜》，白之《秦中吟》之法运入减偷，则诗史之外，蔚为词史，不亦词场之大观欤？"③ 论者常据之说谢氏的论词主旨是"诗词同体"，而"诗词同体"是常州词派的认知，不能见出谢氏

① 《赌棋山庄文集》卷一。
② 光绪十年（1884）刻本。
③ 《赌棋山庄词话续编》卷三，《赌棋山庄词话校注》，第 327 页。

论词的创造性。又有论者反复申说谢氏的论词主旨是他的词有史的观点，然周济已先在《介存斋论词杂著》中说："诗有史，词亦有史，庶乎自树一帜矣。"① 谢氏同时代的词家谭献也在《箧中词》《箧中词续》屡用词史观评词，故词史观也很难说就是谢氏最有特色的理论。倒是谢氏解决了如何做到词有史的问题值得注意，即用杜甫、白居易作诗之法去作词，这样可以做到词有史。如此，要了解什么是词有史，必先了解什么是诗有史。

"诗史"二字最早出自晚唐孟启②《本事诗·高逸第三》："杜逢禄山之难，流离陇蜀，毕陈于诗，推见至隐，殆无遗事，故当时号为'诗史'。"③ 意谓杜诗即是社会史。然而，诗毕竟不同于史书，它直接作用于人的情感，故宋胡宗愈《成都新刻草堂先生诗碑序》云："先生以诗鸣于唐，凡出处去就、动息劳佚、悲欢忧乐、忠愤感激，好贤恶恶，一见于诗。读之可以知其世，学士大夫谓之'诗史'。"④ 意谓杜诗有社会史一义之外又别有心灵史之义。词可以是社会史的词，也可以是心灵史的词，从诗言志、词言情的传统来看，词似乎更应该是心灵史的。虽然香软柔弱的词可据之考察词人的心灵史，但因其不过多涉及时事，故难以据之考察社会史。又由于有比兴寄托的作词法则在，使得词作稍涉及时事，必用曲笔弱化之，抒情主体被隐藏了，读起来好像总是觉得词意隔了一层。于是就有了这样的疑问：词之"寄兴深微"⑤ 的体性特征及配套的比兴寄托作词法则，在干戈满天的时代，真的能够承担自身的使命吗？

时代要求词学理论有突破。谢氏说："惜填词家只知流连景光，剖析宫调，鸿题巨制，不敢措手，一若词之量止宜于靡靡者，是不独自诬自隘，而于派别亦未深讲矣。"⑥ 不难见出，谢氏认为鸿题巨制才有"词之量"可言。"鸿题"自是大题目之意，"巨制"非指词之篇幅而是指词有

① 《词话丛编》，第 1630 页。
② "孟启"，不写作"孟棨"。《本事诗》作者，据陈尚君《〈本事诗〉作者孟启家世生平考》考证，应为孟启，见《新国学》2006 年第六卷。
③ 明正德嘉靖顾氏夷白斋刻《顾氏文房小说》本。
④ 杜甫撰、仇兆鳌注《杜诗详注》卷二十五，清文渊阁《四库全书》本。
⑤ 王国维：《人间词话删稿》，《词话丛编》，第 4260 页。
⑥ 《赌棋山庄词话续编》卷三，《赌棋山庄词话校注》，第 327 页。

足够的时空容量，如他评于冈《唱晚词》云："地则金陵、维扬等处，人则向荣、张嘉祥、邓绍良、袁甲三诸大帅，皆见于篇，虽其词未必入胜，然亦乱离之时能词者应有之言。但所填只此《满江红》十数阕，其余则仍是栽花饮酒闲生计，未尽量也。"① 可见，词量即是词之容量。"地则金陵、维扬等处"，已不是词中常见亭台楼阁的空间容量；人则向荣诸大帅，已不是词中常见吟风弄月之人；事已不全是栽花饮酒闲生计，而是多了戎马疆场平天下，如此从人、地、事诸方面着手就能扩大词的容量。词量一词是谢氏倡导作词要"敢拈大题目，出大意义"② 的观点的形而上表述，更有理论色彩，其指向即是词要写重大时事，多写重大时事就可更好地展现历史。在谢氏词话中，词量说成为品评清代词人词作的一条最重要的标准，有量之词人，谢氏无不网罗，如黄景仁、蒋士铨、林则徐、邓廷桢、刘家谋等。谢氏主盟的聚红榭词人的词作也多涉及时事。

时人作词未尽量，很大原因是词人的传统习性使然。谢氏指出："词之兴也，大抵由于尊前惜别，花底谈心，情事率多亵近，数传而后，俯仰激昂，时有寄托，然而其量未尽也。故赵宋一代作者，苏、辛之派不及姜、史，姜、史之派不及晏、秦，此固正变之推未穷，而亦以填词为小道。若其量之，只宜如此者。"③ 按传统习性作词，不但使词的容量狭小，还会导致对词家的评价不当。鉴于此，谢氏论词毕生倡导学苏轼、辛弃疾。④ 他还从词之源与流两方面引导人们对词量的注重，有说："夫词之源为乐府，乐府正多纪事之篇；词之流为曲子，曲子亦有传奇之作。"⑤ 也就是说，作词纪事断断可行，非只抒情一途。多纪事，多写时事，多写重大时事，就可以做到"夫词固亦有词之量矣"⑥。

时人作词未尽量，还有现实的原因，这就是风气坏透了。"耳食之徒或袭其（指国初诸老）貌而不究其心，音节虽具，神理全非，题目概无关

① 《赌棋山庄词话续编》卷三，《赌棋山庄词话校注》，第 327 页。
② 《赌棋山庄词话》卷八，《赌棋山庄词话校注》，第 166 页。
③ 《赌棋山庄文集》卷五《与黄子寿论词书》，《赌棋山庄词话校注》，第 434～435 页。
④ 郭则沄《清词玉屑》卷八："赌棋词主苏、辛。"《词话丛编二编》，第 1523 页。
⑤ 《赌棋山庄词话续编》卷三，《赌棋山庄词话校注》，第 327 页。
⑥ 《赌棋山庄文集》卷五《与黄子寿论词书》，《赌棋山庄词话校注》，第 435 页。

系，语言绝少性情，未极终篇，废然思返，岂按吕协律之作必为是味同嚼蜡而后可乎？"① 此语是针对浙派末流只讲形式不讲内容而发的。此外，清代嘉庆以后词坛已为常州派牢笼，谢章铤虽颇赏此派推尊词体之功，但也深厌其以比附说词，其原因一是不满意此派解词如同猜谜的做法，二是不满意此派作词讲比兴寄托却不能直接明了地反映现实。常州词派理论的基石即是"意内言外"说，谢氏却说："是盖乾嘉以来，考据盛行，无事不敷以古训，填词者遂窃取《说文》以高其声价。殊不知许叔重之时，安得有减偷之学，而预立此一字为晏、秦、姜、史作导师乎？郢书燕说，众口一词，何为也？"② 因为"意内言外"说对于词学批评来说，容易导致评论偏离词之本意，而对于指导作词来说，又容易导致词作不直接写时事，均与"词之量"无甚益处，故谢氏有所不取。

谢氏的词量说在清词史上意义甚巨。对清词卓有研究的严迪昌先生在《清词史》中引证谢氏词话最多，也最认同谢氏的观点，包括对"词之量"的注重，举凡谢氏重点介绍的以词写时事有成就的词家，严先生基本安排篇幅予以探讨。清词有它自身的发展规律，它早已是不能合律歌唱的诗体，首先面临如何反映现实的巨大任务。从这层意义上说，词量说的意义不低于周济"寄托说"、陈廷焯"沉郁说"、况周颐"重拙大说"。因为后三说虽在一定的程度上倡导涉世，但其注意的中心仍在词的艺术层面，且深受传统诗学批评的影响。因此，我们认为：词量说最能代表谢章铤的词学理论成就。

二　意内音外说

清代词学以常州词派鼻祖张惠言的《词选》影响最大。谢章铤对张氏的词学观屡有论述，表达出自己的独立的见解和一定的困惑。他的困惑固是他的词学阐释观的局限所致，但带给我们的思考意义却是不小的。

谢章铤是在咸丰十年（1860）年末读到张惠言《词选》的，这本书是他的朋友梁鸣谦从京师带来的，那一年他41岁。因为对这本书的解读，遂形成其词学观中精彩的内核。首先，他对《词选序》重寄托、尊词体给予

---

① 《赌棋山庄文集》卷五《与黄子寿论词书》，《赌棋山庄词话校注》，第435页。
② 《赌棋山庄词话续编》卷五，《赌棋山庄词话校注》，第376页。

很高的评价。他说："礼堂自京师归，出皋文《词选》示余。余读之曰：'此词家正法眼之作也。'"① 又说："相其微意，殆为朱、厉末派饾饤涂泽者别开真面，将欲为词中之铮铮佼佼者乎？《续选》凡词五十二家，一百二十二首，则翰风外孙董子远毅所录，以补前选之遗，亦肄业之善本也。"② 又说："皋文《词选》诚足救此三蔽（笔者注：淫词、鄙词、游词）。其大旨在于有寄托，能蕴藉，是固倚声家之金针也。"③ 正是因为重寄托可以医治浙派末流不重立意之病，谢章铤推之为"肄业之善本""词中之铮铮佼佼者""倚声家之金针"。在此基础上，他进一步认识到张氏尊词体的用心，有说："是故皋文以寄托论词，山阳潘四农以人品论诗，皆诚为能尊诗词之体者。"④ 甚至希望词能与六义并列，有说："宋人咏物，高者摹神，次者赋形，而题中有寄托，题外有感慨，虽词实无愧于六义焉。"⑤ 他进而要求通过读词以精求六义，有说："昔竹垞撰《词综》，以雅为宗，读《词综》则词不入于俚，读皋文此选则词不入于浅。且使天下不敢轻易言词，而用心精求于六义，皋文之有功于词，岂不伟哉！"⑥ 这些见解与我们今天对《词选》的认识基本无差别，而他在一百多年前即已提出。

但谢章铤对张氏词学观更多的是持批评的态度，主要原因是张氏用比附说词的方式容易导致对词作本意理解的偏离，甚至为寻求词中寄托而不惜曲解词作。这确实是一个困扰词学阐释学的问题。他虽未能给出令人信服的解说，但其探索精神及引起的思考值得关注。

首先，他表现出对词作本意的注重。如说："虽然，词本于诗，当知比兴，固已。究之，尊前花外，岂无即境之篇，必欲深求，殆将穿凿。夫杜少陵非不忠爱，今抱其全诗，无字不附会以时事，将《漫兴》《遣兴》诸作，而皆谓其有深文，是温柔敦厚之教，而以刻薄讥讽行之，彼乌台诗案，又何怪其锻炼周内哉？即如东坡之《乳燕飞》，稼轩之《祝英台近》，皆有本

---

① 《赌棋山庄文集》卷二《张惠言〈词选〉跋》，《赌棋山庄词话校注》，第 432 页。
② 《赌棋山庄词话续编》卷一，《赌棋山庄词话校注》，第 264～265 页。
③ 《赌棋山庄词话续编》卷一，《赌棋山庄词话校注》，第 266 页。
④ 《课余续录》卷四。
⑤ 《赌棋山庄词话》卷九，《赌棋山庄词话校注》，第 199 页。
⑥ 《赌棋山庄文集》卷二《张惠言〈词选〉跋》，《赌棋山庄词话校注》，第 432 页。

事，见于宋人之纪载。今竟一概抹杀之，而谓我能以意逆志，是为刺时，是为叹世，是何异读诗者尽去小序，独创新说，而自谓能得古人之心？恐古人可起，未必任受也。前人之纪载不可信，而我之悬揣，遂足信乎？故皋文之说不可弃，亦不可泥也。"① 他甚至以自己的亲见之事来否定对词作的曲解，并提出"虽作者未必无此意，而作者亦未必定有此意"② 的见解。如说："今一遇稍有感慨之词，便以为指斥时事，愁禽怨柳，塞满乾坤，是直以长短句为谤书矣。夫岂其然？昔吾友刘赞轩勷曾作《咏尘》词云：'帘前几阵狂风，登楼一望迷南北。蒙蒙骤起，纷纷自扰，斜阳欲黑。舞榭灯昏，妆台钗冷，模糊春色。叹遮来难觅，扫来仍聚，染双鬓、谁人识。　　无赖青青垂柳，又愁痕、雨边暗织。半黏去马，半随流水，销魂行客。十斛量愁，千重疑梦，青衫泪湿。好拂衣归去，低回明镜，把朱颜惜。'（《水龙吟》）无锡丁杏舲绍仪采入《听秋声馆词话》，疑为慨时之作。其时粤匪披猖，闽中大警，赞轩非无忧愤之篇。而此词则实因朝云在殡，柳枝不来，感逝伤离，所遭辄不如意而作，无关时事也。夫以同时之人，踪迹未密，尚难揣其用意之所在，而况在千载百年以上乎？"③ 刘勷是其挚友，鉴于此，人们容易相信谢章铤关于《咏尘》词的见解乃是符合词作本意的解读。当然，这种自我作证的阐释方式不符合阐释学的一般规则，因而其说仍不够令人信服。

其次，谢章铤试图从张惠言《词选序》的理论依据层面去寻绎比附说词的弊病根源所在。张惠言词论的理论依据即是"意内言外"，如何看待这一依据呢？谢氏说："有通套语、门面语，流传习用，且若奉为指南，而不知其与本义不相酬者。如近人论词，辄曰：'词者，意内言外。'按：此语本于《说文》，然此特大徐本耳，若小徐本则作'意内音外'。音外者，古之所谓语助，今之所谓虚字也，故经传于助句之字，辄训曰'词'。若，几词也；于，叹词也；云，语已词也；其，问词之助也。此类多矣！夫'意内言外'，何文不然？不能专属之长短句。苟为'意内音外'，则倚声者将专求虚义，专讲余腔，若古乐府之'沧浪'、'妃呼豨'之类，令人

---

① 《赌棋山庄词话续编》卷一，《赌棋山庄词话校注》，第 266 页。
② 《赌棋山庄词话续编》卷一，《赌棋山庄词话校注》，第 266 页。
③ 《赌棋山庄词话续编》卷一，《赌棋山庄词话校注》，第 266 页。

不可解乎？且今之称为能手者，不以作意见奇，而以知音自诩，是直'音内意外'矣，更与古义不合。"① 东汉许慎释词为"意内言外"，在乾嘉考据盛行的背景下，深通《易经》的张惠言很容易将其拿来解释作为词体之词②，谢章铤看到了这点。然谢章铤毕生治经，对《说文》下过很深的功夫③，尤重小徐本《说文》，认为小徐（徐锴）对词的解释更可信，遂以小徐"意内音外"去替代大徐（徐铉）"意内言外"的解释，企图从根本上抽去张氏词学观的理论依据，为消去比附说词打下基础。④ 应该说：这

---

① 《赌棋山庄词话续编》卷五，《赌棋山庄词话校注》，第 375 ~ 376 页。
② 张惠言在《词选序》中说："词者，盖出于唐之诗人，采乐府之音，以制新律，因系其词，故曰'词'。《传》曰：'意内而言外谓之词。'其缘情造端，兴于微言，以相感动，极命风谣里巷男女哀乐，以道贤人君子幽约怨悱不能自言之情，低回要眇，以喻其致。盖《诗》之比兴，变风之义、骚人之歌则近之矣。"（清道光十年宛邻书屋刻本《词选》）论者认为"传曰"之传指《周易孟氏章句》。张德瀛《词征》卷一云："词与辞通，亦作词。《周易孟氏章句》曰：'意内而言外也。'……《周易章句》，汉孟喜撰。喜字长卿，东海兰陵人，事迹具《汉书·儒林传》。喜与施雠、梁丘贺同受业于田王孙，传田何之《易》。世以'意内言外'为许慎语，非其始也。"（《词话丛编》，第 4075 页）不过，张惠言也说过其以"意内言外"释词是借用了《说文》。陆继辂《崇百药斋续集》卷三《冶秋馆词序》谈到他在乾隆五十八年（1793）初习倚声时，张惠言对他说："词故无所为苏、辛、秦、柳也，自分苏、辛、秦、柳为界，而词乃衰。且子学诗之日久矣，唐之诗人，四杰为一家，元、白为一家，张、王为一家，此气格之偶相似者也。家始大于高、岑，而高、岑不相似，益大于李、杜，而李、杜不相似，子亦务求其意而已。许氏云：'意内言外谓之词。'凡文辞皆然，而词尤有然者。"（清道光四年合肥学舍刻本）所以说张惠言以"意内言外"释词是借鉴《说文》并未有不妥。
③ 谢章铤有《说文大小徐本录异》一卷，福建省图书馆藏稿本。《福建文献集成》初编经部四〇影印。
④ 《赌棋山庄文续》卷一《答张玉珊》云："自有《说文》二千年来，真面不得见，唐本既已失传，传者止大、小徐二本。大徐摹刻者多，举世盛行；小徐直至乾隆中叶始显，而其势不敌大徐，考订家直侪之《玉篇》《字林》《广韵》《集韵》之中，以备字书之一种。夫《说文》真本既不得见，大、小徐俱治《说文》，似不宜有所轩轾，况大徐学不及小徐，其定本多从小徐之说而有时反失其意，故欲于二本参稽同异，庶可窥《说文》之真于万一否？"谢章铤撰有《说文大小徐本录异》1卷，国家图书馆藏稿本。经目验，未见小徐本"则作'意内音外'"之记载。徐锴著有《说文解字系传》40卷、《说文解字篆韵谱》5卷等。民国刻《四部丛刊》景述古堂景宋钞本《说文解字系传》通论下卷三十五云："词者，音内而言外，在音之内，在言之外也。何以言之？惟也、思也、曰也、兮也、斯也，若此之类，皆词也，语之助也。"则宋钞本小徐《说文》实作"音内言外"，非"意内音外"。谢章铤《赌棋山庄词话》引证文献时每多改动原文，有时也凭记忆去组织材料，因此，"意内音外"云云有可能是谢氏据小徐本《说文》所作的改动，也有可能是谢氏记忆有误，但也不能排除谢氏所看到的小徐《说文》版本确有作"意内音外"的。只是宋本小徐《说文》在《说文》系统中的权威性，似不容置疑。

一努力很难达到预期效果。谢章铤对"意内言外"说本有精妙的把握，他说："词虽小道，难言矣。与诗同志而竟诗焉，则亢；与曲同音而竟曲焉，则狎。其文绮靡，其情柔曼，其称物近而托兴远且微，骤聆之，若惝恍缠绵不自持，而敦挚不得已之思隐焉。是则所谓'意内言外'者欤？"① 这是从词之"寄兴深微"体性特征来体认的，正因为这一特性是词体最根本的特征，所以"意内言外"的阐释方式是可以大行其道的，很难被否定。谢章铤所主张的"意内音外"更接近的是词的形式特征，而不是体性特征，因而很难说比"意内言外"更适合去解读词作。这点，连谢章铤本人都保持清醒的认识，他本认为"词以声为主"，② 因此过于重视声（音），就会"专求虚义，专讲余腔"，"第以虚腔见美"，则立意愈去愈远矣！然而这样一来，他则一时显得不能自圆其说，也显示出他的困惑所在。我们认为声音最真实记录意义，其意义在于如何透过声音去理解。这只是从一般层面去理解言意关系，而未切合词之体性特征。在言意关系不好处理的时候，谢章铤的选择是："词也者，意内而言外者也。言胜意，剪彩之花也；意胜言，道情之曲也。顾与其言胜，无宁意胜，意胜则情深。"③ 他的《酒边词》的确深于情。

　　周济、谭献的词学思想行世后，谢章铤的词学阐释观又有新的开拓。谢章铤光绪八年（1882）作《〈词辨〉跋》云："持论（指《词辨》）创而确，大可开拓眼力。其选录大意则本于皋文张氏。皋文之论词，以有怀抱有寄托为归，将以力挽淫艳、猥琐、虚枵、叫呶之末习，其用意远矣！虽然，词以温尉为大宗，温尉之诗靡靡，以彼怀抱较之李、杜，不待智者而知其不似也，而谓其词皆遐稽隐讽字字有着落，或不然也。诗三百，一言以蔽曰：'思无邪。'说者谓诗不尽无邪，而能以无邪之思读之则无邪矣。吾谓词不尽有托，而能以有托之心读之，则有托矣。"④ 此言可以看出是对周济寄托说的反省，应该说这是很实际的体认。此后谢章铤在光绪十年刊行《词话续编》中正式提出"虽作者未必无此意，而作者亦未必定有此

---

① 《赌棋山庄文集》卷一《叶辰溪〈我闻室词〉叙》，《赌棋山庄词话校注》，第 430 页。
② 《赌棋山庄文集》卷五《与黄子寿论词书》，《赌棋山庄词话校注》，第 434 页。
③ 《赌棋山庄文集》卷二《〈双邻词钞〉序》，《赌棋山庄词话校注》，第 431 页。
④ 《课余续录》卷四。

意"的见解，似是针对谭献《〈复堂词录〉叙》所说"作者之用心未必然，而读者之用心何必不然"而发的。① 谭氏之言，清初王夫之说过类似的话："作者用一致之思，读者各以其情而自得。"② 四库馆臣也说过："然读古人书，往往各有所会心，当其独契，不必喻诸人人，并不必印诸著书之人。"③ 因而谭氏理论显得缺乏创新。谭、谢有交往，谢氏说谭氏"修词之功与予派别不同"④。相对于前期坚持根据词作本意释词的观点，"以有托之心读之则有托"的观点提出，一定程度上有认同读者自由阐释的一面。"虽作者未必无此意，而作者亦未必定有此意"的观点的提出，又有坚持按词作本意释词的意味。相较而言，"以有托之心读之则有托"显得更可贵。既认为"词不尽有托"，又承认读者在读词时可以"以有托之心读之"，如此词中的寄托则可以出自读者的理解了。今天的阐释学主张在阐释的过程中，一方面要切合事实，另一方面要张扬主体阐释的自由。

---

① 谭献《〈复堂词录〉叙》见清光绪间仁和谭氏刻《半厂丛书续编》本《复堂文集》卷一。据李剑亮《论丁绍仪对谭献词学阐释论的影响》（《浙江大学学报》2005 年第 5 期）一文，谭献的这一观点是从丁绍仪的观点"作者不宜如此，读者不可不如此体会"发展而来的。其说完全可信。丁氏，江苏无锡人，长期宦游闽、台。丁氏观点见其《听秋声馆词话》卷二十。《听秋声馆词话》于同治八年（1869）九月刊于福州，多记闽、台词人词作。谢章铤撰《赌棋山庄词话》曾参考过丁氏《词话》。谢氏的话，出现在《词选》引录鲖阳居士曲解东坡《卜算子》语之后，但随即提到丁绍仪曲解刘勰《咏尘》词，比较丁氏和谢氏的话，不难看出谢氏之言是为了驳正丁氏之言而说的。再比较谢氏和谭氏的话，在行文语气和方式上，谢氏的话更接近谭氏。这从"作者""未必""何必"三个用词上可以看出。谭献《复堂日记》卷一云："访长乐谢章铤枚如。此君于经籍、金石之学均有本末，闽中学人可以称首。"此事发生在同治二年三月，这是谭、谢交往的最早记载。（参《赌棋山庄词话校注》附录"谭献评《聚红榭雅集诗词》"条）据徐彦宽辑《复堂日记补录》卷一，谭、谢二人再见面是在同治十年。《补录》记同治十三年谭氏在京赴礼部试时说："入场。邻号适晤长乐谢枚如同年，不相见又三年矣。矮屋促膝为乐。"（民国 20 年《念䎱庐丛刻初编》铅印本）以后未见谭、谢再见面的记载。而据《〈复堂词录〉叙》徐珂按语："书（指《复堂词录》）成于光绪八年九月，未刊行，师归道山矣。"从 1863 年到 1882 年，计 20 年时间，在这 20 年里谭献有可能对人讲起自己的观点。谢氏是否看过或听过谭氏的观点，不得而知。谢氏《词话》及其《续编》刊于光绪十年，从时间来说，谢氏有可能获知谭氏的观点，而谢氏和谭氏都曾注意到丁氏的观点，这是无疑的。
② 王夫之：《姜斋诗话》卷一，民国上海商务印书馆刻《四部丛刊》景《船山遗书》本。
③ 《四库全书总目》卷一百七《几何论约提要》，第 908 页。
④ 《课余偶录》卷三。

三 地域词学的建构

在《赌棋山庄词话》及其《续编》共 252 则条目中，有 67 则论及闽人词作和逸事，如若单将这 67 则词话析出另编，就是一部相当可观的《闽中词话》。这说明：谢章铤有浓厚的地域词学的建构意识。这一点在晚清词学批评家中无人能出其右。

在 67 则论及闽人闽词的词话中，谢氏论宋代闽籍词家 2 人，明代闽籍词家 7 人，清代闽籍词家 56 人，有的词家是一再论及，多达 3 则。可见谢氏地域词学建构的重点实在清代闽籍词家词作，这些词家中有 32 人与谢氏有交往。谢氏一生爱好游历交往，以真情交友，门生故旧遍及大江南北，其中不少人爱好作词，这为谢氏编纂词话提供了充足的取材资源。这是谢氏词话多论及乡邦词人词作的客观原因。另有作为一代词学家的谢章铤其个人词学修养的原因。

首先，谢氏有强烈的建构地域词史的意识。他说："吾闽词家，宋元极盛，要以柳屯田、刘后村为眉目。明代作者虽少，然如张志道以宁、王道思慎中、林初文章，亦复流风未泯。又继以余澹心怀、许有介友、林西仲云铭、丁雁水炜、韬汝焯。雁水与竹垞、电发友善，其名尤著。近叶小庚太守申芗亦擅此学，著《词存》《词谱》等书。"[1] 这就将自宋到清道光间的闽词发展线索清晰地勾画了出来。他又能看到明代闽词发展的不足，并对此表达了遗憾，有云："明代词学，譬诸空谷足音，而海滨朴习，更无有肄业及之者。"[2] 同时，他又对清初词学大盛，而闽中词家无能与陈维崧、朱彝尊等辈争雄表示了可惜。他说："闽中词学，宋代林立，元明稍衰，然明人此道本少专家，昧昧者盖不独一隅。特怪国初渔洋、羡门、迦陵、竹垞诸老，南北提唱，一时飙发泉涌，电掣云屯，倚声一途，称为极盛。吾闽卒无特起与之角立者，即二丁勉强继响，顾附庸风雅，不足擅场。近时叶小庚太守著书数十卷，先型略具，宗风未畅。许秋史秀才用笔清秀，颇有姜、史遗风。其所刻《萝月词》，后半气体，比前半加宏，使

---

① 《赌棋山庄词话》卷一，《赌棋山庄词话校注》，第 4 页。
② 《赌棋山庄词话续编》卷三，《赌棋山庄词话校注》，第 63 页。

培充磨砻，未必不转而愈上。天不假年，无由臻于大成，惜乎！"① 谢章铤正是在反省中去检阅词史，知道了闽籍词家的成绩与不足。

其次，谢章铤有意在理论上为闽词发展廓清障碍。闽人治词，原有顾虑。黄宗彝《非半室原刻词存叙》指出了原因，有云："以闽人每多蛮音鸟语，学焉不精；又以词为诗余，体格晚近则不必学；又以词多男女言情之作，有伤风雅，则不可学。要皆闽人难视填词，而以数自藏其短，故元明以来，虽博士通儒莫不陷溺其说。若诗若文若经史，治者各足抗衡古人，而无以填词著于后。"② 诸种原因中认为闽音不适合填词尤为有害。周密《齐东野语》卷一三载晋江（今属福建）人林外（字岂尘），"尝为垂虹亭词，所谓'飞梁遏水者'，倒题桥下，人亦传为吕翁作。惟高庙识之曰：'是必闽人也。不然，何得以'锁'字协'埽'（扫）字韵。'已而知其果外也"③。宋人叶绍翁《四朝闻见录》也记载了此事。林外词因宋孝宗的猜测成功，一举得名。但发展到后来，这反倒成为闽人不宜填词的口实。丁绍仪《听秋声馆词话》卷十八云："闽语多鼻音，漳、泉二郡尤甚，往往一东与八庚、六麻与七阳互叶，即去声字亦多作平，故词家绝少。"④类似丁绍仪这样的论调确有不少，在闽人的脑海中深深盘踞。不在理论上补偏救弊，闽词就难以得到长足发展。谢氏说："闽中宋元词学最盛，近日殆欲绝响，而议者辄曰：'闽人蛮音鴂舌，不能协律吕。'试问'晓风残月'，何以有井水处皆擅名乎？而张元幹（长乐）、赵以夫（长乐）、陈德武（闽县）、葛长庚（闽清）诸家，皆府治以内之人，其词莫不价重鸡林，即林岂尘以'锁'韵'扫'，此乃用古韵通转，不得以《闻见录》之言而讥诮之也。且今之作词者，将协古乐乎？将协俗乐乎？若协古乐，则吾诚不敢知，若协俗乐，则今日乐部所演习者，大抵老伶伎师随口胡诌之言，何以抑扬顿挫皆可入听乎？古人词不尽皆可歌，然当其兴至，敲案击缶，未尝不成天籁。东坡'铁板铜琶'，即是此境。作者不与古人共性情，徒

---

① 《赌棋山庄词话》卷四，《赌棋山庄词话校注》，第 75 页。
② 《非半室词存》卷首。
③ 明正德刻本。
④ 清同治八年（1869）刻本。

与伶工竞工尺，遂令长短句一道，畏难若登天，不知皆自画之为病也。"①
这一论证可谓击中要害——如若闽音不适合填词，何以宋代闽词大盛？谢
氏编刊《聚红榭雅集词》，特请擅长音韵学的挚友黄宗彝写序，并在《稗
贩杂录》卷四中全文照录黄《序》。黄宗彝《〈聚红榭雅集词〉序》认为：
"夫三代正音，吾闽未替，则以闽人填词，谐律固其余事。"并多方举例论
证闽音利于填词，其有力证据是："天下方音，五音咸备，独阙纯鼻之音，
惟吾闽尚存，乃千古一线元音之仅存于偏隅者。漳、泉人度曲，纯行鼻
音，则尤得音韵之元矣。"② 这一说法相当有说服力。此虽为《雅集词》结
集时所写的一篇序言，然以黄氏与聚红榭同人之密切关系看，则很可能是
当日同人之间的一种共识。谢章铤为自己《酒边词》作《词后自跋》，叙
述其二十一岁学词时，得知建宁许赓皞兄弟姐妹能度曲操管弦，艳羡之，
惑于许氏所言"填词宜审音，审音宜认字，先讲反切则字清，遍习乐器则
音熟，然其得心应手，出口合耳，神明要妙之致，非可以言传，亦非可以
人强也"。数年之间不敢作词，后多读古人词，觉许氏之言有疑问，不宜
盲从。有说："夫词辨四声，韵书俱在，言语虽不同而四声则有一定。且
今之传奇，往往一人填词，一人正谱，有自填之而不能自度之者，故宋人
之词亦不尽可歌。"③ 于是乃复填词。词至清代早已变成与诗一样可以抒情
言志的诗体，断断拘泥于音声，怯步不前，无异于作茧自缚。特别是说
"言语虽不同而四声则有一定"甚有道理，为操闽音者亦可填词，找到了
理论上的依据和行之有效的办法，即据平仄四声去填，可有效地避开方言
的干扰。

　　再次，谢章铤在以继绝响的责任感驱使下欲为闽词树立一帜。谢氏主
盟聚红榭以前，除高文樵、谢章铤二人以外，闽地鲜有寄意于填词者。稍
前，闽籍词人除叶申芗较著名，词坛沉寂已七百余年。这一现状与两宋闽
籍词人众多、名家辈出的繁盛景象形成了鲜明对比。必得一二才力与眼光
超出流辈之人，专诣独造，集合群力、闽词才能振起。谢章铤适当其任，

---

① 《赌棋山庄词话》卷五，《赌棋山庄词话校注》，第 115～116 页。
② 《聚红榭雅集词》（卷 1～2）卷首。
③ 《赌棋山庄文集》卷三。

黄宗彝《非半室原刻词存叙》云："枚如毅然拂众论，独于斯道有心得，且以词人多闽产，嗣续薪传，非我其谁？其自任之重如此。"① 正是赖其集合同党，长时间用功填词；又赖其倾尽心力，搜刻同人唱和之作，闽词才有中兴可言。谢氏撰《词话》初稿后，就请同年友刘存仁作序，序十分契合谢氏以苏、辛为楷模的主张，谢氏感动之余回信表示感激。他说："不揣狂妄，学填数十阕，于断绝寂寞之中，为吾闽永此一途。然愿甚奢，而才识俱不逮，秋蚓号窍，诚不足当大雅一哂。惟进而教督之，匡正之，则真为无穷之赐，且更望助我张目，于此道树立一帜，亦吾闽一大生色也。"② 正是振兴闽词这一责任感使得谢氏及其盟友词的创作取得了很大的成就。

最后，谢氏出于对前辈典型的追慕和对同道词学活动的尊重，大量记载闽人词作，负起文献编辑的责任，大量词作因为谢氏的记载而为人所知。如叶申芗在道光十四年纂《闽词钞》，掀起地域词学文献编辑之风气，谢氏觉得有必要予以详细介绍，因而立专条讨论。有说："叶小庚太守撰《闽词钞》四卷，始于宋徐昌图，终于元洪希文，附以方外、闺媛，凡六十一家，为词逾千首，闽中词人梗概具焉。昔者元《凤林书院诗余》，厉樊榭谓可以溯江西词派，顾亦不尽豫章之人。至国朝《浙西六家词》《荆溪词》《四明近体乐府》，则皆专摭土风勒为一编者。小庚是书，存亡萃佚，其亦维桑之敬也夫？但此道宣究殊希，流传或滞，仍归寂寞。特略其姓氏于左，以资参稽。"③ 李应庚、翁宗琳、刘家谋（部分）、刘琛、崔挺新、黄宗彝、叶滋沅、刘存仁（部分）、董庆澜、张承渠、高思齐、张见心、廖菊农、李涵亭、计荣村、叶甲三、潘联禧、陈星垣、薛幼臣、沈学渊、林焕、郑守廉（部分）、丁铸、黄燏、徐一鹗（部分）、陈遹祺、黄经、林天龄、王彝、石介的词作，因为谢氏的记载，我们今天才能看到。谢氏的辛勤辑录，另有为闽人留名的愿望。如他曾说："大抵闽士不善为名，至闺阁有著述，尤秘匿不肯示人。惟青楼女子，时或以此钓奇，然亦

---

① 《非半室词存》卷首。
② 《赌棋山庄词话》卷五，《赌棋山庄词话校注》，第116页。
③ 《赌棋山庄词话》卷四，《赌棋山庄词话校注》，第82页。

从前风气偶有之，今则绝无矣。"① 可以说，写一部《福建词史》，总是绕不过谢氏词话的记载，当然，他的记载仍只是清代闽词的一小部分。

　　谢氏有丰富的词学思想，论述涉及很多领域，如其对词之音律、情感、立意的讨论，也很有见解，时贤论述已多，在此不具论。

---

① 《赌棋山庄词话续编》卷二，《赌棋山庄词话校注》，第303页。

第十二章　清光宣朝闽籍词人

光绪宣统（1875～1911）两朝 30 余年，清廷左支右绌，无力回天，末世之光频现。清廷虽革新吏治，出现了所谓"同治中兴"，然好景不长，社会矛盾继续激化，社会信仰近乎崩溃，帝制终于被推翻，民国取代清朝成为历史的必然。此一时期是清代闽词创作的重要时期，词家创作较能贴近现实，词坛呈现出多种词风并存的局面。瓠社模仿聚红榭唱和，但成就不及聚红榭。同为福州人且有交往的林纾、严复，他们词中均有新思想的闪现。陈衍、王允皙是好友，一学北宋词，一学南宋词，都有成就。女词人薛绍徽用词记录中法马尾战事，尤为值得关注，且她的唱词理论颇有建树。沈鹊应词笔力超拔、感慨良深，写下了戊戌变法中夫君林旭被杀给她带来的创痛。李宗袆词除《花间》之秾丽，得其幽秀，以清隽之句写不遇之悲。陈宗遹词的题材，与传统婉约词的题材完全没有区别，多写春花秋月与相思离别，以女性口吻作词。李、陈的词作是花间词风千年后在闽地的回响。张景祁的台湾纪行词，洪繻、林朝崧的大陆纪行词，是光绪后期闽台两岸词人互动中值得瞩目者。

第一节　瓠社创作考论

清代民国闽中一地，多有文社诗社词社唱和，有力地推动了闽地的文学创作。专门作词的社团相继有梅崖词社、聚红谢、瓠社、寿香社等，这些社团应予以专门研究。杨寿枏《〈闽词征〉序》云："近代词流踵系，雅道日尊。勋名如云左（指林则徐），则范希文之'黄叶''碧云'；忠爱若弢庵（指陈宝琛），则苏子瞻之'琼楼玉宇'。聚红制谱，飞翠传笺，虹桥之烟水皆香，乌石之林泉弥韵。倘无人亟为搜辑，恐此后又付销沉。"① 此言道出了研究闽地词社的紧迫性。何振岱《〈寿香社词钞〉小引》云："闽词盛于宋，衰于元、明。清季梅崖、聚红两榭其杰然也。迩者，然脂词垒，盟且敦槃。鸾丝好音，协如笙磬。微觉九曲延安，余风未远；是亦三山左海，粹气攸钟者矣。慰予发白，见此汗青。虽小道有足观，斯大雅所不废。用彰嘉会，为属弁言。"② 此言道出了词社唱和的价值和意义。

一　瓠社同人事迹

清光绪九年（1883）《影事词存》刊刻，收曾淞等6人词。曾淞《〈影事词存〉跋后》云："忆自壬申（1872）冬，同人有倚声之集，讫庚辰（1880）人日，阅九载为集者十一，中间辙北辕南，交飞劳燕，独余实终始焉。当其分题按拍，选胜联歌，友朋文字之乐，颇不自恶。比年，劳尘逐逐，旧时吟钵，竟成广陵散矣。偶检箧中，霉蚀蠹残，所余各词，或多或少，合计仅十之四五。"③ 知《影事词存》为曾淞等同人结社唱和之作，然此词集未载社名。福建图书馆藏有《影事词存》稿本，扉页有"瓠社同人姓氏"，与刊本《影事词存》扉页"《影事词存》同人姓氏录目"所列词人姓氏相同，知曾淞等所结词社的社名为瓠社。瓠是一年生草本植物，茎蔓生，夏天开白花，果实长圆形，嫩时可食。《庄子·逍遥游》云："惠子谓庄子曰：'魏王贻我大瓠之种，我树之成而实五石。以盛大水浆，其坚不能自举也。剖之以为瓢，则瓠落无所容。非不呺然大矣，吾为其无用而掊之。'庄子曰：'夫子固拙于用大矣。'……今子有五石之瓠，何不虑以为大樽而浮乎江湖，而忧其瓠落无所容？"④ 瓠落，犹廓落，即大而无当之意。词社取名瓠社，意谓作词虽拙于用而实有大用之意。《影事词存》的编者曾淞在词集付梓时，可能觉得社名易引起误解，特予刊落。曾淞《跋后》云："感人事之翻覆，寻幻影之凄迷，臭证苔岑，传假梨枣，曰《影事词存》。"

---

① 林葆恒辑《闽词征》，民国23年（1934）刻本，卷首。
② 《何振岱集》，第29页。
③ 曾淞辑《影事词存》，清光绪九年刻本，卷首。
④ 曹础基：《庄子浅注》，中华书局，2000，第11页。

《影事词存》一书的定名重在表达追忆往事之意，与社名之意已完全不同。稿本佚名《题识》云："同人为倚声之集，始乙亥（1875），讫己卯（1879）。"时间记载与刊本曾淞《跋后》不合，当以《跋后》所载活动时间为准。因为刊本《影事词存》是曾淞所编，且他自始至终参与瓠社的雅集，故他对瓠社活动时间的记载是可信的。

刊本《影事词存》收刘荃《茗尹词》、陈与冏《缄斋词》、黄宗宪《映庵词》、曾淞《纫荼词》、黄燊《梦潭词》、刘大受《樊香词》各1卷，而稿本《影事词存》则收陈与冏《缄斋词》、刘荃《梦阳词》、黄宗宪《仲存词》、曾淞《纫荼词》、黄燊《辛生词》、刘大受《樊香词》各1卷。考虑到刊本稿本所收同一人词作多相同，知部分社员在词集刊行时更改了词集名。今考瓠社同人事迹如下：

刘荃（1841~1902），字旭初，号尹淞，福建闽县（今福州）人。清同治四年（1865）副举人。撰有《茗尹词》，稿本作《梦阳词》。壬申至庚辰间（1872~1880）与同人有倚声之集，所作后辑入《影事词存》一书。刊本《影事词存》收刘荃词13首，稿本《影事词存》另收16首。刘荃计存词29首。《闽词征》选其词6首。[①]

陈与冏（1847~1891），字弼宸（一作弼臣），号缄斋，福建侯官（今福州）人。兄陈与同。据民国《闽侯县志》卷七十二，与冏父宝廉，咸丰元年（1851）举人，兵部七品小京官，与兄崇砥、同里林寿图辈结西湖吟社。与冏光绪六年（1880）成进士，改庶吉士，散馆授编修，充国史馆协修、八旗官学考校官。十四年典试山左，甄拔号得人。十五年分校顺天乡闱。十七年充功臣馆纂修官，又为本科乡试磨勘官，未蒇事而卒。与冏少孤露，与兄与同相依为命。晚始得第，精力已寖，销居京师，与闽县王仁堪、郑孝胥、宗室盛昱、丹徒丁立钧交最密，与立钧尤挚。每公车朋好至，则谈宴流连，或携手为郊外寂寞游。兄与同以选人猝殂京邸，与冏恸不欲生，喘病骤剧，扶丧归葬。复入都，疾遂不可为。在史馆，与修国史《食货志》，属稿未就。著有《读经说约》《读鉴随笔》《缄斋杂茸》《缄斋诗存》若干卷藏于家。郑孝胥《海藏楼诗》卷九《追怀陈缄斋与冏》云：

---

① 瓠社词人事迹，可参《全闽词》，本节在《全闽词》考订基础上另有增补。

"风味缄斋致最优，眼中何处著时流。逢场未减轻狂概，带醉偏寻寂寞游。双鬓早衰缘骨肉，孤儿谁托指山邱。软尘丁郑还相见，宿草年年泪不收。"① 据孙雄《道咸同光四朝诗史》乙集卷五，光绪十七年陈与冏卒于京师，年四十五岁。据《清人诗文集总目提要》，与冏著述今存《缄斋遗稿》1卷，辑入《高节陈氏诗略》。另撰有《缄斋词》，壬申至庚辰间与同人有倚声之集，所作后辑入《影事词存》。刊本《影事词存》收陈与冏词 13 首，稿本《影事词存》另收 18 首，《高节陈氏诗略》另收词 12 首。陈与冏存词计 43 首。《闽词征》选其词 9 首。陈衍纂《近代诗钞》选其诗 5 首。

黄宗宪（? ~?），字硕臣（一作石臣），又改名章文，福建永福（今永泰）人。据《闽词征》卷五，光绪二十年举人。撰有《映庵词》，一名《仲存词》。壬申至庚辰间与同人有倚声之集，所作后辑入《影事词存》一书。刊本《影事词存》收黄宗宪词 53 首，稿本《影事词存》另收 10 首。黄宗宪计存词 63 首。《闽词征》选其词 5 首。

曾淞（1852 ~?），字幼茎，福建闽县（一作侯官）（今福州）人。曾次公尊人。据民国《闽侯县志》卷四十三，同治十二年（1873）中举。屡上会试未售。候选授广东南雄州州同，改直隶州知州兼办。撰有《纫荼词》。壬申至庚辰间与同人有倚声之集，所作后辑入《影事词存》一书。刊本《影事词存》收曾淞词 35 首，稿本《影事词存》另收 33 首，《曾氏家学》另收 29 首。曾淞计存词 97 首。《闽词征》选其词 8 首。

黄桑（? ~?），一名育韩，字欣（一作炘）园，永福（今永泰）人。据民国《永泰县志》之《选举志》，光绪元年成进士，官广西融县知县。撰有《梦潭词》，一名《辛生词》。壬申至庚辰间与同人有倚声之集，所作后辑入《影事词存》一书。刊本《影事词存》收黄桑词 25 首，稿本《影事词存》另收 2 首。黄桑计存词 27 首。《闽词征》选其词 4 首，陈衍纂《近代诗钞》选其诗 2 首。

刘大受（1852 ~ 1887），字道传，号绍庭，侯官（今福州）人。据民国《闽侯县志》卷八十四：大受幼孤，育于寡母。同治十二年（1873）以副拔举正第一，即以是秋举于乡。年少气盛，辄使酒骂座，每醉归，母罚

---

① 民国 26 年（1937）自刻本。

令长跪受笞。巡抚王凯泰苦闽士弇陋，创设致用书院，课经史。主事郑世恭主讲席，大受经史兼优，与张亨嘉齐名，以保举得县令，分发江西。郁不得意，丁祖父忧归。光绪十三年（1887）春，福宁守严聘主温麻书院讲席，五月染瘴病，烦热数日，饮水竟卒。大受才学优长，下笔数千言立就，困下吏，意气颓丧，生平富有经史之作，弃斥不存一字。惟有词一卷、诗稿数十首，残缺不完。子子达，副贡生，以知县用。徐世昌《晚晴簃诗汇》卷一百六十五选其诗 8 首，并云："《诗话》：宝应王文勤抚闽，仿阮文达西湖诂经精舍，建致用堂课士，所选高材生，有张铁君侍郎、吴逸亭学博，绍庭亦其一也。修文赴召，未及中年，论者惜之。遗稿亦散佚不全，可录者不及百篇。"① 撰有《樊香词》。壬申至庚辰间与同人有倚声之集，所作后辑入《影事词存》一书。刊本《影事词存》收刘大受词 53 首，稿本《影事词存》另收 19 首。刘大受计存词 72 首。《闽词征》选其词 12 首。陈衍纂《近代诗钞》选其诗 3 首。

二 瓠社社员创作分论

晚清福州一带的文士，往往在中举后结成社团，开展诗词创作活动，借以提高技艺，并借以表明身份提升名气，以便将来能更好地应对进士考试。如确实认真开展诗词唱和，往往要结集或刊行，从而在文学史上留下一点身影。如聚红榭有《聚红榭诗词集》、南社有《南社诗钞》②、西湖社有《西湖诗存》等。瓠社之《影事词存》，其性质与上述文社一样。瓠社的唱和形式是在社员能够集中的时候进行同题分咏，用调不限。社员参加次数无限制，每次作词多少无限制，同一词调作词多少无限制。我们今天评估瓠社各位社员的创作成绩，当根据刊本稿本《影事词存》的实际存词来进行。

（一）刘荃的咏物词短调远胜长调。《卜算子·水仙》其一云："罗袜怯凌波，环珮留仙影。小试温泉沃玉肤，一缕芳魂定。　　曾住水晶宫，风露消清醒。来斗寒梅冰雪姿，春酿沙洲冷。"此词把水仙当作一位遗世

---

① 徐世昌编，闻石点校《晚晴簃诗汇》（第十二册），中华书局，2018，第 7214 页。
② 龚易图编《南社诗钞》，福建图书馆藏钞本。

独立的仙女来写，无一点尘俗味，咏物而不留滞于物。他的长调较拖沓，露出敷衍成篇的痕迹。中调也有可堪诵读的词篇，如《洞仙歌·萤》云："晚风不定，散小晴庭院。珠箔平垂隔零乱。认春星、移影淡点银湾。凉夕半、约略光疏焰浅。 扇罗招几处，拂竹分花，小径芳丛待行遍。问颓垣倾井，蔓棘荒榛，余废苑、可有兴亡旧感。却不道、春草付余生，但解得宵行，背人自暖。"结末有寄托，身世之感隐然流露。刘荃的词只有个人心境的细细轻诉，没有涉及现实事件，词量不足，笔端却饶有清气。何振岱在《日记》中说："刘荃，雅净。"①

（二）陈与冏词长调远胜短调，且笔力豪纵，能写心中不平之气。如《金缕曲》（稿本有词题"送岁"）云："百感从中起。念平生、一回搔首，一回抚髀。学剑学书无一可，搅鬓星星来矣。算三载、流光弹指。去日已过来日逼，问劳劳、再曳何门履。登楼赋，不堪拟。 量愁珠海真无底。澳涩说、五陵裘马，翩翩华里。十载长安莺花梦，季子归来如此。且一醉、屠苏芬旨。赴壑修蛇遮不住，劝东皇、再种新桃李。人间世，大都是。"词中流露功业无成老迈将至的悲凉，读来有沉痛之感。他有隐指现实的词篇，较有价值。如《百字令·观海》云："混茫一气，是百灵、风雨蛟龙之宅。限断华夷如此水，放眼苍苍无极。素魄澄寒，炎精浴热，昼夜抛双璧。渺然粟大，栏前飞到巨舶。 可叹百万楼船，三千犀弩，轻向潮头掷。沉到神州无陆地，何止东南半壁。谁买卢龙，潜收宛马，厄漏今难塞。凿空去也，河源自断槎客。"词中隐喻国土东南受到帝国主义列强的侵扰。毋庸讳言，陈与冏的词笔端往往有尘俗气，特别是在写到女性的时候，便有赏玩的眼光。如《金缕曲·题杏轩小影》云："险把相思害。这答儿、含颦含恨，宜嗔宜爱。无限人前娇羞意，堆上三分眉黛。把汝当、花枝般待。老我寻春来较晚，便秋娘、也合深深拜。况更是，惊鸿态。消魂此际真无奈。最可人、一声檀板，流莺花外。却笑丹青工写貌，不写浓愁如海。君莫学、酸寒措大。绝世摩登容易见，纵阿难、要破如来戒。待说起，怎能耐。"词涉轻浮，词集中应删之。

（三）黄宗宪词多写福州景点，且能寄托对时局的忧虑。如《山亭宴·

---

① 《何振岱日记》，第260页。

松风堂怀宋李丞相》云："晓钟敲落兴亡泪。谒空堂、寸心如醉。独自拜名贤，想赵宋、当年叔季。忍持家国付奸谗，叹热血、洒将何地。归去种双松，更莫抱、中兴志。　　涛声谖谖喧萧寺。读书处、瓣香长祀。杯酒酹忠魂，问知否、今忧古似。江南山色半夷居，尽胡羯、腥臊岚翠。安得起黄泉，商略防边事。"词托古讽今，指出外族入侵者已占据台江南岸大片土地，呼唤像李纲这样的雄才商略防边。又如《沁园春·镇海楼》云："千古无诸，北枕层巅，峙第一楼。占七城光景，西风海色，双江人物，夜月洪流。虎踞雄图，龙蟠气脉，蕞尔能宏功业不。清时泪，叹依人王粲，借手无由。　　吾家小阁吟秋。恰日对、书窗山色幽。看怒潮初上，危栏翠接，日华刚炫，画栋光浮。百万楼船，纵横岛国，孰许防边于此筹。乘风去，正青青柳色，好觅封侯。"此词表达他欲于多事之秋，整顿海防的豪情壮志，读来颇令人振起。黄氏的友情词写得古朴爽朗，诵之可增风谊之重。如《沁园春·寄怀刘绍庭》云："瘦尽青天，枯将碧海，共证片心。是丹鸡白犬，盟深车笠，笔床砚匣，臭及苔岑。汴水横流，虎牢高揭，万里关河壮足音。君去也，正风吹古柳，月射寒砧。　　情浓不及情真。好交遍、南闽剩子衿。任狂欲问天，尽人欲杀，悲还斫地，矫首孤吟。我自怜卿，卿偏识我，旷代牙连共一琴。相期远，卜卿云出岫，九宇为霖。"黄氏有《御街行·台江纪艳》写福州台江风情，却不浮艳，其十云："文章羞把闲情记。"黄氏应是注重词品的词人，正因为如此，他的词在瓯社中颇为出色。

（四）曾淞词短调胜长调，短调含蓄蕴藉。如《虞美人》其二云："十年零落青衫客。酒与啼痕积。红楼走马亦堪哀。别后垂杨生怕过章台。趁时逐队莺花里。旧恨休提起。东风何逊瘦诗肠。一盏寒泉重拜水仙王。"此词可见一种深愁，有沉痛不得已之处。又如《蝶恋花·闺》云："池面鱼来春水皱。百折回廊，蘸影低波透。小院无人宜永昼。春阴尺五莺声漏。　　回纹深护香尘黝。恻恻银屏，帘外轻寒逗。四畔桃花浑似旧。乱红飞逐东风瘦。"此词竟有晚唐词的风味。曾淞长调好尽好排，殊不耐思，如《沁园春·避暑》云："茅屋三间，心自清凉，与世何求。叹高冠长剑，陆离怪物，朱轮丹毂，桎梏幽囚。冷水无情，骄阳可畏，甚处人间觅沃洲。归来也，笑江湖满地，身世浮鸥。　　道人随处夷犹，任俗子、呼他作马牛。但一篇秋水，携来自足，多年木榻，睡也全休。手里山经，床头浊酒，自分何如万户侯。眼中事，管沧桑百变，涂炭神州。"个别长调因写真挚友情，不显得拖沓，如《贺新凉·七夕寄怀刘绍庭》云："湖海归来也。数当年、元龙豪气，谁如卿者。斫地高歌哀未已，又促河梁别驾。看青鬓、泪流盈把。听到雷鸣羞瓦釜，问阶前、尺地谁相假。胸块垒，只悲咤。　　满空星斗高寒泻。问汴城、暮蝉疏柳，何如今夜。自古才人嗟不偶，我亦星娥未嫁。忍坐使、拚销身价。相约骖鸾天上去，泛星槎、稳到绛河下。同拍手，驰云马。"词中可见曾淞的性情。

（五）黄桑词浅斟低唱，意趣不高。如《摸鱼儿·歌板》云："制红牙、和伊花鼓，一双镂就歌板。彩丝缩个鸳鸯结，打入那人心坎。声正慢。看槛外、乱红轻落桃花片。鞋尖暗点。待换羽移宫，促弦过调，按节唱新犯。　　分离后，当日繁弦急管。而今都付莺燕。檀槽旧梦无心觅，零落钿蝉金雁。还再按。恐一曲、伊州泪尽凄凉眼。阑干倚遍。剩蝴蝶无心，轻翻粉翅，拍拍院中转。"他用组词《望江南·台江清夜游》共 14 首词写台江，是他较用力的作品。这组词应是与刘大受同作（详下）。黄桑写冶游见闻，刘大受写台江风情。黄桑词如："调笑令，新犯按红牙。小妹怕人教替唱，斜身暗坐倩灯遮。偏递与琵琶。"此词写出细节。14 首词中求有意味如此词者不多见。陈衍纂《近代诗钞》引《石遗室诗话》云："欣园多填词，少作诗，有之，亦往往咏物托兴。余绝爱其《春阴绝句》，末云：'无情最是栏干外，明白杨花点点飞。'可谓有神无迹。词亦有警句云：'银钉椎碎玉连环，相思解也难。'"①诗二句颇可成诵，词二句乃平常语。

（六）刘大受词长调佳作难得一见。如《哨遍》云："射虎事功，游蚁岁时，阅尽人间世。是耶非、三十年来事。笑折除、未消豪气。书剑年年，飘零也九州，荆棘六尺容无地。数霜雪低檐，关河马首，浮生今竟如此。更回头重梦旧鸳机，拍手叫风回白云飞。短榻孤灯，布被青毡，共知此味。　　繄。吾欲何之。醉乡宽处开居里。春橘秋橙外，霜螯还斫新

---

①　陈衍编，冯永军、祝伊湄、束璧点校《近代诗钞》，华东师范大学出版社，2016，第886页。

睑。看走兔惊乌，白羊苍狗，纷纷万事转难期。指曲海无波，糟邱有路，兹中吾可埋耳。念声名何苦自羁靮。纵仰屋、高眠究奚为。尽灰飞烟灭余子。千场夜哭秋坟，梨枣多新鬼。任他吐风谈元身手，后世扬雄谁是。且长年一醉休疑。破瓮云捞尽还买。"此词虽能自诉不平之意，然如同行文，词味何在？刘大受词偶见有一二佳作，如《齐天乐·黄叶》云："乱鸦叫断斜阳暮，江南又过秋晚。流水荒湾，孤村客路，离思飘零何限。凄凉旧恨。乍一晌春光，霎时还换。泪眼颦眉，长条瘦尽越娃馆。　凭高何处望远。正关河万里，烟霭愁惨。鲁酒酡颜，吴霜点鬓，惆怅年华难挽。诗情更淡。在屋瓦西头，圃墙东畔。井迳休除，故人音信断。"此篇不同凡响，较好地解决了词味不足的问题。他的短调明显好于长调，如《减字木兰花》云："韶华去者。尚是东风人未嫁。锦绣文章。且付莺花一万场。　哀丝豪竹。乱感填胸消不足。弦上琵琶。泪尽余行买酒家。"此词一韵一转，节奏明快，能引起读者的感发之情。他以《望江南·台江清夜游》为题，写了 21 首，歌咏台江风物，没有多少猎艳的心理。有云："台江路，高树隐长亭。早稻平分罗带绿，遥峰新染黛鬟青。茗盏一消停。"又云："台江路，压渚起高楼。银鲙香羹翻酒瓮，清箫细板点歌筹。烟景古扬州。"二词写到了农家田畴的生活，这在瓠社创作中不多见。

三　瓠社词史地位评估

林葆恒《闽词征》共选录瓠社 6 人 44 首词，占刊本《影事词存》全部词作 191 首的 23%，这说明林葆恒相当看重瓠社词人的创作，也说明瓠社创作确有一定的影响。林葆恒论词秉持朱彝尊法乳，以宋末姜夔、张炎为极则，崇雅黜俗。刊本《影事词存》中词句清雅，能写士大夫一己之情怀，不俗不艳者，林葆恒似乐于选择。这是他从刊本《影事词存》取词较多的原因。如林葆恒能看到稿本《影事词存》，或许他会多选一些。雅词只是《影事词存》的一个侧面。

谢章铤主盟聚红榭的活动时间在咸丰二年至同治二年（1852～1863）间，《聚红榭雅集词》第一集、第二集分别刊于咸丰六年、同治二年。我们有理由相信瓠社同人读到过《聚红榭雅集词》。因为《影事词存》中唱和题目，有些与聚红榭唱和题目相同，如"剑侠传""吊柳会""柳絮"

"观海""七夕""阑干""檐铁""虱""观棋""新月""萤""鹦鹉""杨花""鸦""柝""党人碑""尘"等就是聚红榭唱和用过的题目。谢章铤的《赌棋山庄词话》及《续编》刊于光绪十年（1884），《影事词存》刊刻于光绪九年，谢氏《词话》当然来不及评论瓠社的词作。谢章铤光绪十年以后刊行的著作未出只字评论瓠社的词作，其中当有可不置评或不屑置评的意思。依照谢章铤的学术交往和资料储备的能力，他完全可以看到《影事词存》这部词集。我们认为谢氏不置评的原因是他与瓠社词学价值观取向不同。谢氏毕生主张学习苏、辛词，主张作词要反映重大时事，以扩展词的容量，从而提升词的地位。[①] 瓠社虽然也写出一些可观的作品，但毕竟不多，大量作品写个人琐碎、失意、猎艳的心理，甚至有叫嚣、发泄的习气，这就是词品不高了。稿本《影事词存》有相当多的词篇更是涉及词品问题，刊本中多删去此类词作。《聚红榭雅集词》中所表现出来的关注时事、关心民瘼、反抗外族入侵的意识，在《影事词存》较少得到继承，这就是后来居下了。聚红榭唱和实是宋代苏、辛词风在闽地的巨大回响；瓠社唱和则可看作南宋江湖派词人浅斟低唱的词风在闽地的回响。试比较以"吊柳会"为题的词作：

念奴娇　春月作吊柳会

晓风残月，想盛名昔日、而今何处。天气清明看已近，陌上纸钱无数。柳色青边，几家姊妹，齐上屯田墓。残碑空拜，生时还恨迟暮。　　试问如此风流，苍茫尘世，也解怜才否。不信痴情抛未得，偏在世间儿女。幸博红颜，长垂青眼，地下休酸楚。回头我辈，应须努力千古。（聚红榭刘勣）

满江红　冬月吊柳会

苦笋寒菘，吊千古、词人一哭。容易放、好天良夜，深杯红烛。粉黛易成枯骨观，文章难赁黄金屋。算蛾眉、也有泪珠零，庸非福。
三尺土，深埋玉。一锸地，谁复筑。老名场、潜悲暗泣，黄齑白粥。

---

① 《赌棋山庄词话校注》"前言"，第3页。

残月晓风如此夜，东家觅食西家宿。遣吴娘、拥髻不堪歌，凄凉曲。

（瓠社陈与冏）

柳永是福建词人的一面旗帜，较外籍词人来说，柳永更能得到闽地词人的尊重。闽地文士往往在清明时节举行吊柳会。刘勤词肯定这位风流词人的杰出成就，以及其词的巨大感召力，并表示愿意努力作词，像柳永一样千古。陈与冏此词存于稿本《影事词存》中，经《全闽词》整理，我们能看到诸人"冬月吊柳会"一题唱和的情况。与冏此词悲柳永的结局，无视其创作成就，反嘲讽其灵魂无依托，仍在觅食。词人之境界，词作之高下，于此可见一斑。

瓠社同人因未能接受谢章铤的词学观，再加上创作态度的不够严谨，又无杰出词人主盟，写作才能又非一流，因之其创作实绩远低于聚红榭。但瓠社是闽地一纯粹作词的词社，且写出一些好词，并有唱和词集刊行，所以在清代闽词史上还是有一定的地位。

第二节　林纾和严复的词

晚清民初是新旧思想大碰撞的时期，这一时期往往能产生兼通中学西学的人物。林纾和严复是很特别的两位词人，他们精研多种学问，具备广泛影响。林纾翻译国外小说，欲新国民之精神，是著名翻译家。严复翻译《天演论》，欲造国民新气象，是著名教育家。他们政治上较保守，都坚定地忠于旧朝，而思想上却很先进，都能放眼看世界。他们生卒年寿差似，都是福州人，且有交往；他们都擅长旧体诗词创作，词作均有新思想的表达。故本节合论其词，附论林纾从弟林华的词。

一　善于敷写域外小说的林纾词

林纾（1852～1924），初名群玉，字琴南，号畏庐，别号冷红生，晚号六桥补柳翁，又号践卓翁，福建闽县（今福州）人。光绪八年举人，在闽县苍霞精舍、杭州东城讲舍、京师金台书院等处讲学，后任京师大学堂教习。工画山水。以意译外国名家小说见称于世，所译小说达 150 多种。著有《畏庐集》7 卷计《畏庐文集》1 卷、《续集》1 卷、《三集》1 卷、《诗存》2 卷、《论文》1 卷、《琐记》1 卷。

商务印书馆 1993 年出版李家骥、李茂肃、薛祥生整理《林纾诗文选》，《林纾诗文选》从《冷红斋词剩》（林纾门人胡孟玺辑）、《公言报》、《林琴南笔记》共录词 43 首，所收《非色野宫词六首》，非词。《全闽词》另补辑林纾词 5 首，共收 48 首。2020 年福建人民出版社出版江中柱等编《林纾集》所收《冷红斋词剩》录词 46 首，其中《阮郎归》（绿蝉秀黛展双蛾）、《八声甘州》（过庐山）、《被花恼》（虾须帘动钏声来）、《梦横塘》（花灯照晚）、《采桑子》（绿云冉冉分自黛）、《水龙吟》（高斋不闭空寒）[①]，《全闽词》失收。编者说："本次整理，基本上依据李家骥等《林纾诗文选》中'词'部分，另收入整理者收集的林纾手稿等的资料，并对原文进行核校。原书已被收入《林纾集》其他册者，此处不再重复，如《虞美人》（小楼下即苏堤路）、《烛影摇红》（楼影侵湖），见《京华碧血录》；《南乡子》（杨柳小阑桥）、《大江东去》（石头春半），见《金陵秋》；《三姝媚·题桂馆送竹图》，见《劫外昙花》；《蝶恋花》（曲栏吹满梅花片），见《畏庐笔记·陆燕钗》；《买陂塘》（倚风前），见《迦茵小传》。此外，《铁笛亭琐记》之《慈常道人》中有《齐天乐》，但似残缺或词牌名有误。"[②] 如此，据《林纾集》可知：林纾存词至少有 54 首。笔者据张旭、车树昇编著《林纾年谱长编》细查，找到林纾《踏莎行》《摊破浣溪沙》二词[③]未被《林纾集》收录，也未被《林纾集》编者提及，因此林纾词仍可进一步辑录。

（一）林纾的学词方法

林纾是一位有成就的词人，惜其词名为翻译家名声掩盖。黄曾樾《林畏庐》说："林畏庐先生著作，允以小说为第一，词次之，文又次之，诗

---

① 《水龙吟》（高斋不闭空寒）为王允皙词，见王允皙《碧栖诗词·碧栖词》，民国 23 年（1934）铅印本，第 4 页。

② 江中柱等编《林纾集》（第 2 册），福建人民出版社，2020，《本册整理说明》，第 2~3 页。

③ 张旭、车树昇编著《林纾年谱长编》，福建教育出版社，2014，第 124 页。

则备体而已，画最下。"① 他给林纾的多种学问排了次序，词之成就居第二位。欲探讨林纾词的特色与成就，不妨从其学词方法入手，因为这关系他如何填词的问题。他的学词方法主要涉及读词法与填词法，系自道其法门，真实而可信。所作《〈徐又铮填词图〉记》云：

> 余嗜词而不知律，则日取南宋名家词一首，熟读之至千万遍，俾四声流出唇吻，无一字为梗，然后照词填字，即用拗字亦顺吾牙齿。自以为私得之秘，乃不图吾友徐州徐又铮已先我得之。又铮尝填《白苎》，两用入声。余稍更为去声，而又铮终不之安，仍复为入声而止。余寻旧谱按之，果入声也。因叹古人善造腔，而后辈虽名出其上，仍无敢猝改，必逐字恪遵，遂亦逐字协律。余之自信但遵词而不遵谱，此意固与又铮符合。又铮之年半于余年，所造宁有可量？旧作《填词图》赠之，又铮已广征题咏于海内之名宿。顾多未见又铮之词，将以余图为寻常酬应之作，故复为之《记》，以坚题者之信，使知又铮之于词实与余同调，就就然不敢于古人用字有所出入也。②

作词必先读词，特别是要读名家名作，细心揣摩，才能累积艺术创作经验。况周颐《香海棠馆词话》云："学填词，先学读词。抑扬顿挫，心领神会。日久，胸次郁郁，信手拈来，自然丰神谐婉矣。"③ 此言说读词于填词有潜移默化的作用。读词之法，也是极为讲究的，各人有各人的读词方法。林纾的读词方法，可分二步。第一步是每日读南宋名家词一首，读很多遍。林纾极推崇南宋词特别是姜夔的词，故他选取南宋名家词来读，但不多选，一日只选一首。选一首，易于完全掌握，在多遍的细读中，如何作词的问题渐可悟入。这是追求读词质量的好方法，一日如读多首词，可能难以把握词之佳处。第二步是读出声来，特别是把平、上、去、入四声读出来，字字读准，不使一字发生梗塞，遇到拗字也要读顺。此中，当有

---

① 《荫亭遗稿》，第 474 页。
② 林纾：《畏庐续集》，《林纾集》（1），第 161 页。
③ 《民国词话丛编》（第一册），第 7 页。

林纾的特别会心之处，但林纾没有说出来，我们或可推测他是如何读词的。吴家琼《林琴南生平及其思想》说：

> 琴南兼任国文教习（指在北京闽学堂教书），每星期授课四小时，讲课时操福州方言，朗诵古文，手舞足蹈，声震屋瓦。有一次讲授韩愈《祭十二郎》文，他以凄楚哀抑的声调，朗读头一句："呜呼，余少孤"五个字，其声呜咽，似闻啜泣。学生中有身世之感者，也情不自禁而哭泣了。此事轰动全校师生工友。讲解这五字，历时一点钟还没有收束，连上四堂才讲完这一篇。他讲解古文，极注重音调，每一篇中句读长短伸缩，抑扬顿挫，无不反复朗读，常令学生依他所读的音调，朗读多遍。并说好文章如朗诵得法，间以丝竹，其合拍悦耳的程度，与名伶所唱的好戏，并无二致。还说：只有操福州音，才能读得淋漓痛快，丝丝入扣。①

先要注意的是林纾是用福州音朗诵韩愈文，他说只有用福州音朗读才能有"淋漓痛快，丝丝入扣"的效果，如是福州音必有特别优长之处。② 与林纾同时且有交往的福州人何振岱，在《次夕，德愔同诸友集小斋宴饮唱词》中说："灯明酒熟唱诗余，海宇新讴总不如。记得圣湖春欲暮，黄鹂声漾白芙蕖。"注云："凡唱诗余，以吾乡音为最。"③ 福州方言保存了许多古音的元素，所以何振岱这么说。今日福州方言吟唱调，多传何振岱一派④，韵味十足。

　　林纾的读词，我们相信他是用吟唱（或吟诵）的方式进行的。他在

---

① 中国人民政治协商会议福建省委员会文史资料编辑室编《福建文史资料》第五辑，第97页。

② 林纾《闽音与〈说文〉通》举闽音与《说文》相通者凡11例，意在说明闽音甚古。并说："诸如此类，不一而足，然则闽音又安能尽斥之为蛮语哉？"《林纾集》（4），第89页。

③ 《何振岱集》，第346页。

④ 何振岱将福州吟唱调传给其女弟子薛念娟等人，薛念娟之子陈侣白、陈炳铮从其母学习福州吟唱调。陈侣白曾担任福建吟诵协会会长。《中国民间歌曲集成（福建卷）》收录陈炳铮整理的15首薛念娟等传腔的福州方言吟诵调。见陈炳铮《中国古典诗歌译写集及吟诵论文》，作家出版社，2003，第295页。

《清波引》词跋语中说："'数峰清苦'为白石《点绛唇》词中语，余并玉田之《甘州》，在楼上歌之，操闽音，而叟皆一一领解，故云。"① 此"歌"与白居易《琵琶行》"歌以赠之"之"歌"是同一意思，即指吟唱，是按照字之平仄四声以一定腔调发声而唱，旧时代的文人多擅长此道。吟唱是用声音传达诗词（包括古文、歌赋）的美感、情感，往往有感人至深者，若能形成声音形象，也就是上好的腔调，则诗词之字声、押韵、句式均不需要刻意记诵，即能烂熟于心。如会吟唱，创作古典诗词自是不觉得太难。古文与辞赋，也是可以吟唱的。林纾说古文朗诵得法（当是吟唱或吟诵），其与名伶所唱的好戏并无二致，并非虚言。他的好友梅兰芳的戏曲唱词中就有不少散文句式，所以林纾有此一说。

在读的过程中，词之声情自可明了，若精求词之作法，自然需要选读名家词。朱庸斋《分春馆词话》卷一云："读词之法有二：一、专家词，取大家、名家之词熟读，意在其风格、面貌与写作方法；二、取古人同调名作熟读，意在比较其风格、面貌与写作手法之异同、优劣，尤于词调之特点与作法。"② 在读词的过程中，词家之风格、特色、方法，可自然而然地掌握，若需掌握同一词调词作的不同特点与作法，则需在比较中去读。翁麟声《怡簃词话》云："古人制词，先通乐律，今人填词，并乐律而不知。则词之宜于今人者，特为吟诵而设耳。既为吟诵而设，则当先求耐读，耐读之法，则又先求便读。便读者何？易上口也。……诗词，抒性情者也。吾填得一词，以待第二人或第三人之批评与赏鉴。使第二人，或第三人，读吾词，而知吾为人，洞悉吾隐痛，了解吾性情，且认识吾个人之人生观。"③ 此提出"便读"与"耐读"二概念，便读即是朗朗上口之意，耐读似是多读、细读之意。此言还认为在读的过程中，可以把握词人之内心世界，得同情之了解。以上三家所论读词之法，与林纾读词之法完全相通，均可证读词于作词来说极为重要，也是极为实际有用的学习方法。

在读词填词的过程中，林纾提出了他的填词之法，即"遵词而不遵

---

① 《林纾集》（2），第331页。以下凡引林纾词作及词作小序，皆据《林纾集》，不一一指明册数、页码。
② 《近现代词话丛编》，第339页。
③ 《民国词话丛编》（第三册），第267页。

谱"。"遵谱"就是照词谱填词。"遵词"就是完全按名家词的平仄、句式、押韵来填词，也就是"兢兢然不敢于古人用字有所出入"。旧时词家恒用此法，如朱彝尊《枫香词序》云："（宋牧仲）至为长短句，虚怀讨论，一字未安，辄历翻古人体制，按其声之清浊，必尽善乃已。"[1] 又如邹祗谟《远志斋词衷》凡64则，论词谱13则，论词牌名7则，论词韵6则。论词谱，认为谱无定例，用某体题下注明即可；论词牌名，主张应从旧名；论词韵，主张用韵应遵成法。在具体的填词中，当有人据朱彝尊、邹祗谟的做法去做。清初闽籍词人丁炜《紫云词》的两种刻本（清康熙间希郏堂刻本、咸丰四年重刊本）均使用符号，以表示自己对词的句式节奏的理解。丁炜填词之时，《词律》《钦定词谱》尚未刊行，他是根据自己考索词作以及图谱所得，在弄清词体句式格律的情况下再填词。林纾提出的填词应"遵词不遵谱"的做法，或可看作承自丁炜。清人已有《词律》《钦定词谱》，失误颇多。今人仍在多方研制词谱，未必尽得古人之法，在一定的程度上来说，"遵词"比"遵谱"重要。

林纾以古人名作为取法范本，观其词，平仄、句式、押韵几乎没有闪失，这点归功于他的读词法和填词法。如下引《凄凉犯·吊李佛客员外江南》，与姜夔《凄凉犯·合肥巷陌皆种柳……》、张炎《凄凉犯·北游道中寄怀》的平仄、句式相同，都押入声韵，且声情都有激越之处，意境都显得有些凄苍。可知他的读词法如"熟读之至千万遍"对他词作之风格、面貌有相当深入的影响，也可知他的填词法如"照词填字""逐字恪遵""逐字协律"等所产生的巨大作用了。

（二）林纾词的构境艺术

林纾词作的突出成就体现在他的词境构造艺术。林纾是一位画家，画作得多，题画词也就多了，占其词作大半。《林纾年谱长编》论其绘画特色说："他擅长花鸟，得师真传，淡墨薄色，神致生动。山水初灵秀似文徵明，继而浓厚近戴熙。偶涉石涛，故其浑厚之中颇有淋漓之趣。"[2] 这是说林纾的绘画特色。林纾论画曰："若名家思想，每置一石，必在深苍浅

---

① 《清词序跋汇编》，第184页。
② 《林纾年谱长编》，第21页。

翠之间；每写一水，必有空明严净之致。盖山水固天然之物，一经渲染而出，必使画外之人见之而生烟霞之思，尤羡画中之人，享无尽林泉之福。此等笔墨，方臻神品。"① （《春觉斋论画遗稿》）这是林纾自道其绘画的美学追求。其画与词颇有关系。卓揽《惜青斋笔记·词话》云："又题画每以宋人词句，便觉翛然意远，畏庐画名，题画与有焉。"② 题画词借用宋人词句，就能给人耳熟能详之感，可以帮助读者快速领会画意。如《林纾年谱长编》说："林纾据南宋著名词人姜夔的《杏花天影》写意，并请人刻在墨盒上馈赠当时的同事王劭廉，该作系典型的文人写意画，画面上部以行草题写：'绿丝低拂鸳鸯浦，想桃叶当时唤渡。少泉仁兄同志大人属，弟林纾写宋人词意。'"③ "绿丝"句是姜夔词的名句，读者阅之即能明白画意。林纾绘画与其诗也有关系，如陈衍《石遗室诗话》卷二十六论林纾诗云："承接转换处，殊见手腕，是以文家画家法作诗者。"④ 如下所论，此法也用到其词的创作中。

林纾词作的突出成就体现在他的词境构造艺术，其词构境方法有写实境，造虚境，无论哪种构境，画面间都有意脉的流动。孙绍振先生认为：意脉即是情感的运动隐藏于意象群落之中。⑤ 读者需要发掘情感的运动状态，才能很好地解读词作。

林纾画家的视野往往影响到他词作的构境。观其词境，多是撷取有意蕴的画面结构而成，一首词仿佛是用镜头拍摄的流动画面的组合，在画面的组合中，他把他的情感思想通过艺术形象在画面中显现出来，是所谓有意境。朱庸斋《分春馆词话》卷一说："所谓'意境'，即能于境中见意，境可从实际来，亦可从构造来。如有意于其间，则无论实际与构造，均称妙制。"⑥ 林纾词的意境确如朱庸斋所云有"从实际来""从构造来"两种，均能境中见意。《分春馆词话》卷一又说："大家为词，既善写景，又

① 《林纾集》（4），第571页。
② 卓揽：《惜青斋笔记》，福建师范大学图书馆藏钞本，第10页。
③ 《林纾年谱长编》，第89页。
④ 《石遗室诗话》，第359页。
⑤ 孙绍振、孙彦君：《文学文本解读学》，北京大学出版社，2015，第198页。
⑥ 《近现代词话丛编》，第333页。

能做境。写景乃就目中所见而描之，做境乃就心中所念而构之。往往每一念至，境随心生，能写吾心，即为好词也。如何能形象之？则必有待于做境，借物态表达而出，使人细读之，沉思之，如能洞见吾心。"① 此"物态"即是艺术形象，绝非仅仅指物象，物象须经陶铸，象中见意，始可称艺术形象。朱庸斋所云未能注意到写景之画面间的情感流动，此点为当今文艺理论家孙绍振先生所阐发。

先看林纾词中的造虚境，即做境，用朱庸斋的话来说，就是"从构造来""乃就心中所念而构之"。如《烛影摇红》是一首造虚境极为成功之作，词云：

> 楼影侵湖，茜红窗暗春光晚。锡箫细趁踏青人，那受杨花绾。肯道苏堤路远。万千条、烟丝醉软。杏花深锁，满院斜阳，双扉微款。
> 趷地珠帘，波纹都似春痕浣。噙香抱粉带诗来，竟左寻春伴。水上烟芜细短。饶西泠、莼香未断。碧阴阴地，小立移时，鞋痕苔浅。

此词乃林纾题于自传体小说《京华碧血录》（《剑腥录》），《京华碧血录》是一部反映庚子事变的小说。小说主人公邴仲光是林纾自托。此词乃提点小说而作，自非写实，属于造境之作。词凡八个大韵（不计小韵），每个大韵是一组意象群，也是一组画面。上片第一大韵写西湖一角景观，为全词定基调；第二大韵写西湖边人的活动，似较热闹；第三大韵是个特写镜头，专状苏堤柳丝；第四大韵写薄暮人物活动歇停。下片第一大韵乃过片，须振起又不能断了曲意，又是一特写镜头，专状西湖波纹，说波纹似如春痕一样蜿蜒曲折，把难以捕捉的春痕写得实在鲜活；第二大韵写鸟儿活动，说鸟儿"抱粉带诗"，殊善能状物；第三大韵从大处写景，景中有人的活动，人在荡舟；第四大韵写一个孤独的人即作者在徘徊。全词每个意象群，都是特别的安排，都为词人心中意而设，都带上主体意识的投射。一韵一转，所谓"承接转捩处，殊见手腕"，画家的构景，果然不同凡响。画面与画面之间不是静止的摄取，而是有意脉的流动贯注其间。八

---

① 《近现代词话丛编》，第 343 页。

个意象群落之间都有词人无法排遣的孤独落寞的心绪在若明若暗地流动。若情感都是平铺直叙，不起波澜，则不能特别打动读者。"波纹"句是情感的一个节点，说波纹都染上了春痕，则春痕无处不在，此句好像绘画所强调的质感。全词意境是孤寂的、轻柔的，给人以春痕似梦之感。

再看另一首造虚境之作。《摸鱼儿·题〈迦茵小传〉》是林纾题于所译小说《迦茵小传》上，有提点全书作用。序云："秋气既苏，林居寡欢，仁和魏生时时挟书就余谈译。斋舍临小桥，槐榆苍黄，夹以残柳；池草向瘁，鸣蛩四彻；寥然不觉其词之悲也。回念身客马江，与王子仁译《茶花女遗事》时，则莲叶被水，画艇接窗，临楮叹喟，犹且弗怿。矧长安逢秋，百状萧瑟，而《迦茵》一传，尤以美人碧血，沁为词华。余虽二十年庵主，几被婆子烧脚，而亦不能无感矣。为书既竟，仰见明月，涉笔窗间，却成此解。""婆子烧脚"是一典故，出自《五灯会元》，谓一和尚修炼二十年，遇年轻女子仍不能割断情根，被婆子赶出庵中并放火烧庵。此指自己年华老大却仍为书中情事所动。词云：

> 倚风前、一襟幽恨，盈盈珠泪成瘿。红瘢腥点鸳鸯翅，苔际月明交颈。魂半定，倩药雾茶云，融得春痕痴。红窗梦醒，甚恨海波翻，愁台路近，换却乍来景。　　楼阴里，长分红幽翠屏，消除当日情性。篆纹死后依然活，无奈画帘中梗。卿试看，碧潭水、阿娘曾蘸桃花影。商声又警。正芦叶飘萧，秋魂一缕，印上画中镜。

词中"倚风前、一襟幽恨，盈盈珠泪成瘿。红瘢腥点鸳鸯翅，苔际月明交颈"云云，《林纾年谱长编》认为："指迦茵在颓垣古塔之下与军官亨利邂逅相遇，一见钟情。亨利登古塔为迦茵取鸦雏，从古塔的顶上坠下，迦茵张开双臂承之，双双扑倒于坟次，鲜血缕缕沁出。""魂半定，倩药雾茶云，融得春痕痴"云云，《林纾年谱长编》认为："亨利在迦茵家中养伤期间，二人相恋定情。""卿试看，碧潭水，阿娘曾蘸桃花影"云云，《林纾年谱长编》认为："指迦茵之母投海自尽之事。"[①] 还可做些补充："篆纹

---

① 《林纾年谱长编》，第106～107页。

死后依然活，无奈画帘中梗"，谓其妻子卒后还活在他心中，"篆纹"指以前妻子房中的篆烟。"正芦叶飘萧，秋魂一缕，印上画中镜"，谓从回忆中醒过神来，看到的是画中妻子用过的镜子。词凡八大韵，一韵述一事，均有明显画面感，以人的活动为推进线索，间以景物烘托。此词虽属造虚境，但有小说为依托，应该说不是独造，是词人与小说作者的合作。翁麟声《怡簃词话》谓此词："清莹隽永，所谓洗却铅华画牡丹，格虽艳而色不艳者，斯于南唐后主之词，三折其肱也。"① 推此词上攀李后主，评价极高。所云"洗却铅华画牡丹"，也是看到了此词的画面感。所云"清莹隽永"，当指词境特色而言。此词的情感是较为强烈的，每个画面都是一次转折，意脉起伏不定，高潮迭出，故动人之处颇多。

再看林纾词中的写实境之作。林纾有少数词篇涉及时事，此类词中的意境往往是写实境非造虚境，实境如朱庸斋所言"从实际来"。《玲珑四犯·闻倭人之警，填此排闷》云：

> 渴叶弄秋，深灯媒寐，何堪添上风雨。夜来心绪恶，捣碎津亭鼓。江干又闻警报，蘸刀光、菱洲蒹浦。海气迷旗，渔烟吹帐，愁听角声苦。　　谁弯潮犀弩。有长鲸响沫，沾染兰杜。银涛回望久，妄想灵胥怒马。樱波乱颤琼河水，已废尽、东城楼橹。盼惨淡。锋旗甚、南来劲旅。

上片第一大韵写词人秋雨夜晚无寐；第二大韵写心绪恶而鼓声不断；第三大韵写江边警报杀气四伏；第四大韵写听号声愁意弥漫。下片第一大韵盼有射鲸人祛除凶恶，长鲸指倭人；第二大韵写回望海涛看看有伍子胥否，实是想盼来英杰；第三大韵写倭人已在搅动，而城池防守松弛，樱波指倭人；第四大韵写在惨淡心境中盼望有南来军旅，其锋旗应指向倭寇。此词实写当时战事，所谓实境者，皆实际所见，无须刻意安排，即随笔端流出，而意脉是流动的，有起有伏，终于冲决向前。卓揆《惜青斋笔记》说

---

① 《民国词话丛编》（第三册），第290页。

林纾作此词，"时畏庐家琼河，乃甲午（1894）以前作也"①。琼河，在今福州鼓楼区。

林纾悼念他的挚友李宗祎的词篇，真情见乎言外，颇感人。《凄凉犯·吊李佛客员外江南》云：

> 青山一发，西风里、江南处处秋叶。野云渐远，红桥数曲，冷箫凄咽。愁家怨别。想孤馆、缸花泪结。更门前、吴枫似血，对泣夜江月。　　弹指城西社，竹屋摇灯，水廊过屦。梦尘乍浣，甚生生、煅愁销骨。风纸飘零，算遗稿、何人为叠。怕诗魂、凝处惨淡作夜碧。

上片第一大韵写西风吹秋叶，为悼念亡友布景；第二大韵写在福州红桥上吹箫寄托哀悼；第三大韵回想昔日孤馆泪别；第四大韵写曾与亡友吴地月夜对泣。下片第一大韵写昔日社事，亡友在水廊的脚步声令他难忘，用梦窗词意；第二大韵写刻骨的思念不知如何消去；第三大韵写亡友遗稿飘零；第四大韵写亡友诗魂化作夜中的碧色。此词写实境，物象与人事皆随词人所见所想而写出，一韵一转，意脉漫溢，词人感情难以遏制，冲笔而出，故无须刻意造境。

画家的布景当与常人有不同之处。林纾作词善于以景状情，以情统景，情景皆关联词人心绪。因词人的心境与偏好，画面色调皆着淡墨薄色，而淡薄的色调下面隐藏着许多不平的情感。林纾《冷红生传》曰："所居多枫树，因取'枫落吴江冷'诗意，自号曰'冷红生'，亦用志其癖也。生好著书，所译《巴黎茶花女遗事》，尤凄惋有情致，尝自读而笑曰：'吾能状物态至此，宁谓木强之人果与情为仇也耶？'"②此为夫子自道，说自己的翻译作品能状物，且能曲尽人情。又说自己的癖好是"枫落吴江冷"一类的诗意，这是南宋姜夔等人喜好的诗意，他是特别欣赏姜夔的词，其身份与姜夔也殊似，都是布衣，皆靠自己的才艺谋生。"木强之人"，林纾自指，林纾的个性"木强多怒"。林纾在《春觉斋论画剩稿》中说：

---

① 《惜青斋笔记》，第10页。
② 林纾：《畏庐文集》，《林纾集》（1），第33页。

诗中有画，指右丞也。余谓词中亦有画。南宋词可采以为画者甚多，如玉田之"因甚春深，片红不到，绿水人家"（《柳梢青》）；"波（淡）色分山晓气浮，疏林犹剩叶，不多秋"（《小重山》）；"星散白鸥三数点，数笔横塘秋意"（《壶中天》）；"接叶巢莺，平波卷絮，断桥斜日归船"（《高阳台》）。碧山词之"一搦春情，斜月杏花屋"（《醉落魄》）；"泛孤艇、东皋过遍，尚记当时（日），绿阴庭院（门掩）"（《长亭怨慢》）；"冷烟残水山阴道，家家拥门黄叶"（《齐天乐》）；"小庭深。有苍台老树，风物似山林"（《一萼红》）……皆可画也。①

林纾鲜明提出"词中亦有画"的观点，虽来自"诗中有画"一说，然似是他首次提出。他喜好的是南宋词中萧疏荒寂的画境。玉田即张炎，碧山即王沂孙，皆宋末元初著名遗民词人。林纾喜好南宋遗民词人，与他的心境有关，他的心境一直较黯淡，没有多少乐观的情绪。他翻译国外小说，有传播新思想之功效，在新国民之精神方面是很有成绩的。虽如此，他意识到自己是守旧的，因为不曾做官，他说自己不算遗民。其实，他的封建传统思想极其固执，总是想回到君主时代。他的守旧思想主要在维护政治体制方面，很是反对革命。陈声聪《兼于阁诗话》卷二《畏庐剪影》云：

清光绪末年，吾乡方雨亭、林少颖二先生游宦浙江，力倡新学，老人（指林纾）亦邀往任教。时外患频仍，国势阽危，老人翻译西洋小说名著多种，欲借以引进西方文明，启发民智。顾其封建传统之纲常观念，非常顽固，主张尊王，反对革命。余藏其手札一通，致其师正谊书院（笔者注：应为致用书院。）院长谢枚如先生（章铤）者，即在杭州时所作，中云："……时局破碎，士心亦日涣，吴越楚粤之士，至有倡为革命之论，闻之心痛。故每接浙士，痛苦与言尊王，彼面虽唯唯，必隐以鄙意为迂陋。顾国势颓弱，兵权利权，悉落敌手，

---

① 《林纾集》（4），第585~586页。

将来大有波兰、印度之惧。近新翻一书，名曰《黑奴吁天录》，叙阿
非利加当日受劫于白人之惨状。黑人惟不知尊君亲上，图合群卫国，
故白人得以威劫，以术诱，陷之奴籍。纾翻此书凡十二万言，厘为四
卷，叙致冤抑流离之苦，往往搁笔酸鼻，前数日已脱稿付刊，大致九
月内必竣，成时必以一部奉呈，亦欲使吾乡英异之士读之，知所以自
强，不致见劫于彼人，终身不能自拔也。纾江湖三载，襟上但有泪
痕，望阙心酸，效忠无地，惟振刷精神，力翻可以警觉世士之书，以
振吾国果毅之气。或有见用者，则于学堂中倡明圣学，以挽人心，他
无所望矣。"此札不知何年作，度当在光绪二十几年间。① 其尊王思
想，在当时士大夫阶级中，亦代表一部分之保守派。②

此札颇能反映林纾之真实思想。以如此心境和思想状态，加上他喜好南宋
姜夔、张炎等人的词，其词作的画面色调当然是淡墨薄色了。

（三）林纾的词史地位

林纾所译小说，赞之者多，非之者也不少。陈衍《石遗室诗话》卷三
评林纾之学曰："琴南号畏庐，多才艺，能画能诗，能骈体文，能长短句，
能译外国小说百十种，自谓古文辞为最，沉酣于班孟坚、韩退之者三十
年，所作兼有柏枧、樗湖之长。而世人第以小说家目之，且有深诋之
者。"③ 这是说林纾的翻译小说曾招致刻意的批评。有人认为："译外国小
说还有一个重要条件，就是不可更改原来的思想……现在林先生译外国小
说，常常替外国人改思想，而且加入'某也不孝''某也无良''某事契
合中国先王之道'的评语，不但逻辑上说不过去，我还不解林先生何其如
此之不惮烦呢？"④ 这样说，不免使人对林纾用词敷写欧美小说的人物与情
事的做法产生怀疑，毕竟中西文化语境大相径庭，用词这种文体是否能得
体地写好外国人物与情事？陈兼与《读词枝语》说：

① 《林纾年谱长编》认为此札作于 1901 年秋林纾进京前夕，时林纾 50 岁。《林纾年谱长编》，第 83 页。
② 《兼于阁诗话全编》，第 71~72 页。
③ 《石遗室诗话》，第 40 页。
④ 志希：《今日中国之小说界》，《新潮》，1919 年第 1 卷第 1 期，第 115 页。

　　林畏庐（纾）早年有词一卷曰《补柳词》，后不多作，惟常于所译西洋小说中，题长短句于卷首。如"咏佳而夫人"《小重山》云："别业东风万柳丝……"又"题迦音小传"《摸鱼儿》云："倚风前、一襟幽恨，盈盈珠泪成瘿。……"人间儿女，何论中西，见之于词，此为首创。其最著之《茶花女》，严几道所谓"可怜一部《茶花女》，销尽支那荡子魂"者也。①

这类词作，演绎国外小说主人公的生平或性格特点，多少给国人一些新奇的感觉，是林纾的创新之处。卓挺《惜青斋笔记》说："畏庐善古文，词胜其诗，入都执教职，鬻画鬻小说，声名遂大起，所译《茶花女遗事》，绵曼意境，足以入词。"②此言认为小说《茶花女》意境与词境相通，小说之情事可以写入词中。上引"人间儿女，何论中西"之语，也是赞成可以用词来写西方小说的情事。王紫来《养心斋词话》云："闽县林琴南先生，喜译泰西小说，为海内所欢迎。而其填词亦颇工，余爱其《烛影摇红》词云（略）。缠绵情致，绮丽词句，想读者亦当深许之也。"③《烛影摇红·〈红礁画桨录〉题词》云：

　　　　情海生波，情丝牵傍愁边岸。恹恹抱梦坠梨花，梦带梨花颤。恨事填胸渐满。数今生、伤心未半。寄怀何许，画里鸥波，绿漪风善。
　　　　天际书来，书词能做冬心暖。回看纤影兀伶俜，那值人儿伴。画艇重撑又懒。峭金风、声声断雁。日斜钟定，草长帘深，眼中人远。

只要是喜欢读词的人，很难拒绝阅读这首词。"缠绵情致，绮丽词句"，允为的评。这首词无疑是非常成功之作，它的成功说明完全可以用词来状写西人小说中的人物和情事。林纾的这类词几乎没有受到贬损，而他译的小

---

① 《近现代词话丛编》，第 74～75 页。
② 《惜青斋笔记》，第 10 页。
③ 《民国词话丛编》（第二册），第 471 页。

说却饱受批评。

　　林纾用词敷写域外小说人物与情事的做法，引来一些人的效仿。这说明他的做法产生了影响，也给我们论定其词史地位提供了新的视角。

　　一个典型的例子即是：光绪二十五年（1899）正月，《巴黎茶花女》在福州刊行。小说出版第二年，王鹏运、朱祖谋、刘福姚合作《庚子秋词》，三人均以《调笑转踏·巴黎马克格尼尔》为题各作词（有诗有词）一首。词坛盟主朱祖谋的诗和词云："茶花小女颜如花，结束高楼临狭斜。邀郎宛转背花去，双宿双飞作新家。（诗）堂堂白日绳难系，长宵乱丝为君理。肝肠寸寸君不知，匏子坪前月如水。　　如水妾心事，结定湘皋双玉佩。曼陀花外东风起，洗面燕支无泪。愿郎莫惜花憔悴。憔悴花，心不悔。"① 中西儿女爱欲本就相同，是此用古体诗词写西人情事非常得体的一个因素。小说中的情事本来与中国词体文学中男女恋情有些相似，词这种文体多写男子与歌伎的感情。小说的情节大致是：马格尼特原是乡下穷苦姑娘，为生活所迫，来到巴黎开始卖笑生涯，她总是随身带着茶花，人称"茶花女"。马格与阿芒相爱，希望开始新的生活。而阿芒的父亲逼迫马格与阿芒断绝关系，马格只好返回巴黎重操旧业。阿芒不明真相，多方报复。马格在痛苦中死去，阿芒得知真相，追悔莫及。林纾在翻译小说时，多用中国传统文言来表达，很适合中国人的阅读习惯，所以有好评。如邱炜萲评价《茶花女》说："以华人之典料，写欧人之性情，曲曲以赴，煞费匠心。好语穿珠，哀感顽艳。读者但见马克之花魂，亚猛之泪渍，小仲马之文心，冷红生之笔意，一时都活，为之欲叹观止。"② 词家多用"哀感顽艳"一词评晏殊之子晏小山词，小山词多写他与朋友家的歌女交往之事。

　　又一个典型的例子是：光绪三十二年（1906）闰四月，林纾出版《红礁画桨录》，作《烛影红摇》《解语花》题其上。国学大师黄侃作《解语花·题〈红礁画桨录〉》题其上。民国元年（1912）6月1日，黄侃在《南社》第5期发表《解语花·题〈红礁画桨录〉》，词云："晴漪漾碧，夜汐流

　①　王鹏运等：《庚子秋词》乙卷，清光绪间刻本，第48页。
　②　邱炜萲：《挥麈拾遗》卷三，《同文书库·厦门文献系列》（第二辑）影印1901年铅印本，厦门大学出版社，2017，第91页。

红，摇散文鸳影。泪珠溅镜。芙蓉老、谁遣怒魂轻醒。鲛宫正冷。收情网、断珊慵整。空自怜、填海冤禽，此恨随年永。　　溟涨愁澜无定。送虚舟何处，寄兴难并。碎萍漂梗。乘潮远、似与阿侬同命。娇郎更病。算往事、殷勤犹省。招桂旗、岩畔相逢，终是凄凉境。"①　此词完全是中国化的表达，如果不写"题红礁画桨录"数字，也无妨阅读。黄侃的中国化表达的做法与林纾一样，是彻底地用雅言状写，当是受了林纾的影响所致。

据以上可说，无论是大词人还是大学者，都受到林纾的影响而作词演绎外国小说，这些都可见林纾题小说词的影响了。

林纾十分注意文学作品创造性。在诗坛江西派盛行的时候，他主张独创。其《郭兰石先生〈增默庵遗集〉序》云："诗之有性情境地，犹山水各擅其胜。沧海旷渺，不能疚其不为潇湘、洞庭也；泰岱雄深，不能疚其不为武彝、匡庐也。汉之曹、刘，唐之李、杜，宋之苏、黄，六子成就各雄于一代之间，不相沿袭以成家。即就一代人言之，亦意境各别。凡侈言宗派，收合徒党，流极未有不衰者也……时彦务以西江立派，欲一时之后生小子咸为蹇涩之音，有力者既为之倡，而乱头粗服亦自目为天趣以冒西江矣。识者即私病其鲜味，然宗派既立，亦强名之为涩体。吾未见其能欺天下也。陈后山之诗犹寒潭瘦竹，光景清绝，性情稍弗近者即弗能人，妄庸者乃极意张大之，力辟李、杜，惟此是宗。然则菖蒲之菹，可加乎太牢之上矣。"②　有如此的创新意识，则用词来写域外小说人物情事，自在情理中了。林纾用词来提点所译外国小说的做法，是晚清民国词坛的突出现象，完全具备创造性，故能在词史上留下鲜明的印记。

林纾怀着一新国民精神的梦想走完了他的一生，他是发挥他古文的特长，不断地用翻译国外小说这种再创作方式来完成他的梦想。附带用作词的方式来提点小说内容，给词坛带来了新气象，引起赞美和仿效，从而确立他的晚清民国词坛一家的地位。他靠卖画谋生，并有论画著作行世，他把喜好的南宋词建构的画境，带到他的画作中，也借用来构造他词作的意境，取得很大的成功。在学习作词的过程中，他形成了他关

---

① 《林纾年谱长编》，第 200 页。
② 《林纾集》（1），第 10 页。

于读词和填词的观点，是切实有用的见解，可以用来指导创作。他鲜明地提出了"词中亦有画"的观点，将绘画和填词结合起来，是有价值的词学创作论。

林纾从弟林华，字实馨，福建闽县（今福州）人。民国14年（1925）春，赁居北京大佛寺，佛寺有一镫楼，因以名集。著有《一镫楼诗集》不分卷、《一镫楼词钞》1卷、《联句词》1卷、《诗续集》1卷。

《一镫楼词钞》有民国27年闽县林氏一镫楼铅印本，收词42首。林华在出版《一镫楼词钞》前曾租居北京大佛寺十五年，专心艺事，闭门授徒，以书画自给，萧然物外，过着几乎与尘世隔绝的生活。他的《〈一镫楼词钞〉序》述及自己作词的词境时有说："伏蛰古寺，日惟莳花艺树，敲诗填词以自娱，闻足音登然则心动，盖恐京师人海，古刹临街，避世之不深，词境之未远也。"①其人爱清静如此，其词主要写其在大佛寺生活，词境甚是洁净。

林华爱作画，当是受了林纾的影响。他的词主要是观景词和题画词。观景词有9首，题画词有18首。观景词多写与其夫人袁梅君同观某一景致，这一类词，情因景发，多有合作。《南歌子·仲春，同内子梅君探花稷园》词是一首稍觉明快之作，词云：

> 燕雀飞翔急，园林冷落多。杏桃未蕊看枝柯。为恐韶光易逝，尽蹉跎。　　品茗春明馆，寻诗绿水坡。依稀人影树婆娑。胜日并肩散步，唱新歌。

林华的题画词不铺排画面的内容，而是注重传达出观画的感受，有时他会调动自己的感官去补足画面的意蕴，所以他的题画词读起来给人轻灵之感，即使除掉题序中说明是题画的文字，也不会影响阅读效果，有时反而会有更多的想象空间，这应该与他常年作画的体验有关。如《鹧鸪天·题〈柳窗美人〉》云：

---

① 林华：《一镫楼词钞》卷首，民国27年闽县林氏一镫楼铅印本。

　　　　画栋双双紫燕飞。庭前寂静午风微。惹人柳絮沾衫袖。满眼花香
上翠衣。　　　人未返，报春归。拈毫几度手停挥。时光岁岁长如旧，
此日情怀与昔非。

　　此词如不说是"题《柳窗美人》"，也是完全可以的。词的画面跳跃感强，
读者可以一一在大脑中浮现词中所描述的画面。至于词中所云"花香上翠
衣""几度手停挥"，无论如何高明的画家，也难以画出此等情景，所以这
种情景只能是作者观画时的意识重构，也是他对画面意蕴的提升。

　　林华有词写到他在大佛寺的孤寂心境，用的是宋末张炎的词韵，二人
都处于易代之际，都有漂泊之感。《珍珠帘·大佛寺一镫楼即事，依玉田
韵》词，笔力老到，若杂于张炎词集中，或不能分辨。此词纯乎从心底流
出，可视为林华的代表作。词云：

　　　　残秋夜话僧家宇。对黄花、梦绕疏篱深处。忽听晚钟声，是送寒
凄雨。催白须眉衰几许，记壮年、探碑西去。难去。剩个买山钱，高
歌今古。　　　岑寂付与丹青，叹荒江水阔，感秋迟赋。宇宙一诗场，
此日愁如许。黄卷青镫人不寐，最可笑、燕京留住。姑住。又霜重寒
楼，更阑词语。

二　有进化论思想的严复词

　　严复（1854～1921），字又陵，一字几道，晚号愈壄老人，福州南台
苍霞洲人。同治七年（1868），在马尾船政学堂学习。光绪三年（1877）
赴英留学。五年，回国担任马尾船政学堂教习。六年，任北洋水师学堂总
教习。光绪十五年，任天津北洋水师学堂会办。十六年，升任总办。光绪
三十二年任复旦公学监督。民国元年（1912）任京师大学堂总监督。晚年
回福州定居，卒于福州。著有《严侯官全集》12卷。译著有《天演论》。
今人辑有《严复集》《〈严复集〉补编》《严复全集》。南洋学会研究组编
《严几道先生遗著》收有《阳崎词稿》。

　　严复存词仅22首。他对词的创作极为认真。《词学季刊》创刊号《近

代名贤论词遗札》所载严复《解连环·己酉灯节呈彊邨，用梦窗韵》词后有龙榆生跋语："几道先生在近代学术界之地位，固已尽人皆知，至其倚声填词，殊不多见。以上三札，作于宣统元年，时方任京师大学校长，而卑辞请益，若惟恐彊翁不屑为指点者。前辈进学之猛，虚怀之切，令人警佩！一词几经修改，只字未安，皇皇焉不能自已。宜其从事译述，时对一名词，或旬日而后定，不肯丝毫苟且也。沐勋附记。"① 《阳崎词稿》与《词学季刊》创刊号所收《解连环》词，文字多有不同，似以《阳崎词稿》为胜。

严复是近代思想启蒙大师，所译《天演论》影响极大。林纾《严几道六十寿作词奉祝》评其学曰："著书布天下，名理淡（淶）肝胃。何用修罗掌，扬杵震群魅。"② 严复光绪二十二年重九作《赫胥黎〈治功天演论〉序》云："赫胥黎氏此书之旨，本所以救斯宾塞任天为治之末流，而其中所论，与中土古人有甚合者，且于自强保种之图洞若观火。"③ 十余年后，严复作《满庭芳·己酉（一九〇九）试笔》词，仍重申他的"争优胜，长承天择"的进化论思想，词中有此等思想，何其幸也！词云：

> 蘸影恒河，移夜壑刹，那堪霜鬓成翁。起观沧海，万派尚流东。安得摩天巨手，神州事、再辟鸿蒙。须真个，黄人捧日，焜耀讫无穷。　英雄休但道，人才消乏，民智颛蒙。看洪钧一气，绝地天通。亿兆羲轩贵种，联众志、同奏肤公。争优胜，长承天择，国势倚崆峒。

真正奠定严复在近代词坛地位的是那首著名的《巩金瓯》国歌词，《巩金瓯》是清朝的国歌，于宣统三年八月十三（1911 年 10 月 4 日）由清政府颁定。词句气度恢宏，表达捍卫国土完整、不容分裂的坚强意志和决心，听之令人极为振奋，诚能感化亿万子民。声音之道，于斯为盛！

---

① 《词学季刊》创刊号，第 170 页。
② 林纾：《畏庐诗存》卷上，《林纾集》（2），第 17 页。
③ 严复：《严复全集》（第 1 卷），福建教育出版社，2014，第 7 页。

词云：

> 巩金瓯。承天帱。民物欣凫藻。喜同袍。清时幸遭。真熙皞。帝国苍穹保。天高高。海滔滔。

严复虽为国家的富强奋斗了一生，然未获大用，其心多是落寞的。其词多有写心之作，《摸鱼儿》是典型的一首，词云：

> 望楼阴、湿云痴重，黄昏虫语凄絮。秋魂偬傯惊寒早，谁念天涯羁旅。从头数。问陌上相逢，可料愁如许。今休再误。早打迭心苗，销凝意蕊，长与此终古。　　茂陵病，挨得更更寒雨。此情依旧无主。微生别有无穷意，错认晓珠堪语。君莫怒。便舞凤回鸾，诓就轻轻谱。移宫换羽。算海涌天风，成连归矣，霜泪冻弦柱。

词后有跋云："霜降寒雨帘纤，竟日不止，怀人感遇，深不自聊，率意谱此，不自知其凄断也。"一位思想家的"凄断"心境，多少也是国运的反映。

第三节　陈衍和王允晳的词

陈衍是一位诗人和诗论家，他的诗是典型的学人之诗，他的诗论乐于称道"同光体"诗人之成就。但是郑孝胥说他论诗"或甚隽"，而作诗"苦不逮"。（《石遗卒于福州》其二）陈衍的诗虽无广为传诵之作，词却有佳句。他不甚重视的词作，大多作于青年时期，彼时没有多少同光体诗人的影响，词的成功为其诗作乏名篇弥补了缺憾。王允晳诗词并擅，他的词被称为词人之词。今天看来，王允晳词远胜于陈衍词，为人传诵的词作不少。王允晳是同光体诗人，却不用同光体作诗之法作词，取得了成功，此中的启示意义不小。

陈衍、王允晳均在民国得享大名，这易使人误认为他们是民国词人，然他们的词主要作于清末。陈衍 1918 年为他的《朱丝词》作记时说已绝笔 30 余年，今见其词集中作年最晚的一首是 1887 年作的《贺新郎》。王允晰《碧栖词》绝大部分作于民国前，也有少数词篇作于民国。

一 雅慕北宋的陈衍词

陈衍（1856 ~ 1937），字叔伊，号石遗，福建侯官（今福州）人。光绪八年（1882）举人。曾入台湾巡抚刘铭传幕。光绪二十四年，在京城撰《戊戌变法榷议》十条，提倡维新。政变后，湖广总督张之洞邀往武昌，任官报局总编纂，与沈曾植相识。二十八年，应经济特科试，未中。后为学部主事、京师大学堂教习。清亡后，在南北各大学讲授，编纂《福建通志》，后寓居苏州，与章炳麟、金天翮共倡办国学会，卒于福州。撰有《石遗室集》28 卷内《石遗室文集》12 卷、《文续集》1 卷、《文三集》1卷、《文四集》1 卷、《诗集》10 卷、《诗补遗》1 卷、《诗续集》2 卷。另存少量讲课笔记。[①] 词名《朱丝词》，凡 2 卷。

陈衍通经史训诂之学，特长于诗，与郑孝胥同为同光体闽派诗的首领人物。他自己作诗，着重学习王安石、杨万里的曲折用笔，骨力清健，与陈三立、郑孝胥、沈曾植、陈宝琛等风格都不同。他一生宣扬"同光体"成就，对近代诗坛产生过广泛影响。

陈衍不多作词，其《朱丝词》存词 50 首，林葆恒《闽词征》选录 10首，入选比例不及陈宝琛、王允晰等人。陈衍的词作于 16 岁至 32 岁间，即其青壮年时期。陈衍《朱丝词跋》云："少壮日偶有缠绵悱恻之隐，则量移于长短句，非必绝无好语，而举止生硬，不能烟视媚行，良用自憎。"[②] 其好友沈曾植《朱丝词跋》对于陈衍壮年后不作词深以为然，有云："若为之不已，将恐华鬘渐凋，身香浸减。耆卿、美成晚作皆尔。"[③]此言当有道理，韩愈享年 57 岁，他就没有多少昏聩的文章。

陈衍 16 岁时就写出很好的词作，有细腻敏锐的感觉和雅洁的文笔，如

---

① 王真编、刘荣平整理《陈衍〈厦门大学国文系散体文讲义纲要〉》，《闽学研究》2020 年第 4 期。
② 陈衍：《朱丝词》，清光绪三十一年《石遗室诗集》本，卷首。
③ 《朱丝词》卷首。

《摊破浣溪纱》词云：

> 一碧茶烟染不成。竹炉松子坠零星。风做松声茶亦响，不分明。
> 雨过楼台帘影翠，月来栏槛簟纹青。团扇夜凉无用处，伫流萤。

如果他专注作词，其成就当不可限量，然而他并不是太措意作词。他于光绪五年作了 8 首词，这年是他作词较多的一个时期。这时他已成家，与夫人萧道管感情甚笃，有词写对她的思念。《天仙子》词是突出的一篇，词云：

> 喔喔荒鸡浮客听。不许愁人眠不醒。此时遥想绮窗前，临晓镜。
> 伤流景。往事停妆重忆省。　　坐尽栏干天未暝。衰柳斜阳双瘦影。
> 夕阳收去影还单，立不定。行又静。落叶萧萧堆满径。

词的上片设想夫人萧氏清晨思念在外的夫君，无心梳妆。下片说自己黄昏时分心神不定，踯躅不宁，如衰柳一般瘦削，这当然也是思念之苦所致，但说得含蓄。

光绪十二年，是陈衍作词最多的一个时期，写了 16 首词。这一年，他赴京参加会试并赴台湾刘铭传幕府，词多写旅途见闻。《八声甘州》作于会试归途中，云：

> 早安排折柳唱阳关，送君挽征衫。竟里亭斜月，重门上钥，细雨
> 春帆。翠被薰香拥处，汝手执掺掺。罗帐灯昏际，离思难缄。　　此
> 去闺中风暖，已绿波人远，草长江南。更遥遥青翰，何以报瑶函。只
> 春风、白铜堤上，与黄河、远上共矜严。好依旧、临风杨柳，万缕
> 长揽。

词的下片描写北国风光，景象渐阔大。《微招·赋送何研孙同年归扬州用韵》作于台湾游幕期间，乃送别友人所作，词云：

天涯秋燕都如客，寒烟黯然平楚。缥缈见云车，是蓬莱归处。萋萋春欲暮。旧曾劝、王孙无渡。一霎萍踪，乍圆吹散，满城风絮。　　明岁去衔泥，知何处、修椽觅巢辛苦。春草恋斜晖，怕东风无据。班生谁复妒。喜犹趁、芜城秋雨。只除却，会合联吟，珍重临歧语。

何研孙归扬州不久下世，词有"缥缈见云车，是蓬莱归处"语，见者以为谶语。此为词坛增一谈助。

陈衍的词成就有限，然也不失为清末闽籍词人之一家。其词长于写景，如："雨过楼台帘影翠，月来栏槛簟纹青。""坐尽栏干天未暝。衰柳斜阳双瘦影。""此去闺中风暖，已绿波人远，草长江南。""一霎萍踪，乍圆吹散，满城风絮。"都是写景的佳句。陈衍《石遗室诗话》卷二十四录存己作《疏影》词三首，并云："词本非所工，少日偶一为之，则雅慕北宋，不欲烟视媚行，如近人之效南宋者。"① 如此说，他与后来民初闽籍词人普遍学习南宋词是不同的，宋谦、郑守廉也是学北宋的，加上陈衍，闽人学北宋者一共也就数人罢了。以上写景的句子明显受到北宋词的影响，无隔之病。陈衍词多写一己之内心，不涉及时事，是其词量不足之处。

冒广生《小三吾亭词话》卷四选陈衍词 5 首，评曰："数词殆善学稼轩者。"② 所评与陈衍本人的自评不一致，所谓见仁见智也。

陈衍夫人萧道管（1855～1907），字君珮，一字道安，侯官（今福州）人。相夫教子，贤惠明达。生八男二女。治学喜勾稽考据。著有《说文重文管见》《列女传集解》。卒年五十三。陈衍作《道安室事略》记其生平。词有《戴花平安室遗词》1 卷，存词 5 首，林葆恒《闽词征》全部录入。然词多为代陈衍所赋，艺术水平不高。

萧氏曾撰《命名说》述陈衍之风采有云："君名衍，能谈天似邹衍。好饮酒，似公孙衍。无宦情恶铜臭似王衍，对孺人弄稚子似冯衍。恶杀似萧衍，无妾媵似崔衍。喜《汉书》似杜衍，能作俚词似蜀王衍。喜篆刻似吾邱衍，喜《通鉴》似严衍。喜《今古文尚书》《墨子》似孙星衍，特未

---

① 《石遗室诗话》，第 325 页。
② 《词话丛编》，第 4728 页。

知其与《元祐党人碑》中之宦者陈衍何所似耳。请摹其字以为名刺何如。"① 是真可谓知夫君者，然亦不失雅谑。

二　古雅峭拔的王允晳词

王允晳（1863～1930②），字元辩，号又点（一作幼点），自署碧栖，人称碧栖先生，占籍福建长乐，世居闽县亭江镇（今属连江）。光绪十一年（1885）举人，应奉天将军依克唐阿之招，为之筹笔。光绪二十二年（1896）至二十五年间，应兴化守张僖之聘，为山长。二十五年，选授建瓯训导，复入北洋海军幕府。民国15年（1916），任江西婺源县县令，仅半年遭弹劾罢免。后乡居以终。著有《碧栖诗词》2卷。事迹参李宣龚《碧栖诗词序》。

陈声聪《兼于阁诗话》卷一《碧栖词客》云："（《碧栖诗词》）选汰极精，当为其生前自定之稿，身后由其后人携至京，请沧趣老人审定，墨巢印行者。"③ 事实上，《碧栖诗词》是陈宝琛请何振岱审定，《何振岱日记》有记载。沧趣即陈宝琛，墨巢即李宣龚。

王允晳20岁时曾参加福州支社的活动，支社雅集的地点是李宣龚的双辛夷楼。支社社员大多学习宋诗，王允晳的诗也学宋诗，是同光体闽派的后劲。李宣龚《〈碧栖诗词〉序》评其诗云："初喜贡父（刘攽）排奡、山谷（黄庭坚）奥密，积而久之，复肆力于东阿（曹植）、嘉州（岑参），故意境高远，不可一世，是真能以少许抵人千百者。"④ 其诗《黄坑道中》云："风光疑不到天涯，涧转坡斜着几家。稍见炊烟出丛薄，尚无人迹渡横槎。水云俱冷不待雪，草树自香非有花。想得前村饧粥美，数声箫鼓赛年华。"⑤ 此诗与欧阳修《戏答元珍》神似。其诗《昌江道中怀人》论列平生诗友有陈宝琛、郭春榆、沈瑜庆、陈衍、林纾、林长民、黄懋谦、李宣龚、郑孝柽、朱祖谋、夏敬观、梁鼎芬，中多晚清民国通儒硕学。

---

① 《石遗室诗话》，第388页。
② 连天雄：《碧栖词人韵事》，《坊巷雅韵》，福建美术出版社，2015，第103页。
③ 《兼于阁诗话全编》，第49页。
④ 王允晳：《碧栖诗词》，卷首。
⑤ 《碧栖诗词·碧栖诗》。

王允晳的词学南宋姜夔、王沂孙、张炎。论者认为，其诗词集取名《碧栖》，乃寄意于王沂孙（字碧山），明师法所在。然对其词作之取径，诸家看法不尽相同。李宣龚《〈碧栖诗词〉序》评其词云："厥后累蹶春官，境渐困，悉以其幽忧之疾发之于倚声。初为王碧山，因自署曰'碧栖'，嗣复出入白石、玉田间，音响凄惋，直追南宋。"① 郭则沄《清词玉屑》卷六评其《疏影》词句"湖鸥不管人情怨，但劝我、重携吟笔"云："竟神似白石。"② 黄濬《花随人圣庵词话》云："碧栖词，与佛客先生之《双辛夷楼词》，为闽词晚近之双流两华，但取路颇不同。碧栖词娟洁密致处，与其云学碧山，不如云学玉田。其甲午十月《水龙吟》一阕，不用雕饰，尤疏俊有高致。"③ 陈衍《石遗室诗话》卷十八云："王又点工填词，在玉田、碧山之间。"④ 与王允晳有三十年文字之交的夏敬观在《忍古楼词话》中说："予极许其嗣声白石。"⑤ 陈兼与《闽词谈屑》云："论者比之姜尧章，殆甚似之。其自号碧山，但取唐人'问君何事栖碧山'诗意，有人谓其词宗碧山者，未必然也。"⑥ 陈兼与《读词枝语》云："（允晳）长调多填《琵琶仙》《长亭怨慢》《疏影》诸调，知其服膺白石也。"⑦ 王允晳的词可看作南宋末年风雅词派在闽地的回响。《碧栖词》的词题有"用玉田题《碧梧苍石图》韵""兴郡官廨宋梅，用碧山均同韵舫太守赋""适迪臣太守以《孤山补梅图》属题，用石帚自制调写之"，可知其词多取法南宋末年风雅词人。从其词多写漂泊之感来看，应是多学张炎作词。叶恭绰《近词案记》云："碧栖词脱胎玉田，而无其率滑。"⑧ 王易《词曲史》说碧栖词"清婉近玉田"⑨。此言都看到了碧栖词与张炎词之关系。

王允晳今存词48首，另从线装书局2003年版国家图书馆编《中华历

① 《碧栖诗词》卷首。
② 《词话丛编二编》，第1451页。
③ 《近现代词话丛编》，第51页。
④ 《石遗室诗话》，第248页。
⑤ 《词话丛编》，第4758页。
⑥ 《近现代词话丛编》，第131页。
⑦ 《近现代词话丛编》，第93页。
⑧ 《民国词话丛编》（第七册），第8页。
⑨ 王易：《词曲史》，东方出版社，1996，第441页。

史人物别传集》可辑录 1 首。林葆恒《闽词征》选王允晳词 35 首，居闽人词人选数第一位，可见极为推重。允晳词题材可分为三类：羁旅词、交游词、题画词。

漂泊途中的羁旅词，王允晳多用短调唱之。词写得轻柔，感伤之意细细流出，自有动人之处。如：

> 玉帐牙旗无定据。回潮咽岸沙如语。后夜南楼，一川烟月，历乱倩谁为主。　　别梦曾过平楚路。尽官柳、半堤绿妩。故国西风，行人回首，秋在角声疏处。（《夜行船》）

王允晳喜好与文人雅士交游，他的词友有陈宝琛、李宣龚、张韵舫、林纾、严复、郑孝胥、徐又铮等人。词多写与他们的交游，如：

> 高斋不闭空寒，何人问取垂杨意。清霜未落，北风渐紧，丛丛荒翠。地冷无花，城空多雁，斜阳千里。只故人此际，萧然语罢，将丝鬓，临流水。　　何限闲愁待寄。有繁华、旧时尘世。斜阶拥叶，危亭欹树，秋来如此。病后逢杯，梦中听角，沉吟暗起。算十年心事，江湖醉约，倦鸥能记。（《水龙吟·甲午十月，辽沈边报日急，偶过琴南冷红斋闲话，感时忆旧，同赋》）

此词写与林纾的一次闲谈，涉及甲午中日间战事，于衰世景象的描写中吐露隐忧。郭则沄《清词玉屑》卷六评曰："不著干戈戎马语，而托感更深，是真词人之词也。"[①] 此词之风格酷似张炎词，他漂泊江湖、依人过活的经历也与张炎相似。

李宣龚《〈碧栖诗词〉序》论王允晳创作历程有云："戊戌庚子（1898—1900）之变，孤愤溢怀，故其所著，无一非由衷之言。改革后南北传食，讫无宁岁，迨宰皖之婺源，则管领山水，意稍有所属，能以吏事入诗。"斯为知言。王允晳虽好出入歌楼妓馆，有杜书记之癖，然绝非浪

---

① 《词话丛编二编》，第 1450 页。

游处世者，其词可见其不能忘世。他的词写得古雅峭拔，深合声律，是清末运用宋末词法作词最为成功的闽籍词人。他的成功可证宋末风雅词派的巨大生命力。

王允晳的词固可称词人之词，其人也足可称词人，录其生平事迹的材料二则。民国20年2月18日《华报》载莲客①《碧栖词人韵事》云：

> 碧栖先生，禀才俊逸，聪明绝世，而骀宕不羁，风流自喜，大有杜樊川之遗风。收瞻交结，门无停宾，常日周旋士大夫之间，无不倾倒焉。工于填词，为海内所推许。其锻炼苦吟，语虽近于玉田、碧山，而腔实宗于白石。有请唱词于先生者，必举白石。而尤喜其《扬州梦》之"杜郎俊赏，算而今、重到须惊"，并《琵琶仙》之"十里扬州，三生杜牧，前事休说"诸阕，先生其亦有意以自况乎？何丈梅生，极称先生所谱之《点绛唇》，有"天接平桥，酒旗风外迢迢路"之句，谓非身历太原，不能知其描写之工。余亦喜其《满庭芳》之"似吾庐半亩，旧种青青。何日归来散发，人间事、露冷风清"句，诚不食人间烟火气者。先生早岁奔走南北，浸广交游。某年春闱报罢，与友黄某②流连沪渎，友乃取资于先生，卒至丧其资斧，电鬻田产，赀至而债复举，其慷慨周急辄如是。晚岁归里，仍寄情风月，尝被恋者峻拒，曾有"昔日楼中梦，今日梦中楼"之吟。将娶姬人某，友人均以为规，而先生百折不回，迈然独往，卒如所愿。有五言律诗一首即纪其实，诗云："已放杨枝岁，偏迎桃叶时。若非见颠倒，反谓得支离。四面纵君看，寸心不自疑。尊前如再问，暂笑总强悲。"③真挚淡远，殆香山之作矣。去岁六月得病，自知不起，处置家事，一一有序。平日最眷某商人妇，有同生死之盟。病里支离，尚难忘情，复以一千金遗之。唁者诗有："乱后都无避足地，老来唯有养颐天。"即指此也。迨病垂危，石遗老人往视，先生体已渐冷，一息奄奄，石

---

① "莲客"，疑为王真笔名。她为《华报》撰稿，曾用笔名"莲修"。
② 黄某，疑即黄濬。
③ 此诗《碧栖诗》失收。

老迹其耳诏之曰："顺其自然。"先生尚能领首，拱手作谢状，曰："见道之言。"先是，郭君舜卿①临存其疾，先生语之曰："我来清去白也。"弥留之前一夕，力疾作书与陈弢庵太傅，词语恳至，点画不乱，一如平日。有根器人，到头自脱，其明晰有如此者。然一情牵掣，到死不悔，是知女儿之情长，不独英雄气短。附录绝笔书："弢公至鉴：允晢觉此十年中，所腐心切齿，与公未通一字，而为弥天之罪者，莫如此事。朝夕向空顶礼问讯，谓可作复，不意其仍复因循至今也。而空前绝后未有之事、未有之境界，盖惟公开之。既读复藏者，不知凡几次也。今俄顷人耳，不可不一白于公前。晢三十以后，即躬受公之庇荫，直至于今。耿耿之心，亦未尝俄顷忘也。晢今此书，为寻常叩门走别之书，愿公得之，知晢尚能刻刻顾念恩情，无敢下侪于狗彘，如今世俗之足为鄙夷者，于愿斯足。至世俗之见，则愿其迁流，无复足惜，而公之胸次，固无日不在山崭岳崒水流花放中，无俟晢之更赘一词也。王允晢顿首。"

民国 20 年 2 月 21 日《华报》载莲客《碧栖词人韵事》（二）云：

前年陈君幾士②，省弢庵太傅于津门，碧栖先生就求太傅墨迹，太傅以先生久疏音问为责，经君婉言再三，太傅乃欣然，录与先生共游旧作数阕，且以示正于先生。君既归赍先生，且请即书以慰老人，而先生终以贪懒爱忙，诺而复爽。字既高悬，函仍缺谢。迨至弥留之顷，乃萌慊慊也。绝笔书有云："而为弥天之罪者，莫如此事。"即谓此。又云："而空前绝后未有之事、未有之境界，盖惟君开之。既读复藏者，不知凡几次也。"即言太傅所书贻之词也。太傅闻先生逝，将撰联挽，嗣得书，感痛良稠，乃易谱一词为唁，苍凉凄楚，顿见衰

---

① 郭则寿（1883~1943），字舜卿，侯官（今福州）人。自幼受其舅父叶在琦熏陶，努力作诗，与堂兄则沄、则豫均以诗鸣。早年留学比利时新大学理财科，回国后任神州中国银行行长。中年后因家事几经剧变，颇有失意之感，遂一心向道，精研易象。著有《卧虎阁诗》（张天禄等编纂《福州人名志》，海潮摄影艺术出版社，2007，第 402 页）。
② 陈幾士，陈宝琛长子。

情。噫！龚生之逝，尚有故人；元伯虽亡，不无死友。聆此哀音，益增海内有心人无限之感矣！附录陈弢庵太傅所作挽词于后："十年望断来鸿，发函乃出弥留顷。苍凉掩抑，死生之际，一何神定。我欲招魂，海天飞电，巫阳焉讯。念百回千结，那时情味，盈眶泪，如泉迸。　　石帆清狂无命。怅荒波、日亲蛙黾。颓唐尔许，不应真个，江郎才尽。丛稿谁收，审音刊字，吾犹能任。却自怜老髦，君还舍我，就何人正。"右调《水龙吟》。

对王允晳词的评论，历来多有不同。黄濬《花随人圣庵摭忆》云："拔可言丈似刘龙洲，予则谓似张子野，以其老寿工词喜游冶；又碧栖丈先有宠姬，后遣之，甚似子野之晚遇也。"① 此仅作简单类比，不足信也。沈轶刘《繁霜榭词札》云："清末民初词坛，都为四家所笼罩，鲜能出其藩。能为文廷式者，只有一赵熙。赵之《香宋词》，骨格神理，悉近文词，别以忼爽济之，得文之俊宕，而益之以逸峭，绝不作惝恍无端涯语，足为文张一军。次则数王允晳。或谓王寝馈王沂孙，子之说殆梦呓！然允晳词寓气骨于精锻，云中仙爪，时露一鳞，虽揭橥王沂孙，自有其不可掩之本色。"② 此肯定了王允晳词的气骨，是何气骨则未能说明。郑孝胥《海藏楼诗》卷四有《寄王又点》诗，序云："王于庚子五月自天津脱归，以词寄余。"诗云："哀音通世变，词客似啼鹃。去乱聊全己，知微莫问天。谁言登楼赋，得并望山篇。我亦沙鸥侣，江湖不计年。"（作于庚子年，1900 年）③ 卷六《戏赠王又点》云："手散千金才不尽，老来风月最关身。浮名何似生前酒，豪气还寻客里春。差喜先生能作达，剧怜吴女亦工颦。词流谁擅言情者，遮莫花翁是异人。"注："刘后村称孙花翁名重江浙，公卿倒屣，疑为异人。"（作于戊申年，1908 年）④ 此二诗可为"气骨"做一注脚。王允晳萍踪漂泊，百无一成，故词有凄厉之音，似杜鹃哀鸣；又逃于酒色，聊以自慰，然时有清醒，知事不可为，而更有深

① 《清人词话》，第 2044 页。
② 《近现代词话丛编》，第 193～194 页。
③ 《海藏楼诗集》，第 117 页。
④ 《海藏楼诗集》，第 187 页。

痛焉。

　　王允皙词艺术成就很高，小令尤为杰出，论者认为是"小令圣手"。
陈兼与《读词枝语》云：

　　　　王碧栖词，余在他文中屡举之，今又得其数首：《浣溪沙》云：
　　"别梦凄清记未全，含啼人坐绿窗前，自家赚与自家怜。　　无力层
　　楼休更上，夕阳如水水如烟，好春只在夕阳边。"《清平乐》"用玉田
　　《题碧梧苍石图》韵"云："严城鼓断，人立寒沙岸。月浅烟深凉汐
　　漫，柔橹云边逢雁。　　迢迢天上双成，今宵须信怜卿。若待画楼疏
　　吹，人间恐有秋声。"又《浣溪沙》"为歌者顺郎作"云："晓馆看鸳
　　露未晞，紫云回曲送将归，归来同倚玉交枝。　　瘦小知谁腰势好，
　　婵娟多悔目成迟，新凉翠被分输伊。"意中语，语外意，靓妆独立，
　　体态自然，为小令圣手。其长调多填《琵琶仙》《长亭怨慢》《疏影》
　　诸调，知其服膺白石也。四字对句，雕琢甚工，如"老石生云，凉苔
　　过月""小石围凉，深篁送爽""斜阶拥叶，危亭欹树""雪浪淙瓯，
　　翠涛过瓷""雨枕回灯，风窗添袂""玉晕难销，珠啼未醒""横吹无
　　情，清愁易老""凉水斜门，疏花古屋""跂脚眠云，扶头醉雨""匀
　　碧球场，裁红镜户""几树丝杨，半泓渟渌""笛罢江空，酒醒人
　　瘦"，皆独出心裁，曲折入胜。①

　　所选四字对局，极工极炼，可入警句。王允皙是学宋末遗民词最为成功的
词人之一，即使在全国范围来看，也是如此。允皙赋性绝佳，又处易代之
际，一生漂泊，志不得酬，宋末遗民之词甚合其心境，故能得其精髓，又
能变化出之，形成自家面目，即古雅之中自饶峭拔。古雅谓其词颇得古典
意境美，峭拔则谓其词时有不平之气。

　　陈衍、王允皙是一对好友，王允皙临殁时，陈衍去看望他，可谓尽朋
友之道。王允皙对陈衍是极为敬佩的，其《芥禅六十生日》云："石遗广
大主，宗派延荒滨。"他们的交情可谓有始有终。这令人反观何振岱与陈

---

① 《近现代词话丛编》，第93~94页。

衍晚年断交事。① 陈衍诗学宋诗，好议论，思致深密，然如郑孝胥所言"苦不逮"。王允晳诗几乎篇篇可以看得出是学宋诗，好议论，其最著名诗作《黄坑道中》，也是一眼可以看得出是受了欧阳修诗的影响，创造性不免要打些折扣。但王允晳的词则不学宋诗，议论不多，很能注重艺术形象的构造，故多传诵之篇。他的词在学宋末词家的基础上，颇有注重气骨的一面，有了自己的气体幽灵，故获得很大的成功。有人认为，王允晳诗高于词②，殊不尽然。陈衍则诗高于词，主要是倾力作诗所致。其词多可读，也是注重了艺术形象的构造，惜其于词用力不多。

第四节 薛绍徽的词与唱词观

光绪年间，福建女词人沈鹊应的《崦楼词》、李慎溶的《花影吹笙室词》皆驰誉词坛，备受好评。比她们早出生十余年的薛绍徽，无论在词的创作还是在词的理论研究方面，可以说都优于沈、李二人。稍后的何振岱早期所指导的女弟子张清扬、周演巽，以及后期指导的十大女弟子，都有不俗的成绩，各有建树。但若单独与薛绍徽相较，其成就又不免逊色一些。如果要写一部福建女性词史，则沈、李、薛、张、周以及何振岱十大女弟子，都是要重点论及的，她们为福建女性词争光，读她们的词，真是有不让须眉之感。

一 薛绍徽词的创作

薛绍徽（1866～1911），字秀玉，号男姒，福建侯官（今福州）人，晚清著名女作家，著有《黛韵楼诗集》，计诗集4卷、词集2卷、文集2卷。生平事迹见《黛韵楼诗集》所附其子陈锵、陈莹，其女陈荭合编《先

---

① 参见刘荣平《陈衍何振岱晚年断交原因再探》，《海峡人文学刊》2023年第1期。
② 陈兼与《闽词谈屑》云："其（指王允晳、何振岱）词乃真词人之词。然又点不甘于作词人，有人以词人称之者，则怫然曰：'独不可为诗人乎？'吾意诗人比词人究竟能高多少，此等分别，亦甚无谓。惟又点诗，确亦甚高，晚年为东野，为后山，更欲俯视一切。诸贞壮（宗元）挽又点诗，有'碧栖今词客，其诗实胜人'之语，地下有知，当呼知己。"（《近现代词话丛编》，第131页）

姚年谱》。今有林怡女士点校本《薛绍徽集》，并附所著《在旧道德与新知识之间——论晚清著名女文人薛绍徽》，介绍了薛氏家世生平、思想性格、文学创作等方面的情况，论定在前期创作中词胜于诗。① 郭延礼《中国近代翻译文学概论》介绍了薛氏与其夫陈寿彭合译的小说《八十日环游记》，认为此书是一部忠实于原文的译作。

（一）不让须眉的词史意识

从词史的角度审视词的创作，周济《介存斋论词杂著》提出了"诗有史，词亦有史，庶乎自树一帜矣"② 的著名论断，后谢章铤在《赌棋山庄词话》卷八指明了"拈大题目，出大意义"③ 的以词写史的创作途径。这些观点的提出是近代以来中国社会饱受内忧外患的现实使然，是词家创作取向的正确抉择。

薛氏本一闺中弱女子，毕生勤勤恳恳，以相夫教子为己任，其生活观念略显传统而保守。然而近代以来，福建濒临海隅，为列强觊觎大陆内地的前沿地带，战事一再发生，又福建之门户台湾更是列强垂涎已久志在必得的宝地。薛氏虽处闺中，亦不能不感受风雨飘摇、大厦将倾的形势。薛氏之夫陈寿彭在海军、邮传部门任职，通晓英、法文，有旅居海外之经历，所以薛氏能够从他那里知道洋人侵侮我中华子民的事件。薛氏四十五岁时总结自己一生的诗词创作曾说："吾生平最恶脂粉气。三十年诗词中，欲悉矫而去之，又时时绕入笔端。甚哉，巾帼之困人也！"④ 可见薛氏是有意识地超越自身的性别局限，力图去写重大的题材。

词中正面写史之作以反映中法战事的《满江红》尤为特出。1889 年 6 月寿彭欧游归来，偕绍徽往马江昭忠祠祭奠中法海战中殉难的马尾船政学堂的同学，途中听到关于当时战事之过程的议论，命绍徽"记之"，绍徽作《满江红》并长序，兹全录如次：

---

① 《薛绍徽集》，第 160～187 页。下引薛绍徽词作、诗作均据此书，不再一一指明页码。
② 《词话丛编》，第 1630 页。
③ 《赌棋山庄词话校注》，第 166 页。
④ 陈锵、陈莹、陈荭：《先姚年谱》，《薛绍徽集》，第 158 页。

中元日，绎如以甲申之役，同学多殁战事，往马江致祭于昭忠祠，招予及伯兄同舟行。航工一老妇言：当战时，适由管（琯）头载客上水。风雷中，炮声、雨声交响，避梁厝苇洲中，见敌船怒弹横飞，如火球迸出。我船之泊船坞外，若宿乌待弋，次第沉没。入夜，潮高流急，江上浮尸滚滚，敌船燃电灯如白昼，小舟咸震慑，无敢行。四更，有橹声咿哑至，既近，则一破坏盐船。船有十余人，皆上干乡远近无赖，为首曰林狮狮，讯敌船消息，既而驶去。天将明，又闻炮响数声，约有木板纷纷飞去而已。盖狮狮等虽横行无忌，此际忽生忠义心，见盐船巡哨者弃船逃走，即盗其船，用其炮，乘急水横出。将近敌船，望敌将孤拔所坐白堡者，燃炮击船首上舱，舱毁，敌惊返炮，而狮狮等并船成斋粉矣。绎如闻说，骇然曰："是矣！数年疑案，今始明焉。"余叩其故，则曰："我在巴黎时，适法人为孤拔竖石像于孤拔街。往观之，遇相识武员某言：曾随孤拔入吾闽。初三日战时，华船仓卒，无有抵御，惟至翌日天将明，似有伏兵来援，炮毁舱。孤拔睡梦中，舱板折，压左臂，伤及胁。还炮则寂然，及疑港汊芦苇处无不有兵，急乘晓雾拔队出口。又畏长门炮台狭路相接，趁大潮绕乌龙江至白犬，修船治伤，弗愈，又至澎湖，终以伤重而殒。此一说也，我初闻以为妄，意是日之战，吾船既尽歼，督师跳而走，此江上下，实无一兵，安有翌晨突来之炮？不意今日始知有林狮狮诸人者。噫嘻！天下可为盗贼者，亦可为忠义。虽其粉身骈死，能使跋浪长鲸于怒波狂澜中，忽而气沮胆落、垂首帖尾、逃匿以死，其功岂浅鲜哉！惜乡僻，无人为发其事，子盍为我记之？"余曰："唯。"用吊以词：

芊芊江天，忆当日、鳄鱼深入。风雨里，星飞雷吼，鬼神号泣。猿鹤虫沙淘浪去，贩盐屠豕如蚊集。踏夜潮、击楫出中流，思偷袭。咿哑响，烟雾湿。砰訇起，龙蛇蛰。笑天骄种子，仅余呼吸。纵逐波涛流水逝，曾翻霹雳雄师戢。惜沉沦、草泽国殇魂，谁搜辑？

词序写得明白晓畅，娓娓道来，不见着力，薛氏深谙古文之法。词写得雄浑豪迈，有辛弃疾词酣畅淋漓之气和议论之风，读来令人称快。词中以

"国魂"称誉林狮狮辈，显示薛氏的爱国立场。词序尤具史料价值。法将孤拔之死，史无明文记载，陈宝琛《张蒉斋学士墓志铭》云："孤拔受巨创，法兵登岸则辄中伏死。"① 中法战争发生时，陈宝琛谪居福州，他可能听说孤拔受炮伤事，或不明详情，所以只是简单提及。此词详述战况，对孤拔之死的记录，或可补正史之不足。②

1895 年，台湾沦陷日人之手。薛氏作《海天阔处·闻绎如话台湾事》云：

> 碧天莽莽浮云，云烟变灭沧桑里。鲲身睡稳，鸡笼唱罢，竟无坚垒。莫问成功，可怜靖海，原来如此。算槐柯邦国，黄粱梦寐，只赢得，豪谈美。　　说甚蓬莱蜃市。忽跳梁、长蛇封豕。鲸吞蚕食，戚俞难再，藩篱倾圮。汹汹波涛，峣峣金厦，相关唇齿。对春潮夜涨，深渐漆室，为天忧杞。

台湾沦陷，金、厦难保，薛氏透露深深的隐忧。她希望有戚继光、俞大猷一样的抗倭英雄再现今世，收复失地。此后日人开始了对台湾长达五十年的殖民统治，并步步蚕食鲸吞，终至全面侵华。以今溯昔，薛氏的忧虑不能不说是深透的。漆室，谓春秋鲁国漆室有少女忧国忧民，而自己亦为一女子，却只能空有忧虑之心。此词只是实说，未多修饰，然句句从肺腑中流出，自能感人。

薛氏纪事之词仅此二首，然也诚为难得。她更多的是用诗赋去写史。如作于 1902 年的《老妓行》述一位绝代佳人从十五岁沦落风尘直到老迈流落无依的悲惨经历。"一编为谱老妓行，用告采风士君子"，诗人的用意就是用诗去揭示问题，以引起疗救的注意。作于 1905 年的《秦淮赋》，历

---

① 陈宝琛著，刘永翔、许全胜校点《沧趣楼诗文集》，上海古籍出版社，2013，第 400 页。
② 孤拔之死，尚有另一说。吴德功有《马江吊古》诗，序云："穆将军守琯开炮，打中孤拔法帅。"诗云："朗机潜入马江环，巨炮先飞力劈山。衙厂碎衾人失色，兵轮歼坠水皆殷。痛嗟竖子无奇策，幸赖将军守要关。逆虏何心施巧计，固宜孤拔不生还。"吴德功撰，董俊珏、房雯晴点校《瑞桃斋诗文集》，《台湾古籍丛编》（第九辑），第 183 页。穆将军即穆图善，光绪五年（1879）出任福州将军。

数六朝古都金陵的兴衰史。作于 1909 年的《丰台老媪歌》借经历庚子事变的丰台老妇之口，详叙义和团运动期间京、津一带动荡不安的社会现实，"败卒与残兵，零落串成伍。虽不任干城，犹足扰高贾。居民黯无色，白旗插檐宇。团民变顺民，慑伏似鼫鼠"。

薛氏以诗词赋写史存史，固然与夫君寿彭的影响有关，但福建前贤的影响也是不可忽视的。《年谱》云："诗钟之戏，本始于道光间，先大父偕同辈谢枚如山长，张亨甫、徐云汀两孝廉，何午楼茂才并刘赞轩、云图两舅祖等，设会于小西湖宛在堂，号飞社。制一盒，上立一架悬钟，以线系锤，中系香注，下连盒。盖香残线断，钟响盒闭，后成之卷不得入。此器藏吾家者已三十余年，后起者闻诗钟名，多未见此制。"① 张际亮（亨甫）是慷慨激昂的诗人，每为国事扼腕愤叹；谢章铤（枚如）、徐一鹗（云汀）、刘勷（赞轩）、刘绍纲（云图）都是著名词社聚红榭社员，他们的诗词创作反映外敌入侵、官军掳掠、鸦片戕民的苦难现实。他们与薛氏的公公（未知其名）有交游，其作品自然受到薛氏关注，受其影响自不待言。薛绍徽的词史意识，与前辈谢章铤等男性词人相较，可以说是不让须眉的。

谢章铤《答颖叔书》有云："近日为诗思有法，尤思有事，有事之诗，自古难之。魏之子建、唐之少陵，其至也，其余诸家时或得之，而用意未全也。本心而言，使后人知吾世而已，故铤于郑少谷、李空同尚有取焉。"② 或可曰：有事之词，自古难之。这类词看似容易，实则极难，非有卓识而不能写好。今日读薛绍徽词而能知其世者，非读其纪事词莫能知。当代社会有人倡导诗歌创作乃"为己"之学，然"为己"之外尚有反映社会反映人事之作，观薛绍徽诗词可知之。

（二）相夫教子的实录

薛氏少年时代所受的教育对其以后的人生道路有决定性的影响。薛母邵孺人是一位知书达理、多才多艺的传统女性，对绍徽的影响尤大。据《年谱》，绍徽 5 岁入学，习《女论语》《女孝经》《女诫》《女学》，"皆能

---

① 陈锵、陈莹、陈荭：《先妣年谱》，《薛绍徽集》，第 153 页。
② 《赌棋山庄文集》卷四。

成诵"①；6 岁从母学绘画、围棋、洞箫、昆曲；7 岁从母学刺绣；8 岁从母学骈文；9 岁母亲辞世不得不辍学以女红自给。观绍徽一生行历，始终没有离开过作诗、绘画、吹笛、唱曲这些同时代一般女性难以企及的雅事，绍徽有这样一位贤淑并乐于教导子女的母亲，应该说真是幸事。更为主要的是她所受的传统文化的教育，基本上规定了她今后人生道路的走向。中国传统文化的核心是三纲五常，就女学方面来说，就是努力造就出相夫教子的贤妻良母。绍徽虽处新旧交替、中西碰撞的文化大变革时代，她的努力做一名相夫教子型的好妻子的志意不但没有动摇过，反而面对各种新思潮都能独立思考，不去盲从，远离激进。究其原因，当与少年时代所受的传统教育有关，或曰传统文化本身有巨大的召唤力量。

薛氏词集中与夫君寿彭相关的词作有 40 首，诗集中则有诗 13 首，均占有相当大的比例。可见，夫君在她的精神世界中占有何等的分量。词比较适宜反映男女之间的私情，但在唐宋时代词所反映的男女私情，多半是文人与歌妓的情感，正常的夫妻之情倒不多见。而绍徽有如此多的词作反映正常夫妻之情，是一个值得注意的现象，在词史上具有较大的意义，值得探讨。

宋代李清照的前期词主要是望夫词与生死恋歌，表现的是闺中思妇对夫君刻骨铭心的思念，内容稍觉单调。薛氏的反映夫妻生活的词作丰富多彩，有谈心、送别、思念、题照、祈祷、游览、生活琐事等多方面内容。这与各自的生活经历有关。

诸类反映夫妻生活的词作中最值得关注的是"劝退"而不是"劝进"的词篇。对于丈夫博取功名前程，一般来说，做妻子的都是予以积极的鼓励，而绍徽的态度却相反，多劝他及时隐退。《金缕曲·与绎如夫子夜话》可视为这方面的代表作。词曰：

> 倘筑三间屋。在危岩、乱峰旷处，俯临溪曲。茅瓦疏篱庭砌外，种植幽花野竹。更数亩、薄田栽粟。案有琴书樽有酒，避红尘、偕隐

---

① 陈锵、陈莹、陈荃：《先妣年谱》，《薛绍徽集》，第 151 页。

神仙福。侬所愿，十分足。　　功名富贵多庸碌。纵朱门、鸣钟鼎食，何如斋粥。抱得奇才肥遁好，畏彼斧斤利禄。幸早辨、醉醒清浊。我蓄机丝堪织锦，伴名山，著述兼吟读。君果决，敢重渎。

绍徽15岁嫁给寿彭，18岁作此词，已是婚后三年，此词写出了她对夫妻生活的设想。何故如此年轻竟也甘愿过隐居生活？细究之，应与其少年丧母丧父，寄居外家以女红自给的孤苦生活有莫大的关系。一家人在一起快快乐乐地生活，不正是少年绍徽所企盼的吗？而寿彭呢？马尾船政学堂卒业，受过良好的教育，25岁迎娶绍徽时已是福州名流，未来自可大展一番宏图。寿彭婚后在乌石山轩读书两年多，随即赴日本游学，绍徽只得独力抚养孩子，琴瑟和谐的生活就得暂时中辍，怎不令闺中人备有隐忧，所以绍徽的"劝退"就不难理解了。此词走笔成文，得稼轩以文为词之法。40岁时，薛氏作《外子五十歌此为寿》诗，有云："君不见，南山松，森森翠盖盘虬龙。斧斤弗入栋梁选，泉石长沾雨露浓。又不见，北山鹤，翩翩白羽闲梳掠。无粮自觉天地宽，高飞岂受网罗缚。松鹤之寿皆千年，疏野乃得全其天。"此时的寿彭已是清名满南北，绍徽的"劝退"未变，可见这是她短暂一生的一以贯之的想法。

在绍徽的反映夫妻生活的词作中，有一首《声声慢·秋夜》应提及。词云：

习习调调，屑屑骚骚，萧萧飒飒浙浙。阵阵疏疏，密密飘飘黄叶。悲筋冷柝竞发，更乱敲、丁丁檐铁。和急杵，与繁砧拉杂，都无音节。　　遥忆当时送别，奈雁信、沉沉关山胡越。摇荡梦魂，莫问东鹣西鲽。风平夜阑雨歇，只寒蛩、呜呜咽咽。对窗纱，有娟娟、一抹落月。

这是一首送别词，送别寿彭所作。此词无疑是仿效了李清照《声声慢》词。李清照《声声慢》共用了9个叠字，词家少见之作，引起后世文人的不断模仿，但极少成功之作。薛绍徽的《声声慢》连用16个两字叠词，比李清照多了7个，而并无堆砌造作之病。在薛氏之前，有《西青散记》

所云贺双卿①者善作词，颇能用叠字。谢章铤《赌贩杂录》卷三云："易安居士填《声声慢》，连用十数迭字，倚声家以为创格。近读金坛史悟冈震林《西青散记》，绡山女子双卿有《凤皇台上忆吹箫词》云：'寸寸征云，丝丝残照，有无明灭难消。正断魂魂断，闪闪摇摇。望望山山水水，人去去、隐隐迢迢。从今后，酸酸楚楚，只似今宵。　　青遥。问天不应，看小小双卿，袅袅无聊。更见谁谁见，谁痛花娇。谁望欢欢喜喜，偷素粉、写写描描。谁还管，生生世世，夜夜朝朝。'虽近于曲，然颇清脆可诵。双卿农家子，才而艳，所适非天，备受荼毒。《散记》录其诗词甚夥。"双卿凡叠23字，但不能说比薛氏叠得更好，有些累赘。其他词人用叠字能与薛氏并论，或不一见。薛词对秋声的体验极为细腻，反复渲染，淋漓尽致，使人不觉得重复多余，反而随其笔触能很快进入词境体验。薛绍徽的艺术才能于此可见一斑了。

每当寿彭奔走他乡时，家中的绍徽总是尽力地消去夫君的内顾内忧。《兰陵王·绎如游学泰西，为画〈长亭折柳图〉并题》云："纵家计艰难，休滞肝腑，娇鸾雏凤侬能抚。愿所志成遂，早归乡土。"《辘轳金井·寄绎如上海》云："望君慰藉，把内顾、烦忧抛下。"《摸鱼儿·寄绎如汴梁》云："家中事，三月春粮已裕。条条皆凛分付。从师儿女朝昏急，颇解经书章句，休内顾。"这些词作都反映了她独立操持家庭生活时的心态。寿彭《亡妻薛恭人传略》云："恭人性凝重，不苟言笑，和睦妯娌，接人色蔼而恭，戚堂女眷乐于周旋。有洁癖，日必浴；所居房闼，必扫洒无纤尘。弗近婢媪，事多亲理。课子女尤严，治家整肃有法，言论必有根据，于书无弗读。"寿彭有如此贤淑的妻子，无多少内顾内忧，得以专力治事，筹办洋务有声，享誉当时。绍徽卒后，他终生没有续弦，良有以也。

寿彭家居的日子，绍徽的生活快心惬意，往日思夫之抑郁心境为之一

---

① 据李金坤《清代农民女词人贺双卿研究综论》：贺双卿（1713～1736），初名为卿卿，或庆青，字秋碧，江苏金坛人。康、雍、乾年间著名的农家女词人，曾享有"清朝第一女词人"之美誉。其事迹主要见于与贺双卿同时且同乡的史震林所著的《西青散记》。后人曾从中辑成贺双卿诗词集为《雪压轩集》（又名《雪压轩诗词集》），双卿之诗词遂广为传播。《综论》说："贺双卿的有无问题及籍贯的归属问题，现在学界尚无统一意见，尽管倾向于贺双卿实有其人的呼声要远远高过否定者，但为了求得学界较为公认的说法，尚须进一步花大气力细加考实，明辨是非。"（《中国韵文学刊》2010年第2期）

开。或登山临水，如《玉女迎春慢·上已日，随绎如、伯兄游鼓山，登喝水岩》云："佳节湔裙，空山里、合作流觞修禊。听取禽声石上，响答梵钟松际。兰亭谁继。"或听曲赏音，如《金缕曲·徐园随绎如听昆曲》云："急板繁音里，想当时、开天艳事，风流妃子。"或啖荔，如《洞仙歌·随绎如、伯史、英姊游长庆寺啖荔枝》云："试问啖几多，核数丁香，夸胜负，赌将纨扇。"或品冰，如《赤枣子·绎如以果汁制冰，食之甜香沁肺腑，因与英姊各赋一阕》云："酌玉斝，咽琼浆。绝无烟火有清香。语到夏虫应齿冷，人间谁具热心肠。"寿彭家居的日子，绍徽作词用语明快晓畅，如话家常，用笔温婉，词风雅洁，可诵之词句颇多。

绍徽教子女成材，可谓用心良苦，她主要用诗歌反映这方面的经历。有《课儿诗》二十首、《训女诗》十首，系统阐述教养子女的思想。《课儿诗》有云："文明必柔顺。"《训女诗》有云："柔顺和家庭。"培养柔顺而有主见的子女，是她教育子女的一大特色，她是这样做的，也要求她的子女这样去做。绍徽写相夫教子的诗词，是她人文双修的反映，也是她躬践实履的记录，从中可见传统美德的召唤，此于当代社会有积极意义。

（三）风物节序的书写

晚清词学的一大景观就是大量地域词选的涌现，或存人，或存词，或存派，以见一地词学之盛。谭献《复堂词话》列有"湘社词人""粤三家词""临桂派词""闽地词人"等条目，谈及三湘、岭南、桂林、闽地的词学传统或词人成就。其中"闽地词人"主要是指谢章铤等人。谢章铤及他主盟的聚红榭同人有大量词作反映闽地风物与风俗，使世人通过词了解闽地的自然人文信息。以刘熙载《艺概·词曲概》"词贵写本地风光"[①]的观点衡之，这是谢章铤等词家为人瞩目的原因之一。绍徽词作继承前辈以词写本地风光的传统，非仅如此，她还用词描写了外地风光，同样是可贵的。

薛氏32岁前主要居家操持家务，课子训女，兼及治书。若就风物词而言，这一时期的词主要描写福州的风物风俗。32岁后随寿彭居上海等地，

---

① 《艺概注稿》，第568页。

直到去世前的十多年时间里，随寿彭辗转于上海、宁波、南京、广州、北京、天津，并到过香港等地，眼界始阔大，不断用诗词纪游，驱使各地有特色的风物风俗入笔端。

福州一带的名胜如小西湖、乌山、长庆寺、鼓山、台江、积翠寺等都在她笔下得到生动的描写，这些描写又紧扣词人的游历与观感，如《喜迁莺·偕英姊小西湖观竞渡》二首云：

> 芦荻短、芰荷香。山色浸湖光。吹箫击鼓韵铿铿。斗出水中央。画船快。锦标载。滚滚游龙戏海。傍人夹岸尽相望。先着定谁强。

> 荷亭北，柳桥东。彩鹢闹花丛。沙棠击楫去匆匆。波影掠惊鸿。推兰桨。搴罗幌。我亦扁舟共赏。衣香扇影午无风。荡过水晶宫。

小西湖有水晶宫之美誉，是福州人流连盘桓之佳处。前词写随人观看龙舟竞渡，后词写自己豪情激发，也荡舟小西湖。此二词因写了福州人生活的生动情景，在历代咏小西湖的词篇中，较为别致。又如《摸鱼儿·正月十三夕，随绎如饮于乌山雷霹岩，归经灯市作》云：

> 好元宵、月光山色，映成风物如画。神工鬼斧何年辟，筑作倚岩兰若。斟玉斝。看一片、榕阴绿绕阑干亚。金波漾也。笑猿洞云归，豹岗草长，将近春风社。　　乘归兴，夹路明星朗射。灯辉人影相藉。鱼龙作戏行歌里，鼓板十番迎迓。天不夜。况簇簇、银花火树争高下。金钱问价。奈莲炬难分，笋舆欲去，过眼风烟谢。

上片写在乌山饮酒，乌山是福州城内三山之一，榕阴环绕，清幽雅致。下片写归途经过三坊七巷南后街观看灯市，火树银花、锣鼓喧天，词人觉得风烟消逝太快，又无多闲暇消遣。此词留下了晚清福州市民生活的一幅画卷。词凡八个大韵，一个大韵即是一组意象群，更迭向前，动感极强。

福州的物产令绍徽最难忘怀的莫过于荔枝。《贺新郎·荔枝》云：

此是陈家紫。竟垂垂、丰肌弱骨，胭脂罗绮。绛雪为衣丁香核，云液能医病齿。算只有、金丹可拟。瑞露正浓红艳润，倩双鬟，荐入香盆里。三百颗，火珠美。　　苍茫忽动关山思。想那人、老饕同癖，见之欣喜。愿当江南梅花赠，置埭远劳驿骑。奈怅望、寸心千里。转瞬色香容易变，况鱼沉、雁渺西风起。还令我，不能饵。

上片写荔枝的种种妙处，下片写欲寄远方的夫君却无法保鲜送达，不免惆怅，以致没心情消受。后来薛氏随夫居都三载，其姐英姝（英玉）知道他们的嗜好，采泉州荔枝，置入竹筒泥封，嘱驿使送达，竟然粒粒完好。绍徽作《荔枝歌·寄谢英姝》有云："忙呼儿女作饱唉，故乡风味快朵颐。"此诗还说到，岭南荔枝不及福建荔枝。此词八大韵，一韵述一意，辗转应拍，意到笔应，乃上乘之作。

绍徽随寿彭旅居的十多年里，足迹到过很多地方，每有纪游词篇，以反映上海、广州风俗的《忆江南》八首、《望江南》八首最具风俗学价值。《忆江南·英姝信来，问海上风俗。既作〈申江曲〉答之，意犹未足，复填八阕以寄》云：

上海路，车马急纷驰。夹道笙歌围锦绣，千家栏槛罩玻璃。艳号小巴黎。

上海树，不定是冬青。荒寺龙华桃脸薄，泥桥马赛柳条轻。芦荻满洋泾。

上海髻，倭堕似抛家。丰鬋鬈鬈眉角上，低鬟倾落领边斜。双鬓翠云遮。

上海足，瘦削斗葱纤。杜牧吟来量细尺，宣和到底错鞋尖。上马快春妍。

上海饰，钻石说金刚。条脱臂支环照骨，珍珠宝钿珥明珰。花露粉脂香。

上海服，窄袖秃衫襟。出水曹衣严缚束，细腰楚俗尚伶俜。新样闹时兴。

上海语，大半近苏州。扬子江流原细腻，吴侬口角总娇羞。暮雨滑钩辀。

上海婢，卫足作丰趺。北里教坊莹姐大，东邻丝厂泰娘粗。操作胜慵奴。

此组词作于1897年，绍徽时年32岁。晚清的上海，商业经济畸形发展，有“小巴黎”之称，对于长年蛰居在闽的薛氏来说，它是新潮的、新奇的。词人运用组词的形式，着力写出上海的新鲜感。上海的路，车马纷驰；上海的树，冬青林立；上海女人的发髻，蓬松后坠；上海女人的脚，纤小葱白；上海女人的首饰，明晃照眼；上海女人的衣服，新样时兴；上海人的方言，细声软媚。此组词对于考察晚清上海的社会生活很有价值。

1906年，寿彭奉调入粤，绍徽偕行。《年谱》云：“比至，蜑雨蛮烟，地多低湿，诸外叔祖又皆奉差远出，无可问讯，意转索然。”① 尽管如此，绍徽还是用组词记下了她对广州的观感。《望江南》云：

珠江好，风物总殊偏。十月葛衫亭午候，六街蜡屐晚晴天。橙柚柠檬鲜。

珠江好，何处越王台。都老乱敲铜鼓响，鲍姑争汲井泉回。冬月有轻雷。

珠江好，蚴蚸垒墙基。馇粥鲢鱼开夜市，兜鞋蜑女闹春嬉。粤茧络蚕丝。

珠江好，花埭夕阳多。绳网四方笼蛤蚧，门阑半折挂鹦哥。时听越讴歌。

珠江好，六穗五羊空。珠市瑶琼罗瑟瑟，酒楼风月纪虫虫。谁叩海幢钟。

珠江好，茉莉小南强。黑叶担头来荔子，浊醪盒里酿甜娘，甲煎海南香。

---

① 陈锵、陈莹、陈荭：《先妣年谱》，《薛绍徽集》，第157～158页。

珠江好，椰树绿成阴。细草忆来家万里，禁方检得药千金。盲女
琵琶襟。

　　珠江好，火米熟秋田。毁瓦架桥通击柝，列灯沿路聚摊钱。花事
又红棉。

　　词人重在客观地叙写风物，从中可以看到广州人的生活特色：十月仍穿薄
衫，冬天有轻雷，人们用粤语唱歌，吃的是蝤蛑鳓鱼，喝的是甜米酒，在
柳树林下细听悠扬的钟声。今天广州人的生活早已千变万化，词中所写的
生活还可见到一些，读此组词可还原晚清广州的一段社会生活史。

　　从宋代以来，词家恒用《忆江南》《江南好》调以组词的形式歌咏各
地风物，成一传统，且有其相对稳定的写法。首句点出一特色风物或说某
某好；次句承接，具体写出风物的特点或某地有何风物；再用两个对句就
风物进行渲染铺陈；最后一句写出自己的感悟或印象。薛绍徽是深谙这种
写法的，把握得精妙，笔致轻快，好景迭出，一首词就是一幅精致的画
卷。薛绍徽的风物节序词，是她关注社会关注民生的创作观又一种体现，
此于当今文学创作有积极意义。

　　薛绍徽词成就不俗，然颇可奇怪是，词评家未就其词发表任何评论。
薛绍徽的兄长薛裕昆为其词集作序，有云：“秀妹于词初学《花间》《草
堂》，继则模拟《漱玉》，或步趋于清真、白石，后则参入秦、柳、苏、
辛，由是大言小言，无不宛转入拍。”① 林怡女士论其词说：“她于词确实
是兼采婉约、豪放、纤巧、阔大众家之长。”② 这些都是论及薛绍徽的学
词作词途径，未就其词史地位做出评估。在一定的程度上说，薛绍徽词
名为其诗名所掩盖，也为其翻译家声誉所掩盖，故罕见有人论其词。林
葆恒纂《闽词征》曾选薛绍徽词5首，说明其词在闽词史上有一定的影
响。林怡女士慧眼识珠，在其所编选《依然明月照高秋——福州近现代
才女十二家诗词选》选录了薛绍徽的词作，所选十二家才女姓氏和词作
篇数是：薛绍徽（20首）、沈鹊应（10首）、王德愔（6首）、刘蘅（10

---

① 《薛绍徽集》，第68页。
② 林怡：《在旧道德与新知识之间——论晚清著名女文人薛绍徽》，《薛绍徽集》，第175页。

首)、何曦（12 首)、薛念娟（8 首)、张苏铮（12 首)、叶可羲（18
首)、施秉庄（10 首)、王真（15 首)、洪璞（5 首)、王闲（12 首)。
薛绍徽词作篇数居十二家之冠，这就客观上说明了薛绍徽在近现代福州
女性词史上的地位。陈庆元先生说："绍徽当是晚清闽籍在全国最有影
响的女学士。"[1] 她的词完全达成了她的创作目标，即没有女性词常有的
脂粉气。不仅如此，她的词不走传统上以比兴作词的旧路，而是明白说
理叙事、直抒胸臆，词语、词境均给人雅洁之感。我们或可以说，薛绍
徽是晚清福建最杰出之女性词人。今天，我们应进一步研究这位学识渊
博且极具传统美德的词家。

　　陈芸（1885～1911），字芸仙，号淑宜。福建侯官（今福州）人。陈
绎如、薛绍徽之长女。聪颖善记诵，酷爱书籍，尤好清朝闺秀集。侍母至
孝，母殁四十日卒。著有《陈孝女遗集》（原名《小黛轩集》）2 卷、《小
黛轩论诗诗》2 卷。《陈孝女遗集》卷下存词 32 首。

　　陈芸词短调 26 首，长调 6 首，短调胜长调。纪游词是其词作的菁华。
从词中看，她的行迹到过南京、广州、香港、镇江、北京，每到一地都有
作词，或纪风物，或抒发沧桑之感。有几首词别开生面，清新可诵，是晚
清女性词中的一抹亮色。《浣溪沙·羊城》云：

　　　　鹦鹉帘栊牡蛎墙。素馨花里晚风凉。剖开椰子饮琼浆。　半面琵
　　琶喧瞽女，数声蜡屐走珠娘。槟榔密浸荔枝香。

二　薛绍徽的唱词观

　　唐宋词如何唱？这是困扰当今词学界的一大难题。不少学者付出种种
努力，希望唱词能尽量逼近唐音宋调的原貌。他们主要依据现存敦煌唐代
琵琶乐谱和姜夔《白石道人歌曲》旁缀谱，试图揭示唐宋歌词与乐谱对应
之关系。由于破译工作存在障碍，难以做到准确歌唱。然唐宋词的魅力不
只存在于鉴赏或朗诵之中，人们总是试图去唱并使之流播人口。当今唐宋

---

　　[1]　林怡：《薛绍徽集·后记》，《薛绍徽集》，第 189 页。

词的唱大体可分为歌唱和吟唱两种，歌唱又可分为据古谱歌唱和今人谱曲歌唱两种。歌唱的方式，除最为流行的谱成通俗歌曲去唱外，尚有用昆曲、越剧、黄梅戏等曲种去唱。用曲种演唱使听者颇有古风古韵之感，较谱成通俗歌曲去唱似更能表现唐宋词的神韵。通观元明清三代乃至近代，人们唱唐宋词大多用各自时代的歌曲也就是"今曲"去尝试，而此种唱法不断招致非议，认为非用唐宋之旧乐，其唱必不是唐宋之旧唱。这里面确实存在着观念之争，如不能突破旧观念而代之以新观念，唐宋词的唱就不能很好地进行下去。薛绍徽自幼学习过昆曲，又有长期的诗词创作实践，自己又用昆曲唱词并教他人学唱。在此基础上，她鲜明地提出"无词不可唱，无词不合乐"的观点，对于唐宋词的歌唱观念极具突破意义，不但在清代闽籍词人探索词乐关系历史进程中显得特别，而且在整个词史上有如此鲜明观点者殊不多见，惜未引起研究者注意。兹聊抒己见，探索薛氏唱词观之内涵、价值与意义，以为今天唱唐宋词者之一助。

（一）以曲理推明词理

清代闽籍词人中，知音律者首推建宁许赓皞。谢章铤在《词后自跋》中曾述及 21 岁时欲填词，但有感于许氏所云"填词宜审音，审音宜认字，先讲反切则字清，遍习乐器则音熟，然其得心应手，出口合耳，神明要妙之致，非可以言传，亦非可以人强也"，数年间不敢作词，后来认识到"夫词辨四声，韵书俱在，言语虽不同而四声则有一定。且今之传奇，往往一人填词，一人正谱，有自填之者而不能自度之者，故宋人之词亦不尽可歌"，又开始填词。① 观许氏所云，填词应在审音认字与遍习乐器上下功夫，至于音与字到底如何配合，则以"非可以言传"一语带过，不免令人生畏亦生疑。谢氏认识到只要掌握四声，按词谱填词，就可以避免方言的干扰，进而根据戏曲填词正谱可分工协作进行，认识到即使不精通音律也是可以填词的，并以宋人之词不尽可歌作为不通音律也可填词说的一大依据。谢氏的观点虽无多发明，但确认了填词的一个视角，即依照戏曲的运作方式而推想填词的情况。曲主可歌，唐宋词也主可歌，词曲可歌之理相

---

① 《赌棋山庄文集》卷三。

通。徐师曾《诗体明辨》云："高下长短委曲以道其情者曰曲。"① 张表臣
《珊瑚钩诗话》云："音声杂比高下短长谓之曲。"②"委曲""杂比"云云，
皆言曲唱音声之理，词唱亦同。刘熙载《艺概·词曲概》曰："曲之名古
矣……未有曲时，词即是曲；既有曲时，曲可悟词。苟曲理未明，恐词亦
难独善矣。"③ 所以以曲理推明词理，不失为一种有效的方法。戏曲中一人
填词一人正谱实际上与唐宋人填词唱词的情况相类似，唐五代宋初时期的
歌词基本上是以文人填歌妓唱这样分工协作的方式完成的。谢氏由于不通
音律之学，亦不会乐器演奏，所以并不能有效地说明如何把戏曲的传唱方
法运用到词的传唱上。

有效地说明如何用戏曲唱词的是后来的谢氏晚辈词人薛绍徽。④ 薛氏
之夫陈寿彭《亡妻薛恭人传略》引薛氏之言曰："乐音轻重、长短、缓急、
徐疾，在心灵手熟，不在于谱。世之填词，喜以清真、白石为宗，以其多
合乐之作，然苏、辛、秦、柳，何尝无合乐者？若歌者能体会宫商，乐工
能调匀节奏，则无一词不可入乐。"⑤"无一词不可入乐"⑥ 之说，表明这
位女词家对词乐有相当灵通的认识，此"词"即指唐宋词。那么在远离词
乐时代的晚清，她又是如何唱的呢？薛氏胞兄薛裕昆《〈黛韵楼词集〉序》
曰："犹忆曩者，逸儒（陈寿彭字逸儒）居书窟，秀妹（薛绍徽字秀玉）
按昆曲，谱以闽腔，执方响，课婢唱之，余以洞箫相合，不差累黍。尝
谓：'歌音长，乐音促；歌音缓，乐音急。歌有一字之音，而乐须数板度
之。故词曲中同一调也，有添字、减字之异，此非体之变，视字音之长短
为然耳。善歌者能知乐之变化，长音使短，短音使长，则无词不可唱，无
词不合乐矣。'又言：'近来词家有强分平仄者，亦有按乐注以工尺者，皆
谓得词之秘，实于歌词之法无当。譬如一词，韵脚有仄者，忽而用平，此
乃乐之变调。大抵同一词，各家填之恒不同，则乐调恒变。乐调之变，在

---

① 《词曲史》，第 11 页。
② 《词曲史》，第 11 页。
③ 《艺概注稿》，第 578 页。
④ 陈锵、陈莹、陈荭合编《先妣年谱》说他们的祖父曾与谢章铤交游，立飞社，做诗钟之戏。
⑤ 《薛绍徽集》卷首。
⑥ 江顺诒《词学集成》卷一云："盖自诗变为乐府，词与曲本不分，无不可入乐之词。"
　　（《词话丛编》，第 3219 页）这是从词之源流的角度来立论的，可谓先得薛氏之心。

起毕；起毕之乐音既殊，则韵脚之平仄亦异，此理之自然者。世人填词不知歌词，故词谱、词律愈言愈纷矣。'嗟嗟！秀妹此言，能发前人所未发，惜余不能悉忆之。"① 原来薛氏唱词是用昆腔去唱。"无词不可唱"之说，反映了她对词之歌唱艺术抱相当自由的态度。

薛氏其说可信度如何，有哪些超越前人的地方，又有哪些启示后人的地方？为论述的需要，可先将薛氏关于唱词的核心观点作一些提示：第一，以昆曲唱唐宋词是否可行，是否符合学理，对于今天的唱唐宋词有何意义？第二，"长音使短，短音使长"，是解决字乐相配矛盾的一种方法，是否就是洛地先生《词乐曲唱》中所论曲唱的特征"依字声行腔"？在歌词与音乐相配关系中，有什么样的指导作用？第三，乐之变调真的就是决定词韵之平仄吗？"注以工尺"是否在"歌词之法"中显得没有必要？第四，为何"谱以闽腔"？

（二）依唐宋词之字声行昆曲之腔

昆曲是南曲曲种之一，明中叶开始盛行南方民间戏班之中。徐渭《南词叙录》云："今'昆山'以笛、管、笙、琵按节而唱南曲者，字虽不应，颇相谐和，殊为可听，亦吴俗敏妙之事。或者非之，以为妄作，请问《点绛唇》《新水令》是何圣人著作？"② 早期的昆山腔即表现出"按节而唱"、乐字"不应"的特征，这是"里巷歌谣"未受到规范化前的普遍特征。16世纪下叶，吴中清曲唱家魏良辅愤南曲之讹陋，将北曲的曲唱运用于南曲，创制新声，"声则平、上、去、入之婉协，字则头、腹、尾音之毕匀"③。洛地先生认为："这也便是'以文化乐'、'依字声行腔'之'曲唱'。"④ 昆曲的唱自是以后有基本稳定的腔格⑤，唱家须遵从其格范来唱。薛绍徽用昆唱之法去唱词，即是遵从昆唱的腔格亦即按照昆唱"依字声行腔"之法

---

① 《薛绍徽集》，第68~69页。

② 徐渭：《南词叙录》，《续修四库全书》（第1758册），上海古籍出版社，2002，第412页。

③ 沈宠绥：《度曲须知》，《四库全书存目丛书》（集部第426册），齐鲁书社，1997，第656页。

④ 洛地：《词乐曲唱》，人民音乐出版社，1995，第26页。

⑤ 洛地先生认为："腔格是字腔的行腔格范；字有四声阴阳，其调值走向各异，字腔也就须按平、上、去、入及其阴阳，一一定其行腔格范——通称'四声腔格'，简称'腔格'。"见《词乐曲唱》，第134~135页。

去唱词，是依唐宋词之字声去行昆曲之腔。

用昆曲唱词并非自薛绍徽开始，前人已积累大量的艺术经验。乾隆十一年（1746）由内府刊刻的周祥钰主纂《新定九宫大成南北词宫谱》，共收南北曲 4700 余首，200 余套，堪称南北曲乐谱之集大成，内收词牌乐谱170 余首，旁缀工尺。乾隆二十二年，许宝善将《九宫大成》所收词乐乐谱 160 多首辑出，加上个别自辑者，定名《自怡轩乐谱》刊出。道光二十四年（1844），谢元淮编撰《碎金词谱》以《自怡轩乐谱》为底本，修订原书中词曲不分的内容，又从《九宫大成》辑出词乐乐谱数首，共得乐谱180 首，曲谱 10 首。它的结成专集，使二百五十多年间结谱的一些古代歌曲，至今流播人口，影响深远。① 薛氏有可能据《碎金词谱》唱词，但只是推测。

《碎金词谱》是用昆曲唱词的著例。或许古今音乐不同的缘故，故《碎金词谱》之用昆曲唱词备受贬斥。吴梅《词学通论》第一章《绪论》说："许宝善、谢（元）淮辈，取古今名调，一一被诸管弦，以南北曲之音拍，强诬古人，更不可为典要，学者慎勿惑之。"② 然古今音乐并非存在绝然的鸿沟，它自有自身演变发展的轨迹。刘崇德先生是一位对古谱用力翻译的学者，他的观点自然远胜于那些死抠唐宋词不用唐宋旧乐就不能唱的成见。刘先生有一段颇有真知灼见的话，对用昆曲唱词在学理上的可行性作了说明。其说云："虽然这些乐谱（指《九宫大成》《碎金词谱》等）并非是词乐原谱，但其中大部分是元明以来'口口相传'的词乐歌曲。这些乐曲难免在流传过程中被加进时腔，甚至曲化，但其中必有不少直接移自唐宋谱者，且其去古未远，也必有接近唐宋词乐或保留了唐宋词乐特点之处。"③ 民国徐绍棨《词通·论歌》曾说："宋人唱词，必非今日之南曲。然词调往往入于曲调，则知其源未尝不同。歌词之法失传，何妨即以昆曲唱之耶？"④ 所以今天用昆曲唱词是最接近唐音宋调的一种有效方式，薛氏用昆曲唱词实为明通的选择。她的"不差累黍"的演唱效果，适足证

---

① 《碎金词谱今译》，第 1 页。

② 《词学通论》，第 4 页。

③ 《碎金词谱今译》，第 2 页。

④ 《民国词话丛编》（第四册），第 108 页。

明用昆曲唱词的有效性。当今歌坛就有不少用昆曲唱唐宋词的成功之作，如傅雪漪据《九宫大成》改编歌唱李清照的《凤凰台上忆吹箫》，是笔者所听到的用昆曲唱唐宋词效果最佳的一首，音腔纯古，音色醇和，不但恰当表现李词的情感内涵，而且颇有古韵古调之感。另，刘崇德先生译《唐宋词古乐谱百首》所附十九首 CD 光盘也是用昆腔唱唐宋词的范例。可以说随着译谱工作的深入与发展，越来越多的唐宋词将会用昆曲来唱。

用昆曲唱唐宋词其实并不复杂。南北曲所用工尺谱，与今天流行之简谱基本对应，拿来即可演唱。① 薛氏在约 1 个世纪前用昆曲成功演唱唐宋词，说明她是谙熟工尺谱的，应具有"拿来即可演唱"的本领。只是词学史上对以昆曲成功唱词的记载殊少，所以这种唱词方式的内涵及其意义未能得到有效的宣扬。今天，由于音乐工作者的译谱与演唱工作的推进，我们能有效地对薛氏有个性的唱词方式作出解释了。

（三）不在于谱实在于腔

如上所论，用昆曲唱词是尽量恢复唐音宋调之有效而又简明的方法。那么在具体唱的过程中，诸多细节问题尤须弄明白。薛氏的做法是有示范意义的。

歌辞与音乐相配合之关系，自来为论词乐者最为注重。薛氏所云："乐音轻重、长短、缓急、徐疾，在心灵手熟，不在于谱。"这是对工尺谱不抱拘泥态度的见解。大约工尺谱所标注的主要是音阶，而音之轻重、长短、缓急、徐疾并不能在（工尺）谱上详细标注，所以据（工尺）谱唱最好是先掌握腔格———一种在很大程度上依赖名家示范或口耳相传的腔格。掌握了这种腔格之后，唱者须根据歌词声情，再依据字声（主要是平上去入四声）去行腔。故乐（腔格）是唱的主要依据，唱者"心灵手熟"之后，（工尺）谱就退居次要地位，这就是"不在于（工尺）谱"的真正原因。洛地先生说："凡旋律稳定、确定，构成一个'定腔'唱调者（无论古今），必'以乐传辞'、'以（定）腔传辞'。它，无所谓其文体之句式、平仄等有没有格律。'定腔传辞'这类唱，其特征在乐，并不要求文体之

---

① 刘崇德：《唐宋词古乐谱百首》，河北大学出版社，2001，第 2 页。

有无格律。"① 此与薛氏所言在学理上相通。既然有无格律可不作要求，在"歌者能体会宫商，乐工能调匀节奏"的前提下，当然就"无一词不可入乐"了。如果"善歌者能知乐之变化，长音使短，短音使长"就"无词不合乐矣"。众所周知，《牡丹亭》曲辞优美，却难以歌唱——当然比唐宋词更难以歌唱，曾招致主张"合律依腔"的吴江派沈璟的严厉批评。但今天用昆曲歌唱的《牡丹亭》以缠绵细腻见长，也是演员"依字声行腔"才获得成功的，可见曲辞的不合律在歌唱中是可以有效地调节的。

即如唐宋词而言，在唐五代宋初本无所谓格律的有无，发乎天籁，能唱就行。柳永渐讲字声，开始了词之格律化的进程，至周邦彦严分平仄，终于完成了词体格律的定型，南宋词家以其词为准度，在词之格律化方面继续向深细方向发展。格律化的进程固然是字声定型的过程，更是唱腔定型的过程，只要掌握某个词牌的唱腔就可以唱其词了。柳永的时代既无完备的记谱手段，又无便捷的传递工具，更无统一的语音，但他的词为何在北宋传唱甚广？洛地先生道出了个中的原因："'井水饮处，即歌柳词'，只要得到柳永所作的（律）词，便可据其文体体式'按节而歌'，其旋律则'以字声行腔'唱（或'吟咏'）去便是，至于唱的具体乐音行腔及美听与否，则是因人而异的。"② 吟咏不是朗诵而是吟唱，殆无疑义。词既可以歌唱也可以吟唱的，都属于唱的范围。既是唱，则都是可以记谱的。柳永的时代固然没有完备的记谱手段，但简单的记谱手段应该有，因为柳永之前就有敦煌《琵琶谱》，今存二十五首，属于固定唱名谱——一种拿起来就可以唱的乐谱。如果撇开"井水饮处，即歌柳词"的夸大其说之处，大约标上工尺，又有固定的唱腔，再加上歌妓的热捧，人们到处唱柳词就成为可能的事情，不然就需人为地教习或组织去唱了。洛地先生所说的律词之腔应存在。如苏轼谪居黄州期间，用《哨遍》檃栝陶渊明《归去来兮辞》，"使就声律，以遗毅夫，俾家僮歌之"。再如王安中用《哨遍》檃栝孔稚归《北山移文》，"且朝夕使家童歌之"，他们的词尤其是王词文义较艰深而不便歌，却终于能歌，大约苏轼、王安中是熟知某些词的

---

① 《词乐曲唱》，第 241 页。
② 《词乐曲唱》，第 259 页。

腔格①的，再依字声去行这些腔格，而家童则需要指导才学会唱，家童都能唱，则词之腔格可以说是简明易学的。这些腔格或口耳相传，或著之于（工尺）谱，都有可能。薛氏所云"不在于谱"，则实在于腔。腔稍习便会，会了后须反复体味，就基本可以不需掌握（工尺）谱了。

昆曲如何依字声行腔？洛地先生认为就是"以词曲的文体（体式、韵断、句式、句读、句字平仄）化为乐体（节奏、旋律等）"②，并以昆曲《牡丹亭·游园》〔步步娇〕〔皂罗袍〕为例，作了堪称经典的个案分析，使我们确信其说能够成立。薛氏所云"歌音长，乐音促；歌音缓，乐音急。歌有一字之音，而乐须数板度之"，说的就是具体行腔过程中的节奏问题。长促缓急之间主要由拍板节制，所以薛氏课婢唱词的时候，自己是"执方响（拍板）"的角色，起着节制乐曲进行的作用。她执方响节制昆腔的进行，正是针对我国古代音乐体式学记谱不科学而采取的一种不得不如此的办法，因为古代的乐谱多不标拍板，意谓唱家可自行节制。曲唱的用"板"有相当严格的规则，"板以点韵"是一条基本原理。曲用韵甚密，远较词韵为多，所以能执板节制昆唱，则节制词唱就是相对容易的事了。

该说说为何"谱以闽腔"了。黄宗彝《〈聚红榭雅集词〉序》云："天下方音，五音咸备，独阙纯鼻之音，惟吾闽尚存，乃千古一线元音之仅存于偏隅者。漳、泉人度曲，纯行鼻音，则尤得音韵之元矣。"③可见，作为深通音律的薛氏有意识地在唱词中"谱以闽腔"，确是尽量欲复古音唱词的一种努力。今人以闽方言吟唱张若虚《春江花月夜》、李白《将进酒》就很有韵味。

（四）音乐对歌词的重构

薛氏在填词唱词的过程中对词谱词律之书不盲从，有自己的见解，其

---

① 洛地先生认为我国的唱可以分为两类："以（定）腔传辞""以字声行腔"。据其界定："以（定）腔传辞"是"以稳定或基本稳定的旋律，传唱（不拘平仄声调的）文辞"；"以字声行腔"是"以文辞句字的字读语音的平仄声调，化为乐音进行，构成旋律"。（以上《词乐曲唱》第2页）他说："'以字声行腔'往往渗透于'以腔传辞'一类唱的许多品种之中，成为其'行腔''润腔'上的一个因素。"（《词乐曲唱》，第5页）苏轼、王安中的唱是"以（定）腔传辞"，是以定腔传唱其新词，也是按其新词之字声来行旧腔，其新词之字声必渗透于旧腔中。
② 《词乐曲唱》，第4～5页。
③ 《聚红榭雅集词》（卷1～2）卷首。

立论的着眼点仍是歌辞与音乐之关系。她首先不满意"强分平仄"，再就是不满意"按乐注以工尺"，因为这样做违背了"歌词之法"。如前所云，"按乐注以工尺"是指以昆曲工尺谱之法给唐宋词配上工尺，对于唱是有意义的，然而对于掌握了昆曲唱腔的人来说，有无工尺谱意义不大。除此以外，尚有音乐对歌辞的重构作用，薛氏未明说，下文再论。此先说"强分平仄"之不可的原因。

在薛氏之前，已有不少词家批评《词律》强分平仄的主观臆断，时有真知灼见。就歌词与音乐关系层面来立论之典型者当推许周生，谢章铤《赌棋山庄词话》卷三《词话纪余》引许氏之言曰："作词谱者，一词或列十数体，思之殊为未安。词之体即歌之调，有《齐天乐》《双声子》诸体，即歌有黄钟宫、林钟商诸调。按，歌者不闻一调之中分又一调，填词当得于一体之中分又一体哉？且其所以分之者在字句长短、用韵多少、平韵仄韵之异耳。字句有长短，亦犹曲中衬字，或用或不用，与本调无关。至如上六下四之类，在歌时曼声引逗，自非音节顿挫之处，原不必定以某字。绝句换韵之句，或叶或不叶，亦同此理。其调本平韵而或用仄韵，本仄韵而或用平韵，正如曲中之声可以通叶，或以仄作平，要与体制无所增减，作谱者但当于题下及句下一一注明，使填词知其通变足矣。……鄙意一词惟有一体，以其入歌惟有一调也。词之歌法虽不可考，而曲即词之支流，曲中字句间有参差，及其合歌要归一致，则词可推矣。若字句大相舛互，则必名同而实不同，其宫调亦当有异，当别立一格，不必比而合之也。"[①]谢氏认为许氏的话足正《词律》之失。

观许氏与薛氏所言，虽各有侧重，但对《词律》强分"又一体"的做法是完全否定的。对于同一词牌有押韵之不同，许氏认为是通叶造成的，与词调体制无关。他是从曲唱之通叶而推及词唱亦如是。究竟因"词之歌法虽不可考"（实际或是不懂歌词之法）云云，而难以服人。薛氏认为同一词牌押韵之不同，是由乐之变调引起的，并指出乐之变调在起毕，起毕不同导致韵脚平仄有异。而对于同一词牌的字句长短的不同，许氏认为与衬字有关，实是源于朱熹之论，信之者不乏其人；薛氏则认为是字音之长

---

① 　《赌棋山庄词话》卷三。

短造成的，并认为在唱词（曲）时可以"长音使短，短音使长"。

薛氏之言是否更有道理呢？应该说与学理更相符。先说乐之变调导致韵脚平仄差异，只要看看宋词的调名就可明了。如《定风波》定格转韵，称《转调定风波》；《贺圣朝》本仄韵调，用平韵则为《转调贺圣朝》；《满庭芳》本平韵调，用仄韵则为《转调满庭芳》；等等。陈匪石《声执》卷上说："至《减字木兰花》《促拍丑奴儿》《摊破浣溪沙》《转调踏莎行》之类，因节拍之变而增减其字，而句法变，协韵亦变，皆由和声而来。"① 不烦再详察本、转之调的起毕与用韵的平仄不同。再说字句长短乃在于字音之长短。陈匪石《声执》卷上又说："愚以为：词以韵定拍。一韵之中，字数既可因和声伸缩，歌声为曼为促又各字不同。讴曲者只须节拍不误，而一拍以内未必依文词之语气为句读；作词者只求节拍不误，而行气遣词自有挥洒自如之地，非必拘拘于句读。"② "为曼为促"即指"字音之长短"，是字音根据乐音而决定的时值。另外，就单个的汉字之平仄四声而言，是存在字音之长与短的。平声者哀而安，上声者厉而举，去声者清而远，入声者直而促。赵元任《中国语言的声调、语调、唱读、吟诗、韵白、依声填词和不依声填词》一文中说："一层由于中国古老的音乐的传统，二层由于方言的声调，作曲家们有一个公认的处理歌词声调的规则就是按照传统的分类法、把声调归纳为平仄两类，这样凡是遇到平声字旋律就用比较长一点的音或是略微下降的几个音。凡是遇到仄声字的时候，旋律上就用比较短也比较高的音，或是变动很快，跳跃很大的音。"③ 所以字音之长短与汉字的平仄四声有一定的关系。但是"长音使短，短音使长"说的更主要的是音乐对歌词的重构作用，主要体现在时值上。现代歌曲中音乐较歌词而言确占主导地位，是不容置疑的。赵元任是一位作曲时能考虑歌词声调的音乐家，其《新诗歌集》收歌曲24首，有22首被认为注意到声调。据陆正兰《歌词学》一书的分析，这些歌曲实际上未注意到声调，只是注意到了声间调，即相邻音节之间声调的相对变化。④ 像赵元任

① 《宋词举》（外三种），第 166 页。
② 《宋词举》（外三种），第 185～186 页。
③ 赵元任：《赵元任音乐论文集》，中国文联出版公司，1994，第 13 页。
④ 陆正兰：《歌词学》，中国社会科学出版社，2007，第 153 页。

这样能注意到声间调的作曲家是极少的，可以说现代歌曲基本不考虑歌词的声调，那么古曲中是否考虑歌词的声调呢？洛地先生曾以 10 例曲唱中还在唱的一些《点绛唇》为例，认为"没有一例是'字'与'腔'尽合的，也就是'字与腔不应'"①。可见在歌曲的唱中，无论古今，要做到字音与乐音完全或基本相配，没有可能。正因为没有可能，所以薛氏才"长音使短，短音使长"，此固然是"依字声行腔"的常用之法，也是字音相配的矛盾使然。

最后说说薛氏唱词观的现代意义了。应该说，相对于 20 世纪的词学研究，她的唱词观是超前的，有足够的启示性。朱崇才先生《词学十问》一文说："词如何唱？对于文界来说，这不算是个'问题'——词文是依音乐填写的，依乐谱或依传唱之腔演唱即可，乐谱（不论其是否有书面符号）已经包含了所有的演唱信息，演员只能在极为有限的范围内变通。但洛地先生认为：'"律词"，具体的一篇词作付唱是怎样的？不知道，因为没有（完整的）乐谱传留，"律词的唱"即"词唱"是哪一类唱？则可确知，是"以文化乐"，"歌永言——依字声行腔"的一类唱。'这样，词如何唱就成了有待研究的'问题'。"② 本书回答不出关于唐宋词如何唱的所有问题，但认为：薛绍徽的唱词经验是可以借鉴的。既然"依字声行腔"来源于古老的传统"歌永言"，因而它并不神秘。乔羽先生对"歌永言"的解释是："声乐艺术，在我看来是语言的延长和美化。古人的说法是'歌永言'，我以为这里的'永'字包含着延长和美化这两层意思。"③ 因而"依字声行腔"是人类歌唱中求美愿望的表达，是将语言美化之后更好地宣泄情感或欲望。既然如此，它应该是自由的艺术。"无词不可唱，无词不合乐"是彰显了歌唱艺术之自由精神的。薛氏所采用的方式是用昆曲唱唐宋词，可以认为是有效地逼近唐音宋调的最佳途径之一。

① 《词乐曲唱》，第 205 页。
② 朱崇才：《词学十问》，《文学评论》2006 年第 5 期。
③ 乔羽：《乔羽文集》（文章卷），新华出版社，2004，第 102 页。

第五节　光绪后期闽台词人的纪行词

明末郑成功赶走荷兰人，建立割据政权后，有不少内地文人投奔郑氏，台湾始有文学可言。清康熙收复台湾后，在台湾设立行政、军政管理机构，有大批内地官员以及充任幕僚的文人到台湾任职，他们无疑提升了台湾的文学创作水平。因台湾行政上属于福建管辖，福建的官员以及僚属得以优先到台湾任职，闽台的文学联系更为紧密。1885 年台湾独立建省后，台湾与内地各省的文学联系更为广泛。至清末，台湾不断受到列强侵扰，论者所称的台湾 170 多年相对和平的局面被打破，内忧外患成为两岸作家共同关注的主题。就词人的创作而言，光绪后期两岸词人互动相对多一些，有到台湾的词人，有到大陆的词人，他们各抒所见，各写所感，而台湾的割让问题受到特别的关注。张景祁的台湾纪行词，洪缥、林朝崧的大陆纪行词，是光绪后期闽台两岸词人创作互动中较有特色和成就者。兹分别论之。

一　张景祁的台湾词

有清一代，台湾词坛较沉寂，本土词人较少，词作不多。《全台词·导论》说："台湾词坛晚兴。清时期所作，今散见于方志、别集、词话者，仅十余人、百余阕。日治五十年间，略见词二千六百余阕，作者四百余人，几无而有，而焕然，风气不可不谓其盛。"① 但清代大陆流寓台湾的词人依然有可观之作，其中谢章铤之友、林纾之师张景祁词颇关涉台湾时事。

张景祁（1830～1904），原名左钺，一作祖钺，字繁甫，号韵梅，又号新蘅主人，浙江钱塘（今杭州）人。为薛时雨门人。同治三年（1864）拔贡，同治十三年进士，选庶吉士。光绪三年（1877）谒选得福建武平知县，坐事落职。台湾布政使邵友濂与之有旧，邀其权淡水。光绪九年

① 许俊雅、李远志编《全台词》，"导论"，第 64～65 页。

（1883）四月莅任淡水知县，同年十月内渡，时台湾行政尚属福建管辖，两年后台湾建省。著有《研雅堂诗》11 卷、《新蘅词》6 卷词外集 1 卷。

《新蘅词》及词外集收词451 阕，卷六多收在台所作，《全台词》收其与台湾有关的词 47 首，以咏台湾和中法战事为人所称道。词人启程赴台颇不顺利，有诗《乘轮舶赴淡水任风涛大作舟中口占》云："浪卷疑崩石，舟轻骇掷梭。"① 有《满江红》词序云："癸未（1883）十月，附轮船赴淡水任。行抵白犬山，雾雾四塞，东北风大作，舣舟旬日不得发，乃祷于天后，乞一夕西风，直抵台北。当日以平韵《满江红》为神弦曲，如白石道人故事，顷刻词成。向晚旗脚顿转，黑夜渡洋，日午已抵基隆矣。"词云：

> 弥漫沧溟，望天半、灵旗未来。拟一夕、焱轮蹴浪，十日徘回。
> 银甲千盘迷岛屿，佩环八宝隐楼台。祝琼妃、助我片帆风，针路开。
>
> 虬驾出，云气排。龙涎爇，篆香灰。仗神镫导引，直指蓬莱。驱鳄文章留绝域，钓鳌身手借仙才。向中流、击楫奋雄心，鼍鼓催。②

不难看出，此词和黄宗彝《满江红》词都受了姜夔《满江红》词的影响，张景祁词又或借鉴了黄宗彝词。姜夔《满江红》词序述其过巢湖时，作平韵《满江红》祷告神姥，得一席风径至居巢。后土人祭祀神姥，能歌姜夔《满江红》词。此二词无疑是清代闽台词具备"海洋性"特征的一个力证，没有大海的刺激，想必难以有词写到黑水洋、白犬山。祭祀海神，祈求平安，是清代闽台二地常见的现象，词中有所反映，实为必然。

张景祁回程也是很不顺利，有《酹江月》词序云："法夷既据基隆，擅设海禁。初冬，余自新竹旧港内渡，遇敌艘巡逻者，驶及之，几为所困。暴雨陡作，去帆如马，始免于难。中夜抵福清之观音澳，宿茅舍感赋。"词云：

---

① 《研雅堂诗》卷二，《张景祁诗词集》，郭秋显、赖丽娟主编《清代宦台文人文献选编》（第七种），第 51 页。
② 《全台词》，第 117 页。

楼船望断，叹浮天万里，尽成鲸窟。别有仙槎凌浩渺，摇指深山弉节。琼岛生尘，珠崖割土，此恨何时雪。龙愁鼍愤，夜潮犹助鸣咽。　　回忆鸣镝飞空，焱轮逐浪，脱险真奇绝。十幅布帆无恙在，把酒狂呼明月。海鸟忘机，黯云共宿，时事今休说。惊沙如雨，任他窗纸敲裂。①

此词述内渡惊险过程，寓国土沦丧之恨。词押入声韵，声情遒峭，有清旷之气。这点和苏轼《念奴娇·赤壁怀古》相似。

词人在台湾的时间很短，大约半年，然他对台湾时局的洞察还是很有见地的，如《望海潮》词序云："基隆为全台锁钥，春初海警狎至，上游拨重兵堵守。突有法兰兵轮一艘入口游奕，传是越南奔北之师，意存窥伺。越三日始扬帆去，我军亦不之诘也。"词云：

插天翠壁，排山雪浪，雄关险扼东溟。沙屿布棋，飙轮测线，龙骧万斛难经。笳鼓正连营。听回潮夜半，添助军声。尚有楼船，幢帆影里矗危旌。　　追思燕颔勋名。问谁投健笔，更请长缨。警鹤唳空，狂鱼舞月，边愁暗入春城。玉帐坐谈兵。有猹花压酒，引剑风生。甚日炎洲洗甲，沧海独波倾。

法国有"据地为质"的用心，将台湾作为向清朝勒索的筹码，并想夺取基隆的煤矿，以供法国远东舰队使用，遂将进攻矛头直指台湾。② 此词认为基隆为台湾锁钥之地，即是台湾门户之意，应引起防护的注重，而词人寄望有"炎洲洗甲"的一天，和平是两岸民众的愿望。此词有辛弃疾词雄健之风的影响在。

词人有词写到台湾自设行省一事，有词史价值。《齐天乐》词序云："台湾自设行省，抚藩驻台北郡城，华夷辐凑，规制日廓，洵海外雄都也。赋词纪胜。"词云：

---

① 《全台词》，第 132 页。
② 朱双一：《闽台文学的文化亲缘》，福建人民出版社，2003，第 184 页。

客来新述瀛洲胜，龙荒顿闻开府。画鼓春城，瓓灯夜市，妮对蛮桴红舞。莎茵绣土。更车走奇肱，马徕瑶圊。莫讶琼仙，眼看桑海但朝暮。　　天涯旧游试数。绿芜环废垒，啼鹃凄苦。绝岛螺盘，雄关豹守，此是神州庭户。惊涛万古。愿洗尽兵戈，卷残楼橹。梦踏云峰，曙霞天半吐。

不管台北如何变化，是华夷杂处也好，是车水马龙也好，它一定是"神州庭户"，这点不可变。词中"洗尽兵戈"语是词人的和平心愿的呼告，也是两岸民众的心声。词人有诗《台湾纪事诗八首》其七云："地逼诸夷成互市，天生一岛作长城。防边早建忧时策，莫倚旄裘帐下盟。"[1] 此言应早为台湾防务作筹划，不要寄望于与他族结盟，甚有识见。

谭献《箧中词》称张景祁"填词刻意姜张""骎骎乎北宋之坛宇"。[2] 此说当指张氏早期词作。赴台后，张氏始能向苏轼、辛弃疾学习，词风有变，有慷慨悲凉之风致。

二　洪繻的大陆词

洪繻（1867～1929），台湾鹿港人。原名攀桂，学名一枝，字月樵，台湾沦陷后，改名繻，字弃生，原籍福建南安县。先祖父至忠公流寓台湾鹿港，遂家。幼攻举业，清光绪十七年（1891）入泮，割台后绝意仕进，遂潜心诗古文辞，以遗民终其生。著有《寄鹤斋诗集》《寄鹤斋古文集》《寄鹤斋骈文集》《寄鹤斋时文集》《寄鹤斋试帖集》《寄鹤斋诗话》《八州游记》《八州诗草》《中西战纪》《中东战纪》《瀛海偕亡记》等凡百余卷。词附诗集中，存词119首。

光绪二十一年日军侵台，洪繻与丘逢甲、蔡寿星、许肇青等人共同抗日，响应"台湾民主国"唐景崧抗日之师，任中路筹饷局委员。抗日失败后，他潜归鹿港，杜门不出，专心于诗古文辞的创作。他的《瀛海偕亡

---

① 《研雅堂诗》卷一，《张景祁诗词集》，第 31 页。
② 《清人词话》，第 1693 页。

记》（又名《台湾战纪》）记录日本的暴行，具有很高的史料价值。

洪繻曾于光绪十五年、光绪十七年、光绪二十年三次到福州参加乡试。又于民国 10 年（1921）7 月游历大陆八州，次年 12 月返台，历时一年半，有《八州游记》《八州诗草》等作品反映他的游览历程。因此，洪繻是与大陆颇有关联的作家，故本书讨论他的词作。

洪繻是很优秀的诗人，他的诗紧扣台湾人民的生活来写，以反映民瘼著称，如《嵩目行》《卖儿翁》《纪灾行》《老妇哀》等诗反映人民生活的惨状。另有一些诗写台湾的时政，如《割地议和纪事》《台湾官府纪事》等写甲午后日军进攻台湾时官府慌乱的情形。另有一些诗写日本占领台湾的暴行，如《洋兵行》《哀苗山》《大扫除》《大讨伐》《役夫行》《剿番行》《痛断发》写日军对台湾人民反抗的镇压。《卖儿翁》一诗最能见出底层人民的困苦，诗云：

> 男者奴，女者婢，田园稼穑生荆杞。昨日催科到闾里，求生不生死不死。老妻典尽御寒衣，老农卖尽耕春耜。今日家中已无余，所未尽者惟有子。欲别泣涟洏，欲往何处依。皤皤双白发，何日再生儿。出门得温饱，胜在家中饥。养子已无期，生子复几时。旁人闻之心骨悲，老翁吞声前致辞。吾台前日称乐土，不知何人造险巇。量尽田园增尽赋，地无膏腴民无脂。人事天灾一齐下，哀鸿嗷嗷何所之。重以役骨如貙虎，削腴不得须史迟。我愿君心光明烛，烛尽逃亡田家屋。蜂虿不得生其毒，民虽赪尾无鱼肉。呜呼，此语天地为之哭。

此诗写刘铭传清赋新政因用人不当，致使百姓受尽盘剥的弊端。诗说百姓无钱付税，只好用卖儿的钱缴纳赋税。真乃苛政猛如虎！

洪繻词有编年，词的创作时间在乙酉至戊申（1885～1908）间，即词人 19 岁至 42 岁，也就是说他的词都作于青壮年时期，这正是一个人感情充沛、精力旺盛的时期。他的词主要是闺情词，一共有 40 首，似乎是一个专力写闺情的词人。另有少量词写到了他个人生活的情状。乙未台湾割让日本后，他也有一些词篇写出自己对时局的看法，而到大陆游历后，见景兴情，写出了一些怀古词。

　　洪繻的闺情词，可看作花间词风在台湾一地的回响。《花间集》以它的古老和正宗的地位很能引起后世词家的寻根与归宗，因之各朝各代喜欢模作的人不少。且男子作闺音，即男子以女子口吻和视角来抒情写意，早已成为中国文人的传统。这种传统确给男子抒情写意带来了一定的方便，在转换视角之后，男子心中隐藏的心曲可细腻传达出，并不会伤及大雅。且男子虽以阳刚气质为主，但也不乏阴柔的气质，因之借女子口吻说出自己阴柔情感的一面，也是顺乎自然之事。洪繻闺情词的词题有"春闺""春闺怨""春宫怨""织女怨""秋闺怨""秋宫怨""妓怨赠友人""闺恨""闺情""闺怨"等，这些词没有特别的深意，只是借端抒发儿女之情。如《浣溪沙·无题四首》其三云：

　　　　一段春怀一段愁。娉婷移步卷帘钩。无端袖手下前楼。　欲扑莺儿将扇掩，爱随蝶影把衫兜。避人花下不回头。

这些词很能看出洪繻细腻的观察和信笔抒写的才能，他很善于抓住女子特定情境中某个动作来反映她的心思，这是《花间集》中男性词人描摹女子神态的一般写法，洪繻借鉴得很好。不过，他的词仍能看出是男子在写女子，不是女子在写自己的日常生活。这类词在洪繻词中只能算是他的习作，是在向《花间集》学习，不能代表其词作的主要成就，但也可反映出他认为作词应持正宗本色的观念。

　　洪繻有词写到的他的日常生活。《六州歌头·（灯下作）冬夜》写某个冬夜的生活，从中看出他寒儒的地位。他一生抱定气节，不肯俯仰随人，更不愿屈膝于日本人，再加上台湾的割让断弃了他的科举入仕之途，他也就只能在贫困且无奈中度过一生。词云：

　　　　消寒无事，沽酒过邻家。人语静，灯儿暗，踏雪花。认栖鸦。归到空斋下。烧宝鸭。热炭兽，听琵琶。诗债偿，酒频赊。庭际疏梅，弄影拂墙角，渐度窗纱。怕霜风料峭，冻月又横斜。炉边共拥，当排衙。　貂裘已敝，襕衫薄，衣袂短，首空爬。漏声起，烛光尽，再烹茶。手频叉。愁眉捻不已，魔相戏，鬼揄揶。宽罗带，展罗被，思

如麻。睡去劳魂袅袅，为伊怯、怨却年华。且把薰笼抱，冷意又交
加。梦里忘些。

《六州歌头》本是个豪放词调，音节急促，多用来写梗概不平之气，故多
铮铮之音。宋人张孝祥《六州歌头》写沦陷区的荒凉景象和金人的骄横残
暴，抒发反对议和的激昂情绪。贺铸的《六州歌头》塑造了一个思欲报国
而请缨无路的"奇男子"形象。洪氏却用这个词调来写他琐碎的日常生
活，在题材方面来了个大转换，不平之气还是展露无遗。这首词是一首成
功之作。

乙未割台后，洪繻的词风为之一变，花间词风消褪，遗民悲感袭来，
洪氏不再代人立言，而是直抒胸臆：

一梦黄粱。看世情似水，断尽人肠。江山余琐屑，云物换苍茫。
天黯黯，海浪浪。是黑劫红羊。最不堪，故乡花草，都付斜阳。
中原举目凄凉。问伊谁破碎，失却金汤。回头非锦绣，转瞬见沧桑。
尘扰扰，事忙忙。岂电火流光。叹此生，蓬莱已隔，又作伦荒。[《意
难忘·（丙申十二月廿夜）感事》]

胜水残山。只斜阳一角，多少蜗蛮。马嘶金谷树，车断穆陵关。
沧海外，软尘间。谁似我闲闲。不肖躯，人丛溷迹，未是殷顽。
年来泪作朱殷。回头思故国，望断刀镮。天长浑似髮，地缺竟成弯。
时已去，鹤空还。有城郭阑珊。好男儿，须眉镜里，照见惭颜。[《前
调·感怀（廿一夜）》]

丙申即1896年，日军已占领台湾一年。"一梦黄粱"，即指民主国的转瞬
即逝。"断尽人肠"，是说民主国的失败令自己极度伤心。"黑劫红羊"，是
指日本占领台湾，中国遭此前所未有之劫难。"中原举目凄凉"，谓大陆也
是备遭蹂躏，伤痕累累。"蓬莱已隔，又作伦荒"，意谓大陆已被隔绝，自
己处荒远僻陋之地，无能为力。所谓"感事"，其指甚明。第二首词的
"蜗蛮"即指日本侵略军，有蔑视之意，他们相对华夏民族来说就是蛮族。

然而他们在"马嘶"，在"车断"，甚是猖獗。"殷顽"本意是反抗周朝统治的商朝遗民，"未是殷顽"是说自己还不具备反抗的能力，只能"泪作朱殷"。"望断刀镮"，意谓希望台湾早日回归祖国。"好男儿，须眉镜里，照见惭颜"，既有对自己的鼓励，更有对自己的鞭策。《意难忘》二首，语意坚挺，词风硬朗，可见乙未割台对洪缵文学创作的巨大影响。他能摆脱花间词风的影响，作词以示反抗侵略，实是心灵受到强烈冲击的结果。

他有词记录日军占领下台湾民众受尽盘剥的苦难。《凄凉调》（十二月廿六夜）词序云："词纪近事，失于平质，盖时方头会箕敛，沿门挨户，无能免者，故不觉其言之直也。""箕敛"，是以箕收取，谓苛敛民财。词云：

> 何来辀辘。凄凉甚、人人似做刀镞。不胜蒿目，谋生计尽，或歌或哭。洋氛怎恶。更沿户咆哮怒蹴。好无情、天魔部曲。者辈果鱼肉。　试看城村路，老幼号咷，孰堪敲扑。市场最苦，到如今、局翻棋覆。莫忆当年，想黄金、都填壑谷。谩遁逃、已是家家上簿录。

民国 10 年七月，洪缵开始大陆一年半的游历，其间主要写诗和游记，偶有作词，然只存数首。《沁园春·（十四日午作）金陵怀古》云：

> 温峤旌旗，谢公棋局，南渡偏安。尚龙掀虎掣，英雄唾手，孤撑半壁，收拾江山。今日乌衣，非昔梦倚，孙楚酒楼斜照间。不禁叹，古来豪杰尽，花草无颜。　寄奴稍如人意。得兵逾大岘，马入蓝关。举燕秦旧地，金瓯再补，黄图重整，奏凯歌还。此后长淮烟水冷，更玉树后庭风雨寒。无限恨，任铜驼荆棘，胡羯蜗蛮。

此词虽咏怀金陵的历史，实寓现实的悲感。金陵尚有失而复得的机会，而台湾已被日本侵略者占领 28 年，看不到收复的迹象，词人因之有"无限恨"。以史寓今，其意甚明。

三　林朝崧的大陆词

林朝崧（1875～1915），字俊堂，一作峻堂，号痴仙，又号无闷道人，阿罩雾（今台中雾峰）人。甲午战后，避乱内渡晋江，后又北游上海，遍历中原名山大川。光绪二十四年（1898）返台。复组建"栎社"，有"全台诗界泰斗"之誉。著有《无闷草堂诗存》五卷附《诗余》一卷，收词61首，《全台词》另有补辑，录存81首。

林朝崧长于诗。傅锡祺《〈无闷草堂诗存〉序》云："沧桑变后，避乱桐城，转徙申江，遍历名山大川，益以助长其雄壮澎湃之诗思。既返故山雾隐，遂益肆力于诗。壬寅（1902）春，以无聊之极思倡设栎社，集同好互为唱酬，旁且诱掖奖劝，不遗余力，我台诗学如斯其盛，即归功于君之提倡，殆非过言。"① 梁启超辛亥年（1911）访台期间，林朝崧与他唱和，一时声名骤盛。

词多寄怀沧桑巨变，《望海潮·春潮》云：

> 春来春去，潮生潮落，年年岁岁相同。鹿耳雨晴，鲲身月上，几番变化鱼龙。海国霸图空。剩蘋洲铺练，桃涨翻红。吞吐江山，军声十万势犹雄。　　群飞乱拍苍穹。愿杨枝入手，咒使朝东。弱水易沉，蓬山难近，骑鲸枉候天风。万感倚楼中。恨浪淘不到，块垒愁胸。判作随波鸥鹭，身世托渔篷。②

鹿耳乃郑成功打败荷兰登岛处，此词有怀古之意，叹息郑氏霸业成空，感叹今日台湾为日人所占。林朝崧词风一向婉约凄怆，而此词的容量实大，词境雄阔处与苏词《念奴娇·赤壁怀古》相仿佛。可见傅锡祺之评，非虚言也。

林朝崧在大陆有四年漫游经历，诗多有涉及漫游事，而词不多见。有首《满庭芳》词，或为在大陆所作，词云：

> 如此乾坤，无情风雨，年年摇落江蓠。鸿来燕去，楚客苦思归。

---

① 《无闷草堂诗存》，《台湾先贤诗文集汇刊》（第一辑第8册），台北：龙文出版社，1992，第3页。
② 许俊雅、李远志编《全台词》，第360～361页。

邂逅梨涡一笑，心头铁、消向蛾眉。风流梦，扬州豆蔻，十载忆依
稀。　　垂垂。吾老矣，犹能剑舞，醉倒金卮。倩宛转歌云，留住斜
曦。百尺危楼极目，正天际、海水群飞。雄心减，阴符一卷，尘蠹忍
重披。

词有"楚客苦思归"之句，可见他作此词时还在大陆漫游。"百尺危楼极
目，正天际、海水群飞"句，用扬雄《太玄》"四海不靖，海水群飞"句
意，状清朝割台之变，诚为感慨良深之句。"雄心减，阴符一卷，尘蠹忍
重披"句，用苏秦熟读姜太公兵法后受赵王大用佩六国相印事，言自己欲
图兴复而壮志难酬之意。此二句可谓写尽乙未之变后台湾（包括闽地）士
人的普遍心态。他们是有品格、有学养的读书人，如没有乙未国难，他们
本可像传统士人一样实现自己的人生价值，其写志抒怀可能还在比兴寄托
的老路上。就词的创作来说，他们普遍能跳出婉约词风的路数，向苏、辛
学习，自由言志抒怀，用词为闽台写下一段历史，词中更有胸襟、品格、
怀抱可言，并且呈现出"感慨良深，眼界始大"的特色。清末闽台地处海
防前沿，披祸之烈，受难之深，为从未有之大变局，故词家颇多梗概不平
之气，因此苏、辛词风能得到响应。

林朝崧返台后，于1902年倡建"栎社"，与社友蔡启运、赖绍尧、陈
怀澄等人唱和，风靡一时。社名"栎"，栎，无用之木。林氏云："吾学非
世用，是为弃材，心若死灰，是为朽木。今夫栎，不才之木也，吾以为帜
焉，其有乐从吾游者志吾帜。"[1] 此言可见其无可奈何之心理。有词写到这
种心理，《沁园春·有叹》云：

望远望高，旧恨新愁，尽上眉端。忆鸿沟画界，神人同愤，虬髯
开国，海岛偏安。都尉烂羊，将军屠狗，绣衮牙旗拜将坛。争夸道，
这乾坤旋转，唾手何难。　　心酸。槐国衣冠。竟云散风流瞬息间。
叹王侯文武，一场傀儡，干戈疾疫，半壁江山。物换星移，海枯石

---

① 林南强：《栎社题名碑记》，连横编《台湾诗荟》第一号，《连雅堂先生全集》，台湾省文
献委员会，1993，第26页。

烂，我独沧桑劫后还。天难问，且种瓜采薇，偷活尘寰。

林幼春《无闷草堂诗集序》云："有能谅其抱不得已之苦衷，而又处于无可如何之境遇者，时取一卷置诸醇酒妇人之侧，歌以铜琶铁板之声，则痴仙之为人，固可旦夕遇之。"① 归台后，林朝崧草间偷活，实有迫不得已者在，我们应以同情之态度理解他。

1914 年，日人板垣退助来台鼓吹创立同助会时，林氏积极参与，一度上东京，思有所作为而未果。今其诗集中有诗《奉赠维新元老板垣伯爵阁下》，有云："神州政治局翻新，汗血功名历史存。"② 读之令人唏嘘。

第六节　光宣朝其他闽籍词人

光绪后期，闽派诗人中有一重要人物沈瑜庆，他与陈书、陈宝琛、陈衍、郑孝胥交往颇深。沈瑜庆曾从陈书学诗。1894 年沈瑜庆入张之洞两江总督督府，总办筹防局，陈书被聘入局。1896 年沈瑜庆榷盐大通，陈书参幕，沈瑜庆"榷盐皖岸及正阳关，与同里陈县令书，女夫林京卿旭日课一诗，不数月成《正阳集》一巨册，后并为《涛园集》"③。同时，与沈瑜庆一起向陈书学诗的还有沈瑜庆长女沈鹊应、以及李宗祎之子李宣龚。我们把沈瑜庆等人视为诗词创作的一个小群体，沈瑜庆、陈书、沈鹊应、李宣龚有词作传世。李宣龚之父李宗祎、妹李慎溶，以及陈宗通，都是有成就的词人，他们的词风走的是婉约一路。

一　沈瑜庆等词人

沈瑜庆（1858～1918），字志雨，号爱苍，别号涛园，福建侯官（今福州）人。沈葆桢第四子。光绪十一年（1885）中举，历任江南水师学堂会办、总办，前后入张之洞、刘坤一督署任职。光绪二十七年后历任淮阳

---

① 《无闷草堂诗存》，《台湾先贤诗文集汇刊》（第一辑第 8 册），第 8 页。
② 《无闷草堂诗存》，《台湾先贤诗文集汇刊》（第一辑第 9 册），第 240 页。
③ 民国《闽侯县志》卷六十九《沈瑜庆传》。

兵备道、顺天府尹、广东按察使、江西布政使、江西巡抚、贵州巡抚等职。辛亥革命后，寓居上海，与遗老结社吟诗，后受聘为福建通志局总纂修。著有《涛园集》5 卷。

沈瑜庆曾以二百四十万钱买福州城内乌石山瓯香许氏旧涛园，为其父文肃公祠，园有古松，故以涛名。沈瑜庆是同光体闽派诗人，陈声聪《兼于阁诗话》卷一《沈涛园》云："老人（指沈瑜庆）为沈公（葆祯①）冢子，家世清华，子姓蕃昌，闽中望族，诗闲叙家常，殊为有味。"② 沈瑜庆不多作词，其《涛园集》卷五《补遗篇》存词仅 10 篇，乃是以作诗之法作词，不免生硬，有些词作仅能成篇。从《如梦令·寿陈冯庵》其一云"三载客淮南路"，其二云"姻娅忘年风谊"，可以看出他与陈书（号冯庵）的关系。当是陈书充任淮阳兵备道幕僚时指导其女沈鹊应作词时，才触动他一时的兴致，略有作词罢了。其较好的词篇是《甘州》一首，词云：

> 忆故人玉碗怕招谣，垂老客诸侯。正铃辕鼓罢，哦诗草檄，慷慨名流。料理依然江海上，无蟹有监州。一夕移官去，错怨依刘。
> 邑敝催科政拙，更机丝待月，槎客停舟。看流亡满地，肠断白门楼。唱彻当时、山光黄店，叹使君、零落返山邱。遗书在、故人昏眼，细字蝇头。

词当为叹息陈书年老不遇而作，也客观地反映了民不聊生的苦难现实，有一定的意义。

陈书（1838～1905），字伯初，号俶玉，晚号木庵，亦号冯庵，福建侯官（今福州）人。光绪元年举人，官直隶博野县知县。陈衍兄。殁后，陈衍辑其诗文成《木庵文稿》1 卷、《木庵居士诗》4 卷、《补遗》1 卷，收入《石遗室丛书》，存诗 600 余首。《木庵居士诗》未收词。福建图书馆藏钞本陈书撰《桐愔阁词钞》，收词 42 首。林葆恒《闽词征》另收词 8 首，从

---

① "祯"，应为"桢"。
② 《兼于阁诗话全编》，第 45 页。

《闽词征》的取材来源看，林葆恒似未寓目《桐憎阁词钞》。

陈书是同光体闽派的开创者，在福建诗坛地位很高。陈衍《石遗室诗话》卷一云："木庵先兄年二十余，出语高隽浑成，绝无所师承，天才超逸然也。"① 他的词也有自家风味，堪称一作手。然其词集未刊行，很少引人注意，人们读他的词作主要是《闽词征》收录的几首。陈书仕宦很不如意，直到62岁才出任博野县知县，因之，他的词主要写他沉没下位的牢愁和感叹，凭借他的诗才，作词不是难事，词不甚经意就能写得较好。如《贺新凉·台江旅夜》云：

> 困我胡为者。夜漫漫、凉飔滴溜，湿云堆瓦。十载蹉跎成底事，瘦骨离离一把。凭孤馆、灯残香炧。莫道荒鸡声不恶，镇无聊、对酒增悲诧。谯楼上，鼓三下。　　依人作计真聊且。奈暗中、明珠按剑，横遭疑讶。便道不归归亦得，莫待海棠花谢。怕柳色、春愁闲惹。一梦黄粱何处熟，又登程、落拓邯郸马。人世事，真耶假。

词写万般无赖之愁，却不声嘶力竭，只是一层一层地细说，最后有参悟透彻的感叹。又如《南浦》云：

> 昼长倚枕，谢东风、不许透帘旌。门外红尘十丈，何处望瑶京。燕子才过春社，悄衔花、低傍夕阳明。算春非误我，春还误我，一水碧盈盈。　　长忆别伊时节，拥罗衾、难话五更情。十载为侬辛苦，谣诼几蝇声。忍说别离情话，竟别离、到底累浮名。便玉堂金马，也应难缓此归程。

此词似是赠内之作。上片说的是自己抹不掉功名之心，还在希望有所作为；下片是说对不住曾经的温存，觉得没有必要为浮名所误。"春非误我，春还误我"，说的是一种进退失据的心理状态。

陈书妻李蓉仙，字琬华，侯官（今福州）人。亦能词。《闽词征》卷

---

① 《石遗室诗话》，第12页。

六存其词 2 首。陈书子陈周膺，字公荆，小名三弥。郭则沄《清词玉屑》卷二十存其词 1 首。

沈鹊应（1878～1900），字孟雅，福建侯官（今福州）人。沈葆桢孙女，沈瑜庆长女。崇尚气节，性情刚烈。光绪十八年十月，与"戊戌六君子"之一林旭结婚。婚后六年，林旭多在外，她作词寄托对夫君的思念。光绪二十四年九月，戊戌变法失败，林旭遇害，沈鹊应多次打算自尽殉夫，虽未成，但因哀毁过度而离开人世。沈鹊应撰有《崦楼遗稿》1 卷附林旭《晚翠轩集》中，词名《崦楼词》。

沈鹊应是名门之女，又是著名诗人陈书的诗弟子，自小就生活在一个崇尚气节、诗书熏陶的家庭。祖父沈葆桢是近代风云人物，曾任福建船政大臣、台湾巡抚，官至两江总督兼南洋大臣；父亲沈瑜庆是同光体闽派著名诗人，也是名宦；母郑夫人是林则徐小女林金鸾与郑葆中（月庭）之女。1891 年，沈瑜庆改官道员，总办江南水师学堂，同年返乡省墓。此时，沈瑜庆正为长女择婿，听说家乡有个神童林旭，颖绝秀出，聪敏过人，遂于 1892 年 10 月以女鹊应妻之，并赘林旭于金陵。黄曾樾《林暾谷》谓林旭："归暾谷后，以婿之豢于妇翁，常郁郁不乐。"① 沈鹊应本可以有很好的生活，成为那个时代的淑女贵妇。夫君以变法强国为己任，不幸被杀，这成为她命运的转折点，最终以此殒身。李宣龚《读晚翠轩遗札有感》云："未容折槛辩断断，痛惜朝衣委路尘。健仆尚能助收骨，遗骴何处暗伤神。不甘党籍言犹在，欲报君恩志未伸。死去自存天下议，论诗吾亦要斯人。"② 诗写林旭死得其所。林旭有《晚翠轩集》，李宣龚刊之，集外未刻诗尚有数十首。李宣龚《〈晚翠轩集〉序》云："自戊戌政变，钩党祸作，昔之密迩暾谷者，多以藏其文字为危，不匿则弃，惟恐不尽……越数岁，大舅沈公涛园以京兆尹出而提刑粤东，予自江宁来，别诸沪滨。忽于广大海舶行李中见一箧，衍熟视之，知为暾谷故物，不钥而启，则晚翠轩之诗与孟雅夫人《崦楼遗稿》在焉。既恫且喜，遂请以校刊自任。"③ 林

---

① 《荫亭遗稿》，第 466 页。
② 李宣龚：《硕果亭诗》卷下，民国 29 年（1940）铅印本。
③ 林旭：《晚翠轩集》卷首，民国《墨巢丛刻》本。

旭有集传世，诚天不亡之也。

沈鹊应存词35首，是她短暂生命的歌唱，昙花一现，无法臻于大成。然已展现出笔力超拔、感慨良深的特色，由其涵养深识见高所致。其词最著者有二首：

> 报国志难酬。碧血谁收。箧中遗稿自千秋。肠断招魂魂不到，云暗江头。　　绣佛旧妆楼。我已君休。万千悔恨更何尤。挤得眼中无尽泪，共水长流。（《浪淘沙》）

> 旧时月色穿帘幕。那堪镜里颜非昨。掩镜检君诗。泪痕沾素衣。　　明灯空照影。幽恨无人省。展转梦难成。漏残天又明。（《菩萨蛮》）

此二词为哀悼夫君被杀之作。郭则沄《清词玉屑》卷六认为二词均同时作于"依中丞淮南官舍"①。王蕴章《然脂余韵》认为《浪淘沙》词"殆绝笔也"②。陈兼与《闽词谈屑》选此二首并评曰："寡鹄哀音，闻之惨沮。"③《浪淘沙》词悲夫君之志也，《菩萨蛮》词叹己之恨也。两首词都提到夫君的遗稿诗作，这是在死寂等待中的一种默省，知其有殉夫之事已不远矣。

沈鹊应有《甘州·怀金陵梁间燕子》词写到他早年随父宦游金陵的一段经历，难以判明是何时所写，有可能是婚后不久所撰。词借梁间燕子，叹息繁华如梦，转眼即逝，因之要珍重羽毛，不必求取封侯，似有劝勉夫君之意。立意虽不新，然词笔清隽，已见好才华。词云：

> 叹一年一度此淹留，软语话温柔。傍雕梁绣户，惊人好梦，故蹴帘钩。旧宅重来风景换，料想清愁。可念征蓬转，淮海漂流。　　同是倦游羁旅，误匆匆柳色，岂为封侯。止凭谁分付，珍重羽毛修。向

---

① 《词话丛编二编》，第1449页。
② 《词话丛编二编》，第2201页。
③ 《近现代词话丛编》，第141页。

天涯、殷勤疑望，对斜晖、不见旧妆楼。遄归罢、怅繁华谢，金谷荒邱。

沈鹊应有《燕山亭·读烈女传》词，是自明己志之作。其殉夫之事颇烈，断非一般女子所能为，读此词，知其殉夫有必然矣。词云：

薄晚寒闺，轻盈弱质，井水心情自守。触目惊心，栋折榱崩，何恤玉颜消瘦。针管慵拈，误几度、窗前停绣。回首。叹周道游观，将非君有。　　嗟彼女伴何知，把慷慨情怀，认萦丝藕。葵践兄亡，冷眼年来，已知大弓难彀。无限伤心，当商女、后庭歌奏。能否。比例似、无盐觅偶。

林纾在自传体小说《剑腥录》中说林旭"死以报国，亦无所愧"，只是挂念"娇妻尚在江表，莫得一面，英烈之性，必从吾死，不期酸泪如绠"。① 林旭可谓知沈鹊应者。光绪二十六年年四月，沈鹊应卒。沈瑜庆将林旭、沈鹊应安葬在福州北门义井，墓前树一对石墓联云："千秋晚翠孤忠草，一卷崦楼绝命词。"

沈鹊应词已产生足够的影响，可称晚清女性词人之杰出者。陈书《崦楼遗稿题语》云："晚岁作客，得暾谷与言诗，得孟雅与言词，所谓差强人意矣。夫二子者之作，必传无疑。"② 王蕴章《然脂余韵》评沈鹊应《虞美人·赋鲇鱼风筝》"妙有寄托"③，又选录其《长亭怨慢·西湖吊厉樊榭》和《浪淘沙》词。雷缙、雷瑊《闺秀词话》卷四云："侯官林暾谷先生旭，负异才，以救国为己任，遭前清戊戌变政之祸，朝衣东市，竟罹极刑，海内无不哀之。其夫人沈孟雅，闻耗亦以死殉，一死国，一死节，呜呼，可谓烈已。"并选录其《高阳台·怀蘋妹西洋女塾》《甘州·怀金陵梁间燕子》二词。郭则沄《清词玉屑》卷六选录沈鹊应《浪淘沙》《菩萨

---

① 林纾：《剑腥录》，林薇选注《林纾选集》（小说卷下），四川人民出版社，1987，第53页。
② 沈瑜庆等：《涛园集》（外二种），福建人民出版社，2010，第305页。
③ 《词话丛编二编》，第2201页。

蛮》《凄凉犯·题墨梅》三词，并认为《凄凉犯·题墨梅》"借花自况，酸苦如揭，结拍则纯乎变徵音矣"①。

二 李宗祎等词人

李宗祎（1860～1895），一名向荣，字次玉，又字佛客，福建闽县（今福州）人。李宗言之弟，李宣龚、李慎溶之父。入赀为郎。福州光禄坊有其玉尺山房，宾客华盛。后家道中落，旅食江南，依其舅沈瑜庆，居岁余以疾卒。享年三十六岁。著有《双辛夷楼词》附其女李慎溶《花影吹笙室词》。

李宗祎词，与王允晳并重，诚词人之词。黄濬《花随人圣庵词话》曰："碧栖词，与佛客先生之《双辛夷楼词》，为闽词晚近之双流两华，但取路颇不同。"②王允晳词，取径姜夔、张炎、王沂孙等人而能变化出之，形成自己婉丽清邈之词风。李宗祎词，陈兼与《闽词谈屑》云："墨巢致力于诗，其尊人次玉（原注：宗祎号佛客）则老于词者。有《双辛夷馆词》，与黄子穆、周辛仲、林怡庵、黄欣园、高啸桐、方雨亭、卓芝南、陈石遗诸老结支社，兼课诗与词，每集皆在其家之双辛夷楼，佛客词如《菩萨蛮》：'一春只是成慵倦。啼痕点缀胭脂面。月不下西楼。怕人楼上愁。 鸳鸯伤独宿。池水添新绿。白袷稍嫌单。猜知明日寒。'……李氏乔梓之作，皆《花间》之遗，自成馨逸。"③陈氏所举《菩萨蛮》词，真能神似《花间》，然花间词风似不足以概括李宗祎全部词作。李宗祎词风的特色是能除《花间》之秾丽，得其幽秀，以清隽之句写不遇之悲，而宛转出之，丝毫不以为难，无论长调短调，概莫例外，此真可谓词人之面目。有自家面目之词，如《金缕曲·偕林葱玉重过拾翠楼》云：

> 准拟成长住。陡然间、东君作恶，各纷纷去。三载街西扶马过，听说落红堪数。寻思起、伊谁无负。袖里多时怀寸纸，遍人间、难觅

---

① 《词话丛编二编》，第1450页。
② 《近现代词话丛编》，第51页。
③ 《近现代词话丛编》，第134页。

招魂路。愁欲理，没头绪。　　无端檐鹊传新语。道依然、芳留杜
赏，曲供周顾。乍见还惊身在梦，斟酌前欢休诉。却诵我、前年题
句。有分芳樽须美满，纵春归、不算伤心处。莫揾泪、和残雨。

词人颇得加一倍句法，一拍之间即翻出新意，而又层层加重，以叙其别后
重逢之种种感怀，诚为长调之作手。又如《归朝欢》云：

杨花满地愁痕阔。片片因风翻作雪。浓香偎鸭酒漫杯，大家无语
魂飞越。杜鹃饶薄舌。飞来枝上频呜咽。触衷情，凄凄切切，怎得和
人说。　　明朝已到清明节。偏是匆匆今夜别。阑干倚遍暗伤情，风
流万种嗟销歇。人生都似月。百年那得无圆缺。枉相思，团圞自在，
视此同心结。

此词优游不迫。上下片均可改作一律诗，而不觉得诗格有所降低，知其于
诗道也颇擅长，只是他的诗作没能结集，知道者甚少。他曾举支社，课诗
课词，与支社中同光体名家陈衍关系颇睦，有多首词作写到陈衍，《送入
我门来·赠石遗》云：

子建豪华，文通风雅，更堪元度襟期。骑马乘船，山水思方滋。
压肩行李腰诗卷，一万里穷探人世奇。衔杯酒笑傲，冠裳上客，纨绔
群儿。　　与我未曾相识，曾从阮郎扇底，饱读君诗。遥想风流，旦
夕寄幽思。武安席上初相见，齐按剑高歌怅路歧。恨欢游未足，东君
因甚，送入天涯。

写形写骨，陈衍名士风度尽现。此词可与陈衍夫人萧道管状陈衍神貌之
《取名说》并读。

李宗祎词不多涉世，这是他的不足之处，即词之容量不大，这在一定
程度上限制了他的成就。其享年太短，若经历后来之乱世，其词风或能有
所转变。其词中仅见一首写到了他所处的时代。《深院月·虎门夜泊》云：

天莽莽，海茫茫。潮落风生月正黄。人在孤舟眠不得，干戈满地断人肠。

词虽小，然颇精悍，宜于诵读。叶恭绰《李佛客丈〈双辛夷楼填词图〉，为拔可题》云："稍喜小山余韵在，家声辉映玉兰堂。"① 其词与晏几道有几分神似。林纾《清中宪大夫六部员外郎闽县李君墓志铭》论李宗祎词云："有至性，工填词，声响柔脆，无一涉南宋。"② 稍觉绝对。胡适《读双辛夷楼词致李拔可》云："令先公的词最合我的脾胃。他最得力于《花间》及周美成、辛稼轩，琴南先生作墓志，说他所填词无一折涉南宋，其实不尽然（如页二的《朝玉阶》似是学蒋竹山）。"③ 其词甚至有学东坡者，如《水调歌头·柬邱宾秋丈》云："苍茫千万古意，越客唱吴讴。东望大江东去，西望夕阳西下，此别两悠悠。"此词从东坡赤壁词脱胎而来。

李宣龚（1876~1952），字拔可，号观槿，又号墨巢，李宗祎长子。福建闽县（今福州）人。光绪二十年举人。曾从郑孝胥和陈衍学诗。光绪三十三年权江苏桃源县知县，有政声。辛亥后隐于沪垂30年，供职商务印书馆。1941年当选为上海合众图书馆（今上海图书馆前身）董事。撰有《硕果亭诗》9卷计诗2卷、诗续4卷、《墨巢词》1卷、词续1卷、《硕果亭文剩》1卷。

李宣龚毕生用力于诗，乃同光体名家，其《硕果亭诗》风行民国诗坛，海内共称之。词乃其余事，本不用力，所作基本为题画词，诗集中予以保留，或为记一时之交游。《相见欢·为病树题〈佳住楼词意图〉，己卯》颇能演绎画外之意，录如次：

含情莫更登楼。水东流。望断垂杨如梦，损帘钩。　　千不是。是无计。去难留。赢得一生幽恨、百回头。

---

① 叶恭绰：《遐庵汇稿》中编，上海书店，1990，第89页。
② 李宗祎：《双辛夷楼词》卷首，民国9年（1920）刊本。
③ 《词话丛编二编》，第2292页。

李慎溶（1878～1903），字榭清，福建闽县（今福州）人。李宗祎女，李宣龚妹，孙鸿谟室。著有《花影吹笙室词》不分卷，附于李宗祎《双辛夷楼词》后。另可据民国 19 年至 27 年（1930～1938）刊本林石庐等主编《华报》载王真《道真室随笔》补辑 2 首。

李慎溶《花影吹笙室词》为兄李宣龚编定。李宣龚《双辛夷楼词跋》云："后附《花影吹笙室词》一卷，则为孙氏妹慎溶之遗作，曩者南陵徐积余观察曾为刻入《小檀栾室闺秀词》中……所填《蝶恋花》一阕，有'飒飒墙蕉，恐是秋来路'之句，当时传诵，称之为'李墙蕉'。府君嗜倚声，而宣龚未能承学，妹工此，复不永年，良可追痛。校竟谨志卷末，时距府君之殁已二十有六年，妹之即世，亦十有八年矣。"[1] 著名词人王碧栖有《题李榭清女士〈花影吹笙室词·填词图〉》诗，序云："予十八九岁，与李君佛客游，自村入城，恒主君家。君盛言词，有作必见示，于是亦试纵笔为之，取径不尽求同，而心实相许。君之女公子榭清，髫龄绝慧，亦喜为词。佛客既没，予过视拔可兄弟，榭清出所作请业，吐秀诣微，深契音中言外之旨，尤以石帚、碧山为归，予无以益之也。适孙生翊南。不数载，先后俱没。一女亦继殒。拔可悲榭清甚，既梓其稿，复属畏庐老人为之图，短世露电中，追念香火前踪，一如梦幻，泄笔记此，不自知涕之何从也。"[2] 慎溶一家可谓多难。录其名作《蝶恋花》词：

> 一夕凉飙辞旧暑。飒飒墙蕉，恐是秋来路。转眼薰风时节去。不知燕子归何处。　　抽纸吟商无意绪。短槛疏窗，难写黄昏句。今夜夜深知更苦。阶前叶叶枝枝雨。

黄濬《花随人圣庵词话》评此词云："此词自非凤慧妙诣不能道……然'墙蕉'句，虽思致秀颖，而予却爱结二语，沉厚透纸，是真得漱玉神髓者。盖名句妙造自然，信关偶得，而非必作者锤炼见工力处。前者触机而

---

[1] 《双辛夷楼词》卷末。

[2] 《碧栖诗词·碧栖诗》。

得，后者思之深也。"① "墙蕉"句与结句，赏家各有所好，所评固有不同。然联系其短暂悲悯的一生，再读此词，有行将不世之感，令人骇然。

慎溶确有赋才，其《壶中天·春阴》词云：

> 帘衣深下，但溟蒙一片，频飞轻雾。十里红楼都似水，唯有莺声低度。杨柳多情，和春共瘦，还替春凄苦。揉昏搓暝，粉香犹未成絮。　　生怕燕子归来，沉沉绿暗，换了门前路。见说钿车南陌少，几日芳游轻误。山枕余薰，云屏萦梦，绊得清寒住。无聊人起，洒窗时响疏雨。

自来写"春阴"一类的咏物词，稍有不慎，即捉襟见肘，难免露了赋才短拙的一面。此词深得咏物而"不留滞于物"的作法，主要写心之锐感，不见丝毫用力。"溟蒙""轻雾""绿暗""余薰"四词稍能与"春阴"略有瓜葛，余皆不见。

王蕴章《然脂余韵》选录李慎溶《长亭怨慢·寄拔可长兄杭州》。② 此词又是其一首佳作。

三　陈宗遹

陈宗遹，字云窗，福建闽县（今福州）人。生活于同、光间。著有《补眠庵词》2卷。他的事迹湮没无闻，几无可考。其《补眠庵词》，刻于光绪十六年，其中词作小序透露的纪年有乙酉（1885）、丁亥（1887）、己丑（1889），可以说他主要生活在光绪年间。陈宗遹《〈补眠庵词〉序》说自己"倚声一道，肆力尤深"，"他如闻笛之《水龙吟》、寄许海樵之《摸鱼儿》、贺王苓周续弦之《贺新郎》等作，皆为朋辈所传诵，亦一例不存"，"不敢谓金风亭长，此其嗣音，然而音节、文辞、风调、意趣四者，庶几勉求无憾已"。③ 可见他对自己词作的评价是很高的。

---

① 《近现代词话丛编》，第51页。
② 《词话丛编二编》，第2204页。
③ 陈宗遹：《补眠庵词》卷首，清光绪十六年（1890）刻本。

　　陈宗遹词的题材，与传统婉约词的题材完全没有区别，春花秋月与相思离别，总是反复诉说，大多词篇是转换自己男性的身份，以女性口吻作词，其词是花间词风千年后在闽地的回响。也许在作者看来，花间词风是最为古朴的，是最值得学习的，这种观点在清代非常流行。陈宗遹词风雅洁，词中女性形象已储存了千年。如《卜算子》云：

　　　　深院掩重门，絮月虫声碎。刬袜香阶又露凉，夜久浑忘睡。
　　　　人影月明中，月影阑干内。贪扑流萤却转身，扇底来花气。

人总不能时刻很精致地包裹自己，一旦放笔开来，陈宗遹词还是有男性士大夫的身影在，如《解连环》云：

　　　　几丝疏雨。正孤村客馆，做寒初就。说断肠、不为琵琶，只和泪青衫，怎禁秋瘦。水国相思，渐老了、江南红豆。拥衾儿有梦，梦也无凭，怕更回首。　　楼头晚镫上候。已烟沉树际，帆影归又。盼欲断、消息天涯，正千里潮平，鲤鱼风骤。别后愁怀，漫付与、看花中酒。最凄凉、恁般似我，半黄岸柳。

此词说客里愁绪，细细说来，以景状情，词中有人，故能感染读者；又用语明白自然，格律精稳，好语转轴；特别是将词人形象比喻成"半黄岸柳"，很能动人。

　　陈宗遹最有价值的一首词是《扬州慢·闽都感赋》，他把福州比作扬州，词云：

　　　　射鳝溪边，钓龙台畔，千年霸气销亡。只江山似旧，又青了垂杨。想当日、兴兵拜剑，海隅开国，南面称王。剩斜阳闲坐，渔樵能话三郎。　　此邦胜地，数游踪、差拟维扬。有曲院琼箫，花街绣屧，多少风光。三十六桥明月，春波软、载妓流觞。叹沧桑人事，堪悲前度红羊。

福州鼓山有鳝溪，相传闽越王郢第三子白马三郎射大鳝为民除害，人鳝俱死，百姓感念，立庙祭祀。钓龙台在福州大庙山西南，是汉高祖刘邦敕封无诸为闽越王的地方，后人称为"全闽第一江山"。据乾隆《福建通志》，三十六桥即石湖桥，王氏号仙源者所造。据《大清一统志》，石湖桥在福鼎县南门外。词写了这些典故，有厚重的沧桑感。历史上闽地是从扬州分来，词人把福州比作扬州，也许他看重二地的渊源。

陈宗遹的词音律精稳，很适合吟唱，不知是否受到了他的朋友著名古琴家许海樵的影响，惜无这方面的资料参证。